TOR

LISA-MARIE REUTER

EXIT THIS CITY

ROMAN

TOR

Aus Verantwortung für die Umwelt hat sich der S. Fischer Verlag zu einer nachhaltigen Buchproduktion verpflichtet. Der bewusste Umgang mit unseren Ressourcen, der Schutz unseres Klimas und der Natur gehören zu unseren obersten Unternehmenszielen.

Gemeinsam mit unseren Partnern und Lieferanten setzen wir uns für eine klimaneutrale Buchproduktion ein, die den Erwerb von Klimazertifikaten zur Kompensation des CO_2-Ausstoßes einschließt.

Weitere Informationen finden Sie unter: www.klimaneutralerverlag.de

MIX
Papier aus verantwortungsvollen Quellen
FSC® C083411
FSC www.fsc.org

Erschienen bei FISCHER Tor
Frankfurt am Main, März 2021

Satz: Dörlemann Satz, Lemförde
Druck und Bindung: CPI books GmbH, Leck
Printed in Germany
ISBN 978-3-596-70482-8

Leave this place
Exit this city
Now it belongs to the royalty

WOLF PARADE, *Artificial Life*

VOR 57 TAGEN

Ghunghru – घुँघरू [ghũghrū] *m* **1.** Glöckchen *n*, Schelle f **2.** Schellenband *n (wird während des Tanzens um den Fußknöchel getragen)*

Reglos lauschte Paksha auf die Schritte im Korridor.

Sswsch, sswsch, sswsch.

Sie kannte das Geräusch. Sonnys Hauspantoffeln schlurften über den kalten, grauen Marmorboden. Sonny war unterwegs zu ihr. Paksha wollte nicht, dass er in ihr Zimmer kam, aber was konnte sie schon dagegen tun?

Aus dem Augenwinkel nahm sie wahr, wie er die Tür öffnete. Sie drehte sich nicht zu ihm um. Hier, im Innern der Sync-Sphäre, zerfetzte der Taifun stumm und gleichgültig die Mangrovenwälder, in denen Paksha früher bei gutem Wetter Krabben fürs Abendessen gesammelt hatte.

Auf der Türschwelle räusperte sich Sonny.

»Du bekommst gar nicht genug von der Show, was?«

Paksha presste die Lippen zusammen. Ein bunt bemaltes Fischerboot segelte über ihr vorbei und zerschellte lautlos an den Uferfelsen.

»Ich gönn dir den Ruhm«, fuhr Sonny jovial fort. »Du hast eine super Performance abgeliefert. Schade, dass euer Dorf nicht zu retten war. Aber jetzt bist du ja hier bei mir. Darf ich?«

Seine Finger huschten über den Control-Screen und schalteten das Video ab. Brechende Wellen und peitschende Palmwedel erstarrten mitten in der Bewegung, ehe sie zu harmlosem Pixelstaub zerfielen. Paksha blinzelte. Ihre Heimat war verschwunden. Zurück blieben die kantigen Möbel ihres neuen Zimmers, das ungemachte Bett und darüber an der Wand der kitschige Kunstdruck, auf dem Krishna eine Schar Hirtenmädchen mit seinem Flötenspiel bezirzte. Sie alle waren ihm restlos verfallen, seiner blauen Haut, dem schelmischen Lachen und den Pfauenfedern, die er im Haar trug. Welche Wahl blieb ihnen schon, wenn ein Gott sie zum Tanzen aufforderte?

»Falls ich dir einen Rat geben darf: Denk nicht zu viel an dein altes Zuhause«, sagte Sonny. »Die Andamanischen Inseln sind Geschichte, und die Zuschauer wollten, dass du zu mir nach Europa kommst. Wird Zeit, dass wir uns besser kennenlernen, was meinst du, Kind?«

Kind.

Als ob sie nicht beide wussten, dass Paksha in Sonnys Augen längst kein Kind mehr war. Das Beben seines dichten, schwarzen Schnurrbarts hatte es ihr verraten, schon ganz zu Beginn der Show, als er mit honigsüßen Worten um die Gunst des Publikums geworben hatte. Der allzu feste Griff um ihren Arm, mit dem er ihr beim Aussteigen aus dem Autocopter geholfen hatte. Die Blicke der anderen Frauen auf der Plantage, blaue Augen voller Neid und Mitleid. Mit ihren fünfzehn Jahren war Paksha alt genug, um die Zeichen zu deuten. Sie wusste sehr wohl, warum Sonny heute in ihr Schlafzimmer gekommen war, aber nach allem, was sie durchgemacht hatte, blieben nur Gleichgültigkeit und Resignation.

Sonny schritt den Raum ab wie ein Raubtier sein Revier. Aufmerksam, selbstsicher. Paksha ließ sich weder von seinem Teddybärengesicht täuschen noch von seinem Wohlstandsbauch, oder dem gemütlichen Doppelkinn. Er würde sie nicht umwerben wie Krishna seine Auserwählten. Wenn Sonny etwas wollte, dann nahm er es sich.

Das letzte Kamerateam war gestern abgereist, Sektor Main-4/ME gehörte nun wieder Sonny allein. Ihm gehörten die Reisfelder und der Ertrag, den die einheimischen Arbeiter erwirtschafteten. Ihm gehörten der Autocopter, der Paksha hergebracht hatte, und die Villa am Hang über dem Fluss. Ihm gehörten das Zimmer, in dem Paksha seit ihrer Ankunft lebte, und jedes einzelne Kleidungsstück, das sie am Leib trug, sogar die Unterwäsche.

»Wie war deine erste Woche bei uns? Ich hab dich vernachlässigt, aber das wird sich jetzt ändern.« Während er sprach, besah er sich Pakshas offen stehende Reisetaschen, die wenigen Habseligkeiten, die sie herausgezerrt und dann planlos auf dem Schreibtisch, dem Fensterbrett, dem Fußboden verteilt hatte. Sein Blick fiel auf die leeren Schrankfächer, dann auf die zerfledderte Ausgabe von *Tausendundeine Nacht,* die aufgeschlagen auf dem Nachtkästchen lag. »Hast du dich schon eingelebt? Bist auf Entdeckungstour gegangen?«

Paksha schüttelte den Kopf und beobachtete Sonny zwischen zwei Strähnen ihrer Dreadlocks hindurch. Die eingeflochtenen Moodwires schimmerten eisblau. »Es hat ja ständig geregnet.«

Sein Lachen klang immer noch so sympathisch wie in der Show. Sonny-ji, der Wohltäter. Der nette Onkel, der das gestrandete Waisenkind bei sich aufnahm. »Daran musst du dich gewöhnen. Zieh am besten Gummistiefel an, wenn du rausgehst.« Er setzte sich auf die Bettkante und holte ein Kunststoff-Etui aus der Hosentasche. »Na, komm her und lass uns deinen Einstand feiern.«

Paksha blieb stehen. Sie war noch nicht so weit, nur ein kleiner Aufschub noch.

Lenk ihn ab, funkten ihre erschöpften Synapsen. *Mach es wie Scheherazade. Denk dir was aus, das besser ist als die Wirklichkeit.*

Tausendundeine Nacht lang hatte die geschickteste Geschichtenerzählerin aller Zeiten den bösen König in ihren Bann geschlagen. Pakshas Repertoire war nicht ganz so umfangreich wie das ihres Vorbilds, aber erzählen, das konnte sie. Von Noe, ihrer

Großmutter, hatte Paksha die Kunst ihrer Vorfahren gelernt, kaum dass sie sprechen konnte. Sie musste lediglich herausfinden, welche Art von Zuhörer Sonny war.

»In Safe Town hat es auch oft geregnet«, hob sie beiläufig an. »Aber das war eine ganz andere Art von Regen, kurz und heftig, und danach kam die Sonne gleich wieder raus. Hier nieselt es den ganzen Tag, es ist immer nass.«

Sonny gluckste gutmütig. »Da hast du recht, Kind. Ich weiß schon, dass du gehofft hattest, ein Kandidat aus Indien würde das Rennen machen. Aber glaub mir, du hättest es bereut. Indien ist eine Wüste, Paksha. Hier in Europa lässt es sich besser leben.«

»Hast du nicht manchmal Heimweh?«

»Nach Indien?« Sonny rümpfte die Nase. »Da gibt's nur noch Staubstürme und Gigastädte. Ich fliege ab und an hin, im Winter, wenn die Temperaturen unter vierzig Grad fallen. Aber am liebsten bin ich auf der Plantage.« Mit dem linken Arm beschrieb er einen ausladenden Kreis. »Uns fehlt es doch an nichts. Wir haben unseren indischen Lebensstandard, alles vom Feinsten, alles auf dem neusten Stand. Ein Haus wie dieses«, er klopfte an den Bettpfosten, »hätte ich mir in Delhi oder Bengaluru im Leben nicht leisten können. Dreihundertdreißig Quadratmeter, Neomogulischer Stil, bis unters Dach vollgestopft mit Tata-Technologie. Und von dem Geld, das übrig bleibt«, grinsend klappte er das Etui auf, »hab ich uns was Nettes besorgt. Weißt du, was das ist?«

Auf den ersten Blick hielt Paksha die beiden milchigen Kristalle, die er sich auf die Handfläche rollen ließ, für ein Paar Ohrringe. Erst als sie näher heranging, sah sie, wie im Innern der Steine elektrische Funken entlang eines haarfeinen Drahtgeflechts zuckten. An einem Punkt nahe der Oberfläche vereinten sich die Metallfäden und ragten als kupferne Nadelspitze ins Freie.

Eine ungute Ahnung regte sich in ihr, aber Paksha schüttelte stumm den Kopf.

Sonny kicherte. »Das hätte mich auch gewundert. Kleine Leute wie wir bekommen sowas normalerweise nicht zu Gesicht. Schon mal von Brain-Sparks gehört?«

Widerwillig nickte Paksha. »Die pfuschen dir ins Gehirn, oder? Bringen deine B-Waves durcheinander. Aber ich dachte, das ist total gefährlich …«

»*Noch in der Testphase* trifft es besser«, entgegnete Sonny lächelnd. »Die winzige Ladung hier reicht gerade mal für einen kurzen Ausflug ins Nirwana. Der Effekt greift direkt an den Hirnströmen, lässt dich für ein paar Stunden alles vergessen.« Er musterte sie unverhohlen, jede Kurve, jeden Zentimeter nackter Haut. »Was meinst du, machen wir uns einen schönen Abend?«

Pakshas Fußzehen gruben sich in den Plüschteppich. Wenn sie gewusst hätte, dass Sonny heute zu ihr käme, hätte sie sich mehr angezogen als das dünne Maxishirt, dessen Saum ihr gerade bis zum Knie reichte. Verflucht, sie hätte damit rechnen müssen! Fünf ganze Tage hatte er ihr Zeit gegeben, um sich zu sortieren, um anzukommen und sich von ihrem alten Leben zu verabschieden. Ein fairer Deal, oder nicht? Es war ihre eigene Schuld, dass ihre Taschen noch immer nicht ausgepackt waren, dass sie es vorgezogen hatte, die Zeit in der Sync-Sphäre zu verplempern und einem Zuhause nachzutrauern, das nicht mehr existierte. Sektor Main-4/ME war jetzt ihr Zuhause und Sonny ihre Zukunft.

»Du machst mir ein schlechtes Gewissen.« Paksha deutete auf die Brain-Sparks. »Du hast doch für die Show schon so viele Shells ausgegeben. Dann die ganzen neuen Kleider, der Flug mit dem Autocopter …«

Sonny winkte ab. »Ich musste den Zuschauern natürlich was bieten, damit sie für mich stimmen. Aber, unter uns, FinalFood hat mich ordentlich gesponsert. In der Show warst du der absolute Sympathieträger, Paksha. Dich rauszuholen hat der Firma sagenhafte Image-Werte beschert. Dann noch dieses bombastische Finale, Evakuierung im Taifun, euer Dorf in Trümmern –

Paradise Lost war die Sync-Show des Jahres, des *Jahrzehnts*. Und wir waren dabei.«

Der Boden unter Pakshas Füßen schwankte, als sie an Safe Town dachte; daran, wie Orkanböen erst das Dach ihres Hauses fortgerissen und dann die Wände wie Spielkarten weggefegt hatten. Die Bilder der Zerstörung kannte sie nur aus der Sync-Sphäre. Paksha selbst hatte da bereits im Flieger nach Europa gesessen. Der Taifun war weitergezogen, die Andamanischen Inseln ragten weiterhin trotzig über den Meeresspiegel, doch diesmal würde niemand zurückkehren, um Safe Town wieder aufzubauen. Zu teuer, hatte der indische Staat entschieden.

Ein Knall draußen vor dem Fenster ließ Paksha zusammenfahren. Vielstimmiges Grölen in einer fremden Sprache schallte vom Rand des Grundstücks herüber.

Sonny verdrehte die Augen. »Die Arbeiter feiern heute Karneval. Aber denk jetzt bloß nicht an Rio.« Er schüttelte den Oberkörper wie ein Sambatänzer. Unter dem Hemd schwabbelten Bauch und Brust. »Knackige Frauen in Bikinis gibt's keine. Hier in der Gegend heißt es *Fasching* und die Leute nutzen den Blödsinn als Vorwand, um nicht zur Arbeit zu kommen und sich volllaufen zu lassen.«

Die Gesänge vor dem Zaun klangen hitzig und aggressiv. Eine schrille Tröte mischte sich unter das Stimmengewirr.

Die Härchen auf Pakshas Unterarmen richteten sich auf. »Verstehst du, was sie sagen?«

Sonny rollte die Brain-Sparks zwischen den Fingern. »Ich spreche ein paar Sätze Deutsch, ja. Aber ich habe mir nie die Mühe gemacht, den Dialekt im Main-Sektor zu lernen. Das reinste Kauderwelsch. Die Vorarbeiter können sowieso alle Hindi.«

Der Tumult ebbte ab. Die Meute zog weiter.

»Das geht heute noch den ganzen Tag so«, erklärte Sonny. »Wir können später rausgehen und es uns ansehen. Ein bisschen Folklore schnuppern.«

Paksha ergriff die Gelegenheit. »Karneval ist wie Holi, stimmt's? Kennst du die Geschichte von Holika?«

»Ewig nicht gehört«, seufzte Sonny. »Erzähl nur, Kind. Vielleicht packt mich ja doch noch das Heimweh.«

Gewaltsam schüttelte Paksha die Erinnerung an ihr letztes Holi-Fest in Safe Town ab. An die Lieder, die Wolken aus buntem Farbpulver, die sirupsüßen Laddus. Damals, vor einem Jahr, als Noe noch am Leben gewesen war und die Legende in alter Tradition selbst erzählt hatte.

»Holika war die Schwester eines unbesiegbaren Königs.« Automatisch fiel Paksha in den Singsang, mit dem sie in Safe Town die Touristen unterhalten hatte. Ob Scheherazade ihre Märchen auf ähnliche Weise vorgetragen hatte? »Kein Mensch oder Tier war stark genug, ihn zu bezwingen. Weder Pfeil noch Schwert konnten ihm gefährlich werden.«

»Ah, ich sehe schon, das wird eine lange Geschichte.« Sonny lehnte sich zurück und klopfte neben sich auf das Polster. »Setz dich zu mir, Kind. Kein Grund, dort rumzustehen wie eine Heilige auf dem Scheiterhaufen.«

Paksha hatte Bilder von Scheherazade gesehen. Demütig und furchtlos kniete sie zu Füßen des bösen Königs und hielt ihn mit ihren Erzählungen in Atem, Nacht um Nacht, bis sie sein kaltes Herz erweicht hatte.

»Holikas Bruder«, fuhr Paksha fort, während sie sich Sonny mit kleinen Schritten näherte, »konnte weder im Freien sterben noch in geschlossenen Räumen.«

Sonnys Schnurrbart zog sich über den grinsenden Lippen in die Länge. Er rutschte zur Seite, doch Paksha ließ sich neben ihm auf den Teppich gleiten.

»Weder bei Tag noch bei Nacht.«

Ein Stirnrunzeln huschte über sein Gesicht, aber fürs Erste schien er damit zufrieden, sie zumindest in Reichweite zu haben.

»Weder an Land noch im Wasser, noch in der Luft«, schloss Paksha und drapierte ihren rechten Arm auf der Matratze.

»Muss ein smarter Bursche gewesen sein«, bemerkte Sonny.

»Seine Macht ließ ihn arrogant werden«, sagte Paksha. »Er verlangte, dass die Menschen den Göttern abschworen und stattdessen nur noch ihm huldigten. Alle gehorchten, bis auf einen.«

»Nun wird's spannend«, gluckste Sonny. »Das wäre doch der passende Zeitpunkt für unsere Belohnung, hm?« Auf seiner ausgestreckten Handfläche präsentierte er ihr die blitzenden Steine.

Pakshas Hals wurde trocken. »Das ist ... großzügig von dir. Aber nimm du nur. Ich bleibe heute lieber nüchtern.«

Sonny lachte, wie nette Onkels über altkluge Nichten lachen. »Hast wohl schon reichlich Erfahrung mit Rauschmitteln, was? Habt ihr euch auf den Andamanen damit die Zeit zwischen den Taifunen vertrieben?«

»Naja, hin und wieder gab es was zu rauchen.« Paksha spürte, wie ihr das Blut in die Wangen schoss. »Und die Touris haben oft Pillen mitgebracht. Ich hab's ein paarmal versucht, aber mir wurde immer richtig übel davon.«

Sonny drehte einen der Kristalle, bis sich das schräg einfallende Sonnenlicht in den Facetten verfing wie ein schillernder Schmetterling in einem Spinnennetz. »Das hier ist ein anderes Kaliber, Kind. Pures Glücksgefühl, keine Nebenwirkungen, viel sauberer als irgendwelche Pillen. Ich hab achteinhalbtausend Shells dafür hingeblättert. So eine Chance bekommst du vielleicht nie wieder.«

Paksha schluckte. »Wie funktioniert es?«

»Ein kleiner Piks, nichts weiter.« Sonny demonstrierte das Vorgehen, indem er sich die kupferne Nadelspitze zwischen den Augenbrauen an die Stirn hielt. »Die Ladung muss in deine Nervenbahnen gelangen, der Rest geht ganz von allein.«

»Aber es verändert deine B-Waves«, beharrte Paksha. »Ich hab von Leuten gehört, die aus ihren eigenen Ego-Streams rausgeworfen wurden. Der Nexus hat sie einfach nicht mehr erkannt.«

Sie brach ab, weil die Vorstellung zu grotesk war, um sie in Worte zu fassen. Menschen ohne Ego-Streams, waren das überhaupt noch Menschen?

»Auf solche Horrormeldungen darfst du nichts geben«, winkte Sonny ab. »Aber wenn du dich dann besser fühlst, mache ich den Anfang. Und deinen Spark heben wir fürs nächste Mal auf, hm?«

Paksha nickte steif. *Fürs nächste Mal.*

»Soll ich weitererzählen?«

Sonny drehte den Kristall im Licht und schmunzelte. »Nur zu. Bin gespannt, wer unseren unbesiegbaren Herrscher noch stoppen kann.«

Als Paksha mit der Geschichte fortfuhr, klang ihre Stimme eine Oktave schriller. »Der Einzige, der dem König nicht huldigen wollte, war dessen eigener Sohn. Unerschütterlich hielt der Prinz an seiner Verehrung für Gott Vishnu fest, dem Bewahrer der kosmischen Ordnung.«

Mit den dicken Fingern der linken Hand tastete Sonny nach der Stelle zwischen seinen Augenbrauen. Er legte den Kopf in den Nacken, schloss halb die Augen und drückte sich die Kupferspitze ins Fleisch. Ein hellroter Blutstropfen quoll hervor. »Mach nur weiter, Paksha. Bin ganz bei dir.«

Draußen schwollen die Sprechchöre der fremden Menschenmenge an und ab. An den Fenstern im Erdgeschoss setzte ein neues Geräusch ein: Fausthiebe auf Glas.

»Der ... der König war außer sich vor Wut. Er wollte den Prinzen für diese Dreistigkeit bestrafen, ihn vom Angesicht der Erde tilgen, aber all seine Mordversuche scheiterten. Denn Vishnu beschützt die, die an ihn glauben.«

Ein winziger Blitz zuckte im Innern des Kristalls. Sonny ließ die Luft in einem langgezogenen Seufzer entweichen. Sein Einatmen vermischte sich mit einem Laut reinster Verzückung. Der zweite Stein rollte ihm aus den Fingern und blieb auf dem Fußboden liegen.

»In seiner Raserei rief der König seine Schwester Holika zu Hilfe. Sie besaß einen goldenen Sari, mit dem sie unbeschadet durchs Feuer gehen konnte. Diese Fähigkeit wollte sie nutzen, um den Prinzen zu töten.«

Sonny riss die Augen auf und betrachtete Paksha, als sei sie selbst in Kleider aus purem Gold gehüllt. Seine Pupillen schienen das Tageslicht aufzusaugen wie Schwarze Löcher.

»Weiter«, keuchte er. »Erzähl nur weiter.«

Fieberhaft überlegte Paksha, wie ihre Fluchtchancen stünden, wenn sie jetzt wegrannte. Gut möglich, dass sie bereits im Erdgeschoss einem Angestellten in die Arme lief – der Köchin, dem Hausmädchen, dem Fahrer. Und selbst wenn Paksha es nach draußen schaffte, zog dort der feiernde Mob umher. Noch immer brandete das Johlen gegen die Fensterscheiben, näher denn je. Wenn sie hierblieb, hätte sie es bald hinter sich.

Unstet fuhr sie fort. »Ein Scheiterhaufen wurde aufgeschichtet. Holika nahm in der Mitte Platz und gebot ihrem Neffen, sich auf ihren Schoß zu setzen. Der Prinz gehorchte, weil er wusste, dass Vishnu ihn vor allem Übel bewahren würde. Der König selbst steckte das Reisig in Brand.«

»Ahhh, ich sehe es«, hauchte Sonny. Im Innern des BrainSparks sprühten Funken. Eine dünne Blutspur zog sich zwischen den Augen hindurch zur Nasenwurzel. »Das Feuer. Du loderst so hell, Holika. Komm her. Setz du dich auf *meinen* Schoß.«

Instinktiv wich Paksha zurück. Sie verlagerte ihr Gewicht auf die Fußballen und schielte über die Schulter zur Tür.

Vor dem Haus gellten jetzt Befehle in Hindi.

»Bleibt, wo ihr seid!«

»Zurück! Zurück, hab ich gesagt!«

»Ruf den Sahab! Ruf die Security!«

Die Antwortschreie in der fremden Sprache waren lauter. Glas splitterte, eine Sirene heulte los.

»S-Sonny-ji, da ist was passiert. Du musst nachsehen …«

Aber Sonny war bereits Teil einer ganz anderen Geschichte.

»Wer wird dich jetzt retten?«, lallte er, während seine Hand an Pakshas Arm entlangwanderte, vom Ellenbogen zur Schulter über das Schlüsselbein. »Bete zu mir. *Bete!*«

»L-lass mich erst zu Ende erzählen.« Pakshas Stimme überschlug sich. »Als die F-Flammen Holika und dem Prinzen gefährlich nah kamen, erschien Vishnu in der Gestalt des Narasimha – halb Mensch und halb Löwe. Er streckte die Arme aus …«

Das tat auch Sonny. Er packte Paksha oberhalb der Taille und zog sie zu sich heran. »Du hast mich gerufen. Jetzt lass mich dich erlösen.«

Im Erdgeschoss splitterten Glas und Kunststoff. Schläge dröhnten durchs Treppenhaus, Schmerzensschreie, die Sirene jaulte unerbittlich.

»Hörst du das nicht?«, flehte Paksha. »Wir müssen weg, wir müssen …«

Die Eindringlinge polterten über die Treppenstufen, traten die Türen am Ende des Flurs ein, brüllten, lachten, kamen näher. Paksha riss sich los und krachte schmerzhaft mit dem Knie auf den Fußboden. Sie robbte unters Bett, nur Sekunden bevor die Angreifer ins Schlafzimmer stürmten. Von ihrem Versteck aus konnte sie lediglich Schuhe erkennen. Drei Paar klobige Arbeiterstiefel. Ihnen gegenüber zwei fahrig tapsende Pantoffeln.

»Wer seid ihr? Verneigt euch vor eurem Gebieter!«

»Dein Haus ist umstellt, Sonny Sahab«, rief eine Männerstimme mit schwerem Akzent. Das zugehörige Stiefelpaar trat einen großen Schritt in den Raum hinein.

»Wir übernehmen das Kommando«, fügte eine Frau hinzu und wie um die Worte zu unterstreichen, riss das Sirenengeheul urplötzlich ab.

»Ihr Ungläubigen! Verbrennt zu Asche!«, röhrte Sonny und stürzte vor.

Paksha hörte ein elektrisches Knistern, einen abgehackten

Schrei. Sonny sackte in sich zusammen und blieb schlaff neben dem Bett liegen. Seine Augen waren so stark verdreht, dass nur noch rot geädertes Weiß unter den Lidern hervorschaute. Aber er atmete.

Die drei Eindringlinge berieten sich in ihrer fremden Sprache. Schnelle Wortfolgen, angespannte Stimmen.

Dann hörte Paksha ein ganz neues Geräusch.

Prrram, prrram.

Ein dunkles, metallisches Klimpern, das dem Takt maßvoller Schritte folgte.

Prrram, prrram.

Unbeirrt hielten die Schritte auf Pakshas Schlafzimmer zu. Die drei Arbeiter unterbrachen ihre Diskussion.

Prrram, prrram. Prrram, prrram.

Die Stiefel wichen nach rechts und links aus, um jemandem Platz zu machen.

»Veeru«, murmelten die Arbeiter ehrfürchtig.

Veeru.

Das vertraute Wort bewirkte beinah, dass Paksha unter dem Bett hervorkroch und sich der fremden Person um den Hals warf. In Safe Town hatte es einen streitlustigen Kater gegeben, den alle Veeru gerufen hatten. *Kleiner Held.* Das Tier war lang vor dem großen Taifun gestorben, und der Name war Paksha seitdem nicht mehr zu Ohren gekommen. In diesem Moment, unter einem Bett achttausend Kilometer von Safe Town entfernt, wurde Paksha zum ersten Mal glasklar bewusst, dass ihre Heimat für immer verloren war. Ihre Sicht verschwamm, aber sie ließ die Füße nicht aus den Augen.

Veeru trug keine Schuhe. Die Haut, die sich straff über Fußknochen und Sehnen spannte, war weder blassrosa wie die der Einheimischen noch braun wie Pakshas oder Sonnys. Sie war schiefergrau und von blauen Adern durchzogen. Lebendig gewordener Stein, Marmor und Asche. Die Hautfarbe der Götter. Ohne ihr Zutun formten Pakshas Lippen den Namen *Vishnu*. Sie zitterte am ganzen Körper.

Während die Arbeiter Bericht erstatteten, ging Veeru um den bewusstlosen Sonny herum und blieb so dicht vor der Bettkante stehen, dass Paksha die orange lackierten Fußnägel hätte berühren können. Breite, glockenbesetzte Stoffbänder schlangen sich in vier, fünf übereinanderliegenden Reihen um Veerus Knöchel und verursachten bei jedem Schritt ein vielstimmiges Klingeln. *Prrram, prrram*. Die Endstücke der Kordeln waren fest verknotet, damit sie beim Laufen nicht über den Boden schleiften. Oder beim Tanzen. Paksha kannte solche Glockenbänder. *Ghunghrus* hießen sie, und die Showgirls von Safe Town hatten sich ebenfalls welche umgebunden, wenn sie die Schrittfolgen für Kathak geübt hatten oder für Bharatnatyam.

So sehr schlug der Anblick Paksha in den Bann, dass sie erst mit einigen Sekunden Verspätung registrierte, dass Veeru den Arbeitern eine Frage auf Hindi gestellt hatte.

»Was ist mit ihm passiert?«

War das eine hohe Männerstimme oder eine tiefe Frauenstimme? Welcher Akzent schwang in diesen Worten mit? Paksha hatte unzählige Sprachen, Dialekte und Färbungen gehört im Lauf ihres Lebens, aber dennoch gelang es ihr nicht, Veerus knappe Sätze einzuordnen.

Die Arbeiter antworteten auf Kauderwelsch.

Veeru erteilte Anweisungen. Ruhig, höflich und mit ausreichend Hindi durchsetzt, dass Paksha der Konversation folgen konnte.

Helfen – draußen – alles im Griff.

Die Arbeiter murmelten erleichtert und räumten das Feld.

Veeru zog die Tür zu. Gebannt beobachtete Paksha die Marmorfüße bei ihrem Rundgang durch das Zimmer. *Prrram, prrram*, bis zum Schreibtisch. Schubladen öffneten und schlossen sich. Wenn Veeru die Arme bewegte, mischte sich ein feineres, helleres Klimpern in die Geräuschkulisse. *Prrrim, prrrim*.

Knarrende Schranktüren, raschelnde Regenkleidung.

Ein unvollständiges *prrram, prrr…*, als ein Fußzeh den Brain-Spark streifte, den Sonny im Rausch hatte fallen lassen. Veeru trat einen Schritt zurück. Eine Hand erschien in Pakshas Gesichtsfeld und griff nach dem Kristall. Lange Finger, kräftige Gelenke und dieselbe graublaue Haut, derselbe orangefarbene Nagellack. Schmale Glasarmreife, vielleicht zwanzig, fünfundzwanzig Stück in Gelb, Gold und Grün klirrten und klimperten bei jeder Drehung, mit der Veeru das Objekt untersuchte.

Mit zwei Schritten eilte Veeru zu Sonnys reglosem Körper. Paksha robbte tiefer unters Bett, atmete Staub und feuchten Moder ein und presste sich die Hand auf die Nase, damit sie nicht niesen musste. Veeru kniete zwischen ihr und Sonny, die langen Beine angewinkelt, Fingerspitzen am Hals des Bewusstlosen, tastend, lauschend. Enge, filigran gemusterte Leggings in Beige und Grün reichten Veeru bis zu den Fußknöcheln und verschwanden dort unter dem glänzenden Reigen der Ghunghrus. Ein Vorhang aus schwarzem Haar fiel über den Spalt zwischen Bettkante und Boden.

Veeru fand den zweiten Spark in Sonnys Stirn, zog seine Augenlider nach oben, klatschte ihm mit der flachen Hand auf die Wange. Manikürte Fingernägel strichen das Haar an der Schläfe beiseite und legten eine kreuzförmige Narbe neben Sonnys linkem Auge frei – zwei feine, längst verheilte Schnitte, die rechtwinklig wie ein Pluszeichen übereinanderlagen.

Paksha hörte einen gedämpften Fluch, dann ein Seufzen. Sie klebte am Boden wie ein Gecko. Sonnys Speichel sickerte in den Teppich. Veeru lehnte an der Bettkante und klopfte mit der Ferse einen aggressiven Takt, den die Ghunghrus in scheppernde Töne verwandelten. Das Poltern im Erdgeschoss war abgeebbt. Paksha glaubte, die tiefe Stimme von vorhin zu erkennen, wie sie Fragen beantwortete und Anweisungen erteilte.

Als Sonnys Augenlider flatterten und ein Japsen aus seinem

Mund kam, rückte Veeru von der Bettkante ab und beugte sich nach vorn. Die grauen Finger entknoteten eines der Schellenbänder. Sonnys Kopf rollte hin und her, er murmelte Unverständliches. Veeru legte ihm eine Hand ins Genick, schob das lose Band darunter hindurch und zurrte die Schlinge fest. Aus dem Murmeln wurde ein Röcheln.

Paksha hielt den Atem an.

Unter den geschlossenen Lidern gerieten Sonnys Augäpfel in panische Bewegung. Seine linke Hand krallte sich in den Teppich, mit der rechten schlug er unkoordiniert um sich, bis Veeru den Arm mit beiden Knien zu Boden drückte. Die Ghunghrus schnitten in den weichen Hals. Bebende Fäuste zogen die Kordel unbarmherzig zu.

Paksha presste die Augen zusammen, bis sie leuchtende Schlieren sah, aber gegen die Geräusche konnte sie sich nicht abschotten. Das hohe Pfeifen, das Sonnys Kehle entwich. Veerus tiefe, kontrollierte Atemzüge. Das muntere Klimpern der Armreife. Das Trommeln zappelnder Füße.

Dann wurde es still.

Paksha blinzelte. Sonnys erschlafftes Gesicht starrte sie aus toten Augen an.

Veeru rollte den Leichnam auf die Seite, stöhnte erschöpft und ließ sich zu Boden sinken, genau auf einer Länge mit Paksha.

Paksha sah Veerus Rücken.

Bitte dreh dich nicht um, flehte sie stumm.

Vielleicht war das der geeignete Moment zur Flucht. Bis zur Zimmertür wäre es nur ein beherzter Satz. Aber Paksha war wie hypnotisiert.

Über den Leggings trug Veeru eine knielange Baumwoll-Kurti mit weitem Saum und einem tiefen Rückenausschnitt. Noch mehr Marmorhaut kam darunter zum Vorschein, spitze Schulterblätter und die pechschwarzen Linien eines Tattoos. Ein Löwengesicht mit orangeroten Augen, umrahmt von einer wilden Mähne.

Narasimha. Halb Löwe, halb Mensch.

Ehe Paksha ihre Fassung zurückgewinnen konnte, drehte sich Veeru auf die andere Seite und griff nach der Kordel, die verknäult neben dem Bett lag.

Ihre Blicke trafen sich.

Paksha sah graue Haut, dunkle Augen und blaue Lippen. Veeru stolperte fluchend auf die Füße, ging drei schnelle Schritte zurück und blieb stehen. Paksha rührte sich nicht.

»Komm raus«, forderte Veeru, nachdem sie beide zu Atem gekommen waren.

In größtmöglichem Abstand zu Sonny schlängelte sich Paksha unter dem Bett hervor. Staub und Spinnweben klebten in ihren Dreadlocks. Sie zog das Maxishirt über die Knie und starrte auf ihre eigenen nackten Füße.

»Du hast alles mitbekommen«, stellte Veeru sachlich fest. »Dann weißt du, dass ich diejenige bin, die ab sofort das Sagen auf der Plantage hat.« Sie sprach lupenreines Hindi und Paksha blieb nichts anderes übrig, als zu nicken. »Schau mich an, Kind. Oder sehe ich etwa so schrecklich aus?«

Ein winziger Tropfen Wehmut lag in diesen Worten. Das verlieh Paksha den Mut aufzusehen.

»Du siehst aus wie eine Göttin«, hörte sie sich flüstern.

Veerus Augenbrauen hoben sich zu perfekten Bögen. Sie waren schwarz und dicht wie ihr Haar. Alles an ihr war lang. Die Beine, die Arme, das Gesicht mit den hohen Wangenknochen, die steile, gerade Nase. Und dünn. Und flach.

»Ich bin keine. Enttäuscht?« Im rechten Mundwinkel balancierte sie ein Lächeln.

Paksha verschränkte die Arme. »Was bist du dann?«

In Safe Town hatte sie Touristen aus allen Teilen der Erde kennengelernt, Menschen mit dunkler Haut, heller Haut und in jeder erdenklichen Schattierung dazwischen. Jemand wie Veeru war ihr noch nie begegnet. Paksha gefiel die Vorstellung, dass sie mit ihrer Erzählkunst ein übersinnliches Wesen heraufbeschworen hatte. Wenn schon keine Göttin, dann vielleicht ein Dschinn aus Tausendundeiner Nacht?

»Ich bin Veeru. Und ich könnte dir jetzt alles erklären. Werde ich aber nicht. Nur so viel: Es war nötig.« Veerus Blick huschte zu Sonnys Leiche, dann fügte sie hinzu: »Kanntest du ihn … gut?«

Paksha vermied es, den toten Körper anzusehen. »Er war nicht mein Onkel, wenn du das meinst.«

Ein knappes Nicken. »Das dachte ich mir.«

Nachdenklich ging Veeru um den Leichnam herum. Der Klang des verbliebenen Ghunghru-Bandes beruhigte Paksha. Sie fragte sich, ob Veeru wirklich eine Tänzerin war. Ihr sehniger Körper und die aufrechte Haltung sprachen dafür.

»Hast du eine Idee, was wir jetzt mit ihm machen?« Ein Anflug von Ratlosigkeit schwang in dieser Frage mit. Offenbar hatte Veeru wenig Erfahrung im Fortschaffen von Toten. Damit waren sie allerdings zu zweit.

»Wir könnten ihn … in den Teppich wickeln?«

»Besser als nichts.«

Während Paksha den plüschigen Läufer heranzog, packte Veeru Sonny beherzt unter den Armen. Sie war stärker, als ihre schmale Statur vermuten ließ. Paksha versuchte, ihr Alter zu schätzen, doch Veerus bizarre Hautfarbe erlaubte lediglich die grobe Vermutung, dass sie deutlich älter als Paksha sein musste, aber definitiv jünger als Sonny.

»Nimm du seine Beine.«

Zusammen hievten sie den leblosen Körper auf den Teppich und rollten ihn unter gedämpftem Ächzen darin ein.

»Wie heißt du?«, fragte Veeru, als sie das morbide Paket mit vereinten Kräften an die Wand geschoben hatten. Sie lehnten nebeneinander am Fenster, um frische Luft ins Zimmer zu lassen.

»Paksha. Du könntest mich kennen. Ich bin ziemlich berühmt.«

Schon seit sie unter dem Bett hervorgekrochen war, hatte

Paksha nach Anzeichen dafür gesucht, dass Veeru sie mit *Paradise Lost* in Verbindung brachte. Unbeteiligt zupfte sie sich den Dreck aus den Haaren, während Veeru sie prüfend von der Seite musterte.

Nach ein paar Sekunden schüttelte Veeru den Kopf. »Muss dich enttäuschen. Ich war in letzter Zeit … mit anderen Dingen beschäftigt. Wofür bist du berühmt?«

Paksha schaute auf die fremde, neue Welt vor dem Fenster. Bei ihrer Ankunft waren die Bäume, die das Grundstück säumten, noch gespenstisch kahl gewesen. Jetzt sprossen zarte, hellgrüne Blätter an den Ästen. Vögel in bescheidenen Schattierungen von Braun und Grau zwitscherten unbekannte Melodien. Es regnete.

»Fürs Überleben.«

Ein paar gedankenverlorene Atemzüge lang schwieg Veeru.

»Was für ein Zufall«, fuhr sie schließlich fort. »Genau dafür bin ich auch berühmt.«

Unten eilten die Einheimischen vorbei, die vor kurzem als johlender Mob das Gelände gestürmt hatten. Von Karnevalsstimmung herrschte keine Spur mehr. Die Revolte hatte ihre Maske abgelegt. Diszipliniert sicherten die Männer und Frauen ihre Eroberung, trieben Sonnys Wachleute bei einem Nebengebäude zusammen, steckten hilflos piepsende Security-Dummys in Brand und errichteten Barrikaden an den Zufahrtswegen. Ein Arbeiter entdeckte Veeru am Fenster und rief ihr etwas zu. Veeru antwortete knapp auf Kauderwelsch, und der Mann zog weiter.

»Führst du die Arbeiter an? Was hast du jetzt vor?«, fragte Paksha.

Veeru seufzte tief und wandte sich zu Paksha um. »Das entscheide ich morgen.«

»Kann ich hierbleiben?« Paksha gab sich Mühe, nicht hilfsbedürftig zu klingen. Sie war kein Sozialfall, sie brauchte einfach etwas Zeit. Bedenkzeit.

Auf der überdachten Veranda loderte ein Siegesfeuer. Rauchschwaden zogen vorbei und Veerus Haar glänzte im Schein der Flammen. Sie sah aus, als wisse sie, wo sie hinwolle. Vielleicht konnte sie auch Paksha den Weg zeigen.

Veeru kratzte Lacksplitter von ihren Fingernägeln. »Überleg's dir gut. Das wird hier bald kein Ort mehr für Kinder sein.«

Paksha lachte humorlos. »Das war es auch vorher nicht.«

JETZT

Jalebi - जलेबी [jalebī] *f* **1.** Dschalebi *f (brezelförmige, in Öl gebackene Süßigkeit)*

»Du solltest nicht hier sein«, belehrt mich der Hund, nachdem er mit gefletschten Zähnen und gesträubtem Nackenfell eine Horde Affen vom Eingang zum alten Gewürzmarkt vertrieben hat. »Stell dir mal vor, ich wäre gerade nicht da gewesen, um dich aus der Patsche zu hauen.«

»Ich komm schon klar, keine Sorge«, entgegne ich, während ich meine E-Rikscha abschließe. Morgens um halb fünf sind die Gassen in Delhis Altstadt dämmrig und menschenleer, trotzdem will ich kein Risiko eingehen. Leichtsinnig genug, dass ich mein Raumschiff unbewacht zurücklasse, wenn ich für einen Auftrag unterwegs bin. Aber ohne Aufträge kein Geld und ohne Geld keine Ersatzteile.

Der Hund stupst mich mit der Schnauze an. »Wie wär's mit einem Dankeschön, Bruder?«

Daher weht der Wind also. Vermutlich lungert er oft hier herum und weiß, dass ich den Gewürzmarkt regelmäßig mit leeren Händen betrete und mit einer Box voller Realfood wieder rauskomme. Die Affen sind mir schon mehrmals unangenehm auf die Pelle gerückt und von Mal zu Mal wurden sie dreister. Mit seinem Freundschaftsdienst hat mir der Hund zumindest die üblichen Scherereien erspart. Eine kleine Belohnung kann ich der heutigen Lieferung bestimmt abzwacken.

»Worauf hast du's denn abgesehen?«, seufze ich.

»Jalebi«, verlangt er sofort. »Frisch frittiert und mit richtig viel Zucker.«

»Jalebi?« Meine Überraschung ist nicht gespielt. Zieht er diese fettigen, pappsüßen Teigkringel wirklich einem echten Stück Fleisch vor? »Weißt du, was das kostet, Kumpel?«

»Nur einen kleinen Happen?« Eine rosa Zunge schleckt über die Lefzen. Der dünne Schweif wedelt hoffnungsvoll.

Wie er so vor mir steht, kommt er mir vage bekannt vor. In Old Delhi wimmelt es vor Streunern, aber dieser Knabe sticht aus der kläffenden Meute heraus mit seinen zu groß geratenen Fledermausohren und einem Fell, so schmutzig weiß wie die kolonialen Arkaden am Connaught Place.

Außerdem ist er der Einzige, der spricht.

Kurz nach dem Absturz hätte ich diese Tatsache noch schulterzuckend hingenommen, lediglich ein sonderbares Detail in einer Welt voller fremdartiger Widersprüche. Doch allmählich kenne ich meinen Exilplaneten gut genug, um die vielen Facetten des Wahnsinns voneinander unterscheiden zu können.

Affen, die Schutzgeld erpressen: alltäglicher Wahnsinn.

Sprechende Hunde: außerordentlicher Wahnsinn.

Besser, ich bleibe auf der Hut.

»Sag mal, wie heißt du eigentlich?«

Der Hund kratzt sich hinter dem Ohr, wo die Räude ein paar Zentimeter gerötete Haut freigelegt hat. »Die Müllsammlerin nennt mich Gora. Bei den Chai-Verkäufern in Kinari Bazar bin ich Chappu. Die Mädels bei *Haldiram's*, naja, die sagen Jalebi zu mir. Gefällt mir nicht so. Am liebsten mag ich Ray.« Rollendes »R« und ein langgezogenes »aay«.

Ich nicke. »Dann also Ray.«

»Wie sieht's jetzt aus mit der Belohnung?« Den Hundeblick beherrscht er perfekt. »Komm schon, *yaar*! Eine Hand wäscht die andere, eh?«

»Lass mich erst mal den Job dort drin erledigen, okay? Um die Jalebi kümmere ich mich danach.«

Noch vor Sonnenaufgang der erste Gläubiger auf meiner Liste. Das wird heute wieder ein langer Tag.

»Ich warte hier«, ruft Ray mir nach, während ich die Straße überquere und auf den Eingang des verlassenen Gewürzmarkts zusteure.

Als ich durch den Türrahmen trete, springt der HC-Sensor an meinem Handgelenk von Gelb auf Orange, und die Mikroporen in meinem Thermosuit schließen sich knisternd. Das Gebäude gleicht einem riesigen Lehmofen. Das Mauerwerk speichert die infernalische Hitze des Tages und bringt die Luft im Innern auf Gartemperatur. Izmat scherzt manchmal, dass wir das Tandoori-Hühnchen gleich hier drin zubereiten sollten, anstatt das rohe Fleisch in Kühlboxen quer durch die Stadt zu schmuggeln. Die anderen Zutaten seien schließlich auch alle vorhanden. Damit hat sie nicht ganz unrecht. Obwohl der Markt seit Jahren geschlossen ist, wirbeln die geisterhaften Dämpfe von Chilischoten, von Ingwerpulver und Pfefferkörnern bei jedem Schritt vom Boden auf. Schon nach wenigen Sekunden läuft mir die Nase, und meine Augen brennen. Ich atme pures Curry.

Immer zwei Treppenstufen auf einmal nehmend, steige ich hinauf in den vierten Stock. *Zu schnell,* würde Izmat warnen. *Du musst dir deine Kräfte einteilen. Mit Überhitzung ist nicht zu spaßen.* Schuldbewusst werfe ich einen Blick auf den Sensor. 37,9 Grad Körpertemperatur. Die Treppe zum Dach erklimme ich langsamer. Hier oben hat sich auch die beißende Gewürzwolke verflüchtigt, die Luft schmeckt nur noch nach Staub und Ozon.

Ich blinzle ein paarmal, bis sich mein Blick wieder klärt. In Delhi wird es nie richtig dunkel. Selbst in der halb verlassenen Altstadt strahlen genügend Ad-Screens und Holoreklamen in den Nachthimmel, dass ich das Flachdach bis zum Ende überblicken kann. Izmats Streetcopter parkt nah bei der Brüstung. Sie selbst entdecke ich erst, als der Scheinwerferkegel vom Nachbardach ihren metallisch glänzenden Thermosuit streift. Lässig lehnt sie an der Cockpittür und scrollt über den implantierten Screen auf ihrem Unterarm. Als sie meine Schritte auf dem Beton hört, schaut sie auf.

»Du bist spät dran, Marti.« Ein paar dunkelbraune Haarsträhnen fallen ihr ins Gesicht, der Rest ihrer Mähne kringelt sich wild in alle Richtungen.

»Die Affen werden da unten langsam zum Problem.« Mein Gespräch mit Ray erwähne ich lieber nicht. »Wir sollten uns in Zukunft woanders treffen.«

Izmat stößt sich von der Tür ab. »Ich überleg mir was. Jetzt hilf mir erst mal beim Ausladen.«

Ihre Beinprothese klickt, als sie in die Knie geht, um die Seitenklappe des Copters zu öffnen. Bei unserer ersten Begegnung hat Izmat mir erzählt, dass sie den schnittigen Zweisitzer mit der Prämie für den verlorenen Unterschenkel finanziert hat. »Laufen gegen Fliegen. Kein schlechter Deal«, lachte sie damals. Den Pilotenschein hat sie in der Armee gemacht. Sie war dort ein hohes Tier und flog massenhaft Einsätze im Persischen Golf. »Mein Bein liegt irgendwo vor der Küste von Katar. Auf der Intensivstation hab ich dann erfahren, dass die Saudis gar kein Öl mehr bei sich bunkerten. Alles Bluff, alles umsonst. Danach fiel mir der Abschied von der Truppe nicht mehr schwer.«

Izmat wuchtet eine silberne Kühlbox aus der Ladeklappe und reicht sie an mich weiter. Behutsam lege ich sie auf dem breiten Geländer ab. Manche Realfood-Items sind empfindlich. »Ich hab eine Bestellung über drei Kilo Tomaten. Der Kunde zahlt mir einen super Preis.«

Izmat kneift ihre Rehkitzaugen zusammen und drückt mir die zweite Kühlbox gegen die Brust. »Tomaten? Träum weiter. Ich kann dir Steckrüben anbieten. Weißkohl hab ich auch genug auf Lager.«

»Das wird schwierig. Wie sieht's mit Fleisch aus? Lamm wäre ideal. Oder wenigstens Hammel.«

»Junge, von welchem Planeten kommst du?«

Ich zucke zusammen, aber Izmat ist noch mit der dritten Box beschäftigt, die sich im Seitenfach verkeilt hat.

»Momentan gibt es nicht mal Schwein und Huhn.« Sie lässt eine leere Kühlbox auf den Boden scheppern und richtet sich zu ihren vollen einsdreiundfünfzig auf. Damit ist sie immer noch fast einen Kopf kleiner als ich. »Solange die Lage in Europa so unberechenbar ist, solltest du hier echt keine Ansprüche stellen.«

»Du meinst den Aufstand? Auf den Plantagen?«

»Glückwunsch, Herr Professor. Wo soll das ganze Realfood denn herkommen, wenn bei denen nicht mehr produziert wird? Ich hätte gute Lust, da ein kleines Manöver zu fliegen, das kannst du mir glauben.«

Als ich den Job als Kurierfahrer angenommen habe, war mir nicht klar, dass ich in einen Krieg eintrete. Wasser und fruchtbare Erde werden von Jahr zu Jahr knapper auf diesem Planeten. Indien mangelt es an beidem, aber selbst die Milliardensummen, die in der Softwareindustrie erwirtschaftet werden, können die Dekkan-Wüste nicht in Agrarland zurückverwandeln. Izmat sagt, dass die Smartfood-Items, die in Algenfabriken, Insektenfarmen und Nährstoffreaktoren produziert werden, problemlos reichen, um jeden Menschen satt zu bekommen. Trotzdem ist alle Welt scharf auf echte, organisch gewachsene Lebensmittel – Realfood ist selten, wertvoll, extravagant. Realfood ist Macht.

»Na schön, dann also keine Tomaten«, lenke ich ein. »Aber Steckrüben nimmt mir auch niemand ab, Izmat.«

»Die kann man wie Kartoffeln verwenden. Hast du das deinen Kunden schon erklärt? Ich hab noch ein paar getrocknete Datteln, die packe ich obendrauf.«

Ich winke ab, und Izmat macht sich daran, die Lieferung zusammenzustellen. Im Kopf überschlage ich, wie viele Shells für das dürftige Sortiment rausspringen werden. Abzüglich der Provision für Izmat und der Rate für den Vorschuss, den sie mir neulich gewährt hat, kann ich damit vermutlich nicht mal den Einkaufspreis wieder reinholen.

Ich schlendere um den Copter herum und spähe durch die Frontscheibe. Diffuses grünes Licht strahlt vom Radardisplay ab und verleiht den unerreichbaren Schätzen im Cockpit einen überirdischen Glanz. Luftdruck- und Höhensensoren blinken verheißungsvoll. Die Steuerkonsole sieht aus wie ein Standardmodell, das ich mit ein paar einfachen Umbaumaßnahmen in mein Schiff einpassen könnte. Schwieriger wird es beim Navigationssystem, und damit steht und fällt das ganze Unternehmen. Wenn der Softwaretransfer schiefgeht, muss ich wieder bei null anfangen …

»Erde an Marti. Hörst du mir überhaupt zu?« Izmat knufft mich in die Seite. »Mein blauäugiger Träumer. Manchmal glaub ich echt, du bist nicht von dieser Welt.«

Ein letztes Mal zuckt mein Blick zum Radarschirm, folgt den einsamen Kreisen der Antennenlinie. »Sorry. Bin noch nicht ganz wach.«

»Lange Nacht gehabt?« Ihre Hand wandert wie beiläufig über mein Schlüsselbein, ehe sie mich am Kragen zupft und zurück zu den Kühlboxen dirigiert. »Lass uns kurz Pause machen. Ich hab dir was mitgebracht.«

Die Ladeklappe des Copters steht offen, und wir setzen uns in den Einstieg, Schulter an Schulter, Hüfte an Hüfte. Izmat öffnet den Reißverschluss ihres Thermosuits, als ob das die Hitze mildern könnte. Schweißtropfen glänzen auf ihrem Dekolletee. »Erfrischung gefällig?«

Sie greift unter die Suitmembran und zieht eine silbrige Schatulle aus der Innentasche. Der Mechanismus scheint auf ihre B-Waves zu reagieren, denn der Deckel schnappt auf, ohne dass Izmat einen Finger rühren muss. Ein kalter Luftschwall entweicht und haucht mir eine flüchtige Gänsehaut ins Gesicht.

»Mein Bonus für diesen Monat.« Izmat präsentiert mir zwei rosafarbene Würfel. »Unverkäuflich und unbezahlbar. Such dir eines aus.«

Ein klebrig süßer Duft hüllt uns ein. »Wassermelone?«

Izmat nickt, als sei das keine große Sache, aber ich sehe, wie sich ihre Lippen millimeterweit öffnen, um das Aroma mit allen Sinnen auszukosten. Zögernd greife ich nach dem kleineren Stück. Feucht und nachgiebig schmiegt sich die verbotene Frucht an meine Fingerkuppen. Was jetzt? Izmat beobachtet mich. Ein Safttropfen läuft an meinem Daumen entlang zum Handgelenk. Ehe er zu Boden fallen und verdunsten kann, stecke ich mir den Würfel in den Mund und lecke den Finger ab. Der intensive Geschmack der Melone dringt in jede Pore, zuckrig, prickelnd, gärend, lebendig.

Izmat genießt ihren Anteil in winzigen Bissen. »In Mall Nagar hat eine neue Realfood-Bar aufgemacht. Was hältst du davon, wenn ich uns dort nen Tisch buche? Unsere Dates hier in der Ladeklappe sind ja nicht gerade romantisch.«

Ich schlucke und spüre, wie das kühle Fruchtfleisch meinen Hals hinabgleitet. »Hm, vielleicht.«

»Ich lade dich ein. Sag mir einfach, wo ich dich abholen soll.«

»Das ist es nicht. Ich meine …«

Izmat schließt die Schatulle mit einem *Klack*. »Im Ernst, Marti, wo treibst du dich rum, wenn gerade kein Job ansteht? Und erzähl mir bloß nicht, dass du in dieser schrottreifen Rikscha pennst. Du weißt ja, mein Angebot …«

»Ich komme zurecht«, behaupte ich zum zweiten Mal an diesem Morgen und stehe abrupt auf. »Hab doch gesagt, ich bin nur auf der Durchreise.«

»Seit dreieinhalb Monaten?«

Ich wuchte eine Box in die Höhe. Weißkohl und Steckrüben, die magerste Ausbeute seit Langem. »Glaub mir, ich bin so gut wie weg.«

Izmat schaut mit schiefgelegtem Kopf zu mir auf. Aus diesem Winkel kann ich die kreuzförmige Narbe an ihrer Schläfe sehen. Sie hat mir nie erzählt, woher sie die hat. »Verstehe. Und wo soll's hingehen?«

Im Innern des Copters pulsiert das grüne Licht.

»Nach Hause.« Mehr wird sie nicht aus mir rausbekommen. Wir haben das Spiel oft genug gespielt. »Ich muss jetzt los.«

»Wie du meinst.« Izmat erhebt sich ebenfalls und setzt eine geschäftsmäßige Miene auf. »Ich schick dir die neuen Koordinaten. Funktioniert der vLink noch, den ich dir gegeben habe?«

»Deine Nachrichten kommen an, aber ich kriege nach wie vor keinen Zugang zum Nexus.«

»Verstehe. Ich recherchiere das noch mal. Kann ein paar Tage dauern, je nachdem, wie sich die Sache mit dem Staubsturm entwickelt.«

Ein Schweißtropfen läuft mir über die Stirn, aber ich brauche beide Hände, um die Box festzuhalten. »Kommt wieder einer?«

Delhi und seine Staubstürme: alltäglicher Wahnsinn.

»Braut sich gerade über dem Panjab zusammen. Riesending diesmal – Hashtag ›Jahrhundertsturm Taimur‹ oder so.« Sie drückt die Ladeklappe ins Schloss. »Es gibt noch keine zuverlässigen Berechnungen, aber der Katastrophenschutz ist in Habachtstellung.«

»Hm«, murmle ich, während ich im Kopf meine Kundendatei nach potenziellen Abnehmern für die mickrige Lieferung durchforste. »Also, bis dann.«

»Bis dann.«

Izmat schwingt sich ins Cockpit, und ich mache mich auf den Weg zur Treppe. Warme Luftwellen schwappen über mich hinweg, als die Rotorblätter Fahrt aufnehmen und der Copter schaukelnd abhebt. Über den Dächern der Altstadt geht die Sonne auf, lässt den Horizont flimmern und bringt die Flachdächer, die Kuppeln der Moscheen, die ornamentverzierten Tempelspitzen zum

Glühen. Ich ziehe den Gesichtsschutz an meinem Thermosuit hoch. Der HC-Sensor zeigt 38,2 Grad.

Ray fläzt auf der Rückbank meiner E-Rikscha und begrüßt mich schwanzwedelnd.

»Jetzt geht's los, eh? Mission Jalebi!«

Ich verstaue die Thermobox im Fußraum. »Vorher brauchen wir Geld. Unser erster Kunde wohnt in Sundar Nagar.«

»*Accha,* dann lass uns abdüsen.«

»Immer mit der Ruhe«, murmle ich, während ich die Rikscha zurück auf die Hauptstraße schiebe. Allmählich füllen sich die Gassen mit Leben. Auch wenn die meisten Häuser in Old Delhi seit dem Erdbeben von '45 unbewohnbar sind, hält das dichte Netz aus Tempeln, Märkten und Sehenswürdigkeiten den Besucherstrom am Laufen. Ich ziehe ein paar neugierige Blicke auf mich, aber daran bin ich gewöhnt.

»Ich mag dich, *yaar*«, hechelt Ray auf der Rückbank. »Du bist ein *Gora* wie ich. Wir sind hier was Besonderes.«

»Du meinst, weil wir beide weiß sind?«

»Naja, bei dir ist es mehr eine Art Rosa. Und deine Haare sind ziemlich gelb.«

»Du könntest auch mal wieder baden.«

»Dreck hält das Ungeziefer ab.«

»Und dein Geruch zieht es an.«

»*Ayyo,* sei nicht so gemein.«

Ich lasse mich auf den Fahrersitz fallen und wische mir den Schweiß von der Stirn. Ein sinnloser Reflex. Sirrend kommt der Motor auf Touren. Die Batterieanzeige scheint wieder einen Wackelkontakt zu haben, aber wenigstens das Navi meldet sich gehorsam zum Dienst. Daneben hängt Izmats ausrangierter vLink schief in seiner Halterung – eine spröde Standardversion der endlos konfigurierbaren Allzweckgeräte, ohne die das Leben auf diesem Planeten nicht denkbar ist. Wäre ich ein Mensch wie alle anderen, dann wäre der vLink meine persönliche Schnittstelle mit dem Nexus. Mit meiner B-Wave-Frequenz scheint jedoch irgendetwas nicht zu stimmen, denn der Zugang zur virtuellen Welt bleibt mir verwehrt. Lediglich die Verbindung zu Izmat stellt der vLink anstandslos her – wenn auch nur in eine Richtung.

Ich werfe einen Blick über die Schulter und trete leicht aufs Gas. Im Schritttempo holpern wir über den welligen Asphalt. Am Rückspiegel schaukelt das Nazar-Amulett, das Izmat mir bei einem unserer ersten Treffen geschenkt hat – eine Glasperle bestehend aus drei Farbringen, dunkelblau, weiß und hellblau, mit einem schwarzen Pupillenpunkt in der Mitte. »Blaue Augen kann man nie genug haben«, sagte sie zwinkernd. »Das hier schützt vor bösen Blicken.« An den Rändern der Windschutzscheibe kleben Sticker mit verblichenen Götterabbildungen – der tanzende Shiva, Durga auf dem Rücken eines Tigers sitzend. Der größte von ihnen, direkt über dem Lenker, zeigt eine gewitterblaue Kali mit spitzen Zähnen, herausgestreckter Zunge und einer Halskette aus Totenschädeln. Manchmal irritiert mich ihr aufdringliches Starren, aber ich werde mich hüten, das Bild abzukratzen. Solange ich in dieser Stadt auf mich selbst gestellt bin, muss ich jeden Beistand annehmen, den ich kriegen kann.

Ich manövriere die Rikscha an einigen kreuz und quer parkenden E-Scootern vorbei, während ich gleichzeitig darauf achte, nicht mit den Reifen im Rinnstein hängenzubleiben. Fußgänger schieben sich durch die handbreite Lücke zwischen Karosserie und Hauswand oder überqueren die Straße, ohne sich umzusehen. Hinter mir hupt ein Lieferwagen.

»Hey! Was ist mit denen da? Gehören die auch zu dir?« Kläffend reckt sich Ray aus dem Fenster. Unter den bröckelnden Ornamenten eines Torbogens beugen sich zwei Europäer über eine vMap. Als sie Rays Gebell hören, rucken ihre Köpfe herum. Unsere Blicke treffen sich. Die Frau packt den Mann am Oberarm und redet hitzig auf ihn ein.

Ich schaue wieder geradeaus und drücke aufs Gas. »Das ist Zufall. Beruhig dich.«

Es *muss* Zufall sein. Bisher ist schließlich alles gutgegangen; niemand hat meinen Körper als vermisst gemeldet, nirgends habe ich Hinweise darauf gefunden, wer der schlaksige, blonde Typ war, dem ich diese Verkleidung verdanke.

An den eigentlichen Körpertausch kann ich mich kaum erinnern. Vermutlich bin ich nach dem Absturz mit letzter Kraft aus meinem Schiff getorkelt und habe mir die erste Lebensform geschnappt, die mir auf diesem Wüstenplaneten begegnet ist. Es war einfach Pech, dass der Mensch selbst nicht richtig hierhergehörte. Aus Izmats Kommentaren habe ich mir zusammengereimt, dass der Körper vermutlich aus Europa stammt, jenem fernen Wunderland, in dem das Realfood an den Bäumen wächst. Wie er nach Delhi kam, ob er eine Familie hatte, ob ihn jemand vermisst - ich weiß es nicht. Zur Sicherheit habe ich die Haare ein gutes Stück wachsen lassen, den Bart abrasiert und die Markenklamotten gegen einen Secondhandthermosuit getauscht. Bisher hat mich - *ihn* - niemand erkannt. Aber die Reaktion der beiden Weißen macht mich nervös.

»Du kannst nicht einfach irgendwelche Leute anbellen, Ray.« Der rüde Tonfall hilft mir, den Schreck zu verarbeiten, auch wenn sich sofort mein schlechtes Gewissen meldet. Etwas versöhnlicher fahre ich fort: »Wenn du mitkommen willst, musst du dich benehmen.«

Wir biegen ins Getümmel des Chandni Chowk ein und schieben uns in einer hupenden, surrenden Kolonne aufs Rote Fort zu. Nach und nach öffnen die Souvenirläden, und die Besitzer rollen ihr quietschbuntes Arsenal an Ethno-Schmuck und Taj-Mahal-Replikaten auf den Fußweg. In den Snackbuden wird das Öl von gestern Abend wieder auf Siedetemperatur gebracht.

Sobald wir aus der Altstadt raus sind, kommen wir zügiger vorwärts. Rechts und links fliegen monumentale Häuserblocks vorbei, selten höher als zehn, fünfzehn Stockwerke, aber langgestreckt wie Gebirgsketten. Klein und zerbrechlich wirken dagegen die Ruinen aus vergangenen Zeiten, die überall in der Stadt in ihren Nischen und Enklaven auf den endgültigen Verfall warten. Freistehende, zinnengekrönte Torbögen, die nirgends mehr hinführen; halb verschüttete Mausoleen; Paläste für Tauben, Affen und Eidechsen. Delhi sei in Wahrheit eine Stadt-aus-sieben-Städten, ließ Izmat mich irgendwann beiläufig wissen. Sieben große Dynastien erklärten diesen Grund und Boden in den vergangenen Jahrtausenden zum Mittelpunkt ihrer Welt. Die Königreiche zerfielen eines nach dem anderen, aber die Monumente überdauerten und verwuchsen zu einem Ort, an dem sich die Epochen ineinanderschieben wie wandernde Sedimentschichten.

Ich biege auf die Mathura Road ab und reihe mich zwischen die breiten Motorhauben der Limousinen, Taxibusse und Transporter ein. Meine E-Rikscha hat zwar schon drei oder vier Jahrzehnte auf dem Buckel, aber sie wurde mit Magnetzellen nachgerüstet und kann auf den breiten Straßen von Süd-Delhi mühelos mithalten.

»Whohoo!«, jubelt Ray, als wir an die Mag-Line andocken und die Reifen Bodenkontakt verlieren. Ich schalte auf Autopilot, und das Magnetfeld zieht uns vorwärts. Ein strammer Luftzug weht mir die Haare aus dem Gesicht, Rays Ohren flattern im Wind. Die Fahrzeuge vor, hinter und neben uns folgen ihrer Bahn wie Asteroiden im Gravitationsfeld eines unsichtbaren Himmelskörpers.

Wenn ich die Augen schließe, kann ich beinah sehen, wie sich das flache Relief der Stadt in andere Dimensionen fortsetzt. All den Irrwegen liegt ein Muster zugrunde, dessen bin ich mir sicher, und mit genügend Abstand kann ich es entziffern. Fast fühlt es sich an, als sei ich noch immer irgendwo dort oben unterwegs, nur ich und mein Schiff und die Sterne. Fern, so unendlich fern der Heimat. Ich treibe ziellos durchs Nichts. Ich bin Marti, so viel weiß ich. Erinnerungen ballen sich im Vakuum zusammen wie irisierende Gaswolken. Sie wollen sich zu festen Gebilden formen, aber ein unerbittlicher Sog reißt die Partikel auseinander, verschluckt sie, verschluckt mich, schleudert mein Schiff durch Raum und Zeit, geradewegs in die Umlaufbahn dieser blauen Welt, so viel Wasser denke ich muss bremsen muss ausweichen das Schiff dreht sich immer schneller Himmel Wasser Himmel Wasser zu spät wir prallen auf ich muss

Der Autopilot piept schrill, als ich den Lenker herumreiße, und die E-Rikscha schlingert in ihrer Magnetbahn, aber die blinden Kräfte, die das Chaos verwalten, halten uns auf Kurs. Ringsum aggressives Hupen.

»*Aaraam se!*«, schreit Ray. »Nicht so stürmisch, Taxi Driver. Trainierst du für den Rikscha-Rallye-Contest, oder wie?«

Ich fahre mir übers Gesicht, atme Staub und Hitze. »Sorry. Tut mir echt leid.« Diese Aussetzer häufen sich, und ich will mir nicht ausmalen, was passiert, wenn ich das Raumschiff nicht bald flottkriege. »Alles klar da hinten?«

»Wenn ich meine Jalebi schon bekommen hätte«, antwortet Ray, »müsstest du die jetzt vom Sitz wischen.«

Meine Hände zittern immer noch leicht, als uns der Autopilot auf Höhe von Sundar Nagar aus der Mag-Line ausklinkt und die Rikscha mit einem Ruck wieder auf dem Boden landet. Im Schritttempo navigiere ich durch das sterile Wohngebiet. Ordentliche Hausklötzchen reihen sich entlang der schnurgeraden Straßen aneinander. Von Delhis Bäumen – Banyan und immergrüner Jambul, Niem, rot blühender Semul und Pipal und all den anderen – sind heute nur noch tote Gerippe übrig, die keinen Schatten mehr spenden. In den Vorgärten der Besserbetuchten wiegen sich virtuelle Grünpflanzen in einem Luftzug, den es in der Wirklichkeit gar nicht gibt. Ein paar Angestellte in Thermosuits huschen zwischen den hermetisch abgeriegelten Klimaoasen hin und her. Acht Uhr morgens und die Außentemperatur kriecht unaufhaltsam auf die Vierzig-Grad-Marke zu.

Wir tuckern in eine Seitenstraße. Ray streckt die Nase in die Luft und schnuppert. »Das riecht nach Fett und Zucker«, verkündet er mit leuchtenden Augen. »Hast du uns ins Schlaraffenland bugsiert, *yaar*?«

Ich lenke die Rikscha um einen der Hauswürfel herum. Mit seinen sonnengelben Wänden und den roten Simsen wirkt das Gebäude in dem weißgrauen Einerlei so deplatziert wie ein Paradiesvogel in einer Legebatterie. Auf der Rückseite stelle ich den Motor ab. »Versprechen kann ich nichts«, warne ich meinen hechelnden Fahrgast, während ich die Kühlbox aus dem Fußraum ziehe. »Bleib im Wagen und verhalt dich ruhig, okay?«

»Was immer du sagst, Boss.«

Auch ich kann das Duftgemisch aus Gewürzen, Sirup und Frittiertem jetzt riechen. Sofort knurrt mein Magen, aber eine Mahlzeit ist für mich noch nicht in Sicht. Wenn ich auf den Steckrüben sitzenbleibe, gibt es die heute Abend als Curry. Das ist in letzter Zeit leider häufiger passiert.

Ich stelle mich vor den B-Wave-Scanner neben der Hintertür und irgendwo im Innern verkündet das System meine Ankunft. Nathuram öffnet mir höchstpersönlich. Er ist beinahe so breit wie hoch. Zuckriger Staub schimmert in seinen Augenbrauen und seinem Schnurrbart. Auf einer rotgelben Schürze prangt das Firmenlogo. *Real Sweets since 1939.*

»Ah, du bist's, *Bhai Sahab*«, stellt er fest und klopft dann stirnrunzelnd auf die Scannerabdeckung. »Das Ding zeigt immer ›Unbekannte Person‹ an, wenn du kommst. Dabei war letzten Monat erst die Wartungsfirma hier.«

Er winkt mich in den achtzehn Grad kühlen Flur. Sofort beginnen die Thermozellen an meinem Anzug mit dem Luftaustausch. Der HC-Sensor springt zum ersten Mal seit den frühen Morgenstunden auf Grün.

Nathu geht voraus, streckt im Vorbeilaufen den Kopf in die Küche, ruft »Eh, Rani, bring mal ein Glas Wasser für den Kurierfahrer!« und biegt dann in den Vorratsraum ab.

Ich kenne die Prozedur. Umringt von Kisten voller Smartfood-Items lege ich mein exklusives Köfferchen auf den Tisch. Packungen mit Nährstoffpräparaten, Bug-Mehl und Flavour-Apps scheinen das Schauspiel von ihren Regalplätzen aus verächtlich zu beäugen.

Nathu reibt sich die Hände. »Hast du die Tomaten?«

»Die waren heute nicht in der Lieferung. Dafür gab's aber A-Klasse-Weißkohl ...«

»Arré«, braust Nathu auf. »Wir beliefern morgen eine Hochzeitsgesellschaft mit zweihundert Gästen. Der Shahi Panir war als Hauptgericht fest zugesagt. Wie steh ich denn jetzt da? Das ist absolute Upper Class, die schmecken den Unterschied sofort.«

Ein Päckchen Toma-Flavour-App auf Algen-und-Bakterienbasis winkt hämisch zu uns herab.

»Die Steckrüben sehen super aus. Wusstest du, dass man die wie Kartoffeln verwenden kann?«

Ehe Nathu vollends die Fassung verliert, spitzt Rani herein, reicht mir ein Glas Wasser, wirft ihren langen, dunklen Zopf über die Schulter und lässt uns mit einem koketten Augenaufschlag wieder allein.

»Tomaten sind einfach nicht mehr zu bekommen, solange sich die Lage in Europa nicht bessert«, füge ich hinzu, als Nathu sich wieder beruhigt hat.

»Das ging alles mit den verdammten Frankenstein-Bienen los«, grummelt er. »So ist es doch immer. Die Konzerne bauen Mist, und wir einfachen Leute haben das Nachsehen.« Wie ein kleines Gewitter ballen sich die Augenbrauen auf seiner Stirn zusammen. Zwischen meinen Ohren erhebt sich ein Summen. »Aber so was taucht natürlich in keinem News-Stream auf, o nein! Dein Vorgänger hat uns das gesteckt, ein paar Wochen, bevor du die Kurierfahrten übernommen hast. Weißt du, wie das läuft? Die Viecher werden in Europa ausgesetzt, um den Ernteertrag zu steigern, schön und gut. Nur leider hat keiner der klugen Forscher bemerkt, dass das verpfuschte Bienengift die Feldarbeiter reihenweise krepieren lässt. Ist doch klar, dass die den Aufstand proben.« Der Schwarm in meinem Kopf brummt immer lauter. Schwarze Punkte zucken durch meine Augäpfel. Kopfschüttelnd trommelt Nathu mit den Fingern auf die Kühlbox. »Das System funktionierte wunderbar. Wir hatten Tomaten, wir hatten Kartoffeln. Ab und zu mal eine Aubergine. Wozu da diese Gen-Bienen?«

»Z.O.M.Bees«, spuckt mein geborgtes Hirn urplötzlich aus und schiebt es mir auf die Zunge. *»Zoologically Optimized Mutant Bees.«*

»Mir doch egal, wie die heißen«, winkt Nathu ab, während ich blinzelnd wieder zu mir komme. In meinem Mund klebt der Geschmack von Honig. Nathu hat den Aussetzer nicht bemerkt. »Weißkohl und Steckrüben, das ist alles, was du hast, ja?«

»Ein bisschen Fleisch«, bringe ich mühsam hervor. »Vielleicht Schwein. Ziemlich sicher sogar. Nathu-ji, sag mal ...«

»Hm, nur raus damit, Junge.«

»Habt ihr heute Jalebi auf dem Menü? Die aus Bug-Mehl sind total okay.«

»Jalebi, eh? Man riecht's wohl im ganzen Erdgeschoss. Aber die sind genau abgewogen. Auftragslieferung.«

»Nur ein, zwei Kringel, Nathu-ji. Ich verrechne es dir auch mit dem Realfood.«

»Ah.« Nathu wirft einen abfälligen Blick auf die Kühlbox. »Davon kann ich nichts gebrauchen. Dann gibt's den Shahi Panir eben mit Flavour-App.«

Mir wird eiskalt. Keine Jalebi, kein Geld, Ray im Auto und Izmat, die ...

»Aber ich hab nen Vorschlag für dich, *Bhai Sahab*.« Nathu klopft mir grinsend auf die Schulter. »In der Küche warten hundertfünfzig Samosas darauf, nach Airport Niwas kutschiert zu werden. Kamala Madam schmeißt dort 'ne Dinner-Party. Du bringst ihr die Bestellung, zweigst dir fünf Prozent vom Gewinn ab und kommst anschließend hier vorbei, um dir deine Jalebi abzuholen. Rani kocht eine Extraportion nur für dich. Was meinst du?«

Ich nicke, ohne lang zu überlegen.

»So gefällt mir das«, lächelt Nathu. »Eine Hand wäscht die andere. Und du schuldest mir was, weil du mich mit den Tomaten im Staubsturm hast stehen lassen.«

Ray stellt die Ohren auf, als ich mit der vollen Kühlbox und einer fast identischen Warmhaltebox zurück zur Rikscha komme.

»Alles voller Jalebi?«, winselt er hoffnungsvoll.

Ich quetsche die beiden Kästen auf die Rückbank. »Rutsch mal rüber. Und behalt deine Nase, wo sie hingehört. Wenn wir das abgeliefert haben, gibt's Jalebi.«

»Wohin düsen wir als Nächstes, Käpt'n?«

Trotz der Aussicht auf eine Rundfahrt in der Mittagshitze muss ich lachen. »Schnall dich an und stell die Rückenlehne gerade. Es geht nach Airport Niwas.«

In der Aurobindo Marg ist mal wieder der Straßenbelag aufgeplatzt. Die Polizei regelt den Verkehr. Theoretisch.

Ich schlängle mich zwischen hupenden Bussen und Sammeltaxis hindurch, entdecke eine Lücke, gebe Gas – und muss im letzten Moment einer wuchtigen, vollverglasten Mag-Rikscha ausweichen, die mir dreist den Platz wegschnappt. Knirschend schrappen unsere Kotflügel aneinander. Die Schimpftirade des anderen Fahrers bleibt im klimatisierten Wageninneren. Auf der Außenverkleidung der Rikscha pappen schrille Sticker, von denen mir die Visagen angesagter Bollywood-Stars zuzwinkern. Die Heckscheibe wirbt großflächig für den neusten Streifen *Yaad Karo, Mera Jaan*.

Ich lege den Rückwärtsgang ein, um den Ignoranten vorbeiziehen zu lassen. Dabei fällt mir das Gesicht des Fahrgastes auf der Rückbank ins Auge. Helle Haut, Vollbart. Der Mann dreht geistesgegenwärtig den Kopf zur Seite, aber die Millisekunde Blickkontakt hat mir gereicht. Das ist der Typ von heute Morgen, und neben ihm erkenne ich auch den hellbraunen Bob der Frau.

»Hast du die gesehen?«, rufe ich Ray zu. »Das waren doch die aus Old Delhi.«

Der Hund hebt träge den Kopf von der Thermobox. »Ja. Die folgen uns schon die ganze Zeit.«

»Was? Wie haben die …? Warum hast du nichts gesagt?«

»›Benimm dich. Bell niemanden an‹«, erinnert mich Ray. »Und du meintest doch, du kennst die nicht.«

»Ja schon. Aber das kann kein Zufall sein. Hast du bemerkt, wie er sich ertappt gefühlt hat?«

Auch das noch. Sind mir etwa die berüchtigten Realfood-Piraten auf die Schliche gekommen? Ich kenne die traurige Geschichte über meinen Vorgänger. Das muss ich dringend mit Izmat besprechen. Als wir die verstopfte Stelle passiert haben, recke ich den Hals, um nach der Mag-Rikscha Ausschau zu halten, kann den Wagen aber nirgends entdecken.

Statt den direkten Weg nach Airport Niwas einzuschlagen, kurve ich kreuz und quer durch Chanakya Puri und Vasant Vihar. Jede Straße, jeder Kreisverkehr sieht gleich aus. Schwarz-gelbe Bordsteinkanten, diskrete Grundstücksmauern und dahinter die glänzenden Designerfassaden der Diplomatenvillen und Botschaftsgebäude. Ray klagt wieder über Übelkeit, und auch mir wird irgendwann schwummrig. Abgesehen von den paar Schlucken Wasser bei Nathu habe ich heute noch nichts getrunken. Trotzdem nähern wir uns unserem Ziel weiterhin nur in Schlangenlinien. Ich will kein Risiko eingehen und selbst, wenn die Warmhaltebox versagt, ist es ja nicht so, dass die Samosas kalt werden können.

Gegen Mittag holpern wir über die Bremsschwellen, die die Einfahrt zu Airport Niwas kennzeichnen. Trotz des Namens wird hier schon lang nicht mehr geflogen. In den historischen Terminals befinden sich Luxusapartments und exklusive Einkaufsstraßen.

Ich steure eines der Wachhäuschen an und lasse Nathus Thermobox scannen. Eine gelangweilte Pförtnerin winkt mich durch. Die sachliche Stimme des Navis lotst uns auf eine Überführung, die sich zur ehemaligen Abflughalle hinaufschwingt, und von dort zur Rückseite des Gebäudes. Zusammen mit einem Strom aus Transportfahrzeugen und Limousinen überqueren wir eine Rollbahn und tuckern schließlich an einem schlauchförmigen Anbau entlang, der allem Anschein nach einzelne Wohneinheiten enthält. Die Eingangsfronten aus abgedunkeltem Glas sind mit altmodischen blauen Buchstaben gekennzeichnet: *Gate 9, Gate 11, Gate 13.*

»Wo wohnt deine Madam noch mal?«, meldet sich Ray aus dem Mittagsschlaf zurück.

»Gate 4. Das müsste auf der anderen Seite sein.«

Wir umrunden das kurze Ende des Gate-Bungalows und fahren die geraden Hausnummern in umgekehrter Reihenfolge ab, bis wir Kamalas Apartment gefunden haben. Ich parke im spärlichen Schatten einer Metalltreppe, die zur Haustür im Obergeschoss führt.

»Ich muss mal«, verkündet Ray und springt ins Freie.

»Bleib in der Nähe«, rufe ich ihm nach, während ich mir eine der silbernen Boxen unter den Arm klemme. »Es dauert nicht lang.«

Die Treppe ist einer Flugzeuggangway nachempfunden und dementsprechend steil. Als ich mich die Stufen hinaufquäle, spüre ich das heiße Metall sogar durch meine Thermosohlen. Selbst die Technik scheint unter der Hitze zu ächzen. Der B-Wave-Scanner flackert mehrere Sekunden lang, ehe er auf Grün springt und mich anmeldet. Ich werfe einen Blick über das Rollfeld, aber Ray ist nirgends zu sehen. Ich hoffe, er wartet in der Rikscha und stiftet keinen Ärger.

Die Tür summt zur Seite. Eine Frau auf transparenten High Heels tritt mir entgegen. Ihr Haar glänzt wie flüssige Zartbitterschokolade, und zwischen ihren golden gefärbten Augenbrauen funkelt ein Bindi in der Form einer kleinen Sonne.

»Na endlich, der Caterer!«, ruft sie in den Himmel und deutet mit einem spitz gefeilten Fingernagel erst auf mich, dann auf die Box. »Nathu? Samosas?« Ich nicke stumm. »Mitkommen.«

Sie schiebt sich an mir vorbei und führt mich die Gangway wieder hinunter. Bevor sie mir den Rücken zukehrt, erhasche ich einen Blick auf ein Plastikschild, das sie an einem breiten Schlüsselband um den Hals trägt. *Anju – the party project.* Auf dem Weg über den Asphaltplatz flattert es mit dem Saum ihres Mini-Saris um die Wette.

»Dann sag denen in Tokio, dass wir das Sushi um acht Uhr hier haben wollen«, verlangt Anju. Ihr Blick ist starr nach vorn gerichtet. Ich öffne verwirrt den Mund, aber sie fährt bereits fort. »Nein, keine Ausreden. Wir haben einen Vertrag. Mir egal, was die Expresslieferung kostet.«

Da sehe ich es. Neben Anjus Ohr blinkt das diskrete Lämpchen eines vLink-Imp. Die restlichen Module liegen unter ihrer makellosen Haut verborgen.

»Ja, Kamala Madam hat das so bestellt. Und kontrollier auf jeden Fall den Fisch. Wenn ich auf diesem Buffet auch nur ein Fitzelchen Smartfood entdecke, rollen Köpfe.«

Anjus Absätze geben den Takt vor. Die Box zieht an meinen Schultern. Jetzt erkenne ich, wohin wir unterwegs sind. Auf der freien Fläche, die sich zwischen den Gates und der Landebahn erstreckt, ruht ein stromlinienförmiger Koloss. *Ein Raumschiff,* lautet mein erster, absurder Gedanke. *Noch ein Schiffbrüchiger wie ich.* Aber dann setzt mein Hirn die Bilder richtig zusammen – die weiß lackierte Außenhülle, die das Sonnenlicht als gleißendes Inferno zurückwirft; ausladende Tragflächen; das steile Heckruder und darauf der kryptische Code *A380*. Ein historisches Flugzeug, vielleicht sogar eine der alten Kerosinmaschinen. Ich schlucke und bete inständig, dass dieses obskure Konstrukt nur noch zur Dekoration dient.

»Ach, und noch was. Das Event bei den Mukherjees nächste Woche. Hast du die News zum Staubsturm auf dem Schirm? Dieses Taimur-Ding. Check später mal die Flugrouten durch, damit wir keine bösen Überraschungen erleben ... Ja, *alle*.«

Eine zweite Gangway erwartet uns, und Anju bedeutet mir mit einer zackigen Geste, hinaufzusteigen. Auf der Treppe piept mein HC-Sensor, aber ich mache mir nicht die Mühe, die Temperatur abzulesen. Anjus Wortkaskaden plätschern an mir vorbei, ohne in meinen Verstand einzusickern.

»Natürlich ist das Panikmache. Delhi evakuieren, so weit kommt's noch. Wie bitte, über Gorakhpur? Mag ja sein, aber die Reaktoren sind doch sicher. Trotzdem, die Mukherjees bestehen auf einem Notfallplan, und du weißt selbst, wie anspruchsvoll die sind. Du, bleib mal kurz in der Leitung ...«

Ich schleppe mich und die Box ins Flugzeug, lehne mich neben der Tür an die Wand und warte auf Anju, die einen umhereilenden Mitarbeiter abgefangen hat, um sich über die Lage am Veranstaltungsort unterrichten zu lassen. Klimatisierte Luft bläst mir von oben in den Nacken.

Im Innern ist der Fluggigant vollständig entbeint worden. Keine Sitzreihen, keine Trennwände. Vor mir erstreckt sich ein gewaltiger Hohlraum mit safranfarbenem Teppichboden. An der gegenüberliegenden Längsseite reiht sich Tisch an Tisch zu einem Buffet auf. Dessen Herzstück bildet ein Aquarium von den Ausmaßen eines Kleinwagens, in dem allerhand schillernde Meeresbewohner ihre letzten Runden drehen. Seit ich in Delhi bin, habe ich noch nie so viel Wasser auf einem Fleck gesehen.

»Ashok, sei so gut und zeig dem Lieferservice, wo die Samosas hingehören. Fünfundsechzig Shells waren abgemacht. Niki, wie weit seid ihr mit der Dekoration?«

Ein untersetzter Typ mit einem hauchdünnen Xcreen in der Hand winkt mich mit sich. Ashok scrollt durch Listen und Tabellen, während wir die nicht enden wollende Fressmeile abschreiten. »Indisches Essen kommt ab Meter 23.«

»Was ist *das* denn?«, kreischt Anju, die mittlerweile vor dem Aquarium steht. »Der Perlenschmuck wird nicht *im* Wasser präsentiert, sondern drum herum in den *Muscheln*. Welcher Idiot war das?« Sie kickt ihre Schuhe von den Füßen und macht Anstalten, auf den Tisch zu klettern.

»Samosas bei Meter 25,5.« Ashok fuchtelt in die angegebene Richtung. »Stell die dort ab. Ich komme gleich wieder.« Schnellen Schrittes eilt er seiner Chefin zu Hilfe.

Ich trotte seufzend weiter, wuchte die Kiste auf den Tisch und knete meine schmerzenden Schultern.

»Pssst. Samosa-Man. Hier unten.«

Ich erstarre. Ray lugt unter der Tischdecke hervor.

»Bist du wahnsinnig? Husch, zurück zur Rikscha!«

»Nicht böse sein, *yaar*. Ich wollte nur sehen, wo die Party steigt.« Seine Nase wippt schnüffelnd auf und ab. »Sag mal, riechst du auch Jalebi?«

»Du verschwindest sofort von hier«, zische ich. »Wir treffen uns am Wagen. Jalebi gibt's später. Versprochen!«

»Das merkt doch keiner, wenn wir hier ein paar stibitzen. Alter, ich hab so Kohldampf!«

»Du da«, ruft Ashok und winkt mich zu sich. »Du musst hier noch unterschreiben.«

Widerwillig verlasse ich den indischen Abschnitt und wische fahrig über den Xcreen, den Ashok mir hinhält.

»Gib deine Transaktionsnummer da in das Feld ein. Stillhalten für den Scan.«

»Hey, wo kommt der denn her?«, kreischt eine Frauenstimme.

Innerhalb eines Atemzugs bricht Tumult aus.

»Ein Hund!«

»Wer hat den reingelassen?«

»Igitt, der war am Essen!«

Ashok und ich fahren herum und sehen gerade noch, wie Rays Hintern unter der Tischdecke verschwindet.

»Jagt ihn weg, los doch!«, herrscht Anju das Personal an. »Ihr müsst von zwei Seiten rangehen, ihr Hornochsen.«

Eine beherzte Putzkraft stochert mit einem Besenstiel unter den Tisch. Es scheppert, Ray jault auf, das Aquarium schwankt und schwappt über.

»Um Himmels willen, seid vorsichtig!«

Ray will die Flucht nach vorn antreten, sieht sich von allen Seiten umzingelt und rettet sich mit einem Hechtsprung aufs Buffet. Hähnchenschenkel und Perlenketten kullern zu Boden. Ashok greift nach Rays Hinterläufen, reißt aber stattdessen die Tischdecke an sich. Der Tank bekommt endgültig Schlagseite, kippt wie in Zeitlupe vornüber und zerschellt schließlich in einer Welle aus Glasgeschossen und fliegenden Fischen am Boden. Anju weicht zurück, doch der aufgebrachte Hund rennt ihr in den Weg. Sie stolpert, rudert mit den Armen und klatscht dann der Länge nach ins Wasser.

»Ray, bei Fuß«, flehe ich.

Dutzende Augenpaare richten sich auf mich.

»Du«, spuckt Anju.

Viel zu viel Aufmerksamkeit.

Mein Körper schaltet auf Autopilot. Ich drehe mich um und schlittere durch die geflutete Halle zum Ausgang. Auf halber Strecke zischt ein grauweißer Schemen an mir vorbei.

»Haltet ihn auf!«, gellt Anjus Stimme in meinen Ohren. »Ashok, hast du die Personalien?«

Meine Füße berühren kaum die Stufen der Gangway. Der nasse

Thermosuit zieht an meinen Beinen. Während ich über das Rollfeld hetze, piept mein HC-Sensor in maximaler Frequenz.

»*Chalo, chalo, chalo*«, feuert Ray mich vom Rücksitz der Rikscha aus an. Das Trampeln und Keuchen meiner Verfolger sitzt mir im Nacken.

Ich werfe mich hinters Steuer, donnere mit der Faust auf den Zündknopf und trete das Gaspedal durch. Beißender Gummigestank steigt mir in die Nase, als wir mit quietschenden Reifen Fahrt aufnehmen. Das Navi fragt monoton nach unserem nächsten Ziel.

»Bis zur Unendlichkeit und noch viel weiter!«, jubelt Ray.

Die Gates fliegen vorbei, die Ankunftshalle, dann schält sich der Checkpoint aus der flimmernden Luft. Die Pförtnerin von vorhin spricht hektisch in ihr Headset. Sie sieht uns kommen und winkt energisch, während die Schranken auf gesamter Straßenbreite herunterfahren.

Zu langsam für uns. Wir sind durch.

Als wir über eine Bodenwelle brettern, rutscht mir beinahe das Steuer aus der Hand. Notgedrungen bremse ich ab – und sehe, wie sich eine bollywoodbunte Mag-Rikscha hinter uns in den Verkehr einfädelt.

»Scheiße, Ray, das sind sie. Die haben auf uns gewartet.«

In einem halsbrecherischen Manöver wechsle ich die Spur, zwinge die größeren Fahrzeuge, auszuweichen und abzubremsen. Die Mag-Rikscha erscheint wieder im Rückspiegel. Todesmutig überholt sie einen Lastwagen mit schwankender Ladung und zieht gleich darauf an einer verspiegelten Limousine vorbei. Vor mir tut sich eine Lücke auf. Begleitet von einem aufgebrachten Hupkonzert schlängle ich mich zwischen zwei Motorhauben hindurch und steure die erstbeste Ausfahrt an.

»Was soll das werden, *yaar*?«, kreischt Ray. »Frag sie doch erst mal, was sie wollen.«

»Zu gefährlich.«

Vor meiner ersten Tour hat Izmat mir schonungslos erklärt, welche Spielregeln im Realfood-Gewerbe gelten. Kartelle gegen Behörden, Behörden gegen Piraten, Piraten gegen Kartelle: alltäglicher Wahnsinn.

»Halt dich fest.«

Delhi verschwimmt zu einem Netz aus Straßen, vierspurig, sechsspurig, achtspurig. Überführungen tragen uns wie Startrampen gen Himmel, breite Zubringer schleudern uns von einem Orbit in den nächsten. Das Navi stottert wie ein defekter Autopilot. Allmählich dröseln sich die asphaltierten Gehirnwindungen der Stadt zu überschaubaren Bahnen auf, die graue Häusermasse formt sich zu Wohnvierteln, die Viertel zu Parzellen. Für den Moment habe ich die Mag-Rikscha aus den Augen verloren, aber das muss nichts heißen. Ich bin schon viel zu lang unterwegs, aber ich darf die Fremden auf keinen Fall zu meinem Schiff führen.

Nicht zum ersten Mal wünsche ich mir, dass ich Izmat kontaktieren könnte. Aber der altersschwache vLink, den sie aus ihrem eigenen Netzwerk für mich abgezweigt hat, wird erst wieder zum Leben erwachen, wenn Izmat mir die Koordinaten für unser neues Rendezvous schickt.

Ich sehe mich nach Orientierungspunkten um. Ladenfronten drücken sich bunt und blinkend an den Straßenrand, dazwischen zischt Dampf aus den Snackbuden, Filmmusik plärrt aus den Fenstern eines vorbeirauschenden Busses.

»Hey Kumpel, kennst du die Gegend?«, rufe ich über die Schulter.

Ray stellt die Ohren auf. »Aber klar. Wenn du hier links abbiegst, kommst du zu einem Lassi-Stand. Und gleich da drüben gibt's die weltbesten Parantha. Weich und saftig und mit ganz viel grünen Chilis.«

»Großartig. Aber ich dachte eher an …«

Ein Blitzen im Rückspiegel. Das sind sie! Lautlos wie ein Haifisch gleitet die Mag-Rikscha durch das Fahrzeugmeer.

»Also doch kein Abendessen?«, schlussfolgert Rai.

Wahllos biege ich in eine mehrspurige Straße ein, die uns an offenem Brachland vorbeiführt. Holoprojektoren simulieren ein schimmerndes Abbild des Apartmentkomplexes, der hier bald entstehen soll. In der Ferne zeichnet sich der unverwechselbare Umriss des Lotus Towers vor dem blassroten Himmel ab – ein krummer Wolkenkratzer, der sich nach oben hin verjüngt und in einen weit geöffneten Blütenkranz aus beweglichen Solarsegeln mündet. Dort residiert FinalFood, der Firmengigant, mit dem Izmat ihre Geschäfte abwickelt. Für einen Kurierfahrer wie mich ist die Zentrale jedoch so unerreichbar wie der Berg der Götter. Ich muss allein klarkommen.

»Ray, wenn du einen Ausweg weißt, dann ...«

Die Rikscha stottert und stirbt ab. Im selben Moment, in dem mein Blick zur Batterieanzeige fliegt, fällt mir siedend heiß der Wackelkontakt wieder ein. Auf einmal scheint die Atemluft meine Lunge nicht mehr zu erreichen.

»*Ayyo*, kein Saft mehr?« Der Hund klingt eher enttäuscht als besorgt.

Ich trete das Gaspedal durch, aber der Motor bleibt tot. Die Lenkung blockiert. Ein Kleinwagen kann uns gerade so ausweichen, streift die Rikscha am Heck und katapultiert uns über den geschotterten Trennstreifen auf die Gegenfahrbahn. Schlingernd nehmen wir Kurs auf die Böschung. Etwas rammt uns von der Seite, wir durchbrechen die Leitplanke und pflügen meterweit durch Staub und Gestrüpp, ehe ein Kieshaufen unsere Fahrt stoppt.

Wo ist oben, wo unten?

Wo ist Ray?

Wo sind unsere Verfolger?

Ächzend klettere ich ins Freie. Die Rikscha hat Schräglage, ein Hinterrad eiert in der Luft. Als ich über den losen Untergrund rutsche, rieseln glühende Steinchen in meine Schuhe, sengend heißer Wind trifft meine Haut.

»Ray? Bist du verletzt?«

Mein felliger Fahrgast windet sich aus dem Seitenfenster. »Alles noch dran, Käpt'n. Aber diesmal hat der Sitz wirklich was abbekommen.«

»Los weiter. Die sind gleich hier.« Selbst wenn der dichte Verkehr die Mag-Rikscha an uns vorbeigespült hat, wird der Fahrer bei nächster Gelegenheit wenden. »Wir müssen uns verstecken.«

Ray schüttelt sich den Dreck aus dem Fell. »Du kannst mit zu mir kommen.«

Ich gehe ein paar Schritte Richtung Straße, halte aber inne, als mein Verstand die Worte entschlüsselt.

»Zu dir?«

»Ist nicht weit von hier.«

»Ray, wenn du von diesem Parantha-Laden redest ...«

»Nah, da kriegen wir um diese Uhrzeit sowieso keinen Platz. Lass uns das fürs Frühstück aufheben.«

Mit wippenden Ohren läuft er zurück zur Straße. Ich kämpfe einen Schwindelanfall nieder und haste hinterher. Meine Zunge klebt am Gaumen. Aus welchem geheimen Reservoir zieht mein Körper nur all die Flüssigkeit, die er gerade herausschwitzt?

»Da müssen wir hin.« Ray deutet auf eine Mauer aus blassrotem Sandstein auf der gegenüberliegenden Fahrbahnseite. Der Verkehr zischt an uns vorbei. Kleinwagen, Busse, Dummy-Cars, Mopeds, Streetcopter, Pferdefuhrwerke, Transporter, Sammeltaxis, Lastwagen, Flexi-Trams. Und dort hinten im Dunst, leuchten da nicht die schrillen Sticker der Mag-Rikscha?

»Dann los.«

Ich strecke einen Arm zur Seite weg, Handfläche nach außen, und stürze mich in die blechernen Stromschnellen. Reifen quietschen, blitzender Chrom blendet mich, Hupen, Fluchen, kochender Asphalt.

»Haay Raam!«, lamentiert Ray, als wir drüben angekommen sind. »Verdienst du dir dein Abendessen jeden Tag so hart?«

»Wohin jetzt?«

»Da vorn gibt's einen Eingang.«

Während wir Seite an Seite durch ein rostiges Gittertor stolpern und uns in ein Dickicht aus totem Geäst schlagen, fällt mir der Auslöser des ganzen Schlamassels wieder ein.

»Sag mal, hast du auf dem Buffet wenigstens ein paar Jalebi abbekommen?«

Rays Blick wird selig. »Die besten meines Lebens, *yaar*. Du hättest auch probieren sollen.«

VOR 51 TAGEN

Murti - मूर्ति [mūrti] *f* **1.** Statue *f*, Standbild *n*, Skulptur *f* [...] **3.** Götterbildnis *n*; Idol *n*

Die beiden Männer lehnten ihre Spaten an den Hügel aus feuchter, schwerer Erde, den sie gemeinsam aufgeschüttet hatten. Der Ältere wischte sich mit einem Ärmel den Schweiß von der Stirn, dann gingen sie in die Hocke und wuchteten mit vereinten Kräften die aufgeblähte Teppichrolle in die Höhe, die neben ihnen im Gras gelegen hatte.

Die Männer nickten sich über den Wulst hinweg zu, schnauften ein gemeinsames »Hau ... *ruck*« und schwangen das Paket in einem unzeremoniellen Bogen in das gähnende Loch zu ihren Füßen. Es landete mit einem dumpfen *Phump*.

Paksha zwang sich, den Vorgängen mit gefasster Miene zuzusehen. Fionn und Yasin hatten sie nur unter der Bedingung mitkommen lassen, dass sie kein Theater veranstalten würde. Warum es ihr so wichtig war, bei Sonnys Begräbnis dabei zu sein, konnte sie sich selbst nicht erklären. Mitleid? Oder einfach eine willkommene Abwechslung nach den Tagen des Stillstands, die dem denkwürdigen Karneval vor knapp einer Woche gefolgt waren?

»Jetzt isser drin«, bemerkte Yasin, der Jüngere von beiden, und kratzte sein Stoppelkinn.

Schweigend starrten sie auf das Grab, und Paksha erkannte mit Unbehagen, dass sich keiner von ihnen dazu durchringen konnte, Sonny-ji ein paar letzte Worte mit auf den Weg zu geben. Der Regen prasselte auf ihre Kapuzen, aber jenseits der Baumkronen zeigte sich schon die nächste Lücke in der Wolkendecke. *Wenn dir das Wetter im Main-Sektor nicht gefällt,* hatte ihr einer der Arbeiter kürzlich geraten, *dann warte einfach fünf Minuten.*

»Hey, Fionn«, grinste Yasin. »Weißt du, wer der beste Baumeister von allen ist?«

Während Fionn nachdachte und sich sein graues Vogelnest von einer Frisur aus der Stirn strich, schob Yasin eine holprige Übersetzung für Paksha hinterher. Sie verständigten sich durch ein Mischmasch aus Hindi, Englisch und Kauderwelsch. Letzteres hieß eigentlich »Deutsch«, was in ihren Ohren allerdings auch nicht besser klang. Immerhin, ein paar Begriffe hatte sie bereits aufgeschnappt.

Gut – *accha*

Passt schon. – *Thik he.*

Hopp hopp! – *Fatafat!*

Regen – *barish*

Bei komplexeren Themen half der Babble-Button, den Paksha aus Safe Town mitgebracht hatte. Sie hatte sich angewöhnt, den Chip dauerhaft im Ohr zu tragen, und auch wenn die Software nicht auf dem neuesten Stand war, konnte Paksha sich grob zusammenreimen, was die Menschen in ihrer Umgebung untereinander besprachen.

»Also, wisst ihr's?« Yasin griff nach einem Spaten und fing an, die Erde zurückzuschaufeln. Keine letzten Worte für Sonny.

Fionn nahm seine altmodische vLink-Brille ab und tauschte ein Augenzwinkern mit Paksha. Er war ein *richtiger* Onkel, einer zum Herumalbern und Philosophieren, ein Zuhörer und Ratgeber; und er genoss Veerus volles Vertrauen. Wenn sie unterwegs war, um ihr neu erobertes Territorium zu verwalten, dann blieb Paksha am liebsten bei Fionn.

»Na, der Totengräber!« Yasin breitete die Arme aus. »Weil eben, die Häuser, die er baut, die halten bis zum Jüngsten Gericht. Kennt ihr nicht, oder was? Ist von Goethe.«

Fionn zuckte mit den Schultern. »Für uns gab's im Unterricht nur die Sanskrit-Klassiker.« Wie die meisten Einheimischen, die aus wohlhabenderen Familien stammten, hatte er eine indische Schule besucht. Yasin hingegen hatte seine Bildung hier im Dorf erhalten.

»Ich helf dir beim Schaufeln.« Pakshas Schritte schmatzten in der aufgeweichten Wiese. Bei diesem Wetter verließ sie das Haus nur noch in Gummistiefeln. Eine der Arbeiterinnen hatte ihr ein ausgemustertes Paar überlassen. Hellblau mit weißen Cartoonwolken.

»Nee, lass stecken, Pax. Und du auch, Fionn. Ich brauch mal ein bisschen Bewegung, hab diese Woche genug rumgesessen.« Yasin stieß den Spaten in den Erdhaufen und kippte eine weitere Ladung in das Loch.

Paksha bemühte sich, nicht an Sonnys schwabbeligen Körper zu denken, der dort unten Stück für Stück im Dreck versank. Obwohl Veeru und sie die Leiche gleich nach dem Überfall im Kühlraum neben der Küche versteckt hatten, stieg ein beißender Geruch aus dem Grab auf. Den hinduistischen Riten zufolge hätte Sonny noch am Tag seines Todes verbrannt werden müssen. Dafür sei es draußen zu nass, hatte Veeru entschieden, und außerdem würde ein solches Vorgehen zu viel Aufsehen erregen. Nur eine Handvoll Personen wusste vom Tod des Sahabs. Damit das so blieb, hatten Fionn und Yasin die brisante Fracht heute noch vor dem Morgengrauen auf ein E-Kart gehievt und zu einem abgelegenen Winkel des Grundstücks transportiert. Eine Reihe blütenbeladener Büsche schirmte die Stelle zum Feldweg hin ab. Auf der Wiese sprossen saftige Grasspitzen und violette Blumen. Mitten darin klaffte die schwarze Grube.

Ein warmes Rinnsal schlängelte sich durch die kalten Regentropfen auf Pakshas Wangen. Rasch hob sie die Hände, um es wegzuwischen. Kein Theater, das war die Bedingung gewesen.

»Was'n los, Pax? Hast du ein Krokodil gefrühstückt?« Yasin kicherte über seinen eigenen Scherz. »Krokodilstränen, versteht ihr? Hey, neues Wort für dich: Kro-ko-dils-trä-nen.«

Fionn schnaubte missbilligend. »Buddel weiter, Goethe.«

»Ach kommt, Leute. Um den Sahab muss keiner weinen, echt nicht.«

Paksha blinzelte energisch. »Ist nicht wegen Sonny.« Sie griff nach dem zweiten Spaten. »Ich hab an meine Oma gedacht.«

Noe war es besser ergangen, sagte sie sich, während Erdklumpen und Steine auf den Teppichsarg niederprasselten. Sie war friedlich gestorben, zu Hause – als es ihr Zuhause noch gegeben hatte. Ihre Asche hatte Paksha ins Meer gestreut. Noe war frei. Paksha war allein. Vielleicht fanden sie eines Tages wieder zueinander, irgendwo auf der Welt, im Regen. Wenn ein winziger Noe-Tropfen über Pakshas Wange rollte.

Nicht weinen, teothiri. Salzwasser haben wir wahrlich genug.

Paksha rammte ihren Spaten in den weichen Untergrund. Zerdrückte Blumen steckten zwischen den Erdschollen. »Wisst ihr, wie sie mich immer genannt hat?« Sie fabrizierte eine Mischung aus Lachen und Schniefen. »Kleines Krokodil. *Teothiri.*«

»Ha, na siehste.« Yasin stupste sie freundschaftlich mit der Schulter an; Regenmantel quietschte auf Regenmantel. »Deine Oma wusste schon, was sie an dir hat. Ihr wart voll die Stars da unten, oder?«

Die Sonne kam hervor, und sofort wurde es stickig unter der Kapuze. Paksha fächelte sich Luft zu. »So würde ich das nicht sagen. Noe und ich haben einfach nur Geschichten erzählt und ein bisschen Kunsthandwerk verkauft. Die Tänzerinnen hatten viel bessere Imagewerte als wir. Und Phoro und Loka, also, unsere beiden Fischer, haben den Touris gezeigt, wie man Netze knüpft, und manchmal sind sie auch mit ihnen rausgefahren. Das war der Renner bei den Kids.«

»Und sonst habt ihr nichts gearbeitet? Einfach nur Leute bespaßt und für Fotos posiert?«

»Was hätten wir auf den Andamanen denn arbeiten sollen? Alles, was du dort aufbaust, reißt der nächste Sturm gleich wieder ein. Das Einzige, was noch Shells brachte, war der Tourismus. Für die Gäste war das der reinste Abenteuerurlaub. Das beliebteste Pauschalpaket hieß ›Gestrandet im Paradies‹ oder so ähnlich.«

»Bei uns gibt es das auch«, sagte Fionn. »Orte, die nur von den Urlaubern leben. Die Dörfer sind hergerichtet wie vor hundert Jahren, die Einheimischen tragen Trachten. Ein bisschen wie reales History-Streaming.«

Paksha verzog das Gesicht. »Manchmal dachte ich, die Touris halten uns für weltfremde Eingeborene. Sie beneideten uns darum, dass wir so ursprünglich lebten, und kamen nicht mal auf die Idee, dass wir die ganze Show nur für sie abzogen. Wenn keine Reisegruppen im Dorf waren, haben wir unsere Gadgets wieder rausgeholt.«

»Alter, was für ein Leben.« Sehnsüchtig schüttelte Yasin den Kopf. »Und jetzt hängst du hier in diesem Sumpf fest. Du musst deine Leute echt ganz schön vermissen, oder?«

»Geht so.«

Schon vor Monaten hatte die indische Zentralverwaltung entschieden, die Andamanischen Inseln zu räumen – die Kosten für Hochwasserschutz und Wiederaufbau überstiegen zusehends die Einnahmen aus dem Tourismus. Als die internationalen Com-Streams von der Sache Wind bekommen hatten, war die Evakuierung Safe Towns binnen kürzester Zeit zu einem gigantischen Medienevent hochgekocht. Sponsoren aus aller Welt hatten darum geworben, die prominenten Flüchtlinge bei sich aufnehmen zu dürfen. In mehreren Voting-Runden waren die Bewohner Safe Towns auf ihre neuen Heimatländer verteilt worden.

Seit der Ankunft in Europa dachte Paksha jedoch kaum noch an die Menschen zurück, denen sie am letzten Drehtag von *Paradise Lost* für immer Lebewohl gesagt hatte. Aus reiner Neugier scrollte sie alle paar Tage durch deren Ego-Streams, verfolgte Lokas Ankunft am Flughafen von Fairbanks, oder ließ sich von Usha, der ambitioniertesten der drei Tänzerinnen, durch das Studio in Johannesburg führen, in dem sie in Zukunft Bollywood-Dance unterrichten würde.

Pakshas eigener Stream lag seit der Ankunft im Main-Sektor nahezu brach. Sie wusste, dass sie sich nicht auf ihrer guten Image-Skala ausruhen durfte, dass sie längst ein paar Aufnahmen der Villa hätte teilen müssen, Schnappschüsse von den begehrten Realfood-Items, ein Lebenszeichen nach dem Angriff auf die Plantage. Stattdessen wühlte sie mit Fionn und Yasin im Matsch, wartete, wie alle anderen, auf Veerus nächsten Schritt, auf eine Reaktion von FinalFood, darauf, dass es mit der Zukunft endlich weiterging.

»Noe fehlt mir«, fuhr sie mit dünner Stimme fort. »Als sie gestorben ist, war Safe Town nicht mehr wirklich mein Zuhause. Ich wäre überall hingegangen. Nur nicht ans Meer. Ich will nie wieder ...«

Sie unterbrach sich, als Gesprächsfetzen vom Weg heranwehten. Jenseits der Sträucher marschierte eine Schar Arbeiter vorbei. Paksha kannte die meisten von ihnen aus dem Camp, aber dennoch positionierte sie sich mit Fionn und Yasin so, dass ihre Körper das halb gefüllte Loch vor neugierigen Blicken abschirmten. Prompt blieb eine junge Frau stehen und winkte ihnen zu.

»Sieht ja gruselig aus, Leute. Wessen Grab ist das denn bitte?«

»Na, unseres«, strahlte Yasin. »Wir haben's schließlich auch geschaufelt.«

»Ja klar«, lachte sie. »Und jetzt wollt ihr probeliegen, oder wie?«

»Wenn du mitmachst, Kira.«

Noch ein dreckiges Lachen.

»Einer von den Schäferhunden ist verreckt«, warf Fionn ein. »Wahrscheinlich hat er beim Überfall was abbekommen.«

»Seid ihr bescheuert?«, rief die Frau.

Paksha speicherte sich ein neues Wort ab.

Bescheuert - *paagal*

Kira machte Anstalten, über die Wiese zu ihnen zu stapfen. »Holt den wieder raus, den kann man doch essen.«

»Nee, der lag schon ne Weile«, wehrte Yasin hastig ab. »Veeru sagt, wir sollen ihn verscharren. Wegen Seuchen und so.«

Widerwillig blieb Kira stehen. Veerus Wort war Gesetz.

»Na dann. Aber beeilt euch lieber. Die wollen Tomke Wolff aufs Gelände lassen. Veeru gibt ein Interview.«

»Was? Jetzt gleich?« Alarmiert trat Fionn einen Schritt nach vorn.

Kira zuckte mit den Schultern. »Die verhandeln noch. Kann aber nicht mehr lang dauern. Alle sind schon unterwegs zur Villa.« Mit einem letzten Winken drehte sie sich um und joggte ihrer Gruppe hinterher.

Fionn verschränkte stirnrunzelnd die Arme. »Das war so nicht abgesprochen.«

»Sind vielleicht nur Gerüchte«, winkte Yasin ab. »Veeru ist unberechenbar, wissen wir doch alle.«

»Trotzdem. Die Vereinbarung war, keine Reporter auf dem Gelände.« Er streckte die Hand nach Pakshas Spaten aus, um sie beim Schaufeln abzulösen.

Yasins Muskeln arbeiteten wie die einer Bio-Maschine. »Ich find's gut, dass Bewegung in die Sache kommt. Wir haben die Geiseln, FinalFood kennt unsere Forderungen, aber bis jetzt ist nichts passiert. So'n Interview verschafft uns Publicity, wirst sehen.«

»Kann schon sein. Ich sag nur, dass wir uns unsere Schritte gut überlegen müssen. Wenn die Dinge erst im Nexus sind, können sie ganz schnell außer Kontrolle geraten.«

»Sag's nicht mir, sag's Veeru.«

Paksha ließ die beiden allein und trottete hinüber zum E-Kart, um ihren Mantel auf den Rücksitz zu legen. Es regnete nicht mehr, die Sonne schien auf das nasse Gras, schwüle Luft stieg auf. So ging es in Sektor Main-4/ME den ganzen Tag über – unablässig wanderte das Wasser zwischen Wolken und Erdboden hin und her. Yasin behauptete, dass sie alle die Regenzeit vermissen würden, wenn der heiße, trockene Sommer das Land erst im Griff habe, aber das konnte sich Paksha nicht recht vorstellen.

Im Fußraum unter dem Beifahrersitz stand der Proviantbeutel. Drei Smartfood-Shakes und eine Handvoll echte Tomaten aus dem Gewächshaus auf der Hügelkuppe. Paksha hatte noch nie welche gegessen. Die meisten Einheimischen ebenfalls nicht. Vor dem Sturm auf die Plantage waren fast alle Realfood-Items unmittelbar nach der Ernte Richtung Flughafen verschifft worden. Der kleine Rest, der in Europa blieb, fand seine Abnehmer in Orten wie Residence City, der glamourösen Metropole des Main-Sektors, wo die Gewinner des Realfood-Booms ihre Shells verprassten. Wer in den Dörfern lebte und auf den Plantagen schuftete, musste mit Smartfood vorliebnehmen.

Von ihrer Position am Hang konnte Paksha das Tal überblicken, die spitzen Giebel des tiefer gelegenen Örtchens und die Containertürme im Hafen. UMSCHLAGPLATZ MAIN-4/ME: ZEIL a. M., verkündete das Holo-Board auf dem Dach des Logistikzentrums. Schnurgerade zog sich das bleierne Band des Flusses durch ein Mosaik aus Reisfeldern und spiegelnden Treibhausreihen. Seit dem Aufstand am Karnevalstag gehörte all das den Arbeitern – und wenn es nach Veeru und ihren Followern ging, würden ihrem Beispiel noch viele andere Sektoren folgen.

Mit dem Proviant im Gepäck gesellte sich Paksha zurück zu Fionn und Yasin. Sonny und sein Teppich waren inzwischen unter einer schweren Erdschicht verschwunden.

»Gute Idee.« Yasin klopfte sich den Schmutz von den Händen. »Erst mal Mittagessen.«

Er streckte den Arm aus, um seinen Shake von Paksha entgegenzunehmen, erstarrte aber mitten in der Bewegung.

»Bleib ganz ruhig stehen, Pax. Ganz ruhig. Fionn, das ist eine, oder? *Fionn*?«

Paksha nahm ein Brummen wahr, eine sanfte Vibration an ihrer Stirn, knapp außerhalb ihres Sichtfelds. Wenn sie die Augen ganz weit nach oben verdrehte, konnte sie einen tanzenden, schwarzen Punkt erkennen.

»Scheiße. Sieht so aus.« Fionns Blick folgte der unsichtbaren Gefahr, die nun Pakshas Dreadlocks umsummte. »Keine hastigen Bewegungen, verstanden?«

Blut pochte in Pakshas Schläfen. Der Proviantbeutel drohte ihr von der Schulter zu rutschen. Mit den Augen forderte sie Yasin auf, ihr zu sagen, was los war. Sie ahnte es längst.

»Biene«, zischte er durch zusammengebissene Zähne.

Biene, das bedeutete im Main-Sektor Z.O.M.Bee. Genetisch modifizierte Insekten.

Eine einzelne Z.O.M.Bee bestäubte so viele Pflanzen wie 3,67 herkömmliche *Apis mellifera*. Unermüdlich und effizient. Es gab nur einen Nachteil: Ein einzelner Stich führte zum Tod. Unaufhaltsam und ausnahmslos. Herausgekommen war das erst, als der Freilandversuch bereits auf dem Weg war und sich die Bienen im Main-Sektor verbreitet hatten. Dass sich FinalFood seitdem nicht die geringste Mühe gegeben hatte, die Insekten unschädlich zu machen, hatte die Menschen schließlich in die Revolte getrieben.

Paksha spürte ein Zupfen in den Haaren. Die Biene hatte sich mit einem Bein in den verfilzten Dreadlocks verfangen. Das Brummen wurde lauter, aggressiver. Yasin spannte die Armmuskeln an. Paksha wollte den Kopf schütteln, aber sie konnte nicht. Durfte nicht.

Mit einem Ruck kam die Biene frei und nahm Kurs auf die blühenden Sträucher. Jetzt konnte Paksha sie sehen, klein und schwarz, aber metallisch blau schimmernd, wenn die Sonne im richtigen Winkel auf den Chitinpanzer fiel. Drei Augenpaare verfolgten jeden ihrer willkürlichen Schlenker, den minutenlangen Weg von Blüte zu Blüte. Schließlich stieg das Insekt höher, zeichnete sich kurz als glänzender Punkt vor der nächsten nahenden Gewitterfront ab, und verschwand in einem weiten Bogen Richtung Feldweg.

Mit einem trockenen Schlucken versuchte Paksha, den Panikgeschmack aus ihrem Mund zu verbannen.

Yasins Arm sackte nach unten. »Alles alpha bei dir, Pax?«

»Passt schon.« Zittrig ließ sie den Proviantbeutel zu Boden plumpsen.

Yasin fuhr sich durchs Haar. »Boah, meine Nerven. Werden jedes Jahr mehr von denen, oder, Fionn?«

Der Angesprochene nickte nur. Er war kalkweiß.

Yasin schien sich den Schreck von der Seele reden zu müssen. »Hut ab, Pax! Du hattest dich echt im Griff. Veeru hätte uns geköpft, wenn dir was passiert wäre. Ich hab dich schon blau anlaufen sehen.«

»Jetzt ist aber gut«, schaltete Fionn sich ein und kam zu ihnen, um den Beutel vom Boden aufzuheben und die Shakes zu verteilen. »Zum Glück ist nichts passiert. Kein Grund für solche Horrorgeschichten.«

»Krista hat's vorgestern erwischt«, sagte Yasin leise. »Du kennst sie doch, oder? Arbeitet im Hexenhaus.«

Fionn nickte grimmig. »Ja, hab ich gehört.«

»Die Leute sagen, Veeru sollte hingehen. Das würde ein Zeichen setzen. Vielleicht kann sie sogar …«

»Mensch Yasin, das glaubst du doch selbst nicht«, fuhr Fionn auf. »Ihr habt euch da in was verrannt. Veeru ist keine Wunderheilerin und auch keine Heilige. Weiß Google, warum sie den Stich überlebt hat.«

»Dann gibt's vielleicht gar keine wissenschaftliche Erklärung«, beharrte Yasin. »Da ist was anderes im Spiel; ein Wunder, ein richtiges Wunder. Veeru *ist* 'ne Heilige oder 'ne Prophetin oder sonst was. Sie ist hier, um was zu verändern. Sie wurde uns *geschickt*, okay?«

»Geschickt vom wem? Ich kannte sie schon als Kind. Glaub mir, Veeru lässt sich von niemandem was sagen.«

»Stammt Veeru etwa von hier?«, mischte sich Paksha ein.

»Sie war lang im Ausland«, sagte Fionn. »Aber, ja, geboren wurde sie im Main-Sektor.«

»Und sie hat uns nie vergessen«, fügte Yasin hinzu. »Sie hätte in Delhi oder Mumbai ihr Leben genießen können, aber letzten Sommer kam sie zurück und reiste durch die Dörfer, rief die Arbeiter zu Streiks auf. Sie sagte, mit den Z.O.M.Bees ist FinalFood endgültig zu weit gegangen. Da fingen wir an, uns zu wehren.«

»Und dann wurde sie selbst gestochen.« Fionn blickte düster in die Ferne.

Yasin verschränkte die Arme. »Sie wurde sofort abtransportiert, Rettungswagen, Hubschrauber, in irgendeine Spezialklinik vermutlich, aber niemand wusste was Genaues. Wir dachten, das war's für uns. Ein kurzer Hoffnungsschimmer und dann die Vollkatastrophe.«

»Aber Veeru kam wieder«, sagte Paksha. »Sie war nicht tot.«

Yasin nickte. »Im Camp behaupten manche, dass unsere Gebete sie aus dem Jenseits zurückgeholt haben. Und glaub mir, Pax, wenn du an dem Morgen dabei gewesen wärst ... es war kurz nach Neujahr, alles hing voller Nebel. Wir waren unterwegs zur Frühschicht, und da sah Fadi sie durch die Reisfelder Richtung Dorf gehen, grau wie der Tod. Ich hätte schwören können, dass sie übers Wasser läuft.«

»Tat sie aber nicht«, warf Fionn ein. »Ihre Füße hinterließen jede Menge Matsch vor meiner Haustür.«

»Sie kam direkt zu dir?«

»Wie der Berg zum Propheten«, seufzte Fionn. »Bei mir hat sie sich vor den Sahabs versteckt, während wir den Angriff auf Sonnys Villa planten.«

»Meine Brüder und ich waren von Anfang an dabei.« Yasin reckte das Kinn. »Wir haben Grundstückspläne besorgt und den Wachdienst ausspioniert. Wir haben dafür gesorgt, dass an Fasching alle zur richtigen Zeit auf ihren Posten sind.«

»Na also, da hast du es«, rief Fionn. »Veeru ist was Besonderes, das stimmt. Sie ist klug, sie weiß, was sie will. Ich glaube an sie, genau wie ihr. Aber sie ist nicht allmächtig. Wir alle zusammen«, er gestikulierte in die Himmelsrichtung, in der die Villa lag, »*wir* haben das geschafft. Aber damit ist noch nichts gewonnen, noch gar nichts. Das war erst der Anfang. Veeru weiß das, und ihr solltet das nicht vergessen.«

Yasin nickte gutmütig. »Lass mal zu Ende schaufeln. Wenn Tomke Wolff echt herkommt, will ich dabei sein.«

Fionn fuhr sich übers Gesicht. »Was für ein Tag.«

»Dabei ist gerade mal Mittag«, bemerkte Yasin, zog die Kappe von seinem Shake-Becher und kippte den Inhalt mit vier, fünf großen Schlucken hinunter. Dann griff er nach dem Spaten und wandte sich wieder dem Erdhügel zu.

»Hauptsache, es geht vorwärts«, rief er über die Schulter. »›Der Worte sind genug gewechselt‹ und so. Das kennt ihr aber jetzt, oder? Oder?«

Paksha konnte nur den Kopf schütteln.

»Och, Leute«, rief Yasin. »Shakespeare. Wer denn sonst?«

Fionn parkte das E-Kart in der Garage zwischen Sonnys chromglänzendem Tata Indra und dem tiefer gelegten Benz-Ambassador. Die Türen der Autos standen offen, auf den Sitzen lagen Schlafsäcke und zusammengeknüllte Decken. Am Boden neben den Fahrzeugen reihten sich Feldbetten und Matratzen aneinander. Sogar ein paar Hängematten baumelten von den Metallstreben unter dem Dach. Die meisten Schlafplätze waren verlassen, nur hier und da verdöste jemand die Auswirkungen der Nachtschicht.

Paksha und ihre Begleiter traten durch das Garagentor ins Freie und folgten einem Kiesweg Richtung Villa. Rechts und links standen ausgebrannte Security-Dummys im Gras oder lagen umgekippt auf der Seite. Der Designergarten, der sich auf drei Ebenen am Hang hinter dem Haus erstreckte, war in den vergangenen Tagen zur Zeltstadt mutiert. Zum Schutz vor den heftigen Regengüssen spannten sich Kunststoffplanen zwischen den Bäumen, in den ehemaligen Zierbeeten qualmten Lagerfeuer, und der weiße Pavillon im Zentrum diente als provisorische Essensausgabe. Gewöhnlich herrschte tagsüber wenig Betrieb im Camp, da die meisten Arbeiter auf den Feldern waren oder ihre Schicht bei den Barrikaden absolvierten. Heute aber standen auf jeder freien Fläche tuschelnde Grüppchen beisammen, und noch immer strömten Menschen auf das Gelände. In unregelmäßigen Abständen brachen Gesangsfetzen und euphorisches Lachen aus dem Stimmengewirr hervor.

»Muss wohl der Fanclub von Tomke Wolff sein«, bemerkte Fionn trocken.

»Die sollen ruhig sehen, wie viele wir sind.« Yasin reckte einen ausgestreckten Mittelfinger gen Himmel, aber es war gerade keine Cam-Drohne zugegen, die die Geste in die Welt hätte hinaustragen können. »Gestern Nacht sind noch mal drei Busse aus dem Saale-Sektor angekommen, hast du's mitgekriegt? Wir schlagen Wellen, Alter. Wel-len.« Er unterstrich das Wort mit einer schlängelnden Armbewegung.

Paksha genoss es, mit ihren neuen Freunden durchs Camp zu gehen, sonnte sich in dem Gefühl, dazuzugehören, Teil dieser unglaublichen Geschichte zu sein. In Veerus Königreich lagen Wahrheit und Wunder nah beieinander, aber Paksha sah keine Notwendigkeit, eine klare Trennlinie zu ziehen.

Ab und zu winkte sie einem bekannten Gesicht oder erwiderte

eine Begrüßung. Die meisten Campbewohner hatten Sonnys Kandidatur in *Paradise Lost* verfolgt und behandelten Paksha wie eine enge Vertraute. Während Veeru als unhinterfragte Autorität der Bewegung ätherisch über allem schwebte, war Paksha ein Promi zum Anfassen. Sie half in der Küche und bei der Kinderbetreuung, textete Slogans mit dem PR-Team und nahm an Empowerment-Workshops teil. In dieser Hinsicht unterschied sich das Leben hier gar nicht so sehr von ihrem Leben in Safe Town, vom Alltag mit den Touris, früher, vor *Paradise Lost*. Jeden Tag neue Begegnungen, kurze Momente der Vertrautheit, verknüpfte Erinnerungen im Ego-Stream. Ein nie versiegender Strom von Geschichten.

Yasin erspähte seine Brüder im Gedränge und verabschiedete sich von Fionn und Paksha, die ihrerseits Kurs auf das Hauptgebäude nahmen. Vor dem Hintereingang der Villa verdichtete sich die Menschenmenge noch mehr. Alle Informationsstränge aus dem Camp liefen hier zusammen. Die Sync-Sphäre aus Pakshas ehemaligem Schlafzimmer stand jetzt auf der Veranda und übertrug die Dauerberichterstattung der regionalen Sender. An den Rändern des Hologrammfelds brodelte der Lagerklatsch. Durch ein Gewirr aus realen und simulierten Körpern schlängelten sich Paksha und Fionn zur Terrassentür durch. Sobald sie das Haus betraten, ebbte der Trubel ab. Einem ungeschriebenen Campgesetz folgend, hielten sich die einfachen Follower von Veeru fern.

Über das rückwärtige Wohnzimmer gelangten Fionn und Paksha in einen überdachten Innenhof, von dem weitere Räume abzweigten. Aus dem offenen Durchgang zur Küche drang das Scheppern von Töpfen und Geschirr. Der Duft von frisch gebackenem Brot mischte sich mit dem chemischen Gestank der überbeanspruchten Klos.

Fionn steuerte das Arbeitszimmer an und schob die Tür zur Seite ohne zu klopfen.

Veeru stand vor dem Ankleidespiegel, den sie als eine ihrer

ersten Amtshandlungen im Büro hatte aufstellen lassen, und zog ihren Lidstrich nach. Sonnenstrahlen, die durch das Panoramafenster fielen, verstärkten den Kontrast von dunkelblauen Adern und grauer Haut.

Neben ihr lehnte Juria mit einem vLink-Modul in jeder Hand am Schreibtisch. Ihre geröteten Wangen verrieten, dass sie sich in einen ihrer berüchtigten Monologe hineingesteigert hatte, aber als Paksha und Fionn hereinkamen, brach sie mitten im Satz ab.

»Tauscht ihr Styling-Tipps fürs Rendezvous?« Fionn schaute herausfordernd in die Runde. »Wie wär's mit dem kleinen Schwarzen?«

»Ich glaube nicht, dass Tomke Wolff auf kurze Röcke steht«, erwiderte Veeru in dem sachlichen Tonfall, in dem sie auch zu ihren Followern sprach, Botschaften an FinalFood formulierte oder Neuankömmlinge im Camp begrüßte.

»Noch ist gar nicht entschieden, ob es überhaupt ein Rendezvous geben wird«, warf Juria ein. Sie hatte das mausbraune Haar zu einem Zopf gebunden, der ihre strengen Gesichtszüge hervortreten ließ. »Die Forderungen der Com-Streams sind absolut inakzeptabel.«

»Bring mich mal auf den neusten Stand.« Fionn schob sich die Datenbrille auf die Nase und ging zum Schreibtisch, wo Juria einen ihrer vLink-Screens ausgebreitet hatte. Sie bevorzugte möglichst großflächige Membranen ohne Schnickschnack, die sie jederzeit zusammenknüllen und in die Tasche stecken konnte. Während Fionn und Juria die Korrespondenz der Unterhändler analysierten, tupfte sich Veeru mit dem kleinen Finger dunkles Make-up in den Augenwinkel, überprüfte ihr Werk mit einem lasziven Wimpernschlag und drehte sich dann zu Paksha um.

»Wie lief euer Ausflug?«

»Erfolgreich.«

Paksha ließ sich auf die niedrige Couch fallen und streifte die Gummistiefel von den Füßen. Auf der zentralen Holomembran an der Wand gegenüber flimmerte stumm eine der nie abreißenden Sondersendungen. Luftbilder des Geländes wechselten mit Übertragungen von Straßenblockaden und Fotos der indischen Geiseln. Die kleineren Holos zeigten Aufnahmen der Überwachungskameras an den Zufahrtswegen. Auf dem Schreibtisch buhlte ein Sammelsurium aus vLinks, Xcreens und Audio-Syncs blinkend um Aufmerksamkeit. Veeru hatte all dem den Rücken zugekehrt; lediglich ihr Löwen-Tattoo schien die Szenerie distanziert zu beobachten.

Paksha zog die Knie an die Brust und stützte ihr Kinn darauf ab. »Hast du wirklich vor, ein Interview zu geben?«

»Wäre nicht mein erstes.« Gelassen verstaute Veeru ihre Schminkutensilien in einem umfunktionierten Aktenschrank. Das *Prrram-prrram* ihrer Ghunghrus vermischte sich mit den gedämpften Klängen der Hintergrundmusik. Ihr eigener vLink baumelte an einer feingliedrigen Kette um ihren Hals. In den ersten Tagen hatte Paksha die schlichte, glänzende Scheibe für bloßen Schmuck gehalten. Inzwischen wusste sie, dass sich das Gadget wie ein Blütenkelch von der Mitte her öffnen und in komplexer Mandala-Symmetrie auffächern ließ. Aufzeichnungen tanzten als schimmernde Hologramme im Zentrum des Moduls. Solche High-End-Geräte kannte Paksha sonst nur aus den Clips unerreichbarer Streaming-Stars. Sie selbst schleppte immer noch ihren albernen vLink-Kidz mit sich herum, ein unzerstörbarer bunter Kasten, der sich mit Hilfe kleiner Greifarme automatisch in ihre Kleidung hakte, damit sie ihn nicht verlor. Sonny hatte ihr zum sechzehnten Geburtstag einen neuen schenken wollen, aber er war einige Wochen zu früh gestorben, um das Versprechen einzulösen.

»Und warum ausgerechnet Tomke Wolff?«

Keiner der Reporter, die unten im Tal campten, berichtete reißerischer, keiner schaffte es, der Situation so viel Dramatik anzudichten wie Tomke.

»Ich mag ihren Style.« Veeru tränkte ein Stofftuch mit Nagellackentferner. »Das Mädel hat sich den großen Auftritt verdient. Exklusiv, nur sie und ich.« Sie hielt inne und sah Paksha mit schiefgelegtem Kopf an. »Es sei denn natürlich, du willst auch dabei sein.«

Juria schnellte herum. »Das steht nun wirklich *gar nicht* zur Debatte.«

Veeru setzte sich neben Paksha auf die Couch und zog ebenfalls einen Fuß auf das Polster, um die Zehennägel blank zu putzen. Anschließend würde sie den orangefarbenen Nagellack mit größter Akribie erneut auftragen. Sie wiederholte die Prozedur jeden Tag.

»Drei Entertainer auf einer Bühne«, schmunzelte sie. »Die Idee gefällt mir.«

»Und ich muss *nachdrücklich* widersprechen«, beharrte Juria. »Es ist schon heikel genug, dass sie überhaupt hier auf der Plantage ist. Nichts für ungut, Paksha.« Der Satz gehörte zu Jurias Standardrepertoire, und sie benutzte ihn bei jeder sich bietenden Gelegenheit.

»Nichts für ungut, Juria«, entgegnete Paksha. »Aber ich will gar nicht mitkommen. Kein Grund zur Panik.«

Juria fasste sich erleichtert an die Stirn. »Das ist die erste vernünftige Aussage, die ich heute gehört habe.«

Veeru signalisierte Fionn, ihr den Nagellack zu reichen. Er warf das Fläschchen durch den Raum, und sie fing es mit einer Hand. An Paksha gewandt fuhr sie fort: »In *Paradise Lost* hast du ein paar kesse Antworten gegeben. Du hast Talent für so was.«

»Schon möglich«, winkte Paksha ab. »Trotzdem fand ich's räudig.«

Die Mikrophone, die Kameraobjektive, die mitleidigen, sensationsgeilen Fragen.

Wie geht es dir mit der Vorstellung, dass du vermutlich nie wieder nach Safe Town zurückkehren wirst?

Lass uns über deine Eltern sprechen. Leidest du mehr unter dem Tod deines Vaters oder dem Verschwinden deiner Mutter?

Wenn Sonny-ji gewinnt, will er dich mit dem Autocopter abholen. Aufgeregt?

»Hat man dir nicht angemerkt«, befand Juria. »Hier bei uns haben sie auch gedreht. Sonny wollte unbedingt, dass die Schule gefilmt wird. Also hab ich den ganzen Morgen die Reisfelder abgeklappert, bis ich genug Kinder beisammen hatte, um wenigstens ein Klassenzimmer zu füllen. Die meisten konnten nicht mal fehlerfrei ihren Namen schreiben. Wir brauchten zig Anläufe, bis alles halbwegs authentisch wirkte.«

»Hat ja funktioniert«, erwiderte Paksha kühl.

»Immerhin *hatten* wir da noch eine Schule«, stimmte Juria ihr liebstes Lamento an. »Seitdem die Geiseln drüben eingesperrt sind …«

»Hier ist 'ne neue Nachricht von Tomkes Com-Stream«, rief Fionn dazwischen. Seine Finger scrollten über den Xcreen, während er den Text überflog. »Sie stimmen unseren Forderungen zu. Tomke kommt allein, keine Bodyguards, keine Kommunikationsmittel, kein Kamerateam. Wir liefern die Aufnahmen und streamen live. Aber im Gegenzug wollen sie mit Sonny reden.«

Veeru platzierte einen akkuraten Pinselstrich auf ihrem kleinen Zehennagel. »Einverstanden.«

Fionn und Juria tauschten einen alarmierten Blick und begannen dann zeitgleich und so vehement auf Veeru einzureden, dass Pakshas Babble-Button nur ein hilfloses *Error*-Signal piepste. Ein paar Begriffe hörte sie trotzdem heraus.

Witz – *mazaak*

Fehler – *galti*

Und sogar das neue Wort:

Bescheuert – *paagal*

Veeru schraubte das Nagellackfläschchen zu. »Seid ihr fertig?« Als neuer Protest ausblieb, streckte sie ihre langen Beine von sich und fuhr fort: »Dann schreibt bitte zurück: morgen früh, Sonnenaufgang, an der Ostblockade.«

In Schrittgeschwindigkeit rollte Sonnys bulliger Benz-Ambassador auf die Barrikade zu. Die Scheibenwischer kämpften heroisch, aber vergeblich gegen den niedergehenden Wolkenbruch an. Jenseits des Walls aus ineinander verkeilten Containern, Fahrzeugen und Baumstämmen wartete eine zierliche Frau in Regencape und Stilettos unter einem ausladenden schwarzen Schirm. Auch wenn die Kameraperspektive keinen klaren Blick zuließ, vermutete Paksha, dass Tomke Wolff bis über die Fußzehen im Matsch versank.

Sie selbst hatte einen halbwegs trockenen Platz auf der Veranda hinter dem Haus ergattert, nah beim Zentrum der Sync-Sphäre. Dicht bei ihr stand Yasin, der seine kleine Nichte auf den Schultern trug. Yasins Neffe zappelte an Pakshas Hand und kicherte über ihren farbenfrohen vLink, der wie ein Klammeräffchen an ihrem Ärmel hing. Fionn und Juria verfolgten die Ereignisse vom Büro aus. Veeru wartete vermutlich bereits im Empfangszimmer, das sich unmittelbar an den Haupteingang der Villa anschloss. Sie war lang vor Sonnenaufgang aufgestanden und seitdem für niemanden zu sprechen gewesen.

Im Video setzte sich Tomke Wolff jetzt in Bewegung, wies die helfend ausgestreckte Hand eines Barrikadenwächters zurück und suchte auf eigene Faust einen Pfad über das holprige Terrain. Sie faltete den Schirm zusammen und öffnete die Hintertür der wartenden Limousine. Sobald sie im verspiegelten Innenraum des Benz verschwunden war, zischten Kommentare über die Veranda wie Fledermäuse durch einen Insektenschwarm.

»Sie zieht es wirklich durch.«

»Tomke ist auf der Plantage.«

»Tomke trifft Veeru.«

Das Bild wechselte in die Vogelperspektive und folgte dem Wagen auf der Fahrt durch die Felder in den Ort hinein und durch das elektrische Tor, das den Eingang zum Gelände markierte. In zwei engen Serpentinen ging es bergauf. Der Regenschleier lichtete sich und verebbte wenig später ganz. Morgendliche Nebelfetzen hingen in den Baumwipfeln.

»Hat Veeru dir was gesagt, Pax?«, flüsterte Yasin. »Was sie vorhat, meine ich?«

Paksha schüttelte den Kopf. Sie hatte auch nicht danach gefragt.

Flimmernd wechselte die Ansicht von Drohnenperspektive zu Handkamera. Die Frontseite der Villa materialisierte sich im Inneren der Sync-Sphäre, gerade als der Benz in der Auffahrt anhielt. Die hintere Wagentür glitt zur Seite, und Tomke Wolff schwang die Füße auf den Kiesboden. Unterwegs hatte sie das Regencape ausgezogen und ihre High Heels auf Hochglanz poliert. Routiniert nahm sie ihren Platz vor der Linse ein.

»Ist das Ding an?«

Tomkes Haut schimmerte mit einer schneeweißen Seidenbluse um die Wette. Das Haar fiel ihr glatt und akkurat gescheitelt über die Schultern. Die rechte Seite war platinblond gefärbt, die linke dunkel wie frisch gemahlener Kaffee. Im linken Auge trug sie eine eisblaue Kontaktlinse, rechts eine braune.

»Ich stehe jetzt vor der Villa, die seit vergangenem Dienstag von den Geiselnehmern besetzt wird«, verkündeten schmale, rote Lippen. »Vermutlich soll hier das Interview stattfinden. Unsere größte Hoffnung ist natürlich, dass wir ein Lebenszeichen von Somadev Tripathi erhalten, der sich unseres Wissens zur Zeit des Überfalls im Haus aufhielt und seitdem als vermisst gilt. Veeru, die Anführerin des Aufstands, ist bereit, unsere Fragen zu beantworten und Klarheit in die unübersichtliche Lage zu bringen.«

Sie nahm Blickkontakt mit dem Kameramann auf und ging auf dessen Fingerzeig hin Richtung Eingang. Auch das Bild setzte sich ruckelnd in Bewegung, zog kurz vor dem Ziel an Tomke vorbei und zoomte durch die offen stehende Vordertür ins Empfangszimmer. Dort saß Veeru.

Verhaltener Jubel erhob sich im Garten und unter dem Verandadach, während der Kameramann das Gerät auf ein Stativ steckte. Aus diesem Winkel erschien Veeru in der Halbtotalen. Für Tomke Wolff stand ein Stuhl bereit. Wenn sie sich setzte, würde sie schräg im Profil zu sehen sein.

Vom ersten Tag an hatte Paksha die erdrückende Atmosphäre des Empfangszimmers gemieden – deckenhohe Kalligraphiegemälde, Fensterschlitze, die das Licht nur in sakralen Fächern einfallen ließen, und schummrige Nischen, in denen Götterplastiken auf heidnische Seelen lauerten. Paksha registrierte, dass Veeru die Statue des tanzenden Shiva von ihrem Sockel bei der Tür geholt und neben sich auf einem Beistelltisch platziert hatte.

Sie selbst saß auf Sonnys reich verziertem Maharadschastuhl und hatte sich auffallend wenig herausgeputzt. Wie an jedem der vergangenen sieben Tage trug sie ein blass gemustertes Set aus Baumwollleggings und knielanger Kurti, das Fionn ihren Robin-Hood-Fummel nannte, dazu Glasarmreife, Ghunghrus und Nagellack. Das einzige Zugeständnis an Tomkes Besuch bildete die Kette aus dicken, goldgelben Blütenköpfen, die Veeru sich um den Hals gelegt hatte. Damit sah sie mehr denn je aus wie eine geschmückte Statue im Tempel.

Tomkes Stilettoschritte hallten auf dem polierten Boden. Während sie sich setzte, huschte die verschwommene Silhouette des Kameramanns durchs Bild, und kurz darauf verriet ein gedämpftes Türenklappen, dass Veeru und die Reporterin unter sich waren.

Tomke verschränkte locker die Hände auf den Knien und sah Veeru unverwandt an. »Warten wir noch auf jemanden?«

»Ich nicht. Du etwa?«

Sie schüttelte knapp den Kopf. »Wenn du erlaubst …« Ein Blick über die Schulter. »Die Kamera läuft?«

»Die Show kann losgehen.«

Tomke schlug die Beine übereinander.

»Vielen Dank, Veeru, dass wir hier sein dürfen. Wie geht es den Geiseln?«

»Sie sitzen im Trockenen und beschweren sich übers Essen.«

»Alle?«

»Alle Geiseln, die wir haben.«

Hindi und Deutsch flossen so mühelos ineinander, dass Paksha auch ohne Babble-Button hätte folgen können. Veeru und Tomke kommunizierten im Dialekt der Weltbürger, der in jeder Formulierung seine eigene Übersetzung mitbrachte.

»Zum Zeitpunkt des Aufstands befanden sich achtzehn indische Staatsbürger auf dem Gelände«, fuhr Tomke fort. »Die Bekannteste von ihnen ist Paksha Jeru, deren Schicksal wir alle in *Paradise Lost* verfolgt haben. Hat sie die Ereignisse wohlbehalten überstanden?«

Paksha duckte sich grinsend, als Yasin ihr durchs Haar wuschelte. »Erzähl mal, Pax. Wie *hast* du das nur überstanden?«

Jemand brüllte: »Paksha ist jetzt eine von uns, ihr Blutsauger!«

»Bislang hat sie sich nicht beklagt«, antwortete Veeru.

»Werdet ihr sie gehen lassen? Sie hat viel durchgemacht.«

»Darüber haben wir noch nicht gesprochen.«

Der beiläufige Satz echote unangenehm in Pakshas Innerem. Tatsächlich hatte weder Veeru noch sie selbst seit jener denkwürdigen ersten Begegnung das Thema angeschnitten. Bis gerade eben wäre Paksha nicht einmal in den Sinn gekommen, dass sie ebenso auf der Plantage gefangen sein könnte wie der Logistikmanager, die Hauspriesterin, die Buchhalter und Wachleute drüben im Schulgebäude. Aber nun, da sie Veeru in all ihrer kühlen Fremdheit durch den Filter der Sync-Sphäre betrachtete, wurde Paksha schlagartig klar, dass außer ihr niemand wusste, auf welche Weise Sonny zu Tode gekommen war. Auch über dieses Detail hatten Veeru und sie bisher kein Wort mehr verloren.

»Meine Kollegen und ich appellieren an euch, dass Paksha die Plantage verlassen darf«, sagte Tomke. »Sie hat mit dieser Sache nichts zu tun. Wir bieten an, sie aufzunehmen und an einen sicheren Ort zu bringen.«

»Das richte ich ihr aus.«

Yasins Neffe drückte sich an Paksha und sah mit Kulleraugen zu ihr auf. »Bitte geh nicht weg, Tante Pax.«

Sie strich ihm über den Kopf, bevor sie ihre Aufmerksamkeit zurück auf die Sync-Sphäre richtete.

Tomke hatte sich warmgeredet. »Ihr besetzt illegal den Grund und Boden indischer Staatsbürger und haltet die rechtmäßigen Eigentümer als Geiseln. Ihr unterschlagt FinalFood die Erträge seines patentierten Saatguts. Wissen deine Follower, welche Konsequenzen ihnen drohen, sobald die Plantage gewaltsam gestürmt wird?«

»Sie wissen, was sie wollen: eigenes Land, faire Beteiligung, Selbstbestimmung.«

»Diese Botschaft ist zweifellos angekommen. Viele Menschen dort draußen interessieren sich auch für dich, Veeru. Wie geht es dir heute?«

»Ich lebe.«

»Allein diese Tatsache brachte es Ende letzten Jahres zur Sensationsmeldung.« Tomkes Kopf ruckte herum, als sie versuchte, ihrem Publikum das Gesicht zuzuwenden. Durch die seltsame Geste verstärkte sich der schwindelerregende Effekt, den das zweidimensionale Kamerabild in der Sync-Sphäre verursachte. »Du wurdest von einer Z.O.M.Bee gestochen und bist am Murti-Syndrom erkrankt …«

»Was damals noch kaum jemand für berichtenswert hielt.«

»… aber als bisher einziges Opfer bist du nicht an den Folgen gestorben. Wie erklärst du dir das?«

»Sterben hat gerade nicht gut reingepasst. Ich hatte noch was vor.«

»Einen Aufstand anzetteln, beispielsweise? Über dich und deinen bisherigen Lebensweg ist viel berichtet worden in den letzten Wochen, aber niemand scheint so recht zu wissen, wo sie dich hinstecken sollen. Indische Mutter, europäischer Vater ... Warum wolltest du als Kind in Europa leben, obwohl du es so viel einfacher hättest haben können?«

»Wenn du über meine Mutter auch so gründlich recherchiert hättest wie über mich, wüsstest du die Antwort.«

»Deine Mutter besitzt eine Menge Land in den angrenzenden Sektoren. Außerdem ist sie PR-Managerin bei FinalFood. Wie steht sie zu ...«

»Warum bittest du sie nicht selbst um ein Interview«, zischte Veeru, »wenn dich so interessiert, was sie zu sagen hat? Ich würde dir sogar ihre Nummer geben, wenn ich sie noch gespeichert hätte.«

Tomke verstand die Warnung. »Also zurück zu dir. Familie hin oder her – bislang schien es nicht so, als ob dich viel mit dem Main-Sektor verbindet. Du hast im Ausland Karriere gemacht, warst eine der international gefragtesten Background-Tänzerinnen, hast mit Beat Bahin, Chanchan und Donna Mad gearbeitet, und bist auch solo aufgetreten. Vermisst du das Tanzen, die große Bühne?«

Veeru veränderte ihre Sitzposition so geringfügig, dass ihre Ghunghrus ein einzelnes, zurückhaltendes *Prrram* von sich gaben. »Wer sagt, dass ich die große Bühne je verlassen habe?«

»Heißt das, du willst irgendwann ins Showbusiness zurückkehren?«

»Showbusiness ist Business, Tomke. Es geht um Geld und Macht, hier wie dort. In den Entertainment-Streams dreht sich alles um Image-Werte, Klickzahlen, Werbeeinnahmen. Im Main-Sektor kämpfen die Menschen um ihre Zukunft, um Autonomie, aber FinalFood wird seine Kolonien in Europa nicht kampflos aufgeben.« Veeru sprach deutlich und ohne Hast. Paksha war sich sicher, dass sie diese Rede, so spontan sie auch klingen mochte, lang vorher geprobt hatte. »Wenn unsere Regierung dabei zusieht, wie ein Konzern Menschen zu Arbeitssklaven degradiert, dann müssen wir Widerstand leisten. Wir fordern …«

»Du redest von ›wir‹«, ging Tomke dazwischen, »aber du kannst dein Luxusleben doch nicht ernsthaft mit dem der Arbeiter vergleichen. Deine Mutter …«

»Mein Vater«, sagte Veeru, »lebte und starb in einer Hütte hier in diesem Dorf. Ich weiß, wie sich Armut anfühlt. Willst du mir vorwerfen, dass ich meine Prominenz, meine Ressourcen in den Dienst unserer Bewegung stelle? Jede politische Kampagne braucht ein Gesicht. Was wäre Indien heute, wenn Gandhi-ji nicht in den Freiheitskampf eingetreten wäre? Hätten die Briten ihr Kronjuwel dann endgültig in Stücke gehauen?« Tomkes Brauen hoben sich und auch Paksha merkte, dass die Stimmung im Empfangszimmer umschlug. Ein leidenschaftlicher Ton schlich sich in Veerus geschliffene Worte. »Was damals zwischen Staaten und Völkern geschah, passiert heute zwischen Arm und Reich, zwischen Wirtschaftsmächten und denen, die den Anschluss verpasst haben, zwischen politischen Netzwerken und der stummen Masse. Ich habe diese Scheißkrankheit ganz sicher nicht besiegt, um weiter tatenlos zuzusehen, wie meine Heimat vor die Hunde geht.«

»Danke für das Stichwort: Bekannt wurdest du vor allem, weil du das Murti-Syndrom auf unerklärliche Weise überlebt hast. Würdest du dich als geheilt bezeichnen?«

Veeru kehrte die Handflächen nach außen wie ein segenspendender Gott. »Würdest du?«

Tomkes Fuß wippte. »Ich kann nur beschreiben, was ich sehe. Für unsere Zuschauer im Ausland«, wieder der verkrampfte Schulterblick, »sollte ich vielleicht erklären, was es mit dem Murti-Syndrom auf sich hat. Der Name bezieht sich auf die graue Hautfarbe der Betroffenen und auf die Lähmungen, die mit fortschreitendem Krankheitsverlauf auftreten – die Opfer werden augenscheinlich zu Statuen, zu Murtis, die wir alle aus Hindu-Tempeln kennen.«

»Ein schöner Euphemismus«, warf Veeru ein.

Tomkes Aufmerksamkeit wandte sich sekundenlang nach innen. Offenbar las sie Informationen ab, die nur sie selbst sehen konnte.

»Im Frühjahr '56 wurden Z.O.M.Bee-Völker zu Testzwecken in mehreren europäischen Sektoren angesiedelt. Seitdem sind offiziell 6374 Menschen am Murti-Syndrom gestorben. Wir wissen, dass mit Hochdruck nach einem Gegengift gesucht wird …«

»Hochdruck?« Veeru sah direkt in die Kamera. Paksha meinte zu spüren, wie sich der Blick aus den schwarz umrandeten Augen in ihre Stirn bohrte, genau an der Stelle, wo Gläubige im Tempel das rote Tilak-Zeichen empfingen; dort, wo Scharfschützen ihr Ziel anvisierten. »Seit zwei Jahren breiten sich die Z.O.M.Bees ungehindert in Europa aus. Die Erträge steigen wie vorhergesagt, ebenso wie die Profite von FinalFood. Wir sind weit weg von Indien, dem Konzern ist es egal, dass die Menschen hier verrecken. Jeder Tote ist nur eine sehr kleine Ziffer in einer komplexen Rechnung.«

»Laut unseren Informationen will FinalFood das Z.O.M.Bee-Projekt stoppen, bis alle Risiken behoben sind, wenn ihr im Gegenzug die Belagerung beendet. Welche Perspektiven bietest *du* den Menschen, Veeru?«

»Bessere, ganz offensichtlich. Sonst wären sie nicht hier.«

»Aber hast du einen Plan? Was vielleicht nicht alle Zuschauer wissen: Der Main-Sektor ist eines der strategischen Zentren von FinalFood. Das Hauptlager für Saatgut und Düngemittel befindet sich gerade mal dreißig Kilometer von hier. Der Konzern dürfte sehr empfindlich reagieren, wenn sich eure Bewegung weiter ausbreitet. Hältst du es für verantwortbar, eine so brisante Lage noch mehr eskalieren zu lassen?«

»Fürs Erste haben wir erreicht, was wir wollten. Den nächsten Schritt überlassen wir FinalFood.«

»Und wir alle sind gespannt, wie der aussehen wird. Veeru, eine letzte Frage noch.« Tomke stellte beide Füße auf den Boden und setzte sich aufrecht hin, eine exakte Spiegelung von Veerus Körperhaltung. »Im Vorfeld dieser Sendung hast du eingewilligt, dass wir mit Somadev Tripathi sprechen dürfen. Wann werden wir ihn sehen?«

»Sie hat *was*?«, zischte Yasin in Pakshas Ohr.

»Du hättest ihn selbstverständlich treffen können«, sagte Veeru. »Wenn er noch am Leben wäre.«

Der Aufschrei im Camp erfolgte zeitversetzt, gekoppelt an die Übertragungsraten der verschiedenen Empfangsgeräte, und bestand zu gleichen Teilen aus Überraschung, Angst und Triumph.

Tomke Wolff hob die Finger zur Schläfe, als hoffe sie auf Regieanweisungen. »Veeru, du … ich bin sicher, unsere Zuschauer wünschen sich eine Erklärung von dir.«

Yasin wedelte mit den Armen, ohne das Hologramm aus den Augen zu lassen. »Pssst! Ey, Leute, Ruhe jetzt.«

Veeru griff nach einem funkelnden Objekt, das zu Füßen des tanzenden Shiva lag, und streckte es Tomke entgegen. Nach zwei Sekunden des Widerwillens griff Tomke danach. Fingerspitze streifte an Fingerspitze.

»Tripathi war nicht da, als wir uns Zutritt zur Villa verschafft haben«, sagte Veeru. »Ich fand ihn schließlich bewusstlos im ersten Stock, dieser Brain-Spark steckte in seiner Stirn. Kurz darauf war er tot.«

»Eine Überdosis? Willst du das damit sagen? Sind … sind seine B-Waves kollabiert?«

»Ich bin keine Forensikerin. Aber bitte – nimm das Beweisstück ruhig mit.«

Mit steifen Gesten legte Tomke den Stein auf ihrer Armlehne ab. »Was ist mit Tripathis … Leichnam? Werdet ihr ihn freigeben?«

»Wir haben ihn bereits begraben. Zu Hause auf *seiner* Plantage.« In einer flüssigen Bewegung stand Veeru auf. »Hast du weitere Fragen?«

Tomke war reflexartig gegen die Stuhllehne zurückgewichen, aber jetzt stemmte sie die Absätze in den Boden und erhob sich ebenfalls. Sie standen keine Armlänge voneinander entfernt. Tomke Wolff musste den Kopf in den Nacken legen, um Veeru anzusehen.

»Möchtest du noch was loswerden?«

Veerus Blick sagte, *Dich.*

Ohne Veeru aus den Augen zu lassen, griff Tomke nach dem Brain-Spark. »Wir übergeben das hier den Behörden.«

Atem- und ratlos verfolgten Paksha, Yasin und der Rest des Camps, wie Veeru die Reporterin zur Tür geleitete. Als Tomke nach draußen verschwunden war, ging Veeru ohne Eile auf die Kamera zu. Sie kam so nahe heran, dass das Muster ihrer Kurti vor der Linse verschwamm, streckte die Hand aus und drückte den Off-Knopf. Die Show war zu Ende.

Juria wurde nicht müde, die Aufnahmen vor- und zurückzuspulen, Mimik und Gestik der Kontrahentinnen zu erforschen, Formulierungen zu deuten und ihre Ergebnisse mit denen der Sondersendungen zu vergleichen, die auf allen Kanälen in Dauerschleife liefen. Fionn war gutmütig genug, sich als Sparringspartner zur Verfügung zu stellen, aber sein Interesse schwand mit jeder neuen Wiederholung. Paksha stromerte durch Haus und Garten, schnappte hier ein neues Gerücht auf, folgte dort mit halbem Ohr einer Diskussion, während sie wie alle anderen auf Veerus Rückkehr wartete.

»Wo steckt sie?«, schäumte Juria am späten Nachmittag. »Sie kann doch nicht so einen Aufruhr veranstalten und dann abhauen.«

»In der Kapelle vermutlich.« Fionn sah von dem Xcreen auf, auf dem er Schichtmodule für den Barrikadendienst herumschob. »Zumindest ist sie da nach dem Interview hingegangen.«

Juria zappte zähneknirschend durchs Programm. »Nicht zu fassen.«

In der Kapelle war Veeru unantastbar. Jeden Morgen ließ sie das kantige, graue Gebäude auf der Hügelkuppe für ein, zwei Stunden räumen und zog sich allein in den Altarraum zurück. Wie so vieles, was Veeru tat, befeuerte auch dieses Ritual die Gerüchteküche. Die meisten Follower waren überzeugt, sie borge sich dort ihr tägliches Maß Lebenskraft von Christus – kleine Gefälligkeiten unter Auferstandenen. Blödsinn, widersprach die gemäßigte Fraktion, allen voran Juria. Vermutlich betete Veeru oder meditierte, und die Menschen im Camp täten gut daran, diesem Beispiel zu folgen, anstatt ihre Ego-Streams mit solchen Hirngespinsten zu verstopfen. Gegenüber Paksha hatte Fionn vor ein paar Tagen schmunzelnd erwähnt, dass Veeru nie ohne vLink in die Kapelle ging und dort wahrscheinlich einfach nur in Ruhe Soaps schaute.

»Ich mach noch mal einen Rundgang«, verkündete Juria, als die Com-Streams nach und nach zum regulären Programm zurückkehrten. Sobald sie aus der Tür war, schaltete Fionn die unablässig plappernden Geräte ab und drehte sich zu Paksha um, die auf dem Sofa lümmelte und »Robin Hood« googelte.

»Bei dir alles okay?«

»Hmm.«

»Falls du reden möchtest … egal worüber. Ich meine, du warst doch dabei, als Sonny …«

Paksha wollte reden. Aber nicht mit Fionn.

»Passt schon, alles alpha. Bin kurz draußen.«

Statt Juria in den überfüllten Garten zu folgen, verkroch sich Paksha auf dem Balkon im ersten Stock. Er befand sich an der Vorderseite der Villa mit Blick auf das Tal und die dahinter liegenden Hügelketten. Am Horizont blitzte die spiegelnde Fläche des Stausees auf, zu dem Sonny sie für einen Wochenendausflug hatte mitnehmen wollen. Die meisten Sehenswürdigkeiten im Main-Sektor, das war Paksha rasch klargeworden, hatten irgendetwas mit Wasser zu tun.

Sie stützte die Handflächen auf die Balustrade und ließ sich von der Dunkelheit einhüllen. Regenwolken schoben die Dämmerung übers Land. Inzwischen kannte sie das Panorama bis ins letzte Detail. In geometrischen Winkeln durchschnitt der Fluss den braungrünen Felderteppich. Nach rechts und links zweigten Bewässerungskanäle ab wie Leiterbahnen auf einem Computerchip. Ein blinkender Hain aus Windturbinen säumte das jenseitige Ufer. Ihre langen Abendschatten krochen über sumpfige Wiesen, über die Wohnmobile, Übertragungswagen und Satellitenschüsseln des Reporter-Camps, wo die virtuellen Ströme aus Sektor Main-4/ME zusammenliefen. Von hier oben glich die Ansammlung einer einzigen komplexen Maschine, die die rohen, frisch geernteten Fakten sammelte, zerlegte, sortierte, kommentierte, zensierte, inszenierte, verschlagwortete und schließlich in teuren, appetitanregenden Häppchen in den Nexus einspeiste.

Paksha wusste, dass sich jedes Ereignis auf tausendundeine Weise beschreiben, in tausendundeine Facette der Wahrheit auffächern ließ. Von Noe hatte sie gelernt, dass all die verwirrenden Details des Lebens Bruchstücke einer einzigen komplexen Geschichte waren. Diese Vorstellung half ihr, die Welt zu verstehen. Geschichten hatten Anfang und Ende, handelten von Helden und Schurken, von Triumphen und vom Scheitern. Wer Teil einer solchen Erzählung war, der wusste, was er zu tun hatte; das Genre bestimmte, wie alles endete.

In Safe Town hatte Paksha ihr Talent fürs Geschichtenerzählen eingesetzt, um die großen Stoffe vergangener Zeiten für andere lebendig zu machen. Sie spulte textsicher die Mythen ihrer Vorfahren ab, konnte alle einhunderttausend Strophen des Mahabharata rauf und runter beten, beherrschte die Storylines unzähliger Serien aus dem Effeff. Aber seit sie zu Veerus Bewegung gehörte, fühlte sie sich zum ersten Mal selbst als Teil einer Geschichte. Sie sah alle Elemente des Spektakels deutlich vor sich – rätselhafte Seuchen, wundersame Heilungen und tragische Todesfälle, Revolution, der Traum von einer besseren Zukunft, mächtige Gegner und unerwartete Freundschaften, Götter auf Erden, Robin Hood. Nur der Ausgang – Katastrophe oder Happy End – lag noch dort draußen in der Finsternis verborgen, jenseits des Flusses und der blinkenden Geisterlichter, hinter Gewitterwolken, zwischen den scharfkantigen Blättern der Reispflanzen.

»Gibt's da was Spannendes zu sehen?«

Paksha drehte sich um. Im Türrahmen stand Veeru.

»Wie war dein Tag?«, fragte Paksha

Veeru lehnte sich neben sie und schaute mit verschränkten Armen in die Ferne, auch wenn die Nacht inzwischen alle Konturen verwischt hatte. »Lang. Aber ich muss noch mal los. Willst du mitkommen?«

»Juria sucht dich. Alle suchen dich.«

»Das kann warten.«

»Wohin gehen wir?«

Veeru musterte den sternlosen Himmel. »Zieh dir besser Gummistiefel an.«

Mit Einbruch der Dunkelheit war auf dem Gelände Ruhe eingekehrt. Abends brannte nur dort Licht, wo es nötig war – zur Essensausgabe am Pavillon, an den Zufahrtswegen, im Arbeitszimmer, wo Fionn und Juria mit ihren engsten Vertrauten die Herausforderungen des kommenden Tages besprachen. Den Rest des knappen Stromkontingents fraßen die unzähligen Bildschirme, Drohnen und E-Karts, von denen die Funktionsfähigkeit des Camps abhing.

Trotz der spärlichen Beleuchtung blieb Veerus Präsenz nicht unbemerkt. Ihr klimpernder Schmuck kündigte sie auch im Dunkeln auf weite Distanz an. Ihre abweisende Haltung machte jedoch deutlich, dass sie derzeit für Fragen und Gespräche, Huldigungen und Segnungen nicht zur Verfügung stand. Unterhaltungen ebbten ab, Fußgänger blieben stehen und blickten ihnen nach, aber niemand hielt Veeru und Paksha auf, als sie das Gelände durch das obere Tor verließen und einer gepflasterten Straße hangabwärts folgten.

Seit ihrer Ankunft im Sektor hatte Paksha die Villa und das zugehörige Grundstück nicht verlassen. Das Dorf, den Fluss, die Reisfelder kannte sie nur aus der Ferne, aber von den Luftaufnahmen wusste sie, dass der Pflasterweg direkt hinunter in den Ort führte. Sanftes Dröhnen wehte von der Hügelkuppe zu ihnen herab. Dort oben stand die Kapelle, in der Veeru Fionn zufolge den Tag verbracht hatte, flankiert von weiteren Windturbinen, die die beiden Turmspitzen um ein ganzes Stück überragten.

Als das Flutlicht hinter ihnen zurückfiel, knipste Veeru ihren Blüten-vLink an wie eine Taschenlampe. Der Leuchtkegel streifte eine überwucherte Abzweigung.

»Da entlang. Sei vorsichtig, rutsch nicht aus.«

Der Pfad, dem sie nun folgten, schlängelte sich durch ein dichtes Waldstück an der Westseite des Hügels. Noch bevor sie in das Dickicht eintauchten, stieg Paksha dessen komplexer Geruch in die Nase – wässriger Moder aus dem Unterholz, geronnenes Harz, das süße Lockaroma paarungsbereiter Blüten.

»Die Leute nennen den Wald hier Garten Eden«, erklärte Veeru. Nur ein winziger Hauch Missfallen färbte ihren sachlichen Ton. »Weil er so alt ist, vermutlich. Und weil er aus unerklärlichen Gründen alle Rodungen überstanden hat. Früher gab's im Main-Sektor jede Menge Bäume, frag mal Fionn, der kann sich noch dran erinnern. Jetzt ist alles Reis.«

Der Weg war abschüssig und so schmal, dass sie nur hintereinander gehen konnten. Veerus nackte Fußsohlen federten auf der dichten Laubschicht. Paksha schlitterte in ihren Gummistiefeln hinterdrein und spähte zwischen den knorrigen Stämmen hindurch auf pralle, frischgrüne Blätter und tropfendes Geäst. Jenseits der Blätterwand blitzten elektrische Lichter auf. Über eine schlüpfrige Steintreppe gelangten Paksha und Veeru zurück auf asphaltierten Boden. Veeru hielt sich mittig auf der Fahrbahn. Mit Verkehr war nicht zu rechnen, denn im Dorf wohnten nur noch die, die zu alt, zu krank oder zu störrisch waren, um sich der Bewegung anzuschließen. Die Angehörigen der indischen Oberschicht, die der Geiselnahme entkommen waren, hatten sich in die größeren Städte abgesetzt oder waren zurück in die Heimat geflohen. Doch anstatt die schmucken Residenzen im Ortskern für sich zu beanspruchen, scharten sich Veerus Follower um Sonnys gekaperte Villa, gleichermaßen Symbol ihres Triumphs und Tempel ihrer Heilsbringerin. »Außerdem«, hatte Yasin Paksha eines Abends am Lagerfeuer zugeraunt, »sind wir hier oben erst mal aus der Schusslinie, wenn FinalFood doch noch anrückt, um alles plattzumachen.«

Am Straßenrand kam ein betonierter Steg zum Vorschein. Unterhalb des grünen Dickichts gluckerte Wasser. Paksha überquerte den Bach mit zusammengepressten Lippen, denn die Luft flimmerte hier vor Mückenschwärmen. Veeru ließ das Gewimmel unbeeindruckt über sich ergehen, nur einmal wich sie einer fleischigen, handtellergroßen Motte aus, die sich schwungvoll ins Licht einer Laterne stürzte.

An den Steg schloss sich eine breitere Straße an. Geduldig reihten sich die krummen Häuschen zu beiden Seiten aneinander. Ihre Sockel waren moosbewachsen und fleckig vor Nässe. 1623, stand in verblassten Ziffern über den Türrahmen und auf den gemauerten Flächen zwischen den Holzbalken. 1589, 1710. Über einer vernagelten Fensterfront schaukelte ein goldenes Hirschemblem wie ein Geist aus vergangenen Zeiten.

»Sieht aus wie im Märchen«, murmelte Paksha.

»Früher wurden hier Hexen verbrannt.« Veeru deutete auf einen steinernen Brunnen am Ende der Straße. Ein Relief zeigte Flammen und angstverzerrte Gesichter.

Paksha warf nur einen flüchtigen Blick darauf. »Weiß ich. Juria hat mir den Link geschickt.«

»Es lag am Wetter.« Der Weg führte jetzt bergauf, und Veeru stemmte die Fußballen gegen die Fahrbahn. »Ein paar Jahre in Folge blieb es im Sommer so kalt, dass die Ernten eingingen. Nachtfrost im Mai, kannst du dir das vorstellen? Damals hielten die Leute das für schwarze Magie.«

Ob Veeru das Schauermärchen kannte, das im Camp über sie kursierte? Dass sie eine Reinkarnation all der toten Hexen aus jener Zeit sei – ein dunkler Racheengel, dem der Hass Hunderter ruheloser Seelen innewohnte.

Paksha bekam eine Gänsehaut. »Könnte heute wieder passieren.«

Veeru sah anerkennend über die Schulter. »Kluges Kind. Wir sollten froh sein, dass es mittlerweile zu nass ist für Scheiterhaufen.«

Vor ihnen erstreckte sich ein abschüssiger Platz. Rechterhand ging es weiter bergauf, vorbei an frisch renovierten Fachwerkhäusern, auf eine spärlich beleuchtete Kirche zu. Der Kirchturm kommentierte ihre Ankunft mit drohenden Glockenschlägen. Paksha zählte vier tiefe Töne, dann elf helle. Als die letzte Schwingung in der Luft verklungen war, blieb Veeru stehen.

Sie musste ihr Ziel nicht eigens herausdeuten – nur in einem einzigen Haus brannte Licht. Bunte Vorhänge verbargen das Innenleben vor neugierigen Blicken, so dass jede Fensterscheibe, vom Erdgeschoss über den ersten Stock bis hinauf zu den Dachgauben, in einer anderen Farbe erstrahlte. Auf das antike Fachwerk war nachträglich ein leuchtender Schriftzug montiert worden. HEXENHAUS. Die Buchstaben glommen in mattroten Schattierungen, nur das zweite H war defekt und flimmerte nervös.

Paksha unterdrückte den Impuls, nach Veerus Hand zu greifen. Mit einem Mal wusste sie, was dort drin auf sie wartete. Wer. Sie durchforstete ihr Gedächtnis nach dem Namen, der gestern so flüchtig zwischen Yasin und Fionn gefallen war. Krista.

Zwei ausgetretene Stufen führten zur Eingangstür. Veeru stellte sich vor den Scanner. Drinnen näherten sich Schritte, dann erschien eine zierliche Frau im Türspalt. Sie trug Flipflops, Shorts, ein Tanktop. Kurze braune Haare, müde Augen. Räucherstäbchenduft waberte ins Freie, dazu ein winziger Hauch von etwas anderem, Süßerem, das Paksha nicht zuordnen konnte.

»Du schon wieder.« Es klang nicht unfreundlich. »Hast du diesmal etwa Kundschaft mitgebracht?«

Veeru legte Paksha eine Hand auf den Rücken und schob sie sanft vorwärts. »Eher nicht. Agnes, Paksha. Paksha, Agnes.«

Paksha spürte den aufmerksamen Blick der Frau, als sie an ihr vorbei in den schummrigen Flur trat. Rauchschlieren verwischten die Konturen der floralen Kunstdrucke an den Wänden, dämpften das Funkeln des kitschigen Leuchters an der Decke. Irgendwo außer Sichtweite plapperte ein Com-Stream.

»Willkommen im Hexenhaus«, sagte Agnes.

Veeru drückte die Tür ins Schloss und wandte sich dem Treppenaufgang zu, der rechts vom Eingangsbereich abzweigte. »Wie geht es ihr?«

»Sie hat die ganze Nacht geschrien. Gegen Morgen wurde sie plötzlich still. Sie hat keine Kraft mehr, glaube ich.« Agnes fuhr sich übers Gesicht. »Geht schon durch. Ich bring euch Tee.«

Über knarrende Stufen gelangten sie in den ersten Stock, dann unters Dach. Mit jedem Schritt nahm der Räucherstäbchendunst ab und der fremde Duft zu. Paksha blickte sich unauffällig um, aber die meisten Zimmertüren waren verschlossen. Dann und wann erspähte sie ein Gesteck aus Plastikorchideen, einen Stapel akkurat gefalteter Handtücher, ein Paar hochhackige Schuhe.

Am Ende der Treppe lotste sie Veeru nach links und duckte sich unter einem niedrigen Türrahmen hindurch. Das süßliche Aroma war hier so stark, dass die Schleimhäute in Pakshas Mund zu prickeln begannen. Ein intensiver Geschmack heftete sich an ihren Gaumen – und schließlich erkannte sie es: Honig. Ihr wurde schlecht.

Auf der Schwelle blieb sie stehen. Die Dachkammer war mit Patchworkteppichen ausgelegt. Wäscheteile lagen zerknüllt am Boden: Miniröcke, Spitzenhöschen, ein Morgenmantel mit Flamingodruck. Zwischen den Dachschrägen spannte sich ein freiliegender Balken, an den wellige Fotos gepinnt waren, und auf dem Schminktisch türmte sich ein Durcheinander aus Modeschmuck und Unterhaltungselektronik. Ein Fenster öffnete sich zum Hinterhof, aber die schwere, feuchte Luft von draußen brachte keine Abkühlung.

Unter dem Fenster befand sich ein schmales Bett. Veeru bezog am Fußende Stellung. Eine zweite Frau saß mit dem Rücken zur Tür auf einem Stuhl und verdeckte dadurch den Blick auf das Gesicht der Kranken. Auf der Bettdecke ruhte ein ausgezehrter Arm. Die Haut war graublau.

Die Frau sah über die Schulter und lächelte Paksha auf eine Weise an, wie sich entfernte Verwandte am Bett eines Komapatienten begrüßen mochten. Ihre Haare waren achtlos am Hinterkopf zusammengebunden, die Augen gerötet, aber trocken.

»Da ist noch Platz, setz dich ruhig.« Sie deutete auf einen zerknautschten Plüschhocker.

Mit zittrigen Beinen ließ sich Paksha daraufsinken. Fast gegen ihren Willen wanderte ihr Blick zurück zum Bett. Sie erspähte eingefallene Wangen unter einem rotbraunen Haarschopf. Der Brustkorb hob und senkte sich unter flachen, mühsamen Atemzügen. Kristas Augen starrten unverwandt zu ihr herüber.

»H-Hallo«, hauchte Paksha.

In einem qualvollen Kraftakt richtete die Kranke ihre Pupillen auf Veeru, die beinahe entschuldigend die Schultern hob. »Mehr kann ich nicht tun.«

Kristas Freundin stand so abrupt auf, dass der Stuhl gegen den

Nachtschrank polterte, und eilte mit gesenktem Kopf aus dem Zimmer. Fast wäre sie in der Tür mit Agnes zusammengestoßen, die zwei Teegläser auf einem Tablett brachte. Paksha nahm das Getränk entgegen und atmete den Duft ein, auch wenn sie sicher war, dass sie keinen Tropfen hinunterbringen würde. Agnes hatte den Tee so zubereitet, wie Veeru ihn am liebsten trank: stark wie Kaffee und mit dem rauchigen Aroma von schwarzem Kardamom.

»Seit heute Morgen kann sie nicht mehr schlucken«, berichtete Agnes gefasst. Sie setzte sich auf den freigewordenen Stuhl und strich Krista über den Arm. »Danach kommt nicht mehr viel, oder?«

Veeru stellte den Tee auf dem Fensterbrett ab. Heißer Dampf wirbelte in die Nacht hinaus. »Ich fürchte nicht.«

Agnes lehnte sich zurück. »Wir sind hier alle große Fans von dir, Paksha. Krista ganz besonders. Sie hat keine Folge verpasst.«

»Ich, ähm, ich bin auch froh, dass Sonny gewonnen hat«, erwiderte Paksha. »Der Main-Sektor ist echt alpha.«

Agnes zwinkerte ihr zu. Wenn das Licht günstig fiel, blitzten Lachfältchen unter den Sorgenschatten auf. »Musst nicht schwindeln. Aber wir freuen uns, dass du heute mitgekommen bist. Krista würde dich selbst bitten, wenn …« Ein hilfloser Atemzug. »… also, sie wollte dich fragen, ob du das hier für sie signieren würdest.«

Auf dem Nachttisch, zwischen Pillendosen und Infusionsschläuchen, lag ein Fan-Shirt von *Paradise Lost*. Die teure Variante mit Holo-Aufdruck.

Pakshas Hand krampfte sich um das Teeglas.

Agnes gab den Stuhl frei. »Komm ruhig her. Hier gibt's auch einen Stift.«

Während Paksha unter Aufbringung all ihrer Willenskraft in den Performance-Modus schaltete und mit strahlendem Lächeln an der Bettkante Platz nahm, zückte Agnes einen pinkfarbenen vLink-Clip.

»Darf ich ein Foto machen? Das ist nur für Kristas privaten Stream, versprochen. Wir verkaufen's nicht weiter.«

Paksha nickte mechanisch, kritzelte ihren Namen auf den Synthetikstoff, kniete sich neben das Bett und spannte das Shirt vor der Brust auf. Kristas Honigatem streifte ihre Wange.

Agnes drückte auf den Auslöser und zeigte der reglosen Krista das Bild. Dann half sie Paksha auf die Füße und schloss sie in eine feste Umarmung. »Danke. Danke dir, mein Engel.«

Paksha faltete verlegen das T-Shirt zusammen. »Gern geschehen. Kann … kann ich noch irgendwas tun?«

Veeru schüttelte den Kopf und ließ sich mit dem Rücken an der Wand zu Boden gleiten. »Jetzt können wir nur noch warten.«

Das ist alles?, wollte Paksha aufbegehren. *Unternimm gefälligst was. Sie stirbt!*

In Agnes' Augen sah sie einen Funken desselben Impulses, aber Veerus stoische Miene erstickte jeglichen Widerspruch im Keim. Keine Hexe der Welt, kein Messias und auch kein Gott würde Krista heute Nacht ins Leben zurückrufen.

Paksha ließ sich wieder auf den Hocker fallen und schielte zwischen ihren Dreadlocks hindurch auf Veeru. Veeru, deren bloße Existenz bezeugte, dass es ein Heilmittel für diese Krankheit geben musste. Am Nachmittag hatte Paksha auch »Murti-Syndrom« gegoogelt. Veerus wundersame Auferstehung wurde minutiös im Netz diskutiert, jede Theorie mit Indizien untermauert, jede Expertenmeinung verlinkt und getaggt. Nur von Veeru selbst fehlte jegliche Stellungnahme über das, was ihr im vergangenen Herbst widerfahren war. Der letzte Eintrag in ihrem Ego-Stream stammte vom 29. Oktober.

Zwischenstopp in der alten Heimat, Shooting mit ehemaligen Klassenkameraden, Shopping für das Halloween-Outfit. Meerjungfrau oder Schmetterling? Sei bereit für das große Reveal!

Einen Tag später hatte Veeru beim Frühstück auf der Hotelterrasse ein verräterisches blaues Blitzen an ihrem Shake-Becher übersehen. Der Z.O.M.Bee-Stachel bohrte sich mitten in ihre Handfläche.

Hier und da ploppten oberflächliche Meldungen auf. Ein neues Murti-Opfer. Besonders prominent, besonders tragisch. Dann wochenlang nichts. Erst im Januar folgte die Sensation: Veerus Auferstehung von den Toten. Wissenschaft, Zauberei oder PR-Gag?

Kristas pfeifende Atemzüge wurden schneller und flacher.

»Wie läuft's oben bei euch?«, fragte Agnes. »Spannender Stream heute mit Tomke Wolff. Krasse Pointe.«

»Sie hat sich gut geschlagen«, stimmte Veeru zu. »Wenn sie es klug anstellt, bringt die Geschichte sie raus aus diesem Sumpf.«

»Schätze mal, du kannst es selbst nicht erwarten, wieder aus dem Sektor wegzukommen.«

Veeru grinste schief. »Ganz so eilig habe ich es nicht. Aber ich weiß schon, dass ihr uns loswerden wollt. Revolutionen sind schlecht fürs Geschäft, nehme ich an.«

»Als die Sahabs noch hier waren, ging es uns besser«, gab Agnes unumwunden zu. »Die Leute wären nicht jedem in so ein Himmelfahrtskommando gefolgt. Die meisten waren zufrieden mit dem, was sie hatten.«

»Was hatten sie denn?«, hakte Veeru sachlich nach. »Gerade genug zum Leben, ein paar virtuelle Träume, die Aussicht, dass alles so bleibt, wie es ist. Und wenn sie sich zwischendurch ihrer jämmerlichen Lage bewusstwurden, gaben die Sahabs den perfekten Sündenbock ab. Warum sollte man schließlich was riskieren, wenn man sein Schicksal auch bequem aus der Hand geben kann?«

»Nicht jeder hat nun mal das Zeug zum Rebellen«, beharrte Agnes. »Statt vor den Sahabs zu kuschen, laufen sie jetzt dir hinterher. Macht es das etwa besser?«

Paksha sagte: »Sie atmet nicht mehr.«

Veeru stemmte sich vom Boden hoch, während Agnes nach Kristas stocksteifer Hand griff. Dunkelblaue Lippen bebten, riesige Pupillen tanzten verstört von rechts nach links.

»Tu was.« Agnes schrie nicht, sie flehte. »Wenn du ihr helfen kannst, dann tu was. Du *musst*, Veeru.«

An Veerus Kinn zuckte ein Muskel. »Ich kann nicht.«

»Veeru, *bitte*. Was ich da eben gesagt hab … ich wollte nicht …«

Veeru sah weg.

Kristas Blick wurde stumpf. Opfer Nummer 6375.

»Wir müssen los.« Entschlossen durchquerte Veeru den Raum und forderte Paksha mit einem Wink auf, ihr zu folgen. »Bitte richte allen mein Beileid aus.«

Agnes starrte fassungslos auf die tote Krista, dann auf Veeru.

»Ich schicke jemanden, der sie beerdigt«, fügte Veeru hinzu und schob Paksha hinaus in den Flur.

Der Tee stand immer noch auf dem Fensterbrett.

Auf der Treppe wand sich Paksha aus Veerus Griff. »Warte mal. Wir müssen …«

»Wir können nicht«, beharrte Veeru.

Klirrend und scheppernd eilte sie die Stufen hinunter, den Korridor entlang, zur Haustür, auf die Straße. Paksha musste fast rennen, um mit Veerus langen Schritten mitzuhalten.

Erst auf dem Marktplatz wurde Veeru langsamer und fügte hinzu: »Tut mir leid.«

»Sag das nicht mir«, schnaubte Paksha.

»Sonst ist gerade niemand da.« Mitten in einer Pfütze blieb Veeru stehen und ballte die Fäuste, wie um sich selbst unter Kontrolle zu bringen. Als sie weiterging, hatte sie ihre Fassung zurückgewonnen. Äußerlich zumindest. »Nein, im Ernst. Ich hätte dich vorwarnen sollen. Aber … du hast ja gehört, es war ihr letzter Wunsch.«

Paksha verschwendete keinen Blick mehr an Hexenhäuschen und goldene Hirsche. Die Straßenlaternen waren ausgegangen, lediglich der Lichtkegel von Veerus vLink geisterte über das Kopfsteinpflaster.

»Und was war dein letzter Wunsch? Damals, meine ich.«

Veeru lachte hart und trocken. »Weiterleben. Was denn sonst?«

Ab da liefen sie schweigend nebeneinander her. Auf dem steilen Waldweg verfluchte Paksha ihren klebrigen Regenmantel und ihre schlechte Kondition. Fühlte es sich so an, zu ersticken? Wie ein Gewaltmarsch, der niemals endete?

Im Camp war es still und stockfinster. Keine Spur mehr von der Euphorie des Tages, kein flachsender Yasin, keine kühnen Protestlieder.

»Ich bleib noch kurz draußen«, sagte Paksha, als sie die Stufen zur Terrasse hinaufstiegen.

Veeru zögerte einen Herzschlag lang. »Wie du meinst. Ich seh nach, ob Juria noch wach ist. Schlaf gut.«

»Du auch.«

Sobald sie allein war, streifte Paksha den Regenmantel ab, zupfte sich notdürftig Laub und tote Mücken aus den Haaren und ging um die Villa herum zur Vordertür. Die Aussicht reichte hier nicht so weit wie auf dem Balkon, aber die blinkenden Signale des Reporter-Camps zeichneten sich trotzdem deutlich in der Dunkelheit ab – die einzigen Lichter in einem stummen, schwarzen Nichts. Dort unten träumte Tomke Wolff von ihrem ganz großen Durchbruch. Tomke hatte angeboten, Paksha an einen sicheren Ort zu bringen. Falls es so etwas überhaupt gab.

Ein paar Tage lang hatte Paksha sich eingeredet, die Villa könne ein solcher Ort sein. Veeru hatte sie gewarnt an jenem ersten Abend, und vielleicht war der heutige Ausflug eine zweite Warnung gewesen, vorgebracht auf Veerus ganz eigene Art und Weise, nackte Tatsachen ohne Erklärung. Diesmal hatte Paksha den Hinweis verstanden.

Sie ging ein paar zaghafte Schritte über den Kies bis zum Ende der Auffahrt. Die breite Straße, die sich daran anschloss, führte ins

Tal, zum Hafen, zur Brücke über den Fluss. Dahinter lag das Reich der Geschichtenmacher, wo auch den unfassbarsten Ereignissen eine Bedeutung verliehen wurde. Wo alle Grausamkeiten der Welt zu Pixelstaub zerfielen.

Paksha sah ein letztes Mal zurück zur Villa, dann lief sie los.

JETZT

Ghar - घर [ghar] *m* **I. 1.** Haus *n* [...] **2.** Wohnung *f* [...] **4.** Zuhause *n*; Heimat *f*

Wasser, überall Wasser.

Es läuft mir über Augen, Mund, Nase. Es ist schleimig, es stinkt. Ich ertrinke, ich ...

Strampelnd und hustend komme ich zu mir, fuchtle blind mit den Händen und ertaste einen warmen Körper, Fell. Heißer Mief schlägt mir ins Gesicht. Wo bin ich?

»*Ayyo*, wach auf, Rikscha-walah!«

Diese Stimme.

»Die Sonne lacht, Bruder. Sie lacht wie ein irrer Tyrann, aber sie lacht.«

Sonne. Hitze. Staub.

Mein Schädel dröhnt. Mein Rachen kratzt, als ob ich eine ganze Wüste eingeatmet hätte. Ich blinzle.

Ein grinsendes Maul, eine rosa Zunge. Noch mehr Wasser, Schleim. Sabber. Hundesabber.

»Hör auf«, keuche ich. »Lass das, Ray. Ich bin wach, *ich bin wach.*«

Ray? Ray.

»Ich hab Frühstück besorgt, Boss.«

»Braver Hund.« Ich stemme mich in eine sitzende Position. Stoffbezogenes Polster federt unter meinen Handflächen. Ein Sofa?

Habe ich etwa die ganze Nacht geschlafen? Ich muss zurück zum Schiff, nachsehen, ob alles in Ordnung ist. Wenn mir nur nicht so schwindelig wäre.

Ray legt mir eine zerknitterte Thermotüte in den Schoß. »Parantha, wie versprochen.« Schwanzwedelnd hopst er zu mir auf die Sitzfläche und stupst mich mit der Schnauze an. »Mach schon auf, *yaar*. Ich hab wolfsmäßigen Hunger.«

Mit dem Ärmel fahre ich mir übers Gesicht, wische Spucke und Traumfetzen beiseite. Vielleicht ist es besser, erst mal etwas in den Bauch zu bekommen. Habe ich gestern überhaupt was gegessen?

Allmählich gewinnt die Welt jenseits des Sofas an Kontur. Ein eleganter Wohnraum soweit ich das beurteilen kann. Erst auf den zweiten Blick fallen mir die Anzeichen der Verwahrlosung ins Auge – die verdorrte Zimmerpalme auf der Anrichte, verschmierte Pfotenabdrücke auf dem Glastisch, eine umgestürzte Messingskulptur im Regal. An der Wand gegenüber sendet ein Entertainment-Screen Botschaften ins Nichts. Der News-Stream ist zu einem Hintergrundmurmeln heruntergedreht. Wie Giftschlangen kriechen grelle Headlines von rechts nach links durchs Bild. *Krise im Main-Sektor: Zahl der Todesopfer steigt auf 273.*

»Sind wir allein?«

»Jepp, nur du und ich.«

Meine Finger nesteln am Verschluss der Thermotüte. Warmer, würziger Duft steigt mir in die Nase, mein Magen ballt sich schmerzhaft zusammen.

»Und wie sind wir reingekommen?«

»Das Haus kennt mich.«

Ich versuche, mir den Weg hierher ins Gedächtnis zu rufen, aber nachdem wir mit der E-Rikscha liegengeblieben sind, kommt nicht mehr viel. Die vergangenen Stunden verschwimmen zu einem Gemenge aus wirren Träumen und sehnsüchtigen Erinnerungen.

»Diese Typen in der Mag-Rikscha. Sind die noch mal aufgetaucht?«

Ray schüttelt den Kopf. »Ich schätze, die haben unsere Spur verloren.«

Mit fahrigen Bewegungen schlage ich die Folie zurück. Ein Stapel goldbrauner Teigfladen kommt zum Vorschein. Es riecht nach Butter und sauren Pickles. Zwei Parantha nehme ich für mich, den Rest schiebe ich Ray hin.

Schweigend schlingen wir unser Frühstück hinunter. Ich lehne mich zurück und lasse das Streitgespräch aus dem News-Stream über mich hinwegplätschern.

»... ändert nichts daran, dass die Tigerstaaten aus den Fehlern der ehemaligen Industrienationen rein gar nichts gelernt haben. Wer die natürlichen Ressourcen mit einer solchen Unbekümmertheit verschwendet wie ...«

Der fettdurchtränkte Teig bringt meinen Kreislauf in Schwung. Jedes Mal, wenn ich auf eine grüne Chili beiße, brennt die Schärfe ein Stück Müdigkeit weg.

»Solche Konflikte gehören aber doch zum Wesen der Tigerkratie. Aus ökonomischer Perspektive prallen hier zwei konkurrierende Player aufeinander, und der stärkere wird sich durchsetzen. Die Abschottungspolitik im letzten Jahrhundert hat ja überhaupt erst dazu geführt, dass Europa seine Wettbewerbsfähigkeit verloren hat. Und als dann in der weiteren Entwicklung ...«

Ich stopfe mir den letzten Rest in den Mund und lecke mir die Fingerspitzen ab. Ächzend stehe ich vom Sofa auf. Kühl und fest schmiegt sich der Boden an meine nackten Fußsohlen. Von irgendwo weht ein klimatisierter Luftzug heran, und ich ziehe den Reißverschluss am Hals ein Stück auf. Mein Schädel brummt, der HC-Sensor zeigt 37,9 Grad Körpertemperatur – vermutlich zu viel Sonne gestern.

»... einzusehen, dass der Konflikt in Europa absolut hausgemacht ist. Die Menschen in den Agrarsektoren sind in vielfacher

Hinsicht marginalisiert. Wirtschaftlich, technologisch, nicht zuletzt bildungspolitisch. Dass so ein soziales Pulverfass irgendwann explodiert, war absehbar. FinalFood täte gut daran …«

Breite, getönte Fensterscheiben geben den Blick frei auf eine verlassene Einfahrt, die in eine schmale Straße mündet. Dahinter ducken sich einstöckige, weiß verputzte Bungalows vor einer Kulisse aus Felsbrocken und dornigem Gestrüpp. Staub fegt über die Fahrbahn. Für ein paar grüne Tupfer sorgen lediglich die üblichen Hologrammpflanzen. Ihre wogenden Blätter sind eine Wohltat für die Augen, aber simulierte Palmen werfen keinen Schatten. Nach der gestrigen Irrfahrt fühlt es sich an, als seien wir auf einem fremden Planeten gestrandet – ein stiller Mond weitab einer dröhnenden, brodelnden, sich selbst verzehrenden Welt. Mein Unterbewusstsein flüstert mir zu, dass ich hier schon einmal war, aber ich kann mich nicht daran erinnern.

»… bin trotzdem der Überzeugung, dass Realfood auch in Indien wesentlich höher besteuert werden muss. Nirgends zeigt sich das gesellschaftliche Ungleichgewicht deutlicher als beim Zugang zu Nahrungsmitteln. Es ist völlig paradox, dass …«

Das Geplapper geht mir auf die Nerven. Ich suche nach dem Control-Screen und zappe durch die Streams. Bei einer Sendung, in der Meerschweinchen und Ratten allerhand Kunststücke vollführen, halte ich an.

Draußen rauscht ein Auto vorbei. Instinktiv ducke ich mich hinter den Vorhang, aber der Wagen fährt zügig weiter und verschwindet hinter der nächsten Kurve. Mein Puls hämmert in meinen Schläfen. »Sag mal, Ray, wo sind wir hier eigentlich?«

Der Hund mustert mich skeptisch. »Zu Hause, *yaar*.«

»*Dein* Zuhause, schon klar. Aber mit wem wohnst du hier?«

Ray seufzt. »Momentan halte ich allein die Stellung.« Er gesellt sich zu mir ans Fenster und legt die Vorderpfoten auf den Sims. »Diese Gegend heißt ›Campus‹. Ein Stück die Straße runter ist ›Das Institut‹. Da waren wir oft zusammen.«

»Heißt das, wir sind auf dem Universitätsgelände?« Die Final-Food University zählt zu den renommiertesten Bildungseinrichtungen weltweit. Meine Kurierfahrten für Izmat haben mich in den letzten Wochen hin und wieder hergeführt. »Dein Herrchen ist ein ... ein Forscher? Oder ein Professor?«

»Professor? Könnte sein.« Ray deutet auf den Screen. »Schau mal, so was in der Art haben wir am Institut auch gemacht.«

Ich wende mich wieder der Sendung zu. Der Kopf einer Ratte ist mit Elektroden verkabelt. Eine weiß gekleidete Frau wird interviewt. *»... sind wir fest vom Potenzial der B-Wave-Technologie überzeugt. Durch einen gezielten Eingriff in die individuelle Frequenz ...«* Eine menschliche Hand schiebt einen Regler hoch. Die Ratte zuckt und läuft dann mechanisch gegen das elektrisch geladene Käfiggitter. Und wieder. Und wieder.

Ich schalte um. Wetterbericht.

Mein Körper meldet Durst – eines der biochemischen Signale, die ich anfangs ständig missdeutet habe.

»Ray, gibt es hier irgendwo Wasser?«

Der Hund hängt gebannt an der Mattscheibe. »In der Küche. Erste Tür rechts.«

Vom Wohnzimmer gelange ich in den Flur und von dort in eine enge Kochnische. Einige Schränke stehen offen und geben den Blick auf angefressene Smartfood-Packungen frei. Ein Sack Hundefutter ist umgekippt, die hellbraunen Flocken knirschen unter meinen Füßen. Auf dem Tresen surrt ein Wasserfilter. Laut Anzeige ist die Reinigung seit vier Wochen überfällig. Ich angle mir einen Becher vom Regal, lasse ihn randvoll laufen und kippe den Inhalt trotz des schalen Geschmacks in großen Zügen hinunter.

Allmählich kehren meine Lebensgeister zurück, und ich setze meinen Erkundungsgang fort. Hinter der nächsten Tür verbirgt sich ein geräumiges Arbeitszimmer. Auf dem Schreibtisch und in Regalfächern türmen sich Hardware-Items ohne erkennbares System, dazwischen klemmen handschriftliche Notizen und

Zeichnungen. Ich muss an die ferngesteuerte Ratte denken und sehe mich um, ohne etwas anzufassen. Dennoch scheinen die gekritzelten Formeln mir etwas zuzuwispern. Zahlenreihen zwingen mir ihre komplexe Logik auf, Diagramme locken mich in die vierte Dimension.

Mit einem Ruck wende ich mich ab. Das hier führt zu nichts. Auch ohne diesen Quatsch schlägt mein Verstand größere Kapriolen, als gut für mich ist. Alles, was mir nicht dabei hilft, mein Raumschiff in die Luft zu bekommen, ist wertlos. Mit geübtem Blick scanne ich das Hardwaresortiment, ohne etwas Brauchbares zu entdecken. Die Screens und Speichergadgets sind abgeschaltet, kalt und staubig warten die Rechnertürme auf die Rückkehr des verrückten Professors.

Moment, das stimmt nicht ganz. An der Schreibtischkante blinkt ein Kontrolllämpchen. Als ich näher trete und ein paar Memory-Module beiseiteschiebe, erwacht der Table-Screen flimmernd zum Leben. Kurz zeigt sich ein Logo aus zwei grünen, ineinander verschränkten Fs. Verpixelte Schlieren wabern durchs Bild. Mehrmals zuckt das Lämpchen grün auf, springt aber immer sofort zurück auf Rot. Schließlich konstatiert der Screen *»Zugriff verweigert«* und versinkt wieder im Ruhemodus.

Schulterzuckend kehre ich dem Büro den Rücken. Bislang hat kein Scanner meine fremdartigen Hirnströme erfolgreich ausgelesen, und ohne B-Wave-Identifikation bleibt mir wiederum der Zugang zum Nexus verschlossen. Nach den Maßstäben dieser Welt existiere ich gar nicht.

Nebenan befindet sich das Schlafzimmer, am Ende des Flurs das Bad. Ich sehe an mir hinab. Der Thermosuit starrt vor Schmutz und hat seit gestern ein Loch am Knie. Meine Haare hängen mir verfilzt ins Gesicht.

Im Schlafzimmer gehe ich neben dem ungemachten Bett in die Hocke und ziehe eine Schublade aus dem Schrank. Unterwäsche. Immerhin ein Anfang. Stück für Stück durchforste ich die Fächer nach Brauchbarem. Es fühlt sich seltsam an, in den Sachen eines Fremden herumzuwühlen. Fast rechne ich damit, dass jeden Moment die Haustür zur Seite gleitet.

Wo steckt der Typ? Eine Forschungsreise? Aber warum hat er Ray dann alleine zurückgelassen? Vielleicht doch eher ein Unfall. Oder Schlimmeres?

Meine Hände gleiten über Freizeitoutfits, teure Anzüge, ein paar weiße Laborkittel. Nahe der Rückwand ertaste ich die knisternde Membran eines Thermosuits. Ich ziehe ihn heraus und halte ihn mir prüfend an die Schultern. Vermutlich etwas zu weit, aber die Länge passt. Der HC-Sensor reagiert, als ich ihn mir ans Handgelenk klipse.

Im Bad schäle ich mich aus den verdreckten Klamotten und stelle den Wasserverbrauch an der Dusche ein. *178 cm, Stufe 3 (stark verschmutzt), Haare incl.* Warmer Dampf hüllt mich ein. Das matte Weiß und die klaren Konturen der marmorierten Wände beruhigen meine überreizten Nerven. Das Übermaß an Sonne, Staub und Verkehrschaos, dem ich täglich ausgesetzt bin, tut mir nicht gut. Stillstand allerdings auch nicht. Ich will weg von diesem Planeten, einfach nur weg. Mein Schiff repariert sich aber nicht von selbst, und die Ersatzteilsuche gestaltet sich mühsam im unübersichtlichen Kosmos einer Stadt, die nirgends endet.

Die schwere, feuchte Luft trägt mich fort. Wenn ich die Augen schließe, fühlt es sich an, als sei mein Geist wieder frei, losgelöst von dieser erdrückenden Hülle und der unbarmherzigen Welt, die sie umgibt. Wer war ich, bevor mich der Absturz zu einem Fremden gemacht hat? Wartet jemand auf mich, dort, wo ich herkomme? Zu Hause.

Der Sprühregen versiegt. *»Verbrauchslimit erreicht«*, verkündet das System.

Während ich die frischen Sachen überstreife, lege ich mir meine nächsten Schritte zurecht. Ist es zu gefährlich, zurück zur Rikscha zu gehen? Die Fremden könnten dort auf der Lauer liegen. Andererseits, wenn das wirklich Realfood-Piraten waren, haben sie vermutlich die Thermobox vom Rücksitz gekapert und sind längst über alle Berge. Ich wünschte, ich könnte nachsehen, ob Izmat sich gemeldet hat, aber in meiner gestrigen Panik habe ich den vLink in der Rikscha vergessen.

In der Küche zapfe ich ein weiteres Glas Wasser, dann wird es Zeit, mich von Ray zu verabschieden. Es tat gut, ihn gestern dabeizuhaben, dieser wahnsinnigen Stadt nicht allein begegnen zu müssen. Aber die kommenden Tage werden riskant und ungemütlich. Besser, er bleibt hier, bis sein Besitzer zurückkommt.

Ray lümmelt auf der Couch im Wohnzimmer und verfolgt das Geschehen auf dem Screen.

»Hör mal, Kumpel, ich muss los.«

»Bist du sicher, Boss?«, fragt er, ohne das Bild aus den Augen zu lassen. »Wenn das der Wetterbericht für morgen ist, sollten wir vielleicht lieber einen Sofa-Tag einlegen.«

Stirnrunzelnd setze ich mich neben ihn und regle die Lautstärke hoch. Heulende Orkanböen fetzen über den Bildschirm, entwurzeln Palmen, reißen Fahrzeuge von der Straße. Krachend stürzt eine Brücke in sich zusammen, Trümmerteile fliegen auf die Kamera zu, das Video verwackelt und wird schwarz.

»*… so weit der Rückblick auf* Paradise Lost.« Ein elegantes Fernsehstudio wird eingeblendet. Die Moderatorin wendet sich mit ernster Miene an eine Frau mit streng zurückgekämmten Haaren. *»Jetzt bewegt sich eine ähnlich verheerende Orkanfront auf Delhi zu. Wie viel wissen wir zum jetzigen Zeitpunkt?«*

Ist das der Staubsturm, den Izmat erwähnt hat? Ich knete meine Hände und will nicht hören, was die Expertin zu sagen hat. Dennoch bleibe ich sitzen.

Zwischen den beiden Frauen materialisiert sich das Satellitenbild einer ockerfarbenen Wüste. Dörfer, Felsen und trockene Flussläufe erscheinen gestochen scharf, lediglich am linken Rand des Ausschnitts befindet sich ein verwaschener, hellbrauner

Fleck, vielleicht so groß wie ein Chapati. Unten rechts blinkt hell und rastlos das Wort *Delhi*.

»... Windgeschwindigkeiten weit jenseits von Stärke zwölf. Außerdem zieht er sehr langsam. Das verschafft uns zwar Zeit, aber es bedeutet auch, dass die Stadt tagelang lahmgelegt werden wird. Das größte Problem ...« Ein Punkt zoomt heran, der sich ungefähr auf halber Strecke zwischen Delhi und dem Dunstwirbel befindet. *»... ist Gorakhpur.«*

»Hey Bruder, was sagen die?«, meldet sich Ray. »Geht am Wochenende wirklich die Welt unter?«

»Hm?« Widerwillig löse ich den Blick von der Simulation. »Hör doch hin, die erklären gerade alles.«

Der Hund rollt mit den Augen. »Du musst übersetzen, *yaar*. Sonst versteh ich es nicht.«

Meine Aufmerksamkeit wandert zurück zum Screen.

»... weil momentan einfach niemand weiß, was dieser Bau noch aushalten kann«, stellt die Expertin fest. *»In Gorakhpur steht das älteste Kernkraftwerk in ganz Asien. Und Taimur hält direkt Kurs darauf.«*

Die Moderatorin greift das Stichwort auf. *»Taimur. Allein der Name zeigt uns, wie ernst unsere Meteorologen die Situation einschätzen.«*

Eine grimmige, gusseiserne Büste wird eingeblendet. Kräftige Wangenknochen, ein dichter, spitz zulaufender Bart, gleichgültige Augen.

Wieder übernimmt die Expertin. *»Ob das wirklich unser schwärzester Tag seit 1398 wird, können wir noch nicht beurteilen. Taimur der Lahme hat Delhi seinerzeit aber zweifellos in Schutt und Asche gelegt. Ein Blutbad, ein Massaker mit zigtausend Toten.«*

»Also, was jetzt?«, nörgelt Ray. »Müssen wir Parantha auf Vorrat einkaufen?«

»Noch gibt es keine offizielle Empfehlung«, fährt die Moderatorin fort. *»Aber womöglich läuft es darauf hinaus, dass Delhi eva-*

kuiert wird. Sechsunddreißig Millionen Menschen. Und niemand weiß, ob sie – ob wir *– danach noch in die Stadt zurückkehren können, wenn überall nuklearer Staub liegt.«*

Genau so hat es sich angefühlt, haltlos durchs All zu trudeln. Nur ich und eine Leere, die alles verschlingt. Ein Fall ohne Boden.

Ray schiebt den Kopf unter meinem Arm durch und schaut forschend zu mir auf. »Sag schon. Wird es schlimm?«

»Ich will nicht pessimistisch klingen, Kumpel«, würge ich hervor. »Aber ich glaube, ›Weltuntergang‹ trifft es ganz gut.«

VOR 49 TAGEN

Diya - दीया [dīyā] *m* (irdene) Lampe *f*, (Öl-)Lämpchen *n*

Sieben einsame Glockenschläge hallten durch die Kapelle und fanden als dumpfes Echo den Weg in die Mariengrotte. Paksha drückte die Wange gegen den kratzigen Stein und spähte hinauf zu den Fensterlöchern, die sich als faustgroße, blaugraue Flecken zwischen den Felsbrocken abzeichneten. Draußen wurde es hell. Sie war nicht besonders weit gekommen in dieser Nacht.

Wie die Fußspuren eines unsichtbaren Tieres wanderten blasse Lichtreflexe über den glatten, schwarzen Boden. Jeden Tag, vom Morgengrauen bis zur Abenddämmerung, vollführten sie diese Runde. Pakshas Gedanken drehten sich auf ähnliche Weise im Kreis.

Nach ihrem Besuch im Hexenhaus hatte sie den Ausweg einen kurzen, klaren Moment lang vor sich gesehen. Doch bereits auf der Straße, die ins Tal führte, war ihre Entschlossenheit ins Wanken geraten. Sie hatte an Yasin gedacht, sein breites Grinsen, mit dem er sie jeden Tag beim Frühstück empfing, daran, dass er ihr morgen den Platz im Pavillon umsonst freihalten würde. An Jurias Wusste-ich's-doch-Vortrag, Fionns enttäuschtes Kopfschütteln. Weil Paksha aber auch nicht zur Villa hatte zurückkehren wollen, als sei nichts geschehen, war sie hangaufwärts abgebogen, hatte das verlassene Kirchenschiff durchquert und sich in der Grotte zusammengekauert. Um Zeit zu gewinnen. Um nachzudenken.

Unten im Camp trafen sich die Frühaufsteher vermutlich gerade zum Küchendienst. Pakshas Magen knurrte, aber jedes Mal, wenn sie an Essen dachte, stieg ihr wieder der Honiggeruch aus Kristas Zimmer in die Nase. Ob Krista noch immer dort lag, aufgebahrt auf ihrem Sterbebett?

Ich kann ihr nicht helfen, hatte Veeru behauptet.

Paksha massierte ihre verkrampften Beine. Ein nüchterner Flur, der sich mit einem schmutzig blauen Vorhang verdecken ließ, verband das Langhaus der Kapelle mit der dunklen Grotte. Gelb-schwarzes Klebeband kennzeichnete die einzelne Stufe, die in das Gewölbe führte. Gütig und ratlos schaute die heilige Maria auf Paksha herab. Jemand hatte ihr eine Kette aus Gänseblümchen um den Hals gelegt, und von ihren ausgestreckten Armen hingen hölzerne Rosenkränze. Runde Tonlämpchen, Diyas, wie Paksha sie von den Andachten zu Hause kannte, flackerten ringsum in den Felsnischen und auf Vorsprüngen.

Knarrend schwang die Kapellentür nach innen. Paksha zog die Knie an die Brust und presste sich stocksteif gegen die Wand.

Prrram, prrram.

Sie war zu früh dran. Warum kam sie heute so früh?

Die Tür fiel ins Schloss, der Schlüssel drehte sich mit einem leisen *Klack.* Der einzige Weg aus der Grotte führte durch das Kirchenschiff. Wenn Paksha nicht alles noch schlimmer machen wollte, sollte sie aufstehen und sich zu erkennen geben. Das gäbe ihr die Chance, die Wogen zu glätten. Sie konnte danach immer noch gehen, jederzeit konnte sie das.

Sie blieb sitzen und lugte um den Türstock.

Prrram, prrram. Prrram, prrram.

Veeru durchschritt die Reihen der Kirchenbänke bis zu der freien Fläche vor dem Altar, wo Yasin, Jamila, Fadi und ein paar andere freitags ihre Gebetsteppiche ausrollten. Schnörkellos und lichtdurchflutet strebte der Innenraum der Kapelle in die Höhe. Aus Pakshas Perspektive am Ende des düsteren Verbindungsgangs schien es, als beträte Veeru eine Bühne mit geöffnetem Vorhang.

Vor einem leuchtenden Fenstermosaik blieb sie stehen. Ihr Haar hatte sie heute zu einem dicken Zopf geflochten, in dem eine cremefarbene Magnolienblüte steckte. Schillernde Ohrringe aus Pfauenfedern reichten ihr bis auf die Schultern. Als Tänzerin waren die blaugrünen Hänger Veerus Markenzeichen gewesen, aber im Camp hatte sie sie noch nie getragen.

Veeru setzte sich auf die vorderste Kirchenbank und griff nach der Halskette mit dem glänzenden vLink-Modul. Ein paar Minuten lang schien sie die News-Streams und ihre privaten Nachrichten durchzugehen, aber die winzigen Hologramme waren zu weit entfernt, als dass Paksha Bilder oder gar Textzeilen hätte erkennen können. Sie zuckte zusammen, als plötzlich eine blecherne Sprachaufzeichnung die Stille in der Kapelle durchschnitt. Wenige Worte in schnellem Deutsch blubberten aus den Lautsprechern. Paksha hörte lediglich einzelne Phrasen heraus, »unterwegs«, »Grenzkontrolle«, »heimlich«.

Abwägend drehte Veeru den vLink zwischen den Fingern, ehe sie sich über den mechanischen Blütenkelch beugte und eine Antwort abschickte: »Danke für den Bericht. Bleibt dran und meldet euch wieder.«

Sie streifte die vLink-Kette ab und legte sie neben sich. Dann zog sie ein Stück aufgerollten Stoff und eine silbrige Tube aus den versteckten Taschen ihrer Kurti und begann, die Ghunghrus an ihrem linken Knöchel aufzuknoten.

Paksha wollte nicht hinsehen. Es war falsch, Veeru zu beobachten, als sei sie ein seltenes Tier in freier Wildbahn. Auf eine ganz eigene Art war Veeru immer aufrichtig mit ihr gewesen, aber sie hütete ihre Geheimnisse wie ein Panther seine Beute, und Paksha wusste schon jetzt mehr, als gut für sie sein konnte.

Sie blieb sitzen.

Unter dem Glockenband kam ein weißer Gazestreifen zum Vorschein. Mit routinierten Bewegungen löste Veeru eine Klammer und wickelte die Binde ab. Beim Anblick des fingerlangen Schnittes, der in Veerus Wade klaffte, schnellte Pakshas Pulsschlag in die Höhe. Die Verletzung blutete kaum, war jedoch tief, und an den Rändern wölbte sich eine dunkelblaue Schwellung.

Mit einem gedämpften Ächzen bohrte Veeru Daumen und Zeigefinger in die Wunde. Eine längliche Kapsel löste sich schmatzend aus ihrem morbiden Versteck. Paksha konnte den Blick nicht von der hellroten, feuchten Stelle an Veerus Bein abwenden. Beinahe schien es ihr, als habe sie insgeheim noch immer daran gezweifelt, dass Veeru ein Mensch aus Fleisch und Blut war. Als habe sie glauben wollen, hinter der kühlen, undurchschaubaren Fassade verberge sich tatsächlich nichts als grauer Stein.

Während Veeru mit der Kapsel und der silbernen Tube hantierte, jagten wirre Hypothesen durch Pakshas Kopf. War dies etwa der Motor, der sie am Leben erhielt? Bio-Hacking, Nano-Meds, Brain-Sparks – welche Technologie konnte so verboten oder so verwerflich sein, dass Veeru sie vor aller Welt geheim halten musste?

Paksha zwang sich zuzusehen, wie Veeru die Kapsel zurück in die Wunde drückte, wie sie die Stelle mit einer frischen Mullbinde und anschließend mit den Ghunghrus umwickelte. Der benutzte Stoffstreifen und die Tube verschwanden in den Taschen der Kurti. Den vLink ließ Veeru auf der Kirchenbank liegen.

Sie stemmte sich hoch und überquerte mit drei humpelnden Schritten den Platz vor den Bänken. Als sie den linken Seitenaltar erreichte, der einen kleinen Hinduschrein beherbergte, bewegte sie sich bereits wieder flüssig. In einer Kiste bei der Wand lagerten Diyas und anderes Zubehör für die Andacht. Veeru verteilte ein paar der Tonlämpchen vor den Abbildern von Shiva-Nataraja, dem tanzenden Weltenzerstörer, und Saraswati, Schutzherrin der Künste mit der Vina im Schoß, entzündete die Dochte und hielt ein Räucherstäbchen an eine der Flammen. Sobald sich der dünne Rauchfaden in der Luft kringelte, wusste Paksha, was nun folgen würde. Und selbst wenn sie sich hätte davonschleichen können: Diese Vorführung wollte sie um nichts in der Welt verpassen.

Paksha kannte die Performances aus Veerus früherem Leben. Unten im Camp liefen die Videos in Dauerschleife: in der Sync-Sphäre, in Sondersendungen, in unzähligen Miniclips und Ego-Links. Sorglose Inszenierungen, verwegene Stunts, sexy Posen. Schon damals hatte Veerus Imageskala regelmäßige Höhenflüge verzeichnet und dennoch war sie in dieser Zeit nur eine von vielen gewesen, zu dünn für die knappen Outfits, zu groß für die erste Reihe. Zum Mythos und Messias wurde sie erst, als sie kalt und zornig von den Toten auferstanden war. Seitdem hatte Veeru nicht mehr in der Öffentlichkeit getanzt.

Nachdem sie auch die Kerzen auf dem Hauptaltar angezündet hatte, kehrte Veeru zurück zur Kirchenbank und ließ die Finger über ihren vLink gleiten. Ein schlichter Tablarhythmus setzte ein, dumpfe Schläge im Wechsel mit hellen Klängen. Mit geradem Rücken und gespannten Schultern ging Veeru verschiedene Aufwärmposen durch, dehnte Füße und Waden so gründlich, als habe sie nicht eben eine Ampulle aus Hartplastik in ihrem Muskel vergraben, vollführte einige grundlegende Schrittfolgen, deren Tempo sie mit jeder Wiederholung steigerte. In Veerus Repertoire erkannte Paksha Elemente aus den klassischen indischen Traditionen, die auch in Safe Town zum Unterhaltungsprogramm gehört hatten, daneben die modernen Moves der Popszene, mehr Freestyle als Disziplin. Andere Bewegungsabläufe waren von einer beklemmend exotischen Ästhetik, so unberechenbar in ihrer Dynamik, dass es beinahe schien, die Musik passe ihren Takt dem Tanz an und nicht umgekehrt.

Das Tablaspiel verklang. Veeru begab sich wieder in die Grundstellung gegenüber dem Altar. Mit geschlossenen Augen wartete sie auf den nächsten Song und Paksha, die mit Sitarklängen und elektronischen Beats großgeworden war, erkannte das Instrument erst nach einer Sekunde des Staunens.

Ein Gitarrenakkord wie ein Sonnenaufgang.

Veeru nickte der Christusfigur am Kreuz aufmunternd zu, hob ihrerseits die Arme über den Kopf und löste den Fuß vom Boden, genau in dem Moment, als der erste Vers einsetzte. In himmelstürmendem Pathos sang eine Stimme vom Verlassenwerden, von Krankheit und Selbstzerstörung, von gebrochenen Herzen und Geheimnissen. Veerus Hände erzählten ihre eigene Geschichte, formten stumme Mudras, zu schnell und zu komplex, als dass Pakshas ungeübte Augen den Code hätten entschlüsseln können.

Wenn Veeru ihr Bein anwinkelte und die Hüfte drehte, bekam ihre dunkle Silhouette plötzlich Kurven. Ihr Zopf pendelte wie eine hypnotisierte Kobra, der Löwe auf ihrem Rücken zog mit jedem Anspannen der Muskeln die Lefzen hoch. Das Klirren der Ghunghrus verschmolz mit dem Arrangement, jeder Schritt trieb das Lied voran, jeder Tempowechsel brachte eine neue Facette der Choreographie zum Vorschein.

Ein Tanz wie ein Gebet.

Tausendundeine Nacht lang hätte Paksha reglos auf der Schwelle kauern können, ohne zu merken, wie die Zeit verging. Irgendwann aber signalisierte ihr rechter Fuß, dass er dringend wieder an den Blutkreislauf angeschlossen werden wollte. Sie streckte das kribbelnde Bein, verlagerte ihr Gewicht auf die Hände, um ihren verkrampften Rücken aufzurichten, und stieß mit dem Hinterkopf ein ausgebranntes Lämpchen von seinem Sims. Mit einem trockenen Knall zersprang die Tonschale auf den Fliesen.

Die Musik brach mitten im Song ab.

Paksha presste die Lippen zusammen und schlug den Kopf zur Strafe für ihre eigene Blödheit gleich noch mal gegen die Wand.

Im Altarraum ließ Veeru eine volle Minute verstreichen, dann forderte sie: »Komm raus.«

Paksha fügte sich in das Unvermeidliche, stemmte sich hoch und trat in den Eingang zur Grotte.

Veeru maß sie von oben bis unten. Falls sie überrascht war, zeigte sie es nicht. »Wird das jetzt zur Gewohnheit?«

»Ich wollte weg sein, bevor du kommst.«

»Aber du bist noch hier.« Ein Lächeln stahl sich auf Veerus Gesicht, und sie gab sich keine Mühe, es zu unterdrücken.

»Ich musste nachdenken.«

»Verstehe. Und was kam dabei raus?«

Müde zuckte Paksha mit den Schultern.

»Wenn ich könnte, würde ich dir helfen«, sagte Veeru. »Aber Nachdenken ist nicht meine Stärke.«

Paksha erlaubte sich ein winziges Schmunzeln. »Und was machst du stattdessen?«

»Komm her, ich zeig's dir.« Veeru streckte ihr einen Arm entgegen, aber Paksha zögerte, das Friedensangebot anzunehmen.

»Tanzen, meinst du?«

»Willst du's lernen?«

»Ich bin ein hoffnungsloser Fall.« Paksha bemühte sich um einen lässigen Ton. »Zumindest haben das Usha und Belei immer behauptet. Und die waren nicht mal halb so gut wie du.«

»Ich bilde mir gern meine eigene Meinung. Die Gummistiefel musst du aber vorher ausziehen.«

Paksha gab sich einen Ruck und trat endgültig aus der Grotte heraus. Sie streifte die Stiefel ab und warf ihren Regenmantel über die Bank. Nur in Shorts und verschwitztem T-Shirt fühlte sie sich sofort wieder befangen. Veeru musterte sie mit schief gelegtem Kopf, dann zog sie die Magnolienblüte aus ihrem Haar und steckte sie oberhalb der Schläfe zwischen Pakshas Dreadlocks.

Sie deutete auf den vLink. »Bestimmte Vorlieben?«

»Der Song eben war okay.«

Einen Atemzug lang sah es aus, als würde Veeru ihr den Wunsch abschlagen. Dann aber gaben ihre Finger den Befehl an den vLink weiter und die Gitarre begann ihr Spiel von vorn.

Paksha wartete auf detaillierte Anweisungen und war überrascht, als sie Veerus kühle Finger auf der Haut spürte, die ihr Kinn anhoben, ihre Schultern zurückschoben und ihre Füße in Position brachten.

»Bereit? Mach mir einfach alles nach.«

Veeru rollte den Fußballen ab und federte einen Schritt zur Seite. Paksha stelzte hinterher. Veerus Arm schweifte über die Kerzenflammen hinweg. Paksha ruderte, um ihr Gleichgewicht zu halten. Veeru umfloss mit jeder Kurve ihres langen, kräftigen Körpers einen imaginären Tanzpartner. Paksha legte sich zu schnell in ihre Pirouette, griff im letzten Moment nach Veerus ausgestreckter Hand und ließ sich in einem übermütigen Reigen durch den Saal wirbeln.

»Nicht schlecht«, lobte Veeru. »Von vorn?«

Paksha grinste und ging wieder in die Grundstellung.

»Wenn du nicht nachdenkst, wie triffst du dann Entscheidungen?«, fragte sie, als der Song neu einsetzte.

Veeru korrigierte sanft Pakshas Kopfhaltung. »Ich weiß, was ich will. Meistens reicht das.«

»Und wenn du das nicht haben kannst?«

»Dann tue ich, was nötig ist, um es zu kriegen.«

Paksha versuchte, sich über diesen Satz Gedanken zu machen, aber Veeru erhöhte das Tanztempo und zog sie mit in die Melodie.

Prrram, prrram, prrram, gaben die Ghunghrus den Takt vor. Der zweite Durchgang lief besser als der erste, beim dritten konnte Paksha mithalten, beim vierten improvisierte sie selbst einen Übergang, Veeru ging darauf ein, und bis zum Ende des Songs bewegten sie sich wie ein Körper mit zwei Herzen und vier Armen, ein göttlicher Schattenriss in einem Tempel aus Rauch und Licht.

»Stimmt das, was Agnes gesagt hat? Willst du wirklich nicht hier sein?« Paksha hielt ihre Hand still, damit Veeru die Finger für eine Mudra in Form biegen konnte.

Veeru ließ sich Zeit mit einer Antwort. »›Wollen‹ ist das falsche Wort. Ich hab schon damals nicht richtig dazugehört. Als Kind, meine ich. Wenn ich mit den Mädchen spielen sollte, brach ständig eines in Tränen aus, von den Jungs hat sich keiner fürs Tanzen interessiert. Knick dein Handgelenk nach oben ab, genau so.«

»Und später?«

»Die Leute im Ort machten einen Bogen um mich. Mit dem Kind einer Investorin wollte niemand was zu tun haben, auch wenn meine Mutter sich kaum je bei uns blicken ließ. Und für die Verwandtschaft in Indien war ich ein verwildertes Halbblut. Wir haben keinen Kontakt.«

»Hattest du keine Freunde?«

»Doch, einen. Und Fionn natürlich. Ihm gehörte der Friseursalon in unserem Viertel.« Mit routinierten Griffen winkelte sie Pakshas Daumen an und spreizte den kleinen Finger von den anderen ab. »Fertig. Diese Mudra heißt *Hamsapaksha*. Der Schwanenflügel.«

Paksha betrachtete die elegante Geste. »Fehlt dir nicht manchmal ein Zuhause?«

Veerus Blick verlor sich im strahlenden Weiß eines Bogenfensters. »Nein. Ich hab mir dieses Leben ausgesucht. Das Einzige, was mir fehlt ...« Sie brach ab. »Ich war übrigens mal für einen Auftritt auf den Andamanen. Hat mir gefallen dort. Tolle Strände.«

»Kann sein. Ich war nicht oft an der Küste. Zumindest nicht mehr, seit ...« Paksha löste ihre verkrampften Finger und ballte die Hand zur Faust. »Mein Vater ist dort verschwunden, kurz bevor Port Blair evakuiert wurde. Wahrscheinlich wurde er rausgespült. Da war ich sieben.« Veeru schwieg und Paksha fuhr fort. »Ein paar Wochen später hat Mama einen neuen Typen kennengelernt und ging mit ihm nach Bangkok. Ich glaube, er hat ihr dort Arbeit in einem Hotel besorgt. Zumindest sah das auf den Bildern so aus. Aber irgendwann blieb ihr Ego-Stream einfach stehen, als ob sie sich in Luft aufgelöst hätte. Noe und ich haben die Behörden kontaktiert, aber die sagten nur, sie könnten keine Log-ins mehr feststellen und dass Mama die Stadt wahrscheinlich wieder verlassen hat. Aber dann hätte sie doch … Ich dachte, *Paradise Lost* ist eine Chance. Wenn sie mich sieht …« Paksha biss sich auf die Zunge. Warum erzählte sie Veeru das? Es stand schließlich alles im Nexus. »Und seit Noe gestorben ist … Ich wollte einfach nur wieder irgendwo zu Hause sein. Aber nicht am Meer. Ich will nie mehr zurück ans Meer.«

»Kann ich verstehen«, sagte Veeru.

Es war still in der Kapelle.

»Machst du dir keine Sorgen?«, fragte Paksha. »Wenn FinalFood genug von uns hat, walzen sie den ganzen Sektor platt. Die sind stärker als wir.«

Veeru nickte. »Stärker und gieriger. Und im Augenblick schlagen sie jede Menge Profit aus unserer Story. Weißt du, welche Summen die vielen kleinen Tomkes dort unten an FinalFood abtreten, um sich die Übertragungsrechte zu sichern? Und dann rechne das mal in Realfood um. Glaub mir, wir tun denen einen Gefallen.«

»Das funktioniert aber nur, solange die Leute uns sehen wollen«, beharrte Paksha. »Sobald die Klickraten sinken, sind wir dran.«

»Deshalb bin ich ja hier.« Veeru warf sich in Pose. »Um zu verhindern, dass das passiert. Wart's ab, ich hab noch ein paar Tricks auf Lager.«

»Du glaubst echt, du kannst es mit denen aufnehmen?«

»Wir müssen unberechenbar bleiben. Das verschafft uns Zeit.« Veeru sammelte ihren vLink ein und drehte eine Runde, um die Kerzen auszublasen. »Die Sache mit Sonny wird sie ein paar Tage beschäftigen. Danach müssen wir uns was Neues einfallen lassen.«

Der beiläufige Tonfall bohrte sich wie eine schiefe Note in

Pakshas Gehör. *Was Neues einfallen lassen.* War das die Art, wie Veeru über den Mord dachte? Ein Spektakel für die Massen?

»Wenn jemand rausfindet, dass du Sonny umgebracht hast, sperren sie dich ein.« Pakshas Stimme hallte zittrig durch das Gewölbe. »Ich meine, es gibt schließlich immer noch Gesetze. Die Behörden folgen den Streams doch auch.«

Veeru sah über die Schulter. »Hast du hier jemals Polizei auf den Straßen gesehen? Oder irgendeinen Bezirksmanager, der die Vorfälle kommentiert? Europa ist nicht Indien, Paksha. Hier regieren die Landbesitzer wie Fürsten von FinalFoods Gnaden. Das Agraraufsichtsamt, die Sektorverwaltung, die Arbeitskraftkontrollbehörde«, die deutschen Worte knirschten in Veerus flüssigem Hindi, »das sind nur Marionetten. Sie tun, was ihnen die Konzerne diktieren, und kassieren ihren Anteil. Und die Medien bestimmen, welche Wahrheit sich am besten verkaufen lässt.«

Paksha schluckte. Ihre nackten Füße wurden kalt auf den Steinfliesen.

»Ich kann dir nichts versprechen«, fuhr Veeru in versöhnlicherem Tonfall fort. »Und ich kann nicht in die Zukunft sehen. Aber ich werde diese Geschichte zu Ende bringen, egal wie.«

Paksha schlüpfte zurück in ihre Gummistiefel. Von draußen trommelte Regen gegen die Buntglasfenster.

»Die Leute im Camp vertrauen dir, Veeru. Die tun das alles nur für dich. Sogar Juria.«

Veeru nickte bedächtig. »Und du? Vertraust du mir?«

»Nein.« Paksha zog sich den Regenmantel über. »Aber ich vertraue Fionn. Und Yasin.« *Und sogar Juria,* fügte sie in Gedanken hinzu.

»Ich mag dich, Kind.«

»Gehen wir frühstücken?«

»Heißt das, du bleibst?«

Paksha schlug die Kapuze hoch. »Wo sollte ich sonst hingehen?«

Seite an Seite verließen sie die Kapelle.

»Ich glaube, heute gibt's Parantha«, sagte Veeru.

Pakshas Magen knurrte. »Hoffentlich ohne grüne Chilis.«

Auf dem Pfad zur Straße ließ Paksha sich ein paar Schritte zurückfallen. Wenn sie genau hinsah, erkannte sie, dass Veeru ihr linkes Bein ein wenig nachzog.

Eine Woche später feierten sie Holi. Yasin hatte buntes Pulver organisiert und legte sich frühmorgens vor dem Haus auf die Lauer, um die verschlafene Paksha mit einem Schwall Wasser und einer Regenbogenkaskade in Empfang zu nehmen. Fionn zahlte es ihm mit einer pinkfarbenen Dusche heim, und sogar Juria ließ sich, nachdem sie vLinks und Xcreens und die unbezahlbare SyncSphäre im Haus in Sicherheit gebracht hatte, farbige Schlieren ins Gesicht malen. Yasins Mutter brachte Süßigkeiten und rief ihre Enkel zur Ordnung, die sich mit den anderen Kindern ein besonders wildes Wasserpistolengefecht lieferten. Nur Veeru zog sich vornehm aus der Affäre und beobachtete das Spektakel vom Balkon im ersten Stock.

Am Nachmittag erklomm Paksha mit weichen Knien die Stufen des Gartenpavillons und erzählte die Legende von Holika vor Hunderten Zuhörern.

»In der Gestalt des Narasimha war Vishnu weder Mensch noch Tier. Deshalb konnte er den Fluch brechen und den Dämonenkönig besiegen. Er erschien in der Dämmerung, als der Tag vorüber war und die Nacht noch nicht begonnen hatte.«

Inzwischen war Veerus Followerzahl so drastisch gewachsen, dass sich die Zeltstadt den Hang hinauf bis auf das Feld hinter der Kapelle zog. Pakshas Auftritt musste auf mehrere Screens projiziert werden, damit alle zuhören konnten.

»Er legte sich den König übers Knie, was weder Wasser, Land noch Luft war, und setzte sich mit ihm auf die Türschwelle. Auf diese Weise befanden sie sich nicht drinnen, aber auch nicht draußen. Anstelle von Pfeil oder Schwert benutzte der Narasimha seine Krallen und schlitzte den König der Länge nach auf. So wurde die Ordnung der Welt wiederhergestellt.«

Applaus brandete auf, Yasin pfiff durch die Zähne, und in diesem Moment gab es keinen Ort auf der Welt, an dem Paksha lieber hätte sein wollen.

Nur Yasins Bruder Fadi hatte das Fest verpasst. »Fühlt sich heute nicht so gut«, lautete Yasins Kommentar. »Juria sieht später mal nach ihm.«

Erst am Abend dachte Paksha wieder an diese Bemerkung zurück. Sie kam ins Büro, wo Juria dem inneren Kreis Bericht erstattete.

»Ich hab ihm Elektrolyte und Antibiotika gegeben. Er kommt wieder auf die Beine, aber angesichts der katastrophalen Hygiene im Camp ist der nächste Fall vorprogrammiert. Oder glaubt ihr ernsthaft, dass da draußen irgendwer eine intakte Choleraimpfung vorweisen kann?«

Paksha ging mit einem mulmigen Gefühl ins Bett.

Obwohl sie sich die Hände zweimal desinfiziert hatte, brachte sie beim nächsten Frühstück kaum einen Bissen runter. Das Raunen und Geschirrgeklapper im Pavillon brach abrupt ab, als sich Veeru mit langen Schritten unters Volk mischte und neben der Essensausgabe auf einen Stuhl kletterte.

»Können mich alle hören?«, fragte sie.

Auch die Menschen im Garten waren mittlerweile auf die Szene aufmerksam geworden. Rasch verdichtete sich die Menge vor den Treppenstufen der Pagode. Veeru wartete, bis das Flüstern und Tuscheln verstummte, dann fuhr sie fort.

»Wir geben die Plantage auf. Bitte packt eure Sachen. In zwei Stunden ziehen wir los.«

JETZT

tschorna – छोड़ना [choṛnā] *tr* […] **1.** loslassen […] **3.** verlassen; im Stich lassen […] **7.** *Gelegenheit* entgehen lassen, verpassen

Die Rikscha steht noch dort, wo Ray und ich sie gestern Abend zurückgelassen haben. Wie ein zertretener Käfer liegt sie am Fuß des schimmernden Holo-Wolkenkratzers und wartet darauf, vom Sand zugedeckt zu werden. Wir haben etwas abseits an einem belebten Chai-Stand Stellung bezogen, von wo aus wir das Treiben auf der Baustelle beobachten können. Arbeiterdummys zockeln um die Rikscha herum, ohne Notiz von ihr zu nehmen. Auf der Hauptstraße rauscht der Verkehr vorbei.

»Du musst wirklich nicht mitkommen«, versichere ich Ray. »Falls das stimmt mit dem Staubsturm, solltest du zu Hause auf deinen Professor warten. Ich kann dir nicht helfen.«

Ray gähnt unbeeindruckt. »Aber ich dir vielleicht.«

Der Eingang zum Campus ist nicht weit. Studentengrüppchen sitzen auf umgedrehten Getränkekisten beisammen, schlürfen heißen Chai, folgen den Berichten zum Hashtag Taimur, diskutieren, spekulieren. Der Küchengehilfe dreht seine Runde und sammelt klimpernd die leeren Teegläser ein.

»Das dauert alles viel zu lang«, murmle ich. Mein Glas ist fast leer. Mit jedem Atemzug scheint sich eine Staubschicht über den zuckrigen Geschmack im Mund zu legen.

Ray dreht sich auf den Rücken, streckt die Füße von sich und rülpst herzhaft. Saurer Paranthageruch wabert zu mir auf. »Warum hast du's so eilig, Bruder?«

»Ich muss zu meinem Schiff.«

Retten, was noch zu retten ist.

Den Antrieb wieder zum Laufen bringen.

Das Navigationssystem neu verkabeln.

Die Koordinaten eingeben.

Und dann nichts wie weg.

»Schiff?« Ray spitzt die Fledermausohren. »Wir sind aber nicht in Bombay, *yaar*. Hier gibt's kein Meer und Flüsse schon gar nicht. Nur noch Brücken und Sandbänke.«

»Nicht so ein Schiff.« Ich lehne mich auf meiner Kiste zurück und spähe hinauf zum smogweißen Himmel. »Ein Raumschiff.«

Ray prustet los. »*Ayyo*, nicht dein Ernst. Falls du's noch nicht mitbekommen hast: Auf dem Mars ist das Wetter so ähnlich wie hier. Nur kälter.«

»Ich will nicht zum Mars.«

»Sondern?«

»Nach Hause.«

»Und wo soll das sein?«

»Was kümmert dich das? Weit weg eben.«

Neben dem Chai-Stand ragt das abgasschwarze Skelett eines Banyan-Baums auf. Kahle Äste schirmen uns vor der Mittagssonne ab, versteinerte Bärte aus Luftwurzeln geben uns Sichtschutz. Der tote Gigant ist mir unheimlich. Er erinnert mich daran, was Delhi mit Lebewesen macht, die sich nicht anpassen. Die nicht schnell genug fliehen können.

»Weit weg, eh?« Ray rollt sich auf den Bauch und schaut mich mit schiefgelegtem Kopf an. »Nimmst du mich mit?«

»Das geht nicht. Du könntest dort nicht leben.«

»Aber du lebst hier.«

»Ja, weil ...« Ich starre auf meine Hände. »Das ist nicht mein richtiger Körper. Ich hab ihn ... geborgt.«

»Vom wem?«

»Keine Ahnung. Aber ich glaube, der andere ist noch da, irgendwo hier drin.« Mit den Handballen tippe ich gegen meine Schläfen. »Manchmal fühlt es sich an, als ob ich in meinem Kopf nicht allein bin, verstehst du? Als ob er versucht, mich rauszuwerfen.«

Die unheimlichen Aussetzer, die unerklärlichen Wissensbrocken. Das Gefühl, über allem zu schweben und alles zu durchdringen. Ich habe Angst, dass dieser mentale Kampf meinen Kopf irgendwann sprengt wie einen zu klein gewordenen Käfig, aber das behalte ich für mich. Ich bin Marti, so viel ist sicher. Solang mir diese Gewissheit bleibt, kann ich es schaffen.

Ray scheint nachzudenken. Der Chai-walah kommt mit seiner Kanne vorbei, aber ich lehne ab.

»Und dein Zuhause? Wie ist es dort?«, nimmt Ray den Faden wieder auf, als wir allein sind.

Die Frage bohrt sich in meine Hirnwindungen.

»Anders. Besser.«

»Gibt's da Jalebi?«

»Nein.«

»Dann kann es nicht besser sein.« Ray stellt die Ohren auf. »Erzähl mal. Was esst ihr? Streitet ihr euch ums Essen? Müsst ihr manchmal gegen andere kämpfen, wenn das Wasser knapp wird?«

»Ray …«

»Lebt ihr alle auf einem Haufen, obwohl ihr einander nicht leiden könnt? Müsst ihr drinnen bleiben, weil euch das Draußen krank macht?«

»Ray, hör auf.«

»Haben eure Körper B-Waves? Woher wisst ihr, wer wer ist? Wie redet ihr miteinander? Gibt's bei euch Staubstürme?«

»Schluss jetzt. *Hör auf!*« Ich springe auf die Füße. Die Kiste kippt um. »Ich weiß es nicht, zufrieden?«

»Aber …«

Ein paar Studenten drehen sich zu uns um, mustern den murmelnden *Gora* mit seinem Hund. Ich trete aus dem Schatten des Banyans und steuere die Rikscha an. Nichts wie weg. »Ich habe mein Gedächtnis verloren, als ich abgestürzt bin … ich glaube, es hängt mit dem Körpertausch zusammen.«

Bilder flackern über meine Netzhäute – krabbelnde Insekten, blaue Blitze, und Wasser, überall Wasser.

Sind das meine Erinnerungen, oder *seine*? Ist irgendwas davon echt?

»Beim Übertritt muss was durcheinandergeraten sein. Ich weiß manche Dinge aus dieser Welt, aber da sind auch Lücken. Und mein Zuhause …«

Ray wieselt neben mir her. »Klingt kompliziert, Bruder.«

»Ich weiß, dass ich dort glücklich war. Ich weiß, dass ich nicht hierhergehöre. Ich weiß, dass ich zurück nach Hause muss, sonst wird etwas Schlimmes passieren.« Das Mantra hilft mir, mich zu fokussieren, während ich über den gebackenen Boden stapfe.

»*Yaar*, nimm's mir nicht übel.« Rays kalte Nase stupst gegen meine Hand. »Aber vielleicht solltest du mal mit jemandem reden, der sich auskennt. Auf dem Campus gibt es auch ein Institut für Psycho …«

»Keine Zeit.«

Ich umrunde die Unfallstelle. Über Nacht ist eine Sandwehe bis hoch zur Windschutzscheibe geklettert, aber mit etwas Ruckeln und Manövrieren lässt sich das Vorderrad befreien. Ich schiebe die Rikscha auf ebenen Boden, überprüfe die Lenkung, klopfe die Karosserie auf Schäden ab. Ein paar neue Dellen, aber die Solarzellen sind heil geblieben, der Akku ist wieder voll. Da fällt mir auf, dass die Thermobox noch auf dem Rücksitz liegt. Ist das gut oder schlecht?

»Au, au, au.« Ray tänzelt auf dem glühenden Kies um mich herum. »Was hast du jetzt vor, eh?«

»Ich muss mein Schiff flottkriegen, bevor der Staubsturm hier ist. Vorhin in der Sendung haben sie von ein paar Tagen gesprochen, allerhöchstens eine Woche. Das kann ich schaffen.«

Wenn ich die nötigen Ersatzteile zusammenkriege.

»Ich hab kein gutes Gefühl dabei.«

»Du musst ja auch nicht mitkommen.« Ich drehe mich zu ihm um. »Im Ernst, Ray. Bring dich in Sicherheit. Das ist ganz allein mein Problem.«

Wortlos springt er auf die Rückbank.

»Wie du meinst«, murmle ich. Zum Streiten fehlt mir die Energie. Der Hund ist genauso einsam wie ich, und angesichts dessen, was auf uns zukommt, sollte niemand allein bleiben müssen.

Ich stemme mich gegen die offene Fahrerkabine und schiebe die Rikscha zurück zur Straße. Der Motor erwacht beim ersten Versuch.

»Falls wir am Janpath vorbeikommen«, ruft Ray von hinten, »lass uns dort für ’ne Portion Masala Dosa anhalten.«

Irgendwas liegt in der Luft. Der Verkehr fließt nicht so reibungslos wie sonst. Einzelne Fahrzeuge ziehen grundlos zur Fahrbahnmitte, wo andere hupend ihre Position verteidigen, der Rückstau zwingt alle zum Abbremsen, Stoßstangen verkeilen sich in einem stummen Kräftemessen. Holo-Boards werfen ihre Warnungen in den Himmel, MINDESTABSTAND EINHALTEN, FAHRSPUREN BEACHTEN. Meine Augen scannen die Umgebung nach bunten Stickern, aber die Mag-Rikscha bleibt verschwunden.

In den Einkaufsvierteln schwärmen Fußgänger wie Bienen um ihren Stock. Wo an anderen Tagen anonyme SUVs in klimatisierten Tiefgaragen verschwinden, parken die Autos heute kreuz und quer am Straßenrand. Hemdsärmelige Familienväter schleppen Säcke mit Reis und Linsen aus den Realfood-Boutiquen. Hausangestellte schleifen Wasserkanister über den Gehweg, Frauen und

Männer in adretten Büro-Outfits reißen sich gegenseitig die Reserve-Akkus aus den Händen.

Nichts scheint mehr sicher. Taimur hat Delhis riesiges Uhrwerk aus dem Takt gebracht, und das Chaos, das bisher unter Regeln und Bequemlichkeit begraben lag, kommt Stück für Stück zum Vorschein.

Während wir im Stau stehen, sehe ich auf dem vLink nach, ob Izmat sich gemeldet hat, aber wie erwartet ist die Inbox leer. Angesichts des drohenden Evakuierungsbescheids bin ich mir nicht sicher, ob ich so schnell wieder von ihr hören werde. Ob ich jemals wieder von ihr hören werde. Vielleicht habe ich sie zu lang hingehalten, ihre unzweideutigen Angebote zu oft ausgeschlagen. Dabei wäre es so leicht gewesen, ihr näherzukommen. Izmat weiß, was sie will, und sie weiß sich in Szene zu setzen, eine Mischung aus Rehkitz und Jagdfalke, die mich vom ersten Tag an fasziniert hat. Doch irgendetwas hält mich zurück, eine unterschwellige Erwartung, die Izmat nicht erfüllen kann, weil sie nichts von ihr ahnt. Izmat ist wichtig für mich, aber sie ist nicht die, die ich suche. Vielleicht fühlen wir uns zueinander hingezogen, weil wir beide ziellos durch den Kosmos dieser Stadt driften. Izmats Familie siedelte nach Pakistan über, »bevor die Mauer endgültig hochging«, was immer sie damit meinte. Sie hat Karriere beim Militär gemacht, lebte selten länger als ein paar Jahre am selben Ort. Bei einem unserer ersten Treffen erwähnte sie eine Beziehung, die in die Brüche ging, nachdem sie ihr Bein verloren hatte. Izmat hat keinen festen Stand in dieser Welt, genau wie ich.

Ich könnte umkehren und zu ihr fahren. Die meiste Zeit verbringt sie in ihrem Laden in Mall Nagar, aber die Gegend liegt am anderen Ende der Stadt. Mein Raumschiff ist jetzt wichtiger. Ich darf hier keine Wurzeln schlagen, ganz besonders nicht, wenn Taimur jeglichen Gedanken an die Zukunft zur reinen Hypothese verkommen lässt.

Allmählich geht es zügiger vorwärts. Die Gebäude rücken weiter auseinander und geben den Blick in die Ferne frei. In der flimmernden Luft erhebt sich die markante Silhouette des Lotus Towers, dessen Solarsegel den Lauf der Sonne mit Hilfe beweglicher Sockelgelenke nachverfolgen. Copter und Drohnen umschwirren die Turmfassade wie hungrige Insekten. Angesichts des heraufziehenden Sturms läuft das Verladen der Realfood-Lieferungen offenbar auf Hochtouren.

Ich schalte das Navi ab und biege von der Hauptstraße in eines der alten Wohnviertel ein. Wir sind fast da. Sperrig und verwinkelt drücken sich die Häuser aneinander, ein beinahe organisches Geflecht aus vergitterten Fenstern, Treppenaufgängen, Kabeln, bröckelnden Balustraden, Klimageneratoren und windschiefen Rollläden.

»Wir sehen nur kurz nach, ob alles in Ordnung ist«, erkläre ich Ray. »Dann versuche ich, noch ein paar Ersatzteile aufzutreiben. In der Nähe von Kashmiri Gate gibt's einen Shop, der manchmal Hardware gegen Realfood eintauscht.«

Ray stützt die Vorderpfoten auf meine Rückenlehne. »Kashmiri Gate, sagst du? Der Ersatzteil-Bazar? Dahin kann ich nicht mitkommen.«

Ich bremse ab, um eine Schar Fußgänger über die Straße zu lassen. Trotz der brütenden Hitze scheint die halbe Nachbarschaft auf den Beinen zu sein. Vor dem sonst so verschlafenen Shiva-Tempel des Viertels drängt sich eine verschreckte Menschenmenge zusammen. Kinder klettern über die Wurzelstränge des uralten Bodhi-Baums, der vermutlich schon hier stand, bevor sich die unablässig wachsende Stadt auch diesen Flecken Erde einverleibt hat.

»Das ist nicht weit vom alten Gewürzmarkt. Ich dachte, du bist oft dort unterwegs?«

»Aber nicht im Ersatzteil-Bazar. Ich wäre dort schon mal fast gegessen worden.«

Hinter der nächsten Abzweigung erstreckt sich ein geschotterter Platz, halb Schrotthalde, halb Parkfläche. Blech und Kunststoff glüht in der Sonne. Mit laufendem Motor halte ich neben einem Lkw-Wrack und lasse den Blick über die gleißende Szenerie schweifen.

»Die haben mich in eine Ecke gedrängt und ein langes Messer rausgeholt«, empört sich Ray. »Vor lauter Angst musste ich pinkeln. Davon hat der Elektrogrill einen Kurzschluss bekommen, und die Kabel fingen Feuer. Als alle mit Löschen beschäftigt waren, bin ich abgehauen.«

Mein Schiff steht noch genauso da, wie ich es vor einigen Stunden zurückgelassen habe – eingekeilt zwischen Reifenstapeln und rostbraunen Stahlträgern hält es auf dem holprigen Untergrund die Balance. In der sechskantigen Außenhülle spiegeln sich Schutthaufen und Autogerippe. Die Einstiegsluke ist fest verschlossen.

»Bitte zwing mich nicht, da noch mal hinzugehen, *yaar*!«

Ich lehne mich zurück und knete mit einer Hand meine verspannten Nackenmuskeln. »Ist gut. Aber dann musst du so lange hier warten.«

Noch einmal spähe ich über den Platz, rolle ein paar Meter weiter, um hinter einen stillgelegten Kran sehen zu können. Keine Mag-Rikscha, keine aufdringlichen Europäer. Allmählich erlaube ich mir die Hoffnung, sie abgeschüttelt zu haben.

»Kannst du in der Zwischenzeit was zu essen auftreiben? Da vorn in der Querstraße ist eine Schule. Vielleicht fallen in der Kantine ein paar Chapatis für uns ab.«

»Leichteste Übung, Boss.« Ray springt ins Freie. »Aber du kommst wirklich zurück, oder? Versprichst du's?«

»Gib mir zwei Stunden, höchstens drei. Und stell keinen Blödsinn an.«

»Hör mal, dasselbe könnte ich dich …«

Die Staubwolke verschluckt den Rest von Rays Kommentar, als ich mich davonmache.

Auf dem Weg zum Bazar schaue ich häufiger in den Rückspiegel als geradeaus. Gestern haben mich die Verfolger eiskalt erwischt, und es war reines Glück, dass ich ihnen entkommen bin. Ich muss vorsichtiger sein.

Inzwischen dämmert es. Ein orangeroter Filter legt sich über die Stadt. Als ich mich meinem Ziel nähere, wird mir klar, dass ich nicht der Einzige bin, der angesichts der Sturmwarnung sein Fluchtfahrzeug auf Vordermann bringen will. Die Zufahrt zum Bazar ist dermaßen verstopft, dass ich die Rikscha einen halben Block entfernt abstelle, die Thermobox auf die Schulter nehme und zu Fuß dem Pilgerstrom folge, der sich auf Delhis Ersatzteil-Mekka zuschiebt.

In den Hauptstraßen, wo hinter Glasfassaden die neusten Coptermodelle und Magcruiser zur Schau gestellt werden, locken Reklameholos die Besserbetuchten in die Boutiquen. Zusammen mit der weniger solventen Masse biege ich in die Seitenarme des Marktes ein, weiche krakeelenden Türstehern und umherwuselnden Servicedummys aus und steure eine der Gassen an, die sich zwischen offenen Verkaufsbuden und mobilen Ständen hindurchschlängeln. Ölverschmierte Hände strecken mir ihr Sortiment entgegen, Felgen, Solarmodule, Propeller, Schlüsselanhänger, Rückspiegel, Sitzgurt-Attrappen, Klimaanlagenfilter, Nummernschilder, Schutzhelme. Neben einer Pyramide aus Politurkonserven entdecke ich den Durchgang, den ich gesucht habe. Die Tür führt in ein überdachtes Labyrinth aus Gängen, Ladentheke reiht sich an Ladentheke. Gebläse und Ventilatoren arbeiten auf Hochtouren, trotzdem springt mein HC-Sensor augenblicklich auf 38,4 Grad. Wie einen Schutzschild halte ich mir die Thermobox vor die Brust und kämpfe mich durch das Getümmel, stolpere über Säcke voll Kabelgewirr, ducke mich unter Gummischlingen hindurch. Rechts und links zieht das kleinteilige Angebot vorbei, Sitzbezüge, Triebwerkturbinen, Heckscheibensticker, Schaltgabeln, Landeklappen, Pedale, Vakuumpumpen, Plastikblumengirlanden, Scheibenwischer, ein Minigolf-Set fürs Armaturenbrett.

Da taucht über den Köpfen ein handgemalter Schriftzug auf.

REDDY SISTERS SPARE PART CENTAR

Mit der Thermobox schiebe ich mir den Weg frei und stolpere über die Schwelle in den handtuchgroßen Verkaufsraum. Vor einer Wand aus krummen, abgegriffenen Schubladenfächern sitzt ein Mädchen und nimmt einen Multizellen-Akku auseinander.

»Hey, Onkel Marti«, ruft sie grinsend. Der wackelnde Schneidezahn, den sie mir beim letzten Besuch so stolz präsentiert hat, ist einer Lücke gewichen.

Ich wuchte die Thermobox zu Boden. »Hi, Roshni. Ist deine große Schwester da?«

»Kavitaaa!«, kräht die Kleine und widmet sich dann wieder dem Batteriegehäuse.

Ächzend lasse ich mich ihr gegenüber auf einen Plastikhocker sinken und klemme die Box zwischen die Knie. Mich zurückzulehnen wage ich nicht, denn hinter mir sieht es so aus, als sei eine tragende Wand durch ineinander verkantete Fahrzeugteile ersetzt worden. Von irgendwo streift mich ein warmer Luftstrom, der nach Metall und alten Reifen riecht. Eine Armlänge entfernt walzt die graue Masse vorbei. Ein Mann in Fahreruniform bleibt stehen, fragt nach Blindnieten aus Stahl, Flachrundkopf, 4,8 mit 14er Länge, zwölf Stück. Roshni legt den Akku beiseite, klettert eine Trittleiter hinauf und fischt zielsicher eine Handvoll silbriger Stifte aus einer der Schubladen. Ich habe ihr schon zigmal dabei zugesehen, aber das Schraubenlager der Reddys gehört zu den wenigen Orten auf diesem Planeten, die mein analytischer Verstand nicht kartographieren kann.

Während die Nieten den Besitzer wechseln, wird an der Rückseite des Ladens ein Vorhang zur Seite geschoben. Kavita schleppt einen vollen Kanister herein, stellt ihn in eine Ecke und wischt sich die Hände an ihrem dunkel gemusterten Salwar Kamiz ab. Die knielange Kurti und die Pluderhose schlackern um ihre schmale Figur, aber aus Erfahrung weiß ich, dass ihre sehnigen Arme auch größere Gewichte mühelos stemmen können. Als der Kunde weitergezogen ist, fährt Roshni mit ihrer Bastelarbeit fort, und Kavita setzt sich im Schneidersitz auf den Stuhl hinter dem Tresen.

»Bist du hier, um zu tauschen, *Gora*?«, fragt sie in kantigem Hindi.

»Habt ihr was Neues?«

»Wir finden sicher was Passendes für dich.« Sie deutet mit dem Kinn auf das vertikale Ersatzteillager hinter meinem Rücken. Dabei blitzt die winzige Messingschraube auf, die sie wie ein Schmuckstück im linken Nasenflügel trägt. »Aber erstmal Chai, oder?«

Ich nicke und streiche mir eine schweißnasse Strähne aus dem Gesicht. Kavita murmelt ein paar Worte in der dunklen, rollenden Sprache, die sie und ihre Schwestern aus dem fernen Süden mitgebracht haben, und Roshni hopst mit fliegenden Zöpfen hinter den Vorhang.

»Machst du dich startklar, *Gora*? Wann soll's losgehen?«

»Sobald alles repariert ist. Am wichtigsten ist das Navigationssystem. Ich brauche eines mit richtig viel Rechenleistung. Und irgendwas, das für ordentlich Schub sorgt.«

»Das einzige Triebwerk, das wir haben, stammt von einem Family-Copter.«

»Einen Versuch ist es wert.« Mit den Fingernägeln klopfe ich auf die Thermobox. »Zeig mir alles, was ihr auf Lager habt. Diesmal kann ich bezahlen.«

»Mich würde echt interessieren, was du da überhaupt zusammenbaust.«

»Geheimprojekt, weißt du doch.«

Kavita spuckt roten Paansaft auf den Gang jenseits des Tresens. »Mmh, und ich bin die Premierministerin.«

Wieder teilt sich der Vorhang. Unter reichlich Klirren und

Klimpern trägt die pausbäckige Sneha fünf Teetassen auf einem Tablett herein, während ihre Zwillingsschwester Sarita eine Bambusmatte auf dem Fußboden ausrollt.

Roshni lässt es sich nicht nehmen, mir den Tee eigenhändig zu servieren. »Erzählst du uns was von der Stadt, Onkel Marti?«

Kichernd nehmen die Zwillinge auf der Matte Platz.

Ich schlürfe meinen Chai. Fast augenblicklich belebt die Mischung aus Zucker, Hitze und Koffein meinen Kreislauf. »Gestern war ich in Airport Niwas.«

Mit großen Augen tuscheln sich die Mädchen den glamourösen Namen zu. Selbst die sonst so abgebrühte Kavita lauscht und zwirbelt geistesabwesend ihren Pferdeschwanz.

»Hast du einen Filmstar gesehen?«, haucht Roshni. »Malika Kapoor vielleicht?«

Selbst wenn, hätte ich sie vermutlich nicht erkannt. Stattdessen berichte ich von Kamala Madams Dinnerparty und dem gigantischen Buffet, erlaube mir beim Ende aber ein paar dichterische Freiheiten.

»Sie hat dir zum Abschied wirklich einen *Kuss* gegeben?«, quiekt Sarita.

»Sie wollte mich all ihren Bekannten aus dem Club vorstellen. Aber ich sagte, ich habe noch eine Verabredung mit den Reddy Sisters von Kashmiri Gate.«

Die Schwestern werfen sich neckende Bemerkungen in ihrer Muttersprache zu, während sie die Teetassen einsammeln und sich wieder an die Arbeit machen.

»Irgendwann wird eine von denen um deine Hand anhalten«, bemerkt Kavita.

»Das müsste eine Fernbeziehung werden.«

»Verstehe.« Sie hebt eine Augenbraue und steht auf. »Im Ernst, willst du endgültig weiterziehen? Jetzt oder nie, eh?«

»Wegen Taimur, meinst du? Glaubst du, die Stadt wird wirklich evakuiert?«

Mitten im Raum bleibt sie stehen. »Hast du die News nicht gesehen?« Dann trifft sie die Erkenntnis. »Stimmt ja, dein Nexus-Problem.«

Zuckrig-scharfer Chai brodelt in meinem Magen. »Klär mich auf.«

Kavita legt den Kopf in den Nacken. Ihre schwieligen Fingerkuppen fahren die Ersatzteilwand ab. »Der Bescheid kam vor einer halben Stunde. Alle müssen raus aus Delhi.«

Meine Hand krampft sich um den Griff der Thermobox.

Es ändert nichts, rede ich mir ein. *Wie lange hättest du noch warten wollen?*

»Und ihr? Euer Laden?«

»Den können wir woanders wieder aufbauen. Schließlich haben wir das schon mal geschafft.« Kavita rüttelt an einem Metallvorsprung. »Amma und Appa hätten es so gewollt. Damals in Udupi haben alle die Flut unterschätzt ... das Wasser stieg so schnell, und die Leute ...« Mit einem Ruck befreit sie ein längliches Stück Hardware aus der Wand. Ich ducke mich instinktiv, aber das Kartenhaus hält stand. »Aus solchen Fehlern muss man lernen, hätte Appa gesagt. Diesmal gibt es einen Plan, Sammelstellen. Überall werden Auffanglager eingerichtet. Die Mädels und ich haben Plätze beantragt, übermorgen geht unser Zug. Wir wollen zurück nach Hause.«

Die Schwestern erscheinen wieder im Durchgang zum Hinterhaus. »Kommst du uns da besuchen, Marti?«, ruft Roshni.

Der Koffeinschub lässt meine Knie wippen. »Ich ... hm ... ich fürchte, ich muss in eine ganz andere Richtung.«

»*Gora*, nimm's mir nicht übel.« Kavita unterbricht ihre Suche. »Aber ich glaube, du weißt gar nicht wirklich, wohin du willst. Hör mal, was auch immer das ist mit dir und dem Nexus – die Behörden sagen, niemand wird zurückgelassen. Du kannst jederzeit zu einem Schalter gehen und dich anmelden. FinalFood sponsert eine ganze Flotte ...«

»Das geht nicht.« Jetzt hält es auch mich nicht mehr auf dem Stuhl. »Ich muss in Delhi bleiben, zumindest bis …«

… mein Schiff wieder fliegt.

Wenn ich es zurücklasse, bin ich für immer auf diesem Planeten gefangen. Für mich gibt es nur einen Weg nach Hause. Oder gar keinen.

Kavita tritt auf mich zu. »Wir helfen dir, *Gora*. Marti. Glaub mir, falls das Kraftwerk in Gorakhpur in die Luft fliegt, willst du nicht mehr hier sein.«

»Werde ich auch nicht. Wenn ich die Ersatzteile kriege, bin ich noch vor allen anderen weg, wirst sehen.«

»Hör schon auf«, entgegnet Kavita. »Seit einem Vierteljahr schleppst du wahllos alten Krempel nach wer-weiß-wohin. Und komm mir jetzt bloß nicht wieder mit deinem Geheimprojekt. Wir machen uns Sorgen, verstehst du das nicht?«

Roshni tapst auf mich zu und schlingt die Arme um meinen Bauch. »Bitte, Onkel Marti. Komm mit uns.«

Mit starrer Miene schüttle ich den Kopf. »Ich gehöre nicht hierher. Mehr kann ich euch nicht verraten. Aber es wird alles gut, versprochen. Ich … ich melde mich.«

Kavita hebt herausfordernd das Kinn. »Und wenn ich dir das Zeug nicht verkaufe?«

»Dann finde ich woanders was. Wenn erst alle ausgeflogen sind, spielt der Preis vermutlich keine Rolle mehr.«

Ihr Bizeps zuckt, und für einen Sekundenbruchteil sieht es so aus, als wolle sie mir eine reinhauen. Dann tritt sie einen Schritt zurück.

»Seid ihr *Goras* alle so stur?«

Ich muss an Ray denken und grinse. »Die meisten von uns. Aber hört mal«, ich lasse mich auf die Knie sinken, um der schniefenden Roshni ins Gesicht sehen zu können, »ich bin nicht allein, okay? Da draußen wartet ein … ein Freund auf mich und hilft mir. Ihr müsst keine Angst um mich haben.«

Noch vor zwei Tagen wäre das eine glatte Lüge gewesen. Aber jetzt habe ich einen Hund. Das ist zumindest etwas.

Kavita verschränkt die Arme. »Redest du von Izmat? Glaub mir, für die bist du nur ein Zeitvertreib. Wenn es brenzlig wird, kümmert sie sich um sich selbst und sonst niemanden.«

»Das weiß ich. Zwischen uns läuft nichts. Ich arbeite für sie, das ist alles.«

»Verstehe. Und wie sieht deine Jobbeschreibung genau aus?«

»Es ist kompliziert.«

Izmat ist ganz sicher keine Freundin, aber niemand auf diesem Planeten kennt mich so gut wie sie. Schon als wir uns ein paar Tage nach meinem Absturz im Laden der Reddy-Schwestern zum ersten Mal begegneten, durchschaute sie, wie verloren ich war, und bot mir den Job als Kurierfahrer an. »Du wärst nur ein-, zweimal die Woche im Einsatz«, lockte sie mich. »Und den Gewinn kannst du für dein Bastelprojekt verwenden. Willst du mir eigentlich irgendwann zeigen, woran du da schraubst?« Ich nahm den Job an und hielt das Raumschiff vor ihr geheim. Sie stellte keine Fragen, als ich ihr eröffnete, dass ich weder einen vLink besitze, noch einen Ego-Stream, den sie zu ihrem Netzwerk hätte hinzufügen können. Sie nahm es mir nicht übel, als ich ablehnte, für sie im Laden zu arbeiten. Für uns beide war es das perfekte Arrangement, aber mit einer Sache hat Kavita recht: Izmat wird mir keine Träne nachweinen.

»Kriege ich die Teile?«

Kavita lässt die Fingerknöchel knacken und wendet sich wieder der Wand zu. »Roshni, hilf mir mal.«

Während die beiden das Schrottpuzzle auseinandernehmen, lösen sich Sneha und Sarita aus dem Durchgang, um sich zu verabschieden. Sie binden mir ein Rakhi aus Perlen und bunten Schnüren ums Handgelenk und geloben, immer an mich zu denken. Ich suche nach aufmunternden Worten, aber »Hört auf eure große Schwester« ist alles, was mir einfällt.

Schließlich drückt mir Kavita ein gut verschnürtes Ersatzteilbündel in die Arme – und einen Kuss auf die Lippen. Eine flüchtige Berührung, der Geschmack von Zucker und Rost. Dann schiebt sie mich zum Ausgang. »Hau schon ab, verrückter *Gora.*«

»Kavita, ich …«

»Guten Flug.«

Sobald ich einen Fuß in den Durchgang setze, reißt mich die wogende Masse mit. »Passt auf euch auf«, rufe ich noch, aber Kavita ist längst wieder im Laden verschwunden.

Auf der Straße empfängt mich neongrelles Nachtleben. Während ich in der Halle war, ist die Sonne untergegangen, Delhi ist aus dem Hitzekoma erwacht. Die Menschen strömen ins Freie, als sei die Evakuierung bereits in vollem Gang. Die Stimmung ist aufgekratzt, Marktschreier brüllen Slogans, bis ihre Stimme kippt, Kunden feilschen verbissen um das beste Angebot, Fahrzeuge schieben sich hupend durchs Gedränge. Hände drücken gegen meinen Rücken, Ellbogen drängen mich gegen die Hauswände. Auch wenn ich den Rest meines Lebens auf diesem Planeten verbringen muss, werde ich es nie verstehen, dieses Bedürfnis der Menschen, sich zusammenzurotten bis zum totalen Kollaps.

Mit hämmerndem Puls erreiche ich die Rikscha und rette mich auf den Fahrersitz. Ich war viel zu lang unterwegs, aber immerhin habe ich bekommen, was ich brauche. Jetzt muss ich es nur noch zurück zu meinem Schiff schaffen. Zurück zu Ray.

Der Verkehr fließt zäh, aber er fließt. Eine Karawane aus Blech rollt über Delhis sandige Straßen. Der Wettlauf gegen den Sturm hat begonnen. Sogar die Holo-Boards haben ihre Ordnungsversuche aufgegeben und verkünden die neue Parole in allen zweiundzwanzig indischen Amtssprachen. Im Rhythmus meines Herzschlags stanzen sie den Befehl in den Nachthimmel.

शहर को छोड़ दो
شہر کو چھوڑ دو
ತೊಲಗು ಊರಿಂದ
EXIT THIS CITY

Bereits aus der Ferne weist mir das Flutlicht den Weg zum Schrottplatz. Ich schalte das Navi ab, um Saft zu sparen, und manövriere im Zickzack durch die Gassen meines Viertels. Die zweite links, erste rechts, vierte links, dann nochmal links. Mein Scheinwerferkegel streift das Kuhgerippe, das wie ein trauriges Mahnmal zwischen zwei Grundstücksmauern klemmt. Auch heute haben ihm die Menschen aus der Nachbarschaft Blumen gebracht und den Schädel mit gelbroter Farbe gesalbt. Im Shiva-Tempel gegenüber brennt noch Licht. Dünne Strahlen schimmern durch das Blätterdach des Bodhi-Baums, der das Eingangstor flankiert. Das inbrünstige Beten der Pandits schallt bis auf die Straße.

Der Chai bei den Reddy-Schwestern hat mich flatterig und nervös gemacht. Trotz der sinkenden Lufttemperatur hält sich mein HC-Sensor hartnäckig bei über 38 Grad. Mein Magen knurrt, und Schweiß läuft mir den Rücken hinab. Hoffentlich hatte Ray Erfolg in der Schulkantine. Was ich jetzt brauche, ist ein Abendessen und ein paar Stunden Schlaf. Danach kann der Umbau beginnen.

Wir könnten ein gutes Team werden, dieser Hund und ich. Er sorgt für Verpflegung und hält die Augen offen, während ich am Raumschiff schraube. Allerdings muss ich einen Weg finden, ihn rechtzeitig aus Delhi rauszubringen. Ob er sich überreden ließe, mit den Reddys zu gehen? Wenn mein Schiff erst in der Luft ist, gibt es für mich kein Zurück. Vielleicht wäre es sogar einen Versuch wert, ihn … nein, das wäre selbstsüchtig. Ray hat deutlich gesagt, dass er in einer Welt ohne Jalebi nicht leben wollte.

Ein Mini-Van blockiert die Straße. Die Mitglieder einer Großfamilie verladen ihr Hab und Gut, zurren Koffer und Reisetaschen auf dem Wagendach fest. Eine Greisin im Rollstuhl sitzt verloren in der Einfahrt.

Ich bremse und schlage eine andere Route zum Schrottplatz ein. Der Umweg wird mich nur ein paar Minuten kosten, aber mittlerweile fällt es mir schwer, die Spur zu halten. Mein Körper schreit nach Essen und Ruhe.

Über einen Trampelpfad kürze ich ab. Scheppernd wühlt sich die Rikscha durch Müll und trockenes Gestrüpp. Vor meinen Augen wippt und schaukelt das Nazar-Amulett. Am Ende des Weges ragt der Flutlichtmast auf. Aus dieser Perspektive erkenne ich lediglich die Oberkante meines Schiffs hinter einer Mauer aus Wrackteilen. Pechschwarze Schatten fallen übers Gelände. Da fängt das Scheinwerferlicht eine hastige Bewegung am Fuß des Schrottbergs ein: Zwei Silhouetten verschmelzen mit der Dunkelheit. Ich zwinge die Rikscha zu einer Vollbremsung, ein neuer Adrenalinschub wischt alle Müdigkeit weg.

Und dann kommen sie aus ihrer Deckung, die Fremden, vor denen ich mich ein paar leichtfertige Stunden lang in Sicherheit wähnte. Sie stellen sich zwischen mich und mein Schiff, drohen mit den Händen. Ihre blasse Haut wirkt krank und zerfurcht im grellen Flutlicht.

Sie haben mein Schiff, hämmert es in meinem Kopf. Ich muss fliehen, weg hier, sie dürfen mich nicht kriegen, aber wohin? *Sie haben mein Schiff.*

Zwischen den Fremden taucht eine dritte Gestalt auf, klein und weiß und durchtrieben.

Ray.

Er konnte nicht wissen, dass ich diesen Umweg nehme. Er lag auf der Lauer. Mit ihnen.

Kläffend flitzt er um die beiden herum, feuert sie an, ruft mir etwas zu, aber meine Hände sind schneller als mein Verstand. Ich lege den Rückwärtsgang ein und gebe Vollgas. Wie eine fehlzündende Rakete brettert die Rikscha über die Schotterpiste zurück zur Straße. Einer der Angreifer folgt mir zu Fuß, der zweite zerrt einen Motorroller aus dem Dickicht. Ray hetzt in langen Sätzen zwischen mir und den Unbekannten hin und her.

Meine Reifen treffen auf Asphalt, ich reiße den Lenker herum und starte durch in die Dunkelheit.

VOR 42 TAGEN

Nadi - नदी [nadī] *f* Fluss *m*

Kreuzzug, so nannten sie es.

Das Wort geisterte bereits durch die Ego-Streams und prangte auf hastig bemalten Transparenten, als Paksha ihr weniges Gepäck schulterte und sich zusammen mit Yasin und Fionn auf den Weg zur Ostblockade machte.

»Das tut echt gut nach dem ganzen Mief im Camp.« Yasin schnaufte tief durch. »Ich sag's dir, den nächsten Toilettendienst hätte ich standhaft verweigert. Lieber schiebe ich fünf Barrikadenschichten am Stück, als jemals wieder eine von diesen Klobürsten anzufassen.«

Paksha schaute zurück zur Villa. »Das hat sich jetzt wohl von allein erledigt.«

Wir geben die Plantage auf, hatte Veeru verkündet.

Paksha wandte sich an Fionn. »Hat sie gesagt, was ihr Plan ist?«

»Das würde voraussetzen, dass sie einen Plan *hat.*« Fionn lächelte gequält. »Aber wie heißt es so schön: Jedem Anfang wohnt ein Zauber inne.«

Yasin klopfte ihm auf die Schulter. »Da hatte der alte Nietzsche mal so was von recht.«

Außerhalb des Ortes, an der Straßenkreuzung, die zur Brücke führte, staute sich die Prozession. Veeru stand breitbeinig auf dem höchsten Punkt der Blockade. Ihr offenes Haar und der Saum ihrer Kurti flatterten im Wind. Cam-Drohnen umschwirrten sie wie

Motten eine Kerzenflamme. Jenseits der Absperrung balgten sich die Reporter und Ego-Streamer um die besten Plätze.

»Wir fordern freies Geleit.« Die mobilen Mikrophone schickten Veerus Worte in Echtzeit an die Versammelten. Paksha regelte die Lautstärke ihres vLinks hoch und faltete das Display auf, damit auch die Umstehenden etwas mitbekamen. »Unsere Absichten sind friedlich. Aber wir haben gezeigt, wozu wir fähig sind.«

Verhaltener Jubel und erwartungsvolle Mienen.

»FinalFood schuldet uns nach wie vor Antworten auf unsere Fragen«, fuhr Veeru fort. »Wir machen uns heute auf den Weg, um sie einzufordern. Alle Plantagenbetreiber sind aufgerufen, uns unbehelligt passieren zu lassen. Das Land gehört rechtmäßig uns.«

Lautstark skandierte die Menge ihre Zustimmung.

Eine schwarzglänzende Cam-Drohne flitzte über Paksha hinweg, stoppte mitten in der Luft, glitt zurück wie auf Schienen. Paksha spürte, wie der kalte Blick des Objektivs über ihr Gesicht wanderte.

»Um unseren guten Willen zu demonstrieren, lassen wir die Geiseln frei. Ihr könnt sie unversehrt im Schulgebäude abholen. Alle, die sich uns aus freien Stücken anschließen wollen, sind willkommen. Wir kämpfen für die Rechte aller Menschen im Main-Sektor und darüber hinaus.«

Veeru setzte ihre Rede fort, aber das Bild auf den vLink-Screens flackerte und plötzlich schaute Paksha sich selbst in die Augen. Auf den Reporterrängen brach Tumult aus.

»Ist sie das?«

»Paksha? Paksha Jeru?«

»Sie ist nicht bei den Geiseln?«

»Paksha, hier drüben! Ein Foto. Ein Statement.«

Paksha wich zurück, bis sie Fionns ruhige Hand auf der Schulter spürte. Yasin stellte sich vor sie und wedelte die Cam-Drohne aus dem Weg. Auf den Screens poppten bunte Schlagzeilen auf,

Reporter sprudelten ihre Neuigkeiten in die Mikros. Die Menge schien kollektiv den Atem anzuhalten. Hilfesuchend wanderte Pakshas Blick hinauf zur Barrikade, wo Veeru das Schauspiel mit mildem Interesse verfolgte. Veeru, die stets wusste, was sie wollte – und was sie tun musste, um es zu bekommen.

»Helft mir mal«, bat Paksha und setzte einen Fuß auf das nächstbeste Trümmerteil. Yasin machte eine Räuberleiter und Fionn stützte sie, bis sie ihr Gleichgewicht gefunden hatte. Meter um Meter kletterte sie in die Höhe. Eine verbeulte Autotür ächzte, als Paksha den leeren Fensterrahmen als Trittstufe benutzte. Der krumme Stiel eines Straßenschilds sackte ein paar Zentimeter tiefer, trug ihr Gewicht aber. Als Paksha den Scheitelpunkt der Barrikade erreichte, streckte Veeru ihr eine Hand entgegen und zog sie zu sich nach oben. Nebeneinander standen sie auf einem demolierten Ad-Screen. Bei jeder Bewegung federten herausgerissene Drähte unter ihren Sohlen. Überrascht stellte Paksha fest, wie wackelig der Untergrund war und wie fest er aus der Ferne unter Veerus Füßen ausgesehen hatte.

Die Cam-Drohnen rammten sich gegenseitig beim Versuch, die beste Aufnahme zu ergattern. Jenseits der Barrikade überschlugen sich die Reporterstimmen. Von der anderen Seite spendeten Veerus Follower Beifall. Viele der Gesichter kannte Paksha aus dem Camp, enge Freunde, Kollegen aus den Arbeitskreisen, alte Bekannte, Neuzugänge. Aber erst von hier oben wurde ihr bewusst, wie groß die Bewegung bereits geworden war, wie viele Menschen sie hinter sich vereint hatten, tausend Facetten der Hoffnung.

»Als ich im Main-Sektor ankam«, sagte Paksha direkt in das ausgefahrene Mikro einer Drohne, »hatte ich Angst.«

Vielstimmiges Raunen stieg zu ihr auf.

»Ich weiß, dass ich euch in *Paradise Lost* was anderes erzählt habe. Ich wollte ein sorgloses Leben auf der Plantage führen, jeden Tag Realfood essen, mit dem Autocopter zum Shopping nach Residence City fliegen. Aber ich habe Safe Town vermisst, ich kannte niemanden, ich wusste nicht mehr, wohin ich gehöre. Ehrlich, Leute, als der Aufstand losging, wäre ich vor Angst fast gestorben.«

Veeru stand still und aufmerksam neben ihr und beobachtete das Treiben am Boden.

»Aber dann kamt ihr und habt mir gezeigt, was es bedeutet, mutig zu sein. Ihr wart für mich da. Und ich sage euch: Ihr verdient etwas Besseres. Wir alle«, rief Paksha, »verdienen was Besseres. Ich bin eine von euch.«

Triumphgeschrei traf die Barrikade wie ein Tsunami. Yasin fing an, Pakshas Namen zu skandieren, und die Menge trug den Slogan weiter zum Ende der Straße, wo er sich auf Balkonen und Hausdächern und zig Millionen Screens überall auf der Welt fortsetzte. Selbst Veeru klatschte im Takt der tausend Hände. Furchtlos sah Paksha in die Kameras. *Paradise Lost* war endgültig vorbei. Sie stand hier, bei Veeru, bei ihren Freunden, weil sie es wollte. Sie stand auf der richtigen Seite.

Erst Minuten später ebbte der Tumult ab. Als die Menge in stummer Erwartung zu ihr aufsah, fiel Paksha siedend heiß ein, dass sie die Pause hätte nutzen sollen, um sich ihre nächsten Worte zurechtzulegen. Schon setzte Geflüster ein, Ungeduld machte sich breit, die Stimmung drohte zu kippen. Paksha trat einen Schritt zurück und brachte dadurch den Ad-Screen ins Wanken.

Veeru balancierte die Plattform aus und ergriff wieder das Wort. »Wir ziehen flussabwärts und heißen alle willkommen, die sich uns entlang der Route anschließen. Zu Gesprächen mit FinalFood sind wir jederzeit bereit. Zu Kompromissen nicht.«

Tausende Köpfe folgten ihrem ausgestreckten Arm in die Richtung des träge fließenden Kanals, der, so viel wusste Paksha, zu FinalFoods Saatgutlager führte und von dort weiter nach Residence City, wo der Konzern seine europäische Zentrale unterhielt. Paksha hatte auch den deutschen Namen der Stadt irgendwann aufgeschnappt, ein seltsames Wort voller unaussprechlicher

Buchstaben. Ihr Babble-Button hatte lediglich eine grobe Übersetzung ausgespuckt:

Würz [unbekannt]; Gewürz [weitergeleitet] - *masala*

Burg - *qila*

Luftaufnahmen des Ortes gehörten zum Standardrepertoire der Berichterstattung: Ein mittelalterliches Schloss auf einem Hügel, umringt von einer schmucken, hermetisch abgeriegelten Altstadt. In den unbezahlbaren Immobilien von Residence City wohnte die FinalFood-Schickeria, Familienangehörige der Sahabs, denen der Alltag auf den Plantagen zu öde war, Rentner aus Indien, einheimische Medienbosse und telegene Aufsteiger wie Tomke Wolff.

Der Marsch zum Domizil der Reichen und Schönen war ein Zeichen, eine Provokation.

Veeru fasste Pakshas Gedanken in Worte.

»Sobald wir diese Brücke überquert haben, kann uns nichts mehr aufhalten.«

Paksha ließ den Blick von den filigranen Zwillingsdächern der Dorfkirche zu den beiden bauchigen Schloten des Saatgutlagers wandern. Die Türme standen sich gegenüber wie Angehörige verschiedener Spezies, die nicht recht wussten, was sie voneinander zu halten hatten. Ein flacher Abschnitt aus Reisfeldern trennte das Dorf von dem Sicherheitszaun, der das Lager abschirmte.

Den Fluss konnte Paksha von ihrer Position aus nur erahnen. Näher als jetzt würde sie dem Gelände nicht kommen. Nachdem der Kreuzzug vier Tage lang jedem Schlenker des Wasserlaufs gefolgt war, hatte Veeru heute Morgen einen Umweg angeordnet, um die friedlichen Absichten der Bewegung zu demonstrieren. Auf einem höher liegenden Feld hatten sie schließlich ihre Zelte aufgeschlagen.

Yasin und Fionn drehten ihre tägliche Runde, um die Neuzugänge zu verzeichnen und ihnen Parzellen für die kommende

Nacht zuzuweisen. Veeru stand abseits des Camps im Sichtschutz eines Geländewagens und sprach mit zwei Frauen, die Paksha nur aus der Ferne kannte. Schon während der Zeit auf Sonnys Plantage waren die beiden regelmäßig in ihrem Allrad-Jeep vorgefahren und hatten sich zu einer Privataudienz mit Veeru in ein unbewohntes Zimmer der Villa zurückgezogen. Anfangs hatte Paksha den konspirativen Treffen kaum Bedeutung beigemessen, aber mittlerweile schenkte sie diesen kleinen Gesten, die verrieten, dass Veeru womöglich weit weniger impulsiv handelte, als sie aller Welt weismachen wollte, eine größere Aufmerksamkeit. Nach wenigen Minuten verabschiedeten sich die heimlichen Gäste, ohne dass die Menschen im Camp Notiz von ihnen genommen hatten.

Paksha hatte keine Lust, Zelte aufzubauen und Regenmäntel zu flicken. Sie stapfte ein paar Schritte über den matschigen Acker und spähte wieder in die Ferne. Sowohl das Saatgutlager als auch das zugehörige Dorf schmiegten sich eng an das Flussufer. Auf jedem der grauen Schlote, die dem Lager seine markante Silhouette verliehen, prangte das Firmenlogo von FinalFood, zwei dynamische, grüne Fs. Darunter der Schriftzug: ZENTRALLAGER GRAFENRHEINFELD.

»Ursprünglich waren das Kühltürme«, hatte Juria erklärt, als die Bauwerke während des Marsches in Sichtweite geraten waren. »Also, ganz früher, meine ich. Um die Jahrtausendwende wurde das Ding als Kernkraftwerk genutzt. Siehst du die Kuppel in der Mitte? Das ist der ehemalige Reaktor.«

»Nicht dein Ernst. Haben die keine Angst vor Strahlenschäden oder davor, dass das Realfood mutiert?«

»Tja, offensichtlich haben sie's getestet und für unbedenklich befunden. Ich schätze, die Vorteile überwogen, weil bereits alles so schön verbunkert war. Perfekt für die Lagerhaltung.«

»Trotzdem komisch.«

Jetzt, als Paksha den Grundriss mit eigenen Augen überblicken konnte, machte es mehr Sinn - ein funktionierendes Netzwerk aus Sicherheitsschleusen und geräumigen Hallen, dazu isolierte Kavernen, in denen das Saatgut vor Umwelteinflüssen geschützt war. Das Areal lag mitten in Europa, umgeben von hektargroßen Produktionsflächen. Der Fluss verband das Lager mit der Firmenzentrale und die Firmenzentrale mit dem Flughafen.

Paksha hatte sich nie besonders für den Ursprung der wenigen Realfood-Items interessiert, die überhaupt je auf die Andamanen gelangt waren. Aus Jurias Belehrungen über Saatgutpatente, indirekt vererbbare Pachtkreditschulden und negativ multiplizierende Individualerträge war sie nicht schlauer geworden. Von Fionn wusste sie immerhin, dass das Realfood von den Plantagen zum zentralen Luftumschlagplatz ganz im Westen des Main-Sektors verschifft wurde. Vom Zeitpunkt der Ernte an war jeder Salatkopf, jedes einzelne Kilo Linsen Gegenstand turbulenter Spekulationen und Gebote. In welchen Flieger die Realfood-Items letztlich verladen wurden, entschied sich buchstäblich erst bei deren Ankunft auf der Rollbahn.

»Sieht klein aus von hier, nicht wahr?«

Veeru lehnte sich neben Paksha an das Kettenband einer stillgelegten Sortiermaschine. Wie Relikte einer untergegangenen Kultur standen die Erntegeräte auf den Feldern - Traktoren, Pflückdummys, Nährstoffverteiler. Dazwischen Menschen, überall Menschen. Familien nutzten die Regenpause, um ihre Klamotten zum Trocknen auszubreiten, in der nahe gelegenen Scheune ließen sich Freiwillige für den Küchendienst einteilen, Kinder platschten durch die Nassreisparzellen. Trotz der Betriebsamkeit war die Stimmung gedrückt. Allein an diesem Vormittag waren vier Menschen von Z.O.M.Bees gestochen worden, vier neue Todgeweihte, für die jede Hilfe zu spät kam. Paksha hatte Juria dabei geholfen, die von Krämpfen geschüttelten Opfer auf Tragen zu betten und mit Schmerzmitteln zu versorgen. Mehr konnten sie nicht tun. In unregelmäßigen Intervallen drang fiebriges Gewimmer aus dem Sanitätszelt am Rand des Camps.

»Vielleicht sieht es nur so klein aus, weil der Kreuzzug immer größer wird.« Wenn Paksha die Augen zusammenkniff, konnte sie erkennen, wie FinalFoods Abwehrapparat vor den Toren des Lagers Stellung bezog: Securitydummys, bullige Jeeps, ein Autocopter. Ob sich auch noch Menschen auf dem Gelände befanden, ließ sich schwer sagen. Gut möglich, dass der Konzern die Forschungs- und Verwaltungsangestellten vorsorglich aus der Schusslinie befördert hatte, als Veeru mit ihren Followern aufmarschiert war. »Glaubst du, wir könnten sie besiegen?«

Veeru runzelte die Stirn. »Hier? Heute? Wohl kaum.«

»Yasin glaubt, wenn wir es drauf anlegen, können wir die Verteidigungsanlagen überrennen.«

»Verstehe. Und dann?«

»Wir … verteilen das Saatgut, schätze ich. Juria sagt, da drin lagern die Vorräte für ganz Mitteleuropa. Wenn wir das den Menschen zurückgeben, sind sie nicht mehr von FinalFood abhängig und können alle Erträge für sich behalten.«

»Aha, und die Kartelle werden uns dabei zusehen wie gute Verlierer?«

Paksha kickte einen Dreckbrocken weg. »Irgendwann müssen sie doch einsehen, dass sie uns nicht mehr aufhalten können. Wir kriegen mittlerweile Zulauf aus dem Donau- und dem Rhein-Sektor. Im Elbe-Sektor wollen die eine eigene Bewegung gründen und die Algenfarmen zurückerobern. Wenn diese … diese Firmenbosse nicht wahrhaben wollen, dass …«

»Firmenbosse?« Veerus Augen weiteten sich. »Hat Juria das etwa nicht erwähnt? Bei all den Vorträgen, die sie den ganzen Tag lang hält?«

»Was denn?« Es fing schon wieder an zu nieseln. Paksha schlug die Kapuze hoch.

Veeru ließ die Tropfen unbeeindruckt auf ihre graue Haut fallen. »Auf den Plantagen wird selten darüber gesprochen. Es ist kein Geheimnis oder so, aber ich schätze, es spielt einfach keine große Rolle für die Menschen. FinalFood hat keine *Bosse.* Keinen Vorstand, keinen Aufsichtsrat oder was auch immer.«

Paksha spähte über die Felder zum blinkenden Zaun des Lagers. »Aber ... wer trifft dann die Entscheidungen? Mit wem *reden* wir die ganze Zeit?«

Veeru schmunzelte. »Hinter FinalFood steckt eine künstliche Intelligenz. Und zwar keine von den Humanoiden, die wir heute nutzen. Keine Gefühlssimulation, keine Toleranzwerte. Das Ding wurde schon vor Jahrzehnten programmiert. Genau genommen ist es nichts weiter als ein gigantischer Taschenrechner. US-amerikanisches Patent.«

Paksha sah hoch zu Veeru und wartete auf ein Augenzwinkern, ein belustigtes Kopfschütteln, aber ihre Miene blieb gelassen und sachlich wie immer. Das war kein Scherz.

»Entscheidungsgrundlage für die KI«, fuhr Veeru fort, »ist immer der Maximalprofit. Wir stürmen eine Plantage – die Maschine stellt einen Kosten-Nutzen-Vergleich auf und verkauft die Senderechte. Wir starten einen Kreuzzug – die Maschine berechnet unsere Route, verteilt ihre Ressourcen um und lässt den Betrieb woanders weiterlaufen.«

»Aber was können wir dann tun?« Pakshas Stimme klang hoch und dünn. »Wie sollen wir jemanden besiegen, der überall gleichzeitig ist, der nie Fehler macht, der alles weiß, der ...«

»FinalFood weiß *viel,* aber nicht alles. Es kann auf riesige Datenmengen zugreifen, aber was hier oben vor sich geht«, Veeru tippte sich an die Schläfe, »hat bisher noch keine Software der Welt zu hundert Prozent vorausgesagt. Solange wir unsere eigenen Regeln machen, können wir die Server zum Glühen bringen, glaub mir.«

Allmählich flüchteten selbst die Kinder vor dem Regenguss in die Scheune. Paksha bemerkte die Tropfen kaum. Veeru, in ihren Baumwollsachen, war nass bis auf die Haut, aber sie wartete geduldig, bis Paksha ihre kreisenden Gedanken in Worte gefasst hatte.

»Wenn es also eine Dummheit wäre, das Lager zu stürmen – einfach weil es so *unlogisch* ist –, sollten wir dann nicht genau das tun? Weil die KI das am wenigsten erwartet?«

»›Am wenigsten‹ heißt nicht ›gar nicht‹. Diese paar Bunker dort drüben sind FinalFoods wichtigster Knotenpunkt in ganz Europa. Die wären schon vor dem Aufstand unmöglich zu knacken gewesen. Denkst du etwa, es reicht, sich eine Heugabel zu schnappen und über den Zaun zu klettern? Die Saatgutkammern sind mit Codes gesichert, die sich ein Supercomputer ausgedacht hat, um andere Supercomputer auszusperren.«

»Aber was *können* wir denn tun? Egal wie viele wir werden, gegen einen unsichtbaren Gegner können wir nicht kämpfen.« Ein weiterer Widerspruch fiel ihr ein. »Wozu gibt es dann überhaupt die Zentrale in Residence City? Ich meine, warum kauft der Konzern einen ganzen *Palast* und riegelt die Stadt drum herum ab, wenn die KI von überall arbeiten kann? Lebt in diesem Schloss jemand?«

»Hauptsächlich Wachleute, ein paar Techniker. Nebenbei, die korrekte Bezeichnung lautet ›Festung‹. Erinnerst du dich an die Bilder? Die Anlage steht auf einem Hügel direkt am Fluss. Das ist mehr als reines Prestige. Hinter der Fassade befindet sich FinalFoods Rechenzentrum. Servertürme, Interfaces, der ganze Schnickschnack.«

»Schnickschnack«, echote Paksha.

»In Delhi steht noch so ein Ding. Doppelte Sicherung sozusagen. Kennst du den Lotus Tower?«

Paksha schlang die Arme um den Oberkörper. Sie wünschte sich, dass der Regen aufhörte, dass endlich die Sonne wieder rauskäme. Aber heute hingen die Wolken wie eine graue Kuppel über dem Land.

»Es ist gar nicht so kompliziert, wie du vielleicht denkst«, fuhr Veeru nach einer Weile fort. »Ob KI oder nicht. Niemand ist unbesiegbar, Paksha.«

»Weißt du wirklich, was du tust, Veeru?«

Wieder ließ Veeru ein paar nachdenkliche Sekunden verstreichen. »Ich weiß, was ich tun muss«, sagte sie schließlich.

Der Regen ließ auch in den folgenden beiden Tagen kaum nach. Nieseln und Wolkenbrüche wechselten einander ab. Yasin prophezeite einen trockenen Sommer – für Paksha in ihren klammen Gummistiefeln ein geradezu unwirklicher Gedanke.

Ebenso unwirklich fühlte es sich an, das Land, das sie bisher nur von Bildern und Info-Streams kannte, nun mit eigenen Augen zu sehen. Noch auf der Plantage hatte Juria ihr mehr über die gesellschaftlichen Strukturen im Main-Sektor und über die weltpolitischen Entwicklungen des vergangenen Jahrhunderts eingetrichtert, als sie je hätte erfahren wollen. Dennoch bekam Paksha erst jetzt eine Ahnung davon, was es bedeutete, mittellos in einem der Arbeiterquartiere zu leben, ohne Aussicht, dem Elend und den Schulden jemals entfliehen zu können.

Graue, halb verfallene Dörfer kauerten im Schatten glänzender Hightech-Produktionsanlagen. Über allem hing der Geruch von abgestandenem Wasser, Spritzmitteln und Chemiedünger. Ringsum erstreckten sich endlose Monokulturen, nur dann und wann durchbrochen von streng abgegrenzten Testparzellen, auf denen Genpflanzen in greller Blüte standen. Erst nach Tagen bemerkte Paksha, was sie während des Marsches unbewusst vermisst hatte: Vergeblich lauschte sie auf Vogelstimmen oder das Summen von Insekten. Als sie eine ehemalige Vorarbeiterin darauf ansprach, bekam sie zur Antwort, dass im Realfood-Anbau lediglich nach Nutztieren und Schädlingen unterschieden wurde; beides hatte sich den Anforderungen des Systems unterzuordnen.

»Ich verstehe immer noch nicht, warum ihr euch das gefallen

lassen müsst«, sagte Paksha kopfschüttelnd. »Ich meine, wenn alle Welt scharf auf Realfood ist, hätten die Leute hier doch von Anfang an die Konditionen diktieren können. Warum haben sie den Sahabs überhaupt erst erlaubt, sich das ganze Land unter den Nagel zu reißen?«

Die Frau lächelte müde. »Um Realfood anzubauen, brauchst du Knowhow und teure Technik. Ich schätze, beides gab es hier schon lang nicht mehr, als der Realfood-Boom ausbrach. Vermutlich waren die Menschen froh, dass ihnen überhaupt wieder jemand Arbeit gab.«

»Juria hat so was Ähnliches erzählt. Sie meinte, Europa habe sich so sehr abgeschottet, dass es irgendwann den Anschluss an die Tigerstaaten verlor. Je größer die wirtschaftlichen Probleme wurden, desto mehr zerfiel es in regionale Sektoren. Und dann kamen die Investoren und kauften alles Stück für Stück auf.«

»Kannst du es ihnen verdenken?«, knurrte die Arbeiterin. »Dort, wo die herkommen, wächst nichts. Wüsten, Dürren, salzige Böden. Wir sollten froh sein, für das, was wir haben.« In Pakshas Augen waren selbst die taifungeplagten Andamanen ein Paradies im Gegensatz zu dieser braungrünen Ödnis, aber das sagte sie nicht laut. Der Main-Sektor war alles, was die Frau kannte. Vielleicht konnte jeder Ort ein Paradies sein für diejenigen, die dort zu Hause waren.

Je weiter Veerus Kreuzzug vorrückte, desto mehr Zulauf erhielt die Bewegung. In jedem Dorf, das sie passierten, schlossen sich ihnen neue Follower an. Selbst indische NGOs riefen inzwischen zu Solidarität mit der Bewegung auf und schickten Repräsentanten. Die Marschierenden hinterließen eine matschig braune Spur auf den Feldern. An manchen Stellen war der Boden so aufgeschwemmt, dass die Prozession auf asphaltierte Straßen ausweichen musste. Juria sah das nicht gern und scheuchte die Leute bei nächster Gelegenheit zurück in die Wiesen. Die Sektorverwaltung, so argumentierte sie, sei nichts weiter als ein verlängerter

Arm FinalFoods. Wenn die Arbeiter öffentliche Wege blockierten und Unbeteiligte behelligten, lieferten sie den Behörden einen Vorwand, ihren Marsch zu blockieren.

In Situationen wie diesen erinnerte sich Paksha daran, dass die Menschen abseits der Plantagen unbeeindruckt ihrem Alltag nachgingen. Auf den Schnellstraßen rollte morgens und abends der Pendlerverkehr in die Städte, wo die begehrten Dienstleistungsjobs zu ergattern waren. Wenn Veeru und ihr Gefolge eine Ortschaft passierten, winkten ihnen bisweilen Kinder aus den Fenstern der Schulgebäude zu. Zwei- oder dreimal kam ihnen flussaufwärts ein schnittiges Hotelschiff entgegen. Touristen drängten sich an der Reling zusammen, um ihre Ego-Streams mit den exklusiven Bildern zu füttern. Die erste dieser Begegnungen nutzte Juria, um Paksha in einer improvisierten Deutschstunde den Unterschied zwischen *Kreuzzug* und *Kreuzfahrt* zu erklären.

»Die Agentur für Fremdenverkehr hat nach wie vor keine offizielle Reisewarnung ausgesprochen«, las Juria am nächsten Morgen beim Frühstück von ihrer vLink-Membran ab, die sie wie eine Zeitung vor sich hielt.

Die Nacht hatten sie in einem leerstehenden Maschinenhangar verbracht. Heute war der sechste Tag seit ihrem Aufbruch von Sonnys Plantage.

»Räudige Frechheit«, befand Yasin, der herumging und Reis verteilte. Pakshas Portion fiel beinahe doppelt so groß aus wie die der anderen. »Hau rein«, strahlte er und ließ sich neben ihr auf einen Klappstuhl fallen.

Der innere Kreis saß stets etwas abseits vom eigentlichen Camp, was vor allem auf Veerus respekteinflößende Aura zurückzuführen war. Vorgestern hatte Fionn Yasin eingeladen, sich zu ihnen zu gesellen, immerhin rackere er sich von früh bis spät ab, um den Zug auf Kurs zu halten und die stetig wachsende Zahl der Neuzugänge in das fluide Gebilde zu integrieren.

»Spielt aus unserer Sicht keine Rolle, wenn ihr mich fragt. Mit den Touris hatten wir schließlich nie was am Hut.« Fionn reichte die Smartfood-Sauce weiter.

»Die aber mit uns«, warf Veeru ein. »Pauschalreisen nach Mitteleuropa kosten inzwischen das Dreifache, weil die Nachfrage so stark gestiegen ist. Die Agenturen vermarkten uns als den ultimativen Abenteuerurlaub.«

Juria rümpfte die Nase. »Die dürfen gern mal einen Tag mit uns durch den Matsch waten. Danach verlangen sie vermutlich ihre Shells zurück. Plus Entschädigung.«

»Ist nicht auch dieser Zoo in der Gegend?«, fragte Samy, der die Essensvorräte verwaltete. »Ihr wisst schon, der mit den ausgestorbenen Tieren. Wie heißt der noch?«

»Shelter Park.« Juria lachte trocken. »Eisbären streicheln, Fotosafari auf den Plantagen und Realfood frisch vom Feld. Kein Wunder, dass diese Schiffe hier hin und her fahren wie Sammeltaxis.«

Paksha hörte nur mit halbem Ohr zu. Sie rief ihren Ego-Stream auf und warf einen Blick auf die Abwärtskurve der Imageskala. Dann steckte sie den vLink zurück in die Jackentasche.

Nur Yasin hatte die Geste bemerkt und beugte sich zu ihr. »Du solltest nicht alle zehn Minuten draufgucken, Pax. Kannst es ja doch nicht ändern.«

»Stört mich auch nicht. Ist nur 'ne Gewohnheit.« Paksha kratzte mit ihrem Löffel über den Teller, ohne etwas zu essen.

»Was du bei den Barrikaden gemacht hast, war richtig.« Yasin schaufelte sein Frühstück in sich rein, als gäbe es Prämien für den schnellsten Esser. Auf den Andamanen war Reis das einzige Realfood gewesen, das mehr oder weniger regelmäßig auf dem Speiseplan gestanden hatte. Als Paksha im Main-Sektor angekommen war, hatte sie erfahren, dass sich die Arbeiter vor dem Aufstand nicht mal das hatten leisten können. »Wer dir jetzt deshalb die Imagewerte versaut, hat's einfach nicht kapiert.«

»Das sind alles Leute von weit weg. Indien, Südamerika, China. Die sagen, ich sei undankbar, weil FinalFood mich in *Paradise*

Lost gesponsert hat. Außerdem wird bei denen langsam das Realfood knapp.«

»Die käuen bloß wieder, was ihnen die Com-Streams ins Maul legen. Und die Streams sind sauer, weil du dich nicht interviewen lässt, ist doch klar.«

»Ist mir egal«, bekräftigte Paksha. »Nur ein komisches Gefühl. Ich hatte noch nie schlechte Imagewerte.«

Yasin grinste. »Ist ja nicht so, als ob du dich demnächst für 'nen Job bewerben willst. Und auf Partnersuche bist du auch nicht. Oder hab ich da was verpasst?«

»Spinner.« Paksha wurde rot.

»Jetzt fang mal an zu futtern.« Yasin deutete auf ihren Reisberg.

Paksha schob den Teller in die Mitte. »Du musst mir helfen.«

Juria räusperte sich. »Da ist gerade was reingekommen. Textnachricht aus dem Folkloredorf, an dem wir später vorbeiziehen.«

»Diese Ethnoshow, wo die ganzen Kreuzfahrtschiffe anlegen?«, schnaubte Yasin mit vollem Mund.

»Schreib denen, sie haben nichts zu befürchten«, meldete sich Fionn zu Wort. »Wir machen einen Umweg, das wäre sonst zu heikel.«

Juria schüttelte den Kopf. »Das ist ja das Komische. Die laden uns ein. Hier steht, sie wollen mit uns kooperieren.«

»Könnte das eine Falle sein?«, fragte Fionn.

»Pass lieber auf«, erwiderte Veeru. »Vielleicht stecken sie dich in ein Dirndl und zwingen dich, Smartbeer auszuschenken.«

Juria trommelte mit den Fingern auf den Klapptisch. »Können wir bitte bei der Sache bleiben?«

Paksha und Yasin tauschten ein Augenrollen wie meistens, wenn Juria ihre Humorlosigkeit nach außen kehrte.

»Kein Wunder, dass ihr Macker damals abgehauen ist«, raunte Yasin in Pakshas Ohr. »Und nach allem, was man hört, wollen ihre

Kinder auch nichts mehr von ihr wissen. Die studieren mittlerweile in Delhi, soweit ich weiß.«

Paksha schielte zu Juria. Bisher hatte sie nur selten ein persönliches Wort mit ihr gewechselt. Auf Jurias dürrem Ego-Stream fanden sich kaum Anknüpfungspunkte, um ein vertrautes Gespräch anzukurbeln. Kindheit im Main-Sektor, Ausbildung zur Krankenschwester, Geburt eines Sohnes, dann einer Tochter. Kein Link zum Vater der Kinder. Nach geradlinigen Jahren in einem Provinzkrankenhaus folgte der Bruch – Juria hatte ihren Job in der Pädiatrie von einem Tag auf den anderen an den Nagel gehängt und sich als Sozialarbeiterin auf Sonnys Plantage anheuern lassen, bei halbem Verdienst, ohne Urlaubsanspruch und Krankenversicherung. Paksha traute sich nicht zu fragen, was damals vorgefallen war. Die ungezwungenen Gesten und unverbindlichen Nettigkeiten, mit denen sie neue Bekanntschaften zu knüpfen pflegte, zündeten bei Juria nicht. Juria hatte mehrmals deutlich gemacht, was sie von Pakshas Anwesenheit im Main-Sektor hielt, und behandelte sie mit fürsorglicher Strenge – sowie einer Extraportion Argwohn.

Veeru richtete sich auf. »Ich hab die Nachricht auch bekommen. Hab denen geantwortet, dass wir bis Mittag dort sind.«

»Du hast …« Juria hob die Hände über den Kopf. »Macht doch alle, was ihr wollt. Wozu rede ich überhaupt?«

»Die Leute brauchen Abwechslung«, erklärte Veeru. »Seit einer Woche nichts als Reisfelder und Regen. Das ist schlecht für die Stimmung.« Ihr vLink plingte. Sie warf einen Blick in das wirbelnde Hologrammfeld, furchte die Stirn und stand auf. »Wann können wir abmarschbereit sein?«

»Halbe Stunde«, sagte Yasin zu seinem Teller.

»Bitte sorgt dafür, dass ich bis dahin nicht gestört werde.« Veeru ließ ihr schmutziges Geschirr stehen und zog sich in ihr Zelt zurück.

»Du kannst mit ihr reden wie mit allen anderen«, sagte Paksha zu Yasin, als sie wenig später zusammen durchs Camp gingen, um die heutige Route anzukündigen. »Juria fährt ihr ja auch ständig über den Mund.«

Yasin schüttelte den Kopf. »Ich schätze, ich hab einfach zu viele Murti-Opfer dahinsiechen sehen. Ein Stich, ein winziger Stich, und du bist geliefert. Und dann steht Veeru vor dir wie 'ne lebende Tote.« Er seufzte. »Ich weiß nicht, ob ich mich jemals dran gewöhnen kann.«

Paksha dachte an die Wunde in Veerus Wade, den Kunststoffzylinder in ihrem Fleisch. Sie dachte an die täglich wachsende Zahl der Kranken, die am Ende des Zuges auf Tragen transportiert wurden. Juria erkundigte sich mehrmals täglich nach ihrem Zustand und linderte ihre Schmerzen, so gut sie konnte. Manchmal schloss Veeru sich ihr an, aber sie tat wenig mehr, als stumm dabeizustehen und hin und wieder eine klamme Hand zu halten.

Als sich der Kreuzzug in Bewegung setzte, gelang es Paksha, die Grübeleien beiseitezuschieben. Sie mischte sich unters Volk, begrüßte die Neuankömmlinge, beantwortete Fragen, hörte zu. In solchen Momenten fielen alle Zweifel von ihr ab. Hier gehörte sie hin, hier wurde sie gebraucht. Welche Rolle spielte die Meinung irgendwelcher Ignoranten, die sie nie im Leben getroffen hatte und nie treffen würde? Yasin hatte recht. Es gab Wichtigeres als eine intakte Imageskala.

Während der morgendlichen Etappe riss die Wolkendecke auf. Sonnenstrahlen tanzten auf den blaugrünen Wellen des Kanals. Allmählich veränderte sich die Landschaft. Statt eines ebenen Feldermosaiks, an dessen Horizont sich eine rauchblaue Hügelkette abzeichnete, schlängelte sich der Fluss nun durch ein Tal mit steilen, grünen Hängen. In verschachtelten Terrassen sprossen hellgrüne Reispflanzen, aber auch dort stand die Arbeit still.

Yasin hatte seinen Kontrollgang beendet und reihte sich wieder neben Paksha ein. »Gleich sind wir da. Der Fluss macht hier 'ne Schleife. Siehst du, wie es da vorn um die Kurve geht? Da ist es.«

Paksha reckte den Hals und folgte seinem Fingerzeig.

Das Erste, was sie von dem Dorf sah, waren Hochhäuser.

»Das sind nur die Hotels«, kommentierte Yasin ihren skeptischen Blick. »Gleich kommt der Rest.«

»Warst du schon mal dort?«

Grimmig schüttelte er den Kopf. »Typen wie ich kommen da nicht rein. Die Folklore-Resorts, die Kreuzfahrten und auch dieser Tierpark, den Samy erwähnt hat – dazu brauchst du ordentlich Shells. Für die Touris sind wir nur Kulisse. Die trampeln mit ihren Audioguides über unsere Plantagen und machen Fotos von uns, wie wir bis zu den Knien im Matsch stecken, und kriegen vor unseren Augen 'ne Realfood-Verkostung spendiert. Als Kind musste ich manchmal Gedichte aufsagen und mir von fetten alten Frauen in die Wange kneifen lassen. Ich hab mich gefühlt wie ein dressiertes Äffchen, aber wir konnten das Trinkgeld gut gebrauchen.«

»Hey«, Paksha lehnte sich an ihn und genoss es, als er ihr im Laufen den Arm um die Schulter legte. »Damit ist es jetzt vorbei. Du hast es denen gezeigt.«

»Manchmal kommt mir das alles vor wie ein Traum«, gestand Yasin. »Vor ein paar Wochen hab ich noch für die Sahabs im Dreck gewühlt und musste mich von den Vorarbeitern zur Sau machen lassen, wenn irgendwo ein Pflückdummy falsch eingestellt war, oder 'ne Kiste mit Auberginen vom Lkw fiel. Jetzt sitze ich mit Veeru und Juria beim Frühstück und werde bei allen möglichen Entscheidungen nach meiner Meinung gefragt.«

»Du musstest auf den Feldern arbeiten, weil du keine andere Möglichkeit hattest«, sagte Paksha. »Rede dir bloß nicht ein, dass du deswegen weniger wert bist.«

Yasin kickte gegen ein Grasbüschel. »Das sagt sich so leicht. Wir kleinen Leute hatten nichts, und wir waren nichts, bevor Veeru kam. Ich weiß, was ich ihr zu verdanken habe, und allein deshalb ist sie für mich eine Heilige.«

Inzwischen hatten sie zur Spitze des Zuges aufgeschlossen, wo

Veeru und Fionn über die Vorzüge von Nano-Hairconditioner diskutierten. Als sie die Flussbiegung erreichten, kamen erste Ausläufer des Folklore-Dorfs in Sicht. Weiß getünchte Fassaden und rote Ziegeldächer leuchteten in der Sonne.

Ein Hügelabschnitt jenseits des Ortes erregte Pakshas Aufmerksamkeit. Die hellgrüne Bepflanzung verlief dort nicht in horizontalen Terrassen, sondern in senkrechten Reihen, zwischen denen dunkle Erde zum Vorschein kam.

»Weißt du, was das ist?«, fragte sie Yasin.

»Das sind Weinstöcke. Die standen hier früher überall, aber Reis rechnet sich mehr und verträgt sich besser mit dem Klima. Ich schätze, das Stück dort haben sie für die Touris stehen lassen. Kann mir nicht vorstellen, dass der Hang viel abwirft.«

»Hast du schon mal Wein getrunken?«

»Nee. Juria sagt, ich hab nichts verpasst. Das Zeug soll schmecken wie vergorener Tofu-Shake.«

Veeru winkte ihr Gefolge mit sich und erklomm mit großen Schritten die Böschung zur Hauptstraße. Ein Lieferwagen brauste vorbei, ein Dummy-Car fuhr einen Bogen. Als immer mehr Menschen die Fahrbahn fluteten, gab es für die Fahrzeuge jedoch kein Durchkommen mehr. Drive-Bots bremsten und blieben mit eingeschaltetem Warnblinker im Getümmel stecken. Ein paar selbstlenkende Personen wühlten sich hupend durch die Menge, aber Veerus Follower blockierten demonstrativ den Weg. Mit den Fäusten trommelten sie auf Motorhauben und Wagendächer ein, bis den Fahrern nichts anderes übrigblieb, als stehen zu bleiben und die Flut vorbeiziehen zu lassen.

Cam-Drohnen, die in den vergangenen Tagen selten geworden waren, verdichteten sich über den Köpfen zu einem sirrenden Schwarm, als der Kreuzzug die Ortsgrenze überschritt. Ein breiter Wiesenstreifen, gesprenkelt mit Bäumen und Gebüsch, trennte das Dorf vom Fluss. Die Fläche stand teilweise unter Wasser, zwischen den Grashalmen glitzerte es sumpfig.

Fionn beugte sich zu Paksha und deutete auf den überschwemmten Bereich. »Die Pegel stehen ziemlich hoch. Ist nichts Ungewöhnliches im Frühjahr, aber wir sollten das im Blick behalten, wenn wir weiterziehen.«

Vor ihnen mündete die Straße in einen Kreisverkehr. In der Mitte des Rondells thronte ein gigantisches Weinfass mit der Aufschrift: GRÜSS GOTT IN VOLKACH. Rechts zeichneten sich die geschwungenen Streben einer Brücke ab, links führte das Terrain leicht bergauf. Vom eigentlichen Dorf konnte Paksha nach wie vor nur ein paar Giebelspitzen erkennen. Umso massiger zeichneten sich die Hotelburgen gegen den blauen Himmel ab. Wie eine zusätzliche Stadtmauer umringten sie den Ort. Von den Balkonen spähten winzige Gestalten in Bademänteln zu ihnen herab.

Mitten durch den Kreisverkehr zog sich eine Blockade ähnlich der, die Veerus Follower auf Sonnys Plantage errichtet hatten. Jenseits der Absperrung hatten die Reporter Stellung bezogen und winkten ihnen zu wie alte Bekannte. Im Hintergrund rollten voll besetzte Reisebusse vorbei, um ihre kostbare Fracht in Sicherheit zu bringen. Die Männer und Frauen, die die Barrikade bewachten, jubelten beim Eintreffen des Kreuzzugs und lotsten ihn in eine Querstraße.

Jetzt endlich kam das Folklore-Dorf in Sicht. Der Weg führte zu einem schiefergedeckten Gebäude, das ihnen anhand einer eleganten Turmspitze seine Wichtigkeit kundtat. Drei Reihen blumenbeladener Fensterbänke setzten die cremefarbene Fassade in Szene, bunte Fahnen flatterten im Wind. Die Gasse, die seitlich am Haus vorbeiführte, war mit metallenen Kassenboxen, Körperscannern und Drehkreuzen versperrt. Heute schien die Schleuse allerdings außer Betrieb zu sein – die weit geöffneten Tore gewährten ihnen Einlass. Wie eine neu gekrönte Königin betrat Veeru das Innere des Areals. Paksha hob das Kinn und drückte den Rücken durch, für den Fall, dass Cam-Drohnen die Szenen einfingen. Sie war stolz, hier zu sein. Das sollten alle sehen.

Die Gasse mündete in einen Platz mit einem flachen, achteckigen Brunnen im Zentrum. Die Gebäude ringsum erinnerten Paksha an die Hexenhäuser auf Sonnys Plantage. Hier jedoch bröckelte kein Putz, kein Schimmel fraß sich durch die Sockel, alle Fensterscheiben glänzten hinter üppigem, pinkrotem Blumenschmuck.

Brüllender Applaus begleitete ihren Einzug. Vor dem Brunnen wartete ein Empfangskomitee aus knapp einem Dutzend Dorf-Performern, dazu ein paar Kinder mit Blumenkränzen im Haar. Mindestens zehnmal so viele Menschen winkten von Balkonen oder aus geöffneten Fenstern zu ihnen herab, während Veerus riesiges Gefolge den Platz und die angrenzenden Straßen flutete. Ihre schillernde Regenkleidung ließ die Neuankömmlinge aussehen wie Abgesandte eines fremden Volkes. Die Menschen im Dorf trugen allesamt Trachten, wie sie Paksha aus den Info-Clips in *Paradise Lost* kannte – lederne Latzhosen, eng geschnürte, tief ausgeschnittene Blusen, Kniestrümpfe und Schürzen, Federhüte und bauschige Röcke.

Veeru näherte sich der Gruppe beim Brunnen und schüttelte die Hand einer jungen Frau, als wären sie langjährige Geschäftspartner. »Du hast uns die Nachricht geschickt, nicht? Ich bin Veeru.«

Staunend, aber gefasst erwiderte die Frau den Händedruck. In ihrem Kleid aus bunten Stoffen und glänzenden Bändern wirkte sie ähnlich aus der Zeit gefallen wie Veeru selbst. Wo Veeru jedoch Härte und Askese ausstrahlte, verkörperte die Fremde mit den sommersprossigen Wangen, dem üppigen Dekolleté und dem Zopf aus dickem, kastanienbraunem Haar das blühende Leben.

»Pepe«, stellte sie sich vor. »Penelope Peters. Hat alles geklappt? Seid ihr gut durchgekommen?«

»Ihr habt euch ziemlich eindrucksvoll vorbereitet. Seit wann habt ihr das geplant?« Veeru trat zur Seite, damit sich der Rest des inneren Kreises vorstellen konnte. Juria hatte ihre vLink-Membran entfaltet und war bereits dabei, ihr Netzwerk auf den neuesten Stand zu bringen.

Pepe drückte Pakshas Hand, dann die von Yasin. Sie wies auf das Gebäude mit der Turmspitze. »Im Rathaus können wir in Ruhe reden. Willst du vorher ein paar Worte sagen?«

Veeru zuckte die Schultern. »Warum nicht? Gleich hier?«

Ohne Pepes Antwort abzuwarten schwang sie sich auf den Brunnenrand. Augenblicklich verebbte das aufgekratzte Raunen auf dem Platz.

»Danke für eure Gastfreundschaft.« Veeru nickte Pepe und ihren Begleitern zu, bevor sie den Blick über die Hauswände schweifen ließ. »Unseren Zusammenschluss sollten wir feiern, gleich heute Abend. Wir haben Realfood mitgebracht …«

Mit einer Geste bat sie Juria um Hilfe, die das Sortiment geübt abspulte. »Reis, Soja, Kartoffeln.« Die Dorf-Performer tuschelten, ein paar klatschten. »Getreidemehl, Spinat, Orangen und Tomaten.«

Kurzer, heftiger Jubel brandete auf, dann sprach Veeru weiter.

»Der Marsch über die Felder war gefährlich. Wir haben sieben Murti-Opfer dabei, die Beistand in ihren letzten Stunden brauchen.«

Pepe nickte ohne zu zögern. »Bei den Hotels gibt's eine Klinik, alles auf dem neuesten Stand. Silva und Lutz zeigen euch den Weg.«

»Wir alle verfolgen dasselbe Ziel«, fuhr Veeru fort. »Wir fordern unsere Selbstbestimmung zurück, wir wollen gehört werden, und wir *werden* gehört.« Neuer Applaus, rhythmische Slogans. »Dies ist unser Land. Es sind unsere Felder und unsere Städte.« Veeru reckte den Arm und deutete in die Ferne. »Ihr wisst, wo sich FinalFood vor uns versteckt. Wo die Sahabs und Investoren wohnen und sich hinter ihren Zäunen verschanzen. Dort wollen wir hin. Und wir machen erst halt, wenn Residence City wieder uns gehört.«

Paksha klatschte, aber der kritische Blick, den Juria und Fionn wechselten, entging ihr nicht. Dieser Aufruf war neu und noch verwegener als der Anspruch auf die Plantagen. Glaubte Veeru wirklich, dass es ihnen gelingen konnte, eine befestigte Stadt zu erobern?

»Wenn es jemand schafft, dann sie«, rief Yasin Paksha über den Jubel hinweg zu. Und dann skandierte er, als sei der Schlachtruf von Anfang an der Motor ihrer Bewegung gewesen: »Raus aus der Stadt! Raus aus der Stadt!«

Die Menge reagierte prompt, griff den Slogan auf und schickte ihn durch Tausende Kehlen hinauf in die Mikros der Cam-Drohnen. Alle riefen die neue Parole, alle bis auf Fionn, Juria, Paksha und Veeru.

»Raus aus der Stadt!«

Pepe drückte die Hände in den rohen Brotteig, zog die elastische Masse auseinander, stäubte Mehl in die Vertiefungen und knetete alles wieder zu einem Klumpen.

»Realfood verwenden wir selten für die Performances«, erklärte sie. Paksha und Yasin beugten sich über die Arbeitsfläche, um den archaischen Prozess zu verfolgen. »Die meisten Zuschauer können sich nur die Variante aus Bug-Mehl leisten. Und an Getreidemehl war seit dem Streik sowieso nicht mehr ranzukommen. Es riecht ganz anders, merkt ihr es?«

Paksha atmete ein. Der Realfood-Teig verströmte ein säuerlich-staubiges Aroma, das sie nicht sonderlich appetitlich fand. Zusammen mit dem Duft nach Gebackenem durchtränkte es die holzvertäfelten Räume des Studios. Vielleicht zwanzig leere Sitzplätze umringten den Show-Tresen, an dem Pepe, so hatte sie erzählt, beinahe täglich Ethno-Food-Performances für die weitgereisten Besucher abhielt. Heute galt die Demonstration nur Paksha und Yasin. Die fertigen Brote würden den Rebellen gehören – so nannten sich Veerus Follower seit heute Mittag, *Re-*

bellen – und am Abend das Buffet des großen Befreiungsfestes krönen.

»Sieht nach harter Arbeit aus«, bemerkte Yasin.

Pepes Armmuskeln traten deutlich hervor, und ihr Ausschnitt ließ tief blicken, als sie sich mit den Fäusten in den Teig stemmte. »Willst du es auch mal versuchen?«

»Aber klar doch.« Yasin rückte dicht neben sie und ließ sich die Handgriffe zeigen. »Wow, ziemlich feucht.«

Pepe warf den Zopf über die Schulter. »Nicht so zaghaft. Pack richtig fest zu.«

»Ist das Tempo okay?«

»Perfekt. Du bist ein Naturtalent.«

Paksha wurde die Luft im Studio zu klebrig. Sie stieß sich vom Tresen ab. »Ich bin draußen, Leute.«

»Bis dann«, sagte Yasin, ohne den Blick zu heben.

Über knarrende Treppenstufen gelangte Paksha ins Erdgeschoss und von dort ins Freie. Ziellos wanderte sie durch die Gassen des Folklore-Dorfs, bewunderte die herausgeputzten Gebäude, studierte die Info-Screens mit den historischen Aufnahmen, beäugte die Einheimischen in ihren fremdartigen Outfits. Eine Cam-Drohne folgte ihr ein paar Minuten lang, drehte jedoch ab, als irgendwo anders etwas Spannenderes passierte. Beinahe jedes Haus verkaufte Souvenirs und Food-Items. In den Auslagen drängten sich mehr bauchige, grüne Weinflaschen aneinander, als der verbliebene Hang Trauben hätte abwerfen können.

Nach ein paar Abzweigungen stieß Paksha wieder auf die Hauptstraße und folgte ihr bis zum Ortsrand. Am Fuß eines trutzigen Stadtturms traf sie Fionn, der gemeinsam mit Lutz aus dem Empfangskomitee einige Klappgarnituren aus Bänken und Tischen aufbaute.

»Die Sache ist ja«, sagte Lutz gerade zu Fionn, »nichts hier drin gehört uns. Die Häuser, das Equipment, sogar die Kostüme – alles von den Eventagenturen gemietet. Die Leasinggebühren werden mit unseren Einnahmen verrechnet. Wenn wir morgens zur Arbeit kommen, müssen wir Eintritt bezahlen.«

Paksha schaute sich die Handgriffe bei Fionn ab – hier einen Hebel drücken, dort die Beine einrasten lassen – und half beim Aufklappen der Bänke. Was von weitem wie Holz ausgesehen hatte, entpuppte sich als leichter Kunststoff.

»Trotzdem mutig, das Dorf zu besetzen«, erwiderte Fionn. »Die Plantagen sind das eine. Aber wenn es um Tourismus geht, wird es heikel.«

Lutz nahm Paksha die Bank ab und bedankte sich mit einem Nicken. »Deshalb haben wir die Touristen auch rausgeworfen. Die sollen sich in ihre Busse setzen und sich verpissen, interessiert uns nicht.«

»Und alle waren dafür?« Mit bedächtigen Bewegungen drehte Fionn einen Tisch auf die Füße.

»Unter den Performern hat es schon lang gebrodelt. Aber wir wussten, dass wir allein nichts würden ausrichten können. Dann kamen die News aus Main-4, und als wir hörten, dass ihr in unsere Richtung wandert, war alles klar.«

Zu dritt verteilten sie die Garnituren auf dem Gehweg. Paksha deutete auf die gegenüberliegende Straßenseite, wo ein paar Einheimische die Laternenpfähle mit Blumengirlanden schmückten. »Ist das nicht ein bisschen viel Aufwand? Wir ziehen doch in ein paar Tagen schon weiter.«

»Das gehört zum Programm.« Lutz überprüfte die Tische auf Standfestigkeit. »Wir feiern hier zweimal pro Monat irgendein großes Jubiläum, jeder von uns weiß, was er zu tun hat. Wenn wir jetzt den Ablauf ändern, gibt's am Ende nur ein riesiges Durcheinander.«

Lutz' vLink-Clip vibrierte. Er nahm das Gespräch entgegen und lauschte stirnrunzelnd. »Unten bei der Brücke? Schickt sie wieder weg!«

Paksha und Fionn unterbrachen ihre Arbeit, um zuzuhören.

Lutz ging auf dem Bürgersteig auf und ab. »Lass keinen an Land, verstanden? Und gib Pepe Bescheid.«

Paksha spähte durch den Torbogen im Turm Richtung Fluss, aber das dichte Gebüsch am Ortsrand versperrte ihr die Sicht.

»Das haben sie gesagt?« Lutz fluchte. »Bin sofort da.« Er klickte das Gespräch weg.

»Ärger?«, fragte Fionn.

»Da legt ein Schiff an. Ein Kreuzfahrtschiff.« Lutz strich sich über den Schnurrbart. »Eigentlich sollten die Agenturen längst alles storniert haben. Die Leute im Dorf wollen das Ding jetzt kapern und den Touris an den Kragen gehen.«

Fluchend setzte Fionn seine vLink-Brille auf. »Ich sag Veeru und Juria, dass sie uns dort treffen sollen. Paksha, du bleibst hier, einverstanden?«

Paksha nickte. Sie wartete, bis Lutz und Fionn hinter dem Stadtturm außer Sichtweite waren, dann folgte sie den beiden. Über eine abschüssige Straße gelangte sie in den Bereich außerhalb der Kassensperre. Die Hälfte von Veerus Gefolge und ein Großteil der Dorf-Performer schien auf dem Weg zur Anlegestelle zu sein. Wie die Trümmer eines angeschwemmten Eisbergs ragten blendend weiße Metallkanten über die Baumwipfel. Das Dröhnen der Schiffsmotoren versetzte den Asphalt unter Pakshas Füßen in Schwingung. Sie bog um eine letzte Kurve, dann stand sie unmittelbar vor der steil aufragenden Bugwand. Der Kai war bereits voller Menschen. Etliche Dockarbeiter spannten Taue zwischen Schiffsrumpf und Ufer, andere lehnten sich über die Brüstung, um sich schreiend mit der uniformierten Besatzung zu verständigen. Auf dem Sonnendeck drängten sich die wehrlosen Passagiere aneinander. Offenbar hatte man sie aus ihren Suites gescheucht und im Freien zusammengetrieben. Es sah ganz so aus, als würde die Besatzung ihre hochgeschätzten Gäste von Bord werfen wollen.

»Hey, Pax!«

Yasin und Pepe kamen angerannt.

»Alles alpha bei dir?« Yasin wurde langsamer, aber Pepe griff nach seiner Hand und zog ihn weiter. Zu zweit wühlten sie sich durch die Menschenmassen. Paksha verlor Yasin einen Moment lang aus den Augen, entdeckte ihn aber kurz darauf beim Bootssteg. Zusammen mit Lutz, Pepe und ein paar anderen wurde er an Bord gelassen.

Die Touristen auf dem Oberdeck setzten sich jetzt in Bewegung wie eine Herde eingepferchter Schafe. Mitglieder der Besatzung bellten ihnen Befehle zu und schickten sie unwirsch die Treppen hinab. An der Reling mussten sie sich aufreihen, während das Schiffspersonal Koffer und Reisetaschen über Bord schleuderte. Die Meute an Land fing die kostbare Fracht auf oder fischte sie aus dem Fluss. Cocktailkleider und exklusive Gadgets, Spitzenunterwäsche und Goldschmuck wanderten unter gehässigem Johlen von Hand zu Hand. Ein fiepender Schoßhund stürzte ins Wasser und verschwand binnen Sekunden im Sog der Schiffsschrauben.

Paksha schlang die Arme um den Oberkörper und trat einen Schritt zurück. Dann noch einen. Als sie sich vollends abwenden wollte, prallte sie mit einer dunklen, harten Gestalt zusammen.

Veeru blickte starr auf das Spektakel bei der Kaimauer, aber sie legte Paksha eine Hand auf die Schulter und sagte »Komm mit«, ehe sie zielstrebig auf den Steg zuging. Paksha folgte ihr.

Veeru musste niemandem ausweichen. Vor ihr teilte sich die Menge, das Geschrei verebbte mit jedem Meter, den sie zurücklegte. Ein Koffer verfehlte sie knapp und platzte vor ihren Füßen auf. Sie stieg über die glitzernden Habseligkeiten hinweg, und ließ ihren eisigen Blick von einem Ende der Reling zum anderen gleiten. Die Matrosen verharrten mitten in der Bewegung.

Als Veeru und Paksha nebeneinander den Steg erklommen, war nur noch das Wummern der Motoren zu hören. Die Menschen an Deck bildeten einen großen Halbkreis und starrten auf ihre Schuhe.

»Wer hat hier das Sagen?«, fragte Veeru.

Eine Frau in weißer Uniform mit goldenen Schulterabzeichen trat vor. »Naomi Cesco, Kapitän der *River Delight.*« Sie streckte Veeru eine bebende Hand entgegen. »Bitte entschuldigt, dass wir unangekündigt auftauchen. Wir wollten nicht, dass unsere Reederei …«

»Naomi. Bitte sorg dafür, dass alle Passagiere das Schiff und das Gelände verlassen. In den Hotels können sie ihre Agenturen kontaktieren.«

»Wird sofort erledigt. Aber wenn du erlaubst …«

Veeru ging an ihr vorbei und schritt die spiegelglatte Fassade des Lobbybereichs ab. Sie legte den Kopf in den Nacken, um an dem mehrstöckigen Aufbau emporzusehen. Paksha hielt sich beim Einstieg und umklammerte das Geländer.

»Wie viele Leute haben hier Platz, Naomi?«

»Um die achthundert, Besatzung inbegriffen.«

»Habt ihr Vorräte an Bord?«

»Die Lagerräume sind voll, unsere Tour ging vorgestern erst los. Heute Morgen kam die Order, diesen Hafen nicht anzusteuern. Aber wir wollen uns der Revolution anschließen.«

»Warum?«

»Unsere Crew kommt von überall in Europa.« Naomi ließ den Arm kreisen. »Der Rhône-Sektor, der Wolga-Sektor, Donau-183. Wir wollen die Unabhängigkeit, genau wie ihr.«

Veeru trat an die Reling und schaute hinüber zum Dorf. »Wir feiern heute Nacht ein Fest. Ihr seid herzlich eingeladen.«

Unter den Besatzungsmitgliedern machte sich erleichtertes Raunen breit.

»Der Main-Sektor ist erst der Anfang«, wandte sich Veeru an die Versammelten. »Wir brauchen Leute wie euch, wenn sich etwas verändern soll. Erzählt den Menschen in eurer Heimat, was hier passiert. Zeigt ihnen, dass sie das Gleiche schaffen können.«

Die Umstehenden nickten heftig.

»In Europa hat lang genug jeder Sektor nur sein eigenes Wohl im Blick gehabt. Die Konzerne haben uns an Ertragsquoten gemessen und die Starken gegen die Schwachen ausgespielt. Main- und Rhein-Sektor konkurrierten jahrzehntelang um die billigsten Preise beim Reisanbau – jetzt steht an beiden Orten die Produktion still. Weil alle verstanden haben, dass wir den Konzernen nur gemeinsam die Stirn bieten können.« Sie machte eine Pause, um die improvisierte Rede sacken zu lassen. Dann wies sie mit dem Kinn auf die Anlegestelle. »Lasst euch von meinen Leuten zeigen, wie ihr euch nützlich machen könnt. Bevor es dunkel wird, muss alles aufgebaut sein.«

Naomi klatschte in die Hände, und die Menge an Deck verstreute sich. »Unser Schiff steht euch zur freien Verfügung, Veeru.«

Mit den Fingern strich Veeru über die Reling. »An Bord sind alle Bereiche betriebsbereit? Pools, Sauna, Minigolf?«

»Natürlich.«

Schmunzelnd wandte sich Veeru an Paksha. »Was meinst du? Machen wir einen Ausflug?«

Der Sonnenuntergang spiegelte sich als orangerotes Mosaik auf den Wellen, als Paksha neben Veeru an Land ging. Naomi hatte die spontan zusammengestellte Reisegruppe auf Veerus Wunsch hier abgesetzt. Flussabwärts würde das Schiff wenden, um sie auf dem Rückweg wieder aufsammeln. In der Ferne duckte sich ein weiteres namenloses Plantagendorf in die Felderkulisse. Die Straße, der sie folgten, führte jedoch von der Ortschaft weg und verlor sich hinter einer Biegung im Dunkeln. Lutz war mit ein paar anderen vorausgegangen, um die Lage auszukundschaften. Unterwegs kam ihnen der Spähtrupp wieder entgegen.

»Alles gesichert?«, wollte Veeru wissen.

»Die haben nicht mal Widerstand geleistet«, entgegnete Lutz. »Alles verlassen, alle Tore offen. Wir haben jeden Winkel abgesucht, niemand da.«

»Danke.« Veeru warf einen Blick in ihren vLink. »Gebt ihr uns eine Stunde?«

Lutz nickte und winkte seine Leute mit sich. »Viel Spaß.«

Veeru und Paksha setzten den Weg fort.

»Was sagst du zu unserem neuen Schiff?«, fragte Veeru.

»Echt großartig«, murmelte Paksha.

Während der kurzen Fahrt hatte sie nur einen Bruchteil des schwimmenden Luxushotels erkunden können. Yasin und Pepe waren gleich nach dem Ablegen hinter einer Tür mit der Aufschrift *Royal Suite* verschwunden. Paksha hatte sich in der Lobby um die eigene Achse gedreht und war dann ziellos über die Decks gestromert. Die Kronleuchter im Casino, die Shoppingarkaden, die Unterwasser-Panoramascheibe – die Eindrücke hallten in ihr nach wie Sequenzen eines Traums, während sie neben Veeru die stille, grünumwucherte Straße entlangging.

Fionn und Juria waren im Folklore-Dorf geblieben, um die Gemüter zu besänftigen. Die Ankunft der *River Delight* hatte die Rebellen in Euphorie versetzt. Schon wurden Stimmen laut, die forderten, ohne weitere Verzögerung bis nach Residence City zu marschieren. Der Schwung würde sie vorwärtstragen und die Mauern der Stadt zum Einsturz bringen. Juria hatte den Kopf geschüttelt und von »Schneeballeffekten« gefachsimpelt, obwohl sie von Schnee vermutlich genauso wenig Ahnung hatte wie alle anderen.

Nach ein paar Metern stießen Veeru und Paksha auf ein Tor. Die Metallstreben waren altmodisch verschnörkelt und mit modernsten Mitteln gesichert. Bei ihrer Ankunft blinkten die Scanner, Bioschranken und Körpersensoren jedoch friedlich, der Kassenautomat surrte auf Standby.

SHELTER PARK verkündete ein Screen über dem Eingang.

Paksha wies auf den Stacheldrahtzaun, der sich rechts und links der Straße im Dickicht verlor. »Sind die Viecher da drin so gefährlich?«

»Eher nicht. Aber wertvoll.« Unter dem Torbogen hielt Veeru inne. »Ich war hier mal als Kind, mit meiner Mutter. Es war ein Geburtstagsgeschenk, glaube ich. Seitdem hab ich mir immer ausgemalt, irgendwann wieder herzukommen, wenn ich selbst ...« Sie ließ den Satz unvollendet. »Ich dachte einfach, dass es dir gefallen könnte.«

»Wie hat Samy das heute Morgen gemeint?«, wollte Paksha wissen. »Sind die Tiere wirklich *ausgestorben*?«

»Es sind die letzten ihrer Art. Unikate, so wie wir beide.« Veeru grinste schief. »Ein privater Sammler hat das Projekt vor ein paar Jahrzehnten ins Leben gerufen, und nach seinem Tod haben die Erben Profit draus geschlagen. Gehen wir rein?«

Während sie durch den dämmrigen Park schlenderten, dachte Paksha über Veerus Bemerkung nach. Ein Unikat – war sie das? Ein seltenes, heimatloses Wesen. Treibgut von den Andamanen. Aus Noes Erzählungen wusste Paksha, dass der Exodus schon lang vor *Paradise Lost,* sogar schon lang vor Pakshas Geburt begonnen hatte. Eine versinkende Insel bot keine Zukunft. Insofern gehörte Paksha tatsächlich zu den wenigen, die das Vermächtnis ihrer Vorfahren weitertrugen – der Jarawas, der Onge, der Bo –, auch wenn selbst Noe nicht hätte sagen können, zu welchen Anteilen sich das Erbe der Ureinwohner und die Einflüsse vom indischen Festland in ihrer Familie mischten. Aber wie viel hatte Paksha schon lernen können in ihrem kurzen Leben? Ein paar Worte aus einer vergessenen Sprache, Lieder ohne Melodie, entwurzelte Mythen. Vielleicht war Paksha die Letzte, die noch die Geschichte vom Jirmu kannte, jenem scheuen Waldbewohner, dessen Fell bei jeder Bewegung wie Glöckchen klingelte und das so klebrig war, dass alle, die es berührten, für immer daran haften blieben. Wenn Paksha starb, dann war es, als habe es das Jirmu nie gegeben.

Erste Gehege kamen in Sicht. Veeru blieb vor den Gittern stehen und spähte in die spärlich bepflanzten Areale. Die meisten

Bewohner näherten sich zutraulich und schnupperten nach Essbarem. Paksha hielt Abstand und studierte die Info-Screens.

KANADISCHER ELCH »Ole« – *In Obhut seit 2134*

GEPARD »Masozi« – *Einziger lebensfähiger Klon*

FELDHASE »Heidi« – *Herkunft unbekannt*

»Du bist keine aussterbende Art, Veeru«, gab Paksha zu bedenken. »So was wie dich hat es noch nie gegeben. Vielleicht bist du mehr eine … Neuschöpfung.«

»Schon möglich.« Veeru sah einem Affen mit rostrotem Fell ins Gesicht.

ORANG UTAN »Maya« – *Letztes bekanntes Weibchen, steril*

»Manche argumentieren so, nicht wahr? Wozu dieser sentimentale Blödsinn?« Sie beschrieb einen ausladenden Kreis mit der Hand. »Schließlich kommt für alles, was stirbt, etwas Neues.«

Paksha betrachtete einen plumpen, schwarz-weißen Vogel.

KAISERPINGUIN »Panuk« – *Leihgabe des Zoos Shanghai*

Zwischen den Freigehegen tauchte ein langgezogener Bau aus Glas und Beton auf. Hinter Sicherheitsscheiben wurden die Überreste jener Tiere verwahrt, deren Zeit auf der Erde endgültig vorbei war. Pakshas Blick wanderte über ausgestopfte Leiber und filigrane Skelette.

»Tut es weh?«

»Sterben?« Veeru ließ sich Zeit mit einer Antwort. »Ja. Aber das ist nicht das Problem. Das Wiederauferstehen ist schwieriger.«

Sie hatten den Rundgang beinah abgeschlossen. Vor dem letzten Gehege setzte sich Veeru auf eine Bank, und Paksha tat es ihr gleich. Eine stämmige Raubkatze mit grau getupftem Fell lief vor dem Gitter auf und ab, auf und ab.

SCHNEELEOPARD »Kailash« – *In Obhut geboren, Handaufzucht*

»Ich wollte dir noch was erzählen«, sagte Veeru.

»Übers Sterben?« Plötzlich fiel es Paksha schwer, ruhig sitzen zu bleiben. Den Schneeleoparden zu beobachten und nicht die Ghunghrus an Veerus linkem Knöchel.

»In gewisser Weise. An dem Abend in der Villa, als ich Sonny … Es wäre zu gefährlich gewesen, ihn am Leben zu lassen. Hast du seine Narbe gesehen?«

Paksha wollte nicht über Sonny reden. Trotzdem nickte sie.

»Daran erkennt man Avatare. Das sind Menschen, deren B-Waves direkt mit dem FinalFood-Server verbunden sind.« Veeru legte sich einen Finger an die Schläfe. »Das Implantat wird hier eingesetzt. Alles, was ein Avatar sieht, sieht auch die KI. Wenn du so willst, *war* Sonny ein Teil der KI.«

»Ich verstehe.« Paksha bemühte sich, Veerus sachlichen Tonfall zu imitieren. »Sonny und ich, das war nur für die Streams. Er hat mir nichts bedeutet.«

»Ja, ich weiß.« Veeru stand auf. »Trotzdem wollte ich … ich hab das nicht gern gemacht.«

»Du hast getan, was nötig war.« Es fühlte sich seltsam an, so offen mit Veeru zu reden. Während Paksha abwog, ob sie die Gunst der Stunde nutzen und die Wunde unter den Ghunghrus ansprechen sollte, nahm Veeru ihre vLink-Kette ab und ging zum Gehege des Schneeleoparden. Auch hier war die Elektronik lahmgelegt. Der Leopard hielt in seiner ausgetretenen Furche inne und beobachtete, wie Veeru die Käfigtür öffnete.

Veeru streckte eine Hand aus und ließ den Leoparden schnuppern. Dann zog sie ihm behutsam die Kette über den Kopf. Seine Ohren zuckten, die Schwanzspitze krümmte sich, aber er hielt still und ließ sich die Kette wie eine Leine anlegen. Seine Schnurrhaare bebten und die Katzenaugen glommen in der spärlichen Beleuchtung, als er mit Veeru zusammen ins Freie trat.

»Willst du dir auch eines aussuchen?« Veeru wies auf die anderen Gehege.

Paksha schüttelte den Kopf, ohne die Katze aus den Augen zu lassen. »Lieber nicht. Zu viel Verantwortung.«

»Dann lass uns gehen.«

Nur noch ein paar rosa Wolkenschlieren waren vom Tag übrig, als sie wieder beim Fluss ankamen, wo die *River Delight* abfahrbereit vor Anker lag. Sie gingen an Bord. Veeru, Paksha und Kailash: drei einsame Überlebende. Die Reise zurück zum Dorf verbrachten sie schweigend.

Auf dem Marktplatz war das Fest in vollem Gange. Dennoch verstummten die Gesänge, die Tanzenden blieben stocksteif stehen, als Veeru und Kailash auf lautlosen Sohlen durch die Menge schritten. »Ma Durga«, wisperte eine Frau mit verhärmtem Gesicht und bekreuzigte sich. »Schlächterin der Dämonen, erbarme dich.«

Paksha hätte die ahnungslose Europäerin belehren können, dass die Göttin Durga auf einem Tiger ritt, nicht einen Schneeleoparden an der Leine führte. Aber die Szene schlug auch sie restlos in den Bann. Es war, als habe Veeru eine neue Shownummer einstudiert, die sie jetzt zum ersten Mal vor Publikum aufführte.

Kailash sah sich knurrend um, schnupperte, sprang auf den nächstbesten Tisch und schnappte einem perplexen Arbeiter einen Bissen Grillfleisch aus der Hand. Veeru griff nach einem Weinkelch und hob ihn über die Köpfe. Es wurde so still, dass nur noch die Flammen in den Feuerschalen knisterten.

»Auf unseren Kampf«, sprach sie. »Auf die Gerechtigkeit. Auf den Sieg.«

JETZT

Avatar - अवतार [av^{a}tār] *m* **1.** *Rel* Fleischwerdung *f;* Menschwerdung *f* [...] **3.** *Rel* Awatar(a) *m*, Inkarnation *f* (*einer Gottheit*)

Mall Nagar liegt im Dunkeln. Nicht das friedliche Dunkel der Wohnviertel, in denen Delhis Menschen nachts vom Surren der Luftfilter in den Schlaf gesungen werden. Auch nicht das zuckende, widerspenstige Dunkel der Geschäftszentren und Partymeilen, das den Kampf gegen die beißenden Neonlichter niemals aufgibt. Und noch weniger das verruchte, das unheilbringende Dunkel, das die Rotlichtbezirke selbst tagsüber einzuhüllen scheint. Das Dunkel in Mall Nagar kriecht durch die Straßen wie ein giftiger Parasit und lähmt den sonst so pulsierenden Organismus aus Kommerz und Konsum.

»Bist du sicher, dass du da rein willst?«, raunt mir der runzlige Pförtner zu, der an einem der nördlichen Zufahrtstore trotz des gespenstischen Wachkomas der Mall unbeirrbar auf seinem Posten sitzt. »Keiner weiß, wann die Lichter wieder angehen. Schon seltsam«, murmelt er mehr zu sich selbst, »als das letzte Mal in Delhi der Strom ausfiel, war ich noch in der Grundschule. Und jetzt trifft es gleich ein ganzes Viertel.«

Seine Taschenlampe strahlt in mein Gesicht. Ich reibe mir die brennenden Augen und versuche, trotz des Summens hinter meiner Stirn einen klaren Gedanken zu fassen.

»Hängt wahrscheinlich mit der Notabschaltung in Gorakhpur

zusammen«, sinniert der Alte. »Überhaupt glaub ich nicht, dass du heute in der Mall Geschäfte machen kannst. Da drin steht alles kopf. Hast du dich schon um deine Evakuierung gekümmert, Junge?«

Ich nicke fahrig. »Alles geregelt. Ich muss nur ... äh ...«

Ein Blitzen im Rückspiegel. Mein Kopf schnellt herum. Was war das? Im Stakkato meines Pulsschlags trommelt der Kopfschmerz in meinen Schläfen, während ich in die Finsternis spähe. Wieder bricht sich ein Lichtreflex nahe am Boden. Ein großer, blaugrüner Vogel mit einer Schleppe schimmernder Federn stolziert über die Straße. Als er den blassroten Kegel meines Heckscheinwerfers durchquert, leuchtet sein Auge perlweiß auf. Ich atme stockend aus. Ein Pfau, nichts weiter. Ein surreal schöner, heimatloser Pfau. Bedächtig wählt er seine Schritte über den Asphalt. Und mit jedem Heben seiner klauenbewehrten Füße hallt ein bittersüßes Geräusch in den Tiefen meines Bewusstseins wider.

Prrram, prrram. Prrram, prrram.

Tok, tok, tok.

Der Pförtner klopft gegen mein Seitenfenster.

»Sag mal, geht's dir gut? Du kippst mir hier nicht vom Sitz, oder?« Mit dem Daumen weist er auf den Pfau. »Die sind harmlos. Früher gab es sie noch zuhauf in freier Wildbahn. Ich schätze, die Besitzer lassen sie frei, bevor sie zu den Sammelstellen fahren. Das ist schon der vierte oder fünfte heute Nacht.«

Der Vogel winkelt den Hals an und stößt einen klagenden Ruf aus – *Yao, yao. Yao, yao.*

Ich muss hier weg.

»Alles ist dem Untergang geweiht. Merk dir meine Worte.« Der Alte beugt sich zu mir runter. »Taimur ist der Anfang vom Ende. Wer auf Delhis Grund und Boden eine Stadt errichtet, wird sie wieder verlieren. Das ist unser Fluch seit Anbeginn der Zeit.«

Ich könnte den Rückwärtsgang einlegen und mein Glück an einer anderen Zufahrt versuchen. Aber der Pförtner klammert sich mit knochigen Fingern an meinen Fensterrahmen und zählt an der anderen Hand eine wirre Wortfolge ab. »Indraprastha, Siri, Shahjahanabad, das Neu-Delhi der Briten.« Er spuckt aus. »Und jetzt wir. Verstehst du, Junge? Wir waren hochmütig. Wir dachten, Delhi kann sich bis zum Fuß des Himalaya ausbreiten und bis zum Ufer der Narmada. Dieser Sturm ist unsere Strafe.«

Ich nicke und hoffe, dass ihn das beruhigt. »Du hast recht, Onkel. Darf ich trotzdem durch?«

»Sieben Städte«, murmelt der Pförtner und sieht in die Ferne. »Sieben Katastrophen.«

»Bitte, kannst du die Schranke aufmachen? Ich bin ... ähm ... verabredet.« Ich tippe leicht aufs Gas, damit sich die Rikscha bewegt. Das rüttelt ihn wach.

»Verabredet, eh? Morgens um vier?« Der Alte runzelt die Stirn, aber endlich bequemt er sich zum Ende der Absperrung und löst das Scharnier, das den Schrankenhebel an seinem Platz hält. Sobald der Durchlass breit genug ist, steure ich die Rikscha über die Schwelle nach Mall Nagar.

»Danke«, rufe ich aus dem Seitenfenster. »Kannst du mir vielleicht noch sagen, wie ich zum Food Court komme? Mein Navi ...«

»Food Court?« Wieder leuchtet er mir in die Augen, während die andere Hand nach seinem vLink-Stick tastet. »Du drehst aber keine krummen Dinger da drin, oder? Lass mich mal deine B-Waves scannen, nur zur Sicherheit.«

Ich beiße mir auf die Zunge. Ein *Gora*, der mit Lebensmitteln handelt. Natürlich schreit das nach Piraterie. Ich kann nur hoffen, dass er meine Verfolger ebenso lange aufhält.

Grummelnd schüttelt der Pförtner den vLink. »Räudiges Ding will nicht. Dann eben so ...« Er knipst ein simples Foto. »Und jetzt ab mit dir. Ich weiß ja, wo ich dich finde.«

Ich bin zu müde, um ein Lächeln vorzutäuschen. Stoisch setze ich meine Odyssee fort.

Izmat ist meine letzte Hoffnung. Wenn sie noch in Delhi ist.

Wenn ich ihren Shop finde. Wenn Ray und seine Komplizen mich nicht zuerst finden.

Steckte Ray von Anfang an mit den beiden Europäern unter einer Decke? Hat er mich all die Wochen ausspioniert, um mich vorgestern gezielt abzupassen? Und mich dann zu verraten? Kann er mit den Fremden sprechen wie mit mir, auch wenn er etwas anderes behauptet hat? Und wie oft, *wie oft*, will ich mir diese Fragen eigentlich noch stellen? Keine der Antworten wird mich weiterbringen.

Stickig, heiß und finster umfangen mich die Eingeweide von Mall Nagar. Zwar weiß ich grob, in welchem Block sich Izmats Laden befindet, doch mein Orientierungssinn ist komplett überfordert. Trotzdem muss das Navi ausgeschaltet bleiben, bis die Sonne aufgeht und den Akku mit neuer Energie versorgt. Ich kann froh sein, wenn ich es noch zu einem der Parkdecks schaffe, bevor mir endgültig der Saft ausgeht.

Mein Scheinwerferkegel streift schemenhafte Gestalten, die rechts und links der Zufahrtsstraße in Grüppchen beisammenstehen, wandert über Schaufensterfronten und die glatten, schwarzen Membranen der Ad-Screens. Dann und wann rattert ein Notstromgenerator am Straßenrand, aber die wenigen Lichtinseln, die auf diese Weise entstehen, vertiefen nur die Dunkelheit ringsum. Mall Nagar, der Ort, an dem die Lampen Tag und Nacht brennen, wo Holo-Boards die heißesten Angebote auf die Plazas projizieren, wo Brillanten hinter Panzerglas glitzern, hypermoderne Gadgets um die Wette blinken und Goldfäden in Saribordüren glimmen, wartet blind und unsichtbar auf seine Wiedererweckung.

Aufs Geratewohl biege ich von der Hauptstraße ab und folge einer Rampe in ein galerieumsäumtes Atrium. Weit über mir zeugt ein verwaschener grauer Fleck davon, dass der Sonnenaufgang nicht mehr fern ist. Fast alle Bezirke von Mall Nagar liegen unter transparenten Panoramadächern, die das Tageslicht durchlassen, die tödliche Hitze jedoch draußen halten. Jedes Mal, wenn Izmat versucht, mir die Stelle in ihrem Shop schmackhaft zu machen, wirbt sie mit den Superlativen der Mall – Delhis gigantisches Shoppingcenter belegt achtzehn Postleitzahlbereiche. Eine sechsstellige Anzahl von Geschäften, Ateliers, Boutiquen, Stores, Bazaren und Showrooms verteilt sich auf Hunderte Levels und Sublevels, bündelt sich zu Plätzen, Flügeln und Fächern, reiht sich auf zu Avenues und Promenaden. Es gibt nichts, behauptet Izmat, was in Mall Nagar nicht für genügend Shells zum Kauf angeboten werde: personalisierbare Haustiere und maßgeschneiderte Reizwäsche, echte Waffen und falsche Picassos, Zwölf-Gänge-Menüs to go, Family-Copter und Kinderspielzeug, Adelstitel, Einsamkeit, ein neues Gesicht. In den Mittagspausen könne ich in den Glasgärten zwischen Pflanzen – echten Pflanzen! – picknicken oder die neuesten Automodelle auf den unterirdischen Rennparcours testfahren. Jeden Abend präsentieren die angesagtesten Modelabels ihre Kollektionen in rauschenden Shows und laden zu exklusiven Empfängen ein.

Mal um Mal habe ich Izmats Jobangebote abgelehnt. Das Misstrauen, das unaufhörlich in den Synapsen meines fremden Gehirns pulsiert, zwingt mich, Abstand zu halten – von Izmat, von den Reddy-Schwestern, von allen, die mein Geheimnis aufdecken und mich verraten könnten. Nur Ray mit seinem Hundeblick hat es für kurze Zeit geschafft, meinen Gefahrensensor zu täuschen. Und jetzt bleibt mir keine Wahl mehr. Izmat ist die Einzige, die mir helfen kann. Sie arbeitet für FinalFood, dieses gigantische, KI-gesteuerte Netzwerk, das über alle Vorgänge in der Realfood-Welt Bescheid weiß. Wenn jemand herausfinden kann, wer die Fremden sind, die mein Schiff gekapert haben, dann ist es Izmat.

Die Rikscha stottert. Ich befinde mich auf einem der betongrauen Zwischendecks, von denen Zubringer zu den Parkebenen abzweigen. Mit zusammengekniffenen Augen versuche ich, die erloschenen Fahrbahnmarkierungen zu entziffern. Wenn sich das

Licht im richtigen Winkel bricht, leuchten die Reflektoren für Sekundenbruchteile auf. Eines der Symbole verweist auf den Food Court in Izmats Block. Ich biege in den düsteren Gang, folge einer langgezogenen Kurve und finde mich unvermittelt in einem niedrigen, fast leeren Hangar wieder. Das Parkleitsystem ist ausgefallen, daher steure ich eine Haltebucht für E-Shuttles an und hoffe, dass meine Rikscha dort nicht auffällt, falls die elektronischen Ordnungshüter vor meiner Rückkehr wieder erwachen sollten.

Als ich aussteige, knicken mir beinah die Knie weg. Die stundenlange Irrfahrt hat meinen inneren Kompass endgültig ins Trudeln gebracht. Alles in mir sträubt sich dagegen, die wertvollen Ersatzteile der Reddys unbewacht in der Rikscha zu lassen, aber mir fehlt die Kraft, um das Bündel quer durch die Mall zu schleifen. Während ich mich an den Türrahmen klammere und darauf warte, dass sich mein Herzschlag beruhigt, fällt mein Blick auf das Nazar-Amulett. Ich fummle die Kette vom Rückspiegel, hänge sie mir um und lasse das blaue Auge in meinem Kragen verschwinden. Immerhin etwas.

Das matte Leuchten von Izmats vLink-Lampe weist mir den Weg zum Ausgang. Alle Fahrstühle stecken fest. Hinter manchen Türen erahne ich dumpfes Klopfen und schwache Rufe. In den Treppenhäusern kreuzen schwarze, murmelnde Schemen meinen Weg wie ruhelose Hausgeister, aber das ist kein Vergleich zu den Menschenmassen, durch die ich mich gestern Abend in den Straßen rund um den Ersatzteil-Bazar wühlen musste. Durch den Ausfall der Filteranlagen legt sich die Luft schwer und klebrig auf mein Gesicht. Auf der Treppe zum nächsten Verkaufslevel stolpere ich mehrmals und remple ein paar Fußgänger an, ohne auf deren empörte Ausrufe zu reagieren.

Am oberen Absatz lotst mich eine geschwungene Pforte ins Herzstück der Mall. Durch die Glaskuppel fällt gerade genug Licht, dass ich die Taschenlampe ausknipsen kann. In der Mitte des marmorgefliesten Atriums liegt ein glatter, palmenumsäumter

Teich. Von dort streben sternförmig angeordnete Shoppingpassagen ins Halbdunkel. Rolltreppen stützen das Gewölbe wie ein silbernes Skelett. Eine Flotte von Hoover-Skootern schlummert in ihren Ladestationen.

Wohin jetzt? Ich trete einem schnauzbärtigen Techniker in den Weg, der mit verkniffenem Gesicht von einem Einsatzort zum nächsten eilt.

»Kannst du mir sagen, wo es zum Food Court geht?«

Kopfschüttelnd mustert er meinen verdreckten Thermosuit. »Hier steht alles kopf, und du denkst ans Frühstücken? Hat eure Truppe nichts zu tun?« Mit dem Daumen deutet er vage auf eine der Rolltreppen und lässt mich stehen.

Ich umrunde den Teich und halte nach Info-Screens Ausschau, aber auch deren Displays sind schwarz oder rauschen statisch. Seufzend umfasse ich den Handlauf der Rolltreppe und ziehe mich die erstarrten Stufen hinauf. Schon nach ein paar Metern brennen meine Oberschenkel, mein Herz pumpt, ohne dass das Blut meinen Kopf erreicht. Wenn ich seitlich über das Geländer sehe, scheint mich der schwarze Abgrund in die Tiefe saugen zu wollen. Stufe um Stufe quäle ich mich weiter. Meine Schritte hallen hohl auf den verzahnten Metallplatten. Während ich abwäge, ob ich nach einer Atempause noch die Energie werde aufbringen können, den Weg fortzusetzen, fährt ein Knirschen durch den stählernen Leib der Treppe. Der Gummigriff unter meiner Hand vibriert, und mit einem Ruck setzt sich das steile Laufband in Bewegung.

Ich drehe mich um. Zu meinen Füßen geht die Sonne auf.

Flackernd, Reihe um Reihe, Stockwerk um Stockwerk kehrt das Licht in die Shops zurück. Schaufensterstrahler erwachen zum Leben, Werbebilder erblühen auf den Screens, und die Bodennavigation nimmt den Dienst wieder auf. In der Mitte des Atriums brandet die Wasserfläche in einer funkelnden Kaskade aus Springbrunnenfontänen empor, in deren nebelfeinen Tropfen sich Regenbogen entfalten wie schlüpfende Schmetterlinge. Aus den Deckenschächten sinkt der kühlende Atem der Klimaanlagen herab. Erleichtertes Raunen wandert durch die Mall, ein paar Menschen spenden spontan Applaus. Der Stromausfall ist zu Ende, das Geschäft kann weitergehen.

Nach den Stunden der Düsternis frisst sich das Licht in meine Augen. Während mich die Rolltreppe höher trägt, reibe ich mir mit den Fingern über die Lider, aber das verstärkt das Brennen noch. Meine Fersen stoßen an ein Hindernis, die Stufen schieben mich weiter, ich greife nach dem Geländer, kann den Sturz jedoch nicht mehr abfangen. Hart pralle ich mit dem Steißbein auf den oberen Treppenabsatz. Fußgänger springen zur Seite, aber niemand hilft mir auf. Ich will gar nicht wissen, wie ich aussehe nach dieser durchwachten Nacht und der kopflosen Flucht quer durch Delhi. Als ich mich aufrapple, rebelliert mein Magen, ich schlucke die saure Flüssigkeit gewaltsam runter. Was sagt eigentlich mein HC-Sensor? 38,7 – ist das schon Fieber?

Gleich neben der Rolltreppe wartet ein Info-Screen auf Hilfsbedürftige. Ich nuschle Izmats Namen und beim vierten Anlauf spuckt der Kasten die richtige Adresse aus. Mit tiefen Atemzügen zwinge ich mein überhitztes Gehirn, sich die Route einzuprägen. Ein paar hundert Meter, das kann ich schaffen.

Während ich durch die Gänge torkle, öffnen die Shops zu beiden Seiten wieder ihre Pforten. Dummys stolzieren über die Laufstege, zuckersüße Popmusik dröhnt durch die Kidsboutiquen, melodische Sitarklänge wabern aus den Edel-Showrooms. Ein paar Geschäfte werben mit dem Hashtag APOCALYPSE SALE.

Hinter der nächsten Kurve öffnet sich eine Sphäre aus mehreren ineinanderlaufenden Ebenen. Auf Plateaus im Zentrum des Raums befinden sich Sitzgruppen, die über ein verspieltes Netzwerk aus Stegen, Treppen und Miniliften mit den Arkadengängen am Rand verbunden sind. Menülisten laufen über die Screens, auf manchen Tischen simulieren Holo-Projektoren verschiedene

Gerichte. Schräg links sitzt ein Mann, der einen beachtlichen Berg Puri-Sabzi in sich hineinspachtelt.

Meine Sicht verschwimmt, während ich die Fronten der Restaurants und Foodboutiquen sichte. Einen erdrückenden Moment lang befürchte ich, im falschen Block gelandet zu sein. Aber dann entdecke ich den eleganten Schriftzug auf einer tiefer liegenden Ebene: I. SHERAZI – CERTIFIED REALFOOD

Ich strauchle zwei Treppen hinunter und rutsche eine Rampe entlang. In Izmats Shop brennt Licht, aber der Raum jenseits der Glastür scheint verlassen. Als ich näher trete, huschen rote Buchstaben über die transparente Oberfläche. ZURZEIT GESCHLOSSEN. BITTE B-WAVES SCANNEN UND TERMIN VEREINBAREN.

»Komm schon«, flehe ich und trommle mit der Faust gegen die kalte Barriere.

Da gleitet im hinteren Bereich des Ladens ein Wandpanel zur Seite und ein dunkel gelockter Kopf späht um die Ecke. Sie ist es.

Mit aufgerissenen Augen durchquert Izmat den Shop. Ihre Lippen formen eine Frage, aber mein ausgelaugter Verstand kann nur noch einen klaren Gedanken fassen: Sie ist es!

Als die Glastür auseinandergleitet, falle ich haltlos nach vorn. Dann gehen in meinem Kopf endgültig die Lichter aus.

»Warte mal. Damit ich das richtig verstehe«, Izmat dreht eine Heidelbeere zwischen den Fingern, ehe sie sie in Thermopapier einschlägt und zu den anderen in die Box legt. »Ein *Hund* hat das Fiasko bei Kamala Madam angerichtet? Und du hast ihn dort reingelassen?« Sie lacht dreckig. »Die Story war in allen News-Streams. Ich hab gehört, die Caterer mussten das Sushi abbestellen, weil sie auf einmal viel zu viel toten Fisch hatten.«

Kopfschüttelnd fahre ich fort, klebrig-süße Chikku-Früchte zu scannen. »Izmat, wenn das alles ist, was dich an der Geschichte interessiert …«

»Es ist das Einzige an deiner Geschichte, das *Sinn* ergibt«, kontert sie.

»Soll ich noch mal von vorn anfangen?«

»Bloß nicht. Aber du kannst mir eine neue Rolle von dem Zeug hier bringen.« Izmat wedelt mit der Thermofolie.

Ich stehe auf und strecke mich. Ein paar Stunden Schlaf im Lagerraum hinter Izmats Shop haben mich annähernd wiederhergestellt. Plus der Hydro-Shake, den Izmat mir gleich nach dem Aufwachen vorsetzte. Plus die improvisierte Dusche am Waschbecken in der winzigen Kundentoilette. Sobald ich mit nassen Haaren und frischen Klamotten wieder im Verkaufsraum stand, hat Izmat mich zurück ins Lager zitiert und zum Packen abkommandiert. Mein neuer Thermosuit trägt die Aufschrift CREW.

Ich schiebe einen Turm aus Kühlboxen zur Seite, um an das Regal mit der Isolierfolie zu gelangen. Izmat fängt die Rolle, die ich ihr zuwerfe. »Es sind einfach irre Behauptungen, Marti, das musst du zugeben. Du bist dir wirklich sicher, dass der Hund mit dir gesprochen hat? So wie du und ich jetzt?«

»Er hat mich verstanden und ich hab ihn verstanden.« Ich setze mich wieder vor den Chikku-Berg. »Aber um auf die beiden Europäer zurückzukommen ...«

»Es *gibt* vielleicht eine Erklärung für dieses Sprach-Dings.« Izmat hebt eine Augenbraue. »Wenn ich dich so ansehe, kann ich mir allerdings nicht vorstellen, wie das vonstattengegangen sein soll.« Beere um Beere verschwindet in einem Kokon aus Schutzfolie, während sie grübelt.

»Und diese Erklärung wäre ... ?«

»B-Waves«, sagt Izmat. »Ich frag mich nur, ob das mit deinem Nexus-Problem zusammenhängt, oder ob es vielleicht sogar die Ursache ...«

Eine Chikku rutscht mir aus der Hand.

»Marti, sei vorsichtig. Weißt du, was diese Dinger wert sind?«

Izmat scheucht mich auf und deutet auf die Heidelbeeren. »Wir tauschen, okay? Aber nicht zu fest drücken.«

»Glaubst du wirklich, du kannst all das von hier fortschaffen, bevor der Sturm losbricht?« An den Wänden stapeln sich Kisten voller Realfood.

»Ich muss. Solange in Delhi Ausnahmezustand herrscht, kriege ich das Zeug nicht verkauft. Und FinalFood erstattet den Einkaufspreis nur für Ware, die ich zurück in den Lotus Tower bringe.« Izmat prüft die heruntergefallene Frucht. »Wenn in diesem Taimur-Chaos zu viel verlorengeht, bin ich bankrott. Also ... danke für deine Hilfe.«

Ich räuspere mich. »Du wolltest mir was über B-Waves erzählen, Izmat. Was ist damit?«

»Ich bin keine Expertin«, sagt sie schulterzuckend. »Die Basics dürften klar sein. Anhand seiner B-Waves kann jeder Mensch zweifelsfrei identifiziert werden. Zigmal zuverlässiger als Retina-Scans, deutlich schneller als Gen-Abgleiche. Um mit dem Nexus zu interagieren, muss irgendein Hardware-Tool deine B-Waves auslesen. Nur wenn das klappt, kannst du deinen Ego-Stream verwalten, dein Netzwerk updaten, solche Dinge. Und alles, was du im Nexus tust, jeder Kommentar, jede Suchanfrage, jede Verknüpfung, kann zu dir zurückverfolgt werden.«

So klar war mir das bisher bei weitem nicht, aber das behalte ich für mich.

»Wie es aussieht, können B-Waves noch viel mehr als das. Die Summen, die momentan in die B-Wave-Forschung fließen ...« Sie schüttelt den Kopf. »Von den dubiosen Lifestyle-Trends ganz zu schweigen. Krasses Zeug, totaler Persönlichkeitsverlust. Hast du schon mal von Brain-Sparks gehört?«

Ich horche auf, aber Izmat verfolgt den Gedanken nicht weiter.

»Ziemlich sicher ist wohl, dass B-Waves nicht nur passiv ausgewertet, sondern auch aktiv stimuliert werden können. Wenn die B-Waves eines Menschen – oder besser gesagt, eines *Organismus*, das wird ja bisher alles nur an Tieren getestet – wenn die also auf bestimmte Weise manipuliert werden, entwickeln sie Eigenschaften oder Fähigkeiten, die sie vorher nicht hatten. Weniger komplexe Gehirne lassen sich offensichtlich sogar fernsteuern. Insekten, Nagetiere, Vögel …«

Die Sendung in Rays Bungalow fällt mir wieder ein. »Manipuliert, du meinst …«

»Irgendwie digital«, winkt Izmat ab. »Frag mich nicht. Aber ich hab vor einer Weile ein paar abgefahrene Clips gesehen, in denen eine von diesen Hackergören mit ihrer Perserkatze, tja, *sprechen* konnte. Aus Sicht der Zuschauer hat die Katze natürlich nur miaut, aber das Mädel hat Dinge gewusst … also, in dem einen Clip saß sie mit verbundenen Augen da, und der Katze wurden vom Publikum willkürlich irgendwelche Gegenstände vor die Nase gehalten und die Frau *wusste* trotz der Augenbinde …«

»Hab's verstanden, hab's verstanden«, werfe ich ein. »Willst du damit sagen, Ray und ich … irgendwer hat unsere B-Waves miteinander gekoppelt?«

»Wenn es so wäre, müsstest *du mir* das sagen können, Marti. Soweit ich das mitbekommen habe, muss sowohl dem Menschen als auch dem Tier ein Hardware-Chip ins Gehirn gepflanzt werden. Aber welcher Freak tut so was?«

»Ich … Izmat, du musst mir glauben, ich hab diesen Hund vorgestern zum ersten Mal gesehen. Gibt es keine andere Erklärung?«

Bedächtig legt Izmat den Scanner und die Chikku zurück auf den Tisch. »Marti, hör mal. Wir beide kennen uns jetzt seit ein paar Wochen. Jedes Mal, wenn ich dich was Persönliches frage, weichst du aus. Ich habe nicht die leiseste Ahnung, was du getrieben hast, bevor wir uns damals bei den Reddy-Schwestern über den Weg gelaufen sind. Und, nimm es mir nicht übel, aber nach allem, was ich bisher mit dir erlebt habe, kann ich mir nicht vorstellen, dass du selbst so genau weißt, was du da den ganzen Tag lang eigentlich tust. Heute Morgen stolperst du halb tot in meinen

Laden, erzählst mir von einer haarsträubenden Verfolgungsjagd und behauptest, dass du mit Hunden sprechen kannst …«

»Nicht mit allen«, verteidige ich mich. »Nur der eine.«

»Ich glaube dir, dass du dringend Hilfe brauchst«, fährt Izmat fort. »Auch wenn diese Hilfe vermutlich anders aussieht, als du sie dir vorstellst. Aber wenn ich dir helfen soll, musst du ehrlich zu mir sein. Verdammt, Marti, ich bin nicht blöd. Ich merke doch, dass du mir was verschweigst.«

Ehe ich mir eine plausible Antwort zurechtlegen kann, kündigt der elektronische Shopassistent Besuch an. Izmat liest die Daten von ihrem Unterarm ab, wo das Display ihres implantierten vLinks schimmert wie ein silbergraues Tattoo. »Das ist 'ne Stammkundin. Ich bin gleich wieder da.«

Sie wirft mir einen strengen Blick zu, bevor sie den Lagerraum verlässt und die Kundin überschwänglich in Empfang nimmt. Die Verbindungstür gleitet ins Schloss, aber auf dem Control-Screen kann ich verfolgen, wie Izmat die Frau mit unterschwelligen Gesten zum Prachtstück des Shops lotst – eine rotbackige Mango, die sich unter einer Glasglocke verführerisch auf einem Samtkissen dreht.

Hier in der Mall sieht Izmat völlig anders aus, als ich sie von unseren Stelldicheins auf den Dächern Old Delhis kenne. Ihren Multifunktionssuit hat sie gegen einen fließenden, nachtblauen Salwar und eine eng anliegende Kurti aus cremeweißer Seide eingetauscht. Der Schnitt betont ihre schmale Taille und die Farben schmeicheln ihrem dunklen Teint. An ihren Handgelenken und dem Dekolleté schimmert Gold. In meiner Gegenwart hat sie nie ein Geheimnis um ihre Beinprothese gemacht, doch dieses Outfit kaschiert den Makel so gut, dass lediglich zwei identische weiße Schuhspitzen unter den Hosenbeinen hervorblitzen.

Izmat will mich aus der Reserve locken, obwohl sie sich selbst nicht in die Karten schauen lässt. Soll ich ihr Spiel mitspielen?

»Nüsse sind natürlich eine sinnvolle Geldanlage«, säuselt sie der Kundin ins Ohr. »Gerade in unsicheren Zeiten wie diesen.« Sie legt ein vergoldetes Etui auf den Tresen, in dessen Vertiefungen neun schrumpelige Kugeln ruhen.

Die Frau öffnet ihre Transaktions-App.

Im Lager ist endlich auch die letzte Beere verpackt. Ich drücke den Deckel der Thermobox ins Schloss und lege sie auf den Stapel, der bereit zum Abtransport ist.

Die Kundin verabschiedet sich mit Küsschen und Händedrücken, und Izmat kommt zurück. »Fertig? Das ist gut.« Sie trägt den Fortschritt auf ihrem Xcreen ein. »Im Copter sind noch zwei volle Kisten, die gescannt werden müssen. Hilfst du mir beim Tragen?«

Izmat schließt den Laden ab und geht zu den Fahrstühlen. Ergeben trotte ich ihr hinterher. Je schneller wir ihre Arbeit erledigen, desto eher wird sie mir helfen.

»Dachgeschoss. Parkdeck 3«, sagt sie, und der Lift setzt sich in Bewegung. Keiner von uns knüpft an das unterbrochene Gespräch an. Izmat scrollt über ihren vLink. »Der Sturm ist noch knapp zwei Tage entfernt, laut Vorhersage. Maya eben hat erzählt, dass in der Stadt die Hölle los ist. Viele trauen dem Evakuierungsplan nicht und machen sich auf eigene Faust auf den Weg. Die Straßen sind komplett dicht. In ein paar Randbezirken wurde letzte Nacht offenbar geplündert.«

Ich verdränge den Gedanken daran, wie ich in einem solchen Chaos mein Schiff erreichen soll. »Und Gorakhpur?«

»Falls Taimur die berechnete Route beibehält, wird es übermorgen ernst.«

Noch ist alles offen. Wenn das Kernkraftwerk dem Sturm standhält, kann ich mich in Delhi verschanzen. Vielleicht verschafft mir das sogar die Zeit, die ich brauche, um den Antrieb zu reparieren.

»Endstation«, verkündet Izmat.

Der erste Atemzug im Freien versengt mir beinah den Rachen. Mein Thermosuit schaltet in den Notfallmodus. Izmats Haare kringeln sich in der heißen Luftströmung, die vom betonierten Parkdeck aufsteigt. Gelblich trüb drückt der Himmel auf die Stadt. Die Sonne berührt schon fast die Skyline im Westen. Über den Dächern jenseits der Mall kreisen große, schwarze Vogelsilhouetten.

»Schau dir diese Aasfresser an«, sagt Izmat. »Das sind Milane. Frag mich nicht, wo die auf einmal herkommen. Ich kenne die nur von den Einsätzen früher, wenn es irgendwo Leichenteile zu holen gab.«

Zwanzig glutheiße Schritte bis zum Copter. Dort steht es, das fliegende Ersatzteillager, das all meine Probleme auf einen Schlag lösen könnte. Kein langwieriges Schrauben und Tüfteln mit den zusammengewürfelten Gadgets der Reddys. Ich müsste lediglich die Copter-Module in mein Raumschiff einpassen. Innerhalb von ein paar Stunden wäre ich startbereit. Wenn Izmat mir nicht helfen kann, nicht helfen will, dann könnte ich vielleicht ... aber ihr Zorn wäre tödlich, das muss mir klar sein.

Izmat öffnet die Seitentür des Copters und deutet auf einen zusammengeklappten E-Trolley. Während sie die Realfoodboxen aus dem Gepäckfach holt, setze ich mich in den Einstieg, um die Scharniere des Transportwagens zu lösen. Schweiß läuft mir in die Augen. Ich zippe das Kapuzenteil von meinem Thermosuit, wische mir damit übers Gesicht und schließe die Seitentür. Zu zweit wuchten wir die Boxen auf den Trolley und treten den Rückweg zum Fahrstuhl an.

»Lass uns die Sachen abstellen und dann eine Pause machen«, schlägt Izmat vor, als wir durch die kühlschrankkalten Flure zurück zum Shop gehen. Ein Grinsen stiehlt sich auf ihr Gesicht. »Heute lade ich dich zum Abendessen ein. Ob du willst oder nicht.«

Im Food Court ist kaum ein Viertel der Plätze besetzt. Die meisten Gäste sitzen allein oder sind in ernste Gespräche vertieft. Wir suchen uns einen Tisch in Sichtweite von Izmats Laden und klicken uns eine Weile schweigend durch die Menüangebote auf dem Table-Screen. Izmat schlägt ein gehobenes Smartfoodgericht vor, Curry »Palak Panir Style« mit Brot »Naanstyle«, dazu für jeden ein Shake »Lassistyle«. Aus den verfügbaren Ambience-Apps wählt sie »Romantisch«. Die Sync-Sphäre simuliert eine langstielige Kerze und Rosenblätter.

Izmat lehnt sich zurück. »Ewig her, dass ich mit jemandem beim Candle-Light-Dinner saß.«

»Fährst du später noch nach Hause?« Die Frage soll beiläufig klingen, aber vermutlich hört Izmat meinen Hintergedanken sofort heraus. *Kann ich im Lagerraum übernachten?*

Sie lässt die Finger durch die dunkle Mähne gleiten. »Ich bleibe, bis das ganze Realfood transportbereit ist. Das Zeug ist mein Kapital, und technisch gesehen gehört alles FinalFood, solang ich es nicht verkauft habe. Abgesehen davon ...«, ihre Rehkitzaugen beobachten jede meiner Reaktionen, »... lebe ich hier in der Mall. Seit Jahren schon. Ich schlafe auf einer Matratze im Lager. Frühstück, Mittag- und Abendessen gibt's im Food Court, und zum Duschen fahre ich in den Spa-Bereich.«

Ich blinzle. »Ist das überhaupt erlaubt?«

Izmat lacht. »Nein, ist es nicht. Aber glaubst du, das kümmert jetzt noch irgendwen?«

»Warum suchst du dir keine Wohnung? Du ... du könntest es dir leisten, oder?«

Sie antwortet nicht sofort. »Ich hatte eine Wohnung. Bis mir irgendwann auffiel, dass ich dort nur noch hingefahren bin, um allein die ganze Nacht wach zu liegen. Also hab ich sie verkauft und stattdessen auf dem Dach der Mall einen Dauerparkplatz für meinen Copter gemietet.«

Ein Servicedummy bringt unsere Shakes.

Ich nehme einen großen Schluck. Die kühle Flüssigkeit vertreibt die Hitze aus meinen Zellen. »Hast du niemals versucht, jemanden zu finden, mit dem du das Leben teilen willst?«

Izmats schlanke Finger spielen mit dem Trinkhalm. Wenn sie die Schultern bewegt, wölben sich die Glieder ihrer Goldkette über dem Schlüsselbein. »Doch, einmal. Ging nicht gut.«

Ihre früheren Andeutungen fallen mir ein. »Du meinst den Typen, der dich verlassen hat? Ist das nicht ewig her?«

Mit einer Hand fährt sie sich übers Gesicht. »Das war kurz nach dem letzten Wasserkrieg. Krish und ich hatten beide am Satluj gekämpft. Unsere Familien wollten uns die Beziehung ausreden. Meine Eltern sagten, wenn ich nicht mit ihnen nach Pakistan gehe, sei ich für sie gestorben. Aber Krish und mir, uns war damals alles egal. Wir wollten zusammen sein und fliegen, sonst nichts. Er war Jetpilot und ich die Copterqueen, so nannten sie mich.« Ein verwegener Zug stiehlt sich auf ihr Gesicht, der gleich wieder verlischt. »Dann kam der Angriff auf die Saudis. Diese scheiß Torpedos. Und Krish ... er kam nicht von seinem Einsatz zurück. Ich bin im Krankenhaus aufgewacht, aber dass ich mein Bein verloren hatte, hab ich kaum registriert. Ich hätte beide Beine hergegeben, nur um Krish zurückzubekommen.«

Izmat scheint auf eine Reaktion zu warten, aber dazu fällt mir nichts ein. Seit meinem Absturz habe ich nur selten Gespräche geführt, die über rein organisatorische Fragen hinausgingen. *Wie viel brauchst du? Wohin soll ich das liefern? Wie hoch ist der Kilopreis?* Ray war der Erste, der es schaffte, mir meine Geheimnisse zu entlocken. Und das ging nicht gut aus.

Izmat deutet mein Schweigen auf ihre Weise. »Keine Angst, ich breche schon nicht in Tränen aus. Aber lass mich dir einen Tipp geben, von Einzelgänger zu Einzelgänger. Wenn du ständig alle aussperrst, findest du den Weg zu dir irgendwann selbst nicht mehr. Und, Marti, du siehst aus wie einer, der den Weg schon vor langer Zeit verloren hat.«

Meine Finger spielen mit der simulierten Kerzenflamme. »Es ist eine Art ... Amnesie.« Immerhin fast die Wahrheit. »Ich weiß nicht mehr, was war, bevor ich nach Delhi kam. Aber ich muss etwas Wichtiges erledigen. Und als diese Europäer aufgetaucht sind …«

»Warum glaubst du, dass sie hinter dir her sind? Vielleicht waren das wirklich nur Realfood-Piraten.«

»Warum hätten sie die Thermobox dann liegen lassen sollen? Die haben es auf mich abgesehen, ganz sicher.«

»Schon gut, schon gut. Wenn man vom Essen spricht.«

Das Hauptgericht wird aufgetragen. Izmat häuft Curry und Reis auf meinen Teller, aber Appetit will sich nicht einstellen. Schon die zweite Mahlzeit innerhalb weniger Stunden, daran ist mein Magen nicht gewöhnt.

Izmat tunkt helles Brot in die Soße. »Wenn es dir so wichtig ist, kann ich versuchen, Infos über die Typen einzuholen. Vielleicht hat der Hund einen Pet-Stream. Darüber könnten wir rausfinden, wem diese Wohnung gehört.«

»Der *Hund*?«

»Das ist ganz bestimmt kein dahergelaufener Streuner. Irgendjemand hat ein Heidengeld in den Köter investiert.« Sie macht eine Pause und gibt mir Zeit, mit einem Geständnis herauszurücken, das sie nicht kriegen wird. »Reiche Freaks richten ihren Haustieren manchmal solche Streams ein. Halsbandkameras, spezielle Tatzen-Interfaces … das Ergebnis ist meistens sterbenslangweilig, jede Menge Fotos von Leckerlis und Quietschemäusen.«

»Du glaubst also, Rays Besitzer könnte in der Sache mit drinstecken? Der Professor auf dem Campus?«

»Das wird unsere nächste Anlaufstelle, aber versprechen kann ich dir nichts. Ich werde das FinalFood-Archiv durchsuchen, obwohl das vermutlich wenig bringt. Mein Zugriff reicht nur bis Level A-2, da kann ich außer Kundenprofilen und ein paar Statistiken kaum was einsehen.«

»Du kommst in deren Server? Ich dachte, du arbeitest als Freelancer?«

»Ich hab mir eine Avatar-Verbindung legen lassen. Ist kein großes Ding. Und es erleichtert die Arbeit.« Beiläufig dreht sie mir ihre Schläfe zu und weist auf die kreuzförmige Narbe.

Mein Löffel klirrt auf den Teller und spritzt grüne Soße über den Tisch. Das Rosenhologramm flackert.

»Bleib ruhig, Marti. Tausende von Leuten haben so was. Ich hab dir doch schon mal erklärt, wie das funktioniert, oder?«

»Ja. Ich war nur … entschuldige.«

Mit einer Serviette tupft Izmat die Flecken auf. Ich bemühe mich ebenfalls, die Sauerei zu beseitigen. Unsere Hände verknoten sich auf dem Tisch ineinander und Izmat lächelt.

»Für jemanden mit Paranoia und Gedächtnisverlust klingt es vermutlich ziemlich schaurig«, räumt sie ein. »Aber die Firma kontrolliert ja nicht unsere Gedanken. Sie sammelt lediglich Daten und verschafft uns Freelancern im Gegenzug ein paar Vorteile. Klassische Win-win-Situation.«

Ich rutsche unauffällig auf meinem Stuhl zurück und weiche Izmats Rehkitzblick aus. Beobachtet mich der Konzern gerade durch ihre Augen? Wem außer ihr habe ich meine Geheimnisse da so leichtfertig anvertraut? Mechanisch schaufle ich ein paar Löffel Reis in mich hinein.

»Also, haben wir einen Deal?«, fragt sie, als wir unsere Shakes austrinken. »Ich erkundige mich nach den Leuten, die dir gefolgt sind. Wenn uns das nicht weiterbringt, musst du mir mehr über dich verraten. Wir kriegen das hin.«

»Okay«, murmle ich. »Danke.«

»Mysterious Marti«, seufzt Izmat. »Willst du heute Nacht hierbleiben?«

»Ich dachte, im Lager schläfst du selbst.«

Izmat wirft mir einen langen Blick zu. »Wir finden schon ein Plätzchen für dich. Gehen wir?«

Als wir zurück in den Shop kommen, ist der Food Court bereits beinahe verlassen. Izmat gibt einen Zahlencode ein und verriegelt die Tür von innen. Die Glasfront trübt sich milchig ein. Als

Izmat die Campingmatratze im Lager ausrollt und die Decken aufschüttelt, blitzt wieder die Narbe neben ihrem Ohr auf.

»Wie loggt man sich ins FinalFood-Netzwerk ein?«, will ich wissen.

»Hm?« Sie schiebt Kisten beiseite und verstaut die Thermofolie im Regal. »Über deinen vLink, wie denn sonst?«

Immer wieder der vLink, der beim Kontakt mit meinen B-Waves total verrücktspielt. Wenn ich doch nur ...

Eine Berührung stoppt den Gedankenstrom. Izmat streicht mir über die Stirn. »Du bist echt warm. Lass es fürs Erste ruhiger angehen, okay?«

»Ich weiß nicht, wie.« Durchatmen. Den Dingen ihren Lauf lassen. Nur für eine Nacht. Kann ich mir das erlauben?

Izmat steht ganz nah bei mir. Ihre dunklen Augen mustern mich forschend. »Darf ich einen Vorschlag machen?«

Ich suche nach unverfänglichen Worten, aber sie wartet nicht auf meine Antwort. In einer fließenden Bewegung zieht sie sich die Kurti über den Kopf. Sie trägt nichts drunter.

Mein geborgtes Gehirn projiziert unmissverständliche Bilder in mein Bewusstsein. Hitze sickert aus meinem Kopf in jede Zelle meines Körpers. »Hältst du das für eine gute Idee?«

Sie schiebt ihre Hand in meine. »Heute schon. Ab morgen können wir wieder einsam sein. Jeder für sich.«

Meine Finger wandern über ihre nackte Haut. Ein Teil von mir erinnert sich an solche verheißungsvollen Momente. An kühn geschwungene Rippenbögen statt weicher Kurven, an schweres, langes Haar statt wilder Locken, an Raubtierblicke statt Rehkitzaugen.

An einem anderen Ort, in einer anderen Zeit.

Izmat schließt die Lücke zwischen uns. Thermostoff knistert, als ich ihr entgegenkomme. »Du gefällst mir, Marti. Du hast diese ... Energie. Ich mag, dass du kämpfst, auch wenn du nicht die leiseste Ahnung hast, wofür.«

Ich schüttle die fremden Bilder ab. Die Geister müssen warten.

Sie greift nach dem Reißverschluss an meinem Thermosuit und öffnet ihn bis zum Bauchnabel. Hebt eine Augenbraue, als sie das Nazar-Amulett entdeckt. Dann zieht sie mein Gesicht zu sich heran. Ihre Lippen schmecken nach Kardamom und ihr Bauch drückt sich kühl und samtglatt gegen meinen.

Als ich die Finger in den Bund ihres Salwars hake, lehnt sich Izmat zurück, um mir ins Gesicht zu sehen.

»Wie das geht, hast du aber nicht vergessen, oder?«

Ich halte inne. »Ehrlich gesagt, darüber hab ich bis jetzt nicht nachgedacht.«

Izmat schiebt die Hände unter meinen Suit. »Glaub mir, Nachdenken hilft hierbei kein bisschen.«

Das Summen der Luftfilter und Izmats tiefe Atemzüge sind die einzigen Geräusche im Raum. Ich warte ab, ob Izmat sich noch einmal umdreht oder im Halbschlaf murmelt, aber ihr Kopf liegt schwer und still auf dem Kissen. Sie beansprucht drei Viertel der Matratze und die ganze Decke. Das hat es mir leicht gemacht, wach zu bleiben.

Sie hatte recht. Loszulassen tat gut. Für einen kurzen Moment fühlte es sich an, als sei ich bereits entkommen. Als könnten wir beide fliegen. Und dennoch – mit jedem Kleidungsstück, das wir abstreiften, mit jeder hungrigen Berührung verfestigte sich die Gewissheit: Izmat ist nicht die, die ich suche.

Testweise ziehe ich meinen Arm unter ihrer Wange hervor und rücke eine Handbreit von ihr ab. Ihr Atem bleibt im Takt. Ich rutsche vollends von der Matratze und angle nach meinem Thermosuit. Den Reißverschluss ziehe ich erst nach oben, als ich im Verkaufsraum stehe und sich der Durchgang zum Lager lautlos hinter mir schließt. Der Code für die Ladentür leuchtet verlässlich in meinem Gedächtnis. Sechsstellig, so was speichert mein seltsames Gehirn fast im Vorbeigehen.

So spät in der Nacht ziehen nur ein paar Putzdummys in den Korridoren ihre Kreise. Die Fahrstühle schlummern in ihren Schächten, aber einer von ihnen folgt meinem Ruf und trägt mich hinauf aufs Dach.

Ich kann nicht warten, bis Izmat etwas über die Fremden herausfindet. Sie ist ein Avatar von FinalFood. Jede Information, die durch ihr Gehirn läuft, landet auf dem Server der KI, kann tausendfach abgerufen und für immer gespeichert werden. Um das zu riskieren, kenne ich meine Vorgeschichte nicht gut genug. Was habe ich mir mit diesem blassen, sperrigen Körper nur eingehandelt?

Ein Schatten huscht über die Parkfläche. Ich erstarre mitten in der Bewegung, aber dann erkenne ich gespreizte Schwingen, gestreckte Klauen - der Milan schleift einen schlaffen Kadaver mit sich. Der Glanz eines Ad-Screens bricht sich auf blaugrünen Federn. Als ich in einem Bogen um das morbide Paar herumgehe, versenkt der Raubvogel seinen Schnabel in den Eingeweiden des Pfaus.

Izmats Streetcopter parkt in einer Ecke des Decks. Gehorsam öffnet sich die Seitentür für mich. Ich greife nach der Kapuze, die seit heute Nachmittag zwischen Tür und Fahrzeugrahmen klemmt, und zippe sie wieder an meinen Kragen.

Izmat gefällt, dass ich kämpfe, dass ich niemals aufgebe. Sie ahnt nicht, wie entschlossen ich bin.

VOR 25 TAGEN

Khet - खेत [khet] *m* **1.** Feld *n*, Acker *m* [...] **3.** Schlachtfeld *n*

Wie ein angeleinter Wachhund lag das Kreuzfahrtschiff vor den Toren des Folklore-Dorfs. Veeru hielt Hof auf dem Sonnendeck. Sie saß auf ihrem Lieblingsplatz unter einem safrangelben Sonnenschirm. Um den Hals trug sie eine Hawaiikette aus bunten Stoffblüten, und zu ihren Füßen döste Kailash, der Schneeleopard. Im Liegestuhl neben Veeru unterbrach Paksha von Zeit zu Zeit ihre vLink-Lektüre und streckte die Hand aus, um die große Katze zwischen den Ohren zu kraulen.

Samy und Silva, die mittlerweile gemeinsam Aufsicht über die Lebensmittelvorräte führten, sprachen den Rationsplan für die kommende Woche mit Veeru durch. Die allabendlichen Realfood-Bankette auf dem Marktplatz oder im Schiffsrestaurant hatten auch die letzten Skeptiker überzeugt, sich den Rebellen anzuschließen. Die Besatzung der nahe gelegenen Talsperre hatte ihre Posten geräumt und den gigantischen Energiespeicher kampflos übergeben. Veerus Reich wuchs. Und mit jedem neuen Sektor, den sie kontrollierten, wuchs auch Pakshas Zuversicht, dass ihr Kreuzzug erfolgreich sein würde.

»Lass uns noch den Krankenstand durchgehen«, sagte Silva, als der Wochenplan abgesegnet war, und zog einige Akten auf ihren Xcreen. »Seit gestern gab es vier neue Murti-Infektionen. Das bedeutet, dass momentan siebzehn Menschen im Hospiz behandelt werden. Drei Fälle sind kritisch, wir rechnen in den nächsten Stunden damit, sie zu verlieren.« Sie zoomte einen Tabellenausschnitt heran. »Unsere Medikamentenbasis ist stabil. Aber wenn die Temperaturen steigen, werden auch die Neuinfektionen zunehmen. Spätestens dann brauchen wir Nachschub, vor allem an Schmerzmitteln.«

»In Ordnung«, sagte Veeru, ohne sich die Statistiken genauer anzusehen. »Ich bespreche das mit Juria.«

»Noch etwas.« Silva senkte die Stimme. »Unter uns. Zwei der Kranken haben Andeutungen gemacht. Sie waren ziemlich benebelt von den Meds, aber ... es klang so, als ob die Bienen sie nicht zufällig gestochen haben.«

Paksha ließ den vLink sinken.

Veeru setzte sich auf. »Erklär mir das.«

Silva suchte nach Worten. »Womöglich haben sie die Z.O.M.-Bees provoziert. Weil sie wie du sein wollten, verstehst du? Weil du entgegen aller Vorhersagen überlebt hast und weil diese Bewegung allen Schwierigkeiten zum Trotz immer größer wird. Weil sie glauben, dass sie durch ihr ... ihr Opfer noch mehr Wunder herbeiführen können.«

In der Pause, die Silvas Ausführungen folgte, zupfte Veeru eine Stoffblume von ihrer Kette und riss sie Blütenblatt für Blütenblatt in Fetzen. »Bitte behalte das im Auge, Silva. Gib mir sofort Bescheid, falls das noch mal vorkommt.«

»Mach ich.«

Als Silva und Samy sich verabschiedeten, stapfte Juria die Treppe zum Sonnendeck herauf und entging nur um ein Haar einem Zusammenstoß mit den beiden.

»Sind die Selbstversorger schon da?«, fragte Veeru.

»Diese Ökos, die du eingeladen hast? Bisher nicht. Schau mal in deine Nachrichten.« Juria wedelte mit ihrem vLink, gab Veeru aber keine Gelegenheit, die Infos durchzusehen. »Da entsteht gerade ein neues Camp in Sichtweite des Saatgutlagers. Keiner von uns hat die Flächen ausgewiesen. FinalFood gegenüber ist das eine blanke Provokation.«

Paksha beugte sich über Veerus Schulter, um die Luftbilder zu betrachten. Sie erkannte die charakteristischen Türme des Lagers und eine versprengte Ansammlung nasser Zeltdächer unweit der Stelle, wo sie selbst vor zwei Wochen gestanden und das Bollwerk betrachtet hatte. »Wer macht so was? Im Dorf sind doch Schlafplätze frei.«

»Denen dauert hier alles zu lang. Die halten sich für unbesiegbar.« Juria begann, auf und ab zu gehen. »Die Bewegung wird zu groß, Veeru. Wir können unsere Augen nicht überall haben. Und wenn diese Spinner einen falschen Zug machen, fliegt uns womöglich alles um die Ohren. Es wäre unverantwortlich …«

Veeru hob die Hand, um Jurias Redeschwall zu unterbrechen. »Yasin soll hinfahren und das Camp auflösen. Kannst du das mit ihm organisieren, Paksha?«

»Klar, ich schreib ihm.«

Wenn er sich lang genug von Pepe lösen kann, fügte sie im Stillen hinzu.

Veeru grub die Finger in Kailashs dichte Halskrause, während sie nachdachte. »Ich sende später eine Videobotschaft zu dem Thema.« Das klang selbst in Pakshas Ohren halbherzig.

Juria schüttelte den Kopf. »Du solltest das selbst regeln, Veeru. Nichts für ungut, Paksha. Aber wir müssen jetzt Präsenz zeigen und am wirkungsvollsten ist es nun mal …«

»Ich hab hier zu tun«, sagte Veeru. »Paksha wird das klären.«

»Na schön«, schnaubte Juria. »Aber wir sollten uns möglichst bald zusammensetzen, um die Strategie als Ganzes …« Ihr vLink plingte. »Ich muss weiter. Halte mich auf dem Laufenden, okay?« Sie wandte sich zum Gehen und schob sich grußlos an zwei Neuankömmlingen vorbei, die bei der Treppe warteten.

Veeru stand auf und winkte die Frauen zu sich. »Ihr kommt vom Wüstenbirkhof? Bitte setzt euch.«

Die beiden stellten sich als Charla und Talia vor und schüttelten Paksha und Veeru die Hand. In respektvollem Abstand zu Kailash rückten sie sich Stühle zurecht und nahmen Platz. In ihren groben, bunt bedruckten Klamotten wirkten sie auf dem schnittigen Deck deplatziert. Ihre Haut war nicht gleichmäßig gebräunt wie die der europäischen Besserverdiener, sondern sonnengegerbt mit rotbraunen Stellen im Nacken und auf dem Nasenrücken. Charlas Haar fiel ihr strohig blond in die wachen Augen. Talia hatte Perlen und bunte Bänder in ihre Frisur geflochten. Ohne Berührungsängste bewunderte sie die Moodwires in Pakshas Dreadlocks und ließ sich zeigen, wie die dünnen Drähte auf Impulse aus der Kopfhaut reagierten.

Veeru bestellte Getränke beim Bordsystem.

»Wie war eure Anreise?«

»Wir wurden zigmal kontrolliert«, sagte Charla. »Aber insgesamt kamen wir zügig vorwärts. Die Straßen sind so gut wie leer.«

»Beim Saatgutlager mussten wir einen gewaltigen Umweg fahren«, ergänzte Talia. »FinalFood riegelt das Gelände von allen Seiten ab.«

Paksha scrollte durch die Ego-Streams der beiden Frauen und aktualisierte ihr Netzwerk, während sie auf Yasins Antwort wartete.

»Kommt ihr auf eurem Hof mit der Situation zurecht?«, fragte Veeru. »Wenn ihr irgendwas braucht, lasst es mich wissen.«

Ein Servicedummy servierte Cocktails mit bunten Schirmchen. Charla nahm ihr Glas entgegen und drehte es in der Hand. »Unsere Äcker werfen im Augenblick noch genug ab. Wir hatten ein paar gute Ernten, die Speicher sind voll. Aber wenn es den ganzen Sommer über so verregnet bleibt, müssen wir uns Sorgen machen.«

»Stimmt es, dass ihr alles selbst produziert?«, wollte Paksha wissen. »Ihr esst nur, was ihr auf eurem Hof anbaut? Und ihr haltet Tiere? Ich meine, *echte* Kühe? Was fressen die?«

»Es ist nur eine kleine Herde. Die Rasse kann das ganze Jahr im Freien stehen und braucht kein Kraftfutter.« Talia schickte ihr Bilder von stämmigen, dunkelbraunen Rindern auf den Stream. »Wir schlachten nur ganz selten eines. Die Milch ist wichtiger für uns. Charla weiß, wie man Käse herstellt.«

»Käse?« Paksha sah hilfesuchend zu Veeru.

»Seltsames Zeug«, erklärte sie. »Schmeckt zur Hälfte ranzig und zur Hälfte nach nichts.«

An Charlas Schläfen blitzten Lachfalten. »Man gewöhnt sich an alles.«

Paksha überflog den entsprechenden Eintrag im Nexus. »Heißt das, ihr ernährt euch wirklich nur von Realfood?«

Charla und Talia sahen sich an, als ob sie darüber noch nie bewusst nachgedacht hätten. »Vielleicht neunzig Prozent«, sagte Talia. »Vor ein paar Jahren haben wir eine Bug-Farm in einer alten Scheune eingerichtet. Das erleichtert es uns, über den Winter zu kommen. Und ein paar von uns experimentieren zurzeit mit Algen-Tanks.«

Nach allem, was Paksha über die Plantagenwirtschaft in Europa wusste, war ein Ort wie der Wüstenbirkhof im System nicht vorgesehen. Investoren und Großgrundbesitzer aus aller Welt hatten die Sektoren untereinander aufgeteilt, um dort auf riesigen Flächen die immer gleichen Realfood-Sorten zu kultivieren. Je höher die Rendite, desto intensiver der Anbau. Yasin hatte Paksha erklärt, dass die Böden eine so einseitige Nutzung eigentlich nicht vertrugen und kaum noch Nährstoffe lieferten. Mit jeder Saison mussten daher stärkere Kunstdünger her, um die Ernten zu sichern. Und das Monopol auf Düngemittel lag bei FinalFood.

Veeru hatte die Selbstversorger eingeladen, weil sie wissen wollte, wie sich dieser Teufelskreis durchbrechen ließ.

»Danke, dass ihr hier seid.« Sie lehnte sich auf ihrem Stuhl nach vorn und hob ihr Cocktailglas, um mit allen in der Runde anzustoßen. »Also, erzählt mal. Autark werden. Wie funktioniert das?«

Die Gläser klinkten aneinander.

»Es funktioniert vor allem im kleinen Rahmen«, sagte Charla. »Auf unserem Hof leben fünfzig bis sechzig Leute. Klar, wenn wir mehr Land hätten …«

»Noch sind wir klein«, gab Veeru zu bedenken. »Obwohl manche sich was anderes einbilden. Aber wir haben Land. Das Problem ist das Saatgut.«

Charla nickte. »Ich schätze, es würde Jahre dauern, von den Hybridpflanzen wegzukommen. Solange FinalFood nicht mit euch kooperiert, werdet ihr keinen Zugang zu den patentierten Samen bekommen, vom Dünger ganz zu schweigen.«

Das war ein weiterer Punkt, über den man sich im inneren Kreis Abend für Abend die Köpfe zerbrach: Die Hochleistungspflanzen, die auf den Plantagen angebaut wurden, warfen nur im ersten Jahr die gewünschten Erntemengen ab. Mit jeder neuen Aussaat mussten die Pächter weiteres Saatgut von FinalFood beziehen, und der Konzern diktierte die Preise – schließlich wurden die Samen in FinalFoods Labors designt wie hippe Flavour-Apps.

»Ihr könntet natürlich alte Sorten von uns beziehen, aber auf euren ausgelaugten Böden werden die kaum Ertrag bringen«, gab Charla zu bedenken. »Statt weiterhin auf Monokulturen zu setzen, müsstet ihr eure Äcker radikal umgestalten und dafür Einbußen in Kauf nehmen.«

»Wir können euch zeigen, wie ihr sinnvoll wirtschaftet«, fuhr Talia fort. »Wie ihr die Parzellen am günstigsten verteilt, was ihr für die Fruchtfolge beachten müsst, welche Pflanzen zusammenpassen. Aber es ist harte Arbeit. Und es dauert.«

Charla stocherte in ihren Eiswürfeln. »Viele, die jetzt eure Fahnen schwenken, werden einen Rückzieher machen. Die werden lieber wieder ihre zehn, zwölf Stunden am Tag auf die Felder gehen, solange das Geld danach für ein bisschen Smartfood ausreicht. Das ist immer noch einfacher, als rund um die Uhr zu ackern und nicht zu wissen, ob du im Winter was auf dem Teller hast.«

»Und dann sind da natürlich die Z.O.M.Bees.« Talia schielte zu Veeru. »Ehrlich gesagt vermuten wir, dass FinalFood längst die Kontrolle über das Projekt verloren hat. Selbst wenn der Konzern den Sektor aufgibt, die Bienen werden bleiben.«

Veeru fuhr sich über den schiefergrauen Handrücken. »Kein Problem ist unlösbar. Wir haben zwar kein Heilmittel, aber ich ... das heißt wir ...« Sie sammelte sich. »Es gibt Hinweise, dass die Bienen im Main-Sektor ein einzelnes, riesiges Volk bilden. Einen gigantischen Bienenstock, versteht ihr? Dort sind sie verwundbar.«

Charla und Talia tauschten einen elektrisierten Blick, und auch Paksha setzte sich auf. Diese Information war neu. Warum wusste sie davon nichts?

»Und wo soll dieser Stock sein?«, fragte Talia.

Veeru zuckte knapp die Schultern. »Wir suchen danach. Ich habe meine Leute darauf angesetzt, aber sie müssen unter dem Radar der KI bleiben. Wenn sie auffliegen, war alles umsonst. Was ich damit sagen will ...«, würgte sie die aufkeimende Diskussion ab, »... die Bienen sind keine Naturgewalt, mit der wir leben müssen. Wenn wir den Stock im Main-Sektor ausmerzen, gelingt uns das auch anderswo in Europa. Wir können sie besiegen, genau wie wir FinalFood besiegen werden.«

»Seit den Z.O.M.Bees denken viele von uns ans Aufgeben«, sagte Charla. »Letzten Sommer hatten wir vier Murti-Fälle auf dem Hof, es war grauenhaft.«

»Die Bienen bringen alles in Gefahr, was wir uns aufgebaut haben«, bekräftigte Talia. »Mit allem anderen können wir umgehen – die Drohungen der Sahabs, die Plantagen, die immer näher an unsere Felder rücken ...«

»Habt ihr keine Angst, dass FinalFood euch irgendwann einfach schluckt?«, fragte Paksha. Veeru gegenüber behielt sie es für sich, aber die Vorstellung einer seelenlosen KI, die sich das Land einverleibte wie ein wucherndes Pilzgeflecht, brachte sie noch immer um den Schlaf.

»Wie gesagt, unser Hof ist winzig«, erwiderte Talia. »Kleinteiliges Relief, steinige Böden, ein paar alte Waldflächen. Aber stimmt schon. Falls dem Konzern die Optionen ausgehen, geraten wir vielleicht ins Fadenkreuz.«

»Mit FinalFood beschäftigen wir uns«, Veeru zog den Xcreen heran, »sobald wir hier fertig sind. Erzählt ihr mir vorher noch was über dieses Fruchtfolge-Dings?«

Pakshas vLink vibrierte. Die Nachricht kam von Juria, die wissen wollte, ob Paksha und Yasin schon unterwegs waren.

»Ich muss los«, verabschiedete sie sich.

»Ruf an, falls ihr Verstärkung braucht«, sagte Veeru.

Paksha versprach Charla und Talia, in Kontakt zu bleiben, ehe sie sich auf den Weg zum Dorf machte. Sie wusste, wo sie Yasin finden würde.

Yasins Schuhe standen im Flur der Backstube. Paksha behielt ihre Gummistiefel an. Anstatt hinunter ins Studio zu gehen, stieg sie die Treppe zum ersten Stock hinauf. Sie ließ die krummen Stufen ordentlich knarren, polterte den Flur entlang, klopfte dreimal hart an eine bunt bemalte Tür und betrat das Schlafzimmer, ohne eine Antwort abzuwarten.

Yasin und Pepe saßen aufrecht im Bett und hatten sich die Decke über den Bauch gezogen. Pepes Haar hing ihr offen und zerwühlt über die Schultern. Sie hatte Yasins T-Shirt an. Yasin war oben ohne. Ob sie die beiden aufgeweckt oder bei sonst was gestört hatte, wusste Paksha nicht, und es war ihr auch egal.

»Alles alpha, Pax?« Yasins Begrüßung fiel ein paar Grade kühler aus als sonst.

»Ich hab dir ’ne Nachricht geschickt. Es ist dringend.«

»Hm.« Yasin fuhr sich mit der Hand übers Gesicht, machte

aber keine Anstalten, nach seinem vLink zu greifen. »Hör mal, Pax …«

»Auftrag von Veeru.«

Mit Genugtuung beobachtete sie, wie alle Gelassenheit von ihm abfiel. Sogar Pepe kniff schuldbewusst die Lippen zusammen.

»Okay. Kannst du unten warten? Bin gleich bei dir.«

Paksha ließ die Tür offen und bezog neben der Garderobe Stellung. Kurz darauf hörte sie Yasins barfüßige Schritte auf der Treppe. Er strich im Gehen sein T-Shirt glatt und streifte hopsend die Slipper über.

»Hast du's gelesen?«, fragte Paksha. »Wir brauchen einen Wagen.«

Pepe erschien in Shorts und Dirndlbluse auf dem unteren Treppenabsatz. »Soll ich mitkommen?«

»Nein.« Paksha trat ihr in den Weg.

»Das wird keine große Sache, Pep.« Yasin klang, als wolle er sich für Pakshas Taktlosigkeit entschuldigen. »Bevor's dunkel wird, bin ich wieder hier.«

Pepe schob sich an Paksha vorbei und drückte ihm einen langen, sinnlichen Kuss auf die Lippen. »Bis heute Abend.«

Den Weg zum Parkplatz legten Paksha und Yasin schweigend zurück. Sie verließen das Dorf über die östliche Kassenschranke und gingen bergab bis zur stillgelegten Bahnlinie. Auf dem Platz vor der Wartehalle stand eine überschaubare Fahrzeugflotte bereit – vor allem E-Karts, aber auch eine Handvoll Kleinwagen, ein paar Allrad-Transporter, zwei Lastwagen und ein Bus. Chan, der die Aufsicht führte, wies ihnen einen Tata-Smart zu. Yasin setzte sich ans Steuer und fuhr ruckartig an.

»Warum will Veeru das neue Camp auflösen?«, hakte er nach, während die verlassenen Hotelburgen an ihnen vorbeizogen.

»Die haben sich einfach dort breitgemacht, ohne sich unser Okay abzuholen«, belehrte ihn Paksha.

»Naja, ich wusste davon.« Yasin bog auf die Hauptstraße ab. Bleierne Wolken hingen über den Reisfeldern. Auf der Windschutzscheibe zerplatzten erste Regentropfen.

»Ernsthaft? Warum hast du uns nichts gesagt?«

Er hob abwehrend die Hände. »Ich dachte, Veeru hätte es abgesegnet. Und es wäre in ihrem Sinn, wenn wir da oben unser Revier markieren. Ehrlich gesagt, verstehe ich nicht, warum wir jetzt …«

»Weil es irre riskant ist«, fiel ihm Paksha ins Wort. »Weil Final-Food eine räudige Maschine ist, die uns alle ausradieren kann, ohne mit der Wimper zu zucken. Und weil solche Entscheidungen verdammt nochmal diejenigen treffen sollten, die für das alles hier die Verantwortung tragen. Veeru will ganz bestimmt nicht, dass …«

»Aber *was* will sie, Pax?« Auch Yasin wurde lauter. »Was? Kann sein, dass sie einen Plan verfolgt, den ich nicht verstehe. Aber wie soll ich wissen, was richtig und was falsch ist, wenn sie uns den nicht verrät?«

»Ich bin nicht Veerus Orakel«, schoss Paksha zurück. »Geh zu ihr und frag sie. Oder hast du Angst zu versteinern, wenn sie dich anschaut? Werd erwachsen.« Den letzten Satz hatte sie nur gemurmelt, aber aus dem Augenwinkel sah sie, wie Yasin zusammenzuckte. Regen rauschte aufs Wagendach und kroch in fetten Schlieren über die Scheiben.

»Hör mal, Pax, ich will mich nicht streiten«, lenkte Yasin schließlich ein.

»Dann hat es ja was Gutes, dass wir uns kaum noch sehen.«

Yasin seufzte tief. »Das mit Pepe hat mich eiskalt erwischt. Sie ist ’ne klasse Frau. Ich glaub, sie könnte *diejenige* sein, verstehst du?«

Paksha schwieg und versuchte, die ellenlangen Ortsnamen auf den Verkehrsschildern zu entziffern, ehe sie im Rückspiegel verschwanden.

»Und sie mag dich. Wenn du ihr ’ne Chance geben würdest …«

»Jetzt liegt es also an mir? Bevor sie kam, war doch alles perfekt. Ich dachte, wir wären ...« Den Rest des Satzes schluckte sie runter.

»Du dachtest ...« Yasins Blick flog zwischen Paksha und der Straße hin und her. »Pax, ich bin zehn Jahre älter als du.«

»Neuneinhalb.«

Yasin schnaubte belustigt und knuffte sie. »Hör mal, wenn es nur das ist ...«

»Nur das«, fuhr sie auf. »Seit du Pepe kennst, bist du ständig weg. Du meldest dich nicht, du schreibst nicht zurück. Genau wie«, Paksha wollte die Worte zurückhalten, aber sie rutschten ihr raus, »meine Mutter damals. Genau wie Papa und Noe. Einfach weg. Warum passiert immer mir so was?«

Yasin fuhr rechts ran und stellte den Motor ab. Inzwischen schüttete es so stark, dass sie kaum bis zum nächsten Leitpfosten sehen konnten.

»Pax, du hast recht, das war echt räudig von mir. Ich war einfach ... ich hab nicht nachgedacht.«

Paksha blinzelte die Tränen weg. Als ihre Eltern verschwunden waren, hatte sie so lang auf ein Lebenszeichen gehofft, dass es irgendwann zu spät zum Weinen geworden war. Als Noe krank wurde, hatte Paksha sich von ihr verabschiedet und ihren Tod mit Fassung getragen. Selbst *Paradise Lost* hatte sie ohne Tränenausbruch überstanden, auch wenn so eine Szene ihre Imageskala gewaltig in die Höhe getrieben hätte. Warum also brachte diese Kleinigkeit sie so aus der Fassung?

»Sorry«, schniefte sie. »Alles halb so wild. Kannst weiterfahren.«

Yasin trommelte mit den Fingern aufs Lenkrad und dachte nach. »Du bist was Besonderes, Pax«, sagte er schließlich. »Vielleicht auf 'ne andere Art als Pepe, und vielleicht hab ich es deshalb nicht geschnallt. Ich hab vier Brüder, weißt du. Und als ich dich getroffen hab, war das wie ... ich glaube, du bist die Schwester, die ich mir immer gewünscht hab. Ich hab bis jetzt nur nie darüber nachgedacht.«

»Weil du ja schon jede Menge Familie hattest«, murmelte Paksha.

»Aber keine kleine Schwester. Die sind nämlich die Allerbesten.«

Paksha erlaubte sich ein winziges Lächeln.

»Hey, weißt du was?« Yasin streckte die Beine durch, um in die Hosentasche greifen zu können, und zog ein ramponiertes Klappmesser hervor. Mit der Klingenspitze ritzte er sich in den Daumen und hielt Paksha das Messer hin.

»Blutsgeschwister?«

Paksha schaute skeptisch auf den roten Tropfen, der sich auf Yasins Fingerkuppe sammelte. »Das hält dann für immer?«

»Ewig und unumkehrbar.«

Sie nahm das Messer und piekte in ihren Daumen. Feierlich legten sie die beiden Schnitte aufeinander. Dann streckte Yasin den Arm aus und drückte Paksha kurz und kräftig. »Willkommen in der Familie. Jetzt hast du auf einen Schlag irre viel Verwandtschaft dazubekommen.«

Paksha rieb sich grinsend die schmerzende Fingerkuppe. »Ich glaube, ein Bruder reicht mir für den Anfang.«

Paksha und Yasin traten die Fahrt zum Saatgutlager noch vier weitere Male an. Schon bei ihrem ersten Besuch brachen die Rebellen ihre Zelte nur widerwillig ab und kehrten gleich am nächsten Tag zurück. Je länger der Konflikt schwelte, desto deutlichere Worte musste Yasin finden, um die aufmüpfigen Belagerer zum Einlenken zu bewegen. Der bedrohliche Ring aus Securitydummys entlang des Zauns verriet, wie ernst FinalFood die Situation einstufte. Erst als Veeru höchstpersönlich auf der Bildfläche erschien und jegliches Gebiet in Sichtweite des Lagers zur Sperrzone erklärte, kehrte Ruhe ein.

»Die verstehen nicht, warum wir nicht angreifen«, knurrte Yasin. »Und ich auch nicht, wenn ich ehrlich bin. Wozu machen wir *das hier*«, er wies auf den harzig duftenden Berg immergrüner Zweige, den Lutz und ein paar andere Dorfperformer am Morgen auf dem Marktplatz abgeladen hatten, »obwohl wir längst stark genug sind, um das Lager zu stürmen?«

Pepe fasste ein paar kurze Zweige zu einem Strauß zusammen und drückte Paksha eine Rolle mit dünnem Draht in die Hand. Yasins Nichte tanzte mit einem Blumenkranz im Haar um sie herum und trällerte Bollywood-Songs. »Weil am Wochenende Ostern ist«, erklärte Pepe, »und weil wir es schon immer so gemacht haben.«

Neben dem Brunnen stand ein Gestell aus strohumwickelten Metallstreben, das bereits zur Hälfte in grünes Blattwerk gekleidet war. Der symmetrische Aufbau aus Bögen und Halbkreisen, der dem Brunnen am Ende des Tages aufgesetzt werden würde, erinnerte Paksha an einen struppigen Kraken. Pepe zeigte Paksha, wie die Zweige aufeinandergelegt und mit Draht fixiert wurden, bevor sie sich zu Yasin umdrehte und auf eine Kiste voller bunter Eiergirlanden wies. »Du kannst die hier schon mal entknoten. Lutz bringt gleich noch mehr.«

Yasin zog eine Schnur aus gelb-roten Plastikovalen aus der Kiste, schlang sie zu einem Lasso und warf Pepe die Schlaufe über den Kopf. Pepe protestierte lachend und ließ sich in eine Umarmung ziehen.

»Das Lager bringt uns nichts, solange der Landbesitz nicht geklärt ist«, lenkte Paksha das Gespräch zurück in ernsthaftere Bahnen. Blutsbruder hin oder her – an manche Dinge wollte sie nicht ständig erinnert werden. »Aber du hast recht, allmählich werden die Leute unruhig. Die wollen sehen, dass es vorwärtsgeht.«

»Wenn schon nicht zum Lager, dann wenigstens Richtung Stadt«, sagte Yasin. »Als wir hier ankamen, dachte ich, wir nutzen den Schwung, um bis zur Zentrale durchzumarschieren und FinalFood die Haustür einzutreten.«

»Wir reden von Residence City«, gab Pepe zu bedenken. »Zäune, Kameras, Wachleute. Um dort was einzutreten, musst du erstmal reinkommen.«

»Anfangs hat uns niemand zugetraut, dass wir die Plantage länger als ein paar Tage halten«, beharrte Yasin. »Damals hat keiner daran gedacht, dass uns irgendwann der halbe Main-Sektor gehört, dass wir euer Dorf befreien und dieses Schiff kapern. Die Welt der Sahabs, das war unvorstellbar weit weg. Jetzt sind wir hier und ...« Yasin schaute zur Statue in der Brunnenmitte – eine steinerne Frau in fließenden Gewändern, die auf einer Erdkugel stand und ihren Heiligenschein aus Messingsternen wie eine Krone trug. »Wenn Veeru glaubt, dass wir es schaffen, dann glaub ich das auch. Ich hab zum ersten Mal ein Ziel im Leben. Ich will Residence City mit eigenen Augen sehen, versteht ihr?«

Nachdenklich zwirbelte Paksha einen Zweig zwischen den Fingern. »Im Dorf und auf dem Schiff hatten wir Verbündete, aber die Stadt ist hermetisch abgeriegelt. Das sind ganz andere Voraussetzungen.«

»Eben deshalb wär's wichtig.« Yasin stemmte einen Fuß gegen das Brunnengeländer. »Ich sag euch, wenn Residence City fällt, haben wir gewonnen. Dann schreiben wir Geschichte.«

»Mein kleiner Eroberer«, neckte Pepe und steckte Yasin einen improvisierten Lorbeerkranz ins Haar. »Er kam, sah und siegte.«

»Genau«, stimmte Yasin grinsend zu. »Der alte Napoleon wusste eben, wie's geht.«

Frisch und saftig türmte sich Gemüse auf den Tellern, Fleisch garte auf den Tischgrills, Reis dampfte in den Warmhalteschüsseln, aber in der Ratsstube dachte an diesem letzten Abend vor Ostern kaum jemand ans Essen. Wie ein himmlischer Komet hatte die jüngste Botschaft von FinalFood im Dorf eingeschlagen: Der Konzern lud die Rebellen zu Schlichtungsgesprächen ein.

Veeru saß mittig an der Längsseite der Tafel und schwenkte seelenruhig ihr Weinglas, während um sie herum heller Aufruhr herrschte. Die Mitglieder des inneren Kreises, die die Plätze rechts und links von ihr besetzten, hielt es nicht mehr auf den Stühlen. Ein Teil der Anwesenden, darunter Lutz und Naomi, drängte sich neben Veeru zusammen, um ihr Ratschläge, Warnungen und Ermunterungen zuzuraunen. Ein Stück abseits hatte Juria ihre Sitznachbarn in eine eigene, nicht minder erregte Diskussion verwickelt. Die ehrfürchtige Fraktion um Yasin lauschte still am anderen Ende des Tisches und tauschte von Zeit zu Zeit unbehagliche Blicke.

Auf dem Platz rechts von Veeru zupfte Paksha nachdenklich eine Scheibe Hefebrot in Stücke. Als Fionn ihr von zwei Plätzen weiter an die Schulter tippte, lehnte sie sich auf ihrem Stuhl zurück, um ihn über den dumpfen Geräuschpegel hinweg verstehen zu können.

»Frag sie mal, wie lang sie noch sitzen bleibt. Ich würde gern in Ruhe mit ihr sprechen.«

Paksha gab die Nachricht weiter.

Veeru nickte und trank ihren Wein in einem Zug aus.

»Veeru, Moment mal!«, rief Juria vom Kopfende der Tafel. »FinalFood will heute noch eine Entscheidung von uns.«

Veeru schob ihren Stuhl zurück. »Was FinalFood will, sollten wir ihnen zuallerletzt geben.«

Zusammen mit Fionn bahnte sie sich einen Weg durch den Saal. Paksha, die als Veerus inoffizielle Stellvertreterin befürchten musste, von Juria in die Mangel genommen zu werden, schloss sich den beiden kurzerhand an. Jurias Kommandos verfolgten sie bis in den Korridor. »Veeru, warte! Wenn die uns wirklich Schlichtungsgespräche anbieten, ist das eine verdammt große Chance für uns. Fionn? Fionn, bring sie zur Vernunft!«

Zu dritt stiegen sie die Treppe in den zweiten Stock des Rathauses hinauf, wo Veeru ein luftiges Turmzimmer bewohnte. Kailash döste auf dem Bett und Paksha hielt ihm ein wenig Grillfleisch vom Bankett unter die Nase. Mit sichtlichem Appetit verschlang er den Happen und ließ sich anschließend den getupften Bauch kraulen.

Fionn nahm auf einem samtgepolsterten Stuhl Platz und Veeru bezog am Fenster Stellung, von wo der Ausblick über Dächer und Baumwipfel hinweg bis zum Fluss reichte.

»Ich kann mir ja selbst keinen Reim darauf machen«, seufzte Fionn. »Wochenlang lassen sie uns unbehelligt durch den Sektor ziehen. Und jetzt wollen sie auf einmal mit uns reden, obwohl wir der Zentrale seit Tagen keinen Schritt näher gekommen sind.«

»Wir kriegen das Camp beim Saatgutlager nicht in den Griff«, antwortete Paksha an Veerus Stelle. »Anfang der Woche herrschte Ruhe, aber seit gestern stehen schon wieder Zelte dort. Und die Proteste weiten sich über ganz Europa aus.«

Juria schickte dem inneren Kreis mehrmals täglich Updates: Sturm auf die Treibhäuser in Galizien, gekaperte Fabrikschiffe in der Nordsee, brennende Weizenfelder vor Bratislava. Die wenigsten dieser Aufstände verliefen so zielgerichtet und diszipliniert wie Veerus Kreuzzug – keine ernsthafte Bedrohung für FinalFood, aber dennoch ein unberechenbares Ärgernis.

»Schon möglich«, murmelte Fionn. »Letzten Endes ist der Grund zweitrangig. Die Frage ist, ob wir ihr Spiel mitspielen.« Er überflog die Botschaft, die Veeru vor dem Abendessen an alle Mitglieder des inneren Kreises weitergeleitet hatte. »Und da gäbe es bis morgen noch einiges zu verhandeln. Hier steht nur, dass sie einen Unterhändler schicken wollen. Kein Treffpunkt, kein Ablaufplan.«

»Was meinen die mit ›Unterhändler‹?«, fragte Paksha.

Fionn steckte die vLink-Brille in seine Brusttasche. »Soweit ich weiß, wickelt FinalFood seine Geschäftsverhandlungen über

Avatare ab, was ziemlich irreführend sein kann. Solange du einen echten Menschen vor dir hast, vergisst du leicht, dass der Typ auf ein gigantisches Datennetz zugreifen kann und in direktem Austausch mit der KI steht.«

Paksha zwirbelte nachdenklich eine Dreadlock-Strähne zwischen den Fingern. »Und wir haben wenig Zeit, um uns vorzubereiten.«

»Wir müssen morgen noch keine Zugeständnisse machen«, sagte Fionn. »Aber wenn ihr mich fragt, sollten wir uns zumindest anhören, was sie zu sagen haben.«

»Irgendwas stört mich an der Sache.« Veeru wandte sich vom Fenster ab. »Es passt nicht ins Muster.«

»Auch eine KI lernt dazu.«

»Du willst dieses Treffen, hab ich recht?«

»Der innere Kreis war sich selten so einig, Veeru. Auch wenn wir uns das Timing nicht erklären können – vielleicht hat die KI einfach nur den nächsten logischen Schritt vorausberechnet?«

Veeru studierte ihre Fingernägel, und Fionn versuchte es auf einem anderen Weg. »Als wir im Dorf ankamen, haben wir große Töne gespuckt, die Touris in Angst und Schrecken versetzt, Anspruch auf Residence City erhoben. Seitdem ist nichts mehr passiert.«

»Die Leute brauchen das Gefühl, dass nicht alles umsonst war«, stimmte Paksha zu. »Neulich haben sich ein paar Dorfperformer bei Yasin beschwert, dass wir ihre Häuser besetzen und ihnen das Realfood wegessen, ohne was dafür zu tun. Die glauben, dass wir nur zurück ins Trockene wollten, als die Plantage zu klein für uns wurde.«

»Warum weiß ich davon nichts?«, fragte Veeru scharf.

»Genau deshalb«, schoss Paksha zurück. »Weil du keine Ratschläge annimmst und immer sofort dichtmachst, wenn dir jemand zu nahe kommt.« Sie dachte an all die einsilbigen Abfuhren, mit denen Veeru Zweifler für gewöhnlich zum Schweigen brachte.

All die undurchsichtigen Entscheidungen, mit denen sie selbst ihre ergebensten Follower vor den Kopf stieß. Vorgestern hatte Yasin Paksha beiseitegenommen und sie gefragt, ob sie ebenfalls bemerkt hatte, dass Veeru ein wenig humpelte.

Fionn räusperte sich und warf Paksha einen warnenden Blick zu. »Bei dem Treffen hättest du die Gelegenheit, ein paar Missverständnisse aus der Welt zu räumen. Die bieten dir eine riesige Bühne.«

Veerus Kieferknochen mahlten. Dann nickte sie knapp. »Wie ihr wollt. Aber wir machen das zu viert. Ihr beide und ich und Juria.«

Paksha wollte widersprechen, aber Fionn stand von seinem Stuhl auf und trat ihr in den Weg. »Verlass dich auf uns.«

»Außerdem will ich, dass uns FinalFood auf seinem Gebiet empfängt. In Residence City. Im Rechenzentrum.«

»Veeru, dir muss doch klar sein …«

»Schreibt ihnen das. Ich bestehe darauf, dass das Gespräch live übertragen wird. Schon um unseren Followern was zu bieten.«

Fionn nickte steif und verließ den Raum. Paksha blieb mit Veeru allein.

Als die Tür ins Schloss fiel, wich alle Körperspannung aus Veerus Pose. Drei gedämpfte *Prrram* brachten sie zum Bett, wo sie sich in die Kissen fallen ließ und die Füße von sich streckte. Kailash hob den Kopf und schleckte träge über Veerus bloßen Unterarm.

Paksha streifte die Gummistiefel ab, setzte sich in einer exakten Spiegelung zu Veeru aufs Bett und nahm all ihren Mut zusammen. »Plagt dich dein Bein?«

Ein paar Sekunden lang blieb es so still im Zimmer, dass nur noch Kailashs grollende Atemzüge zu hören waren.

Dann sagte Veeru: »Ja, ständig.« Sie schien noch etwas hinzufügen zu wollen, presste stattdessen jedoch die Lippen aufeinander und drehte am Blütenkreis ihres vLinks. Leise Hintergrundmusik setzte ein. Paksha erkannte den Song, zu dem sie gemeinsam in der Kapelle getanzt hatten.

»Ist es was Schlimmes?«

»Machst du dir etwa Sorgen um mich?«

»Ich mach mir Sorgen um uns alle. Wenn dir was passiert ...«

Veeru schien den Moment ein paar Herzschläge lang auszukosten. Sie zog das linke Bein an und lockerte die fest geschnürten Ghunghrus. »Es wird mich nicht umbringen.«

»Wird es ... wieder weggehen?«

Veeru hatte die Kordel gelöst, ließ den Verband jedoch dran und streckte das Bein wieder. Paksha erkannte die Wölbung, unter der sich die Kunststoffkapsel befand.

»Alles geht irgendwann vorbei«, sagte Veeru. »Ob wir wollen, oder nicht.«

Paksha war nicht in der Stimmung für philosophisches Geplänkel, und sie kannte Veeru inzwischen gut genug, um sich von ihren rhetorischen Sackgassen nicht entmutigen zu lassen. »Wo genau liegt dann das Problem? Wir kontrollieren die Lage, wir sind stark, wir haben alles, was wir brauchen. Worauf wartest du, Veeru?«

Veeru schloss die Augen und hörte den Song bis zum Ende an. In die herabfallende Stille sagte sie: »Auf ... einen Freund.«

Die Worte klangen so müde und einsam, dass Paksha, die mit weiteren Ausflüchten und angriffslustigen Halbsätzen gerechnet hatte, aus dem Konzept geriet. Die nächste Frage rutschte ihr ungefiltert raus. »Warum kommt er nicht?«

Veeru presste die Lider noch fester zusammen, als fiele ihr das Sprechen leichter, wenn Paksha unsichtbar blieb wie ein Zuhörer im Beichtstuhl. »Ich kann ihn nicht erreichen. Ich weiß nicht, wo er ist. Aber ich brauche ihn, um das hier richtig zu machen. Ohne ihn geht es nicht.«

Paksha spürte, dass in diesem Moment alle Puzzlestücke auf dem Tisch lagen. Gleichzeitig fühlte es sich an, als bliebe ihr nur ein einziger Versuch, um das tausendteilige Bild richtig zusammenzufügen. Wo sollte sie ansetzen?

»Hat es was mit ... den zwei Frauen im Jeep zu tun? Die, mit denen du dich heimlich triffst?«

Veeru öffnete die Augen und richtete den Blick aus weiter Ferne zurück auf Paksha. »Nicht direkt. Ich dachte, über die beiden wüsstest du mittlerweile Bescheid.«

Kurz war Paksha versucht, die falsche Fährte aufzugeben und stattdessen die verrauschten Sprachnachrichten ins Spiel zu bringen, die Veeru in unregelmäßigen Abständen empfing und stets ebenso kurz und kryptisch beantwortete, fragte dann aber weiter.

»Sie suchen für dich nach den Z.O.M.Bees, hab ich recht? Das sind die Späherinnen, von denen du geredet hast, als Charla und Talia hier waren.«

Veeru nickte. »Behalte es für dich, okay? Solang das den Nexus nicht erreicht, sind wir FinalFood einen Schritt voraus.«

»Haben sie rausgefunden, wo der Bienenstock sein könnte?«

»Nein. Und es ist zum Verrücktwerden. Wir haben Statistiken ausgewertet. Die Zahl der Murti-Infektionen ist hier in der Gegend am höchsten und nimmt in jede Richtung mehr oder weniger gleichmäßig ab.« Veeru schien genau abzuwägen, was sie Paksha anvertrauen wollte. »Z.O.M.Bees nisten wie Wildbienen. Alles, was sie brauchen, ist irgendeine Art Hohlraum – tote Bäume, Felsüberhänge ... von mir aus auch ein leeres Düngerfass. Unsere Späher riskieren ihr Leben da draußen, aber bis jetzt haben sie nur ein paar kleinere Nester entdeckt. Keine Spur von der Hauptpopulation.«

»Und du bist dir wirklich sicher, dass es dieses riesige Volk irgendwo gibt?«

»Ja, bin ich.« Die Antwort glich einem Stoppschild, weshalb Paksha abermals die Route anpasste.

»Und wenn du den Stock findest, willst du die Z.O.M.Bees ... ja, was eigentlich? Ausräuchern, vergiften?«

Veeru verzog die Lippen. »Da gibt es kreativere Lösungen.«

»Also weißt du es nicht?«

»Ich dachte, du kennst mich besser.«

»Offensichtlich nicht. Niemand scheint dich wirklich zu kennen«. Paksha zog ihre Schuhe an. »Aber ich hab ein Recht darauf, zu erfahren, wofür ich Tag für Tag mein Gesicht hergebe.«

»Ach, so ist das.« Gutmütiger Spott lag in Veerus Stimme. »Hast du immer noch Angst um deine Imageskala, Kind?«

»Nenn mich nicht Kind«, bellte Paksha. »Du tust so, als wäre das alles ein Spiel. Aber glaubst du, ohne mich hättest du die Lage auch nur halb so gut unter Kontrolle?«

»Paksha …«

»Yasin und ich sind jeden Tag da draußen und versuchen, deinen Followern Dinge zu erklären, die wir selbst nicht verstehen, während du hier oben deine Nägel lackierst.«

»Paksha, Schluss jetzt.« Auch Veeru schwang die Beine vom Bett. Groß und dunkel und fremd wie bei ihrer ersten Begegnung trat sie Paksha gegenüber. »Wir klären das. Aber nicht jetzt.«

»Wann dann?«

»Bald.«

»Kannst du dich bitte«, knirschte Paksha, »nur ein einziges Mal klar ausdrücken?«

»Fionn und Juria warten unten. In zwölf Stunden will FinalFood diese Gespräche führen.« Veeru strich sich mit der flachen Hand übers Gesicht. Es war das dritte Eingeständnis von Müdigkeit an diesem Tag. »Kommst du mit und berätst dich mit uns? Du hast recht. Ich … wir brauchen dich.«

Paksha schüttelte stur den Kopf. »Ich muss noch mit Kailash Gassi gehen.«

Veeru atmete aus. »Dann sehen wir uns morgen?«

Paksha verschränkte die Arme vor der Brust. »Vielleicht.«

Die *River Delight* glitt durch den Nebel wie ein Geisterschiff. Schlaftrunken lehnte Paksha an der Reling und ließ die trübe Uferlinie an sich vorbeiziehen. Nur knapp ein Dutzend Personen befanden sich mit ihr an Bord des schwimmenden Giganten.

Juria hatte Paksha kurz vor Sonnenaufgang geweckt und ihr in knappen Worten geschildert, was bei den nächtlichen Beratungen herausgekommen war. FinalFood hatte ein Treffen im Rechenzentrum kategorisch abgelehnt, den Fluss jedoch als neutrales Gebiet anerkannt. Man würde das Schiff bis unmittelbar vor die Tore von Residence City fahren lassen, wo der Unterhändler an Bord gehen sollte. Veeru, Fionn und Juria würden die Verhandlungen führen, »aber Veeru fände es wichtig, dass du auch mitkommst, Paksha«, hatte Juria in diplomatischem Tonfall hinzugefügt. »Genau so hat sie es ausgedrückt: ›Es ist mir wichtig.‹«

Als Paksha in letzter Sekunde am Kai aufgetaucht war, hatte Veeru versöhnlich gelächelt, gleichzeitig jedoch akzeptiert, dass Paksha noch schmollen wollte. Mit seinen hundertzwanzig Suiten, den Bars und Restaurants, dem Fitnessstudio, Theater, Shoppingkomplex, Casino, Schwimmbad und Ballsaal war der Kreuzer gerade groß genug, dass sie einander für die Dauer der Fahrt aus dem Weg gehen konnten.

»Frühstück?« Fionn stellte sich neben Paksha und reichte ihr einen Shake aus dem Bordbistro. Eine Weile schlürften sie in stiller Eintracht.

»Habt ihr drei heute Nacht überhaupt geschlafen?«, fragte Paksha, als sie ihren Becher zur Hälfte geleert hatte.

Fionn rieb sich die Nasenwurzel. »Veeru nicht, glaube ich. Ich hab mich noch für zwei Stunden hingelegt, nachdem ich ihr die Haare aufgewickelt hatte.«

Paksha verkniff sich eine bissige Bemerkung. »Warst du früher wirklich ihr Frisör? Sie hat irgendwann mal so was erwähnt.«

»Das wäre zu viel gesagt«, erwiderte Fionn. »Die meisten Stylings hat sie selbst ausprobiert und kam hinterher nur vorbei, um mir das Ergebnis zu zeigen. Sie war Dauergast im Salon, wenn sie nicht gerade mit dem Andersen-Jungen um die Häuser zog.«

»War das ihr Freund?«

»Ziemlich verrücktes Paar. Sie der vorlaute Wildfang und er das engelsblonde Genie, das über seine eigenen Füße stolperte. Auf ihre Weise waren sie beide Außenseiter. Ich schätze, das hat sie zusammengeschweißt.«

»Weißt du, wo er jetzt ist?«

Fionn überlegte, während er seinen Shake austrank, schüttelte dann jedoch den Kopf. »Wenn ich mich richtig erinnere, hat er ein Stipendium bekommen, um in Indien seinen Abschluss zu machen. Veeru hat die Schule geschmissen und ist mit ihm nach Delhi gegangen. Ich hab sie erst Jahre später wiedergetroffen, als sie auf ihrer ersten Welttournee zurück nach Europa kam.« Er missdeutete Pakshas grüblerisches Schweigen und fügte hinzu: »Wenn du Lust hast, frisiere ich dich heute Abend für die Parade. Dreadlocks wären eine nette Herausforderung nach all den Jahren.«

»Du meinst die ...«, Paksha krauste die Stirn, »Karfreitagsprozession.« Am Vortag hatten Yasin und Pepe ihr das Wortungetüm unter allerhand Kichern beigebracht. »Die ist aber doch heute, oder?«

»Die Dorfperformer haben sie auf morgen verschoben. Sobald hier auf dem Schiff die Gespräche anfangen, werden sowieso alle vor ihren Screens hängen.«

Die Aussicht, das lang angekündigte Spektakel doch noch miterleben zu können, hob Pakshas Laune. Frühmorgens am Kai war kaum Zeit geblieben, um sich von Yasin zu verabschieden. »Wir sehen uns heute Abend«, hatte er ihr gut gelaunt über das Gedränge hinweg zugerufen. »Pass auf dich auf, Schwesterherz!«

Fionn steckte die leeren Shakebecher ineinander. »Ich glaube, wir sind fast da. Bist du sicher, dass du mit uns vor die Kameras willst? Veeru meinte, du seist gestern ziemlich aufgebracht gewesen.«

Paksha verschränkte die Arme. »Glaub mir, wenn ich eine Sache von Veeru gelernt habe, dann ist es schauspielern.«

Bedächtig legte sich Fionn die nächsten Worte zurecht. »Ich weiß, es ist nicht immer einfach mit ihr. Lass dich nicht entmutigen. Sie mag dich, auch wenn sie manchmal eine seltsame Art hat, es zu zeigen.«

»Mir geht es gut. Wirklich. Von mir aus kann Veeru tun und lassen, was sie will.«

Fionn nickte aufmunternd. »Gehen wir sie suchen?«

Sie fanden Veeru und Juria in der Lobby, wo die beiden den Ablauf durchsprachen. Genau genommen sprach nur Juria, während Veeru in einem deckenhohen Garderobenspiegel ihren Auftritt überprüfte. Neben ihr saß Kailash und beobachtete das Treiben aus halb geschlossenen Gletscheraugen. Kurz nach dem Besuch im Zoo hatte Paksha ihm ein kupfern schimmerndes Halsband und eine Leine aus Moodwires geflochten, deren Ende lose in Veerus Armbeuge hing. Veerus Kleidung harmonierte mit dem Fell des Leoparden – ein verwaschenes, dunkelgraues Ikat-Muster auf hellem Grund.

»Sobald wir anlegen, begleitet Naomi den Unterhändler an Bord und bringt ihn in die Lobby«, erklärte Juria, obwohl selbst Paksha das Vorgehen mittlerweile im Schlaf hätte herunterbeten können. »Hier übernehmen wir, und ab da laufen auch die Kameras, denkt dran! Fionn und ich gehen voraus. Veeru folgt uns mit dem Unterhändler. Lass uns noch mal über diese Katze reden.«

»Kailash kommt mit«, sagte Veeru. »Paksha hat ihn im Griff.« Sie wandte sich vom Spiegel ab, um einen Blick in die Runde zu werfen. Ihr Haar umfloss ihr Gesicht in glänzenden, dunklen Wellen. Der Schlafmangel hüllte ihre Augen in mystische Schatten, die kein Make-up-Künstler der Welt in derartiger Perfektion zustande gebracht hätte.

Juria hatte kein Gespür für derlei Nuancen. »Im Griff hin oder her – nichts für ungut, Paksha. Aber mit dem Tier übertreibst du es einfach, Veeru. Willst du dir als Nächstes vielleicht noch drei Paar Arme wachsen lassen und einen Dreizack schwingen?«

»Wenn es die Klickrate in die Höhe treibt«, antwortete Veeru kühl, »warum nicht?«

Ein Ruck lief durch die *River Delight*, und der Schub verringerte sich spürbar. Behäbig nahm das Schiff Kurs aufs Ufer. Paksha drückte das Gesicht an die verglaste Außenseite der Lobby. Noch immer hing der Nebel dick und schwer über dem Fluss. Eine verfilzte Wand aus knorrigen Bäumen und wild wucherndem Gebüsch begrenzte die Aussicht jenseits der Wasserfläche. Dann und wann kamen rissige Gebäudefassaden zwischen den Ästen zum Vorschein – gesichtslose Wohnbunker, fünfstöckig, achtstöckig, zehnstöckig, vermutlich innerhalb weniger Jahre hochgezogen und mit dem Abwandern der Einheimischen auf die Plantagen ebenso schnell wieder zum Abriss freigegeben.

Hinter der nächsten Flussbiegung sah Paksha den Zaun von Residence City. Ein Wall aus Metallstreben, engmaschigem Gitter und Stacheldraht, der in der Höhe sicher mehr als vier Meter maß. Er durchschnitt die Vegetation bis an die Flussböschung und zog sich entlang einer aufgesprungenen Asphaltstraße landeinwärts. Lediglich ein paar rote Ziegeldächer und gläsern schimmernde Neubauten lugten dahinter hervor. Die Luxusapartments und Sommerresidenzen, so viel wusste Paksha, befanden sich außer Sichtweite im Zentrum der Stadt. Wenn sie den Blick entlang des Flusslaufs weiterschweifen ließ, erkannte sie gerade noch die Umrisse einer Brücke im Dunst. Und ganz im Hintergrund …

»Siehst du die Festung? Das ist FinalFoods Rechenzentrum.« Fionn war neben Paksha getreten und deutete auf eine erhabene Struktur, die elegant und trutzig zugleich über dem Fluss thronte.

Grün umwuchert und von Regenwolken verhangen reckten sich steile, solarzellenverkleidete Wehrmauern in die Höhe. Sie bildeten ein Podest für die lang gezogene Fassade der Festungsanlage. Gedrungene Turmspitzen kennzeichneten die Eckpunkte des Karrees, in dessen Mitte ein dicker, stählerner Mast in den Himmel ragte. Auf der Spitze drehte sich träge ein dreidimensionales Firmenemblem – selbst über die weite Distanz hinweg konnte Paksha die beiden zackigen Fs des FinalFood-Logos erkennen. Im verwaschenen Morgenlicht erschien ihr das Rechenzentrum weniger wie ein Märchenschloss als wie eine verwunschene Dschungelpyramide. Sie knipste ein paar Bilder für Yasin, obwohl der vermutlich just in diesem Moment alle Ereignisse in zehnmal besserer Qualität in einer der Sync-Sphären mitverfolgte, die Veerus Follower anlässlich des Spektakels überall im Dorf aufgebaut hatten.

Ein Dröhnen näherte sich von außerhalb ihres Gesichtsfelds, zog über dem Schiff vorbei und manifestierte sich schließlich in Form eines mattschwarzen Autocopters, der Kurs auf den Festungsberg hielt. Die Cam-Drohnen wichen ihm aus wie Singvögel einem Habicht. Ein zweiter Copter näherte sich dem Gelände aus entgegengesetzter Richtung, zog eine enge Schleife über den Dächern und vollführte dann einen Bogen hin zu den unsichtbaren Vierteln der Innenstadt. Auf dem Fluss hatten sich inzwischen zwei gepanzerte Schiffe genähert, um den Schutzwall unmissverständlich dichtzumachen.

Juria lachte trocken. »Was für ein Zirkus. Haben die uns wirklich nur hergelotst, um uns ihre Wachhunde vorzuführen?«

Die Vorwärtsbewegung der *River Delight* war inzwischen vollständig zum Erliegen gekommen. Soweit Paksha erkennen konnte, machte das Schiff an einer betongrauen Anlegestelle fest, die ein zerbeulter Screen auf dem Dach des einzigen Gebäudes als »Checkpoint Süd« auswies. Die Aufforderung »Bitte Papiere bereithalten« lief in drei Sprachen durch den unteren Bereich des

Displays. Naomis Crew und die Besatzung am Checkpoint brüllten sich gegenseitig Anweisungen zu und gestikulierten heftig, während sie das Schiff mit vereinten Kräften an den Anlegesteg manövrierten.

Eine einzige Person stand still inmitten des Getümmels. Paksha kniff die Augen zusammen, um die zierliche Frau mit dem strengen, grauen Dutt besser sehen zu können. Der indische Teint, der Nadelstreifen-Sari und der blankpolierte Xcreen unter dem Arm ließen keinen Zweifel daran, dass dies die Unterhändlerin war, die ihnen in FinalFoods Namen ein Schlichtungsangebot unterbreiten würde. Ein Avatar wie Sonny-ji, rief sich Paksha ins Gedächtnis, ein Teil der Maschine, in deren B-Waves alle Erfahrungen einer hundertjährigen Expansionsgeschichte mitschwangen.

Knirschend dockte der Steg an der Schiffsreling an.

»Geht es los?«, fragte Veeru und trat als Letzte der kleinen Gruppe ebenfalls ans Fenster. Ihr Blick wanderte über die Szene am Kai, das Verwaltungsgebäude, die Arbeiter, die Dame im Sari. Ihr Atem stockte. »Sagt alles ab«, zischte sie und grub ihre lackierten Fingernägel in Jurias Schulter. »Sofort!«

Paksha trat unwillkürlich einen Schritt zurück. Kailash legte die Ohren an. Juria riss sich los und rieb sich die schmerzende Stelle. »Aber sonst geht's dir gut, ja? Wenn das wieder eine von deinen Launen ist ...«

»Ruf Naomi an.« Veeru eilte zum Empfangstresen und suchte fiebrig nach dem Knopf für die Bordsprechanlage. »Der Einstieg muss geschlossen bleiben. Die Frau darf auf keinen Fall aufs Schiff, habt ihr verstanden?«

»Sie ... ist aber schon hier«, meldete Paksha von ihrem Aussichtspunkt am Fenster. Unten bei der Luke gab Naomi der Fremden die Hand und wies auf die Treppe, die hoch zur Lobby führte. Zielstrebig ging die Unterhändlerin voraus.

»Schließt alles ab«, drängte Veeru. »Ich will sie nicht sehen. Ich will ...«

Sie hielt mitten in der Bewegung inne, als eine Cam-Drohne vor der Glastür der Lobby erschien. Ihre Züge glätteten sich, Rücken und Schultern bildeten eine harte Linie, ihre dunklen Augen starrten herausfordernd in das Objektiv. Jetzt war sie wieder ganz Veeru, der steinerne Messias, bereit für die Show.

Sobald die Unterhändlerin auf dem oberen Treppenabsatz angelangte, glitt die Glastür beiseite. Zusammen mit der Drohne überquerte die Frau die Schwelle. Sie war einen halben Kopf kleiner und schätzungsweise doppelt so alt wie Veeru. Als die beiden einander gegenüberstanden und sich musterten, erkannte Paksha schlagartig, was vor sich ging. Die Ähnlichkeit kam erst auf den zweiten Blick zum Vorschein – der gerade Nasenrücken, die hohen Wangenknochen, die feingliedrigen, sehnigen Hände.

»Avery«, sagte die Frau. »Kind, was machst du nur für Dummheiten?«

»Du kennst mich doch, Mutter«, erwiderte Veeru lauernd. »Für ein bisschen Aufmerksamkeit würde ich alles tun.«

FinalFoods Gesandte ließ die Bemerkung unkommentiert und nahm die übrigen Anwesenden ins Visier. Das Zeichen ihres Avatar-Status, die x-förmige Narbe, trug sie nicht an der Schläfe, sondern auf der Stirn, genau zwischen den Augenbrauen. Juria und Fionn hatten sich zu beiden Seiten von Veeru positioniert. Kailash strich grollend um ihre Beine, bis Paksha nach der Leine griff und ihn zu sich heranzog.

»Ich bin Mandodari Thakur«, stellte sich der Gast vor. »FinalFood schickt mich, um mit euch zu verhandeln.«

Fionn war der Erste, der sich aus der Schockstarre löste. »Mando«, sagte er und streckte Veerus Mutter die Hand entgegen. »Es ist lange her. Wer hätte gedacht, dass wir uns auf diese Weise wieder begegnen?«

»Ich habe lang gezögert, mich einzumischen«, antwortete Mandodari. »Aber diesmal scheint sich Avery gehörig verrannt zu haben.«

Veeru schob sich mit all ihrer physischen Präsenz zwischen die beiden. Mandodari wich einen halben Schritt zurück. Sie betrachtete Veerus Marmorhaut mit der Missbilligung einer Mutter, die kompromittierende Fotos im Ego-Stream einer halbwüchsigen Tochter entdeckt.

»Wir hören uns an, was du zu sagen hast«, bestimmte Veeru. »Dann verschwindest du wieder.«

Ohne Jurias peniblen Ablaufplan zu beachten, schritt sie vorneweg und führte die Anwesenden aus der Lobby tiefer in den Bauch des Schiffs. Ihre Ghunghrus schepperten, und die Armreife klirrten aneinander, während sich Mandodari leise wie eine Katze hinter ihr einreihte. Veerus Mutter trug keinerlei Schmuck, und ihre flachen Stoffslipper verursachten auf dem Teppichboden kaum einen Laut. Fast ebenso diskret navigierte die Cam-Drohne über ihren Köpfen – ein handliches, wendiges High-End-Gerät, das vermutlich jedes Wimpernzucken in Echtzeit an die FinalFood-Zentrale übermittelte, von wo die Bilder wiederum an die News-Streams überall auf der Welt verteilt wurden. Kailashs Schnurrhaare bebten, wann immer ihn der Lufthauch der filigranen Propeller streifte.

Der Gang endete vor einer polierten Flügeltür. Veeru legte beide Hände auf die Griffe und stieß die Hälften mit weit gestreckten Armen auseinander. An der Spitze ihrer Entourage betrat sie das Casino. Paksha entging nicht, dass sie ihre Gesten in Mandodaris Gegenwart noch schneidender und präziser ausführte, dass die Spitzen ihrer Ellenbogen und die Kanten ihres Kinns an Schärfe gewannen, dass ihre Schritte den Raum durchmaßen wie eine unsichtbare Arena.

Die Kronleuchter verströmten einen mattgoldenen Glanz und durch die halb geschlossenen Jalousien sickerte dumpfes Nebellicht. Die Luft roch nach kaltem Rauch. Veeru steuerte den Pokertisch in der Mitte des Casinos an und nahm an einer Längsseite des Ovals Platz. In stummer Choreographie ließen sich Fionn und

Juria rechts und links von ihr nieder. Für Mandodari blieb der Stuhl, der Veeru gegenüberstand. Paksha hielt sich am Rand des Geschehens, kraulte Kailash zur Beruhigung und schielte unter dem Tisch auf ihren vLink.

absoluter shock, hatte Yasin geschrieben. *alle hier ttl verwirrt. warum schicken die ihre MUTTER???*

Veeru starrte Mandodari über den roten Filzbezug hinweg an und machte keine Anstalten, das Gespräch zu eröffnen.

Schließlich ergriff Juria geschäftsmäßig das Wort. »FinalFood hat sich dieses Treffen gewünscht, und das sicher nicht nur wegen der Familienzusammenführung. Wie lautet euer Angebot?«

»Wir wollen diese Farce beenden«, versetzte Mandodari in hochgestochenem Hindi. »Und wir sind bereit, dafür Zugeständnisse zu machen.«

»In welcher Form?«

»Anerkennung.«

Veeru schnaubte.

Mandodari verschränkte unbeeindruckt die Hände auf der gepolsterten Tischkante. »FinalFood erkennt euren Anspruch auf den Main-Sektor an. Ihr dürft alle zu diesem Zeitpunkt illegal besetzten Gebiete behalten, das Land selbst bewirtschaften oder verpachten. Die rechtmäßigen Eigentümer werden vom Konzern entschädigt.«

Fionn und Juria tauschten einen Blick. Veeru vermied jeglichen Augenkontakt.

»Weiter?«, sagte Juria.

»Ihr werdet Vertragspartner von FinalFood und erhaltet Zugriff auf Saatgut und Düngemittel zu den allgemein geltenden Konditionen. Es steht euch frei, Avatar-Status zu beantragen.«

Ein leises Vibrieren an Pakshas Handfläche kündigte eine weitere Nachricht von Yasin an. *bitte lass sie ja sagn. wir stellen den champanjer kalt.*

Fionn strich sich über den Bart. »Und die Erträge?«

»FinalFood garantiert, eure Erzeugnisse zum jeweils gültigen Marktpreis abzunehmen. Die Gewinnverteilung liegt allein in eurer Hand. Ihr wärt selbständige Unternehmer in jedem Sinne der Definition.«

»Lächerlich.« Veeru richtete sich auf und legte eine geballte Faust auf den Tisch. »Wir fordern die grundsätzliche Abschaffung des Pachtwesens.« Ihr Daumen schnellte nach oben. Mit jedem Punkt folgte ein weiterer Finger. »Freien Zugang zu den Häfen und Flugplätzen. Die Aussetzung der Realfood-Steuer für Einheimische. Eine umfassende Landreform. FinalFoods Rückzug aus allen europäischen Sektoren.«

»Veeru …«, flüsterte Juria drängend.

Mandodari presste die Lippen aufeinander. »Du hast dich nicht geändert, mein kleiner Pfau auf dem Dach. Hübsch anzuschauen, aber unerreichbar. Und viel zu eitel, um auf dem Boden der Tatsachen zu bleiben.« Sie schob den Xcreen über den Tisch. Am unteren Rand des Displays blinkte ein hellgrünes Feld. »Wenn du im Zuge deines … Malheurs tatsächlich Erleuchtung erlangt hättest, würdest du deine Geltungssucht ein Mal – nur ein einziges Mal – hintanstellen und deiner kleinen Gemeinde einen Dienst erweisen.«

Veeru zog die Hand zurück. »Euer Vertrag bestätigt lediglich den Status quo. Meine Follower erwarten mehr von mir.«

Mandodari hob das Kinn. »Du wirst sie enttäuschen müssen. Aber darin hast du ja Übung. Oder glaubst du allmählich selbst an die Lügen, die du der Welt auftischst?«

»Ich war hier, als sich niemand für diesen Sumpf interessiert hat.« Veeru sprach leise und bebend. »Und ich hab nie etwas anderes behauptet als das, was alle mit eigenen Augen sehen können.«

»Du hattest schon immer ein Gespür für den großen Auftritt, Avery.« Beinahe widerwillig ließ Mandodari den Blick über Veerus fremdartige Hautfarbe wandern. »Sieh dich doch an.

Spielst dich hier auf wie der große Rächer der Enterbten, gerade du.«

»Spielen wir nicht alle nur ein Spiel, Mutter?«

»Ich hoffe für dich, dass du die Regeln kennst, mein Kind. Heilige sterben als Märtyrer.«

»Mando, lass uns beim Thema bleiben«, sagte Fionn. »Können wir den Vertrag sehen?«

»Es wird keinen Vertrag geben«, stellte Veeru klar, und Kailash unterstrich ihre Worte mit einem Fauchen.

»Trotzdem sollten wir das Angebot lesen.« Fionn warf Veeru einen warnenden Blick zu. »Wo deine arme Mutter doch den weiten Weg auf sich genommen hat, um uns alle zu sehen.« Er zog den Xcreen über den Tisch und scrollte zum Anfang des Dokuments.

»Ich wäre damals gern öfter zu Besuch gekommen«, erklärte Mandodari im Plauderton, während Fionn die einzelnen Absätze durchging. »Aber dir und deinem Vater hat es ja immer genügt, meine Unterhaltszahlungen zu kassieren und mir Vorwürfe über die Art und Weise zu machen, wie ich euer Geld verdiene. Ich hätte von Anfang an strenger mit dir sein müssen. Aber du warst ein verwirrendes Kind, unstet, starrsinnig.«

Juria räusperte sich, doch Veerus Mutter fuhr mit ihrem Monolog fort, während die Cam-Drohne geflissentlich jedes Wort aufzeichnete.

»Als du gemerkt hast, dass du mit klimpernden Wimpern leichter ans Ziel kommst als mit harter Arbeit, war ich für dich endgültig gestorben. Du hast nachts in den Arbeiterspelunken auf den Tischen getanzt und für ein paar Drinks jedem dahergelaufenen Tagelöhner schöne Augen gemacht. Glaubst du, nur weil ich in Indien war, habe ich das nicht mitbekommen?«

Veeru kratzte Glitzer von ihren Armreifen und schwieg.

»Dir fehlte einfach der Sinn für den rechten Weg, Avery. Träumtest von der großen weiten Welt und bist diesem Gossenjungen nachgelaufen. Wenn ich nicht dafür gesorgt hätte, dass er den Studienplatz in Delhi bekommt, würdest du heute noch irgendwo an einer Stange entlangrutschen, um eure fixen Ideen zu finanzieren.«

Fionn blickte auf. »Du hast eben ein gutes Herz, Mando. Darin seid ihr zwei euch ähnlich.«

»Bist du fertig mit Lesen?«, blaffte Veeru ihn an.

»Ich möchte es auch sehen«, meldete sich Juria, und der Xcreen wechselte den Besitzer.

Paksha zuckte zusammen, als ihr vLink abermals vibrierte.

räudiger mist pax knnst du anrufen hier is die hölle los die frau macht alls kaputt warum redet sie so über Veeru

»Über dich und deinen *Salon*«, Mandodari spuckte Fionn das Wort vor die Füße, »will ich nicht einmal nachdenken. Was habt ihr dort sonst noch getrieben, nachdem du die Kinder aufgetakelt hattest wie billige Flittchen? Und du, Avery, weißt du eigentlich, was sich dein Vater deinetwegen alles anhören musste?«

»Ich war ganz sicher nicht derjenige, der ihn ins Grab gebracht hat«, schoss Veeru zurück.

»Was soll diese letzte Klausel?«, fragte Juria und las vor. *»Der Vertragspartner Avery Lowe-Thakur willigt ein, eine öffentliche Entschuldigung zu verlesen. Mit der Unterzeichnung dieses Dokuments verpflichtet er sich weiterhin, den Main-Sektor mit sofortiger Wirkung und für unbegrenzte Dauer zu verlassen und den Kontakt mit allen Vertragspartnern FinalFoods zu meiden.«*

»Eine reine Formalie«, sagte Mandodari. »Betrachtet es als unser Zugeständnis an die Arbeitgeber in der Region, denen Avery solchen Schaden verursacht hat.«

Wieder brummte der vLink in Pakshas Hand, aber sie war zu perplex, um sich darum zu kümmern. »Das könnt ihr nicht verlangen«, platzte sie heraus. »Die Leute werden das nicht mitmachen. Veeru gehört hierher.«

Mandodari sah Veeru tadelnd an. »Hast du wieder mal eine

arme Seele gefunden, die dir zu Füßen liegt? So wie der Junge damals?«

»Jetzt ist Schluss, Mando.« Fionn stand auf. »Wir lehnen den Vertrag ab. Meldet euch, wenn ihr ein besseres Angebot machen wollt.«

Juria gab den Xcreen zurück.

Mandodari erhob sich, richtete ihren Sari und wandte sich ein weiteres Mal an Veeru. »Gib das Warten auf, Avery. Er wird nicht kommen.«

Veerus Kopf flog herum. »Was habt ihr mit ihm gemacht?«

»Nichts.« Mandodari lächelte. »Noch nichts.«

»Juria.« Veerus Worte klangen dünn wie eine zum Zerreißen gespannte Saite. »Begleite meine Mutter bitte nach draußen.«

Während die beiden Frauen auf den Flur traten und Fionn die Drohne hinterherscheuchte, erhielt Paksha eine weitere Nachricht. Sie stand auf und lief zwischen den Tischen hindurch zum Fenster. Kailash schlich hinterdrein. Lediglich Veeru saß noch auf ihrem Platz und blickte ausdruckslos auf den changierenden Kristallschmuck eines Kronleuchters.

Paksha las die beiden Mitteilungen.

leute drehn durch wolln sich rächen

pax bitte ruf sofrt an

Mit zitternden Fingern kontaktierte sie Yasins Ego-Stream.

»Kannst du reden, Pax?«

»Ja, die sind weg. Yasin, was ist los bei euch?«

»Hier geht voll der Mob ab. Die wollen sich das nicht bieten lassen, dass Veeru so durch den Dreck gezogen wird.«

»Die? Wer sind die?« Paksha bebte vor Anstrengung, nicht zu schreien.

»*Alle*, Pax. Ich hab versucht, ihnen das auszureden. Aber auf mich hört keiner mehr.«

Veeru war aufgestanden und kam mit fragendem Blick auf Paksha zu.

»Wir sind schon auf der Straße«, drang Yasins Stimme durch die rauschende Leitung. »Ihr müsst sofort herkommen.«

»Was sagt er?«, wollte Veeru wissen.

»Wie meinst du das?« Paksha schrie nun doch. »*Wohin* sollen wir kommen?«

»Die wollen das Saatgutlager stürmen, Pax.« Die Verbindung brach kurz ab und kehrte dann zurück. »... sagen, die verlieren den Respekt vor uns, wenn wir so mit uns umspringen lassen. Ich tu mein Bestes, Pax, versprochen!«

Veeru gestikulierte Paksha zu, ihr den vLink zu geben.

»Sag Veeru, dass sie sich auf mich verlassen kann«, brüllte Yasin über den Hintergrundlärm hinweg. Dann riss der Kontakt endgültig ab.

Mandodari verließ das Schiff wie eine Präsidentin nach einem erfolgreich absolvierten Staatsbesuch. Gleich darauf legten sie ab, aber alles dauerte viel zu lang. Veeru verfluchte Naomi dafür, dass sie das Wendemanöver nicht schon bei der Ankunft durchgeführt hatte. Während die *River Delight* stromaufwärts pflügte, setzte heftiger Regen ein und bremste sie weiter aus.

Sie versammelten sich in der Schiffslobby, da keiner von ihnen die giftige Luft im Casino weiter ertragen wollte. Wieder und wieder versuchte Paksha, Yasin zu erreichen, doch am anderen Ende blieb alles stumm. Juria ging erfolglos die Mitglieder des inneren Kreises durch, Fionn versuchte es abwechselnd bei Lutz und Pepe. Schließlich war es Veeru, die die ersten Bilder auf den Com-Streams entdeckte. Verwackelte Luftaufnahmen zeigten einen Fahrzeugkonvoi auf seinem Weg durch die Felder, Amateurvideos zoomten auf den Verteidigungsapparat des Saatgutlagers, gepanzerte Jeeps, bewaffnete Dummys, scharf gestellte Kampfdrohnen.

Paksha wusste nicht, ob sie einer Liveberichterstattung folgten oder ob alles Hoffen längst vergebens war. Ein Lastwagen der Rebellen rammte die Jeep-Flotte, ein gekaperter Pick-up schlingerte in einem waghalsigen Manöver durch den Kugelhagel und bohrte sich mit der Motorhaube frontal in den Sicherheitszaun. Die Rebellen nutzten das Autowrack als Trittleiter, um den Wall zu überwinden. Stählerne Projektile schlugen in ungeschützte Körper ein. Blut. Schreie.

An dieser Stelle drehte Veeru den Ton ab.

Nachdem die *River Delight* ein lächerliches Viertel der Strecke zurückgelegt hatte, wummerten die beiden Autocopter, die über Residence City und dem Rechenzentrum patrouilliert hatten, über ihre Köpfe hinweg und steuerten das Schlachtfeld an. Auf halbem Weg zum Dorf schalteten die Streams in den Wiederholungsmodus, tobende Rebellen in Endlosschleife, die angriffen, kämpften und starben. Kurz vor dem Ziel vibrierte ein Anruf auf Pakshas vLink. Juria hielt in ihrem machtlosen Auf- und Abgehen inne, Fionn ließ von seinen zerkauten Nägeln ab, Veeru hob das Gesicht aus den Händen.

Paksha schaute auf den Absender. Es war Pepe.

»Hallo?«

Ihre Stimme musste so dünn und kraftlos am Ende der Leitung angekommen sein, dass Pepe stockte. »Paksha, bist du das?«

»Wo seid ihr?«, fragte Paksha.

Ein paar Atemzüge lang drang nur dumpfes Rütteln aus den Lautsprechern, Fahrgeräusche vielleicht und weit entfernter Autocopterlärm.

»Kommt nicht zum Saatgutlager, Paksha. Alles ist vorbei. Kannst du das Veeru sagen? Ist sie da?«

»Pepe, was ist passiert? Wir haben nur Bilder gesehen, keiner weiß, was los ist. Ist Yasin bei dir?« Warum klang sie so heiser, obwohl sie heute kaum einen Ton gesagt hatte?

»Er ist hier.« Die Distanz und das Hintergrundrauschen filterten jegliche Emotion aus Pepes Bericht. »Sie haben uns gehen lassen. Sie haben uns erlaubt, ihn mitzunehmen … Er ist hier, Paksha. Ich bring ihn nach Hause.«

Danach hörte Paksha nichts mehr. Sie spürte, wie Veeru ihr sanft den vLink entrang, um selbst mit Pepe zu sprechen, aber die Worte drangen nicht zu ihr durch. Als sie beim Dorf an Land gingen, sah sie den Zug der Heimkehrenden, die tonlosen Schreie der Verletzten, das stumme Flehen der Verlierer, die sich Veeru zu Füßen warfen wie einer entweihten Göttin. Paksha roch Regen, Rauch und Blut an den Kleidern der Toten.

Das Nächste, was Paksha hörte, auf dem Weg durchs Dorf, war tiefes, donnerndes Glockenläuten hoch über ihr im Kirchturm und Veerus kalten Befehl: »Sie sollen das abstellen. Es bringt niemanden zurück.«

Neben dem bunt geschmückten Osterbrunnen kniete Pepe und Paksha wusste, wen sie da im Schoß hielt, auch wenn der Körper in ein glänzendes Leichentuch aus Thermofolie gehüllt war, auch wenn der Kopf schlaff zur Seite hing und das Gesicht in den Falten von Pepes Rock verborgen lag. Paksha wusste, wenn sie jetzt weiterging und ihn sah, würde es wahr werden. Dann hätte sie keine Kontrolle mehr darüber, wie die Geschichte ausging.

Sie klammerte sich an Fionns Hand, während Veeru durch die Reihen der Sterbenden schritt, vor brüllenden Mündern und sich krümmenden Leibern zurückschreckte. Lutz trat mit gesenktem Kopf an Veeru heran, und sie packte ihn so fest am Kragen, dass ihr Arm nur noch aus Muskeln und Sehnen zu bestehen schien. »Warum so viele?«, zischte sie. »Warum habt ihr euch nicht zurückgezogen?«

»Das wollten wir«, winselte er. »Aber da waren Bienen. Z.O.M.-Bees, überall. Sind aufgetaucht wie aus dem Nichts, und dann haben die Dummys auf uns geschossen.« Er riss sich los. »Wir wussten nicht, wo wir hinsollen. Die haben gezielt und abgedrückt. Yasin hat eine Kugel genau zwischen die Augen bekommen. Die haben dort auf uns gewartet, Veeru. Es war ein Hinterhalt.«

Ein Heulen gellte über den Platz. Paksha wich zurück. Fionns Griff um ihre Hand verstärkte sich, Veeru, Lutz und Pepe sahen sie an, und ihr wurde bewusst, dass der Laut aus ihrer eigenen Kehle gekommen war. Veeru schob sich an Lutz vorbei und kam zu ihr, streckte die Arme aus, »Paksha, schau mich an«, aber Paksha ertrug die Nähe und die Verzweiflung nicht mehr, sie drehte sich weg, entwand Fionn ihre Hand, schlug um sich, stürzte, taumelte auf die Beine und rannte los, rannte, rannte, vorbei an denen, die es hinter sich hatten, vorbei an denen, die übrig blieben, raus aus dem Dorf, querfeldein über die Wiese, in den Sumpf, durch die Dornen, zwischen die Trauerweiden.

Pakshas Gummistiefel blieben im Matsch stecken. Sie stolperte und klatschte der Länge nach in das brackige Wasser. Keuchend stemmte sie sich hoch, kroch auf ein Stück feste Erde und kauerte sich im Wurzelwerk eines krummen, alten Baumes zusammen. Vom Dorf wehte noch immer klagendes Glockenläuten heran. Regentropfen trommelten auf die Baumkrone. Jenseits des Dickichts gluckerte der Fluss, blaue Blumen neigten sich hinab zum Ufer.

Yasin war tot.

Paksha wünschte sich, der Regen und der Fluss würden das Wissen von ihr abwaschen, würden es in den Boden sickern lassen und hinaus in die Felder tragen.

Sie hätte bleiben und zu ihm gehen sollen, um sich zu verabschieden, wie Noe es ihr beigebracht hatte.

Weine nicht, teothiri. *Nichts auf der Welt ist von Dauer. Alles wird und vergeht, wird und vergeht.*

»Noe«, heulte Paksha, weil es so viel einfacher war, um Noe zu trauern. Sie war friedlich gestorben, im Schlaf, zu Hause – als es ihr Zuhause noch gegeben hatte. Von Noe hatte Paksha gelernt, dass all die verwirrenden Details des Lebens Bruchstücke einer einzigen komplexen Geschichte waren. Aber was nutzte ihr dieses Wissen, wenn dennoch nichts einen Sinn ergab, wenn Menschen starben, bevor sie ihr Ziel erreicht hatten, und die anderen ohne Erklärung zurückblieben?

Paksha lehnte den Kopf an den Stamm und legte die Hände in den Schoß. Wie viel Zeit blieb ihr, bis Fionn oder Juria oder gar Veeru rufend über die Felder kamen und sie fanden?

Ein sanftes Brummen näherte sich von außerhalb ihres Gesichtsfelds. Paksha starrte weiter in den Regen. Am Rande der Böschung tanzte ein metallisch-blauschwarzer Fleck von Blüte zu Blüte, ein Fremdkörper in diesem nassen Paradies, genau wie Paksha. Die Biene war mehr als eine Armlänge entfernt. Paksha hätte sich zurückziehen, sich in Sicherheit bringen können, aber wo sollte sie hin? Sie blieb sitzen.

Der Regen gewann an Stärke, und die Z.O.M.Bee suchte Schutz unter dem Blätterdach. Pakshas Blick folgte dem hypnotischen Flugmuster, den Kurven und Schlenkern, den wippenden Stockungen und gleitenden Bewegungen. Die Biene untersuchte Pakshas hellblaue Gummistiefel, umschwirrte ihr schlammverschmiertes Knie, verharrte kurz über dem verheißungsvollen Gelb des Regenmantels. Schließlich fand sie einen Landepunkt auf Pakshas Daumenspitze und begann damit, ihre Fühler und Flügel vom Regenwasser zu säubern.

Paksha betrachtete das Schauspiel wie durch den Filter einer Sync-Sphäre. Ihre Hand lag locker im Schoß, die Finger krümmten sich leicht. Bienenfüße zupften an ihrer Daumenspitze, besonders dort, wo noch immer die blasse Kerbe zu sehen war, die sie sich vor ein paar Tagen im Auto zugefügt hatte, unterwegs zum Saatgutlager, um ihre Blutsbruderschaft mit Yasin zu besiegeln.

Ewig und unumkehrbar, hatte Yasin geschworen.

Pakshas Hand fing an zu zittern. Die Biene summte unwillig und krabbelte weiter in Richtung der warmen Handfläche.

Alles wird und vergeht, wird und vergeht, dachte Paksha. *Aber Brüder und Schwestern bleiben für immer zusammen.*

Sie ballte die Finger zur Faust.

JETZT

bhulna - भूलना [bhūlnā] **a)** *intr* **1.** vergessen werden *od* sein [...] **3.** verloren gehen [...] **4.** sich verirren

Wie die milchige Pupille eines langsam erwachenden Gottes steigt die Sonne über den Horizont. Durch den Filter staubiger Luftschichten erscheint sie als zweidimensionale Scheibe vor den endlosen Tiefen des Himmels. Unter mir verwischen die Lichter des schlaflosen Delhis zu grellweißen Kometen, während der gestohlene Copter über Hausdächer, Straßenschlingen und zäh fließende Fahrzeugkolonnen gleitet. Die Stadt-aus-sieben-Städten dämmert einem weiteren Untergang entgegen.

Ob Izmat inzwischen aufgewacht ist? Ob sie bemerkt hat, dass ich mich nicht nur feige davongestohlen, sondern dabei auch ihren wertvollsten Besitz mitgenommen habe? Ob sie mich am Leben lassen wird, wenn wir uns jemals wieder begegnen sollten?

Die Sonne klettert höher, während ich mich in weiten Raubvogelkreisen meinem Raumschiff nähere. Die ersten beiden Spähflüge im Schutz der Dunkelheit haben mich optimistisch gestimmt. Im Flutlicht lag der Schrottplatz verlassen da; keine fremden Fahrzeuge, keine verdächtigen Bewegungen. Kein Ray. Jetzt, beim dritten Anlauf, soll mir das Tageslicht Gewissheit geben, dass die Fremden das Warten aufgegeben haben. Vielleicht sind sie mir in der vorletzten Nacht bis nach Mall Nagar gefolgt und haben dort die verlassene Rikscha entdeckt. Vielleicht sitzen sie in ihrem Versteck und planen den nächsten Hinterhalt.

Gierig und gleißend verschlingt das Tageslicht die Schatten. Heiße Aufwinde zerren an der Statik des Streetcopters, weshalb ich den Schub anpasse und geringfügig den Kurs ändere, bis das Ruckeln nachlässt. Es war nicht schwierig, die Startautomatik kurzzuschließen und den Copter in die Luft zu bringen. Mein Verstand entschlüsselt das Zusammenspiel von Drähten, Kabeln und Leiterbahnen so intuitiv wie eine quadratische Gleichung, und auch das Manövrieren unter freiem Himmel unterscheidet sich kaum von der Steuerung meines Schiffs. Nach all der Zeit tut es gut, endlich wieder mit funktionierender Navigation zu fliegen, den Kurs zu kennen, das Ziel vor Augen zu haben. Verlässliche Zahlenreihen laufen über die Screens, der Radarschirm behält den Überblick. Zum ersten Mal seit dem Absturz fühlt mein Geist sich frei, die Enge meines Körpers verblasst angesichts einer Weite, die nur darauf wartet, vermessen zu werden.

Wenn dieser Zweisitzer das Zeug dazu hätte, würde ich jetzt gleich zu meinem Planeten durchstarten. Wie die Dinge allerdings stehen, muss ich noch eine letzte Hürde nehmen, bevor ich endgültig ins All entschwinden kann. Die Gravitation zieht mich zurück in die Welt. Ich bin Marti, das darf ich nicht vergessen. Solange mir diese Erinnerung bleibt, kann ich entkommen.

Beim Anflug auf den Schrottplatz umfließt das Gegenlicht der aufgehenden Sonne Dächer und Wassertanks, durchdringt flirrende Holo-Ads, bricht sich an gläsernen Hochhauskanten, taucht die Stahlblüte des Lotus Towers in überirdischen Glanz. Delhi flimmert wie eine gigantische Fata Morgana.

Ich fahre den Lichtfilter in der Cockpitscheibe hoch, während ich den Copter tiefer gleiten lasse und das Straßengeflecht meines Viertels durchspähe. Noch immer ist dort unten der Exodus in vollem Gange. Menschen schleppen Koffer, Kisten, Babys und Haustiere zu ihren Autos, zurren Bündel und Tüten auf ihren Scootern fest, ringen um die Plätze in den Evakuierungsbussen. Türen und Fenster werden verriegelt und vernagelt, Securitydummys patrouillieren in den Hinterhöfen. Während die Anwohner das Treiben mit ihren vLinks filmen und ihre Ängste den Cam-Drohnen entgegenschreien, versuchen Helfer in Warnwesten die Masse in geregelte Bahnen zu lenken. Müll und Scherben blockieren die Wege, in den Überresten der Flucht wühlen Affen nach Essbarem. Niemand interessiert sich für meinen Schrottplatz, und auch der kreisende Streetcopter driftet lediglich als ein weiteres loses Teil durch den zerfasernden Kosmos der Menschen.

Mit sirrenden Rotorblättern bringe ich den Copter über meinem Raumschiff in die Schwebe. Sand und Dreck schmirgeln in schmutzigen Schleiern über die Karosserien der umliegenden Wracks, aber sonst regt sich nichts. Ich wage mich weiter nach unten, klappe das Fahrwerk aus und lande in unmittelbarer Nähe zum Eingangstor des Geländes. Mit einem Fuß auf dem Startpedal warte ich, dass der Staub sich legt. Der Radarschirm zeigt keine auffälligen Bewegungsmuster. Ich schalte den B-Wave-Detektor hinzu, um die Routen und Standorte der Fußgänger zu studieren. Die blinkenden Punkte, die auf die Präsenz eines denkenden Bewusstseins verweisen, befinden sich allesamt vor dem Zaun auf der Straße. Im Umfeld meines Schiffs bleibt es ruhig.

Ich schiebe die Tür des Copters zur Seite und schwinge die Beine auf festen Grund. Auch wenn sich das Cockpit in Windeseile mit brüllender Hitze füllen wird, lasse ich den Einstieg offen, damit ich nicht unnötig Zeit verliere, falls ich doch noch fliehen muss. Wachsam und zielstrebig nähere ich mich dem Schiff. *Meinem* Schiff. Ich hatte gehofft, in Izmats Handschuhfach irgendetwas zu finden, das sich bei drohender Gefahr als Waffe einsetzen lässt – einen Taser, einen Wave-Shocker, oder wenigstens eine Dose Pfefferspray – aber alles, womit ich mich gegen einen neuen Angriff verteidigen kann, sind ein kurzer Schraubenschlüssel und eine Nagelfeile.

Die Schiffsluke ist verschlossen, der sechseckige Kubus weist keine sichtbaren Schäden auf. Im schräg einfallenden Morgenlicht strahlt das Metall in transzendentem Weiß – ein blinder Fleck in der Welt, ein Tor in eine andere Dimension, ein Fluchtweg. Ich muss lediglich das intakte Navigationssystem aus Izmats Copter mit meiner Steuerung verdrahten, die Software rebooten und meine Heimatkoordinaten eingeben. Ich kann das schaffen, bevor die Fremden mich wieder finden. Bevor Izmats Zorn wie ein Blitz vom Himmel auf mich herabfährt. Bevor Taimur Delhi vom Angesicht der Erde wischt.

Während ich in meinem Halsausschnitt nach dem Schlüssel fische, inspiziere ich den kruden Stahlriegel mit dem Vorhängeschloss, den ich kurz nach der Landung an der Raumschifftür angebracht habe. Kavita Reddy drückte mir das Set in die Hände, als ich ihr während meines ersten Besuchs in vagen Andeutungen zu schildern versuchte, welche Art von Eigentum ich vor unerwünschtem Besuch schützen wollte.

»Nimm das hier«, sagte sie. »Altbewährtes hält am besten. Die Topgear-Hacker haben garantiert keine Ahnung mehr, wie man so was knackt. Akkuschrauber gibt's hier drüben. Welches Kaliber?«

Roshni zückte ihre Glitzerstifte und bestand darauf, den Riegel mit allerhand Om-Zeichen und glückverheißenden Silben zu dekorieren, wie es sich für eine ordentliche Eingangstür gehöre. Ein Teil der Bemalung ist in der unerbittlichen Hitze abgeplatzt, aber Riegel und Schloss hängen auch heute noch so unnachgiebig und schief an ihrem Platz, wie ich sie vor ein paar Wochen angebracht habe.

Mit steifen Fingern entwirre ich das Schlüsselband und die Kette des Nazar-Amuletts. Das blaue Auge schaukelt, als ob es auf dem Schrottplatz nach Feinden Ausschau hält. Als ich mich nach vorn beuge, um aufzuschließen, fällt mein Blick auf einen dunklen Fremdkörper im Kies vor der Tür.

Mit klopfendem Herzen stolpere ich zwei Schritte rückwärts und verrenke mir den Hals in alle Richtungen. Erst als ich sicher bin, dass mir niemand ins Genick springen wird, während ich das fragwürdige Geschenk in Empfang nehme, bücke ich mich und greife nach dem stumpfgrauen Gegenstand; eine Statue aus angelaufenem Messing, so lang wie meine ausgestreckte Hand – Shiva in der Form des tanzenden Nataraja umgeben von einem Kranz aus Flammen. Der rechte Fuß des kosmischen Zerstörers trampelt einen zwergischen Dämon in Grund und Boden, während das linke Bein frei in der Luft schwingt. Lange Haarsträhnen fliegen wild in alle Richtungen, die Hände – vier an der Zahl – bilden kraftvolle Mudras. Ich kenne ähnliche Murtis aus den geschniegelten Wohnzimmern solventer Kunden, aus den Schaufenstern am Khan Market, von den Bauchläden der fliegenden Händler, die im Schatten bedeutender Tempel auf Kundschaft warten.

Ratlos streichen meine Finger über Shivas glattes, graues Gesicht. Die filigrane Darstellung bringt einen verborgenen Ton in mir zum Schwingen. *Prrram, prrram, prrram.* Trotz der Hitze kriecht Gänsehaut über meine Arme. Haben die Fremden die Statue hier platziert, damit ich sie finde? Oder ist sie schlicht im Wirrwarr der letzten Tage zufällig auf dem Schrottplatz gelandet, ein herrenloses Stück aus einem Zuhause, das es bald nicht mehr geben wird? Kühl und missbilligend mustert mich der tanzende Gott. Was habe ich übersehen?

Ich drehe und wende die Murti, drücke meine Fingernägel in die Kerben des Lotossockels, suche nach verborgenen Scharnieren oder versteckten Knöpfen. Dann, als der blendende Schein der Raumschiffhülle auf das Messing fällt, blitzen grob geritzte Worte auf der Linie des Flammenrings auf. Ich bringe die Statue in den richtigen Winkel, lege den Kopf schief und entziffere Buchstabe für Buchstabe die geheime Nachricht.

WIR KENNEN DEN WEG ZURÜCK. ALLES ENDET IM TEMPEL. BITTE HILF UNS.

Glühende Luft drückt gegen meinen Schädel, bis mein Hirn den Siedepunkt erreicht. Ein zäher, heißer Wind trägt Rauchgeruch heran, jagt Plastikfetzen und poröse Gummireste über den Platz. Mein Nacken und Hinterkopf scheinen mit dem Pilotensitz des Copters zu verschmelzen. Ich könnte die Tür schließen, den Motor starten und der drückenden Atmosphäre entkommen. Ich könnte aussteigen, mein Werkzeug holen und endlich anfangen, das defekte Navigationssystem auszutauschen. Ich könnte Shivas stillem Ruf folgen und den Zweifeln ein Ende bereiten.

WIR KENNEN DEN WEG ZURÜCK.

Statt eine Entscheidung zu treffen, hänge ich kraftlos auf dem Coptersitz, zu allem bereit und zu nichts in der Lage. Nach ihrem steilen Aufstieg beginnt die Sonne bereits wieder zu sinken. Delhis Galgenfrist läuft ab. Wie lang will ich noch warten?

Seit Stunden umklammern meine Hände die Murti. Ein schwarzer, schmieriger Film aus Schweiß und Patina klebt an meinen Fingern. Ich zwinge meinen überhitzten Verstand, die Arbeit wieder aufzunehmen. Was weiß ich über die hartnäckigen Fremden, die mir quer durch die Stadt auf den Fersen geblieben sind und mir nun den nächsten Schritt überlassen?

Sie sind *Goras* wie ich, wie Ray.

Realfood-Piraten? Wohl nicht.

Mein Schiff haben sie unversehrt gelassen, obwohl sie jede Menge Zeit gehabt hätten, das Schloss aufzubrechen.

Sie brauchen meine Hilfe – behaupten sie.

Brauche ich ihre?

Wenn ich die Botschaft richtig deute, wartet die Antwort lediglich einen kurzen Fußweg entfernt. Der tanzende Shiva zusammen mit dem Hinweis: ALLES ENDET IM TEMPEL.

Dann und wann im Lauf dieses langsam schmelzenden Tages trug der Wind Glockenschläge über die Dächer und durch die Querstraßen bis zum Schrottplatz. Seit ich die Murti gefunden habe, sickert ein süßes Gemisch aus Sehnsucht und Gewissheit in meine Nervenbahnen und löscht das manische Feuer, das mich bisher von Tag zu Tag, von Ort zu Ort hetzte.

Irgendwo schreit ein Pfau. *Yao, yao. Yao, yao.*

Ich stemme mich vom Sitz und klettere ins Freie. Schwerer, als die Physik es vorschreibt, wiegt die Murti in meiner Hand, während ich den Schrottplatz verlasse und in die Gassen meines Viertels eintauche.

Die Straßen haben sich geleert. Mit steigenden Temperaturen ist die brodelnde Hektik des Vormittags zu schmorender Unruhe eingedampft. Ein Großteil der Nachbarschaft befindet sich mittlerweile auf der Fahrt ins Ungewisse. Die Übriggebliebenen schleifen Planen oder Holzlatten durch den Staub, um ihre Häuser wetterfest zu machen. Andere sitzen inmitten von Gepäck und heulenden Kindern an den Sammelpunkten für die Evakuierungsbusse. Affen stolzieren über die Balkone der verwaisten Apartments, kratzen an den Jalousien und kacken auf die Türvorleger, als gehöre ihnen die Welt. Geplünderte Müllsäcke verbreiten einen stechenden Mief nach saurer Milch, gammelndem Fleisch und vollen Windeln. Ein Welpe, dessen Halsband ihn als zurückgelassenen Hausgenossen ausweist, nagt am Gerippe der heiligen Kuh, das gegenüber dem Tempel zwischen den Gebäudemauern klemmt.

Vor dem Tempeltor hat sich der Andrang gelichtet. Ein paar Frauen in zerknitterten Saris sitzen auf der Umfriedung des uralten Bodhi-Baums – eine der wenigen lebendigen Pflanzen, die mir auf meinen Irrfahrten durch Delhi begegnet sind. Jeden Morgen und jeden Abend wässern die Pandits das ehrwürdige Gewächs, befreien die herzförmigen Blätter vom Staub und erneuern die roten Tilak-Zeichen auf den Stirnen der Murtis, die in den verschlungenen Wurzelsträngen die Zeit überdauert haben.

Die Frauen werfen mir neugierige Blicke zu, als ich vor dem Eingang stehen bleibe und in den ummauerten Tempelhof spähe. Pandits in safranfarbenen Roben verrichten stoisch ihr Tagwerk, lesen aus den Schriften, verteilen Opfergaben, murmeln Gebete. Vor dem Hauptschrein wartet eine kleine Schar von Gläubigen darauf, zur Gottheit vorgelassen zu werden. Diyas und Räucherstäbchen brennen in Nischen aus weißem Marmor und rotem Sandstein.

Von hier draußen kann ich nur einen Teil des Tempelgeländes einsehen, weshalb mir nichts anderes übrigbleibt, als die Schuhe abzustreifen und mich über warme Steinplatten in den Innenhof vorzuwagen.

Warum haben sich die Fremden für diesen Ort entschieden? Geweihter Boden bevölkert von Menschen – soll mir das signalisieren, dass sie keine bösen Absichten hegen, dass sie in Frieden kommen? Meine Faust schließt sich um die Murti. Ich weiß, dass die Anspielung auf den göttlichen Tänzer etwas zu bedeuten hat, aber was? Als ich die Tür zum finsteren Allerheiligsten passiere, erhasche ich einen Blick auf einen abgerundeten schwarzen Stein, blumengeschmückt und am oberen Ende mit drei weißen Streifen versehen.

Jemand tippt mir auf die Schulter.

Ich zucke herum und stolpere über ein Kupfergefäß, das scheppernd davonrollt. Alle Augen im Tempel richten sich auf mich – und auf den bärtigen Weißen, der sich mir lautlos genähert hat. Ehe einer meiner widersprüchlichen Impulse die Oberhand gewinnen kann, schiebt mich ein schnatternder Pandit unwirsch aus dem Weg, sammelt den Topf ein und beginnt damit, die verschüttete Milch aufzuwischen.

»Professor.« Der Fremde streckt mir die Hand entgegen. »Danke, dass du gekommen bist. Mein Name ist Kylian Schmitz. Können wir reden?«

Ich nicke zögernd, behalte meine Arme aber bei mir. »Hier?«

Kylian deutet vage zur Rückseite des Schreins. »Im Tempel ist es sicher. Meine Kollegin wartet dort hinten. Wollen wir?«

Er steckt dem Pandit ein paar Münzen zu und geht dann voraus zum anderen Ende des Innenhofs, wo das keilförmige Tempeldach einen langen Schatten wirft. Die Umstehenden widmen sich wieder ihren eigenen Sorgen und Gebeten.

Kylian führt mich zu einer verdeckten Stelle an der Außenmauer. Der Sockel eines Nebenschreins bildet zusammen mit der Wand einen Winkel, der auf der anderen Seite von ein paar buschigen Plastikstauden begrenzt wird. Zwei ausgebeulte Rucksäcke liegen am Boden, Gadgets schlummern an ihren Solarchargern. Inmitten des improvisierten Lagers sitzt Kylians Komplizin – die Frau mit dem braunen Bob – und lächelt zurückhaltend. Die beiden Europäer scheinen ungefähr in meinem Alter – im Alter meines *Körpers* – zu sein, aber trockene Haut, rissige Lippen, sonnengebleichtes Haar lassen sie verbraucht aussehen. Ihre Augen wirken klein vom Schlafmangel, die Thermosuits sind staubig und an den Säumen ausgefranst.

Die Frau steht auf, als wir in den Schutz der Nische treten, und mustert mich mit unterdrückter Anspannung. »Professor. Endlich!«

Die Mischung aus Erleichterung und Enttäuschung, die sich seit dem kurzen Wortwechsel mit Kylian in mir breitmacht, scheint sich auf meinem Gesicht zu spiegeln, denn die Frau wechselt einen besorgten Blick mit ihrem Partner und wendet sich dann wieder an mich.

»Geht es dir gut? Bist du verletzt? Ist dir jemand gefolgt?«

Ich schüttle den Kopf. »Wo ist Ray?« Auf ihre verständnislosen Mienen hin präzisiere ich: »Der Hund.«

Kylian runzelt die Stirn. »Der kommt und geht, wie es ihm passt. Vermutlich sucht er Futter.«

»Redet er mit euch?«

Noch ein verunsicherter Blickwechsel.

»Wollen wir uns nicht erst mal vorstellen, Professor?« Die Frau legt sich eine flache Hand auf die Brust. »Franka Jaeger. Und bevor du uns zur Schnecke machst – ich weiß, dass wir die Sache völlig falsch angegangen sind. Dir aufzulauern, obwohl du seit Wochen auf der Flucht bist. Wir dachten einfach, uns läuft die Zeit davon. Wenn der Sturm wirklich kommt …«

Kylian räuspert sich und weist auf das schattige Eck. »Setzen wir uns? Ich glaube, das könnte länger dauern.«

Unbehaglich sehe ich mich um. Seit meiner lautstarken Ankunft läuft der Tempelbetrieb wieder reibungslos. Der Reihe nach werden die Gläubigen abgefertigt, monotoner Gesang treibt über den Hof.

»Wir sind erst seit ein paar Tagen in Indien.« Kylian lässt sich im Schneidersitz zwischen den Rucksäcken nieder. »Es war nicht leicht reinzukommen. Wir mussten aufpassen, dass unsere gefälschten Visa nicht auffliegen.«

Franka setzt sich zu ihm. »Kaum hatten wir Delhi erreicht, ging die Evakuierung los. Wir mussten dich dringend finden und wir wussten, dass du früher oder später beim Schrottplatz auftauchen würdest. Also haben wir gewartet.«

»Setz dich, Professor«, bittet Kylian erneut. »Der Tempel ist so sicher wie jeder andere Ort. Vielleicht sicherer. Nur die Leute aus dem Viertel kommen hierher, niemand wird gescannt, keiner macht Fotos. Die Pandits sind hilfsbereit. Einer hat uns gefragt, ob wir Schwierigkeiten haben, einen Evakuierungsplatz zu bekommen, ob er uns in einem der Busse unterbringen soll.«

»Wir haben erzählt, dass wir eine Reportage drehen und unser Com-Stream uns rausholt, bevor der Sturm losbricht«, fügt Franka hinzu. »Keine Ahnung, ob sie uns glauben. Ich schätze, momentan haben sie andere Sorgen.«

Nach kurzem Abwägen wähle ich den Platz am Sockel des Schreins. Von hier kann ich aufstehen und gehen, sobald ich die Verwechslung aufgeklärt habe. Denn Kylian und Franka haben den Falschen. Ray hatte den Falschen. Sie meinen nicht mich, sondern *den anderen*. Der, dessen Körper ich trage.

»Wann habt ihr den Hund zuletzt gesehen?«

Mit einem abgenutzten Xcreen fächelt Franka sich Luft zu. »Kurz nachdem ... nach unserem Zusammenstoß auf dem Schrottplatz. Er geriet total außer sich, als du weg warst. Hat gewinselt und gekläfft, rannte um uns rum. Wir haben ihm unsere letzte Tüte mit Namkin hingeworfen, aber nicht mal das hat ihn ruhiggestellt.«

»Franka und ich waren völlig ratlos. Deinetwegen, Professor. Wir mussten dir irgendwie signalisieren, dass wir dir nichts Böses wollen.« Kylian deutet auf den tanzenden Shiva, der zwischen uns auf den Marmorfliesen steht. »Das war Frankas Idee. Bis wir in dem Chaos dort draußen eine passende Murti aufgetrieben hatten, war es mitten in der Nacht. Und da fiel uns erst auf, dass der Hund nicht mehr da war.«

»Das heißt, er gehört gar nicht zu euch?« Mein Gedankenkarussell gerät wieder in Fahrt. Aber bevor ich weitersprechen kann, kommt mir Franka zuvor.

»Professor. Wir müssen Kontakt nach Europa aufnehmen. Sofort. Im Main-Sektor steht alles auf der Kippe, zig Leute sind gestorben ...«

Ich gestikuliere heftig, um sie abzuwürgen. Wer auch immer sie sind, was auch immer sie wollen – ich habe nichts damit zu tun. »Ihr verwechselt mich. Es tut mir leid. Ich bin nicht der, für den ihr mich haltet. Ich kann euch nicht helfen.«

Franka schnappt nach Luft.

Kylian stützt beide Unterarme auf die Knie und sieht mir forschend ins Gesicht. »Du bist Professor Andersen. Marti Andersen?«

Der Vorname schiebt sich wie ein Keil unter meine standfeste Gewissheit. Marti – das bin ich. Das ist alles, was nach dem Absturz von mir übrig geblieben ist. Dennoch ...

»Ich bin kein Professor. Und ich heiße auch nicht Andersen. Ihr müsst mir glauben.«

»Marti«, beharrt Franka. »Wir kennen dein Gesicht, deinen

Ego-Stream. Du hast diese ganze Geschichte doch überhaupt erst ins Rollen gebracht.«

»Wir sind nur die Boten«, wirft Kylian ein und trennt eine ramponierte vLink-Brille von ihrem Ladegerät. »Wir bitten dich lediglich darum, Kontakt nach Europa aufzunehmen. Lass uns rausgehen und ...«

Ich weiche zurück, halb sitzend, halb auf den Beinen. »Damit habe ich nichts zu tun. Vielleicht hatte ... ich ... das früher mal«, füge ich behutsam hinzu, während mein Verstand auf Hochtouren arbeitet. »Es ... es gab einen Unfall. Ihr müsst das verstehen.«

»Was gibt es da zu verstehen?« Franka drückt die Daumen so fest in die Xcreen-Membran, dass der Kunststoff knackt. »Hast du aufgegeben, ist es das? Bist du deshalb untergetaucht? Veeru hat dieser Rebellion alles geopfert. Wir *brauchen* dich, Marti.«

Veeru. Ich sinke auf die Knie und presse meine Fäuste in die Augenhöhlen.

Der tanzende Shiva.

Der Ruf eines Pfaus.

Veeru.

Marti.

»Marti.« Leise und eindringlich tastet sich Kylians Stimme zu mir vor. »Kannst du uns sagen, was passiert ist?«

»Ich weiß es nicht.« Ich will aufhören, den Kopf zu schütteln, aber mein Körper verweigert mir den Gehorsam. »Ich weiß nicht, wovon ihr redet. Ich bin abgestürzt, alles ging kaputt. Die Navigation ist ausgefallen. Totalschaden.« Ich versuche, Kylians Blick festzuhalten, aber auch das gelingt mir nicht. Ein Teil von mir driftet durchs Nichts, ein Sturz ohne Anfang und Ende. Ein unerträgliches Scheppern erstickt jedes andere Geräusch. *Prrram, prrram, prrram.* »Ich finde den Weg nicht mehr. Ich weiß, dass etwas Schlimmes passieren wird. Aber ich bin nicht schnell genug. *Ich finde den Weg nicht mehr.*«

»Marti, beruhig dich.« Kylian zieht mich zurück in die Nische. »Wir wollen dir helfen, bitte glaub uns das. Wir erklären es dir.«

Mit jedem Atemzug gewinnt die Umgebung an Kontur. Die fleckige Tempelmauer, der ornamentverzierte Turm, die grauen Staubschlieren am Himmel. Die Sonne steht tief, der Innenhof hat sich bis auf ein paar besonders verlorene Seelen geleert. Die Luft brennt wie Sandpapier in meinen Lungen. »Wer ist Veeru?«

Frankas Augen starren fassungslos aus ihrem verhärmten Gesicht. »Sag nicht, dass du ... das darf nicht ...«

Kylian schüttelt den Kopf. »Wir kommen aus Europa, Marti. Die Menschen dort rebellieren gegen FinalFood. Es geht um die Realfood-Erträge, um Landverteilung.«

Ich nicke heftig. »Der Aufstand auf den Plantagen. Der Streik. Die ... die Z.O.M.Bees.« Das sind Zusammenhänge, die ich verstehe. Izmat, Nathu, meine Kunden in der ganzen Stadt sprechen über nichts anderes, seitdem ich als Kurierfahrer unterwegs bin. »Aber wer ist Veeru?«

»Veeru kämpft für uns«, erklärt Franka übertrieben deutlich. »Ihretwegen sind wir gegen FinalFood ins Feld gezogen. Veeru und du, ihr habt all das zusammen geplant. Veeru braucht dich, um FinalFood zu besiegen.«

Wieder ruckt mein Kopf hin und her. Ein neues Geräusch steigt aus den Tiefen meines Bewusstseins, ein tiefes, aggressives Summen. Ich will Luft holen, aber eine klebrig süße Membran verschließt meinen Mund.

»Warum ich?«

»Weil du ganz oben bei FinalFood mitgemischt hast. Weil du den Konzern kennst wie kein anderer.«

»Ich bin Marti«, flüstere ich. »Sonst niemand. Bitte glaubt mir.«

»Veeru sagt, du musstest alle Verbindungen kappen und untertauchen. Deshalb konnte sie keinen Kontakt zu dir aufnehmen. Weil FinalFood dich entdeckt hätte, sobald du dich in den Nexus eingeloggt hättest.«

»Aber du hast nicht nur die Verbindung gekappt.« Frankas Worte wiegen zenterschwer. »Du hast alles gekappt. Marti, hast du wirklich alles vergessen? Irrst du seit Wochen durch Delhi, ohne zu wissen, wer du bist und was auf dem Spiel steht?«

»Ich ... ich ... ich ...« Gewaltsam unterdrücke ich das Stammeln. *Ich.* Wer soll das sein?

»Du kennst Veeru schon seit Ewigkeiten«, fährt Franka dazwischen. »Du musst dich doch erinnern!«

»Es tut mir leid.« Ich vergrabe das Gesicht in den Armen. »Ihr seid hier falsch. Ich gehöre nicht hierher, und ich muss ...« Diesmal stemme ich mich vollständig auf die Füße. »Ich muss gehen.«

»Marti, bitte warte.« Kylian zieht sich an der Sockelwand hoch. »Wir glauben dir. Irgendetwas ist absolut schiefgelaufen. Wir wollen dir helfen.«

»Ihr könnt mir nicht helfen.«

»Wir vielleicht nicht.« Franka rafft ihre Gadgets zusammen und stopft sie in einen der Rucksäcke. »Aber Veeru. Wirst du mit ihr sprechen? Bitte. Es ist unsere letzte Chance.«

Ich schwanke. Mein Raumschiff. Europa. Der Fluchtweg. Die Rebellen. Ray. Veeru.

Ich deute auf Kylians vLink-Brille. »Die funktionieren bei mir nicht. Meine B-Waves ...«

B-Waves. Avatare. Izmat. FinalFood. Veeru.

Veeru.

Kylian setzt die Brille auf. »Ich rufe sie an. Du musst lediglich zuhören, Marti, sonst nichts.«

»Hier?«

Franka schultert einen Rucksack, reicht Kylian den zweiten und drückt mir den Nataraja in die Hand. »Lass uns zum Schrottplatz gehen. Sicher ist sicher.«

Über den ausgestorbenen Tempelhof folge ich den beiden zum Ausgang. Der Pandit von vorhin verabschiedet uns flüchtig. Unermüdlich schallt Gesang aus dem Allerheiligsten.

Staub fegt durch die Straßen des Viertels. Die Luft ist heißer, als sie um diese Uhrzeit sein dürfte. Taimur hat seinen Feldzug durch die Wüste beendet und schickt seine glühenden Vorboten nach Delhi. Seit heute Mittag zeigt mein HC-Sensor mehr als 39 Grad Körpertemperatur an.

In einer stummen Prozession nähern wir uns dem Schrottplatz. Von einem der Sammelpunkte fährt ein fast leerer Bus ab. Starre Gesichter mustern uns durch die getönten Scheiben. Auf der Karosserie prangt ein schnittiges, grünes Logo, darunter der Slogan des Sponsors: SAFE JOURNEY, SAFE FOOD. FINALFOOD.

Hinter der nächsten Abzweigung kommt das Tor zum Schrottplatz in Sicht. Die Oberkante meines Raumschiffs ragt über den Zaun und die Wracktürme hinweg. Die Tatsache, dass es noch dort steht, dass es sich nicht wie ein Hirngespinst in Luft aufgelöst hat, gibt mir Sicherheit. Kylian und Franka, Ray und Veeru – sie haben den Falschen.

»War das dein Versteck?« Kylian deutet auf das Schiff. »Hast du wirklich die ganze Zeit über dort gewohnt?«

Ich nicke. Vielleicht sollte ich den beiden einen Blick in den Innenraum gewähren. Vielleicht glauben sie mir, wenn sie die Steuerung, die Statusdisplays, das defekte Navigationssystem mit eigenen Augen sehen.

»Was ist das?« Franka bleibt im Eingang zum Schrottplatz stehen und deutet auf Izmats Streetcopter.

Ich suche nach einer unverfänglichen Erklärung und begreife zu spät, dass Franka gar nicht mein gestohlenes Fluchtfahrzeug meint, sondern das schwarze, spinnenhafte Objekt, das in diesem Moment leise und heimtückisch aus dem Sichtschutz des Copters emporsteigt. Diese Art von Drohne ist mir noch nie untergekommen – flach und symmetrisch mit klobigen Fortsätzen an der Unterseite.

»Weg hier«, drängt Franka. »Wenn das Ding 'ne Kamera hat …«

Ein winziger, weißer Blitz löst sich aus dem Körper der Drohne.

Frankas Kopf ruckt nach hinten, ein abgehackter Laut dringt aus ihrer Kehle. Dann sackt sie mit verdrehten Gliedmaßen zu Boden. Ich starre auf das rote Rinnsal, das aus dem Loch in ihrer Stirn sickert, ohne zu verstehen, was der Anblick bedeutet.

Kylian zerrt mich hinter ein Wrackteil. Der nächste Schuss prallt funkensprühend am Zaun ab. Ein weiterer durchdringt das rostige Blech unserer Deckung. Die Drohne versperrt uns den Weg zum Ausgang. Kylian stößt mich in die andere Richtung. Wir robben durch den heißen Kies, quetschen uns unter einen aufgebockten Lkw.

»Das ist 'ne Verwechslung«, keuche ich. »Die haben den Falschen. Ich bin der Falsche.«

Schüsse durchsieben den Unterboden des Lkw. Aus den Einschlaglöchern steigt Rauch auf.

Mit einer Hand umklammert Kylian die vLink-Brille, mit der anderen schiebt er mich weiter. »Du musst mit Veeru sprechen«, presst er zwischen zusammengebissenen Zähnen hervor. »Hast du das verstanden, Marti? Egal, was passiert. Veeru braucht dich.«

Wir kauern hinter einem Reifenstapel. Dumpf treffen die tödlichen Blitze auf den Kautschuk. Mein Schiff steht nur drei Schritte entfernt. Drei Schritte über den offenen Platz.

»Komm schon«, zischt Kylian und pocht auf das flimmernde Display der Brille.

Der drahtige Drohnenkörper steigt über den Reifenberg.

Ich grabe die Finger in Kylians Arm und deute auf das Raumschiff. »Da rein.«

Die Drohne feuert. Wir spurten los, Schmerz explodiert in meiner Wade, Kylian schreit auf, die vLink-Brille schlittert über den Kies, ich robbe hinter meinem Schiff in Deckung.

Dann erst sehe ich zurück. Kylian liegt auf dem Bauch im Dreck. Über ihm schwebt die Drohne. Seine Hand tastet kraftlos nach dem vLink, aber er ist zu weit weg. Die Drohne schießt einmal, zweimal, dreimal in Kylians zuckenden Rücken. In derselben

Sekunde strecke ich mich aus dem Schutz der Schiffswand und angle nach der Brille. Die Display-Gläser erwachen zum Leben, ein Gesicht materialisiert sich, dunkel und schön und vertraut. Veeru und ich teilen einen Wimpernschlag des Erkennens, dann verebben die B-Waves des sterbenden Kylian, und die Verbindung reißt ab.

»Nein«, keuche ich.

Die Drohne hat von Kylian abgelassen. Von meinem Versteck aus kann ich sie nicht sehen, aber ich höre ein hohes, sirrendes, sich bis zur Unerträglichkeit steigerndes Pfeifen, dann einen Knall. Ein mächtiges Geschoss kollidiert von der anderen Seite mit meinem Raumschiff und katapultiert den zentnerschweren Kubus in die Luft. Am rückwärtigen Ende des Platzes kracht das Schiff zurück auf den Boden, metallischer Staub hüllt mich ein, scharfkantige Splitter zischen über mich hinweg. Die Druckwelle schiebt mich durch den Sand, bis ich mit den Rippen gegen den Flutlichtmast pralle. Hustend will ich auf die Beine kommen, aber meine verletzte Wade knickt unter mir weg. Blut quillt in heißen Strömen aus dem zerfetzten Muskel.

Ein kantiger Schatten fällt auf mein Gesicht. Nichts steht mehr zwischen mir und der Drohne. Ich presse den Rücken gegen den Mast und erwidere stumm den kalten, weißen Blick meines Henkers.

VOR 14 TAGEN

Satya – सत्य [saty[a]] **I.** *Adj* **1.** wahr **2.** wirklich, real [...] **5.** treu [...] **II.** *m* **1.** Wahrheit

»Schläft sie?«

»Juria hat sie mit Schmerzmitteln vollgepumpt, seitdem ist sie ... weggetreten. Ich weiß nicht, wie viel sie mitbekommt.«

»Du solltest dich auch ausruhen. Es ist mitten in der Nacht.«

»Ich lasse sie nicht allein. Nicht jetzt.«

»Es bringt niemandem was, wenn du zusammenbrichst, Veeru. Auch Paksha nicht.«

»Ich bleibe. Das bin ich ihr schuldig.«

»Es war nicht deine Schuld. Wir kamen alle zu spät. Wenn du sie nicht gefunden hättest ...«

»Sie hat geschrien, Fionn. Sie hat so laut geschrien. Wir hätten sie niemals gehen lassen dürfen.«

»Als sie Yasin dort liegen sah, wusste sie nicht mehr, was sie tut. Wir anderen standen ja genauso unter Schock.«

»Es war ein abgekartetes Spiel, von Anfang an. Meine Mutter und ihre schmierigen Geschichten dort auftauchen zu lassen, den Leuten mit diesem Vertrag den Mund wässrig zu machen, die lächerliche Klausel ganz am Ende. Die KI hat jede unserer Reaktionen berechnet, und wir sind ihren Kommandos gefolgt wie abgerichtete Hunde.«

»Vielleicht war nicht alles umsonst. Hast du gehört, was Lutz gesagt hat? Der Angriff hat ordentlich Schaden angerichtet. Final-

Food musste einen Teil des Geländes aufgeben, die Kühltürme sind frei zugänglich.«

»Fionn, nicht jetzt.«

»Wann dann? Die Z.O.M.Bees, die plötzlich von überall herkamen. Wir müssen das untersuchen. Paksha hätte ganz sicher nicht gewollt, dass …«

»Sprich nicht von ihr, als wäre sie schon tot. Wage es nicht, Fionn.«

»Du … du hast recht. Tut mir leid. Tut mir leid, Veeru. Ich kann einfach nicht glauben, dass sie … Veeru, wir müssen den Tatsachen ins Auge sehen. Wie lang bleibt ihr noch, realistisch betrachtet? Drei Tage, vier?«

»Wenn sie Glück hat.«

»Kannst du wirklich gar nichts tun? Ich weiß, ich habe immer zu den Skeptikern gehört. Aber wenn … wenn es Wunder gibt, dann wäre jetzt die Zeit dafür.«

»Es gibt keine Wunder.«

»Was ist es dann?«

»Fionn …«

»Was ist es? Du musst doch irgendwas wissen. Sag es uns. Es ist wichtig. Wenn nicht für mich, dann für Paksha. Sag mir, woran du dich noch erinnerst. Du hast seit zwei Tagen nicht geschlafen, du kannst nicht klar denken. Aber jede Kleinigkeit könnte wichtig sein. Jede.«

»Glaubst du, das weiß ich nicht? Glaubst du, ich hätte nicht schon alles versucht?«

»Konzentrier dich. Erzähl mir die ganze Geschichte. Von Anfang an.«

»Du kennst den Anfang.«

»Ich kannte ein störrisches Kind, das nirgendwohin gehören wollte. Das mit niemandem klarkam.«

»Außer mit einem.«

»Marti? Marti Andersen? Ich hab nie verstanden, was ausgerechnet euch beide so zusammengeschweißt hat. Manchmal dachte ich, ihr kommt von verschiedenen Planeten.«

»So war's ja auch, in gewisser Weise. In Martis Familie hat es niemand je zu mehr gebracht als zum Unkrautjäter. Und schuld daran war die Gier von Leuten wie meiner Mutter. Aber Marti hat mich das nie spüren lassen. Alle anderen im Sektor haben mich behandelt wie eine kleine Mandodari. Das Investorenbalg, vor dem man katzbuckelt und dem man hinterherspuckt.«

»Ich muss dich nicht daran erinnern, wie du früher über die Leute hergezogen hast, oder? ›Schuftende Rindviecher, vulgäre Trampel.‹«

»›Stillose Steinzeitmenschen‹ hast du vergessen.«

»Du hast das Leben hier gehasst.«

»Ich hab das Elend gehasst, diese ... diese krank machende Apathie. Marti und ich, als wir älter wurden, wollten wir nur noch weg von hier. Aber auch wenn wir uns in Delhi was Neues aufgebaut hatten, auch wenn wir ... entkommen waren – der Sektor hat uns nicht losgelassen. Marti hat regelmäßig Geld an seine Familie geschickt, aber in den Dürrejahren reichte das nicht mal, um die Zinsen für ihre Kredite zu tilgen.«

»Das wusste ich nicht. Ich hab seinen Stream nicht mehr verfolgt, nachdem er von hier fortging. Und du warst überall auf der Welt unterwegs, hast deine Herkunft in Interviews geradezu verleugnet. Selbst zur Beerdigung deines Vaters hast du dich nicht blicken lassen.«

»Weil Mandodari dort war. Wenn ich sie auf dem Friedhof getroffen hätte, wäre vielleicht ein Doppelbegräbnis daraus geworden. Aber es stimmt schon. Ich hab zu lang weggeschaut. In Delhi gab es nur Marti und mich. Wir teilten uns eine winzige Wohnwabe, diese sechseckigen Dinger, du weißt schon, die sich zu Apartmenteinheiten zusammenstecken ließen. Wir nannten es unser Raumschiff. Im Sommer wurden wir da drin fast gegrillt, und im Monsun sickerte überall Wasser rein.«

»Klingt schrecklich.«

»Es war der Himmel auf Erden. Ein paar Monate später zog ich mein erstes großes Engagement an Land – eine ganze Saison in Mumbai. Als ich nach Delhi zurückkam, war Marti … ich schätze, es musste so kommen. Er dachte wirklich, er kann was verändern.«

»Wenn du so redest, klingt das wie eine Schwäche.«

»Er war viel zu naiv, immer schon. FinalFood hat ihm das Blaue vom Himmel versprochen, damit er bei ihnen anheuert. Topequipment, gigantische Datensätze, grenzenloses Budget. Marti ging es immer nur um die Sache. Um Ideale. Er wollte forschen, um in Europa das Leben besser zu machen. Ich schätze, anfangs war ihm wirklich nicht klar, was FinalFood mit seinen Ideen anstellen würde. Er wollte sogar Avatar-Status beantragen, aber das habe ich ihm ausgeredet. Hab ihm gedroht, dass er mich niemals wiedersehen würde, wenn er sich an die verkauft, die seine eigenen Leute versklavt haben. Und dann setzte FinalFood ihn auf das Z.O.M.Bee-Projekt an. Diese Forschungsgruppe hatte einen Flop nach dem anderen produziert, bevor Marti zum leitenden Entwickler ernannt wurde. Er machte die Bienen innerhalb eines Jahres marktreif. Hör auf, den Kopf zu schütteln, Fionn. Es stimmt.«

»Aber dann hätte er doch … warum hat er nicht …«

»Als hier die Menschen wegen seiner Erfindung reihenweise starben, gingen ihm zum ersten Mal die Augen auf. Marti … er hat nie so richtig verstanden, dass das, was wir tun, Konsequenzen hat. In gewisser Weise hat er immer schon in seiner eigenen Welt gelebt.«

»Aber er hätte das rückgängig machen können, oder nicht? Wenn es einer kann, dann er.«

»Er hat es versucht. Er forschte in jeder freien Minute an einem Gegenmittel, auch wenn FinalFood ihn längst in die B-Wave-Abteilung versetzt hatte. Marti und ich haben nur noch gestritten deswegen. Ich wollte, dass er aus dieser Heuschreckenfirma aussteigt und mit mir zurück nach Europa geht. Die Bienen waren schließlich nur die Spitze des Eisbergs. Welchen Unterschied macht es, die Murti-Opfer zu heilen, wenn das ganze System völlig krank ist? Wenn die Leute ein halbes Jahr später vielleicht an Erschöpfung sterben oder sich das Leben nehmen, weil ihnen die Schulden über den Kopf wachsen? Irgendwann hielt ich es nicht mehr aus und ging auf eigene Faust in den Main-Sektor.«

»Deshalb bist du also hergekommen? Als du im letzten Herbst hier aufgeschlagen bist, konnte sich niemand einen Reim darauf machen. Wir dachten erst, du würdest ein paar Shows in Residence City geben und wieder verschwinden. Aber dann bist du über die Dörfer gezogen, hast Stimmung gegen die Sahabs gemacht. Wolltest du wirklich damals schon einen Aufstand anzetteln?«

»Dazu gehörte nicht viel. Seit dem Start des Z.O.M.Bee-Projekts gab es immer wieder Streiks auf den Plantagen. Es fehlte nur jemand, dem die Leute in die Schlacht folgen würden. Bis zu diesem Zeitpunkt interessierte sich niemand auf der Welt dafür, unter welchen Bedingungen das Realfood hier produziert wird. Aber ich hatte Einfluss und Follower. Ich wollte den Menschen eine Stimme geben.«

»Ich weiß nicht, ob das funktioniert hätte, Veeru. Die Leute kamen zu deinen Auftritten und riefen ein paar Slogans, klar, aber die meisten blieben skeptisch. In deren Augen warst du nur irgendein unerreichbarer Star, der Imagepunkte sammeln wollte.«

»Die haben mich unterschätzt. Genau wie ich Marti unterschätzt habe. Er … nach ein paar Wochen kam eine Nachricht aus Delhi: Marti hatte ein Z.O.M.Bee-Serum entwickelt, der Durchbruch. Er stellte die Ergebnisse in der Firma vor. Und FinalFood verbot ihm, die Forschungen publik zu machen. Sie wollten das

Medikament benutzen, um Druck auf die Arbeiter auszuüben. Keine Streiks, keine Demonstrationen mehr im Gegenzug für das Serum. Ich bin ausgeflippt, als ich das gehört habe. Und Marti gab mir zum ersten Mal recht. Er hatte endlich verstanden, welches Spiel der Konzern spielte. Viel zu spät. Er wollte herkommen, aber dann …«

»… hat dich die Z.O.M.Bee gestochen, nicht wahr? Du hättest sehen sollen, was hier los war, als wir davon erfuhren. Die Meldung ging von vLink zu vLink, aber danach herrschte plötzlich Totenstille. Niemand wusste, wo sie dich hingebracht hatten, wie es dir ging …«

»Ich war in Delhi. Marti hat mich ausfliegen lassen, sobald er davon hörte. Dieser Stich, er kam völlig aus dem Nichts. Als ich wieder zu mir kam, lag ich in einer Privatklinik, und Marti war da. Unrasiert und abgemagert, total manisch. Mein furchtloser Wissenschaftler. Er hatte die Plage über seine eigenen Leute gebracht, und dafür sollte ich mein Leben verlieren. Und da hat er sich entschieden: Er spritzte mir das Serum, obwohl er wusste, dass es das Ende seiner Karriere bedeuten würde. Keine vierundzwanzig Stunden später schickte ihm FinalFood die Kündigung. Veruntreuung, Geschäftsschädigung, Datenmissbrauch – für den Konzern war er gestorben.«

»Aber das Serum wirkte, oder nicht? Marti hat dich gerettet. Wenn es ein Heilmittel gibt, warum hast du das die ganze Zeit geheim gehalten?«

»Weil es keinen Unterschied macht. Es war nur ein Prototyp und FinalFood hält die Rezeptur unter Verschluss. Marti hatte keine Möglichkeit mehr, auf die Konzernsoftware zuzugreifen, aber kurz bevor sie ihn rauswarfen, ließ er ein paar Hardware-Items mitgehen. Und Z.O.M.Bee-Larven. Damit machten wir weiter. Marti und ich waren fest entschlossen, die Firma endgültig zu vernichten.«

»Marti steckt mit in der Sache, sagst du? Wo ist er jetzt? Nach dem Stich warst du wochenlang verschwunden. Was habt ihr in der Zwischenzeit gemacht, Veeru?«

»Eine Geheimwaffe gebaut. Marti hat befallene Murti-Zellen analysiert, in Insektenerbgut rumgestochert, lebende Gehirne umprogrammiert. Die Details waren zu hoch für mich. Vermutlich hatte selbst Martis verfressener Hund mehr Durchblick als ich. Die beiden waren unzertrennlich, Marti hat sogar ihre B-Waves miteinander koppeln lassen. Du kennst ihn doch, seine hirnrissig genialen Ideen. Er würde niemals einen BH-Verschluss beim ersten Versuch aufbekommen, aber wenn es um Gleichungen mit acht Unbekannten geht, ist er nicht zu bremsen. Wir haben diesen ganzen Irrsinn in unserer räudigen, alten Wohnwabe geplant, Fionn. Auf dem Schrottplatz. Als alles bereit war, ging ich zurück in den Main-Sektor ...«

»... und bist im Dorf einmarschiert wie der auferstandene Heiland. Den Anblick werde ich nie vergessen. Die Leute hielten dich für eine Erscheinung. Vorher warst du ein Promi, der sie von ihrem Elend ablenkte. Jetzt warst du ihr Erlöser. Als wir den Angriff auf Sonnys Plantage vorbereiteten, habe ich zum ersten Mal daran geglaubt, dass wir wirklich etwas ändern können. Und jetzt ... wir dürfen uns von diesem Schlag nicht vom Kurs abbringen lassen. Das sind wir Yasin schuldig. Und ... und Paksha. Wenn wir diese Katastrophe überstehen, können wir Residence City erobern. FinalFood hat Angst vor uns, und ihr beide, Marti und du, ihr habt das geschafft. Warum hat er sich nicht von Anfang an zu erkennen gegeben?«

»Weil ich nicht weiß, wo er ist. Marti ist weg. Verschwunden. Er blieb in Delhi, um von dort den Angriff auf die FinalFood-Zentrale zu steuern, aber wir standen per vLink in Kontakt. Dann, am Abend bevor wir die Plantage stürmten, schrieb mir Marti, dass FinalFood ihm einen Deal vorgeschlagen hatte: Sie waren bereit, das Serum freizugeben, wenn Marti als Avatar zu ihnen zurückkehrte und alle schädlichen Aktionen bleiben ließ. Er schrieb mir, dass er zum Lotus Tower fahren und mit der KI verhandeln würde. Seitdem kann ich ihn nicht mehr erreichen.«

»Sag nicht, dass die ihn …«

»Ich weiß es nicht. Sein Stream ist noch aktiv, aber er sendet nur verwirrende Signale. Fehlgeschlagene Logins, total willkürliche GPS-Daten, Links zum Pet-Stream von Martis Hund. Da ist irgendwas furchtbar schiefgelaufen. Und gestern … diese Bemerkung von Mandodari. Sie sagte ›Er wird nicht kommen‹. Als ob FinalFood wüsste, wo er ist. Als ob die ihn … Scheiße.«

»Wir müssen ihn da rausholen, Veeru. Wenn er wirklich allein durch Delhi irrt, hat er keine Chance gegen FinalFood.«

»Das weiß ich. Ich habe Leute nach Indien geschickt, um ihn zu finden. Aber das dauerte. Sie brauchten gefälschte Dokumente, mussten eine Route nehmen, die sich schwer zurückverfolgen lässt. Momentan hängen sie in Lahore fest und warten auf ihre Einreiseerlaubnis.«

»Willst du damit sagen, wir spielen auf Zeit? Wie lang können wir das noch durchhalten? Das, was heute passiert ist … Die Menschen brauchen eine Richtung, ein Ziel. Sonst fliegt uns alles bald endgültig um die Ohren.«

»Wir müssen vorsichtiger sein. Es war unsere eigene Schuld, dass wir den Köder geschluckt haben.«

»Erzähl das den Toten. Erzähl das denen, für die unsere Medikamente nicht reichen. Diejenigen, die keine Sonderbehandlung bekommen wie Paksha.«

»Jeder, der in diesem Konvoi mitfuhr, wusste, was er tat. Alle wussten, was sie dort erwartet.«

»Offensichtlich nicht. Diese Z.O.M.Bees, Veeru. Lutz war sich sicher, dass sie aus einem der Kühltürme kamen. Das könnte der Ort sein, nach dem wir suchen. Die Hauptpopulation.«

»Fionn, ich kann nicht … nicht jetzt.«

»Dann lass mich dir helfen. Ich rede mit Lutz. Es gibt Aufnahmen von dem Angriff, die wir auswerten können.«

»Vermutlich hast du recht. Ich weiß ja, dass ich nichts … dass wir keine Zeit mehr haben. Aber …«

»Ich übernehme das. Bleib bei Paksha. Sie braucht dich jetzt.«

»Danke, Fionn.«

»Versuch zu schlafen, Veeru. Du bist nicht du selbst.«

Ihre rechte Hand war taub. Im Rest ihres Körpers hatte sich der Schmerz eingenistet wie ein gefräßiger Parasit. Wenn sie versuchte, den Arm zu heben, scheuerten die Gelenkknochen gegeneinander, wimmerten die entzündeten Sehnen, brannten die verhärteten Muskelstränge. Ein Netz aus Säure lag über ihrer Haut, sickerte in jede Pore, fraß sich durch ihre Eingeweide. Ihre Lunge stach, ihr Herz schien mit jedem mühsamen Pumpen zerreißen zu wollen.

Paksha hörte Veerus Selbstbezichtigungen, Fionns bange Fragen. Sie hörte alles. Die Worte bohrten sich in ihren Verstand und verätzten selbst jenen Teil von ihr, den das Gift in ihrer Blutbahn nicht erreichen konnte. Bisweilen stiegen Stimmen vom Grund eines tiefen, dunklen Ozeans auf und lockten Paksha zu sich. Noe sang ihr altes Schlaflied, und Yasin stimmte pfeifend in die Melodie ein. Ihre Mutter weinte und weinte und weinte wie in den Tagen, nachdem Papas Boot nicht aus dem Sturm zurückgekehrt war.

Formlose Gedanken wuschen über sie hinweg wie Sandkörner in der Brandung, verklumpten zu groben Figuren und trieben mit dem nächsten Luftholen wieder auseinander. Sie spürte Nässe im Gesicht und schmeckte Salz, als ein warmer Tropfen ihre Lippen berührte. Etwas Kühles, Glattes streifte ihre Wange, das Seegras hätte sein können, die flüchtige Berührung eines Wasserwesens oder ein scheuer Kontakt von Haut zu Haut, Fingerspitzen, die sich ihr aus einem weit entfernten Universum entgegenreckten.

Als Paksha zurück an die Oberfläche trieb, war alles still. Sie lauschte mit jeder Faser auf Fionns beharrliches Murmeln, Veerus gepresste Geständnisse, ein gedämpftes *Prrram,* das verriet, dass sie nicht allein war, aber das wattige Schweigen hielt an.

Pakshas Geist strampelte in seinem finsteren Kokon, ihr Hirn schickte Stromstöße durch die wunden Nervenbahnen. Die linke Hand zuckte, Augenlider schmirgelten über die Netzhäute, graues Licht fiel in die Schächte ihres Bewusstseins. Ein hypnotischer Blick zog sie zurück in die Welt, ins Leben, oder zumindest bis an die Schwelle. Kailashs Kopf schälte sich aus dichten Rauchwirbeln und drückte gegen die Membran, die Traum und Wirklichkeit voneinander trennte. Er bleckte die Zähne, wie um das zähe Gewebe zu zerbeißen, doch die Raubtierfratze wurde flacher, verschmolz mit dem marmorierten Untergrund und erstarrte zu den schwarzen Konturen eines Löwentattoos.

Veerus Rücken hob und senkte sich gleichmäßig. Schulterblätter und Rückgrat zeichneten sich als spitzes Relief unter der Haut ab. Ihr Haar ergoss sich in verfilzten Strähnen über das Kissen, der Stoff ihrer Kurti war knittrig und verrutscht. Als Paksha Veeru zum ersten Mal aus dieser Perspektive gesehen hatte, war sie überzeugt gewesen, einer leibhaftigen Gottheit begegnet zu sein, unbefleckt, unbesiegbar und unsterblich. Jetzt kannte sie die Wahrheit.

Sie zwang ihren steifen Hals in eine andere Position, tastete die Umgebung mit Blicken ab, zerknülltes Bettzeug, Tablettenschachteln, ein Infusionsständer inmitten antiker Möbel, wogende, bodenlange Spitzengardinen vor einem Doppelfenster, durch das trübes Morgenlicht in das Turmzimmer schien. Regen rauschte gegen die Scheiben.

Paksha war bis zum Kinn zugedeckt. Als sie versuchte, die taube Hand unter den Stofflagen hervorzuziehen, jagte ein Krampf durch ihren Arm. Muskeln schrumpften zu glühenden Klumpen. Die überstrapazierten Sehnen zwangen das Ellenbogengelenk in einen unnatürlichen Winkel. Ein flehendes Keuchen stieg aus Pakshas Kehle.

Die Matratze geriet in Bewegung. Ein Schatten legte sich über Paksha, dann spürte sie einen behutsamen Griff um ihre Schultern.

»Kämpf nicht dagegen«, flüsterte Veeru.

Paksha grub die Finger der zweiten Hand in Veerus Oberteil und ließ sich in eine sitzende Position ziehen. Kühler Druck senkte sich auf ihr brennendes Fleisch, sanftes Kneten lockerte die Fasern und glättete die zuckende Haut.

»Es ist gleich vorbei.« Veerus Stimme klang matt, aber ihre Umarmung war fest und verlässlich. »Es tut mir leid, Paksha. Ich hätte nicht einschlafen dürfen.«

»Alles tut weh«, schluchzte Paksha.

»Ich weiß. Glaub mir, ich weiß, wie weh es tut.«

»Du kannst … du kannst es nicht stoppen.«

»Du hast uns gehört, nicht wahr? Paksha, ich wünschte, ich könnte es.«

»Alle sind tot, Veeru. Alle.«

»Schhh. Ganz ruhig. Wir sind noch hier. Wir leben noch, du und ich.«

Paksha spürte, wie Veeru ihr Gewicht verlagerte und einen Arm von ihr löste. Plastik knackte, dann hielt Veeru ihr zwei weiße Pillen vors Gesicht. »Mach mal den Mund auf. Damit wird es besser.« Paksha ließ sich die Tabletten zwischen die Lippen schieben und trank einen mühsamen Schluck aus dem Wasserglas, das Veeru ihr reichte.

Der Krampf hatte nachgelassen, ihr rechter Arm hing kraftlos herab, die Finger krümmten sich zu steifen Klauen. Fiebrig heißes Blut pochte in ihren Schläfen. Die Bettwäsche schabte über Pakshas Haut wie Schleifpapier, als Veeru ein paar Kissen aufschüttelte und ihr half, sich darin zurückzulehnen.

»Brauchst du was? Hast du Hunger?«

Paksha schüttelte kraftlos den Kopf, und der Raum kippte vor ihren trägen Augäpfeln zur Seite. »Wo ist Fionn?«

»Unterwegs. Er redet mit Lutz. Soll ich ihn rufen?«

Paksha wünschte sich nichts sehnlicher, als ihn zu sehen, seine warme, tiefe Stimme zu hören. »Nein«, sagte sie. »Vielleicht ist es wichtig ...«

»Nichts ist mehr wichtig, Paksha. Sag mir, was du willst, und ich tu's.« Veeru saß im Schneidersitz neben ihr, die knochigen Ellenbogen auf die Knie gestützt, die Finger ineinander verschränkt. Dunkle Strähnen hingen ihr ins Gesicht. Ihr Make-up war verschmiert und die Schatten unter ihren Augen tiefer als je zuvor.

»Lass mich nicht allein.«

»Ich bin hier. Ich bleibe, solang du mich bei dir haben willst.«

Paksha schloss die Augen. Die Medikamente entfalteten ihre Wirkung und drängten die fleischverzehrende Qual zurück, bis lediglich ein lauerndes Pulsieren tief in Pakshas Knochen übrig blieb. Veeru saß neben ihr, reglos wie eine Statue.

»Hast du ... geahnt, dass sie kommt?«

Veeru atmete tief und schwer. »Meine Mutter? Nein, habe ich nicht. Wir hatten seit Jahren keinen Kontakt mehr. Was wir beim letzten Mal zueinander gesagt haben ... ich war mir sicher, dass wir uns danach nie wieder in die Augen würden sehen können.«

»Warum hast du nicht ... warum hast du sie reden lassen?«

»Du meinst, ich hätte davonlaufen sollen?« Eine Ahnung des alten Stolzes schlich sich zurück in Veerus Stimme. »Alles, was Mandodari behauptet hat, stimmt. Aber es gibt auch Dinge, die sie nicht weiß. Wenn sie dachte, dass mich ihre lächerlichen Provokationen aus der Fassung bringen, kennt sie mich nicht halb so gut, wie sie es sich vielleicht wünscht.«

Paksha hob mühsam die Lider. »So wie Marti?«

»Marti.« Veeru vergrub das Gesicht in den Händen.

»Lebt er noch?«

»Er muss.« Die Art, wie Veeru über Marti sprach, klang fremd in Pakshas Ohren. Warm und verletzlich und vertraut. »Er muss einfach. Er kann mich nicht in die Schlacht ziehen lassen und dann …«

Sie brach ab, als jemand an die Tür klopfte. Fionn steckte den Kopf herein, sah Paksha sitzend im Bett und stieß einen seelentiefen Seufzer aus. »Dem Himmel sei Dank.« Mit ein paar Schritten war er bei ihr und zog sie in die Umarmung, nach der Paksha sich gesehnt hatte. »Ich hab befürchtet, du würdest … dass ich dich nicht mehr …«

In Gegenwart der beherrschten Veeru war es Paksha gelungen, die unausgesprochenen Tatsachen zu verdrängen. Doch als sie ihr Gesicht an Fionns Schulter lehnte und sein starkes, großes Herz schlagen hörte, als sich leise Tritte über den Teppich näherten und Juria Veeru mit routiniertem Tadel auf die zu hoch dosierten Schmerzmittel hinwies, verstand Paksha, dass Augenblicke wie diese von nun an kostbar und begrenzt waren. Sie erkannte, wie wenige ihr noch blieben, und sie begriff mit verstörender Klarheit, dass Juria jemand anderem ihr »Nichts für ungut« vorbeten, dass Fionn jemand anderen trösten und dass Veeru mit jemand anderem Tanzschritte üben würde, wenn Paksha nicht mehr da war. Sie würden zurückbleiben, und Paksha musste sich allein auf einen Weg machen, auf dem ihr niemand die Richtung weisen konnte.

Ein Schluchzen zerriss ihre Brust. Tränen brannten sich durch die Kruste auf ihren Wimpern. Ungesagte, unsagbare Worte drückten ihr die Luft ab.

Fionn hielt sie fest, und sein stummer Trost verlieh Paksha die Kraft zum Weinen. Sie weinte nicht um ihre Eltern, nicht um Noe, nicht um Yasin. Sie weinte um sich selbst, weinte vor Angst, brüllte ihre Wut hinaus, heulte hilflose Anklagen und wimmerte Entschuldigungen. Niemand besänftigte oder bestärkte sie, aber alle waren da. Sie blieben, bis aus den Schluchzern trockenes Keuchen und aus dem Keuchen erschöpfte Atemzüge wurden.

»Schläft sie?«, flüsterte Veeru.

Paksha hob demonstrativ den Kopf und ließ sich von Fionn zurück auf die Kissen betten. Müdigkeit nagte an ihren Knochen, aber sie wollte nicht schlafen. Sie wollte keinen Augenblick mehr verpassen.

»Ich würde mir gern … deinen Zustand ansehen.« Juria sprach ungewohnt zurückhaltend. Sie hatte sich einen Stuhl ans Bett gezogen und die Tasche auf den Schoß genommen, in der sie ihre rudimentäre medizinische Ausrüstung aufbewahrte. Auf Pakshas Nicken hin räumte Fionn seinen Platz auf der Bettkante und starrte mit geröteten Augen aus dem Fenster. Veeru kauerte mit verschränkten Armen und gekrümmtem Rücken neben Paksha auf der Matratze. Sie schien bereit, Juria das Stethoskop zu entreißen, sollte sie damit zu fest aufdrücken.

Paksha ließ die Prozedur über sich ergehen und verkniff sich die Frage, welchen Zweck es jetzt noch hatte, ihren Puls zu fühlen, Blutdruck und Temperatur zu messen und den Pupillenreflex zu überprüfen.

»Du hast die erste Phase fast hinter dir«, erklärte Juria. »Die kommenden ein bis zwei Tage werden leichter. Du wirst klarer sein im Kopf, die Schmerzen lassen nach. Von Zeit zu Zeit wirst du Krämpfe bekommen, aber die … die finalen Lähmungen setzen erst später ein. Die dritte Phase ist meistens sehr kurz.«

Paksha erwiderte nichts. Sie wollte es nicht wissen.

Fionn wandte sich zu ihr um. »Du musst keine Angst haben, Paksha. Wir haben Medikamente, die es erträglich machen. Du wirst die beste Behandlung bekommen …«

»Sie wird dieselbe Behandlung bekommen wie alle anderen«, unterbrach ihn Juria leise aber bestimmt. »Wir müssen haushalten, gerade jetzt bei den vielen Neuinfektionen.«

»Das kann nicht dein Ernst sein«, zischte Fionn. »Es geht hier um Paksha. Sie ist …«

»… uns allen lieb und teuer«, sagte Juria. »Aber solange ich die medizinische Leitung innehabe, werden keine Unterschiede gemacht.«

Fionn schnaubte. »Als ob du *jemals* etwas getan hättest, das nicht im Handbuch steht.«

Juria saß mit dem Rücken zum Raum. Nur Paksha sah, wie sie die Augenlider einen unsteten Atemzug lang fest aufeinanderpresste und den feuchten Schleier auf ihren Pupillen anschließend wegblinzelte.

»Schluss jetzt.« Veeru hob den Kopf. »Hast du mit Lutz geredet?«

Fionn ging bereitwillig auf den Themawechsel ein. »Ja. Deshalb sind wir hergekommen. Es sieht aus, als ob …«

»Können wir das nicht später besprechen?«, warf Juria ein. »Nichts für ungut, Paksha. Aber du brauchst Ruhe. Je langsamer sich das Gift verteilt …«

»Ich will es wissen.« Paksha entzog Juria die taube Hand, in der sich der Z.O.M.Bee-Stich als schwarzer Punkt unweit der Daumenwurzel abzeichnete. Die umliegende Haut hatte sich graublau verfärbt. Auf dem Rest der Hand bis hinauf zum Ellenbogen zeigten sich dunkle Hämatome. »Ich will dabei sein. Bitte.« Paksha sah zwischen Fionn und Veeru hin und her. »Ich gehöre doch dazu.«

Ich lebe noch.

Fionn ließ sich gramgebeugt auf einen Stuhl sinken. Veeru wies ihn mit einer Kopfbewegung an, zu erzählen.

»Es ist dort, im Kühlturm, wie wir vermutet hatten«, sagte er. »Das Volk.«

»Wie sicher seid ihr euch?«

»Wir sind die Aufnahmen eine nach der anderen durchgegangen. In der Zeitlupe sieht man deutlich, wie sich die Z.O.M.-Bees an den Öffnungen in der Außenhülle sammeln. Und wir haben mit Überlebenden gesprochen, die nah an den Türmen dran waren. Alle haben das Gleiche erzählt. Die Bienen kamen von dort.«

»Deshalb waren sie so aggressiv«, fügte Juria hinzu. »Sie haben ihren Stock verteidigt.«

»Die Türme sind frei zugänglich, sagt ihr?« Veeru stellte die Frage wie ein Statiker, der ein einsturzgefährdetes Gebäude begutachtete.

Juria breitete ihren vLink aus und zoomte eine Luftaufnahme heran. Paksha und Veeru beugten sich über die Membran. »Unsere Follower haben den Zaun so massiv beschädigt, dass Final-Food eine zweite Barriere hochziehen musste, um das Lager zu sichern. Hier, seht ihr? Die Türme liegen jetzt außerhalb der befestigten Zone. Vom Fluss her kämen wir an sie ran.«

»Das spielt uns in die Hände, oder?« Paksha atmete schnell und flach. Vor Aufregung wurde ihr schwindlig. »Du hast irgendwas vor mit den Z.O.M.Bees, Veeru. Weißt du wirklich, wie wir sie ausrotten können?«

»Paksha hat recht«, sagte Juria. »Unsere Späher haben den ganzen Sektor auf den Kopf gestellt, um die Bienen zu finden. Jetzt haben wir sie. Und du wirst uns gefälligst verraten, was du planst.«

Veeru sah von Gesicht zu Gesicht. »Ich weiß nicht, wie wir die Z.O.M.Bees ausrotten können.« Noch immer im Sitzen entfaltete sie ihre langen Beine und winkelte das linke Knie an. »Sehr starke Pestizide vermutlich. Aber wir brauchen die Bienen lebend. Und wir brauchen viele von ihnen.«

Zum dritten Mal beobachtete Paksha, wie Veeru das Ghunghru-Band von ihrem Knöchel löste. Schlaufe um Schlaufe fielen die klirrenden Schellen auf die Matratze und gaben den Blick auf den schweißdurchtränkten Verband frei.

»Was hast du da?« Juria beugte sich stirnrunzelnd nach vorn. »Warum bist du damit nicht zu mir gekommen? Wenn sich so was entzündet …«

»Ich habe Vorkehrungen getroffen.« Veeru wickelte den Stoffstreifen ab. Der Schnitt in ihrer Wade war jetzt für alle sichtbar.

Fionn stand auf und kam mit bleichem Gesicht näher. »Wann ist das passiert?«

Veeru verzog keine Miene, als sie ihren Zeigefinger in die Wunde grub. »Schon vor Wochen. In Delhi.«

»Während du krank warst?«, hakte Juria sofort nach.

Veeru schüttelte den Kopf. »Danach.«

Mit einem Ruck löste sie die Kapsel aus ihrem Versteck. Juria sog scharf die Luft ein. Fionn wischte sich Schweißperlen von der Stirn. Paksha löste den Blick nicht von Veerus Händen.

»Sie braucht Körperwärme«, erklärte Veeru, während sie die Mullbinde benutzte, um Wundwasser und Blutschlieren von der Kunststoffoberfläche zu wischen. »Und sie ist zu wertvoll, um sie irgendwo anders aufzubewahren.«

Pakshas Muskeln bebten unkontrolliert, als sie sich in den Kissen nach vorn stemmte, um zu erkennen, was sich im Innern der transparenten Kapsel befand. Ein schmaler, segmentierter, fahler Körper, ungefähr so lang wie zwei Fingerglieder. Beine und Fühler. Hauchzarte Flügelmembranen.

»Die Königinnen werden fast dreimal so groß wie die Arbeiterinnen.« Veeru drehte den gläsernen Kokon zwischen den Fingern. »Marti sagt, sie wird nachdunkeln, sobald sie im Freien ist. Alle paar Tage muss ich der Nährlösung einen Stoff beimischen, der sie künstlich im Larvenstadium hält. Wenn ich das weglasse, wird sie schlüpfen.«

»Ist das ... ist die echt?« Jurias Tonlage schwankte zwischen Entsetzen und Faszination.

»Eine Z.O.M.Bee-Königin«, hauchte Paksha. »Aber ich versteh nicht ...«

Veeru ließ ihre Fingerspitze an der Kapsel entlangwandern. »Marti hat sie präpariert. Ihr kleines Gehirn ist von uns verkabelt worden. Sie wird tun, was immer wir wollen.«

Paksha streckte die Hand aus, wagte aber nicht, das Glas zu berühren. »Wie funktioniert das?«

»Wir beeinflussen ihre B-Waves über elektrische Impulse. Ich hab die Software auf dem vLink. Wir können sie überall hinfliegen lassen.«

»Aber wozu?«, fragte Fionn. »Was nützt uns eine ferngesteuerte Z.O.M.Bee?«

»Z.O.M.Bee-Königin«, korrigierte Veeru. »Sie braucht natürlich ein Volk. Und wenn sie eines hat, wird es ihr folgen, egal wohin.«

Paksha war die Erste, die die richtigen Schlüsse zog. »Der Schwarm beim Saatgutlager. Du willst sie dort einschleusen. Und der KI die Kontrolle über die Bienen entreißen.«

»Wenn wir sie im Stock aussetzen, wird sie die alte Königin herausfordern«, sagte Veeru. »Unsere Königin ist jung und stark. Sie wird sich durchsetzen. Und dann werden wir FinalFood und den Menschen in Residence City einen Gruß schicken. Wenn dort alle mit den Bienen beschäftigt sind, ist der Weg zum Rechenzentrum frei.«

Juria wippte mit dem Knie. »Diese Idee ist so hirnrissig, die kann nur von dir stammen.«

Veeru hob eine Augenbraue. »Es war Martis Idee. Alles, was wir tun, war Martis Idee. Die Z.O.M.Bees sind erst der Anfang. Wenn wir diese Sache jetzt in Gang setzen, müssen wir sie bis zum Ende durchziehen. Wir haben nur einen einzigen Versuch.«

»Die Frage ist aber doch, *wie* wir sie in Gang setzen«, gab Juria zu bedenken. »Wie mischen wir deine Königin unter ihr neues Volk, ohne uns selbst in Gefahr zu bringen? Ich meine, irgendjemand muss sie in den Stock schmuggeln.«

Fionn rieb sich die Schläfen. »Und wer soll das sein? Ich weiß ...«, unterbrach er Jurias Luftholen, »... dass da draußen immer noch genug Verrückte zu so einer Kamikazeaktion bereit wären. Aber da mache ich nicht mit. Nicht noch mehr Tote.«

»In der Krankenstation hab ich Schutzanzüge gesehen, aber einer solchen Masse an Bienen werden die im Ernstfall nicht standhalten.«

»Wenn wir schnell genug sind, vielleicht.«

»Schnell ist das Stichwort. In diesen Mänteln bist du nämlich völlig unbeweglich.«

»Dummys könnten eine Option sein. Oder Drohnen. Allerdings müssten die programmiert werden.«

»Das dauert zu lang. FinalFood wird nicht ewig warten, bevor sie den Zaun wieder hochziehen.«

Paksha betrachtete die Bienenkönigin. Marti hatte sein Leben aufs Spiel gesetzt, um ihnen diese Chance zu verschaffen. Veeru hatte die Kapsel wochenlang in ihrem Körper versteckt. Yasin war tot, und im Gegenzug lag das Herz der Maschine ein paar Schläge lang verwundbar vor ihnen. Paksha würde sterben, und auch wenn sie den Weg allein gehen musste, glaubte sie jetzt, die Richtung zu kennen.

Ihre Beinmuskeln bockten und brannten, ihre Wirbel rieben aneinander wie poröser Stein, als Paksha die Bettdecke zurückschlug und die Füße auf den Boden schwang. Sofort erstarb die hitzige Diskussion.

»Was wird das?«, fragte Juria entgeistert.

»Nicht doch«, bat Fionn. »Sag mir, was du brauchst. Ich bring es dir.«

Paksha atmete gegen den Brechreiz an, wartete, bis das Rauschen in ihren Ohren verklungen war, und drehte ihren steifen Hals dann weit genug, dass sie Veeru ins Gesicht sehen konnte.

»Ich will es tun«, sagte sie. Mit jedem Wort gewann ihre Stimme an Kraft. »Ich will die Königin freilassen.«

JETZT

Kutta – कुत्ता [kuttā] *m* **1.** *Zool* Hund *m* **2.** *Gewehr* Abzug *m* […] **4.** *pej* Hund *m*, Nichtsnutz *m*

Lautlose Propeller halten die Drohne waagrecht in der Luft. Auf der schwarzen Hülle des Flugkörpers glimmen Leuchtdioden. Das Kameraauge zoomt auf mein Gesicht.

Aus der Schusswunde in meiner Wade tropft Blut auf den ausgedörrten Boden. Eine größere Lache hat sich um Kylians leblosen Körper gebildet, der zwischen mir und dem zerstörten Raumschiff im Dreck liegt. Ich presse den Rücken gegen den Flutlichtmast und schiebe mich mit Hilfe des gesunden Beins daran empor. Die Drohne passt ihren Schusswinkel geringfügig an. Ein leises Zischen dringt durch die Fugen ihres Metallpanzers.

Fieberhaft halte ich nach einem Versteck Ausschau. Links von mir stehen rostige, ineinander verkeilte Fässer, deren Inhalt längst im durstigen Untergrund des Schrottplatzes versickert ist. Ich habe keine Ahnung, ob die Hohlkörper einen Schuss abfangen können, aber mir bleibt keine Wahl. Spitze Steine bohren sich in meine Handballen, als ich das Gewicht verlagere. Mit dem Fuß taste ich auf dem unebenen Boden nach Halt. Das verletzte Bein zuckt und sticht.

Das Drohnenauge folgt meiner Bewegung, eine Signalleuchte kündigt den nächsten Schuss an. Ich schnelle hoch und hechte in Richtung der Fässerbarriere. Im selben Augenblick wird mir klar, dass ich keine Chance habe.

Am Ende des Platzes löst sich ein weißer Schemen aus den flirrenden Staubschichten. Ein Vierbeiner galoppiert heran – hechelnde Schnauze, wippende Ohren – und katapultiert sich unterhalb der Drohne in die Höhe. Gebleckte Hundezähne blitzen auf, die Kiefer schließen sich um einen schwarzen Propellerarm. Der Hund ist nicht schwer genug, um die Drohne zum Absturz zu bringen, aber der Flugkörper bekommt Schlagseite, einen Sekundenbruchteil bevor sich der präzise berechnete Schuss aus dem Kubus löst. Der tödliche Blitz zischt über mich hinweg und brennt sich durch den Flutlichtmast.

Ich krache ungebremst zwischen die Fässer. Das Band des Nazar-Amuletts verhakt sich irgendwo, stranguliert mich beinah. Das Glasauge zerspringt auf den Steinen. Unkoordiniert trete ich um mich und tauche gerade rechtzeitig aus dem Schrottberg auf, um zu beobachten, wie der Kopf des Flutlichts nach vorn kippt.

Der Hund lässt von der taumelnden Drohne ab, landet auf den Füßen und befördert sich mit einem beherzten Sprung aus der Gefahrenzone. Die Drohne stabilisiert sich, kann ihr Kameraauge jedoch nicht schnell genug justieren, um das herabstürzende Objekt zu orten. Mit voller Wucht donnert der Flutlichtscheinwerfer auf den Drohnenkörper. Ein funkensprühender Trümmerhaufen bohrt sich ins Erdreich.

Nur allmählich legt sich die Staubwolke. Ein heißer Luftzug treibt Rauchschleier und Sandwirbel über den Platz. Ich kauere im Windschatten eines Fasses und kann den Blick nicht von der zerstörten Drohne abwenden. Kleine, blaue Flammen lodern im Innern des geborstenen Gehäuses, verlöschen jedoch rasch, als sie Schmieröl und Kabelumhüllungen aufgezehrt haben. Der Killer ist tot. Warum kann ich dann nicht aufhören zu zittern?

»*Ayyo*, das war knapp!« Ray zwängt sich unter einem der Autowracks hervor. Mit eingekniffenem Schweif und angelegten Ohren passiert er das schwelende Ungetüm. »Geht's dir gut, *yaar*? Alles alpha?«

»Ray.« Ich ziehe mich in die Höhe, humple ein paar Schritte und sinke dann wieder auf die Knie. Mein Schädel vibriert. Ich fühle mich, als sei ich aus der Stratosphäre auf die Erde gestürzt. Ohne Raumschiff.

Ray kommt mir schwanzwedelnd entgegen. Er trippelt um mich herum, legt seine Pfoten auf meine Schultern, schleckt mir über die Wange. Ich kraule seinen Hals und bin lediglich in der Lage, fassungslos und erleichtert seinen Namen zu wiederholen. »Ray.«

»Wo warst du, *yaar*? Wo kam das schwarze Ding auf einmal her? Was hast du gemacht?«

»Ray, ich … Ray, warte mal …«

Ich lasse mich zur Seite fallen und strecke die verletzte Wade aus. Das Hosenbein hängt in Fetzen, Blut perlt von der glatten Membran des Thermosuits. Mit zusammengebissenen Zähnen ziehe ich den Stoff nach oben. Ray winselt, als die Wunde zum Vorschein kommt. Das Geschoss hat ein klaffendes Loch ins Fleisch gerissen. Es blutet stark, aber ich kann das Bein bewegen und unter Schmerzen auch ein paar Meter laufen. Bis zum Copter. Bis zu meinem Schiff.

»Ich bin zu spät gekommen«, klagt Ray und umkreist mich hilflos, während ich einen Stoffstreifen aus dem kaputten Suit reiße und die Wunde provisorisch abbinde.

»Das stimmt nicht, Kumpel. Wenn du nicht gewesen wärst …« Ich denke an Frankas erstaunten Gesichtsausdruck, als die Drohne aus ihrer Deckung kam. An Kylians vergeblich ausgestreckten Arm, kurz bevor ihn das Monster hinrichtete.

»Du bist einfach weggefahren.« Ray wird immer aufgebrachter. »Warum hast du mich nicht erklären lassen, eh? Ich hab dich überall gesucht. Beim Gewürzmarkt, zu Hause. Wie soll ich dir was erklären, wenn du immer wegläufst?«

»Jetzt bin ich hier, Ray.« Ich ziehe die Bandage fest und überprüfe, ob der Knoten hält. »Jetzt kannst du mir alles erklären.«

»Zu spät, *yaar.*« Mit hängenden Ohren trabt er zu Kylians leblosem Körper.

Ich richte mich mühsam auf, ignoriere den Protest des zerfetzten Muskelgewebes, das Summen hinter meinen Schläfen und folge ihm. Kylians Blick ist leer, die Kleidung auf seinem Rücken blutdurchtränkt. Sein Arm weist noch immer auf die vLink-Brille. Auf Veeru.

»Du wolltest, dass ich mit ihnen rede, nicht wahr? Wer waren sie?«

»Das waren unsere Leute. Aber du hast mir nicht zugehört.« Vorwurfsvoll schaut Ray zu mir auf. »Manchmal glaube ich, du hörst immer nur das, was du willst.«

Ich lasse den Blick über den Platz schweifen. Frankas Leiche liegt klein und zerbrechlich beim Eingang. Jenseits des Zauns sickert Rot in den grauen Abendhimmel. Milane segeln über die Hausdächer. Obwohl sich nichts regt zwischen den Wracks und Schrottbergen, kribbelt der altbekannte Fluchtreflex in meinen Fersen. Aber seit der Begegnung mit Kylian und Franka ist mein Ziel in verschwommene Ferne gerückt. Warum war ich all die Wochen so versessen darauf, zu einem Planeten durchzustarten, von dem ich nichts weiß? Warum fehlt mir die Erinnerung daran, wer ich bin und was ich hier soll?

»Ray, wer ist Veeru?«

Der Hund legt den Kopf schief. »Sie ist okay. Bringt immer Jalebi mit, wenn sie zu Besuch kommt. Die aus Mumbai sind am besten.« Er drückt sich gegen mein gesundes Bein und wedelt sacht mit dem Schwanz. »Ich glaube, sie wartet auf uns. Sie braucht uns.«

»Hat sie dich geschickt? Woher weißt du das alles?«

»Ich weiß alles, was du wissen musst, *yaar*. Ich erklär's dir. Gehen wir nach Hause?«

»Nach Hause.« Bisher habe ich es vermieden, mein Raumschiff direkt anzusehen. Das Bombardement der Drohne hat das Schiff meterweit durch die Luft geschleudert. Halb auf der Seite, halb auf dem Rücken liegt es inmitten unidentifizierbarer Einzelteile. Das zerschmetterte Gehäuse lässt keinen Zweifel daran, dass ich all meine Fluchtpläne begraben muss. Dennoch nehme ich den mühsamen, peinigenden Weg in Kauf, um mein Raumschiff ein letztes Mal aus der Nähe zu betrachten.

Die sechseckige Form ist kaum noch zu erahnen. Die meisten Kanten sind zerschrammt und eingedrückt. Dort, wo die Rakete eingeschlagen hat, wölbt sich die Vorderseite auf ganzer Breite nach innen. Durch den Druck ist die Einstiegsluke aus den Angeln gesprungen. Die Tür steht offen.

»*Yaar*, lass uns gehen.« Ray zupft an meinem Hosenbein. »Da ist nichts mehr zu machen.«

»Gleich. Ich will nur …«

Ich will es sehen.

Schrottsplitter knirschen unter meinen Sohlen, als ich mich an das Schiff herantaste und halb auf den schräg stehenden Kubus klettere, um durch die Luke zu blicken. Ich weiß, wie es dort drin aussehen muss – die Steuereinheit mit ihren Displays für Navigation, Radar und Maschinenstatus; Leitungen und Rohre, die den Stoffwechsel des Schiffs aufrechterhalten; der Tank, der meinen Alienkörper vor der giftigen Atmosphäre schützt; die Dekontaminierungszelle.

Ich spähe über den Rand. Es ist alles da. Und gleichzeitig ist es etwas ganz anderes.

Einige der Bordinstrumente wurden aus den Halterungen gerissen. Wie sie dort leblos an ihren Kabelsträngen hängen, unterscheiden sie sich kaum von den Gadgets in Rays Bungalow, im Arbeitszimmer des verrückten Professors – auch wenn die Geräte hier auf undurchschaubare Weise miteinander verdrahtet und verschraubt wurden, so dass jedes von ihnen seine Funktionen in den Dienst eines übergeordneten Zwecks zu stellen scheint. All die freiliegenden Kanäle, die das Schiff unterwegs mit

Treibstoff und mich mit Nahrung versorgen sollen, münden in einen grauen Kasten, auf dem das allgegenwärtige grüne Logo mit den zwei Fs prangt. Im Dämmerlicht kann ich einen Schriftzug darunter entziffern. *FinalFood – SmartShake 350-C.* Ich verrenke mir den Hals, bis ich den Winkel einsehen kann, der die Dekontaminierungszelle beherbergt. Beim Aufprall ist der Glaskasten zersplittert. Ohne die Schleusentür wirken die Apparaturen in der Zelle beinah wie gewöhnliche Badarmaturen. Aus einem umgekippten Behälter quillt eine körnige Substanz, die den strengen Geruch von Hygienepulver verströmt.

»Hey, Boss«, ruft Ray aus dem Schatten einer ausgeschlachteten Motorrikscha. »Bitte komm da runter! Das ist ein böser Ort.«

»Es ist wichtig. Warte am Copter auf mich, okay?«

Fahles Licht bricht durch die Risse in der Schiffswand. Durch die Risse in meinem Verstand sickern Zweifel. Dieser Ort fühlt sich wie ein Zuhause an, aber irgendetwas ist falsch. Meine Erinnerungen passen nicht zu dem, was ich sehe. Was ich sehe, löst Empfindungen in mir aus, die kein Ventil finden. Wenn nur dieses markzerfressende Summen in meinem Kopf endlich aufhören würde.

Wenn ich Gewissheit will, bleibt mir keine andere Wahl.

Ich schwinge beide Beine über den Rand der Luke und taste mit dem gesunden Fuß nach sicherem Stand. Mit eingezogenem Kopf schlüpfe ich durch das Loch. Schutt und verstreute Gadgets verwandeln den Boden in eine tückische Rutschbahn, aber der Innenraum ist so klein, dass ich mein Ziel schnell erreiche. Ein längliches, verschlossenes Fach in der Wand markiert den Sarkophag meines Alienkörpers.

Meine Hände schließen sich um die Griffe der Klappe, hinter der mein wahres Ich auf Erlösung wartet. Die Klappe, die nicht geöffnet werden darf, wenn ich jemals wieder in mein altes Leben zurückkehren will. Ich spanne jeden Muskel an und ziehe.

Keine Sicherung rastet ein, kein Alarmsignal schrillt, kein hermetisches Zischen begleitet die Aktion. Lautlos fällt die Klappe nach unten.

Ein süßlich-muffiger Geruch schlägt mir entgegen wie ein trockener Hauch aus einem Pyramidengrab, mehr Staub als Verwesung. Die Innenseite der Tür ist mit einem dünnen Polster versehen und liegt nun wie eine Schlafpritsche vor mir. In die Wand dahinter sind ein paar Fächer eingelassen – Stauraum für Bettwäsche, Ladestationen für Gadgets –, aber der Platz dient hier einem völlig anderen Zweck.

Dort stehen Tanks oder kleine Terrarien, doch darin schlummert nicht der weitgereiste Körper, von dem ich mir so sicher war, ihn hier zurückgelassen zu haben. Ich knie mich auf die Pritsche und halte das Gesicht dicht vor die transparenten Scheiben, um erkennen zu können, welche Art von Lebewesen in diesem dunklen Grab ihr Ende fanden.

Strohige Kunststofffasern bedecken den Boden eines der Kästen. Dazwischen krümmen sich blauschwarze, daumennagelgroße Leiber, tote Insekten, die in der Dunkelheit erstickt sind und von der Hitze gebacken wurden. Das vielstimmige, vibrierende Summen füllt meinen Schädel, und ohne mein Zutun formen meine Lippen das Wort »Z.O.M.Bees«.

In einem zweiten Kasten stehen runde Behälter dicht an dicht. Auf die kryptischen Beschriftungen kann ich mir keinen Reim machen, aber in den Röhrchen erkenne ich weitere vertrocknete Insektenpanzer und die Kalkrückstände einer längst verdunsteten Flüssigkeit. Etwas abseits reihen sich verschlossene Ampullen auf, deren glasklarer Inhalt die Hitze überstanden hat. Die Gefäße sind nummeriert und mit Abkürzungen versehen. Manche Kennzeichnungen wurden nachträglich mit großer Vehemenz durchgestrichen.

Das Brummen steigert sich zu einem unerträglichen Crescendo. Schwarze Punkte tanzen durch mein Blickfeld.

Ich muss hier raus.

Das durchschossene Bein strauchelt, als ich zurück zur Luke humple und mich mit letzter Kraft ins Freie ziehe. Ray nimmt mich zappelnd in Empfang, übergießt mich mit einem Redeschwall, aber die Worte dringen nicht zu mir durch. Je weiter ich mich von dem Wrack entferne, desto leiser wird das Summen. Ich schlucke die glühende Luft wie Gegengift, huste und spucke, bis der Geschmack von Fäulnis und Honig aus meinem Mund verschwunden ist.

Honig.

Woher weiß ich, wie Honig schmeckt? Woher weiß ich, dass ich Z.O.M.Bees in diesen Terrarien gesehen habe? Warum ist das, was ich für mein Raumschiff gehalten habe, nur noch eine kaputte Wohneinheit, ein geheimes Labor voller toter Insekten?

»Ray, wer bin ich?«, frage ich.

Rays Geplapper versiegt. Er setzt sich vor mich und stellt die Ohren auf wie ein einsatzbereiter Jagdhund. Und dann beginnt er zu rezitieren.

»Du bist Professor Doktor Marti Andersen. Geboren am 26.12.2126 in Sektor Main-4/ME, Europa. Schulabschluss am 18.06.2141 ... Hochschulabschluss am 17.02.2147. Verleihung des Doktorgrades ...«

»Ray, was soll das? Was redest du da?«

»... am 03.05.2149. Habilitation am 17.11.2153. Berufserfahrung: Trainee bei FinalFood Inc., Forschungszentrum New Delhi, 01.03.2147 bis 31.12.2147. Junior Researcher bei FinalFood Inc., Forschungszentrum New Delhi, 01.01.2148 bis 14.05.2149. Projektleiter bei FinalFood Inc., Forschungszentrum New Delhi, Projekt ›Zelluläre Hitzeresistenz bei Reispflanzen‹, 15.05.2149 bis ...«

»Ray, lass das. Bist du wahnsinnig geworden?« Mit bebenden Händen wedle ich vor seinem Gesicht, um ihn zum Schweigen zu bringen.

Der Monolog bricht ab. Ray blinzelt, dann schüttelt er sich wie nach einem ausgiebigen Wasserbad. »Willst du noch mehr wissen, Boss? Das war dein Karriere-Stream. Ich kann auch deinen privaten Stream abrufen, aber da steht kaum was drin.«

»Wo … wo hast du das her? Was meinst du mit ›abrufen‹?«

Er legt den Kopf schief. »Du hast mir das überspielt, damit niemand rankommt. Das war, kurz bevor du so seltsam wurdest.«

»Heißt das etwa … du bist … du weißt …«

»Ich weiß alles, *yaar*. Du musst nur fragen. Wir gehören zusammen, du und ich. Wir haben eine Aufgabe.«

Erkenntnis tropft in mein Bewusstsein wie rettende Infusionsflüssigkeit. Nicht Kylian und Franka hatten die Antworten. Auch Veeru nicht. Ray hat sie.

Umringt von den Trümmern all meiner Gewissheiten stehen der Hund und ich einander gegenüber. Kylian und Franka sind tot. Das Raumschiff ist zerstört. Trotzdem sehe ich den Weg so klar und deutlich vor mir wie nie zuvor.

»Erzähl mir alles, Ray.« Ein glutroter Sonnenstrahl bricht sich auf der Hülle des Copters. »Bring mich nach Hause.«

Ein paar Dinge sind noch zu tun, bevor wir das Schlachtfeld verlassen können. Als ich das zerstörte Nazar-Amulett abnehme und den winzigen Ortungschip im Innern des geborstenen Glasauges entdecke, wird mir endgültig klar, dass ich nicht zufällig in diese Geschichte hineingeraten bin. Izmat hat mich von Anfang an überwacht. Wahrscheinlich im Auftrag von FinalFood. Mit einem hilflosen Wutschrei schleudere ich die Kette in die schwelenden Wrackteile der Drohne. Die Körper von Kylian und Franka schleife ich zu meinem Raumschiff-das-keines-mehr-ist und bringe die beiden, so gut es geht, in Sicherheit vor den kreisenden Milanen.

Trotz der Gewissheit, dass wir von nun an unbeobachtet unterwegs sind, gerät der nächtliche Flug über Delhi für meine Nerven zur Zerreißprobe. Von hier oben sehen die verlassenen Straßen aus wie blutleere Adern. Lauernde Blicke scheinen uns aus dunklen Hochhausfenstern, aus dem farbigen Flirren der Ad-Screens heraus zu beobachten. Die Holo-Boards projizieren ihren neongelben Befehl nur für uns in die Luft.

EXIT THIS CITY

Kaum zwei Tage hat es gedauert, um aus Delhi eine Geisterstadt zu machen. Dass längst nicht alle Einwohner dem Evakuierungsbescheid gefolgt sind, verrät das Sirenengeheul, das unterwegs immer wieder durch die Häuserschluchten hallt. Dann und wann rauschen Fahrzeugkonvois in halsbrecherischem Tempo unter uns vorbei.

Als wir uns dem Campus der FinalFood University nähern, fällt ein Teil der Anspannung von mir ab. Fast lautlos gleitet der Copter über das verlassene Gelände. Die Scanner an den Luftschleusen piepsen misstrauisch, aber niemand schiebt mehr Dienst in den Wachstationen, um uns zu kontrollieren. In den Seminargebäuden glimmt die Notbeleuchtung, die Studentenwohnheime sind verlassen, Dummy-Cars zockeln ihre festgelegten Routen ab, bis ihnen in der Dunkelheit der Saft ausgeht. Solarlampen stehen am Straßenrand Spalier wie Landebahnmarkierungen.

Wir fliegen tiefer, passieren eine Reihe moderner Laboreinrichtungen und gelangen schließlich in die Siedlung der Angestelltenbungalows. Bleiche Hausfassaden tauchen im Scheinwerferlicht auf und verschmelzen dann wieder mit der Umgebung. Zwischen den Wohnblocks erstrecken sich Abschnitte voller Geröll und Gestrüpp.

»Da vorn«, ruft Ray, »das ist es.«

Als ich in der Einfahrt lande, schrammt der Rumpf des Copters gegen die Mauerkante. Mit zittrigen Fingern stelle ich den Motor ab. Das ist die zweite Nacht ohne Schlaf. Meine Augen brennen. Die Ereignisse auf dem Schrottplatz geistern wie verzerrte Echos durch meinen Kopf, und es kostet mich all meine Überwindung, mich auf das Hier und Jetzt zu konzentrieren. Mein Zeitgefühl ist mir weitestgehend abhandengekommen. Vermutlich wird es schon in ein paar Stunden wieder hell.

Ray springt ins Freie. »Ich mag die neue Rikscha. Liegt gut in den Kurven.«

Als meine Füße den Boden berühren, sticht das verletzte Bein heftiger als je zuvor. Der Verband ist völlig durchweicht, und noch immer quillt Blut aus der Wunde. Ray stellt sich auf die Hinterfüße, um in den Sensorbereich des Scanners zu gelangen. Die Signalleuchte springt auf Grün und lässt uns beide ins Haus. Die Lichter in der Wohnung heißen uns willkommen, und aus dem Wohnzimmer dringt das sanfte Murmeln des Entertainment-Screens.

Mein Körper und Geist schreien danach, mich hinzulegen und zusammenzurollen, die Augen zu schließen und all das zu vergessen, was ich niemals hätte erfahren sollen. Aber der rastlose Motor meiner Neugier treibt mich weiter, den Flur entlang bis zum Arbeitszimmer.

Alles sieht noch genauso aus wie vor ein paar Tagen. Was habe ich erwartet? Die große Offenbarung? Die strahlenden Startbildschirme all der Gadgets, die in einem anderen Leben jedem Ausschlagen meiner B-Wave-Frequenz blind gefolgt sind? Schritt für Schritt nähere ich mich dem schwarzen Table-Screen, der mir beim letzten Besuch den Zugriff verweigert hat. Als ich in Reichweite der Sensoren gelange, flimmert die Authentifizierungssequenz, unsichtbare Rezeptoren tasten mich ab. Und diesmal rastet irgendwo an der Schwelle meines Unterbewusstseins eine Verbindung ein. Die Maschine zuckt zurück, sendet verwirrte Error-Signale, aber mein entfesselter Geist taucht in die Datenströme ein und rast an ihnen entlang wie ein Virus an entzündeten Nervenbahnen. Das Zimmer, der Bungalow, der Campus, die Stadt verblassen, und doch kann ich alles sehen. Der Code liegt offen vor mir, jede Zeichenfolge pulsiert lebendig und bedeutungsschwer. Vertraut. Wenn ich will, kann ich mir diese Welt untertan machen. Ich kann die virtuellen Mauern einreißen und dem System all seine Geheimnisse entlocken, denn dafür wurde ich geschaffen. Ich bin …

Mit einem Knall fällt die Haustür ins Schloss. Wie ein Gummiband schnellt mein Ich zurück in meinen Körper. Keuchend stolpere ich weg vom Screen, suche Halt an einem Regalbrett, fege unbezahlbare Hardware-Items zu Boden.

»Aaraam se!«, ruft Ray aus dem Flur. »Kein Stress, ich bin's nur.«

Ich will antworten, aber mein Verstand zappelt in einem viel zu engen Netz aus überdehnten Gehirnwindungen. Ich muss hier raus, muss den Kontakt wiederherstellen, aber mein wild pumpendes Herz, meine zitternden Knie ketten mich an die Realität. All meine Kraft scheint in der anderen Sphäre geblieben zu sein. Als ich mich dem Table-Screen auf schwankenden Beinen nähere, empfängt mich lediglich die kalte Meldung *»Zugriff verweigert«*. Auf das erneute Abtasten der B-Waves reagiert mein Kopf, als sei Sand zwischen Hirn und Schädeldecke geraten. Ich presse die Handballen gegen die Stirn und torkle außer Reichweite der Elektronik. Was auch immer die spontane Verknüpfung zustande kommen ließ, liegt jetzt unter dem Schreck, der Schwäche und Verwirrung begraben.

Ich muss mich hinsetzen. Durchatmen, wenn auch nur für einen kurzen Moment. Schweißgebadet schleppe ich mich ins Wohnzimmer und sinke aufs Sofa, wo die zerknüllte Parantha-Tüte von meinem ersten Besuch nach wie vor zwischen den Kissen klemmt. Wann habe ich eigentlich das letzte Mal etwas gegessen? Mir fällt nur das Candle-Light-Dinner mit Izmat ein, vor mehr als vierundzwanzig Stunden.

Izmat, die mir freiwillig oder unfreiwillig die Killer-Drohne auf den Hals gehetzt hat. Wie viel weiß sie über mich, über die Rebellen, über Europa und FinalFood? Als Avatar ist es ein Leichtes für sie, Informationen aus dem Netzwerk der Firma zu ziehen. War sie von Anfang an eingeweiht?

»Ray?« Der Hund poltert in der Küche herum. »Ray, können wir reden? Jetzt.«

Statt einer Antwort nähert sich ein schleifendes Geräusch, dann taucht Rays Hintern im Türrahmen auf. Mein gefräßiger Gastgeber hält einen Sack Trockenfutter zwischen den Zähnen und zerrt ihn bis zum Sofa. »Zuerst die wichtigen Sachen«, bestimmt er. »Hau rein, Boss.«

Ich verziehe reflexartig das Gesicht. »Lieber nicht.«

»Das ist Smartfood«, beharrt Ray. »Genau gleich, nur anders. Aber eigentlich kein Unterschied.«

Mein Magen gibt ein hohles Knurren von sich. Prüfend rolle ich eines der trockenen Bällchen zwischen den Fingern. Der Hund hat vermutlich recht. Smartfood ist Smartfood und meine Energiespeicher sind bis aufs letzte Quäntchen aufgezehrt. Ich stecke mir die Kugel in den Mund und kaue die staubige Substanz. Es schmeckt ganz leicht nach Hühnchen und Alge.

Ray springt aufs Sofa und fläzt sich neben mich. »Jetzt ist es fast wie früher, *yaar*. Unsere Fernsehabende waren das Größte. Aber damals war das Programm besser.«

Auf dem Screen laufen Bilder der Evakuierung in Dauerschleife. Menschen an den Sammelstellen, Menschen zu Fuß, Menschen in Autos und Bussen, Menschen in Zügen, Menschen auf Zügen. Dazwischen Aufnahmen von gähnend leeren Metrostationen, brennende Stuckfassaden am Connaught Place, das von Affen besetzte India Gate, auf dessen kolossalem Überbau die simple Warnung blinkt und blinkt und blinkt.

EXIT THIS CITY

»Du hast gesagt, du weißt, was passiert ist, Ray. Warum ich alles vergessen habe.«

»Das sind zwei verschiedene Sachen.« Rays Fledermausohren zucken, während in seinem Kopf unsichtbare Prozesse ablaufen. »Das ›Was‹ steht in den Files … alles *pakka*. Für das ›Warum‹ bist du zuständig. Das war schon immer so.«

»Schon immer.« Ich horche in mich hinein, aber da ist nichts weiter als eine weltallgroße Leere. Während des Fiaskos auf dem Schrottplatz hat sich nicht nur mein Raumschiff als Illusion entpuppt. Meine ganze Existenz ist in den vergangen Stunden implodiert wie ein ausgebrannter Stern. Der elektrisierende Kontakt mit dem B-Wave-Sensor fühlte sich an wie ein Ausweg, ein Blick auf das große Ganze. Aber nach dem kurzen Höhenflug folgte der Aufprall härter denn je.

»Dann erzähl mir von uns beiden, Ray. Es muss doch einen Grund haben, dass wir miteinander reden können. Oder war das auch schon immer so?«

»Ja, irgendwie schon. Ich war ja noch ganz klein, als ich zu dir kam.« Ray legt die Schnauze auf mein Knie. »Du hast manchmal gesagt, dass ich dich besser verstehe als die meisten Menschen. Veeru war ständig unterwegs. Aber du und ich, *yaar*, wir waren immer zusammen.«

»Wie viel weißt du von dem, was … ich … was ich gemacht habe? Abgesehen von meinem Karriere-Stream«, füge ich hastig hinzu.

»Im Labor war ich nicht oft dabei. Du hast mal erzählt, dass du dort Strom in Köpfe leitest und abwartest, was passiert.« Er macht eine Pause und blinzelt. »Hier ist nichts Genaues gespeichert. Aber ich kann abrufen, was du mit dir selbst gemacht hast. Die Datei ist mit ›wichtig‹ getaggt.«

Ich starre auf meine blutverschmierten Hände. »Dann sag es mir.«

Ray stemmt sich hoch, bis er auf den Hinterbeinen sitzt. »Destruktive B-Wave-Stimulation, Amnesiegrad: Einhundert«, rezitiert er. »Permanente Totalmanipulation mit lokaler Fixierung. Alias-Identität implementiert. Substituierte Agenda: eskapistischer Reflex.« Prüfend sieht er mich an. »Wirst du schlau aus dem Kauderwelsch? Ich nicht.«

Destruktiv. Permanent. Total.

»Ich hab einen Verdacht«, sage ich.

Was bringt es mir, das alles zu wissen? Das Schwarze Loch in meinem Innern wird sich nie wieder schließen. Wenn die Antworten nicht aus mir selbst kommen, muss ich sie woanders suchen.

»Veeru und ich hatten etwas vor in Europa, nicht wahr? Wir haben uns mit FinalFood angelegt. Aber wie soll ich das zu Ende bringen, wenn ich mein Gedächtnis gelöscht habe?«

Die anderen Fragen wage ich nicht laut auszusprechen.

Wie kann ich einen Kampf kämpfen, der für mich keinerlei Bedeutung mehr hat?

Warum habe ich mir das angetan?

Warum?

»Du hattest keine andere Wahl.« Rays Stimme klingt dünn und einsam. »FinalFood hat dich in eine Falle gelockt. Die haben dich im Lotus Tower eingesperrt und wollten dein Gehirn anzapfen, um alles über dich und Veeru zu erfahren. Aber zur gleichen Zeit ging in Europa der Aufstand los, und in der Zentrale brach deswegen das totale Chaos aus. Im letzten Moment hast du es geschafft abzuhauen. Als du wieder bei mir warst, hab ich gedacht, jetzt wird alles gut. Aber du hast gesagt, FinalFood wird dich nicht davonkommen lassen, nach allem, was in Europa passiert ist. Du hast gesagt, es gibt nur eine Möglichkeit, ihnen zu entwischen.«

»Entwischen wozu? Ich bin nutzlos, Ray. Ich hab alles vergessen.«

»Um deinen Job zu machen, musst du nichts wissen. Tu einfach, was ich dir sage, Boss.« Ray stemmt die Vorderpfoten auf mein Bein. »Du wolltest, dass ich auf dich aufpasse, aber du bist ständig vor mir weggelaufen. Weißt du eigentlich, wie schwierig es war, dich im Auge zu behalten, während du eine Dummheit nach der anderen anstellst, eh? Und gleichzeitig sollte ich aufpassen, was in Europa passiert, obwohl ich nur Bilder verstehen kann und keine Schrift und schon gar nicht, wenn jemand außer dir was zu mir sagt.« Er springt vom Sofa und läuft vor mir auf und ab. »Du hast mich nie gefragt, ob ich das will oder nicht. Du hast gesagt, ich muss dafür sorgen, dass alle zur richtigen Zeit am richtigen Ort sind, und dann hast du dich in Mad Marti verwandelt und mich allein gelassen. Die Zeit ist *jetzt*, okay? Veeru steht kurz vor dem Ziel. Also tu gefälligst, was ich dir sage. Nur dieses eine Mal.«

»Veeru.« Ich klammere mich an die Stichworte, die Sinn ergeben. »Hast du Kontakt zu ihr?«

»Sie ist da drin.« Mit dem Kopf weist er auf den Entertainment-Screen. »Bevor Taimur kam, liefen ständig Bilder aus Europa. Ich glaube, Veeru weiß, dass deine B-Waves kaputt sind, und sie wollte, dass du sie trotzdem sehen kannst. Also hat sie dafür gesorgt, dass die News-Streams über sie berichten. Darin war sie schon immer gut.«

Das Chaos meiner Gedanken verblasst zu einem Hintergrundrauschen. »Kannst du sie mir zeigen?«

»Da gibt's nur Videofiles. In den Liveberichten dreht sich mittlerweile alles nur noch um Taimur.«

»Egal was.« Ich rutsche auf dem Sofa nach vorn. »Ich muss sie sehen, Ray.«

Der Hund wirft mir einen skeptischen Blick zu, dann trottet er zum Screen und tapst mit einer Pfote auf die Membran. Ein graphisches Interface erscheint, simple Symbole, kein Text. Lediglich am unteren Bildschirmrand schwebt ein unscheinbarer Schriftzug. *Powered by Pet-Stream, Inc.*

»Ist das … so was wie dein Ego-Stream, Ray?«

»Damit kann ich sehen, was andere machen, und die anderen können sehen, was ich mache. Und ich kann sogar zwei Wörter schreiben. Codewörter! Das hast du mir beigebracht. So richtig mit Üben und Belohnung, nicht über B-Transfer.« Sein Schwanz wedelt, wie immer, wenn Ray von glücklicheren Zeiten erzählt. »Früher hat Veeru mir Bilder von Süßigkeiten aus aller Welt geschickt. Und ich durfte auswählen, welche sie mir mitbringt.«

»Veeru folgt deinem Stream?« Ich springe viel zu schnell vom Sofa auf und atme gegen den Schwindel an. »Dann können wir ihr eine Nachricht schicken.«

Ray rollt mit den Augen. »Das tu ich doch schon die ganze Zeit,

Boss. Ohne ein Lebenszeichen hätte sie dich vermutlich schon lang für tot erklärt. Schau einfach zu, dann verstehst du alles.«

Mit ein paar Tatzenstreichen navigiert Ray zu einer Sammlung von Aufzeichnungen und lässt den ersten Clip abspielen. Es ist ein Com-Stream-Beitrag von vielen, hastig zusammengeschnitten und reißerisch aufbereitet. Dennoch klebt mein Blick an den Luftaufnahmen eines großen weißen Gebäudes inmitten einer surreal grünen Umgebung. Nach all den Wochen in der Betonwüste Delhis fesseln mich die Bilder wie Funksignale von einem fremden Planeten. Während Ray ungeduldig auf der Stelle tritt, gehe ich auf den Screen zu, bis die Eindrücke mein ganzes Bewusstsein ausfüllen.

Wahllos reihen sich die Clips aneinander. Felder voll wogender Ähren, containergroße Realfood-Mengen, heruntergekommene Hütten hinter rauschenden Regenschleiern. Menschen, die ihre verbrauchten Gesichter in die Kameras halten und um Imagepunkte betteln, kreischende, sich windende Kranke. Ein schlammiger Fluss, an dessen Ufer Tausende Rebellen ihrer eigenen unaufhaltsamen Strömung folgen.

Und dann sehe ich sie. Groß und furchtlos betritt sie ihre Bühne aus festgetretenem Schutt, jeder Schritt eine Performance, jeder Augenaufschlag Teil der Show. Der Zoom fährt auf ihr steingraues Gesicht, ihr Blick geht durch mich hindurch, aber ich weiß, dass sie mich sucht. Und ich weiß, dass ich alles tun werde, um sie wiederzusehen.

Ich hebe die Hand zum Screen, aber kurz bevor meine Finger Veerus Abbild berühren, springt Ray zum nächsten Film.

»Das hat Veeru mir gestern geschickt. Sie ist am Ziel, *yaar*. Sie braucht dich jetzt.«

Die verwackelte Aufnahme zeigt ein verregnetes Stück Küste – nein, das Flussufer! Der Kanal hat sein Bett überspült und das Umland großflächig überflutet. Wasser, überall Wasser. In der Ferne zeichnet sich der Umriss einer fremdländischen Zitadelle ab. Die

Kamera zoomt das Gebäude heran, bis das FinalFood-Logo auf dessen Spitze in den Fokus gerät.

»Ich hab alles mit der Datenbank abgeglichen«, quasselt Ray. »Übereinstimmung: Hundert Prozent. Also bin ich wieder zum Schrottplatz gerannt und hab gehofft, dass du dort bist. Mit dem schwarzen Fliegdings hab ich allerdings nicht gerechnet.«

»Veeru will mich *dort* treffen?« Ich schüttle den Kopf, während das Video ruckelnd anhält und von vorn beginnt. »Wie soll ich da hinkommen? Das ist am anderen Ende der Welt.«

Nachsichtig schnalzt Ray mit der Zunge. »Ihr trefft euch natürlich nicht in echt, sondern im Rechenzentrum. Du loggst dich von Delhi aus ein und Veeru von dort. Und dann nehmt ihr FinalFood in die Zange.«

Mit einer heftigen Wischbewegung halte ich das Video an. »FinalFood? Wir sollen uns denen freiwillig ausliefern?«

»Das war deine Idee«, verkündet Ray stolz. »Warte mal kurz.«

Er huscht aus dem Wohnzimmer und ich höre, wie er im Büro herumklappert. Es klingt, als ob dabei Gadgets im Wert von ein paar tausend Shells zu Bruch gehen. Kurz darauf kommt er zurück. Aus seiner Schnauze baumelt eine Silberkette mit klobigem Anhänger. Zögernd greife ich danach.

»Du musst gut darauf aufpassen.« Ray sieht mich streng an. »Wir haben nur diesen einen.«

Ich drehe die glänzende Scheibe in den Händen. An der Rückseite befindet sich eine kaum spürbare Vertiefung. Als ich mit dem Daumen darüberstreiche, entfaltet sich das Objekt zu einer mechanischen Blüte – eine winzige Ausgabe des Blätterkranzes, der die Spitze des Lotus Towers krönt. In der Mitte des Gadgets schimmert ein Holo-Schriftzug. *»Suche Verbindung«*.

Ich schlucke. »Ist das ein vLink?«

Ray schüttelt den Kopf. »Der hier ist nicht personalisiert. Aber der Chip ist aktiv. Du hast ihn auf den Serverraum von FinalFood programmiert.«

»Ein Schlüssel.« Das Gerät beendet seine erfolglose Suche nach einem Netzwerk und faltet sich wieder zusammen.

»Du hast zwei Stück gestohlen«, fährt der Hund fort. »Einen für Delhi und einen für Europa. Den zweiten …«

»… hat Veeru.« Ich lege mir die Kette um den Hals.

Unbeirrt spult Ray ab, was er mir schon seit Wochen erklären will. Seine Pfoten trippeln vor Aufregung auf der Stelle. »Der Zugang öffnet sich nur, wenn ihr von beiden Seiten reingeht. Es ist die einzige Möglichkeit, um die KI zu killen. Ohne dich kann Veeru es nicht zu Ende bringen.«

»Heißt das, Veeru weiß, was wir tun müssen? Hat sie eine … eine Waffe?« Wie bekämpft man einen körperlosen Gegner?

Ray zögert. »Veeru *ist* die Waffe. Du hast was in ihren B-Waves versteckt, wie eine Bombe, die hochgeht. Wenn du alles richtig berechnet hast, haut es der Maschine dabei die Sicherungen raus.«

Kraftlos sinkt mein Arm nach unten. »Das bedeutet, wenn wir die KI vernichten wollen, wird Veeru sterben? Ist ihr wirklich klar, dass es so kommen wird?«

»Sie wollte es so. Ich war dabei, als ihr alles ausbaldowert habt. Außerdem steht es so in meinen Files. Und die hast du selbst geschrieben. *Yaar*, ich muss Veeru jetzt antworten. Geht es los oder nicht? Bist du bereit?«

»Ray, was passiert, wenn wir die ganze Sache abblasen?«

»Hä?« Der Hund lässt perplex die Ohren hängen. »Für so einen Fall hab ich kein Protokoll. Wir kriegen keine zweite Chance, Boss. Und für Veeru gibt's kein Zurück.«

Meine nächsten Worte gehen in einer schrillen Klangfolge unter, die ohne Vorwarnung aus den Lautsprechern des Entertainmentsystems dringt. Der Tonregler schnellt auf volle Lautstärke, eine nachtschwarze Staubwolke flutet die Screen-Membran, und schräg über mir flammt das grellgelbe Wort *Live* auf. Stolpernd weiche ich zurück. Mein Herz pocht auch dann noch bis zum Anschlag, als ich begreife, dass irgendein automatisierter Ablauf den

Pet-Stream zugunsten einer Eilmeldung unterbrochen hat. Die eingeblendeten Textfetzen bestätigen, was ich längst ahne.

+++ 02:58 UHR: TAIMUR TRIFFT GORAKHPUR +++

»Ayyo.« Ray kommt mit gespitzten Ohren näher. »Das kann nichts Gutes bedeuten.«

In Schlaglichtern entfaltet sich das nächtliche Drama auf dem Screen. Die infernalischen Luftmassen verschlucken eine Ansammlung lächerlich kleiner Gebäude und rütteln an den Außenwänden bröckelnder Schlote. Stahlbarrieren knicken um wie Schilfrohre. Knirschend löst sich ein Strommast aus seiner Verankerung. Leitungen peitschen im Wind wie gekappte Marionettenfäden, während der Mast ungebremst in eine knochenbleiche Kuppel kracht. Dann wird endgültig alles finster. Nur die nüchternen Worte ziehen weiter durchs Bild.

+++ REAKTORBLOCK BESCHÄDIGT +++ NPCIL MELDET WORST-CASE-SZENARIO +++ TAIMUR TRIFFT DELHI IN 12–18 STUNDEN +++

Ray drückt sich gegen mein Bein. »War's das für uns? Geht die Welt jetzt wirklich unter, *yaar*?«

»Bald.« Zweifel, Verwirrung, Schuld. Ich schüttle alles ab, was mich in meinem alten Leben festgehalten hat. »Aber noch nicht jetzt. Gib Veeru das Zeichen, Ray. Wir bringen es zu Ende.«

VOR 14 TAGEN

Rani - रानी [rānī] *f* […] **2.** Königin *f*

»Ich fürchte, ab hier musst du laufen.«

Lutz' Stimme klang dumpf und verzerrt durch die Maske des Bienenschutzanzugs. Er hatte den Transporter im dichten Unterholz eines Wäldchens geparkt und deutete zwischen den Bäumen hindurch auf das Lager.

»Schaffst du das, Paksha? Es sind nur hundert, hundertfünfzig Meter. Der Bienenstock ist vorn im ersten Turm.«

Paksha umfasste die Kapsel mit der frisch geschlüpften Königin und folgte Lutz' Fingerzeig. Aus der Nähe wirkte die glatte, graue Hülle des Kühlturms wie ein unüberwindbarer Wall. »Klar, krieg ich hin.«

»Ich warte hier. Wenn du Hilfe brauchst, ruf mich an, okay?«

»Alles alpha. Bis gleich.«

Ihre Fingergelenke bockten, als Paksha die Beifahrertür öffnen wollte. Die Infektion mit dem Murti-Gift lag anderthalb Tage zurück, und Jurias Prognose gemäß war die erste Phase in der vergangenen Nacht abgeebbt. Paksha stand wieder sicherer auf den Beinen, die Meds waren so weit reduziert worden, dass sie klar denken konnte. Sie fühlte sich, als ob sie eine heftige Grippe ausbrütete – wackelig, fiebrig, steif. Aber sie hatte darauf bestanden, das hier durchzuziehen. Zum ersten Mal in ihrem Leben wusste sie, was sie wollte, und niemand, nicht einmal Veeru, hatte es fertiggebracht, ihr den Entschluss auszureden.

Mit beiden Händen gelang es ihr, die Tür aufzustoßen. Ein feuchter, holziger Geruch umhüllte sie, als ihre Gummistiefel auf dem aufgeschwemmten Boden landeten. Sie winkte Lutz wortlos, ehe sie die Tür zuschlug und sich mit mühsamen Schritten Richtung Waldrand bewegte. Auch dieser Wunsch war ihr nach heftigen Diskussionen gewährt worden – sie würde die Mission allein durchführen. Keine Juria mit ihren guten Ratschlägen, kein sentimentaler Fionn, keine mühsam beherrschte Veeru sollten Paksha auf der Fahrt begleiten und sie womöglich dazu verleiten, im letzten Moment einen Rückzieher zu machen. Im Folklore-Dorf hatte sie sich von allen verabschiedet. Was sie im Innern des Z.O.M.Bee-Stocks erwartete und ob sie jemals zurückkehren würde, wusste sie nicht.

Der Nieselregen überzog Pakshas Haar mit einem Netz schimmernder Wasserperlen, als sie das Waldstück verließ und über offenes Gelände ihrem Ziel entgegenstapfte. Links von ihr schwappte der braune, aufgewühlte Fluss gegen die Uferböschung. Tiefe Pfützen auf den Feldern zeugten davon, dass selbst der immergrüne Boden des Main-Sektors seine Aufnahmekapazität überschritten hatte.

Beim Näherkommen erkannte Paksha, dass die Fassade des Kühlturms mit einer schmierigen Schicht aus Flechten und Grünspan überzogen war. Aus dieser Perspektive zeigten sich tiefe Risse im Betonmantel. Die obere Kante des Schlots bröckelte wie ein verfaultes Gebiss. Der Zaun, der bis vorgestern das Areal von den Feldern abgegrenzt hatte, lag platt getrampelt im Gras. Einen Steinwurf hinter den Kühltürmen ragte eine neue, höhere Barrikade aus Draht und Metallstreben empor, die das Herzstück des Saatgutlagers gegen weitere Angriffe schützen sollte. Dort befanden sich die Bunker mit FinalFoods wertvollstem Besitz – Keimlinge der Hochleistungspflanzen, geheime Genpatente und maßgeschneiderte Düngestoffe, die der Konzern seinen Pächtern zu horrenden Preisen verkaufte. Alles Realfood, das im Main-Sektor und weit darüber hinaus angebaut wurde, stammte von hier. Nun, da Paksha dem berüchtigten Ort so nah war, erschienen ihr die Provokationen der Rebellen und der überstürzte Vorstoß vor zwei Tagen noch viel törichter.

Sie setzte einen Fuß auf die Zaunreste, stolperte über das Drahtgeflecht und ging mit bebenden Knien in die Hocke, um Atem zu schöpfen. Sport und Fitness hatten nie zu ihren Prioritäten gehört, und seitdem die Krankheit in ihrem Körper wütete, reichte ihre Kraft nur noch für die grundlegendsten Bewegungsabläufe. Während ihr Kreislauf wieder ins Gleichgewicht fand, vergewisserte sie sich, dass die Ampulle mit der Bienenkönigin weiterhin fest in ihrer linken Faust steckte. Gestern Nachmittag hatte Veeru den Deckel geöffnet und das fahle Insekt in die Freiheit entlassen. Ein umgestülpter Shake-Becher hatte über Nacht als Brutkasten fungiert, um der Königin Zeit zu geben, ihre Flügel zu entfalten und ihren Panzer zu härten. Jetzt summte sie abflugbereit in ihrem Plastikgefängnis. Paksha musste es lediglich bis in den Stock schaffen und die Königin freisetzen. Mehr konnte sie nicht tun.

Schnaufend stemmte sie sich in die Höhe und kraxelte weiter über die Metallschlingen. Soweit sie erkennen konnte, blieb hinter der neuen Barrikade alles ruhig. Die Dummy-Besatzung hatte den Alltagsbetrieb wieder aufgenommen, verschob Container, wog Lieferungen ab, katalogisierte die Vorräte. Securitydrohnen patrouillierten in so regelmäßigen Abständen bei der Grundstücksgrenze, dass Lutz und seine Leute die Zeitfenster hatten berechnen können, in denen eine einzelne, unauffällige Person den Weg von der Waldgrenze zum Kühlturm schaffen konnte, ohne von den Sensoren erfasst zu werden. Die Aufmerksamkeit der FinalFood-KI, so hofften alle, lag heute anderswo.

»Was soll das bringen, wenn du mit zum Lager kommst?«, hatte Paksha Veerus x-ten Einwand an diesem Morgen abgewehrt. »Du wirst im Auto warten müssen wie alle anderen auch. Oder willst du es drauf anlegen, und dich noch mal stechen lassen?«

»Was ich *will* …«, hatte Veeru aufbegehrt, aber diesmal war Juria auf Pakshas Seite gewesen.

»Sie hat recht, Himmel noch mal. Sieh es ein. Wenn du ihr wirklich helfen willst, Veeru, dann stell dich draußen vor die Kameras und sorg dafür, dass die KI und all die Aasfresser von Reportern *dich* beobachten. Dass sie dir eine Stunde lang zuhören, dass sie auf dich schauen und nirgendwohin sonst, während Paksha beim Lager ist. Spar dir das Theater für die große Bühne und lass Paksha tun, was sie tun muss.«

Welche Art von Performance Veeru in diesem Augenblick ablieferte, wusste Paksha nicht. Sie ahnte jedoch, dass die heutige Show ihr vielleicht wichtigster Auftritt werden würde.

Von der Flussseite her trat Paksha in den Schatten des Turms. Der Koloss schirmte sie vor unliebsamen Blicken aus dem Saatgutlager ab. Schwarz glänzende Punkte tanzten über den Grashalmen und pendelten auf kurvigen Bahnen zwischen den blühenden Büschen am Flussufer und der löchrigen Mauer des Kühlturms. Hin und wieder umschwirrte eine der Z.O.M.Bees Paksha, zog aber von dannen, sobald sie spürte, dass es sich nicht um eine potenzielle Nahrungsquelle handelte. Paksha ließ die Bienen gewähren. Sie hegte keinen Groll und hatte keine Angst mehr. Sie war fast am Ziel.

All die Nahaufnahmen, Luftbilder und Panoramavideos hatten sie nicht auf die monumentalen Ausmaße des Kühlturms vorbereitet. Der Sockel des zerfallenden Riesen füllte Pakshas Sichtfeld und lenkte ihren Blick nach oben zu einem betonverkleideten Himmel. Der untere Rand des Turms schloss nicht mit dem Erdboden ab, sondern ruhte auf einem Fundament aus baumstammdicken Pfeilern. Während der Vorbereitung hatte Lutz über die ehemalige Funktionsweise der Türme, über Kondensationsprozesse und Wasserverrieselung referiert, aber Paksha hatte kaum auf die Ausführungen geachtet. Für sie zählte lediglich das Wissen, wie sie in den Bienenstock hineingelangte.

Sie musste den Sockel fast zu einem Viertel umrunden, ehe sie auf die rostigen Überbleibsel einer Treppe stieß, die an der Außenwand einige Dutzend Stufen in die Höhe führte und dort in einen leeren Türstock mündete. Das poröse Material knirschte, als Pakshas volles Gewicht auf die unterste Stufe drückte. Das Geländer war abgefallen, weshalb sich Paksha nah an der stockfleckigen Mauer hielt, während sie Meter um Meter zwischen sich und den Erdboden brachte. Schon wurde ihr wieder schwindelig vor Anstrengung, aber sie wagte nicht, auf dem dünnen Gitter anzuhalten. Die Z.O.M.Bees umkreisten sie jetzt unablässig, stießen sanft gegen ihr Gesicht, bohrten die hakenbewehrten Füße in ihren Regenmantel und krabbelten über die krummen, tauben Finger ihrer rechten Hand. Noch verhielt sich keine der Bienen feindselig. Vielleicht spürten sie, dass Paksha längst ihnen gehörte.

Mit einem Krachen brachen uralte Schrauben weg, eine Stufe sackte nach unten und Paksha klammerte sich reflexartig an die scharfen Kanten der Plattform, die das obere Ende der Treppe begrenze. In zehn Metern Tiefe zerschellte die Gitterplatte auf dem Asphalt. Die Bienen flogen erregte Schlaufen, beruhigten sich jedoch, während Paksha zitternd und keuchend auf den endgültigen Zusammenbruch des Gerüsts wartete. Als die befürchtete Kettenreaktion ausblieb, befreite sie ihren Fuß aus dem stacheligen Loch und kroch auf Händen und Knien das letzte Stück bis zur Schwelle der Wartungstür. Sie kauerte sich auf dem feuchten Betonboden zusammen und zwang ihre schreckstarren Wadenmuskeln wieder unter Kontrolle. Krämpfe zuckten durch ihren Körper und raubten ihr für einen kurzen Moment jegliche Orientierung. Sie schüttelte sich, um das markdurchdringende Dröhnen aus ihrem Schädel zu verbannen, bis sie merkte, dass der Ursprung des Geräuschs nicht in ihren überreizten Nervenbahnen lag, sondern in der Kaverne hinter ihr.

Paksha hob den Kopf und sah über die Schulter. Ein muffiger, klammer Luftzug wehte aus dem Innern des Kühlturms. Schwaches Tageslicht fiel durch die Öffnung des Schlotes und tauchte die Umgebung in Schattierungen von Grau und Dunkelgrün. Pakshas Moodwires verströmten einen kränklich gelben Glanz, der sich wie ein Schleier über ihr Gesichtsfeld legte. Die Turmwand war kaum dicker als Pakshas ausgestreckte Arme. Als sie sich wieder auf die Füße zog, reichte ihr Blick im Freien bis zurück zu dem Wäldchen, wo sich Lutz' Lieferwagen als dunkle Silhouette zwischen den Ästen abzeichnete. Auf der anderen Seite des Durchgangs wartete die verborgene Welt der Z.O.M.Bees.

Kein Fiebertraum hätte es mit dem Anblick aufnehmen können, der sich Paksha bot. Ein gigantisches, blauschwarz schimmerndes Bienenvolk regierte die erhabene Turmruine. Die Insekten ballten sich vor dem trüben Himmelsauge zu summenden Wolken und wimmelten auf den Überresten uralter Gerätschaften. In dichten Trauben umschwirrten sie honigschwere Wachsfächer, die wie Pilzschwämme an den gewölbten Wänden klebten. Die Atmosphäre pulsierte im blinden Gleichklang unzähliger gepanzerter Leiber.

Paksha hielt sich einen Ärmel vors Gesicht und kniff die Augen zusammen, während sie Schritt für Schritt in den Z.O.M.Bee-Stock vordrang. Der Boden bestand aus eng positionierten Schächten, zwischen denen sternförmig angeordnete Stege zu einer Plattform im Zentrum des Turms führten. Moos und Algen verwandelten den Untergrund in einen rutschigen Parcours, und Paksha wagte kaum, den Blick zu heben, um nach einer geeigneten Stelle Ausschau zu halten, an der sie die Königin freilassen konnte. Mit jeder verstreichenden Sekunde wuchsen ihre Zweifel, dass sich das frisch geschlüpfte Insekt länger als ein paar Sekunden in diesem undurchschaubaren Kosmos würde behaupten können.

Auch Pakshas eigene Kräfte schwanden rapide. Ihr Herz pumpte wild, ihre Stiefelsohlen schleiften unkoordiniert über den Boden, dunkle Flecken trübten ihre Sicht. Mitten auf dem Betonsteg musste sie sich eingestehen, dass sie es nicht bis zum Ende schaffen würde, wenn ihr noch Energie für den Rückweg bleiben sollte.

Schwankend ging sie in die Hocke und öffnete ihre linke Faust. In ihrem gläsernen Gefängnis hatte die Königin nur wenig Bewegungsfreiheit. Ihre Insektenbeine krabbelten über die glatten Wände, Fühler tasteten nach einem Ausweg. Die Flügel zuckten, als seien sie bereit für den Hochzeitsflug. Paksha hatte getan, was in ihrer Macht stand. Jetzt hing ihr aller Schicksal an dieser winzigen Biene.

Sie brauchte vier Versuche, um den Deckel abzuschrauben. Anschließend neigte sie das Gefäß, bis die Vorderfüße des Insekts ins Freie ragten. Die Königin krallte sich in Pakshas Haut und zog sich vollends aus der Ampulle. Bebend saß sie auf der grau verfärbten Handfläche, fing die Signale ihres neuen Volkes auf, suchte vielleicht nach dem Duft der Widersacherin, die sie als ersten Akt ihrer Herrschaft herausfordern musste. Dann gerieten ihre Flügel in flirrende Bewegung und sie hob ab.

Die Königin war größer und heller als die anderen Z.O.M.Bees. Paksha behielt sie im Blick, während sie zwischen ihren Artgenossen hindurchmanövrierte, einzelne Arbeiterinnen betastete, sekundenlang in zuckende Knäuel eintauchte und schließlich in einem weiten, zielstrebigen Bogen die Plattform in der Mitte des Kühlturms ansteuerte. Der wimmelnde, brummende Ball aus Insekten, der sich dort konzentrierte, geriet bei ihrer Ankunft in Aufruhr. Bienen stoben in alle Richtungen davon, das Summen steigerte sich zu hitzigem, aggressivem Lärm.

Paksha sammelte ihre letzten Kraftreserven und richtete sich auf. Wenn sich dort die Zukunft der Z.O.M.Bees entschied, wollte sie dabei sein. Sie wankte über den Betonpfad, ignorierte das Krabbeln auf ihren Wangen, die Flügelschläge dicht bei den Ohren, schob die aufgebrachten Bienen behutsam beiseite, um die Arena der kämpfenden Königinnen betreten zu können.

Im aufgeplatzten Gehäuse eines Steuerpults, zwischen korrodierten Kabeln und löchrigem Wabengeflecht, rang die helle, junge Bienenkönigin mit einer schwarzen Kontrahentin. Die alte Königin war fast doppelt so groß wie ihre Rivalin, der Hinterleib grotesk verlängert und unförmig gebläht. Ihre ausgefransten Flügel zuckten, als sie die junge Biene auf den Rücken warf und mit schnappenden Mandibeln auf sie eindrang. Sie war schwerer, stärker und brutaler.

Paksha reagierte, ohne nachzudenken. Mit einem flehenden Laut schob sie ihre Finger zwischen die kämpfenden Insekten, löste die Krallenbeine vom Panzer der neuen Königin und riss das schwarze, hornissengroße Tier aus seinem Nest. Sie schloss die Faust um den rasenden Leib, ignorierte den erbarmungslosen, brennenden Stich in die Handfläche und stolperte rückwärts. Mit dem Fuß geriet sie in einen der Ablaufschächte und krachte zu Boden. Sie ließ die Biene nicht los.

Der verdrehte Knöchel knickte mehrmals unter ihr weg, als sie über den Steg zurück zum Ausgang torkelte. Ein ziehender, gewebezersetzender Schmerz breitete sich in rasender Geschwindigkeit von ihrer Hand über den Arm bis in den Brustkorb aus. Das Gift der Königin jagte wie eine Injektionsnadel in ihr manisch pumpendes Herz, schickte Stromstöße durch ihr Rückenmark und fraß sich als brodelnder Säurestrom in ihr Hirn. Die Welt kippte, als Paksha auf die Gittertreppe taumelte, in das scharfkantige Loch trat und ungebremst die Stufen hinabstürzte. Ihre Wange schabte über die rostigen Streben, ihr Schlüsselbein knackte, als sie auf dem Boden aufschlug, aber sie ließ die Biene selbst dann nicht los, als alles dunkel wurde.

JETZT

lautna – लौटना [lauṭnā] *intr* **1.** […] wiederkehren **2.** zurückgehen **3.** umkehren

»Du weißt, wie es weitergeht, wenn wir erst drin sind?«

»*Yaar*, wie oft noch? Ich hab alles im Kopf. Tu einfach, was ich dir sage.«

»Schon gut. Aber wenn dir noch eine andere Möglichkeit einfällt …«

»Wenn wir Zeit hätten: ja. Haben wir aber nicht. Also, los jetzt. *Fatafat.*«

Ich sammle mich, ehe ich die Cockpittür von Izmats Copter öffne. Statt des Nazar-Amuletts trage ich die Kette mit dem Schlüssel-Chip, der mich zu Veeru führen soll. Ray ist längst im Freien und inspiziert das Parkdeck von Mall Nagar, aber ich kämpfe noch gegen den Reflex, die Rotoren einfach wieder anzuwerfen und wegzufliegen.

In den vergangenen Stunden bin ich nur knapp einer Exekution entkommen, mein Raumschiff wurde zerbombt und mit ihm alles andere, woran ich geglaubt habe. Vor mir liegt ein Wettlauf gegen einen radioaktiv verseuchten Staubsturm, die Konfrontation mit einer allmächtigen KI, vielleicht sogar die Begegnung mit meinem fremden, früheren Selbst. Nichts davon jagt mir solche Angst ein wie das, was Ray und mir unmittelbar bevorsteht.

»Kommst du, Bruder? Ich werde gegrillt hier draußen.«

Mit aller Entschlossenheit, die ich zusammenkratzen kann, klettere ich aus dem Copter. Seit dem Fastkontakt mit dem Nexus vor ein paar Stunden im Bungalow hat sich zusätzlich zu dem gefräßigen Schmerz im Bein ein brennendes Pulsieren hinter meinen Schläfen eingenistet. Es fühlt sich an, als ob mir ein neues Sinnesorgan gewachsen ist, dessen Signale mein simples Hirn nicht entschlüsseln kann. Als könne ich die Welt verstehen, wenn sie nur einen Moment stillhielte.

Auch von außen steigt der Druck. Während Taimur auf seinem Marsch nach Delhi alles pulverisiert, was ihm in die Quere kommt, verdichtet sich die Atmosphäre in der Stadt wie in einem Brutkasten. Kochende, sandschwere Luft umfängt uns, als Ray und ich zu den Aufzügen gehen.

Ich studiere das Leitsystem auf dem Boden. Das Deck verbindet zwei separate Bereiche der Mall miteinander. Von dieser Seite gelangen wir in das Areal, in dem sich auch Izmats Laden befindet. Es ist derselbe Weg, auf dem sie und ich die Realfood-Boxen aus ihrem Lager zum Copter gebracht haben. Am gegenüberliegenden Ende des Betonfeldes zeichnet sich ein zweiter Zugang ab, der lediglich mit »Service Trakt« überschrieben ist. Ich präge mir das zugehörige Symbol ein – ein stilisierter Besen –, ehe ich mich der Aufzugtür zuwende.

»Und du sagst, sie *wohnt* im Food Court?« Rays Augen leuchten. »Zwischen all den Snacks und Süßigkeiten?«

»Wenn du dich heute von deiner besten Seite zeigst, adoptiert sie dich vielleicht.« Ich drücke auf den Fahrstuhlknopf, zweimal, dreimal, aber nichts regt sich. Vermutlich ist die Stromversorgung jetzt, da Taimur Gorakhpur den Todesstoß versetzt hat, endgültig zusammengebrochen.

»So wie du über sie redest, glaub ich eher, sie schlachtet mich und vertickt die Einzelteile.«

»Das könnte uns beiden drohen, Kumpel.«

Ein paar Meter neben dem Aufzugschacht befindet sich die Tür zum Treppenhaus. Sie hängt schief in den Angeln, als sei sie gewaltsam aufgehebelt worden, aber im Korridor dahinter ist alles ruhig. Ray und ich wechseln einen Blick, dann tauchen wir ab in die finsteren Eingeweide der Mall.

Ich weiß nicht mal, ob Izmat noch hier ist. Seit heute Nacht schließen sich auch jene Delhi-walahs dem Exodus an, die sich zuvor optimistisch oder stur in ihren Wohnungen verbarrikadiert haben, um den Sturm einfach auszusitzen. Aber gegen das unsichtbare Gift, das Taimur im Gepäck hat, kann sich niemand wappnen. Izmat hat ausreichend Kontakte, um sich einen Platz in den letzten Shuttlefliegern zu sichern, die Delhi bis zum Abend verlassen werden. Doch wie ich sie kenne, wird sie bis zur letzten Minute versuchen, ihr Realfood-Kapital zurück zum Lotus Tower zu bringen. Dafür braucht sie ihren Copter.

Und wir brauchen Izmat.

Die Tore des Lotus Towers öffnen sich erst, nachdem die B-Waves der Besucher mit einer Datenbank aller Zutrittsberechtigten abgeglichen wurden. Ray und ich gehören ganz sicher nicht zum Kreis der Auserwählten – Izmat allerdings schon. Sie kann uns unter dem Radar der KI hindurchschleusen. Wenn sie denn will.

Stockwerk um Stockwerk windet sich die Treppe nach unten. Mein Bein protestiert gegen die Belastung, hält aber durch. Die Wunde blutet seit fast vierundzwanzig Stunden ununterbrochen. Meine Hände zittern, und Schweiß steht mir auf der Stirn, aber eine Pause ist nicht drin.

Das Treppenhaus ist menschenleer. Als Ray und ich durch die Verbindungstür in den Verkaufsbereich treten, erkennen wir trotz des Dämmerlichts, was hier in den letzten Stunden vorgefallen sein muss. Ladenfronten sind zersplittert, Auslagen geplündert oder zerstört, umgekippte Sync-Projektoren pinseln zuckende, fragmentierte Hologramme in die Luft. In Mall Nagar gibt es nichts mehr zu holen. Bin ich zu spät?

»Nicht mehr weit jetzt.«

Über Scherben und Staub schlittere ich durch das Trümmerfeld. Ein paar Salesdummys rollen uns aus ihren demolierten Shops entgegen, säuseln uns ihre Angebote zu und folgen uns, je nach Programmierung, bis zur unsichtbaren Reviergrenze des Food Courts. Auch hier sind die Lichter erloschen, alles von Wert wurde längst abtransportiert. Unter dem Mantel aus Fett und Flavour-Apps riecht es gammlig.

Ray schreckt das nicht. »Gol Gappe, Rasgulla, Momos.« Sein Schwanz wedelt frenetisch, die Nase wippt. »Wir haben freie Auswahl, *yaar*. Lass uns für immer hierbleiben.«

»Konzentrier dich«, ermahne ich ihn. »Ich brauche dich jetzt.«

Er winselt sehnsüchtig, folgt mir aber, als ich uns über die verschachtelten Ebenen zu Izmats Shop lotse. Ich habe mit dem Schlimmsten gerechnet, und die zerschlagene Ladenfront scheint mir recht zu geben.

»Keiner zu Hause?«, fragt Ray.

»Sie könnte im Lagerraum sein.« Durch den leeren Schaufensterrahmen hangle ich mich ins Innere der Boutique. Im Showroom ist kein einziges Realfood-Item zurückgeblieben. Die verwaisten Regalböden hängen schief in den Halterungen. Alles, was den Plünderern nicht von Nutzen war, haben sie kurz und klein geschlagen.

Ray schnüffelt in den Ecken herum. »Ich kann es noch riechen. Die Bastarde sind noch nicht lang weg.« Er kratzt am Sockel einer Kühltruhe, deren Deckel eingedrückt ist und schief aufliegt. »Vielleicht haben sie wenigstens das Kulfi dagelassen. Keiner ist so blöd und klaut Kulfi bei dreiundvierzig Grad, oder?«

»Die Truhe ist kaputt«, wiegle ich ab. »Wenn da noch irgendwas drin war, ist es geschmolzen. Hilf mir mal.«

Erfolglos rüttle ich an der Lagertür. Kratzspuren auf der Oberfläche belegen, dass ich nicht der Erste bin, der versucht, das Schloss zu knacken. Ray kommt näher, aber sein wuseliges Getrippel sorgt eher für zusätzliches Chaos.

»Ray, sitz! Oder hol dir von mir aus dein Kulfi. So bringt das nichts.«

Beleidigt trollt er sich wieder.

Mit zurückgelegtem Kopf nehme ich die Überwachungskamera ins Visier, kann jedoch nicht erkennen, ob sie läuft.

»Izmat«, rufe ich. »Izmat, ich bin's. Marti.«

»Äh … Boss?«

Kann sich dieser Hund keine zehn Sekunden selbst beschäftigen?

Mit einer Handbewegung weise ich ihn an, still zu sein, und hämmere gegen die Lagertür. »Izmat, ich weiß, dass du sauer bist. Ich … ich will mit dir reden. Es tut mir leid, Izmat.«

»Boss, schau doch mal! Ich hab was gefunden.«

»Dann iss es und verhalt dich ruhig«, zische ich.

Ich stelle mich ins Sichtfeld der Kamera, ehe ich den nächsten Köder auswerfe. »Izmat, bist du da? Ich hab deinen Copter zurückgebracht. Es ist noch nicht zu spät.«

»Du hast ja keine Ahnung, wie spät es wirklich ist, Mysterious Marti.«

Mit einem Ruck fahre ich herum.

Die Kühltruhe steht offen. Auf dem Rand sitzt Izmat. Mit einer Hand stützt sie den Deckel, in der anderen hält sie einen Wave-Shocker, dessen geladenes Magazin eisblau leuchtet. Statt des Businessoutfits trägt sie wieder ihren Thermosuit. Jegliche Wärme ist aus ihren großen, dunklen Augen verschwunden. Sie mustert mich wie ein stocksaures, zu allem entschlossenes Amokrehkitz.

»Eines muss ich dir lassen«, knurrt sie. »Du hast echt Nerven, hierher zurückzukommen.«

»*Ayyo*, das ist sie, hab ich recht?« Mit hochgezogenen Lefzen wieselt Ray zwischen Izmat und mir hin und her. »Die sieht noch viel gefährlicher aus, als du gesagt hast, *yaar*. So eine Killerbraut knallt arme Hunde wie mich ab, ohne mit der Wimper zu zucken, das ist dir klar, oder? *Haay Raam*, ich will noch nicht sterben!«

Izmat schwingt sich vollends aus der Kühltruhe. »Sag dem Vieh, es soll aufhören zu kläffen.«

»Still jetzt, Ray. Mach sitz. Izmat, ich kann alles erklären.«

»Gib dir keine Mühe. Ich hab gehört, was ich wissen wollte.«

Der Hund gerät immer mehr in Rage. »In was hast uns da nur wieder reingeritten, eh? Wie sollen wir den Auftrag jetzt zu Ende bringen? Wir sind geliefert, Boss. So was von geliefert. Zack und vorbei.«

Über Rays Redeschwall hinweg brüllen Izmat und ich uns an.

»Ich ... es ging nicht anders. Ich musste dringend was erledigen.«

»Mit *meinem* Copter.« Sie tritt gegen eine leere Realfood-Box. »Ich hätte längst über alle Berge sein können, bevor hier die Hölle ausgebrochen ist. Aber der Copter war *weg*.«

»Wenn du mir zuhören würdest, Izmat ...«

»Schnauze verdammt!«, blafft sie den Hund an. Rays Maul klappt zu. »Sitz!« Ray setzt sich.

»Ich will nichts hören, Marti. Gar nichts.« Izmat wuchtet eine Thermobox aus der Kühltruhe und gestikuliert mit der Waffe. »Ich hole mir jetzt meinen Copter zurück. Mach, was du willst, aber komm mir bloß nicht noch mal unter die Augen, verstanden?«

»Izmat ...«

»Bleib, wo du bist«, faucht sie.

Ray legt die Ohren an.

Izmat schleppt die Box zum Schaufenster und steigt rückwärts durch den kaputten Rahmen. Sie wirft mir einen letzten Blick zu, dann verschwindet sie in der finsteren Mall.

»Das hat ja super geklappt«, bemerkt Ray. »Und was jetzt, Smarti?«

Ich fahre mir mit zittrigen Fingern durchs Haar. »Zurück zum Copter.«

»Aber sie hat ›sitz‹ gesagt.«

»*Ich* bin dein Herrchen, Ray, schon vergessen?« Mit zusammengebissenen Zähnen durchquere ich den Shop und spähe auf den Korridor. »Los jetzt. Und sei leise.«

Geduckt und nah bei der Wand schleiche ich bis zur nächsten Abzweigung. Alle Info-Screens sind tot, aber verblichene Symbole am Boden und über den Durchgängen weisen mir den Weg.

Ray klebt mir mit eingekniffenem Schweif an den Fersen. »Das gibt Ärger«, winselt er. »Das gibt so was von Ärger.«

»Pssst.«

Izmats eilige Schritte hallen vor uns durch den Gang. Das Wechselspiel von Prothese und Schuhsohle erzeugt ein asymmetrisches Geräusch. Dann taucht ihr Umriss in einiger Entfernung aus den Schatten auf. Die schwere Box macht ihr zu schaffen, zumal sie in einer Hand noch immer die Waffe hält. Izmat sieht uns und hebt den Arm. Ein unsichtbares Geschoss schlägt auf halber Strecke zwischen uns in die Bodenfliesen ein.

»Hier entlang«, flüstere ich und winke Ray in einen Nebengang. Sobald wir aus Izmats Sichtfeld verschwunden sind, zwinge ich meine stechende Wade zu einem Laufschritt. Ray und ich müssen den gesamten Flügel der Länge nach durchqueren. Auch wenn Izmat ihren Realfood-Schatz Stufe um Stufe durchs Treppenhaus schleifen wird, ist Eile geboten.

Ich springe über Elektroschrott und weiche gekappten Kronleuchtern aus. Ray folgt mir. Am Ende des Gangs stoßen wir auf eine unscheinbare Tür, über der das Besen-Symbol prangt. SERVICE TRAKT, steht darunter. KEIN ZUTRITT. Ich drücke den Griff und stemme die Schulter gegen die Tür.

Finsternis schlägt über uns zusammen, als sich der Durchlass schließt. Erst nachdem ich mich einige Meter durch das fremde Areal getastet habe, gewöhnen sich meine Augen an den trüben Schein, der durch weit entfernte Oberlichter zu uns durchdringt.

Wir sind in einer Halle, in der sich das gigantische Warensortiment Mall Nagars Regalmeter um Regalmeter aneinanderreiht und übereinanderstapelt. Die Gänge zwischen den Lagerflächen sind breit genug, um einem E-Kart bequem Platz zu bieten. Mein Blick klebt am Boden, auf der Suche nach dem Fahrstuhlsymbol, während Ray und ich durch das Labyrinth aus Modeschmuck, Brokatstoffen und zerknüllten Seidenbordüren hetzen.

Eine wacklige Treppe führt uns eine Ebene höher. Beißender Putzmittelgestank empfängt uns. Mit tränenden Augen schlage ich mich durch einen Wald aus Besenstielen und Wischmopp-Palmen bis zu einer Verbindungstür, die einen Ausweg aus der giftigen Atmosphäre verspricht. Auf der anderen Seite hole ich Luft und muss im selben Atemzug einen alles überflutenden Brechreiz niederkämpfen. Was sich im Food Court nur als muffiger Hauch abzeichnete, hängt hier als schweres Verwesungsaroma über unzähligen ausgefallenen Kühlschränken und Thermoboxen. Fäulnis und Schimmel überziehen das Essen, das offen in Kisten und Säcken lagert. Ich wedle aufstiebende Fliegen beiseite und ignoriere das Knacken der Kakerlakenpanzer unter meinen Schuhsohlen, als ich auf eine E-Kart-Rampe zusteure, die uns hoffentlich aus diesem Inferno hinausbringt.

»Was für 'ne Verschwendung«, lamentiert Ray. »Aber, schau mal, ich glaube, die Laddus hier sind noch gut. Wenn man die Maden wegmacht …«

»Gehörst du nicht zu denen, die so was mitessen?«, murmle ich, während ich mich das abschüssige Stück hinaufquäle. Unser Vorsprung schmilzt mit jeder Sekunde, die wir durch diese dunkle Spiegelwelt der Mall irren. Warmes Blut läuft an meiner Wade hinab, und jeder Pulsschlag explodiert wie ein kleines Inferno hinter meiner Stirn.

»Ich hätte dir was abgegeben.« Beim Sprechen kaut Ray auf etwas herum. »Von den Laddus, meine ich.«

Wir folgen der E-Kart-Route, vorbei an Schwadronen von abgeschalteten Dummys, über eine weitere Rampe zur letzten Ebene unter dem Dach. Nähmaschinen. Reihe um Reihe bis zum Ende des langen, niedrigen Saals, wo die Tür zum Parkdeck auf uns wartet.

Zwischen den Maschinen erschweren uns voll behangene Kleiderstangen das Durchkommen. Jedes Teil ein Unikat, jedes eine Maßänderung für eine von tausenden, zehntausenden, hunderttausenden Passgrößen. Auch hier drin herrscht Stillstand. Selbst die schuftenden Unsichtbaren sind inzwischen aus Delhi entkommen.

Schwer atmend lege ich die verbleibenden Meter zum Treppenhaus zurück. Ein paar letzte Stufen, eine schwere Außentür, dann sind wir auf dem Parkdeck. Sofort drücken Ray und ich uns in die Deckung des Fahrstuhlschachts und spähen über die freie Fläche. Der Copter steht noch da. Izmat tritt gerade eben aus dem Treppenaufgang, den Ray und ich auf dem Weg in die Mall genommen haben. Sie schleift die Realfood-Box über die Schwelle, dann schaut sie zurück in den Schacht und legt den Kopf schief, als würde sie lauschen. Ray und ich wissen, dass sie niemanden hören wird. Schließlich geht sie zum Copter. Ihre Bewegungen wirken fahrig und abgekämpft. Das Humpeln, das durch die Beinprothese verursacht wird, tritt stärker hervor als sonst.

»Wann?«, flüstert Ray.

»Warte noch«, wispere ich zurück.

Auf halbem Weg zwischen Treppenhaus und Copter bleibt Izmat stehen und schaut über das Parkdeck hinweg zum westlichen Horizont. Ray und ich wenden ebenfalls den Kopf – und da sehen wir ihn zum ersten Mal. Taimur hat die Außenbezirke der Stadt erreicht. Erhaben und zerstörerisch zieht sich ein dunkler Streifen durch das Panorama wie ein Riss im kosmischen Gefüge.

Izmat gibt sich einen Ruck, geht eilig weiter und öffnet die Ladeklappe des Copters. Ihre Waffe steckt sie weg, weil sie beide Hände braucht, um die Box in das Fach zu hieven.

Während sie beschäftigt ist, kriechen Ray und ich an der Mauer entlang, bis uns ein Wall aus Ladesäulen und liegen gebliebenen E-Karts Sichtschutz gewährt. Geduckt huschen wir in den Schatten der Säulen und von dort hinter einen leeren Container. Jetzt sind wir nur noch einen Steinwurf vom Copter entfernt.

Izmat schließt die Ladeklappe, geht auf die andere Seite und zieht sich ins Cockpit.

»Gleich fliegt sie weg«, winselt Ray, aber ich verharre weiterhin mit gespannten Muskeln in unserem Versteck. Erst als die Rotoren sirrend zum Leben erwachen, sprinte ich los.

Aus diesem Winkel kann Izmat uns nicht sehen. Hoffe ich. Aber wir müssen schnell sein, jeder Handgriff muss sitzen. Uns bleibt nur ein einziger Versuch.

Izmat hebt nicht sofort ab. Sie wird ein paar kostbare Sekunden damit verbringen, die Diebstahlsperre zu deaktivieren, die ich nach der Landung scharf gestellt habe.

Meine Finger schließen sich um den Griff der Ladeklappe. Das Fach ist fast voll. Ich überlege, ob ich die Thermobox rausschmeißen soll, verwerfe den Gedanken aber sofort wieder. Izmat könnte sie beim Abheben entdecken und dann wäre für Ray und mich alles vorbei. Ich schiebe den sperrigen Kasten, so weit es geht, zur Seite und hangle mich in das Gepäckfach. Die Räder des Copters lösen sich vom Boden.

»Beeilung, *yaar*!« Rays Ohren schlackern im Wind der Rotoren.

Ich ziehe die Beine an. Es wird eng. Verdammt eng.

Der Copter ist einen halben Meter über dem Boden. Einen Meter. Anderthalb.

»Spring!«, rufe ich und bete, dass mich Izmat durch die dünne Trennwand nicht gehört hat.

Zwei Meter. Zweieinhalb.

Der Propellerlärm dröhnt in meinen Ohren.

Ray dreht sich einmal um sich selbst, legt die Ohren an, nimmt zwei Schritte Anlauf und katapultiert sich senkrecht in die Höhe.

Ich strecke die Arme aus und erwische ihn am Nackenfell. Ray jault vor Schmerz. Ich sacke nach vorn und ringe mit hämmerndem Herzen um mein Gleichgewicht. Die Leitlinien des Parkdecks werden rasend schnell kleiner.

Strampelnd und kratzend zieht sich Ray über die Schwelle des Gepäckfachs. Ich lasse los und suche mit den Händen nach Halt. Rays Hintern ist in meinem Gesicht, sein Fuß bohrt sich in meinen Magen. Als wir unsere Gliedmaßen geordnet und uns im erstickend kleinen Laderaum des Copters zusammengepfercht haben, gleiten unter uns die gläsernen Dächer der Mall vorbei. Ich angle nach dem Griff der Klappe und ziehe sie ins Schloss.

Delhi verschwindet aus unserem Blickfeld. Aber Ray und ich wissen bereits, wo der Flug enden wird.

VOR 6 TAGEN

tscharhna - चढ़ना [caṛhnā] *intr* **1.** (er-, empor-, hoch)-steigen [...] **6.** *Tag* anbrechen, dämmern [...] **8.** (tätlich) angreifen *tr* [...] **12.** *Fluss* anschwellen

Paksha lebte einfach weiter.

Abend für Abend ging sie schlafen - anfangs voll albtraumbeschwörender Ungewissheit und nur dann, wenn die nackte Erschöpfung sie dazu zwang, später, als die Krankheitssymptome abklangen, getragen von einer Art fatalistischer Zuversicht - und jeden Morgen wachte sie wieder auf.

»Willst du deine Blutwerte sehen?«, fragte Juria, als Paksha am siebten Morgen nach der Z.O.M.Bee-Mission die Krankenstation des Kreuzfahrtschiffs betrat.

»Vermutlich werde ich nicht viel davon verstehen, oder?« Paksha schloss die Tür von Jurias Büro-cum-Behandlungszimmer und setzte sich auf die Liege. »Bringt es dich weiter?«

Schulterzuckend scrollte Juria durch die Datenreihen. »Da müssten klügere Köpfe ran als ich. Ein Serum entsteht nicht, indem du jemandem Blut abzapfst und die Ampulle dreimal schüttelst. Aber was dich betrifft«, sie schob Paksha das Display hin, »du hast es offiziell überstanden. Das Gift ist nicht mehr nachweisbar.«

Juria zuliebe warf Paksha einen Blick darauf. »Hm gut. Aber das bringt doch niemandem was. Hat jemand die alte Königin untersucht? Du hast selbst gesagt, dass es was mit ihrem Gift zu tun haben muss.«

Juria brachte eine Mischung aus Nicken und Kopfschütteln zustande. »Ich verstehe, dass es schwer für dich ist, den anderen Opfern nicht helfen zu können. Wir tun, was wir können, Paksha. Aber wie die Dinge momentan stehen …«

»Ich weiß«, wiegelte Paksha ab, doch Juria fuhr fort.

»Wir brauchen Stabilität und Ressourcen, um ernsthaft nach einem Heilmittel zu forschen. Im Augenblick haben wir beides nicht. Der Kreuzzug wird mit jedem Tag größer und unübersichtlicher, wir stehen vor den Mauern von Residence City, aber es geht nicht vorwärts. Es ist nur noch eine Frage der Zeit, bis es zum großen Knall kommt.«

»Ich *weiß*.« Paksha grub die Finger in das glatte Polster der Liege. Juria hatte recht, natürlich hatte sie das. Aber von Tag zu Tag fiel es Paksha schwerer, das ehrfürchtige Raunen der Menschen im Camp zu ertragen, die Wundergeschichten zu ignorieren, in denen sie zu einer Heilsbringerin erklärt wurde, die sie nicht war und niemals sein konnte. »Wir sollten es den Followern wenigstens sagen.«

Nur der engste Kreis um Paksha wusste, was sich am Ostersonntag im Bienenstock der Z.O.M.Bees zugetragen hatte. Lutz, Juria, Fionn und Veeru. Sie hatten den Stich der Königin in Pakshas Handfläche gesehen, hatten das tote Insekt ehrfürchtig begutachtet und es schließlich in der Minibar von Veerus Suite auf Eis gelegt. Juria hatte Pakshas Werte gemessen, anfangs stündlich, dann in immer größeren Abständen. Für alle anderen galt nur das Offensichtliche: Paksha lebte einfach weiter.

»Und ihnen Hoffnungen machen, die sich vielleicht nie erfüllen werden?« Juria beugte sich auf ihrem Stuhl nach vorn. »Komm bitte nicht auf dumme Gedanken, Paksha. Du bringst dich nur selbst in Gefahr, wenn du da draußen Theorien verkündest, die keiner von uns belegen kann. Wenn wir FinalFood besiegen, wenn wir Marti finden, dann können wir uns ernsthaft um das Serum kümmern, ohne bei null anfangen zu müssen.«

»Ich weiß.« Paksha ballte ihre schiefergraue Hand zur Faust. Die Symptome der Krankheit waren verschwunden, die Farbe war geblieben. Die rechte Hand, der rechte Arm, ein Stück der Schulter und ein paar dunkle Adern am Hals. Die Hautfarbe der Götter. »Aber ich will helfen.«

»Das tust du, und das wirst du.« Wenn Juria solche Dinge sagte, klangen sie eher befehlend als tröstlich. »Es ist nicht deine Schuld, dass so viele Menschen gestorben sind. Dank dir folgen die Z.O.M.Bees jetzt unserer Königin. Damit hilfst du vielleicht bald mehr Menschen, als dem Murti-Syndrom jemals zum Opfer gefallen sind.«

Paksha seufzte. »Ich weiß.«

»Wir brauchen jetzt all unsere Kräfte, um es mit FinalFood aufzunehmen. Wir stehen kurz vor dem Ziel. Wie auch immer das aussehen mag.« Juria fing an, ihre Unterlagen für die tägliche Visite zusammenzuklauben.

Paksha rutschte von der Liege. »Ich bin mir nicht sicher, ob ich das sein kann, Juria. Das, was Veeru ist. Eine … eine Heilige. Eine Prophetin.«

Juria drehte sich um und runzelte die Stirn. »Warum denkst du, dass du das sein musst? Deshalb etwa?« Sie wies beiläufig auf den dunklen Arm. »Nichts für ungut, Paksha. Aber das sind nur verfärbte Hautpigmente, sonst nichts.«

»Hm.« Nachdenklich sah Paksha aus dem Fenster auf die grüne, nasse Uferlinie, wo sich die eingefallenen Zeltdächer ihres gigantischen Camps abzeichneten.

»Und was Veeru betrifft«, murmelte Juria. »Sie war auch vor dem Stich schon unausstehlich. Launisch, stur und eingebildet. Durch dieses ganze Verehrungsgedöns gab es lediglich niemanden mehr, der ihr ab und zu den Kopf zurechtgerückt hätte. An solchen Menschen solltest du dir kein Beispiel nehmen.«

Paksha entdeckte sie bei einem der Rundgänge durchs Camp. Ohne Make-up, in schlichten Klamotten, die Haare zu einem praktischen Dutt hochgesteckt, war sie kaum wiederzuerkennen. Tomke Wolff saß vor einem schiefen Einzelzelt und scrollte gedankenverloren über das handspiegelglatte Display ihres vLinks. Paksha ging nicht zu ihr – sie wusste nicht, was sie hätte sagen sollen. Aber beim Mittagessen im Ballsaal des Kreuzfahrtschiffs erzählte sie Veeru davon. Und Veeru konnte der Verlockung nicht widerstehen.

Am frühen Abend führte Paksha Veeru trotz strömendem Regen zurück zu der Stelle, wo sie Tomke gesehen hatte. Dank des Wetters blieben sie weitestgehend unbehelligt. Wer konnte, hatte sich ein festes Dach über dem Kopf gesucht. Inzwischen lagerten die Rebellen in unmittelbarer Nähe zur Stadtmauer, eingekeilt zwischen dem Flussufer und einer blockierten Schnellstraße, die als breites, asphaltiertes Band zum Südtor von Residence City führte. Sicherheitsleute und Kampfdrohnen patrouillierten Tag und Nacht in dem schmalen Streifen Niemandsland vor der Mauer, ohne die Belagerer direkt zu konfrontieren. Nach und nach hatten Veerus Follower das eigentliche Camp verlassen und die Gebäude außerhalb der Stadt in Beschlag genommen. In dem knittrigen Igluzelt, zu dem Paksha und Veeru unterwegs waren, brannte jedoch Licht.

Vor dem Eingang blieb Veeru stehen und räusperte sich. »Können wir reinkommen?«

»Sorry, dass wir uns nicht angemeldet haben«, fügte Paksha hinzu.

Ein paar Sekunden lang blieb alles still, dann teilte sich der Reißverschluss. Zwei staunende Augen sahen zu ihnen auf. Eines war eisblau, das andere kaffeebraun.

»Wenn ihr wollt, dass ich gehe, dann tu ich's«, sagte Tomke. »Ich will keine Szene machen, ehrlich.«

»Und wir wollen uns nur unterhalten«, entgegnete Veeru. Aus

Tomkes Perspektive sah sie vermutlich größer und furchteinflößender aus denn je. Seit der Katastrophe beim Saatgutlager trug sie eine Halskette aus Schädeln und Gebein. Totenkopfäffchen und Leguane und Wildkatzen und Wanderfalken: Exponate aus den Schaukästen im Shelter Park, die sich Veeru während Pakshas Mission im Bienenstock unter größtem Medienaufgebot von ihren Followern hatte darbringen lassen. Inzwischen wisperten die Menschen immer häufiger »Hexe«, wenn Veeru durchs Camp ging, und bei ein paar Gelegenheiten hatte Paksha auch ein ehrfürchtiges »Maha Kali« aufgeschnappt.

»Ich hab dich vorhin von weitem gesehen«, erklärte Paksha. »Seit wann bist du hier?«

Tomke zog den Reißverschluss ganz auf und spähte nach rechts und links, als erwarte sie, dass eine Schwadron Cam-Drohnen rings um ihr Zelt Stellung bezogen hatte. »Ein paar Tage«, wich sie aus. »Naja, genau genommen, seitdem du ...« Ihr Blick heftete sich auf Pakshas dunklen Arm, der den Regenschirm hielt. »... seitdem du zurückgekommen bist. Ich will nur ... ich will ein Teil von dem sein, was hier passiert. Das ist alles.«

»Können wir reinkommen?«, wiederholte Veeru.

Tomke wich zurück und erlaubte ihnen, ins Zelt zu kriechen. Der Stoff war kalt und klamm. Wasserperlen sammelten sich entlang der Nähte.

Veeru nahm im Schneidersitz mit dem Rücken zum Eingang Platz. »Du kannst bleiben, solange du willst. Wir waren einfach neugierig.« Sie wies mit dem Kinn in die ungefähre Richtung der Stadt. »Wer passt in der Zwischenzeit auf dein Penthouse auf?«

»Das hat dem Com-Stream gehört, nicht mir.« Tomke legte den Kopf schief. »Aber vielleicht hole ich es mir wieder, wenn wir den Laden stürmen.«

Unauffällig betrachtete Paksha ihre Schläfen, konnte aber keine verräterischen Narben entdecken. Tomke hatte ihr zweifarbiges Haar achtlos zurückgebunden. An den Ansätzen zeigte sich ein heller Braunton.

»Und wer behauptet, dass wir das vorhaben?«, fragte Veeru.

»Ich glaube, ihr wisst besser als ich, was im Camp geredet wird.« Tomke hob unschuldig die Hände. »Die meisten hier kennen mich und sind nicht gerade auskunftsfreudig. Ich schnappe nur den Klatsch auf, der sowieso auf jedem Ego-Stream kursiert.«

»Aufschnappen ist eine nützliche Fähigkeit«, sagte Veeru nachdenklich.

»Wenn ich euch einen Tipp geben darf«, fuhr Tomke fort. »Was immer ihr vorhabt, tut es schnell. In ein paar Tagen redet kein Mensch mehr über den Main-Sektor.« Ihre Finger flogen über die quecksilbrige Oberfläche ihres vLinks, als sie von Stream zu Stream navigierte und Headlines heranzoomte, die erst Sekunden zuvor in den Nexus gelangt waren.

Paksha machte den Hals lang, um mit dem Informationsstrom mitzuhalten. »Warte mal. Was ist ›Taimur‹?«

»Ein Staubsturm, der Kurs auf Delhi hält«, erklärte Tomke. »Ziemlich massiv.«

Veeru bewegte keinen Muskel, aber Paksha hörte ihre Anspannung in den drei simplen Worten: »Erzähl mir mehr.«

»Also gut«, begann Tomke zögernd und verbrachte die folgenden fünfundvierzig Minuten damit, ein düsteres Bild von maximalen Windgeschwindigkeiten, Extremwetterlagen und hochgradig gefährdeten Atommeilern aus dem Nexus zu extrahieren. Beinahe im Minutentakt flimmerten neue Updates über die indischen Com-Streams.

»Schick das bitte an Juria«, lautete Veerus Kommentar, als die Berichtflut für einen Moment verebbte. »Das Wichtigste zumindest. Ich sag ihr, dass sie dich in ihr Netzwerk aufnehmen soll.«

»Spätestens morgen früh läuft das auch bei uns in Dauerschleife«, sagte Tomke. »Dabei haben wir hier unser eigenes Sauwetter.« Sie spähte hinaus in den Regen, der seit anderthalb Tagen fiel und fiel und fiel. »Habt ihr euch schon überlegt, wo all die Menschen hinsollen, wenn die Pegel noch weiter steigen? Und sie *werden* steigen, wenn das nächste Sturmtief tatsächlich so heftig ausfällt, wie vorhergesagt. Hat das nicht auch so einen hübschen Namen bekommen?«

»Magdalena«, schnaubte Veeru, als handele es sich dabei um eine ungeliebte Tante, die ihren jährlichen Besuch angekündigt hatte. »Juria behält das im Blick. Aber du hast recht, mit dem Zelten wird es dann endgültig vorbei sein.«

Obwohl die heranziehende Unwetterfront im inneren Kreis seit Tagen für Gesprächsstoff sorgte, wusste bisher niemand, wie der Kreuzzug mit noch mehr Regen fertig werden sollte. Fionn behauptete, dass solche Niederschlagsmengen selbst im Main-Sektor die Ausnahme waren. Um diese Jahreszeit hätte sich der Sommer längst mit trockener Luft und steigenden Temperaturen ankündigen müssen.

Ungeachtet der widrigen Umstände wuchs die Bewegung schneller denn je, seit sich die Kunde von Pakshas Wunderheilung im Nexus verbreitet hatte. Und mit jedem neu verknüpften Ego-Stream, mit jedem neu errichteten Zelt wuchs der Druck der Verantwortung auf Pakshas Schultern. Sie wollte niemanden enttäuschen. Sie wollte niemanden mehr verlieren.

Seit sie wieder fit genug war, absolvierte Paksha die Rundgänge durchs Camp allein. Manchmal bildete sie sich für einen Sekundenbruchteil ein, Yasin von irgendeiner Ladefläche springen zu sehen, zu spüren, wie er ihr lässig den Arm um die Schulter legte oder ihn aus der Ferne rufen zu hören: »Hey, Pax!« Aber das war vorbei. Niemand würde sie mehr Pax nennen.

Sie zwang ihre Gedanken zurück in die Gegenwart. Sie wollte nicht heulen, nicht schon wieder, nicht jetzt, während Veeru und Tomke die Köpfe zusammensteckten und Nachrichtenquellen auswerteten.

»Fürs Wetter ist der Stream von *Europe Now* unschlagbar.«

Tomke teilte ein paar Tags mit Veeru. »Aber für Society-News kannst du den vergessen, der hat einfach nicht genug Insider, die für ihn bloggen.«

»Noch schlimmer ist *Live-Mag*«, sagte Veeru. »Die haben mich mal zwei Jahre älter gemacht und dann auch noch vergessen, mein Profil zu verlinken.«

Tomke rollte mit den Augen angesichts solcher Stümperhaftigkeit.

Hätte Paksha die entsprechenden Aufzeichnungen nicht jederzeit abrufen können, sie hätte nicht für möglich gehalten, dass sich die beiden noch vor ein paar Wochen in aller Öffentlichkeit angefeindet hatten. Performance und Realität, das hatte Veeru ihr beigebracht, waren zwei grundverschiedene Dinge.

»Was hältst du davon ...«, begann Veeru, brach jedoch ab, als ihr vLink einen eingehenden Anruf meldete. Sie warf einen Blick auf das Display im Innern des Blütenkranzes, und Paksha spürte, wie sich jegliche Ungezwungenheit in Luft auflöste.

»Ich muss los«, sagte Veeru. »Melde dich morgen beim Schiff. Juria wird da sein.«

Ehe Tomke etwas erwidern konnte, verließ Veeru das Zelt und entfernte sich mit schnellen Schritten.

»Dramatische Abgänge sind einfach ihr Ding, oder?«, wandte sich Tomke an Paksha.

»Sie meint das nicht persönlich. Glaube ich.« Paksha kroch ebenfalls zum Zeltausgang. »Dann ... äh ... bis morgen?«

Tomke nickte nur.

Veeru stand abseits der Zelte im strömenden Regen und sprach eindringlich in ihren vLink. Kurz bevor Paksha bei ihr war, ließ sie die künstliche Blüte zuschnappen und drehte sich um.

»Sie haben ihn gesehen.«

»Wen?«

Veeru ballte eine Faust um den Anhänger. »Marti. Kylian und Franka sagen, sie sind ihm den ganzen Tag über gefolgt, aber dann haben sie seine Spur verloren. Und der Hund ...« Sie stieß ein ungläubiges Lachen aus. »Dieser durchgeknallte Hund war bei ihm.«

Paksha spähte über Baumkronen und Dächer hinweg zum Festungsberg, wo FinalFood auf ihren nächsten Schritt lauerte. »Was bedeutet das für uns?«

»Es bedeutet, dass Marti lebt«, sagte Veeru, »Dass er in Delhi ist. Und dass uns nicht mehr viel Zeit bleibt.«

In den folgenden Tagen lieferten sich Taimur und Magdalena ein mediales Gefecht, das der Staubsturm vor den Toren der größten Stadt im größten Land der Welt unweigerlich gewann. Selbst die Rebellen, deren Zelte eines nach dem anderen im Flusswasser versanken, deren Haut sich im Dauerregen von Füßen und Fingern schälte, diskutierten jede Neuigkeit aus Delhi, als hinge ihr eigenes Leben davon ab. In Delhi, so sprach es sich von den Besserinformierten zu den Ungebildeten zu den Mitläufern herum, befand sich FinalFoods zweite Gehirnhälfte – das zweite große Rechenzentrum, das indische Pendant zu der Festung in Residence City. Jedem, der nicht schnell genug die Flucht ergriff, erklärte Juria, dass Taimur dem Lotus Tower in Delhi kaum etwas würde anhaben können. Auch wenn der letzte Wartungsarbeiter die Stadt verließ, würden Hochleistungssolarzellen in den Blütensegeln die Server im Turm mit Strom versorgen. Darin könne die KI Jahre, wenn nicht gar Jahrzehnte überdauern. Selbst wenn Delhi unterging – der Kampf um den Main-Sektor würde weitergehen.

Auch Tomke tat ihr Bestes, um die Aufmerksamkeit der Rebellen auf die viel realere Gefahr zu lenken, die ihnen Stück für Stück den Boden unter den Füßen wegspülte. Tomkes fulminante Rückkehr in die Com-Streams – scharfzüngig, stylisch, und nun offiziell als Teil von Veerus Gefolge – hatte für Aufmerksamkeit gesorgt. Und Tomke wusste, wie sich Aufmerksamkeit bestmöglich vermarkten ließ. Sie netzwerkte und bloggte, interviewte und kommentierte, um den Main-Sektor im Gespräch zu halten und das sich anbahnende Unheil auf den Ego-Streams der Menschen nach oben zu pushen. Reißerisch und tendenziös bauschte sie Magdalenas Regenmassen zur Verkörperung von Veerus unbändigem Zorn auf. Sie zitierte Bibelstellen im selben Atemzug mit Seriendialogen und schwor die Menschen auf die letzte große Konfrontation ein.

Das Publikum liebte Tomke. Sie war heißblütig, wo sich Veeru kühl und unnahbar gab, und sie bildete ein forsches Gegengewicht zu Pakshas stoischer Zurückhaltung. Sie hielt die Öffentlichkeit bei Laune, während der innere Kreis fieberhaft seine Vorkehrungen traf.

Draußen schleppten die Rebellen ihr weniges Hab und Gut von den überfluteten Wiesen in die besetzten Häuser, die braune, sprudelnde Strömung zerrte an der fest vertäuten *River Delight*, während sich Juria, Fionn, Paksha und Veeru am dreizehnten Abend nach der Z.O.M.Bee-Mission in der Royal Suite versammelten. Schweigend drängten sie sich um Jurias vLink-Membran und beobachteten einen winzigen blinkenden Punkt auf einem Gitternetz. Vom ersten Tag an hatte ein implantierter Peilsender den Standort der neuen Königin zuverlässig übermittelt. Bis heute hatte die verkabelte Z.O.M.Bee den Stock nicht verlassen. Das sei normal, sagte Veeru. Die frisch geschlüpfte Königin war erst nach ein paar Tagen bereit für den Hochzeitsflug, der sie zur Stammhalterin ihres neuen Volks machen würde. Heute bewegte sich der Punkt auf der GPS-Karte. Juria zoomte das Bild heran, bis sie erkennen konnten, dass die Biene außerhalb des Kühlturms ihre Kreise zog.

»Heißt das, es hat geklappt?«, fragte Paksha bang. »Hat der Schwarm sie akzeptiert?«

»Sieht ganz so aus.« Juria gab testweise eine Koordinatenreihe ein. Der Bienenpunkt änderte zielstrebig seinen Kurs. »Und die Fernsteuerung funktioniert ebenfalls. Sobald sie ihren Hochzeitsflug beendet hat, können wir loslegen.«

»Hast du was Neues gehört?«, wandte sich Paksha an Veeru, die der Vorführung nur mit halber Aufmerksamkeit folgte.

»Aus Delhi?« Veerus Fingernägel trommelten auf den Tisch. »Nein.«

»Das heißt, wir warten immer noch auf Marti?«

Veeru fuhr sich durchs Haar. »In ein paar Stunden könnten wir auf dem Festungsberg stehen. Die Verteidigung entlang der Mauer bröckelt seit Tagen. Die Securitys werden nervös. Alles, was wir brauchen, ist ein letzter gezielter Tritt.«

Bereits zu Beginn der Belagerung, kurz nach Pakshas Rückkehr aus dem Bienenstock, hatten die ersten Bewohner von Residence City das Weite gesucht – Inhaber der Sommerresidenzen zumeist, die angesichts der angespannten Sicherheitslage ihre Ferien früher als geplant abgebrochen hatten. Am Vortag hatte sich mit der offiziellen Hochwasserwarnung die zweite Welle in Bewegung gesetzt. Einheimische und Investoren räumten ihre Villen entlang der Flusspromenade und zogen sich, begleitet von massivem Sicherheitsaufgebot, in Sektoren zurück, die bisher sowohl von den Unruhen als auch von den Überschwemmungen verschont worden waren. Dennoch blieb die Stadtmauer dicht, Wachleute patrouillierten unermüdlich und medienwirksam an den Toren, und Autocopter zogen drohend ihre Kreise über den Zinnen der Festung.

»Aber wie kann Marti uns von dort helfen?«, beharrte Paksha. »Selbst wenn sie ihn finden – was dann? Er kann unmöglich hierherkommen. Ohne B-Wave-Scan lassen die ihn in kein Flugzeug rein.«

»Das muss er auch nicht. Wir brauchen ihn in Delhi. Er und ich, wir müssen zur richtigen Zeit am richtigen Ort sein.«

»Und wie wollt ihr das anstellen, wenn ihr nicht miteinander sprechen könnt?«, fragte Paksha, aber ein Anruf auf Veerus vLink verwehrte ihr eine Antwort.

Veeru stand so ruckartig auf, dass Kailash, der auf dem Bett gedöst hatte, den Kopf hob und alarmiert knurrte. Fionn und Juria unterbrachen ihre gemurmelte Diskussion.

Mit angehaltenem Atem beobachtete Paksha, wie Veeru den Anruf entgegennahm. Zunächst blieb das Hologrammfeld leer, lediglich die Tonleitung kam zustande. Aus den Lautsprechern drang verzerrtes Keuchen und Knacken, als ob der vLink am anderen Ende herumgeworfen oder zu fest zusammengedrückt wurde.

Komm schon, zischte eine Stimme.

»Kylian? Wo seid ihr?«, rief Veeru und lauschte dann wieder angespannt.

Die Geräusche vermengten sich zu einem unübersichtlichen Poltern, durchbrochen von einem abgehackten Schrei.

»Kylian?« Veeru ging in der Suite auf und ab, und auch Paksha hielt es nicht mehr auf dem Stuhl. Über Veerus Schulter beobachtete sie, wie sich ein flackerndes Bild aufbaute, das jedoch nur Schlieren und eine sich vergeblich streckende Hand zeigte.

Veeru legte ihren vLink auf den Tisch und stützte sich rechts und links davon ab. »Verdammt nochmal, Kylian!«

Drei dumpfe Laute drangen zu ihnen durch, Einschläge in einen weichen Untergrund. Im selben Moment wurde der fremde vLink herumgerissen, das Hologramm verpixelte und stellte sich Sekunden später wieder scharf. Ein hellhäutiges, dreckverschmiertes Gesicht materialisierte sich im Zentrum des Blütenkranzes. Blaue Augen weiteten sich. Dann brach die Verbindung schlagartig ab, und das Bild zerstob innerhalb eines Atemzugs.

»Marti!«, schrie Veeru und trommelte mit der Faust auf die Tischplatte. Sie gab den Rückrufbefehl ein, erhielt aber lediglich die Meldung *»Stillgelegter Kontakt«*.

Paksha wusste, was das bedeutete. Derselbe Hinweis blinkte auf, wenn sie Noes Ego-Stream anwählte oder den ihrer Mutter. Oder Yasins. »War das Marti?«, presste sie hervor. »Ist er …«

»Der Anruf kam von Kylians vLink«, sagte Veeru. »Ich versuche es bei Franka.«

Doch auch von dort erhielt sie die nüchterne Antwort *»Stillgelegter Kontakt«*.

»Was ist passiert?« Paksha klemmte die Hände unter die Achseln, um das Zittern zu unterdrücken. Kaum länger als zwei Wochen war es her, dass sie hier auf diesem Schiff, umgeben von Plüsch und Pomp und Brokat, machtlos hatte zusehen müssen, wie anderswo Menschen starben, wie andere Ego-Streams für immer stehenblieben.

»Das war er, oder nicht?« Juria stand dicht bei Veeru und verfolgte jeden ihrer Klicks. »Marti hat uns gesehen. Gibt es irgendeine andere Möglichkeit, ihn zu erreichen?«

»Ohne Kylian und Franka ...« Veeru atmete scharf ein und schien die verstörenden Bilder gewaltsam abzuschütteln. »Vielleicht. Hört mal, ich weiß, das wird euch verrückt vorkommen, aber ...« Sie führte den Satz nicht zu Ende und rief stattdessen ein neues Profil auf.

»Veeru«, sagte Juria kopfschüttelnd. »Das ist ein Pet-Stream. Der gehört einem *Hund.*«

»Martis Hund«, spezifizierte Veeru.

Auch Paksha und Fionn traten nah genug heran, um das Display sehen zu können. Das Profilbild zeigte einen weißen Mischling mit kurzem Fell und viel zu großen Ohren. Der Nickname wies ihn als »Ray« aus. Verglichen mit den Stars der Pet-Stream-Szene war die Imageskala des Hundes niedrig, und sein Netzwerk fast schon verdächtig klein. Der Content beschränkte sich auf ein paar Futtervideos und Gassi-Logbücher. Der jüngste Eintrag lag mehr als drei Monate zurück.

»Das kann nicht dein Ernst sein.« Jurias Stimme klang gepresst. »Selbst wenn es der Hund des Königs von Groß-Alaska wäre. Was bringt uns das?«

Veeru rief den Chatbereich auf – *Pet-Talk*. Die Vorstellung, mit wildfremden Haustieren zu kommunizieren, war selbst Paksha immer zu abgefahren gewesen. Von ihren Freunden wusste sie, dass solche Chats vor allem über den Austausch von Fotos, Videos und simplen Symbolen liefen und dass sie, je nach kognitiven Fähigkeiten des Gegenübers, in ihrer Ergiebigkeit stark schwankten. Was Veeru mit diesem Hund hätte besprechen sollen, blieb ihr schleierhaft.

»Marti hat Ray vor ein paar Jahren aus der Gosse gerettet«, erklärte Veeru. »Der Kerl war halb verhungert, und Marti hat ihn aufgepäppelt. Seitdem sind sie unzertrennlich.«

»Was ist mit ihm passiert?«, fragte Paksha. »Nachdem Marti verschwunden ist, meine ich.«

»Offensichtlich ist er noch in Delhi. Zumindest zeigt sein Stream an, dass er sich alle paar Tage einloggt. Und das geht nur mit den Gadgets in Martis Wohnung.«

Veeru drehte das Display so, dass alle den Chatverlauf sehen konnten. Stirnrunzelnd wischte Paksha über den Screen und verfolgte die Unterhaltung zurück. Veeru hatte Fotos geschickt. Von jeder Station ihrer Reise eines. Sonnys Villa am Hang über dem Fluss, der Brunnen im Hexendorf, die ferne Silhouette des Saatgutlagers inmitten grüner Reisfelder, der Marktplatz im Folkloredorf, Käfige im Shelter Park. Schließlich, seitdem die Rebellen vor den Toren der Stadt campierten, jeden Tag eine Aufnahme des Rechenzentrums auf dem Festungsberg. Und zu jedem Bild hatte Ray eine Antwort von sieben simplen Buchstaben geschickt: STAND-BY.

»Bevor alles«, Veeru hielt inne und lächelte humorlos, »bevor alles vor die Hunde ging, sagte Marti, falls er offline gehen muss, soll ich den Pet-Stream im Auge behalten. Sobald er bereit für den letzten Schritt ist, schickt er mir hier das Codewort.«

»Glaubst du, dass … dass Marti hinter diesem Pet-Stream steht? Irgendwie.« Fionn klang, als sei er bereit, sich an jeden noch so dünnen Strohhalm zu klammern.

»Nein«, sagte Veeru. »Marti ist irgendwo da draußen, und auch wenn Kylian und Franka …« Sie stand auf, ging mit dem vLink zum Fenster und schoss ein Foto des aufgewirbelten Flusses und der überfluteten Anlegestelle.

»Sie sind tot.« Das Wort verkeilte sich in Pakshas Hals. »Jemand hat sie umgebracht. Das war FinalFood.«

»Sieht ganz danach aus. Und es ist meine Schuld«, bemerkte Veeru sachlich. »Die beiden waren unsere letzte Chance, Marti zu finden.«

»Also stehen wir wieder am Anfang«, bemerkte Juria angriffslustig.

»Marti weiß, was er tut«, beharrte Veeru. »Solange Ray bei ihm ist, hat er eine Chance.« Mit ein paar Klicks fügte sie das neue Bild der Unterhaltung hinzu und schloss den Chat. »Glaubt mir. Das ist kein Hund wie alle anderen.«

»Paksha? Paksha, wach auf!«

Eine Hand rüttelte an ihrer Schulter. Paksha blinzelte desorientiert. In der Suite war es stockfinster. Sturmböen und Regen peitschten von außen gegen den Rumpf der *River Delight*.

»Zieh dir was an, schnell.« Jurias Stimme. »Es gibt Probleme.«

Über Kailashs zusammengerollten Körper hinweg tastete Paksha nach dem Schalter der Nachttischlampe. Der Leopard gähnte, als es abrupt hell wurde. Das zweite Bett in der Suite war leer.

»Wo ist Veeru?«

»Mal wieder verschwunden.« Juria durchwühlte Pakshas Taschen und warf ihr ein paar wasserfeste Kleidungsstücke zu. »Wir können jetzt nicht auf sie warten. Draußen sind Sicherheitskräfte angerückt. Die wollen unsere Leute aus den Häusern vertreiben. Aber ringsum ist alles überschwemmt.«

Alle Schläfrigkeit fiel von Paksha ab. In fiebriger Eile zog sie sich um. »Wie spät ist es?«

»Kurz nach fünf. Mach schnell.«

Paksha hatte nicht gemerkt, wie Veeru aufgestanden war. In den bangen Tagen nach Pakshas Rückkehr aus dem Z.O.M.Bee-Stock war Veeru Tag und Nacht in ihrer Nähe geblieben. Und auch als Paksha sich von den Auswirkungen der Krankheit erholte, waren sie stillschweigend übereingekommen, dass sie die Gesellschaft der jeweils anderen nach wie vor dem Alleinsein vorzogen.

»Vielleicht ist sie schon dort«, sagte Paksha, als sie zusammen mit Juria durch die Flure des Schiffs eilte.

»Weiß der Himmel.«

In der Lobby hielt Juria inne. »Noch was, Paksha. Die Meldung kam vor einer halben Stunde rein.«

Mit der Hand auf dem Türgriff blieb Paksha stehen. Regenschleier brandeten gegen die Glasscheiben und verwandelten die Außenwelt in ein Inferno flackernder Lichter.

»Der Staudamm ist gebrochen. Die Flutwelle erreicht uns in ein paar Stunden. Und es wird weiter regnen.« Paksha suchte nach Worten, aber Juria war noch nicht fertig. »In Delhi kann der Sturm jeden Augenblick losbrechen. Niemand ist mehr in der Stadt.«

»Aber Marti … Veeru …«

»Es liegt nicht mehr in unserer Hand, Paksha. Ich will, dass du das weißt, bevor wir rausgehen. Wir werden tun, was wir können, um die Leute in Sicherheit zu bringen. Aber es gibt Dinge, über die wir keine Macht haben.«

Paksha schluckte all die überflüssigen Worte runter und nickte gefasst. »Gehen wir?«

Sie schlug ihre Kapuze hoch, zog die Tür auf und trat hinaus in den Wolkenbruch. Sturmböen zerrten an ihr, während sie die schlüpfrige Treppe hinabstieg. Hinter ihr fluchte Juria, als eines ihrer Gadgets scheppernd in die Tiefe fiel. Das Schiff schwankte und riss an seinen Tauen. Dort, wo die Uferlinie hätte verlaufen müssen, wogten schwarze Wassermassen unter den harten Lichtkegeln der Cam-Drohnen.

Kurz bevor Paksha den Anlegesteg erreichte, rief jemand ihren

Namen. Suchend spähte sie über die Schulter und entdeckte eine hochgewachsene Gestalt, die sich an der Reling entlang auf sie zubewegte.

»Veeru«, brüllte Juria. »Wir werden angegriffen. Die stürmen die besetzten Häuser.«

»Ich weiß.« Veerus Haar hing ihr nass und schwer ins Gesicht. »Sagt ihnen, sie sollen die Häuser aufgeben und sich auf die Schnellstraße zurückziehen. Sagt ihnen, sie sollen warten, bis es hell wird. Ich komme nach, sobald ich kann.«

»Was soll das heißen?«, blaffte Juria. »Hier steht bald alles unter Wasser. Wir brauchen dich da draußen. Fionn ist schon dort. Wir ...«

»Paksha, sag ihnen«, Veeru hob die Stimme, »dass sie nichts zu befürchten haben. Egal was passiert, sie sollen durchhalten. Sag ihnen, sie sollen sich bereit machen für ein Wunder.«

Selbst Juria verschlug es die Sprache.

Paksha sah Veeru lang und prüfend ins Gesicht. Dann nickte sie. »Verstanden. Beeil dich.«

Sie griff nach dem Geländer des Anlegestegs und hangelte sich über den schäumenden Abgrund zum Ufer.

Juria war dicht hinter ihr. »Ist es jetzt so weit?«, schnaubte sie. »Glaubt sie diesen Wahnsinn jetzt etwa selbst?«

Paksha tastete sich durch das kalte, schwappende Wasser zur Straße, die zu den Häusern führte. Von jenseits der Bäume drangen schrille Rufe und blecherne, künstlich verstärkte Befehle zu ihnen durch.

»Lass Veeru das tun, was sie am besten kann«, sagte sie zu Juria. »Und wir tun das, was wir können.«

Noch waren die Wege am Ufer begehbar, auch wenn der Fluss die Senken bereits mehrere Handbreit überschwemmt hatte. Auch ohne den Dammbruch waren die Vorhersagen eindeutig gewesen: Ein Ende des Dauerregens war nicht in Sicht, und die Pegelstände würden von Stunde zu Stunde weiter steigen. Die Rebellen brauchten dringend einen Zufluchtsort, bevor die Flut sie alle mit sich riss.

Rings um die besetzten Häuser kreuzten schreiende, fuchtelnde, rennende Gestalten Pakshas Weg. Wer auf ihrer Seite stand und wer Teil des Räumkommandos war, konnte sie nicht sagen. Menschen hatten sich auf Dächern und Balkonen verbarrikadiert, während Sicherheitsleute in dunklen Uniformen die Haustüren stürmten. Eine kalte, knappe Ansage dröhnte ohne Unterlass aus den Lautsprechern der Securitydrohnen: »Verlasst das Privatgelände. Befolgt die Anweisungen. Schießerlaubnis erteilt.«

Paksha blieb stehen und spähte fiebrig ins Chaos. Selbst Juria erstarrte ein paar Herzschläge lang und verfolgte das Geschehen mit geweiteten Augen.

Eine Kette aus unnachgiebigen Dummys marschierte aus der Richtung des Schutzwalls heran und drängte Veerus Follower immer weiter zurück. Ein paar Rebellen schleuderten Steine auf die Metallgehäuse und provozierten damit eine Salve unmissverständlicher Warnschüsse. Paksha glaubte zu erkennen, wie ein verirrter Lichtstrahl einen reglos am Boden liegenden Körper streifte, aber der Moment war zu flüchtig, um sicher zu sein.

Ein gepanzerter Pick-up pflügte im Schritttempo durch die Menge wie ein Alligator auf Beutezug. Auf der Ladefläche gestikulierte ein Mann in Helm und Schutzweste seinen Einsatzkräften zu, ohne auf die Proteste der einsamen Figur zu achten, die sich an der Karosserie des Fahrzeugs festklammerte und mit trommelnden Fäusten auf sich aufmerksam machte. Paksha und Juria erkannten gleichzeitig, um wen es sich handelte.

»Da ist Fionn«, rief Juria. »Ich geh zu ihm. Kommst du klar?«

Paksha warf einen weiteren Blick durch die Kampfzone und entdeckte einen vertrauten zweifarbigen Haarschopf. »Alles alpha. Redet ihr mit den Securitys. Ich kümmer mich um unsere Leute.«

Während Juria zum Pick-up stapfte, joggte Paksha zu den überwucherten Parkbuchten, wo sie Tomke gesehen hatte. Selbst durch die Kontaktlinsen hindurch hellten sich Tomkes Augen auf, als sie Paksha im Getümmel erspähte.

»Weißt du, wo Veeru ist?«, rief sie und fuchtelte mit ihrem vLink. »Hier drehen alle durch. Ich brauche mehr Infos, sonst kann ich nicht streamen. Veeru muss unbedingt ein Statement abgeben.«

»Das Statement«, sagte Paksha, »kommt von mir. Wir geben die Häuser auf. Die Leute sollen weg vom Fluss. Wir sammeln uns oben bei der Straße.« Während Paksha sprach, ließ Tomke die Streaming-App laufen und schickte das Video in Echtzeit an alle Geräte des Rebellen-Netzwerks. »Räumt die Häuser, bleibt zusammen und wartet auf der Schnellstraße auf Veeru. Was auch passiert, lauft nicht weg. Wer auf Veeru vertraut, wird heute Zeuge eines Wunders werden.«

Tomke pausierte den Stream. »*Das* ist der offizielle Befehl? Wartet auf ein *Wunder*?«

»Wir müssen die Leute zusammentreiben, bevor das hier eskaliert.« Paksha bemerkte, dass ringsum Menschen stehen blieben und ihren Aufruf abspielten. Weiter weg scharten sich Grüppchen von Rebellen um vLink-Displays und diskutierten hitzig. »Tomke, mach du mit dem Stream weiter. Jeder muss das mitkriegen. Schick alle zur Straße.«

Mit einer ausladenden Handbewegung lenkte Paksha die Aufmerksamkeit auf sich. »Wir ziehen uns zurück. Folgt mir! Veeru kommt bald.«

Während sich Tomke vor den belagerten Häusern in Pose warf und die neue Parole durch den Nexus jagte, trieb Paksha die kopflose Menge vor sich her, weg von den Dummys und Kampfdrohnen, weg vom Fluss, weg von den steigenden Wassermassen. Die eben noch verbissen Kämpfenden griffen Veerus Worte auf und brüllten den Befehl ihrerseits aus voller Kehle in die Finsternis. Mit erhobenen Händen kamen die Hausbesetzer in Freie, um sich der Prozession anzuschließen. Die Bewaffneten ließen sie ziehen und reihten sich in den Wall aus Dummys ein, der den Zugang zur Stadt versperrte. Über die Köpfe und Kapuzen hinweg sah Paksha, dass Juria und Fionn inzwischen auf die Ladefläche des Pick-ups vorgelassen worden waren, wo sie mit dem Einsatzleiter verhandelten.

Paksha vergewisserte sich, dass die Speerspitze des Zuges dem richtigen Kurs folgte, nickte Tomke anspornend zu und schlug sich mit langen Schritten in das aufgeschwemmte Gelände. Sie würde erst wieder stehen bleiben, wenn alle dort waren, wo sie sein sollten.

Als es hell wurde, zeigte sich das ganze Ausmaß der Überschwemmungen. Paksha stand auf einer mehrspurigen Überführung, unter der sich das graue Band der Schnellstraße Richtung Fluss wand. Ihre Hand lag auf den Metallverstrebungen eines Holo-Boards, dessen Gestell über ihr in den wässrigen Himmel ragte. Der Regen war inzwischen zu einem feinen Nieseln geworden, aber der Strom schwoll immer weiter an. In der Mitte des Flussbetts wirbelten und schäumten die braunen Wassermassen und rissen alles mit sich, was in ihren Sog geriet. Paksha hatte entwurzelte Baumstämme vorbeitreiben sehen, Kunststoffkarosserien von E-Karts, Pflückdummys und ein- oder zweimal auch einen schlaffen Tierkadaver. Immer weiter fraß sich der Kanal ins Gelände. Die ehemals geraden Uferstreifen fransten zu Seitenarmen, zu Tümpeln und Stromschnellen aus. Längst war die *River Delight* vollständig vom Festland abgeschnitten und neigte sich unter dem Druck der Flut bedenklich zur Seite. Der Anlegesteg war untergegangen oder weggebrochen, aber Naomi hatte Paksha versichert, dass alle das Schiff rechtzeitig verlassen hatten. Sie selbst sei als Letzte von Bord gegangen.

»Veeru? Nein, sie war ganz sicher nicht mehr an Deck. Ich dachte, sie ist draußen bei euch.«

Pakshas Augen brannten, und sie fror erbärmlich in den durchnässten Klamotten. Dennoch blieb sie auf ihrem Posten und spähte unablässig über das tiefer liegende Terrain. Die Häuser waren geräumt. Zum Teil schwappte bereits Wasser über die Türschwellen und in die Kellerfenster. Die Rebellen hatten sich auf die erhöhten Straßenabschnitte zurückgezogen, drängten sich auf stillgelegten Parkflächen oder den matschigen Hängen des Flusstals zusammen, schwangen Parolen, sangen, beteten und warteten. Es war Paksha gelungen, die Menschen aus der Schusslinie zu befördern, sie vor dem Hochwasser zu schützen, vor den Kampfdrohnen und vor sich selbst. Auch wenn zwischen den Rebellen und ihren Gegnern nur ein paar Armlängen lagen, auch wenn die Sicherheitskräfte einen drohenden Schutzwall um das Stadttor bildeten und die Waffen scharf gestellt blieben, schien die Gefahr eines weiteren großen Blutvergießens für den Moment gebannt. Aber wo blieb Veeru mit ihrem Wunder?

»Mir geht langsam der Content aus.« Tomke unterbrach ihren Stream und trat neben Paksha. »Hat sie wirklich nichts anderes gesagt?«

»Sie hat gesagt, sie kommt, sobald sie kann.« Wie lang war das her? Zwei Stunden, drei? Seitdem reagierte Veeru weder auf Anrufe noch auf Nachrichten. Auch ihr Ego-Stream gab keinen Aufschluss darüber, was sie plante.

»Kannst du noch eine letzte Wiederholung schalten?«, bat Paksha. »Ich versuche noch mal, sie zu erreichen.«

Tomke nickte widerwillig und suchte nach einem passenden Standort, während Paksha hinter den Pfeiler des Holo-Boards trat, um möglichst unbehelligt eine weitere Sprachnachricht an Veeru zu senden. Während sie in ihren vLink flüsterte, wanderte ihr Blick zur Frontlinie, wo Juria, Fionn und der Rest des inneren Kreises unablässig auf und ab liefen, um die mit den Hufen scharrenden Rebellen unter Kontrolle zu halten. Die Sicherheitsleute hielten sich mit Drohgebärden auffallend zurück. Manche

Gerüchte besagten, dass auch die Bewohner von Residence City nicht gegen Veerus Strahlkraft immun waren. Die Drohnen und Dummys allerdings ließen sich von solcherlei Reizen nicht beeindrucken und würden schießen, sobald ihre Sensoren einen Anlass dazu fanden.

Pakshas Nachricht verschwand im Nirwana wie ungefähr ein Dutzend ähnliche Berichte zuvor. Angespannt beobachtete sie das Geschehen beim Tor, lauschte auf die zunehmend aggressiven Slogans, die fanatischen Gesänge und bemerkte deshalb erst mit Verspätung, wie am anderen Ende des Camps, dort, wo die Straße an steilen Hängen entlang stadtauswärts führte, neuer Aufruhr entstand. Die Menge teilte sich, klatschte und jubelte. Inmitten der dicht an dicht stehenden Menschen verbreitete sich die Nachricht wie ein Lauffeuer.

»Veeru«, riefen sie.

»Veeru kommt zurück.«

»Veeru ist hier.«

Dann sah Paksha sie auch.

Zügig und zielstrebig näherte sich Veeru der Überführung. Neben ihr schlich Kailash mit gesträubtem Fell und gebleckten Zähnen und hielt die ekstatischen Verehrer auf Abstand. Paksha kannte Veeru inzwischen gut genug, um aus ihrer steifen Körperhaltung zu lesen, wie angespannt sie war. Veeru war nur ein Mensch, auch wenn Paksha zu Beginn ihrer Reise etwas anderes hatte glauben wollen. Veeru hatte in der Kapelle mit Paksha Tanzschritte geübt, mit gramgebeugtem Rücken an ihrem Krankenlager gewacht, sich ihre Geheimnisse und ihre Einsamkeit in einem langen nächtlichen Geständnis von der Seele geredet. Sie war nur ein Mensch.

Aber die Veeru, die dort über den spiegelnd nassen Asphalt lief, glich mehr denn je jenen legendären Gestalten, mit denen man sie so gern verglich, den Heiligen und Hexen, den Göttinnen und Märtyrern und Propheten. Sturmböen rissen an ihren pechschwarzen Haaren. Zum ersten Mal seit Beginn des Aufstands trug sie vollkommen schwarze Kleider. Vor dem dunklen Stoff leuchteten ihre Füße und Arme, der lange Hals und das scharf geschnittene Gesicht in mystischem Gewitterblau. Ihre Ghunghrus schepperten, die Armreife klirrten, die Schädelkette rasselte, während sie Schritt um Schritt auf die Stadtmauer zuging und auf alles, was dahinter lauerte.

Die unwirkliche Stille, die sich nach den ersten spontanen Freudenschreien über die Menge senkte, verriet Paksha, dass alle Versammelten dieselbe Vorahnung teilten: Der Tag der Rache war gekommen.

Lediglich das Propellersurren der Drohnen begleitete Veerus Aufstieg zur Überführung. An Pakshas Seite hielt sie kurz inne. »Gut gemacht. Willst du mitkommen?« Mit dem Kinn wies sie auf die verstrebten Stützen des Holo-Boards.

Paksha legte den Kopf in den Nacken und sah hinauf zu dem Querbalken, der die Fahrbahn in gut vier Metern Höhe überspannte. »Nach dir.«

Veeru schenkte ihr ein schiefes Grinsen, schloss die Hand um das nasse Gestänge und zog sich mit einem kräftigen Ruck daran empor. Tomke war längst zur Stelle, um den Aufstieg zu filmen. Paksha kraulte den nervösen Kailash, während Veeru mit scheinbarer Leichtigkeit bis zum höchsten Punkt des Boards kletterte und anschließend zur Mitte des Balkens balancierte.

Paksha fasste sich ein Herz und setzte ebenfalls einen Fuß auf das Gitterwerk der Säule. Auf halber Strecke rutschte ihr Gummistiefel auf der glatten Oberfläche aus, weshalb sie die Schuhe abstreifte und barfuß weiterkletterte. Der Wind zerrte an ihr, kaum dass sie den Querbalken erreicht hatte. Sie ließ auch den Regenmantel nach unten segeln und schloss mit konzentrierten Bewegungen zu Veeru auf. Kailash, der sich allein inmitten fremder Menschen wiederfand, setzte knurrend zum Sprung an. Mit kräftigen Sätzen erklomm er das Gerüst und komplettierte am Rand des Balkens kauernd das medienwirksame Trio.

»Wir haben viel geopfert, um bis hierher zu gelangen«, sprach Veeru in die dröhnende Stille.

Das Rotorengeräusch der Drohnen, bemerkte Paksha, klang hier oben viel lauter und schien aus allen Richtungen gleichzeitig zu kommen.

»Wir fordern euch auf, das Tor zu öffnen. Ihr könnt Residence City nicht halten, wenn die Flut kommt.«

Paksha ließ den Blick über die Dächer jenseits der Mauer schweifen. Verglaste Penthouses, Streetcopter-Landeplätze, ein Ad-Screen, der die Richtung zum Air-Golfplatz beschrieb. Ein paar Sahabs hatten sich auf Dachterrassen und höher gelegenen Balkonen versammelt, um das Schauspiel aus sicherer Distanz verfolgen zu können. Im Hintergrund streiften die Regenwolken eine Skyline aus goldverzierten Kirchturmspitzen, die allesamt dem stillen Wächter auf dem Festungsberg entgegenstrebten – FinalFoods Rechenzentrum wirkte aus dieser Perspektive unerreichbarer als je zuvor. Selbst wenn sie es über die Mauer schafften, wenn sie das überflutete Straßenlabyrinth bezwangen, wenn es ihnen gelang, den brodelnden Fluss zu überqueren, bevor alle Brücken unpassierbar wurden – dann würden sie sich am Fuß der steilen Wehranlagen wiederfinden, schutzlos unter dem allsehenden Auge der KI, und vom Gipfel würden Dummys und Kampfdrohnen mit gezückten Waffen auf sie niederfahren.

Veeru hob die Stimme. »Steigt in eure Rettungsboote und gebt uns, was uns gehört. Habt ihr geglaubt, dass wir uns ewig im Hinterland verstecken? Dass wir unser Leben lang Dreck fressen, während ihr euch die Bäuche vollschlagt? Raus aus der Stadt!«, rief sie und die Menge griff den Schlachtruf auf wie ein heilbringendes Mantra.

»Raus aus der Stadt!«

»Raus aus der Stadt!«

»Raus aus der Stadt!«

Das Menschenmeer unter ihnen wogte und schob sich Handbreit um Handbreit nach vorn. Paksha sah, wie Juria die Arme hob, um die Flut aus Körpern zurückzuhalten.

Aus Dutzenden Lautsprechern schallte die blecherne Stimme, die die nächtliche Räumungsaktion orchestriert hatte: »Zurücktreten! Sicherheitsabstand einhalten! Schießerlaubnis erteilt!«

»Flieht, solange ihr noch könnt«, erhob sich Veerus Forderung über das Stimmengewirr. »Wir gebieten über Kräfte, gegen die ihr machtlos seid. Wir können eure Stadt überrennen, ohne einen Fuß zu heben. Wir können den Tag zur Nacht machen.«

Die Menge tobte, aber Veerus unsichtbarer Wille hielt die Menschen an Ort und Stelle.

Und dann geschah es. Paksha spürte das Dröhnen bis in ihre Zahnwurzeln. Unmöglich, dass es lediglich auf die leichten Propeller der Drohnen zurückzuführen sein sollte. In den vergangenen Minuten war es lauter geworden, auch wenn die Autocopter weiterhin um das FinalFood-Emblem auf den Zinnen der Festung kreisten.

»Raus aus der Stadt! Raus aus der Stadt!«, skandierten die Rebellen.

Und die Stadtmenschen auf ihren Aussichtspunkten gerieten tatsächlich in Bewegung. Ameisengleich rannten sie entlang der Balustraden, deuteten mit winzigen Armen in die Ferne. Ein paar von ihnen verschwanden in Aufzugschächten und hinter Glastüren. Im Hintergrund stiegen private Copter in die Luft wie Ascheflocken von einem Leuchtfeuer.

Paksha drehte sich um, sah zurück über Felder und überflutetes Land, wo sich Magdalenas bleierne Wolken zur nächsten Sturmfront ballten. Eine Wolke jedoch war schwärzer als alle anderen. Sie hing tiefer als alle anderen. Sie näherte sich schneller als alle anderen. Und sie summte.

»Veeru«, hauchte Paksha. »Hast du wirklich …«

»Marti hat das Signal geschickt«, sagte Veeru, leise und nur zu ihr. »Heute Nacht. Es geht los.«

Reihe um Reihe wurden nun auch die Rebellen auf das heranfliegende Insektenheer aufmerksam. Noch konnte niemand ahnen, was sich da auf rasierklingenscharfen Flügeln näherte. Niemand wusste, dass Veeru das gigantische Z.O.M.Bee-Volk mit ein paar vLink-Klicks steuern konnte. Dennoch verebbte der Sprechgesang im selben Maße, wie das markerschütternde Wummern des Schwarms an Stärke gewann.

»Lauft nicht weg«, befahl Veeru ihren Followern. »Vertraut mir und bleibt stehen, wo ihr seid. Unser wahrer Feind«, sie hob den Arm und deutete auf den fernen, steilen Hügel, »wartet dort auf uns. Egal was kommt, fürchtet euch nicht.«

Die Rebellen gehorchten. In Residence City dagegen brach Panik aus. Zahlreiche Sammelcopter hoben ab, gepanzerte Busse rollten auf die Hauptstraßen, und Mag-Trains zischten über die freistehenden Schienenstränge, allesamt in nordwestlicher Richtung, zum Flughafen, raus aus der Stadt, raus aus dem Sektor, raus aus diesem Wahnsinn. Jetzt erkannte Paksha, wie sehr die Sahabs Veerus unbändigen Zorn fürchteten. Sie hatten die ganze Zeit auf gepackten Koffern gesessen. Ihre Drohgebärden waren machtlos, gegen das, was kam.

»Z.O.M.Bees!«

Die Menschen vor dem Tor hatten die wahre Natur des Wunders jetzt erkannt. Der Warnschrei gellte in unzähligen Kehlen, stieg auf in den sich rasch verfinsternden Himmel und verhallte im alles verschlingenden Summen des Schwarms.

»Bleibt stehen«, rief Veeru. »Solange ich hier bin, wird euch nichts passieren.«

Die ersten schwarz gepanzerten Leiber flirrten durch Pakshas Sichtfeld. Mit peitschendem Schwanz legte Kailash die Ohren an und zog den Kopf zwischen die Schultern. »Veeru, du hättest die Sahabs warnen müssen«, keuchte Paksha. »Willst du, dass alles in einem Massaker endet?« Sie blickte zur Stadt, wo sich Fahrzeugkolonnen zu hupenden Staus verkeilten, wo Menschen in Schlafanzügen an geschlossene Autotüren trommelten und Sicherheitsleute an den verriegelten Toren emporzuklettern versuchten. »Das haben sie nicht verdient. Bitte, Veeru.«

Paksha griff nach dem vLink in Veerus Faust, aber sie war nicht schnell genug.

»Niemandem wird etwas passieren«, wisperte Veeru und hielt das Gerät samt Mikrofon außer Reichweite. »Wenn eine Königin den Stock verlässt, schwärmen die Bienen aus. Sie suchen ein neues Zuhause, verstehst du? Aber Bienen, die schwärmen, stechen nicht.«

Paksha hielt mitten in der Bewegung inne und formte den letzten Satz mit den Lippen nach. »Bist du sicher?«

»Das ist Biologie«, erklärte Veeru sachlich. »Du kannst es googeln. Jetzt gleich, wenn du Lust hast. Wie es aussieht, stehen wir hier noch eine ganz Weile.«

Während Paksha mit pochendem Herzen der biblischen Plage entgegensah, wiederholte Veeru ihr simples Kommando mit unangreifbarer Autorität: »Bleibt stehen. Habt keine Angst und *bleibt stehen.*«

Ihr vLink speiste die Botschaft ins Netzwerk der Rebellen. Binnen weniger Atemzüge erstarrte die Menge, als ob sich unsichtbare Marionettenfäden zwischen Veerus Fingern und tausenden erhobenen Häuptern spannten.

Dann kamen die Z.O.M.Bees.

Ein Teppich aus blau-schwarz schillernden Leibern zog über die Menschen hinweg, über Stacheldraht und nutzlose Gewehrmündungen, fegte durch die Parks und Promenaden, trieb die fliehenden Sahabs vor sich her und schmirgelte über verbarrikadierte Häuserfronten.

Die führungslose Dummyarmee setzte sich in Bewegung, um zurück zur Stadt zu rollen. Drohnen stellten sich den Bienen entgegen, Chitinpanzer prallten auf Karbongehäuse. Die Maschinen schwankten unter dem geflügelten Ansturm, eine erste Welle ging qualmend zu Boden. Insektenschwärme verdunkelten die Radarschirme der Flugobjekte, Insektenkörper verstopften die Sensoren der mechanischen Garde, Insektenblut verklebte Gelenke und Schaltkreise. Paksha sah, wie ein weiteres Drohnengeschwader vom Festungsberg abhob und sich in die Schlacht stürzte, aber dem blinden, selbstmörderischen Kurs der Bienen konnte auch diese Aktion nichts entgegensetzen. Eine brodelnde Wolke aus Z.O.M.Bees stülpte sich über das Rechenzentrum und tauchte das allsehende Auge der KI in Finsternis.

Veeru setzte sich, winkelte ein Bein an und ließ das zweite über den Rand des Balkens baumeln. Nach kurzem Zögern tat Paksha es ihr gleich. Kailash kroch mit ausgefahrenen Krallen heran, verbarg den Kopf in Pakshas Schoß und ließ sich das gesträubte Fell glattstreichen.

Unter ihnen beobachtete die Menge stumm und starr das Wunder. Niemand jubelte, niemand streamte. Was sie sahen, sprengte alle Hashtags.

»*Das* hat Marti sich ausgedacht?«, keuchte Paksha.

Veeru seufzte. »Du hättest ihn kennenlernen sollen. Ich glaube, ihr hättet euch gemocht.«

Paksha sah zu ihr auf. »Hat er sich heute Nacht wirklich gemeldet? Heißt das, er hat es geschafft? Wartet er in Delhi auf uns?«

Veeru fuhr gedankenverloren mit dem Daumen über ihren vLink. Dann nickte sie. »Ray hat das Signal geschickt. Es geht los.«

Paksha dachte an die lange Schlange aus STAND-BY-Botschaften im Pet-Stream des Hundes. »Wie lautet das Codewort?«

Veeru hielt ihr den vLink hin. Paksha las die Nachricht.

LIFT-OFF.

JETZT

Sauda - [1]सौदा [saudā] *m* **1.** [...] Handel *m*; [...] Deal *m umg* [...] [2]सौदा [saudā] *m* **1.** Wahnsinn *m* **2.** Liebe *f*, Leidenschaft *f*

Das Geräusch der Rotorblätter fräst sich wie eine stumpfe Kreissäge durch meinen Schädel. Im stickigen Gepäckfach des Copters drücken Ray und ich uns aneinander und hoffen, dass wir bald am Ziel sind. Die Klappe steht einen Spalt breit offen, damit Sauerstoff in den klaustrophobisch engen Raum gelangt und wir anhand der dunklen Silhouetten, die unter uns dahinziehen, Izmats Kurs verfolgen können.

Von hier oben gleicht die Stadt-aus-sieben-Städten einem Trümmerfeld verlassener Paläste und aufgegebener Träume – Stein für Stein zerfallen die Festungsmauern von Tughlaqabad, Meter um Meter versinken die Mausoleen der Lodhi-Gärten im Sand; die wuchtigen Bauten von Purana Qila reflektieren schwach den Glanz vergangener Zeiten, während von der Pracht des vorzeitlichen Indraprastha nur noch Mythen überdauern; dagegen wirkt das koloniale Gefüge rund um den Connaught Place wie eine exakt berechnete chemische Formel – repräsentative Elemente verbunden durch schnurgerade Prachtstraßen; im Zentrum des Ganzen liegt der implodierte Kosmos von Old Delhi, dieser kleine, chaotische Kern einer urbanen Supernova.

Und dazwischen Wohnhäuser, Metrostationen, Tempel, Shoppingkomplexe, Hochzeitshallen, Behörden, Luxushotels, Chaistände, Moscheen, Schulen, Kricketstadien, Wellblechhütten, Kirchen, Botschaftsgebäude, Coffeeshops, Krankenhäuser, Fast-Food-Restaurants – allesamt verlassen, hohl und zerbrechlich. Die Ruinen von morgen.

Womöglich hatte der Pförtner in Mall Nagar recht mit seiner Prophezeiung. *Wer auf Delhis Grund und Boden eine Stadt errichtet, wird sie wieder verlieren.*

Die pechschwarzen Umrisse unseres Ziels schälen sich aus der Finsternis. Wie ein einsamer Herrscher überragt der Lotus Tower sein Reich. Aus dieser Perspektive gleichen die beweglichen Blütensegel auf der Spitze einer gezackten Krone.

Izmats Copter steuert einen Abschnitt in der Mitte des krummen Wolkenkratzers an und geht in den Landeanflug. Heulend kämpfen die Motoren mit den heißen Luftverwirbelungen, die die Fassade wie ein unsichtbarer Schutzschild umschließen. Fast alle Stockwerke liegen im Dunkeln, lediglich in ein paar Fenstern brennt Licht. Die blassgrün getönten Scheiben greifen wabenförmig ineinander. Vielleicht war mein vermeintliches Raumschiff ebenfalls Teil eines solchen Komplexes, bevor es auf dem Schrottplatz landete. Vielleicht signalisieren mir die sich wiederholenden Muster, dass ich auf dem richtigen Weg bin.

»Tür zu.« Ray haucht mir seinen feuchten Atem ins Gesicht. »Jetzt wird's ernst.«

Ächzend ziehe ich die Gepäckklappe ins Schloss und drücke mich starr gegen die vibrierende Innenwand. Wenn ich könnte, würde ich auch das Denken vorübergehend einstellen. Keine verräterische B-Wave-Schwingung darf ins Freie gelangen. Reglos harren wir in unserem stockdunklen Versteck aus, während eine anonyme Software den Copter abtastet. Meine Hand krampft sich um den Schlüssel-Chip. Abgesehen vom Wummern der Rotoren dringt kein Laut zu uns herein. Ich spüre, wie Rays Herz schnell und fest gegen meine Brust pocht. Als Izmat wieder beschleunigt, presst mir der Schub die harte Kante einer Thermobox in die

Seite. Der Wirbel aus Schmerz und Schwindel in meinem Kopf dreht sich schneller.

»Alles alpha, *yaar*?«, wispert Ray. »Atmen nicht vergessen.«

»Mir ist schlecht.«

»Bruder, ich sag's dir, wenn du jetzt kotzen musst ...«

Holpernd setzt der Copter auf, rollt ein Stück vorwärts und legt sich in eine scharfe Kurve. Schmerzhaft prallt meine Schulter gegen die Gepäckklappe.

Dann ist die Fahrt endlich vorbei.

Wir sind im Lotus Tower. Wir sind im Nervenzentrum von FinalFood.

Ein leises Schleifen verrät, dass Izmat die Cockpittür öffnet. Der Copter schaukelt, als sie aussteigt. Ray winselt nervös, aber ich bin zu erschöpft für weitere Fluchtmanöver. Wir sind im Tower. Das ist alles, was zählt.

Nass und schwer klebt das Hosenbein an meiner zerschossenen Wade. Der Blutstrom will einfach nicht versiegen. Zitternd und mit schweißüberströmtem Gesicht warte ich auf das Unvermeidliche.

Mit einem Ruck öffnet Izmat das Gepäckfach. Die Klappe schwingt auf, ich verliere die Balance und kippe zur Seite. Reflexartig suchen meine Hände nach Halt. Izmat stößt einen alarmierten Laut aus, als meine Arme nach ihren Schultern greifen, aber sie reagiert nicht schnell genug, um uns beide abzufangen, und stürzt mit mir zu Boden. Neben uns poltert die Thermobox auf den Beton. Einzig Ray landet wohlbehalten auf den Füßen.

»Wer ...«, keucht Izmat und strampelt sich frei. »Marti? Marti, was ...« Sie kommt stolpernd auf die Beine. »*Was* machst du hier, Marti?«

Vermutlich war das eine rhetorische Frage. Statt zu antworten, wälze ich mich auf den Rücken und warte, dass die Welt aufhört sich zu drehen. Jede Nervenbahn in meinem Kopf ist zum Zerreißen gespannt. Mein unkontrollierbarer sechster Sinn tastet die

Umgebung ab, erspürt überall Kontaktpunkte wie jenen in meinem alten Arbeitszimmer – ist das der Ruf der KI? Eine Einladung in die Welt der Klarheit und Ordnung?

»Marti.« Izmat schließt die Faust um meinen Kragen und zerrt mich in eine sitzende Position. »Was ziehst du hier eigentlich ab?«

Ihre Augen blitzen selbst im Halbdunkel des Hangars, der sich über uns wölbt. Alles in der Halle steht still – E-Karts und Transportdummys, Förderbänder und Hooverlifte. Hinter Izmat reiht sich in einem deckenhohen Regallager Thermobox an Thermobox. Pfeile, Linien und Symbole verwandeln den glatten Boden in ein gigantisches Spielbrett, Realfood-Schach für Fortgeschrittene.

»Kann nicht …«, murmle ich, während ich den Zug an meinem Kragen nutze, um schwankend aufzustehen. »Keine Zeit, Izmat. Ich muss was Dringendes erledigen. Es ging nur um den Copter und … kannst du mich loslassen, bitte?«

Izmats Griff lockert sich, aber sie hält mich weiter fest, stützt mich beinah. Ihre Gesichtszüge werden weich. »Bist du jetzt ganz und gar übergeschnappt?« Eindeutig *keine* rhetorische Frage. »Marti, du musst raus aus der Stadt. Hau ab, solang du noch kannst.«

»Geht nicht.« Ich lehne mich gegen den Copter und lasse den Schlüsselchip im Halsausschnitt meines Thermosuits verschwinden. Erst ganz zum Schluss werde ich ihn brauchen. »Ich kann's dir nicht erklären, aber es ist wichtig. Ray sagt …«

»Augenblick.« Izmat lässt die Hand sinken. »Du bist hier, weil dir dieser *Hund* was geflüstert hat? Marti, du brauchst Hilfe.«

Ray hält in seinem nervösen Trippeln inne und erwidert Izmats scharfen Ton mit einem Knurren.

»Bleib ruhig«, sage ich in keine spezifische Richtung. »Ich klär das.«

»Da gibt es nichts mehr zu klären«, faucht Izmat. »Glaubst

du vielleicht, FinalFood interessiert sich dafür, was du im Tower *Wichtiges* erledigen wolltest, bevor es dir die Securitydummys auf den Hals hetzt? Du hast verdammtes Glück, dass überall nur die Notsysteme laufen. Wir sind die Letzten hier.«

»Das weiß ich. Es würde zu lang dauern, alles zu erklären. Du siehst mich nie wieder, Izmat. Versprochen.«

Ihr Lachen klingt hoch und spitz. »Du willst es einfach nicht verstehen, oder?« Und leise fügt sie hinzu: »Ich werde dich nicht hier drin verrecken lassen.«

»*Yaar*, komm schon«, drängt Ray. »Was quasselt ihr da so lang?«

»Lass mich gehen, Izmat.« Mühsam stoße ich mich vom Copter ab und folge Ray ein paar Schritte durch den Hangar. »Ich ... ich kündige. Reicht das?«

»Netter Versuch.« Izmat folgt uns zwischen den stillstehenden Maschinen hindurch. »Ich meine es ernst, Marti. Ich will nicht, dass dir was passiert. Aber FinalFood sieht, was ich sehe, und die KI hat sehr viel weniger Geduld als ich.«

Ray steuert ein weit geöffnetes Tor an. Eine Rampe schwingt sich an der Innenwand des Turms nach unten. Grüne Neonleuchten weisen uns den Weg wie Geisterlichter.

»Wir haben hier nichts verloren.« Izmat zieht an meinem Oberarm, damit ich sie ansehe. »Lass mich die Realfood-Box einchecken und dann hauen wir aus Delhi ab. Wir beide. Ich rücke das schon wieder gerade. Solange du keinen Schaden anrichtest, hat FinalFood keinen Grund, dir was zu tun.«

»Hast du die Kampfdrohne geschickt?« Ich bleibe stehen, aber schon ist Ray zur Stelle, um mich weiterzuschieben. »Wusstest du, dass Kylian und Franka sterben werden? Steckst du in der Sache mit drin?«

»Marti, wovon redest du? Wer ist gestorben?« Ihre Verwirrung klingt echt.

»Du hast mich orten lassen, oder nicht? Mit dieser billigen Halskette.« Stumpf und schmerzhaft bohren sich die Gedanken in mein Hirn. Jeder Schritt auf dem abschüssigen Beton fährt mir in die Knochen. »FinalFood hat uns gefunden und auf uns schießen lassen.«

»Davon weiß ich nichts«, beharrt Izmat. »Okay, ich hab einen Suchlauf gestartet. Aber ich wollte nur meinen Copter wiederhaben. Dann ist in der Mall das Chaos ausgebrochen und ... mit wem hast du dich getroffen, verflucht? In was hast du dich reingeritten?«

»Kennst du Veeru? Wusstest du, dass sie mich sucht?«

Wir sind am unteren Absatz der Rampe angelangt. Ray lauscht und wählt dann zielstrebig einen Verbindungskorridor mit der Aufschrift SICHERHEITSZONE – KEIN ZUTRITT.

Alles hier drin ist karg und zweckmäßig und an die Bedürfnisse der rollenden Dummyflotte des Lotus Towers angepasst. Die Wabenstruktur setzt sich fort in der Form der Torbögen und dem Ineinandergreifen der Baumodule. Fast scheint es, als ob wir durch ein gigantisches Insektennest irren – allerdings kann ich nicht sagen, ob wir die Beute sind oder der Parasit.

Vor dem Warnschild zögert Izmat und sieht über die Schulter zurück. Dann holt sie Ray und mich mit ein paar großen Schritten ein. »Veeru? Du meinst die Verrückte aus Europa? Aus den Streams? Warte mal ...«

Ich will Ray in einen Quergang folgen, aber Izmat tritt mir in den Weg. »Bist du etwa einer von denen? Hat dich die Firma deshalb überwachen lassen?«

Ich bleibe stehen und starre sie wortlos an.

Izmat beißt sich auf die Lippe.

»Boss?« Ray taucht wieder aus dem Korridor auf. »Da vorn ist es. *Fatafat!*«

»Moment noch«, sage ich, ohne Izmat aus den Augen zu lassen.

»*Ayyo*, schick sie endlich weg«, verlangt Ray. »Wir brauchen sie nicht.«

Ich spähe den tunnelartigen Flur entlang, den Ray ausfindig

gemacht hat. Der Weg liegt im Dunkeln. Lediglich am Ende zeugt ein mattes, weißes Glimmen von maschinengesteuerter Aktivität.

»Dachtest du, es sei Zufall, dass wir uns bei den Reddys über den Weg gelaufen sind?«, sprudelt Izmat los. »Glaubst du, ich hätte es nötig gehabt, einen dahergelaufenen *Gora* für mich arbeiten zu lassen?«

Die Worte ziehen mit Widerhaken an meinen Gehirnwindungen. Ray hat recht. Nichts von dem, was Izmat mir sagen wird, ist jetzt noch von Bedeutung. Sie und ich, das war nie etwas anderes als eine Zweckgemeinschaft. Es gibt keinen Grund, reinen Tisch zu machen.

Dennoch höre ich mich fragen: »Warum hast du's dann getan?«

»Weil FinalFood es so wollte.« Noch nie klang Izmat so flehend. »Ich sollte beobachten, was du tust, wohin du gehst, mit wem du dich triffst. Ich sollte dich zum Reden bringen, die Aufpasserin spielen. Aber je besser ich dich kennengelernt habe ... du bist genauso furchtlos wie Krish. Und genauso wahnsinnig. Vorgestern in der Mall hab ich mir gewünscht, dass ich nicht diese Maschine in meinem Kopf hätte. Dass es nur dich und mich gibt.«

Warum erzählt sie mir das? Jetzt. Hier. Will sie um Verzeihung bitten? Will sie mich warnen? Wovor?

»Tut mir leid, dass du deine Zeit verschwendet hast.«

»So war das nicht gemeint. Marti, ich ... ich *mag* dich, auch wenn du das nicht begreifen willst. Wenn du in diese Europa-Sache verstrickt bist – lass mich dir helfen. Ich bringe uns beide raus aus Delhi. Wir finden eine Lösung.«

Einen Atemzug lang sehe ich Izmats Ausweg vor mir. Vielleicht wäre es wirklich ganz einfach: Den heillos verknoteten Faden der Vergangenheit kappen. Den Kompass an einem neuen Meridian ausrichten. Ein neues Zuhause finden.

»Dafür ist es zu spät.«

Izmat schüttelt so heftig den Kopf, dass ihre Locken fliegen. »Wenn FinalFood dich aus dem Weg schaffen wollte, hätte es das längst getan. Die wussten die ganze Zeit über, wo du warst, verstehst du? Kehr um und lass diesen Irrsinn andere ausbaden.«

»*Yaar*, was redet ihr da?«, winselt Ray. »Wir haben 'nen Job zu erledigen.«

»Was auch immer du vorhast, Marti – wenn du hierbleibst, gibt es kein Zurück. Taimur ist fast da. Wir müssen abhauen. *Jetzt.*«

Mein Kopf dröhnt zu sehr, um die Gedanken zu sortieren. Umkehren, weglaufen, vergessen. Aber was bleibt dann noch? Wie oft kann man jemand Neues werden, ehe man sich für immer verliert?

Izmat streckt mir die Hand entgegen.

Ohne ihr ins Gesicht zu sehen, trete ich um sie herum. Am Ende des Korridors leuchtet die Antwort. »Ich kann mich an nichts mehr erinnern, Izmat. Aber der Marti, der ich mal war, wollte, dass ich hier stehe. Und ich will wissen, warum. Ich will wissen, wer ich bin.«

Zusammen mit Ray gehe ich auf das Licht zu. Unter unseren Schritten zucken Warnungen durch den drahtdurchflochtenen Boden.

IDENTIFIZIERUNG FEHLGESCHLAGEN.

ABSOLUTES ZUTRITTSVERBOT.

STEHEN BLEIBEN UND ANWEISUNGEN BEFOLGEN.

Am Ende des Korridors halten wir inne. Unmittelbar vor uns mündet ein sechseckiger Durchgang in einen kuppelförmigen Knotenpunkt. Der Raum ist heller erleuchtet als alle anderen Bereiche des Towers, die wir unterwegs durchquert haben. Über die Wände aus gekrümmten Holomembranen zucken statische Schlieren. Gegenüber und zu beiden Seiten winden sich weitere Flure ins Dunkel. Durch den Torbogen läuft eine immaterielle Schranke aus neongelber Schrift.

KEIN ZUTRITT KEIN ZUTRITT KEIN ZUTRITT KEIN ...

Eine Sackgasse.

Ich spähe zwischen den Buchstaben hindurch. In der Mitte des

Saalbodens ruht ein leuchtendes Hexagon wie eine Trittfalle für leichtsinnige Grabräuber.

»Ist das der Eingang zum Rechenzentrum?«, frage ich Ray.

»Level 78, Korridor C, Ausgang Ost«, rezitiert der Hund. »Aber ab hier kann ich keine Infos mehr abrufen. Null Datensätze ermittelt. Sorry, *yaar*.«

»Geh da nicht rein.« Izmats Stimme hallt in den hohlen Eingeweiden des Towers.

Ich sehe über die Schulter. Izmat schleicht mir hinterher wie eine Löwin, die eine fremde Reviergrenze passiert hat. Wenn sie die Bodensensoren betritt, rauschen persönliche Informationen über die Wände – B-Wave-Muster, Umsatzstatistiken, Ego-Stream-Ausschnitte. Das System kennt sie, kommt jedoch zu demselben Schluss: ZUTRITT VERWEIGERT.

»Willst du das Ding etwa aufwecken?«, zischt sie und starrt mit großen Augen auf das leuchtende Hexagon. »Komm jetzt. Wir haben hier nichts zu suchen.«

»Ich muss dort rein, Izmat.« Der Kopfschmerz tobt jetzt so unerbittlich, dass ich kaum den Sinn meiner eigenen Worte verstehe. Irgendwo dort drin wartet das Schloss für den Schlüssel, den ich am Hals trage. Und am anderen Ende der Welt wartet Veeru.

Izmats Finger graben sich in meinen Oberarm. Wie lang liegt ihre Hand schon dort? »Ins Rechenzentrum wurde seit Jahrzehnten kein Mensch mehr vorgelassen. So nah ran wie wir kommen sonst nur Elitedummys.«

»Lass mich. Ich muss …« Ich will mich losreißen, aber mein Blick verschwimmt mit jeder ruckartigen Bewegung und mein Herz pumpt so schnell, dass mir der Sauerstoff ausgeht.

Izmat packt mich mit ihrem stählernen Militärgriff. »Marti, zwing mich nicht …«

Ray schnellt vor und schnappt nach Izmats Bein. Knirschend schrappen seine Zähne über die Karbonprothese. Er jault vor Schmerz und lässt von ihr ab. Dennoch ist Izmat für einen Sekundenbruchteil abgelenkt. Ich trete gegen ihr anderes Schienbein, winde mich aus ihren Fingern, taumle rückwärts – und falle durch einen flirrenden Schleier aus Licht in die verbotene Kammer.

Hart schlage ich auf dem Beton auf, nur wenige Armlängen entfernt von dem leuchtenden Hexagon. Innerhalb eines Wimpernschlags wird das mattweiße Licht in der Kuppel zu infernalischem Rot. Es bricht aus den Fugen zwischen den Wabenmodulen, überzieht die Holomembranen in einem Muster aus Röntgenschleiern und versiegelt die Ausgänge mit einem glühenden Geflecht aus Laser-Drähten. Lediglich die Bodenplatte behält ihren hellen, neutralen Glanz.

Izmat weicht vom Durchgang zurück und blickt sich mit bebenden Muskeln um.

»Yaar!« Ray will mir zu Hilfe eilen und zuckt heulend zurück, als seine Barthaare zischend an den Lichtschranken verschmoren. Mit angelegten Ohren und eingekniffenem Schwanz läuft er vor der Barriere auf und ab. »Boss, lass mich rein. Lass mich rein!«

Ein Summen fährt durch den Kuppelbau, als ob irgendwo ein gigantischer Prozessor zum Leben erwacht. Jedes Haar an meinem Körper richtet sich auf.

UNBEFUGTE PERSON IN SCHLEUSE 2, konstatiert eine nüchterne, flache, geschlechtslose Stimme. ZURÜCKTRETEN UND ANWEISUNGEN BEFOLGEN.

»Lass ihn gehen«, ruft Izmat ins Off. »Ich schaffe ihn hier raus. Ich sorge dafür, dass er keinen Schaden anrichtet.«

Die Antwort erfolgt nach einem Intervall absoluter Stille. ANFRAGE VERWEIGERT.

Ich trete so nah an das Lasergitter, dass ich die Schwingung der elektromagnetischen Wellen auf der Haut spüre. »Izmat. Nimm Ray und lauf. Ihr könnt mir nicht helfen. Nicht bei …«

»Ich lass dich nicht allein, *yaar*.« Ray sträubt das Fell. »Ich rette dich, so wie immer.«

»Sag ihm, er soll aufhören zu bellen«, verlangt Izmat. »Scheiße, Marti, was hast du jetzt wieder angerichtet?«

GESPRÄCHE EINSTELLEN. VOM TOR ZURÜCKTRETEN.

»Es geht nicht anders, Izmat«, presse ich hervor, während ich mit einer beruhigenden Geste auf Ray einzuwirken versuche. »Ich will Antworten und FinalFood hat sie. Haut ab, *bitte.*«

»Die KI wird dich nicht gehen lassen.« Das rote Warnlicht spiegelt sich in Izmats Augen. »Was glaubst du, was sie tut, wenn sie mit dir fertig ist? Ich lebe seit acht Jahren mit diesem Ding im Kopf. Du hast keine Ahnung, worauf du dich einlässt, Marti. Es sieht alles von dir, *alles.*«

ANWEISUNG MISSACHTET. LEITE PHASE ZWEI EIN.

Izmat fährt herum, und Ray fletscht die Zähne, als die Wand zu beiden Seiten des Korridors in Bewegung gerät. Einzelne Waben lösen sich aus dem Verbund, segmentierte Beine und zangenbewehrte Arme schieben sich durch Schlitze im Gehäuse, Gewehrläufe blitzen hinter verborgenen Klappen. Spinnengleich klettern die Dummys aus ihren Verstecken, kreisen Izmat und Ray ein, tasten sie mit dünnen Lichtstrahlen ab und drängen sie unaufhaltsam vom Tor zurück. Andere klammern sich mit ihren Insektenbeinen an die Wände oder kriechen so weit nach oben, dass sie drohend von der Decke hängen.

»Was wollen die?«, wimmert Ray. »*Yaar*, ich weiß nicht, was ich tun soll.«

»Verhalt dich ruhig, Kumpel«, rufe ich. »Tu, was Izmat sagt.« Ich lege den Kopf in den Nacken, obwohl die Stimme der KI von überall gleichzeitig zu kommen scheint. »Lass sie gehen. Du brauchst nur mich. Das ist eine Sache zwischen dir und mir.«

UNKLARE FORMULIERUNG. ANFRAGE PRÄZISIEREN.

»Du weißt, wer ich bin. Ich habe deine Datenspeicher gehackt. Ich habe dir die Kontrolle über Europa genommen. Ich habe dein Rechenzentrum gekapert. Ich ... ich bin Professor Marti Andersen, und ich fordere dich heraus.«

IDENTIFIZIERUNG ERFOLGREICH. ANFRAGE PRÄZISIEREN.

»Lass meinen Hund und meine Freundin gehen. Dann gebe ich dir, was du willst.«

ANFRAGE ERKANNT. VERARBEITUNG LÄUFT. ANGEBOT PRÄZISIEREN.

»Marti, hör auf«, schreit Izmat über die klickenden, surrenden Dummykörper hinweg. »Glaubst du ernsthaft, du kannst es mit einer künstlichen Intelligenz aufnehmen? Glaubst du ...«

Ray hetzt hinter dem kantigen Wall auf und ab. »Bin gleich bei dir, Boss!«, ruft er und springt. Ein kräftiger Satz befördert ihn auf den flachen Rücken eines Spinnendummys, ein zweiter katapultiert ihn steil in die Höhe, raus aus dem wimmelnden Dickicht. Doch noch während er in der Luft ist, schnappt ein Zangenarm um seinen Bauch zusammen und klemmt ihn ein. Ray jault vor Schmerz und rudert hilflos mit den Beinen.

»Lass ihn los«, brülle ich ins Nichts. »Du hast mich. Du hast, was du willst. *Lass ihn los!*«

ARGUMENTATION LÜCKENHAFT. ANGEBOT PRÄZISIEREN.

Ray windet sich im unerbittlichen Griff des Dummys. Die Stahlfinger drücken ihm die Luft ab.

»Du willst in meinen Kopf, hab ich recht? Du weißt, dass ich Dinge vor dir versteckt habe, und du willst sie finden.«

»Marti, was soll ...«, setzt Izmat an, aber das Klicken entsichernder Waffen bringt sie zum Schweigen. Durch die Laserdrähte erkenne ich ihr warnendes Kopfschütteln, Rays flehenden Blick. Unbeirrt fahre ich fort.

»Ich kooperiere. Wenn du Ray und Izmat freilässt, erfährst du alles von mir. Alle Geheimnisse, alle Pläne, alle Daten. Alles, was in meinem Gehirn gespeichert ist, gehört dir.«

»Nein!«, heult Ray. »Nein nein nein, das darfst du nicht, *yaar*! Du darfst nicht ohne mich hierbleiben.«

»Vertrau mir, Ray«, beschwöre ich ihn. »Es geht nicht anders.«

Er darf sich jetzt nicht verplappern. Die KI weiß nichts von Rays Rolle in diesem riskanten Spiel. Sie weiß nicht, dass mein Gehirnspeicher wertlos ist. Aber um den Schlüssel zu verwenden, brauche ich Zutritt zum Serverraum. Wenn Veeru und ich die KI angreifen, müssen Ray und Izmat bereits in Sicherheit sein.

ARGUMENTATION ERKANNT. VERARBEITUNG LÄUFT. ANGEBOT ERHÖHEN.

»Was willst du denn noch, du blutsaugende Kabeltrommel?«, keift Izmat, aber ich winke rasch ab. Die KI verhandelt mit uns. Dafür wurde sie programmiert, und damit kriegen wir sie zu fassen.

»Du lässt Ray und Izmat gehen. Sobald sie den Lotus Tower verlassen haben, erhältst du Zugriff auf alle Daten, die den Aufstand in Europa betreffen. Du wirst den Rebellen immer einen Schritt voraus sein. Und ich werde dir Veeru liefern.«

Die KI rechnet.

Rays Widerstand ist zu einem mutlosen Wimmern verkommen. Er hechelt flach gegen die Metallklammer um seinen Bauch. Izmat starrt mich stumm und blass über die Barriere hinweg an.

Ich tu das für euch, könnte ich sagen. Aber das wäre nur die halbe Wahrheit. Ich tu es für mich.

Dann meldet sich FinalFoods elektronisches Bewusstsein wieder zu Wort.

ANGEBOT AKZEPTIERT.

Die Dummys weichen zurück. Die Zange schnappt auf. Mit einem gepeinigten Japsen stürzt Ray zu Boden. Er stemmt sich hoch und humpelt zur Laserabsperrung. Ich sinke auf die Knie und wünsche mir, ich könne durch das rote Geflecht greifen und meinen Hund ein letztes Mal in den Arm nehmen.

»Du hast alles richtig gemacht, Kumpel«, tröste ich ihn. »Ohne dich hätte ich es nicht geschafft.«

Rays Fledermausohren hängen mutlos herunter. »Ich sollte mit dir da drin sein, *yaar*. Du und ich, wir gehören zusammen bis zum Schluss. Dazu braucht es keine Programmierung.«

Wachsam sucht sich Izmat durch die stillstehenden Dummys einen Weg zu uns. In ihren Rehkitzaugen liegt derselbe Ausdruck wie an jenem Abend in der Mall, unmittelbar bevor sie mich küsste.

UNBEFUGTE PERSONEN ZURÜCKTRETEN UND SICHERHEITSZONE VERLASSEN.

»Ihr müsst gehen«, presse ich durch den Knoten in meiner Kehle.

»Aber wohin, *yaar*?« Ray sieht zwischen Izmat und mir hin und her. »Ich bin ein echter Delhi-walah. Hier haben die Affen Respekt vor mir und die Mädels bei *Haldiram's* füttern mich mit Jalebi. Wer bin ich denn noch, wenn niemand mich kennt?«

»Du wirst immer mein Hund sein, Ray. Ich werde dich nie vergessen.«

»Und was wird aus dir?«

»Ich weiß es nicht«, entgegne ich kopfschüttelnd. »Ich weiß nicht, was jetzt passiert.«

Izmat geht neben Ray in die Hocke und streckt die Hand aus. Er beschnuppert sie zaghaft und lässt sich schließlich über den Kopf streicheln.

»Ich bring ihn hier raus«, verspricht Izmat. »Ich passe auf ihn auf.«

»Und er auf dich«, erwidere ich. »Ob du willst oder nicht.«

Sie lächelt müde.

UNBEFUGTE PERSONEN ZURÜCKTRETEN UND SICHERHEITSZONE VERLASSEN. LETZTE AUFFORDERUNG.

»Komm, Ray«, sagt Izmat mit brüchiger Entschlossenheit. »Es wird Zeit.«

Skeptisch schielt Ray zu Izmat. »Traust du ihr?«

»Sie ist immer noch hier bei uns. Ich schätze, dafür wird sie ihre Gründe haben.«

Izmat steht ruckartig auf und wendet das Gesicht ab, während ich eine Hand durch eine Lücke zwischen den Laserstrahlen strecke. Ray reckt den Hals und berührt meinen Handrücken mit seiner kalten Nase.

»Bis bald, *yaar*.«

»Leb wohl, Ray.« Ich ziehe die Hand zurück und quäle mich ebenfalls auf die Füße. »Leb wohl, Izmat.«

Sie dreht sich zu mir um. »Was willst du jetzt hören?«

»Ich will, dass ihr geht.«

Izmat nickt stumm. Sie macht einen Schritt rückwärts, einen zweiten. Dann gibt sie sich einen Ruck, kehrt mir den Rücken zu und schreitet zwischen FinalFoods erstarrten Wächtern hindurch zum Ende des Korridors.

Ray rührt sich nicht vom Fleck. Seine Füße treten auf der Stelle. Er sieht über die Schulter, dann wieder zu mir. Über die Schulter. Zu mir.

Ich balle die Hände zu Fäusten und deute mit dem Kinn in Izmats Richtung. Ein leises Winseln ist die Antwort. Als Izmat hinter der Abzweigung am Ende des Korridors verschwindet, fährt Ray herum und jagt ihr mit trommelnden Pfoten hinterher. In der Mündung des Gangs bleibt er ein letztes Mal stehen und schaut zu mir zurück. Dann senkt er witternd die Nase zum Boden und verschwindet endgültig aus meiner Welt.

Ich bin allein.

Die KI schweigt.

Nach einigen Sekunden flackert das Abbild des wartenden Streetcopters auf den Holomembranen auf. Im Hintergrund ist das weit geöffnete Tor des Realfood-Hangars zu erkennen. FinalFood will mir beweisen, dass es Wort hält.

In grimmiger Stille beobachte ich, wie Izmat und Ray den Hangar betreten. Ich kann nicht feststellen, ob das gedämpfte Sturmheulen, das mir die Nackenhaare zu Berge stehen lässt, aus versteckten Lautsprechern kommt, oder von jenseits der Mauer durch die Wabenritzen dringt. Izmat öffnet die Beifahrertür, damit Ray ins Cockpit springen kann. Dann geht sie um den Copter herum und schwingt sich auf den Pilotensitz. Die Rotoren springen an, die Reifen lösen sich vom Boden. Als die Maschine durch das Tor fliegt, wird sie von heftigen Böen zur Seite gedrückt, aber Izmat bringt den Copter unter Kontrolle und lenkt ihn auf zielstrebigem Kurs in die Finsternis.

SCHLEUSENBEREICH BETRETEN, verlangt die KI, noch bevor sich das Hangartor auf den Screens endgültig geschlossen hat.

Auch für mich gibt es keinen Grund mehr, länger zu warten. Unerbittlich hämmert der Kopfschmerz hinter meiner Stirn, als ich mit unsteten Schritten die leuchtende Bodenplatte ansteuere. Die Frage, wie ich in diesem Zustand den bevorstehenden Kampf ausfechten soll, schiebe ich von mir. Sobald ich mittig auf dem Hexagon stehe, setzt sich das Modul in Bewegung und gleitet langsam in die Tiefe. Weißes Strahlen umhüllt mich, während der Betonschacht Stück für Stück über mir in die Höhe wächst. Die Maschine nimmt mich in ihr Innerstes auf.

Am unteren Ende gelangt das Hexagon wieder ins Freie. Zu meinen Füßen erstreckt sich eine dunkle Kaverne. Nur wenige Meter dringt das milchige Licht meines schwebenden Fahrstuhls in die Umgebung vor. Auf dem Weg zum Boden streift es die Kanten übermannshoher Metallklötze und wandert über Hieroglyphen aus verschlungenem Draht und überkreuzten Kabeln. Winzige grüne und rote Lämpchen glimmen auf den starren Gehäusen und setzen sich hundert- und tausendfach in den Tiefen der Halle fort wie ein Firmament aus unbekannten Sternbildern. Meine Trommelfelle vibrieren unter dem Ansturm der Schwingungen. Die Luft ist heiß und beinahe zu trocken zum Atmen.

Das ist der Serverraum – der Ort, an dem die Maschine mit ihren Machern in Verbindung trat, bis sie der Menschheit irgendwann überdrüssig wurde. Für den Preis all meines Wissens gewährt mir die unersättliche KI Zutritt in ihr Allerheiligstes. Sie ahnt nicht, dass ich ihr eine ganz besondere Opfergabe mitgebracht habe.

Lautlos sinkt das Hexagon in eine Vertiefung und rastet ebenerdig im Fußboden ein. Die Servertürme sind nur noch schemenhaft am Rand meines Landeplatzes zu erkennen. In unmittelbarer Nähe befindet sich ein Ring aus wabenförmigen Strukturen, jede davon im Durchmesser ungefähr so breit, wie ich groß bin.

INTERFACE-MODUL AUSWÄHLEN, befiehlt die KI.

Mein entzündetes Gehirn schwappt von innen gegen die heißen Schläfen, während ich zum erstbesten Wabensarg taumle. Dennoch gelingt es mir fast auf Anhieb, die Achillesferse des Systems ausfindig zu machen, als sei ich bereits ein Teil der Maschine – oder sie ein Teil von mir.

Die Wabe enthält einen glatten, harten Sitz umgeben von antiker Hardware – Knöpfe und Touchscreens, starre Ausgabegeräte und physische Schnittstellen. Meine zitternden Finger streifen durch eine Schicht aus körnigem Plastikstaub, als ich mich auf eine der Armlehnen stütze und in eine halb sitzende, halb liegende Position gleite. Nah bei meiner rechten Hand befindet sich eine runde Vertiefung in der Konsole. Sie hat denselben Durchmesser wie der Schlüssel-Chip und ist mit einem Lotussymbol gekennzeichnet.

SCHLIESSE B-WAVE-SENSOR AN.

Mechanische Finger mit nadelfeinen Spitzen senken sich auf mich herab. Ich spüre ein Brennen auf der Kopfhaut und schlage den Apparat zur Seite, während ich mit der anderen Hand die Kette aus meinem Kragen fummle.

UNBEFUGTE AKTION. BEDROHUNG ERKANNT.

Beinah rutscht mir der glatte Chip aus den Fingern. Ich ducke mich unter den zustechenden Sensoren und clippe das Plättchen in die Schnittstelle.

ELIMINIERE BEDR…

Die Maschinenarme erstarren. Der Chip entfaltet sich zur Lotusblüte. Das Hologrammfeld erstrahlt in warmem, gelbem Licht und schreibt einen Befehl in die Luft: *»Stelle Verbindung her.«* Nach einigen Sekunden wiederholt die KI die Worte steif und gehorsam.

STELLE VERBINDUNG HER.

Kraftlos lehne ich mich im Sitz zurück. Ein Summen durchläuft das gesamte Interface-Modul, als die verkrusteten Synapsen zum Leben erwachen. Blaue Lichtpunkte tanzen über meine Netzhäute. Mein Kopf ruht unter einem Dornenkranz aus Transmittern und Empfängern.

INITIIERE DATENTRANSFER.

Ray und Izmat sind in Sicherheit. Nur das zählt.

ÖFFNE VIRTUELLEN RAUM. ÜBERTRITT IN DREI

Ich habe meinen Teil der Abmachung erfüllt. Hat Veeru den zweiten Schlüssel aktiviert? War uns beiden wirklich klar, worauf wir uns einlassen?

ZWEI

Irgendwo vor mir liegt die Antwort. Veeru wartet auf mich. Auf der anderen Seite.

EINS

Der Druck im Kopf wird unerträglich.

Mein Schädel zerspringt.

Endlich.

VOR 11 STUNDEN

Qila - क़िला [qilā] *m* **1.** Burg *f*, Festung *f* **2.** Fort *n*, Zitadelle *f*

Residence City fiel kampflos an die Rebellen. Das Stadttor, vor dem sie einen nassen, nervenaufreibenden Morgen lang ausgeharrt hatten, öffnete sich unter dem Druck zahlloser Hände. Auf ihrem Weg ins Zentrum hielten sich die Eroberer an den Lauf des gurgelnden, wirbelnden Flusses, der längst sein schnurgerades Kanalbett überspült hatte. Braune Brühe kroch die Querstraßen hinauf und nahm das Land in Besitz.

Pakshas Beine waren schwer vom stundenlangen Ausharren auf dem Holo-Board, vom Waten durch die steigende Flut, von dem Takt, den Veerus lange, geschmeidige Schritte vorgaben. Dennoch wusste sie, dass ihnen die endgültige Prüfung erst noch bevorstand. Auch wenn die Rebellen mit jedem Straßenzug, den sie einnahmen, in Jubel verfielen, auch wenn sie die Scheiben der verlassenen Villen einschlugen und sich im Glanz privater Sync-Sphären-Clips sonnten, auch wenn sie das Wunder besangen, das Veeru über sie und ihre Feinde gebracht hatte – Paksha konnte den Blick nicht von den geschwärzten Festungsmauern abwenden, die sich jenseits der Dächer über der Stadt erhoben. In der Morgensonne glänzten die Solarplatten auf den Berghängen wie eine polierte Rüstung. Über Sieg oder Niederlage würde dort oben entschieden werden, ganz am Ende des Wegs, in einem Kampf, den sie allein durch ihre große Zahl nicht gewinnen konnten.

Gegen Mittag ballten sich bleierne Wolken vor der Sonne und brachten neuen Regen. Die Tropfen sprangen auf dem Asphalt, peitschten über den aufgewühlten Fluss und saugten sich in Pakshas Haar, das ihr bald in schweren Strähnen am Kopf klebte. Sie war hungrig, und sie fror.

Wenn sie in der Vergangenheit mit Yasin über diesen Tag spekuliert hatte, dann war der Triumphzug in leuchtenden Farben vor ihrem inneren Auge vorbeimarschiert. Die Portiere und Hausmädchen der Sahabs hatten ihren Befreiern die Türen geöffnet und sich ihnen mit gereckten Fäusten angeschlossen. Die Sicherheitsleute hatten ihre Waffen niedergelegt und waren vor Veeru auf die Knie gefallen. FinalFood hatte sie wie ebenbürtige Gegner in seiner Zitadelle empfangen, und die ganze Welt hatte ihnen Beifall gespendet.

Seit der Schlacht um das Saatgutlager wusste Paksha, wie lächerlich solche Gedanken waren. Kaum eine Cam-Drohne filmte ihren Einzug. Auf ihrem Weg durch die Außenbezirke passierten sie verrammelte Türen und vernagelte Fenster. Die Einheimischen, die bis zum Schluss in Residence City ausgeharrt hatten, verschanzten sich oder waren geflohen. In den Hinterhöfen zeugten stinkende, aufgeweichte Müllberge von der Belagerung. Die KI lauerte hinter steilen Mauern und steigenden Fluten.

Nichts davon hätte eine Rolle gespielt, wenn nur Yasin hier gewesen wäre, um den Augenblick mit Paksha zu teilen. Yasin wäre zum Probesitzen in die Waggons der liegen gebliebenen Mag-Trams geklettert und hätte seine schlammverkrusteten Schuhe auf den Plüschpolstern abgelegt. Er hätte die Menüs der Edelrestaurants über den vLink abgerufen und Paksha in vollendeter Kellnermanier gefragt, was sie zum Abendessen wünsche. Er hätte einen Strauß Orchideen von den Straßenrabatten gepflückt und ihn Pepe auf Knien überreicht. Niemand hätte diesen Moment mehr verdient als Yasin. Die verbotene Stadt mit eigenen

Augen zu sehen, zu leben wie ein Sahab, wenn auch nur für einen Tag. Aber Yasin war nicht hier.

Über den Dächern läuteten Kirchenglocken mit ehrfurchtgebietender Wucht, Donner grollte in den Wolken. Umgeben von Tausenden Menschen, die das Gelände fluteten, auf Mauern kletterten und Straßensperren einrissen, fühlte sich Paksha so einsam wie in jenen ersten Tagen auf Sonnys Plantage, als ihre Heimat verloren und alles fremd gewesen war.

Veeru ging drei Schritte voraus. Der Regen vertiefte die Schwärze ihrer Kleidung und wusch die Knochen an ihrer Halskette glatt. Kailash hing geduckt an ihren Fersen. Neben ihr überwachten Tomke und Juria die unberechenbare Lage. Juria nickte ab, wenn Gruppen von Rebellen die Erlaubnis einholten, Apartmentkomplexe und öffentliche Gebäude zu stürmen. Sie schickte ihre Vertrauten aus, um die Studios der wichtigsten Com-Streams zu besetzen, ließ verwaiste Securityzentren nach Waffen durchsuchen und entschied, an welchen Stellen Barrikaden errichtet werden sollten. Tomke sorgte dafür, dass jede Neuigkeit in Echtzeit über die Streams lief, dass die Welt ihre Gesichter sah, dass dieser Tag für alle Zeiten ins Gedächtnis des Nexus einging. Veeru hatte ihr Versprechen erfüllt. Residence City war gefallen.

»Das Ding ist verdächtig still, findest du nicht?« Fionn war auf verschlungenen Pfaden an Pakshas Seite gelangt und spähte über ihren Kopf hinweg zur FinalFood-Zentrale. Der Festungsberg war jetzt nur noch ein paar Straßenzüge entfernt. Lediglich der immer höher brodelnde Fluss versperrte ihnen den Zugang.

Paksha zog die Nase hoch. »Ich schätze, die haben dort gerade dringendere Probleme.«

Selbst durch den Regenschleier erkannte sie den Z.O.M.Bee-Schwarm, der sich nach dem Angriff als dunkle Traube an der Außenwand des linken Turms gesammelt hatte. Veerus Prognose hatte sich bewahrheitet: Keine der Bienen hatte gestochen. Mehr noch – der Zusammenprall mit den Insektenwolken musste die Sensoren, Kameras und Empfangseinrichtungen der KI so stark beschädigt haben, dass die vorrückenden Rebellen bisher von den Angriffen der Maschinen verschont geblieben waren. Das gigantische Bienenvolk war stark dezimiert worden, doch noch immer bescherte der Anblick der wimmelnden Insekten Paksha ein klammes Gefühl. Sie war froh, als die Prozession unter das Blätterdach einer langgezogenen Parkanlage tauchte, und ausladende Baumkronen die Sicht auf die Festung verdeckten.

Die Blätter schirmten sie vor dem Regen ab, so dass die Rebellen dem Verlauf des Parks in stummem Einvernehmen folgten. Auf ihrem vLink erkannte Paksha, dass diese Route sie weg vom Fluss und in einem Bogen um das Stadtzentrum herum führen würde.

»Geradeaus geht es am schnellsten zur Brücke«, sagte sie zu Fionn, doch der zuckte lediglich mit den Schultern.

»Lass Veeru nur machen. Ich schätze, sie wird den Weg auswählen, der das beste Setting hergibt. Schlösser und Kirchturmspitzen und so.«

Paksha schnellte herum, als sie eine feuchte Berührung an der Hand spürte. Zwei braune Augen musterten sie neugierig. Sie gehörten einem zierlichen Reh, dessen goldgelb schimmerndes Fell nur durch Gen-Modelling hervorgebracht worden sein konnte. Das Tier zeigte keinerlei Scheu und folgte Paksha einige Schritte, bis es einer Gruppe von jungen Frauen in die Arme lief, die quietschend ihre vLinks zückten und ihre Ego-Streams mit neuem Content fütterten. Auf dem Weg durch den Park begegneten Paksha noch mehr mythische Kreaturen. Schillernd bunte Vögel mit Gefieder wie aus Diamanten kauerten in den Zweigen oder segelten unbeholfen durch den Regen. Drei stolze, schneeweiße Kühe standen wie Felsen zwischen den Menschenmassen. Veeru berührte im Vorbeigehen die Stirn der vordersten Kuh, während Kailash den schnaubenden Nüstern in respektvollem

Abstand auswich. Als am Rand eines seerosenbedeckten Teichs ein silbrig schimmerndes Pferd auftauchte, aus dessen Stirn ein krummes Horn wuchs, geriet der Marsch beinah ins Stocken. Juria scheuchte die Selfie-Verrückten weiter und stellte Posten auf, die den Zug an der nächsten Kreuzung zurück in bebautes Gebiet lotsten.

Anders als in den Außenbezirken verliefen die Straßen hier ohne durchschaubares System, die Gebäude reihten sich in organisch gewachsener Planlosigkeit aneinander. Neben hochstrebenden Prachtfassaden öffneten sich Outdoor-Entertainment-Plätze, Smart-Rebuild-Systeme schmiegten sich an die Ecken und Kanten von mittelalterlichen Bauten.

Sie kreuzten eine Straße, die in schnurgerader Linie Richtung Fluss verlief und wie ein überdimensionaler Wegweiser auf den dahinter aufragenden Festungsberg deutete. Paksha sah jedoch, dass das Hochwasser die Fahrbahn fast vollständig vereinnahmt hatte und bereits an den Grundmauern der Kirche leckte, die das diesseitige Ende der Straße markierte. Kamen sie zu spät? Gab es überhaupt noch einen Zugang zur FinalFood-Zentrale?

Unbeeindruckt führte Veeru ihre Follower an der blockierten Route vorbei und auf eine breite, von Platanen gesäumte Promenade. Nach wenigen Metern öffnete sich rechterhand ein gepflasterter Platz. Dahinter thronte ein ausladendes, herrschaftliches Gebäude, ein sandfarbener, märchenhaft verzierter Palast, dessen schiefergraues Dach sich in den tief hängenden Wolken aufzulösen schien. Die beiden Ad-Screens, die den rechten und linken Flügel krönten, lagen halb hinter Dunstfetzen und Regenschleiern verborgen. Auf Pakshas vLink war der Ort mit einem Stern markiert und führte die Bezeichnung SHOPPING-KOMPLEX RESIDENCE-ARKADEN.

Während die Rebellen den Platz und die umliegenden Straßenzüge in Besitz nahmen, lotste Veeru die Mitglieder des inneren Kreises bis zum Haupteingang des Shoppingcenters, wo ihnen ein säulengestützter Überhang Schutz vor dem Regen bot. Juria und Fionn stellten lediglich ihr Gepäck ab und bezogen dann am Sockel eines vorgelagerten Prachtbrunnens Quartier. Eine fahnenschwingende Kriegerin in flatternden Gewändern ragte überlebensgroß in der Brunnenmitte auf, und Paksha fragte sich unwillkürlich, ob man auch für Veeru Denkmäler errichten würde, wenn das alles vorbei war.

Sie streifte die Kapuze ab, schüttelte das Wasser aus ihrem Regenmantel und lehnte sich müde an die verriegelte Tür. Um sich von ihrer Erschöpfung abzulenken, zog sie ein feuchtes Päckchen mit Smartfood-Gebäck aus der Tasche, das auf wundersame Weise die chaotischen Ereignisse der letzten Stunden überstanden hatte. Sie steckte sich einen aufgeweichten Keks in den Mund und warf eine Handvoll für Kailash auf den Boden. Als Veeru sich zu ihr gesellte, bot Paksha ihr ebenfalls einen an. Gedankenverloren griff Veeru danach und biss ein Stück ab.

»Warum halten wir an?«, fragte Paksha.

»Lagebesprechung.« Veeru wies mit dem Keks auf Juria und Fionn, die damit begonnen hatten, die Menschenmenge in Gruppen einzuteilen. »Wir können nicht alle mitnehmen, wenn wir unserem Gastgeber die Aufwartung machen.« Mit dem Kinn deutete sie zur Festung, die auch von hier sichtbar war, der allgegenwärtige Wächter einer furchtsamen Stadt. »Aber wir müssen dafür sorgen, dass niemand vom Wasser eingeschlossen wird. Juria hat Teams aufgestellt, um die Tore zu sichern. Der Rest soll sich in die höher liegenden Viertel zurückziehen.« Nachdenklich kaute sie das letzte Stück Keks. »Pepes Selbstgebackene sind aufgebraucht?«, fragte sie. »Die mit den echten Nüssen drin?«

Paksha nickte und zuckte gleichzeitig die Schultern. »Wenn ich ehrlich bin, sind mir die hier lieber. Ich …« Sie zögerte auszusprechen, was ihr seit dem ersten Tag des Aufstands auf der Zunge brannte. »Ich mag eigentlich gar kein Realfood. Versteh mich nicht falsch. Es ist wichtig für die Follower und alles. Sie haben es sich verdient. Aber wenn ich ehrlich bin, finde ich es ziemlich analog.«

Mit unbewegter Miene nahm sich Veeru einen weiteren Keks und drehte ihn zwischen den Fingern. »Ich weiß, was du meinst. Geht mir ähnlich. Zu sauer, zu süß, zu wässrig, zu scharf. Ich hab nie verstanden, warum alle Welt so verrückt nach dem Zeug ist.«

Paksha nickte verschwörerisch und senkte die Stimme. »Dieser Apfel vor ein paar Tagen – die rote Hälfte schmeckte total anders als die grüne. Und der Käse, den Talia uns geschickt hat …« Sie verzog das Gesicht.

Veeru hob vielsagend die Augenbrauen. »Den hab ich gar nicht erst angerührt.«

Paksha grinste. Nach den Tagen voller Schmerz und Kälte, die auf Yasins Tod gefolgt waren, tat es gut, wieder etwas Leichtigkeit zuzulassen. Sie holte ihren vLink raus, schoss ein Bild von der Festung – so nah, dass die goldenen Ornamente auf den Turmspitzen und die Kameras in den Fensterrahmen zu erkennen waren – und teilte es auf Yasins verwaistem Ego-Stream. Vielleicht konnte er es sehen, von dort, wo er jetzt war.

Veeru verfolgte ihr Tun kommentarlos. Seite an Seite lehnten sie an der Pforte und beobachteten, wie Juria die neu ernannten Teamleiter in ihre Aufgaben einwies. Wie Überlebende eines Schiffsunglücks drängten sich die Rebellen auf dem Platz und in den umliegenden Straßenmündungen zusammen. Noch wirkten sie stark und vereint, doch bald schon würden sie sich trennen und zwischen den leeren Apartmentblöcken, den stillen Amüsiermeilen verschwinden. Die Stadt würde sie verschlucken, bevor sie ihrerseits im steigenden Wasser des Flusses versank.

Paksha machte Lutz in der Menge aus, der sein Gepäck schulterte und einen Trupp von mehreren Dutzend Rebellen vom Platz führte. Während er sich mit seinen Leuten durchs Gedränge schob, fing er Pakshas Blick auf und winkte, um sich von ihr und Veeru zu verabschieden. Kurz darauf verlor sie ihn aus den Augen. Ein paar

Meter weiter verteile Pepe Schusswaffen und Wave-Shocker an ihr grimmiges Gefolge. Unter dem Regencape trug sie noch immer ihr albernes Dirndl. Paksha hatte kaum ein Wort mit ihr gewechselt, seitdem sie Yasin leblos in Pepes Armen hatte liegen sehen. Sie hätten einander nicht trösten können. Nichts konnte das. Und jetzt legte sich Pepe ihren Gewehrgurt um und marschierte in eine neue Schlacht – vielleicht, um so viele Kampfdrohnen wie möglich auszuschalten, ehe sich die Systeme von dem Bienenangriff erholten; vielleicht, um weitere Securityzentren auszuheben und sicherzustellen, dass sich dort keine Wachleute zum Gegenschlag sammelten. Paksha wusste nicht, ob sie Pepe und Lutz jemals wiedersehen würde. Sie wusste nicht einmal, ob ihre engsten Freunde am kommenden Morgen noch bei ihr sein würden.

»Jetzt hängt alles von uns ab, hab ich recht?« Paksha sah hoch zu Veeru. »Was genau hat Marti gesagt? Was müssen wir tun?«

Wieder wies Veeru auf den Festungsberg, als sei er die Achse der Welt. »Wir müssen einen Zugang zum Rechenzentrum finden. Die Festung ist nur Fassade, gewissermaßen. Durch den Fels ziehen sich kilometerlange Wehrgänge, uralte Gemäuer. Die Stollen wurden ewig lang nicht genutzt, aber FinalFood hat sie ausgebaut und abgedichtet und seine Server dort untergebracht. Irgendwo da drin befindet sich die Schnittstelle mit der KI. Das ist unsere Verbindung zu Marti.«

»Schnittstelle?« Paksha strich die Gänsehaut auf ihren Unterarmen glatt. »Heißt das … einer von uns muss sich einloggen? *Du* musst dich einloggen?«

Veeru wandte den Blick nicht von ihrem Ziel ab. Ihre Finger spielten mit der Kette des Lotus-vLinks. »Wie sollen wir das Ding sonst lahmlegen?«

»Ich … ich weiß nicht, ich schätze …« Paksha nahm einen tiefen Atemzug. Ihre Stimme klang matt, als sie fortfuhr. »Ich hab nie ernsthaft darüber nachgedacht. Irgendwie bin ich immer davon ausgegangen, wir müssten nur den richtigen Stecker ziehen.«

»Die KI operiert gleichzeitig hier und in Delhi«, erklärte Veeru. »Wenn eines der Rechenzentren vom Netz geht, springt das zweite als Backup ein.«

»Und Marti ist dort, um das zu verhindern«, schlussfolgerte Paksha. »Um einen Totalschaden zu verursachen.«

Veeru nickte. Dann stieß sie sich von der Tür ab und drehte sich um, bis sie dem Festungsberg und all seinen Geheimnissen den Rücken kehrte. Paksha blieb stehen und sah Veeru abwartend an. Zu zweit bildeten sie eine kleine, vertraute Gemeinschaft.

»Was ich dir noch sagen wollte, Paksha. Für den Fall, dass ich nicht zurückkomme ...«

»Ich gehe mit dir«, fiel ihr Paksha ins Wort. »Wir ziehen das gemeinsam durch.«

»Dorthin kannst du mir nicht folgen«, sagte Veeru. »Das letzte Stück muss ich allein gehen.«

»Das werden wir ja sehen.«

Veeru biss sich auf die Lippe und setzte zu einer Antwort an, aber Jurias Händeklatschen ließ den Moment zerplatzen.

»Alle sind auf ihren Posten«, rief Juria zu ihnen herüber. »Wir können weiter.«

Paksha schob sich an Veeru vorbei und schloss sich der Gruppe beim Brunnen an. Fadi, Yasins älterer Bruder, lehnte am Brunnensockel, und Paksha stellte sich neben ihn. Er drückte kurz ihre Schulter und versank dann wieder in Gedanken. Für den Marsch zur Festung hatte Juria einen Trupp aus allen Teilen der Bewegung zusammengestellt. Paksha erkannte Follower der ersten Stunde, die seit dem Überfall auf Sonnys Villa an Veerus Seite waren. Ein paar Leute aus dem Folkloredorf überprüften den Sitz ihrer Sicherheitsschuhe, die Crewmitglieder der River Delight erstatteten über ihre vLinks Bericht an Naomi. Tomke Wolff streamte den Auszug der Rebellen in alle Himmelsrichtungen. Die neuesten Mitglieder wichen ehrfurchtsvoll zurück, als Veeru und Kailash zu ihnen stießen. Juria warf einen Blick über den beinah verlassenen

Platz. Dann nickte sie Veeru zu, die ihrerseits den Arm hob und ihrem Gefolge das Signal zum Aufbruch gab.

Sie ließen den Shoppingkomplex hinter sich, überquerten das gepflasterte Feld und folgten einer Straße ins Herz von Residence City. Veeru fand sich ohne GPS zurecht. Vermutlich war sie schon als Kind am Saum von Mandodaris Sari durch diese Gassen gelaufen, in einer anderen Zeit, in einem anderen Leben.

Unbeeindruckt ließ Paksha den Prunk und die Verheißungen dieser fremden Welt an sich vorbeiziehen. Verglaste Salons und Wintergärten ragten aus den herausgeputzten Fassaden. Genmodellierte Haustiere, die im Verlauf des Exodus zurückgeblieben waren, drückten ihre Schnauzen sehnsuchtsvoll gegen die Scheiben. In den ebenerdigen Stockwerken reihte sich Juwelier an Innenausstatter an Realfood-Bistro an Beauty-Parlour.

Die Straße mündete in eine begrünte Fläche, deren gegenüberliegende Seite von den Ausläufern einer mächtigen Kathedrale begrenzt wurde – bei weitem die größte, die Paksha jemals mit eigenen Augen gesehen hatte. Erfolglos versuchte sie, Anfang und Ende des Gebäudes auszumachen. Die Seitenarme und gewölbten Mauern schienen nahtlos mit der Umgebung verwachsen zu sein, als handle es sich bei der Kirche um ein lebensnotwendiges Organ im Zentrum des undurchschaubaren Stadtgeflechts. Am Fuß des Kolosses war die Luft klamm und kühl. Skelettierte Fratzen grinsten vom Sims einer Nebenkapelle auf Paksha herab. Veeru lotste den Tross in einen Winkel aus stuckverzierten Fassaden und von dort durch eine überdachte Passage zur Vorderseite der Kathedrale. Sie verschwendete keinen Blick an die sturmumwehten Zwillingstürme, die ihre Schatten vor ihnen auf den Weg warfen.

Eine weitere auf Hochglanz polierte Promenade brachte sie zurück zum Fluss, wo sich die Wassermassen an den Pfeilern einer steinernen Brücke brachen. Um den Brückenaufgang zu erreichen, mussten sie mehrere Meter durch kaltes, schlammiges Wasser waten – Ausläufer der Flut, die bereits alle Wege und Flaniermeilen am Ufer vereinnahmt hatte und von Stunde zu Stunde weiter in die Stadt vorrückte. Paksha zog ihre Gummistiefel aus, ehe sie sich in das schwappende Becken hineinwagte. Das Wasser reichte Veeru bis über die Knie und ihr selbst fast bis zu den Hüften. Es tränkte den Saum ihrer Shorts und brannte in der Schramme am Schienbein, die Paksha sich irgendwann im Lauf der unübersichtlichen Morgenstunden zugezogen hatte. Kailash schlich knurrend vor dem Hindernis auf und ab und überwand die Distanz schließlich mit einem beherzten Satz.

»Gibt es Updates zum Wasserstand?«, wandte sich Fionn an Juria, als alle die Stelle passiert hatten und ihre Klamotten notdürftig auswrangen.

Juria checkte die Daten auf ihrem vLink. »Gegen Mitternacht kommt die Welle aus dem gebrochenen Staudamm zu uns. Gut möglich, dass die Pegel bis dorthin steigen.« Sie wies auf die Kathedrale. »Oder noch höher.«

Veeru setzte den Marsch fort, als ob eine geheime Macht sie vorwärtszog. Zwischen schmalen, spitzgiebligen Häusern hindurch gelangten sie auf die Brücke. Der massive, mittelalterliche Bau zitterte in der vorbeiwalzenden Strömung. Als Paksha einen Blick über das Geländer wagte, erkannte sie, dass der Fluss die gemauerten Bogenöffnungen beinahe verschluckt hatte. Nur ein paar Armlängen unter ihr strudelte die trübe Brühe, wusch den Mörtel aus den Fugen und rüttelte an den Fundamenten. Ein lebloses, fellbedecktes Etwas trieb vorbei und wurde an der Engstelle unter Wasser gedrückt. Äste und Metallteile verkeilten sich vor den Öffnungen. Ein abgerissener Screen schaukelte auf den Wellen und zog sein Kabelgeflecht hinter sich her wie ein Seeungeheuer seine Tentakeln.

Pakshas Knie wurden weich. Das war nicht mehr der zahme, gurgelnde Kanal, dem sie über Wochen gefolgt waren, an dessen Uferböschung sie mit Yasin gesessen und nach einem langen Marsch ihre Füße gekühlt hatte. Dieses Gewässer grollte und zischte wie das Meer am Abend vor dem großen Sturm. Wie an jenem Tag, als es ihren Vater geholt hatte.

Fionn zog Paksha sanft von der Brüstung weg und brachte sie zurück auf Kurs. »Lass uns das Stück schnell hinter uns bringen«, murmelte er. »Ist mir nicht geheuer hier.«

Zügig und geduckt schritten sie zwischen den Heiligenfiguren hindurch, die zu beiden Seiten für sie Spalier standen. Die Steinstatuen schwangen Schwerter und Kreuze, segneten und beteten und konnten doch nichts ausrichten gegen Magdalenas unbarmherzigen Feldzug.

Auch am anderen Ufer stand das Wasser in brackigen Pfützen. Lediglich ein Gürtel alter, grauer Häuser trennte die Rebellen noch vom Aufgang zur Zentrale – und das vergitterte Tor am Ende der Brücke, über dessen Info-Screen die Worte zuckten: SICHERHEITSZONE – KEIN ZUTRITT.

Juria schickte Jamila und einen weiteren Techniker vor, um die Barrikade zu begutachten. Während die beiden das hektische Flattern der Signalleuchten deuteten und die Sensoren überprüften, spähte Paksha durch die Metallstreben auf die heruntergekommenen Straßenzüge, die diesen Teil von Residence City wie einen bösen Zwilling der Welt am jenseitigen Ufer erscheinen ließen. Dächer waren eingesackt, Scheiben gesprungen. Durch Risse im Asphalt sprossen Unkraut und Kletterpflanzen.

»Diese Seite ist absolutes Sperrgebiet.« Tomke war neben Paksha getreten und strich unbehaglich über das Gehäuse ihres vLinks. »Hier kommen nur Avatare rein, und dann spielt sich alles oben in der Zentrale ab. Das Gebiet drum herum ist Niemandsland.«

Der Festungsberg strebte jetzt unmittelbar vor ihnen in die Höhe. Aus dieser Perspektive wirkten die Mauern dicker und steiler als je zuvor. Regenwolken wuschen über das FinalFood-Emblem hinweg wie eine Spiegelung der Gischt am Fuß der Bastion.

»Alle Systeme sind down«, brüllte Jamila über das Tosen des Wassers. »Sieht so aus, als ob das Sec-Modul keine Verbindung zum Hauptserver hat. Wir können die Steuerung hacken.«

»Also los«, drängte Juria. »Wenn die Flut kommt, will ich weit weg sein.«

Die Techniker hebelten eine Klappe am Torpfosten auf und beugten sich über die dahinter verborgenen Schaltkreise. Tomke checkte die Responsequote ihrer jüngsten Beiträge. Veeru stand stumm und in sich gekehrt inmitten ihrer Follower, als habe sie den Aufstieg zum Gipfel in Gedanken längst hinter sich gebracht. Als befände sich ihr Geist bereits in einer anderen Sphäre. Paksha ging zu ihr. Ihre gemeinsame Zeit lief ab.

Mit einem dissonanten Signalton erwachte das Tor zum Leben. Grünes Licht flammte auf, dann glitt das Gitter zur Seite. Veeru nahm Pakshas Marmorhand in ihre. Zusammen betraten sie das Reich der KI.

Juria deutete stumm auf den Durchgang zwischen zwei Häusern, die alt und krumm auf den endgültigen Untergang warteten. Eine gepflasterte Gasse wand sich von dort bergauf und ging schließlich in moosbedeckte Treppenstufen über. Am oberen Ende führte der Weg durch einen Torbogen, den ein Vorhang aus Schlingpflanzen halb verdeckte.

Dicht hintereinander tasteten sich die Rebellen vorwärts und fanden sich in einem finsteren Areal am Fuß der Wehranlagen wieder. Linkerhand stieg der Hang steil an. Die dunkle Silhouette der Festung schluckte einen Großteil des Tageslichts, so dass Paksha die eckigen, sperrigen Objekte, die dicht an dicht aus der geteerten Fläche wuchsen, erst spät einordnen konnte. Vor ihnen erstreckte sich ein Wald aus Messinstrumenten, Sendeinrichtungen und Empfangsgeräten. Die kahlen Stämme der Funkmasten schwankten im Sturm. Stachelige Antennenäste klirrten gegeneinander. Dazwischen spannten mehrere Radioteleskope ihre Hohlspiegel wie gigantische Pilze gen Weltall.

Veeru schritt den Rand des Feldes ab, bis sich ein Wartungsgang im Gefüge auftat, dem sie weiter bergauf folgten. Paksha wahrte einen respektvollen Abstand zu den scharfkantigen Geräten. Ein insektengleiches Summen ging von den Anlagen aus, und aus dem Dickicht starrten giftige Lichtpunkte wie die Augen versteckter Tiere. Wenn sie genau hinsah, erkannte sie die klebrigen Überreste der Z.O.M.Bees, die am Morgen mit den Sinnesorganen der KI kollidiert waren. Der Regen hatte einen Teil der zerquetschten Leiber abgewaschen, die nun bei jedem Schritt unter Pakshas Sohlen knirschten.

Unbehelligt brachten sie den Abschnitt hinter sich. Die Stille in den Straßen zerrte an Pakshas Nerven. Sie war gekommen, um zu kämpfen, um Rache zu üben, aber FinalFood versteckte sich hinter gesichtslosen Mauern und lockte sie Schritt für Schritt tiefer ins Labyrinth. Vor der nächsten Etappe zögerte sie.

Das Gelände brach hier fast senkrecht ab, nur um einen Steinwurf entfernt als noch höhere Mauer wieder emporzuwachsen. Auf dem Grund des geschotterten Burggrabens parkte jener Teil der Dummyflotte, für den die KI in ihrem gegenwärtigen Ausnahmezustand keine Verwendung hatte. Eine Brücke aus glitschigen Holzbohlen führte über die Klamm hinweg zu einem Tor aus rotem Stein. Auf einem spitzen Überbau kauerten verwitterte Löwenfiguren.

»Fast geschafft«, sagte Veeru und drückte Pakshas Hand.

Paksha gab sich einen Ruck und ging weiter. Ihre Schritte hallten dumpf auf den Planken. Im Innern des Gewölbegangs legte sich der eisige, modrige Hauch der Felsquader auf ihre Haut. Dagegen fühlte sich der Regen, der sie auf der anderen Seite wieder in Empfang nahm, fast warm an.

Ein Raunen lief durch die Gruppe, als sie jenseits der Mauer auf ein weiteres steiles Feld stießen, an dessen jenseitigem Ende der innere Festungswall mit einem Nebelschleier verschmolz. Darüber schwebte wie auf grauen Wolken die eigentliche Burg – ein langgestrecktes, von winzigen Fenstern durchsetztes Bollwerk, das aus schießschartigen Augen auf die Stadt blickte. Mehrere Baracken in verschiedenen Stadien der Vernachlässigung klammerten sich zwischen Geröll und verfilztem Gestrüpp an den Hang.

Veeru wandte sich an die bewaffneten Mitglieder des Trupps. »Durchsucht die Gebäude.«

Während die Rebellen geduckt von Haus zu Haus schlichen, Türen eintraten, Scheiben einschlugen, steuerte Veeru eine steile Treppe an, die in gerader Linie zum inneren Wall führte. Die Stufen endeten unmittelbar vor der stählernen Eingangspforte eines kargen, zweistöckigen Bauwerks neueren Datums, das parasitär an der verwitterten Burgmauer klebte. Auch hier ließ Veeru ihren Kundschaftern den Vortritt.

»Verschlossen«, rief Fadi, der mit einer Hand an der Tür rüttelte, während sich die Finger der anderen um den Abzug einer großkalibrigen Pistole krümmten.

»Aufmachen und rauskommen«, brüllte eine Kämpferin in die Überwachungskameras.

Fadi hämmerte gegen die Stahlplatten. »Ihr seid umstellt.«

Quälende Minuten lang blieb es still, abgesehen von den Drohgebärden der Rebellen und dem Trommeln der Regentropfen auf ihren Kapuzen. Schließlich jedoch knirschte im Innern des Gebäudes ein Mechanismus, und die Türflügel glitten auseinander. Fadi und seine Leute nahmen die Waffen in Anschlag und formierten sich vor dem Eingang.

Mit erhobenen Händen trat eine fünfköpfige Besatzung aus blassen, abgekämpften Frauen und Männern ins Freie.

»Stehen bleiben«, befahl die Rebellin an Fadis Seite. »Sind da noch mehr?«

Der vorderste Wachmann schüttelte den Kopf. »Wir sind die Letzten. Wir ergeben uns.«

»Nicht schießen.« Veeru schob sich zwischen den Bewaffneten hindurch, und Paksha stolperte neben ihr her.

Die Augen der Gefangenen wurden glasig. Wie in einer sorgfältig einstudierten Choreographie sanken die Wachleute auf die Knie. Vor Veeru. Vor Paksha.

»Du hast die Bienen geschickt«, platzte der Wortführer heraus.

»Stimmt«, entgegnete Veeru. »Und ich kann sie wieder rufen, wenn ich muss.«

»Es ist niemand mehr hier. Wir waren nicht schnell genug. Wir haben uns verschanzt, aber die Instrumente sind tot. Wir empfangen keine Signale mehr aus der Zentrale.«

»Ist es vorbei?«, fragte eine der Frauen mit bebender Stimme. »Habt ihr gewonnen? Ist ... es ... ist es tot?«

»Wir sind hier, um das rauszufinden. Ihr könnt gehen«, sagte Veeru, »im Gegenzug für eine Auskunft.«

Die Wachleute tauschten unbehagliche Blicke. »Wir sind nur Backups für die Maschinen«, erklärte der Sprecher. »Wir wissen nichts.«

»Ihr kennt das Gelände«, versetzte Veeru. »Ihr könnt uns zu den Servertunneln führen.«

Die Lippen des Mannes öffneten und schlossen sich tonlos.

»Dort darf niemand rein«, entgegnete die Frau.

Veeru trat einen Schritt nach vorn. »Ich werde erwartet.«

Zitternd und ratlos kauerten die Wachleute zu ihren Füßen.

»Ich tu's«, sagte die zweite Frau schließlich, eine hagere Blondine. »Ich bring dich hin, Veeru.«

Sie stand mit erhobenen Händen auf, taumelte zwischen ihren Kollegen hindurch und warf sich so dicht vor Veeru auf den Boden, dass sie mit der Stirn ihre lackierten Zehen hätte berühren können.

»Veeru. Meine Tochter ist schwer krank. Ich weiß, dass du ihr helfen kannst, ich flehe dich an ... ich tu alles, Veeru, alles ...«

Paksha fing Jurias Stirnrunzeln auf und warf ihr einen scharfen Blick zu. Keine ketzerische Bemerkung durfte diese Chance zunichtemachen.

»Steh auf«, sagte Veeru, und die Frau gehorchte. »Geh voraus. Wir folgen dir.«

Die Rebellen nahmen die übrigen Wachleute in die Mitte, während der Tross hinter der Frau das Gebäude betrat. Ein kahler, grauer Korridor führte in einer geraden Linie durchs Erdgeschoss.

»Wie heißt du?«, wollte Veeru wissen.

»Elya.«

»Was fehlt deinem Kind?«

»Ihr Herz wird immer schwächer. Wir haben kein Geld für ein Transplant.«

Der Gang endete vor einer weiteren Stahltür. Ein glatt verputzter Treppenschacht schloss sich daran an, und auf dem Weg nach oben meinte Paksha, die Kälte der Burgmauer durch die Wände zu spüren. Der B-Wave-Scanner neben dem Ausgang war intakt und entließ Elya mit all den feindlichen Besatzern im Gefolge in den inneren Ring der Festung.

»Ich kümmere mich darum«, versprach Veeru. »Lass dich von Juria zu unserem Netzwerk hinzufügen, bevor du gehst.«

»Hier entlang. Wir sind fast da.« Elya deutete nach links, erstarrte jedoch, sobald sie erkannte, was vor ihnen lag.

Neben einer brusthohen Balustrade verlief ein schmaler Streifen aus Gras und Beton. Rechts davon befand sich der moosbedeckte Burgwall mit den markanten Ecktürmen an beiden Enden. Unterhalb des Turmdachs, das die Rebellen passieren mussten, klebte die brodelnd schwarze Masse des Z.O.M.Bee-Schwarms. Die Insekten bildeten eine dichte Traube und verströmten ein unmelodisches Summen, das bis zu ihnen in die Tiefe hallte.

»Euch passiert nichts«, erklärte Veeru, ohne das Bienenvolk eines Blickes zu würdigen. »Wohin jetzt?«

Elya deutete in Richtung des Turms und winkte die Gruppe mit sich. Selbst Paksha stellten sich die Nackenhaare auf, als sie unter dem Schwarm vorbeiging. In gebührendem Abstand umrundeten die Rebellen das Eck und schritten anschließend die Frontseite der Burg ab. Linkerhand fiel ihr Blick über Solarpanele und Dächer hinweg auf den Fluss und die dahinterliegende Stadt. Die Uferlinie war zu einem Netzwerk aus Kanälen zerfasert, die sich zwischen den Häuserzeilen landeinwärts fraßen. Eine Legion aus Kirchturmspitzen reckte sich aus dem roten Ziegelwerk empor wie überdimensionale Pegelmesser. Die Wachleute tauschten zischende Bemerkungen, als sie sahen, wie hoch die Flut in den vergangenen Stunden gestiegen war.

»Das ist die Schleuse.« Elya wies auf eine Ausbuchtung am Ende das Walls. Die eckige Fläche maß etwa zwanzig Schritte im Quadrat und ragte wie eine Speerspitze aus dem Festungsberg heraus. Zu beiden Seiten fielen die Mauern senkrecht ab.

Elya blieb außerhalb des Areals stehen und deutete auf eine Stufe im Gelände, eine künstlich geschaffene Böschung, deren senkrechte Seite von hier oben nicht einsehbar war. »Dort führt eine Tür in den Berg. Dahinter beginnt der Weg zu den Servern. Ich schwöre es, Veeru.«

»Gut.« Veeru gab den Rebellen ein Zeichen, bei der Balustrade zu warten. Nur Paksha, Fionn, Juria und Kailash begleiteten sie über verfilztes Gras, zwischen Felstrümmern und ausrangierten Dummys hindurch, den rutschigen Abhang hinab bis zur vergitterten Schleuse. Der Wind hatte totes Laub und Plastikfetzen zwischen den Streben hindurchgeweht. Ein grob befestigter Gang führte dahinter in die Finsternis.

»Du weißt, wie du ab hier weiterkommst?«, fragte Juria skeptisch.

Veeru nickte.

Paksha legte all ihren Mut in den Satz: »Ich komme mit.«

»Nein«, entgegnete Veeru und fügte dann beinahe entschuldigend hinzu: »Du kannst mir dort drin nicht helfen, Paksha.«

Am Türgriff blinkte eine veraltete Schließanlage auf Standby. Veeru legte die Finger um eine der Streben und zog das Tor ohne Widerstand nach außen.

Ich werde erwartet.

»Lass mich nicht allein«, flehte Paksha und ergriff Veerus Hand.

Der Geruch von Fels und altem Metall wehte ihnen aus dem Untergrund entgegen. Durch die aufwallenden Tränen erkannte Paksha blass reflektierende Leiterbahnen, die an den Wänden des Schachts entlangwuchsen wie Pilzfäden. Sie vermochte sich nicht im Entferntesten auszumalen, was dort unten in den Katakomben lauerte. Wie hatte sie sich jemals einreden können, dass ein gewöhnlicher Mensch eine Maschine wie FinalFood herausfordern und gewinnen konnte?

»Es muss sein.« Sanft löste Veeru ihre Hände voneinander.

»Aber …«

»Die Leute brauchen dich, Paksha«, sagte Veeru. »Wenn ich nicht mehr hier bin, musst du meinen Platz einnehmen.«

»Wie meinst du das?« Die steigende Flut rauschte in Pakshas Ohren, viel lauter, als es aus der Ferne hätte klingen dürfen. »Du kommst zurück, Veeru.« Ihr hilfloser Blick flog über Veerus Marmorhaut, die Knochenkette, die Raubkatze zu ihren Füßen. »Du … du besiegst den Dämon und kommst zu uns zurück.«

Weil es das ist, was Göttinnen tun müssen.

Veeru zögerte einen Herzschlag lang. Dann zog sie Paksha in eine Umarmung. »Ich komme zurück«, versprach sie so leise, dass nur Paksha es hören konnte. »Und wenn ich dafür noch mal wiederauferstehen muss, werde ich's tun. Ich komme zurück.«

Paksha drückte Veeru, bis sie selbst keine Luft mehr bekam. Erst als sie Fionns tröstende Hand auf der Schulter spürte, ließ sie los.

»Kümmerst du dich um Kailash?«, fragte Veeru.

Paksha nickte.

Veeru legte eine Hand auf den Türrahmen und spähte in die Tiefe. Aus ihren Bewegungen sprach beinahe so etwas wie Ungeduld. Veeru war kein gewöhnlicher Mensch, erinnerte sich Paksha. Sie trug die Entschlossenheit eines Narasimha in sich, die Listigkeit eines Dschinn und den Rachedurst von tausend ruhelosen Hexen. Und vielleicht hatte sie im Verlauf ihrer langen Wanderung einen winzigen Funken dieser Essenz an Paksha weitergegeben.

»Verlass dich auf mich«, sagte Paksha.

»Melde dich, wenn ...«, sagte Juria. »Melde dich.«

Veeru nickte abwesend.

»Du weißt ja, welcher Tag heute ist«, sagte Fionn, als ob er an ein früheres Gespräch anknüpfte. »Und welche Nacht.«

Zur Antwort hob Veeru lediglich die Augenbrauen. Sie schloss die Faust um ihren Lotus-vLink und setzte einen Fuß auf die oberste Stufe. »Passt auf euch auf. Es ist noch nicht vorbei.«

Dann drehte sie sich um und trat – *prrram, prrram, prrram* – hinein in die Schleuse. Die Neonaugen ihres Löwentattoos verglommen im Zwielicht. Die Tür blieb offen, aber niemand folgte Veeru. Kailash schlug grollend mit dem Schwanz, beruhigte sich aber, als Paksha ihm eine Hand auf den Kopf legte.

»Ich ... entschuldigt mich kurz.« Juria wandte sich ab, als müsse sie einen Anruf entgegennehmen, rieb sich dabei jedoch übers Gesicht.

»Wie hast du das gemeint?«, fragte Paksha Fionn. »Welcher Tag ist heute?« Sie versuchte nachzurechnen, aber die genauen Daten waren ihr in den vergangenen Wochen abhandengekommen.

Seufzend trat Fionn von der Schleuse zurück und ließ den Blick über die langsam ertrinkende Stadt schweifen. Das Tageslicht schwand mit jeder Minute. Knapp über dem Horizont brach die Sonne durch die Wolkendecke und schickte einen blassen Lichtfächer über die Dächer. Die goldenen Ornamente auf den Kirchturmspitzen glühten einen Atemzug lang auf wie sterbende Sterne.

»Die letzte Nacht im April«, sagte Fionn. »Die Nacht der Hexen.«

Pakshas Augen wurden groß.

Das Sonnenlicht verlosch im Wolkenmeer.

»Seht ihr das?« Juria drängte sich mit großen Schritten zwischen sie. Paksha und Fionn folgten ihrem Fingerzeig. Erst auf den zweiten Blick erkannte Paksha, was Juria entdeckt hatte. Schwarze, fliegende Punkte näherten sich von jenseits der Stadtgrenze. Sie zählte drei große und mehrere Dutzend kleinere.

»Autocopter«, sagte Juria grimmig. »Drohnen. FinalFood zieht ins letzte Gefecht.«

JETZT

Milan – मिलन [milan] *m* **1.** Treffen *n*, Zusammenkunft *f*, Begegnung *f* **2.** Verbindung *f*, Vereinigung *f*

Delhi liegt mir zu Füßen. Mein vertrauter Irrgarten aus Häuserblocks und Straßen, Palästen und Gräbern, allesamt verbunden durch ein Gespinst aus Metroschienen, Stromkabeln, Wäscheleinen. Tag für Tag habe ich versucht, mich aus dieser gigantischen Enge zu befreien, ohne dem Ziel auch nur einen Schritt näher zu kommen. Auch von hier oben kann ich die Stadtgrenzen nicht ausmachen, dennoch schimmert in der Ferne eine nie gekannte Ahnung des Endes, einer Welt jenseits des ewigen Exils.

Als ich im Serverraum die Augen geschlossen habe, war ich mir einen kurzen Moment lang sicher, dass ich sie nie mehr aufschlagen würde. Aber der Schlüssel passte ins Schloss, öffnete die Tür ins Reich der KI und spuckte mich auf der Dachplattform des Lotus Towers wieder aus. Zwischen den träge in ihren Gelenken rotierenden Blütensegeln hindurch sehe ich Delhi, wie ich es noch nie zuvor gesehen habe. Alle Farben sind invertiert. Die Fassaden leuchten in kühlem Blau und bodenlosem Schwarz. Fahrbahnen ziehen sich durch das Terrain wie gespenstisch weiße Gletscherzungen. Darüber spannt sich ein stumpfgrauer Himmel, der in schales Rot zerfasert wie ein verdrehter Sonnenuntergang.

Niemals zuvor habe ich so weit gesehen und so viel verstanden. Meine Sinne scheuern sich nicht mehr wund an den schroffen

Wänden der Realität, meine Gedanken fließen ohne physische Hindernisse und ohne die Blockaden einer begrenzten Vorstellungskraft. Jedes Detail von hier bis zum Horizont offenbart sich mir in maximaler Tiefenschärfe - die leeren Parkdecks von Mall Nagar, der Takt der Ampeln am Janpath - Eisblau, Meerblau und Violett -, freiliegende Mauersteine am Sockel das Taj Hotels, die einhundertsiebzehn Namenschilder am Eingang eines verlassenen Apartmentkomplexes. Weit, weit weg, vor dem Shiva-Tempel beim Schrottplatz, fällt ein Blatt von den Zweigen des Bodhi-Baums, hellrosa wie ein blutleeres Herz.

»Also läuft es zum Schluss wieder darauf hinaus: du und ich.«

Das ist nicht die alles durchdringende Stimme der KI. Die Worte kommen von schräg hinter mir, eine sachliche Feststellung gefärbt vom leisen Ansatz eines Lächelns.

Ich drehe mich um. In der Mitte der Plattform steht sie. Die Göttin, die gekommen ist, um ihre Welt zu erlösen - eine furchteinflößende Kali mit pechschwarzem Haar und einer Halskette aus Schädeln. Mattes Gold schimmert an ihren Füßen und Handgelenken. Große, schwarz umrahmte Augen mustern mich aus einem steinernen Gesicht. Die gespenstische Farbumkehr zeigt bei ihr keine Wirkung.

Der Himmel hinter ihr brodelt wie ein herabstürzendes Meer, eine Flutwelle, die sich an Delhis Klippen bricht. Erst beim zweiten Hinsehen wird mir klar, dass ich keiner Zurschaustellung göttlicher Macht gegenüberstehe, sondern der quecksilbrig zuckenden Staubwolke Taimurs, die die Stadt Meter um Meter verschlingt.

»Ich dachte, der Hund wäre bei dir«, sagt die Göttin mit der Marmorhaut. »Nach allem, was ihr zusammen durchgemacht habt.«

»Ray ist in Sicherheit.« Ich gehe auf sie zu, bis uns nur noch ein Schritt voneinander trennt. »Ich bin allein.«

»Tja, ich auch.« Sie deutet eine halbherzige Bühnenverbeugung an. Beine überkreuzt, Arme auf Hüfthöhe gestreckt, Handflächen nach außen. »Erinnerst du dich an mich?«

Der kurze Blickkontakt in Kylians vLink kommt mir in den Sinn. Ein Echo ohne Ausgangspunkt. »Nein. Aber ich weiß, wer du bist. Veeru.«

»Marti.« Das Wort dringt aus Veerus Innerem wie ein Lichtstrahl aus einer fernen Galaxie, eine Botschaft aus der Vergangenheit. Doch der Moment verstreicht, und mir bleibt nur die Ahnung einer gemeinsamen Geschichte. Sie lächelt müde. »Ich schätze, das spielt keine Rolle mehr. Wir sind hier. Das war der Plan, nicht wahr?«

Taimur ist jetzt so nah, dass einzelne Sandkörner auf meiner Haut prickeln. Meine geschärften Sinne verfolgen ihre Flugbahn, winzige Asteroiden im Sog einer Supernova. Strähnen lösen sich aus Veerus Haar und flattern im Wind.

»Ich wollte dich treffen, Veeru. Ich will mein Versprechen einlösen, auch wenn ich den Kontakt verloren habe.«

»Ich bin froh, dass du hier bist. Ich weiß nicht, ob ich es durchziehen könnte ohne dich.« Sie streckt die Hand aus und berührt mich an der Wange. »Kannst du das spüren?«

Ich nicke, und meine Bartstoppeln kratzen über ihre Fingerkuppen. »Und du?«

Sie runzelt die Stirn. »Kaum. Ich kann nicht mal genau erkennen, wie weit weg du stehst.« Ihre Wimpern flattern wie gefangene Nachtfalter. »Der Raum hat keine Tiefe. Ich sehe dich so verpixelt wie ein altes Display-Game.«

Ich riskiere einen weiteren Blick über die Stadt. Auf dem Dach des Gewürzmarkts drücken sich die Affen in keifenden, zitternden Horden aneinander. Alle eintausendeinhundertachtundzwanzig Cam-Drohnen, die noch in Delhis Luftraum ausharren, steuern die nächste Landebox an. Holo-Boards projizieren ihre Neonwarnungen in die Staubschleier, ehe Orkanböen die Screens mit sich reißen und sie wie titanische Diskusscheiben gegen die Hauswände schleudern. Mein Geist schwebt so frei über allem, dass ich die Ereignisse aus unzähligen Perspektiven gleichzeitig wahrnehme – warum funktioniert das für Veeru nicht?

»Ich glaube nicht, dass das so sein sollte. Hast du ... ist beim Übertritt was schiefgelaufen?«

Veeru lässt die Hand sinken. »Möglich. In der Schleusenkammer stand mir das Wasser bis zu den Knöcheln. Die Hardware war steinalt.«

»Aber der Zugang hat sich geöffnet. Du bist hier.«

»Ich hab alles genauso gemacht, wie du gesagt hast: den Schlüssel eingesteckt und darauf gewartet, dass du in Delhi dasselbe tust. Die Software hat die beiden Server miteinander verbunden und mich hierhergebracht.« Sie verzieht das Gesicht und knetet ihren Nacken. »Allerdings nicht ohne mir gehörig eine zu verpassen. Spürst du auch dieses Stechen im Kopf?«

Ich schlucke. »Vorher schon. Jetzt nicht mehr.«

Veeru schüttelt das kurze Eingeständnis der Schwäche ab. »Wo ist die KI jetzt? Was kommt als Nächstes?«

Ich strecke meine geschärften Sinne in alle Winkel dieses fremden Universums. Ein unterschwelliger Puls zeugt von der Anwesenheit der KI, aber ich kann sie nicht orten.

»Wir haben den richtigen Zeitpunkt abgepasst. Wir haben beide Rechenzentren geknackt.« Veerus Aufzählung klingt wie eine Beschwörungsformel. »Wir haben uns eingeloggt und uns gefunden. Ich bin bereit, Marti.«

Ihr dunkles Gesicht zeigt keine Regung. Hat sie nicht wenigstens ein bisschen Angst angesichts dessen, was sie im Begriff ist zu tun? Sie ist gekommen, um die KI herauszufordern, und sie weiß, dass sie den Sieg mit ihrem Leben bezahlen wird.

Sie wollte es so, hat Ray behauptet.

Ein heftiger Windstoß fährt in die Blütensegel. Die Solarmembranen knattern, Halterungen knirschen. Taimurs Wolke aus

Staub und Trümmern rast ungebremst auf uns zu. Schwarze Blitze zucken im Innern des Quecksilberstrudels.

Veeru sieht über die Schulter, dann zurück zu mir. »Du hast gesagt, wir müssen uns von beiden Seiten einloggen, um den Server zu knacken«, ruft sie über das anschwellende Heulen hinweg. Sie gräbt die Finger in meine Schulter, als wolle sie mich wachrütteln. »Dein Job ist erledigt. Ab hier übernehme ich.«

Zwei Erkenntnisse blitzen zeitgleich in den endlosen Verzweigungen meines Bewusstseins. Eine davon ist meine eigene. Die andere springt wie durch ein Netz aus Spiegelneuronen aus den Prozessoren der KI auf mich über.

»Veeru, ich weiß nicht, ob …«

Staub erstickt den Rest meiner Worte. Der Orkan stürzt auf uns herab und presst unsere Körper gegeneinander. Veeru und ich gehen zu Boden und rollen eng umschlungen bis zum Rand der Plattform.

»Scheiße, was passiert hier?« Veeru liegt auf dem Rücken und presst die Handballen gegen die Schläfen. In dieser Welt wirkt sie so orientierungslos wie ich selbst es auf der anderen Seite war. Bis ich hierherkam.

Ich stemme mich auf die Knie. Delhi liegt hinter flirrenden, weißgrauen Schleiern verborgen. Es gibt nur noch mich und Veeru und den Sturm.

»Das ist nicht Taimur«, keuche ich.

Das virtuelle Inferno schmirgelt über Haut, Knochen, Verstand. Es dringt zwischen jeden Pixel und zerrt an unseren Synapsen. Es will alles wissen, will uns in Fetzen reißen und uns nach seinem Abbild neu zusammensetzen. Es will sich uns einverleiben, bevor wir es vernichten können.

»Das ist die KI. Sie weiß, was wir vorhaben.«

»Also tun wir's!« Veeru kommt schwerfällig auf die Füße und taumelt zum Ende des Dachs. Um sie herum brodeln die Luftmassen. Graue Schlieren lösen sich aus ihrer Silhouette wie Rauchfäden. Eine abgerissene Dachschindel zischt aus dem Dunst heran und trifft sie hart an der Stirn. Blutstropfen verwirbeln in dem Orkan, der all seine Macht auf Veeru zu richten scheint. Bevor die KI untergeht, wird sie ihren Feind in Stücke reißen.

»Nein!« Mein Schrei verhallt machtlos, während ich mich zu Veeru vorkämpfe. »Hör mir zu!«

Veeru krümmt sich und gräbt die Finger in ihr Haar, als könne sie den Schmerz an den Wurzeln ausreißen. Die KI bombardiert uns mit Crypto-Shreddern und Brute-Force-Attacken, scannt unsere mentalen Systeme und filtert unsere Erinnerungen. Keine Forderungen, keine Verhandlungen. Auf ihrem ureigensten Terrain folgt die Software nur ihrem eigenen Willen. Ich schwanke unter der Wucht des Datensturms, aber mein Kopf ist klar. Ich blicke durch die Augen der KI, blicke hinter den Pixelstaub, ins Herz der Maschine. Denn im selben Augenblick, als FinalFood unsere Pläne durchschaut hat, habe auch ich alles verstanden.

»Veeru, ich muss es tun.«

Mit Mühe richten sich ihre Augen auf mich. »Du kannst nicht …«

»Schau dich doch um«, flehe ich und greife nach ihrer Hand. »Du gehörst nicht hierher. Weder lebendig noch tot.«

»Was soll das heißen? Du hast mir die Software überspielt, mit der wir das System zum Absturz bringen können. So hatten wir es vereinbart. Du hast es *versprochen*, Marti!«

Wir brüllen einander an, um den Sturm zu übertönen.

»Ich … Marti hätte das niemals zugelassen. Er hat dich geliebt, Veeru. Er hatte von Anfang an vor, es selbst zu tun, verstehst du?«

Je heftiger die KI über uns, um uns, *in* uns wütet, desto umfassender wird meine Allsicht. Jedes Molekül, das die wirbelnden Luftmassen aus meinem virtuellen Körper reißen, verschmilzt mit dem invertierten Kosmos, der uns umgibt. Bis ins letzte Detail kann ich die fatale Kettenreaktion aus Notstromaggregaten, Schmieröl und einem elektrischen Kurzschluss nachvollziehen, die den Ersatzteil-Bazar vor genau siebzehn Minuten und acht Sekunden in Brand gesetzt hat. Ich kann sehen, wie der Orkan in diesem Augenblick die transparenten Dachplatten Mall Nagars aus ihren Verschraubungen reißt und klaffende Wunden in die glitzernde Hülle schlägt. Ich kann berechnen, dass der achteinhalb Meter lange, purpurne Sari, den der Sog aus einem der Showrooms davonträgt, seinen Flug über die Stadt in den Ästen des Bodhi-Baums beenden wird. Ich kann vorhersagen, dass die Stoffbahn noch zweihundertsiebenundsiebzig Sekunden lang wie eine Standarte vor den Toren des Shiva-Tempels flattern wird, ehe die Wurzeln im trockenen Erdreich ihren Halt verlieren und der umstürzende Baum den Sari unter sich begräbt.

»Ich werde hierbleiben.«

Veeru schüttelt den Kopf. »Das geht nicht. Wir waren uns einig. Du bist das Genie, Marti. Du musst zurückkehren, die Welt braucht dich.«

»Als ich allein in Delhi war, gab es immer nur den Moment. Immer nur die Stadt und mich, eine Flucht ohne Anfang und Ende. Ich hab keinen Ausweg gefunden, weil ... weil ich in Wahrheit schon gar kein Teil dieser Welt mehr war, verstehst du?«

»Nein.«

»Marti hat seine B-Waves umgepolt, um sich auf das hier vorzubereiten. Ich war ein Programm ohne Hardware. Ich habe versucht, Befehle auszuführen, deren Code ich nicht kannte. Aber hier ist alles anders. Hier kann ich alles sein.«

»Wenn du hierbleibst, wirst du *niemand* mehr sein.«

Hilflos strecke ich die Arme in den Sturm. »Siehst du, was gerade mit Delhi passiert? Ich *kann* nicht zurück.«

»Ich sehe nichts.« Veeru taumelt einen Schritt vor dem Abgrund. »Ich sehe nur dich, Marti. Immer nur dich.«

»Veeru ...«

Ich halte sie fest, ehe sie an mir vorbeistürmen kann. Veeru windet sich, rammt mir ihre spitzen Ellbogen in den Bauch, umfasst mein Gesicht mit Fingern wie Schraubstöcken. Wir sind beinahe gleich groß, aber sie ist stärker.

»Das ist nicht fair«, zischt sie, als wir in einer grotesken Umarmung erstarrt sind und nur der Wind uns noch auf den Beinen hält. Die KI tastet uns ab und belauscht uns mit tausend Ohren.

»Bitte ... Veeru, wenn irgendetwas von mir bleibt ... ich verspreche dir ...«

»Versprich mir nie wieder etwas.« Ihr Griff lockert sich, aber sie stößt mich nicht von sich. Ihre Daumen wandern über meine Wangenknochen.

»Wir haben nicht mehr viel Zeit. Du flimmerst, Veeru. Du ... du löst dich auf.«

Unsere Gesichter sind nur Zentimeter voneinander entfernt. Veerus Haar peitscht um ihren Kopf. Ihre Armreife pressen gegen meine Kieferknochen. Veeru versucht, mich festzuhalten mit aller Kraft, die sie aufbringen kann.

Ich beuge mich zu ihr und küsse sie.

Ich bin zu Hause. All die verlorenen Erinnerungen liegen in diesem Kuss. Veeru ist meine funkelnde Galaxie am Ende des Universums. Sie ist Lippen und Arme und jeder einzelne Herzschlag, der mich vorwärtsgetrieben hat, bis wir uns endlich wieder gegenüberstanden. Sie ist hier.

Einen Atemzug lang verwischt die Grenze zwischen uns. Die zerstörerische Kraft, die die KI so sehr fürchtet, geht auf mich über. Dann gewinnt Veerus Gestalt wieder an Kontur. Alles, was es braucht, um den Feind zu besiegen, liegt jetzt in meiner Hand.

Wir küssen uns, bis wir einander kaum noch spüren können. Jede Verknüpfung, die mein Geist mit der invertierten Welt eingeht, raubt meinem Körper Substanz. Für jedes Molekül, das sich aus unserer Umarmung löst, presst sich Veeru fester an mich. Aber der Sturm tobt unerbittlich.

Ich greife nach Veerus Händen und löse sie von meinem Gesicht. »Ich werde dich nie mehr vergessen«, sage ich. »Versprochen.«

Ehe Veeru antworten kann, stoße ich sie mit all meiner verbliebenen Masse von mir. Ich blicke in die strudelnde Tiefe und ein letztes Mal in ihr Gesicht, dann springe ich. Ich bin bereit für den Kampf. Das lauernde Bewusstsein der KI umfließt mich, während ich ins Nichts falle.

Ich bin Marti. Noch.

Das ist der letzte Gedanke, den ich fassen kann, bevor ich mich im Orkan auflöse.

VOR 3,5 STUNDEN

Visarjan - विसर्जन [visarjan] *m* **1.** Auf-, Preis-, Hingabe *f*; Verlassen *n* **2.** [...] *Versammlung* Auflösung *f* [...] **4.** *Hind* Verabschiedung(szeremonie) *f* (*zum Abschluss einer relig. Zeremonie wirft man das Götteridol in ein Gewässer u. lässt es davontreiben*)

Paksha lehnte sich auf die Balustrade und starrte dem Feind ins Auge. Es war ein kalter Blick aus Dutzenden stecknadelkopfgroßen Pupillen inmitten einer wolkengrauen Iris – FinalFoods Streitmacht verdunkelte den Horizont wie eine vergrößerte Spiegelung von Veerus Z.O.M.Bee-Armada. Jeder der schwarzen Punkte stand für eine Kampfdrohne, einen bis unters Dach bewaffneten Autocopter.

»Weiß Google, von wo sie die Dinger so schnell abgezogen haben«, knirschte Juria. Sie schielte abwechselnd zum Himmel und wischte mit zittrigen Händen über ihre vLink-Membran. »Räudiger Mist. Das Netz bricht zusammen. Die wollen uns abschneiden.«

»Wir müssen uns verstecken.« Paksha spürte ihren Herzschlag bis in die Fingerspitzen.

Was auch immer die kommenden Stunden brachten, die Rebellen mussten in der Zentrale ausharren. Veeru war in die Tiefe hinabgestiegen, um den Dämon herauszufordern, und Paksha weigerte sich, an etwas anderes als ihre baldige Rückkehr zu glauben. Sie würde da sein, wenn Veeru sie brauchte.

Fadi hatte ihre Worte gehört und trat neben sie, die Waffe im Anschlag. »Wir verkriechen uns nicht mehr. Wir knallen die Bastarde ab. Jeden einzelnen.«

»Mit euren Schreckschusspistolen?«, höhnte Juria. »Was wir jetzt brauchen, ist 'ne durchdachte Strategie.«

»Und die lädst du dir gerade runter, eh?« Mit gesenkten Mundwinkeln wies Fadi auf den vLink.

»Hört auf!« Paksha stellte sich zwischen die beiden. Ihre Moodwires blitzten wie rote Warnsignale. »Das bringt doch jetzt nichts.«

Veeru war noch keine halbe Stunde fort, und schon geriet alles aus dem Gleichgewicht. Ihnen blieb keine Zeit, um die Machtverhältnisse neu auszuloten.

Paksha hob ihre blaue Hand und zog damit alle Blicke auf sich. »Mir nach«, brüllte sie. »Wir verteidigen die Festung.«

Sie fühlte sich wie eine billige Kopie. Veerus Stimme kippte nicht, ihr Atem blieb ruhig, wenn sie solche Dinge rief. Pakshas Befehl schien kaum in der Lage, sich gegen das Trommeln des anschwellenden Regens durchzusetzen. Dennoch scharten sich die Rebellen um sie.

Sie winkte Elya zu sich. »Wir brauchen bessere Waffen. Und Deckung.«

Elya wies auf die hohen Mauern der Burg. »Im Innenhof. Ich zeig euch, wo die Munition gelagert wird.«

Die Drohnen zeichneten sich jetzt als zackige Geschosse vor den Wolkenmassen ab. Das Dröhnen der Autocopter ließ die Luft vibrieren. Die Rebellen waren gezwungen, dem Aufgebot den Rücken zuzuwenden, als Elya sie weiter am äußeren Wall der Burg entlangführte. Links fielen die Solarparks steil ab, rechts trennte sie ein tiefer Graben von der glatten Fassade. Sobald die Maschinen nah genug kämen, um das Feuer zu eröffnen, saßen sie in der Falle. Körper drückte gegen Körper und hektische Schreie wurden laut, als sich die Fliehenden nacheinander durch einen engen Torbogen schieben mussten. Juria rief den Trupp zur Ordnung, aber niemand hörte auf sie. Kailash knurrte angriffslustig, bis Paksha ihn am Halsband packte und aus der trampelnden Masse herauszog.

Dicht an dicht stolperten sie auf einen Platz aus glitschigem Kopfsteinpflaster. Spitze Giebel, goldgekrönte Erker, Antennen und Sendemasten versperrten ihnen kurzzeitig die Sicht auf das Geschwader. Paksha hatte mit weiteren Absperrungen gerechnet, aber jetzt erkannte sie, dass sich der Weg lediglich wie ein spiralförmiges Labyrinth ins Innere der Burg schlängelte. Elya lotste die Rebellen durch ein breiteres Gewölbe, an dessen Ende sich ein viereckiger Innenhof anschloss.

Im Zentrum des Areals standen die Fundamente eines mächtigen, gemauerten Turms, die nach zwei oder drei Stockwerken in blankes Metall übergingen. Paksha legte den Kopf in den Nacken, um zur Spitze des Masts aufzusehen. Hoch über ihr drehte sich das FinalFood-Emblem, das sie so viele Male aus der Ferne betrachtet hatte. Der Würfel aus verschraubtem Stahl war in seiner Diagonalen fast so breit wie der eigentliche Burghof. Ein kurzer, grimmiger Funke des Triumphs brannte in Pakshas Eingeweiden. Die Rebellen hatten die europäische Zentrale erobert. Und sie würden sie verteidigen, bis die letzte Drohne am Himmel verglühte.

Dummys, die der Bienenangriff kalt erwischt hatte, krochen orientierungslos zwischen den Hauswänden umher. Fadi und seine Leute stürmten voran, zertrümmerten Sensoren, schlitzten Reifen auf, setzten Akkus in Brand. Kabelstränge liefen über das Pflaster wie verzweigtes Wurzelwerk, und auch über ihren Köpfen spannten sich Leitungen kreuz und quer über den Hof. An einer der Längsseiten reihten sich Container voll Elektroschrott aneinander – korrodierte Sedimente aus Jahrzehnten unterirdischen Wachstums.

Paksha folgte Elya zu einem nachträglich eingesetzten Hangartor. »Hier werden die Waffen gelagert«, erklärte die Wachfrau. Als

Fadi zu ihnen aufschloss, fügte sie hinzu: »Wir haben keinen Zugang zur Halle. Um die Verteilung kümmern sich die Dummys.«

»Also knacken wir sie«, bestimmte Fadi und winkte die Techniker zu sich.

Hastig spähte Paksha hoch zu den Dachgiebeln, dann in die Runde. Das Summen des Drohnenschwarms wurde immer lauter. Ein Teil der Rebellen harrte im Schutz des Gewölbegangs aus, über den sie den Innenhof betreten hatten. Alle, die mit einer Waffe umgehen konnten, richteten sie gen Himmel. Tomke und Fionn redeten hitzig aufeinander ein. Juria stand abseits und schüttelte ihren vLink, als warte sie auf Empfang. Sie überprüfte die Anzeige und ging dann mehrere Schritte über den Platz. Auf Höhe des Turmsockels hielt sie an, starrte auf die Membran und lief schließlich weiter zur Stirnseite des Hofs, wo die beiden Ecktürme das verbliebene Tageslicht schluckten.

Das Tor war noch immer verschlossen. Fadi und Jamila brüllten sich an. Fadi schob Jamila zur Seite, legte an und schoss auf das Tor. Der Knall hallte zwischen den hohen Wänden. Die Bewaffneten schwangen ihre Gewehre herum. Im Gewölbe kreischte jemand.

Nur Paksha sah den stillen, schwarzen Schatten, der hinter dem rechten Eckturm hervorglitt und sein rotes Laserlicht über die Pflastersteine schickte.

»Juria! Pass auf!«, brüllte Paksha und sprintete los.

Juria drehte sich um. Der Schuss verfehlte ihre Stirn und traf sie stattdessen zwischen Hals und Schulter. Sie stolperte rückwärts und hob die Hand, als wollte sie ein Insekt abwehren. Ihr vLink segelte zu Boden.

Hinter sich hörte Paksha die Schüsse ihrer eigenen Leute knallen. Die Drohne stürzte ab und hinterließ eine rauchende Spur in den Dachschindeln, doch der Rest der schwarzen Flotte war längst zur Stelle. Vor, hinter, neben Paksha schlugen Geschosse Splitter aus dem Stein, aber alles, was sie spürte, war ihr eigener hämmernder Puls – ein frenetisches *pokpokpokpok* genau an der Stelle, wo sich Juria in dieser Sekunde verwundert betastete, bis ihre Finger hellrot waren von frischem Blut.

»Juria!«, brüllte Paksha noch einmal, als Juria vor ihren Augen auf die Knie sank. Sie wiederholte den Namen, während sie die Arme um Jurias Schultern schlang und ihren schlaffen Körper in Deckung schleifte, quer über den Innenhof, in den fadenscheinigen Schutz eines Türrahmens am Fuß des rechten Turms.

Niemand kam ihr zu Hilfe. Die Rebellen kauerten im Gewölbe oder ballerten aus vollen Rohren auf die tief fliegenden Drohnen. Zwei Menschen lagen reglos auf dem nassen Pflaster. Im Verlauf der letzten chaotischen Sekunden hatte es Paksha und Juria ans andere Ende des Karrees verschlagen. Sie waren auf sich allein gestellt.

»Juria, hörst du mich?« Paksha presste eine Hand auf die Verletzung und zerrte mit der anderen an ihrem Shirt, um einen behelfsmäßigen Verband abzureißen, aber der Stoff gab nicht nach.

»Juria, schau mich an. Juria!«

Ein gutturales Murmeln, eine schwache Kopfbewegung. Hatte Juria wirklich gerade »vLink« geflüstert? Paksha musste sich verhört haben.

Ein dunklerer, weitaus größerer Schatten senkte sich auf den Hof. Selbst die unerschrockensten Schützen zogen sich jetzt in das Gewölbe zurück und nahmen den Autocopter von dort ins Visier. Die wirbelnden Rotorblätter peitschten den Regen zu eiskalten Schleiern auf.

Eine Drohne hatte Paksha und Juria in ihrem Unterschlupf geortet und zischte in einer schnurgeraden Linie auf sie zu. Paksha sah sich nach Deckung um, aber rechts und links von ihr gab es nichts als nacktes Mauerwerk. Der rote Zielpunkt der Drohne glitt suchend über das Gestein. Paksha fühlte die welligen Holzbohlen der Tür im Rücken. Reflexartig löste sie eine blutverschmierte Hand von Jurias Hals und streckte sich nach dem Türgriff. Sie war so überrascht, das gusseiserne Ungetüm nachgeben zu spüren, dass sie zusammen mit Juria haltlos ins Innere des Turms fiel. Paksha knallte die Tür ins Schloss. Der Schuss drang dumpf von außen in die Tür ein, aber das Holz hielt stand.

»Wir müssen weg vom Eingang.« Mit Schwung zerrte Paksha eine Kiste voll rostiger Platinen heran und schob sie vor die Tür. Sie ließ den Blick durch das Halbdunkel schnellen, entdeckte ein ausrangiertes Screenmodul und packte es obendrauf. »Kannst du laufen?«

Vor ihnen erstreckte sich das Innere des Turms in eine staubumwölkte Finsternis. Schrott und Ersatzteile lagerten nach einem undurchschaubaren System auf dem aufgeschwemmten Parkettboden. An einigen Stellen schienen Wände grob herausgebrochen worden zu sein, um Platz für die größeren Trümmerteile zu schaffen. Rudimentäre Pfade wanden sich zwischen den Reliktbergen hindurch.

Jurias Atem ging stoßweise, aber sie wirkte wacher als draußen. Der unmittelbare Schock des Treffers schien nachzulassen. »Ein Stück«, sagte sie.

Paksha half ihr, auf die Beine zu kommen, und stützte sie, als sie einige Schritte in den Lagerraum hineingingen. Der Chor aus Schüssen und Schreien, der im Hof tobte, drang verzerrt durch Fensternischen und Lüftungsschächte. Hinter einem Kistenstapel schimmerte es hell. Paksha steuerte darauf zu.

»Mein vLink«, keuchte Juria.

»Er liegt draußen.« Pakshas Knie zitterten unter Jurias Gewicht. »Da kommen wir nicht ran.«

»Ich muss …«

»Nichts für ungut«, sagte Paksha, während sie die Verletzte behutsam in einer Mauernische zu Boden gleiten ließ. »Aber es gibt jetzt Wichtigeres.«

Jurias Ausschnitt klebte nass und rot auf der kalkweißen Haut ihres Schlüsselbeins. Durch die Anstrengung sprudelte das Blut stärker als zuvor. Paksha konnte nur noch erahnen, wo sich das Einschussloch befand.

Ein stumpfer Kabelschneider ragte aus einem der Kartons. Paksha zog ihn hervor und fing an, Fetzen aus ihrem und Jurias Shirt zu reißen. Dreck und Schweiß eines ganzen Tages klebten an den Fasern, aber etwas Besseres hatten sie nicht.

Ihr kurzer Weg hatte sie nah an die Außenwand des Turms geführt. Durch ein Fenster drang das letzte Licht des sterbenden Tages zu ihnen vor. Mit spitzen Fingern drehte Paksha Jurias Kopf so, dass sie besser sehen konnte. Sie presste ein Stoffknäuel auf die Stelle, wo sie die Wunde vermutete. Juria half ihr mit kraftlosen Anweisungen, einen behelfsmäßigen Druckverband anzulegen.

»Du musst durchhalten«, sagte Paksha. »Bis jemand kommt. Irgend… irgendjemand wird kommen.«

»Brauche … vLink«, hauchte Juria, während Paksha sie in eine halb sitzende, halb liegende Position manövrierte.

»Das geht nicht. Hast du ’ne Ahnung, was draußen los ist?«

Paksha zog ihren eigenen vLink hervor und wählte Fionns EgoStream an. Als keine Rückmeldung kam, versuchte sie es bei Fadi. Auch dieser Kanal blieb still, weshalb sie sich mit fliegenden Fingern zu Tomke durchklickte. Nach bangen Sekunden hörte sie eine knisternde Stimme.

»Paksha? Wo seid ihr?« Kühl, fokussiert, beherrscht. Tomke hätte eine so viel bessere Veeru abgegeben als Paksha.

»Im Turm.« Paksha torkelte auf die Beine. »Verstecken uns. Juria blutet.« Sie hörte ihre eigene Stimme, als befände sie sich außerhalb ihres Körpers. Die Schüsse knallten durch den Lautsprecher in ihr rechtes Ohr und hallten als verzerrte Echos von jenseits der Mauer in ihrem linken.

»Bleibt dort«, sagte Tomke. »Das Tor gibt bald nach. Wir kommen zu euch. Kannst du …«

Eine neue Schusssalve zerriss das Gespräch. Paksha hörte

noch, wie Tomke eine Warnung brüllte, dann brach die Leitung zusammen.

»Das ist alles meine Schuld.« Paksha lief in ihrem schuttgefüllten Winkel auf und ab. Plötzlich war sie wieder auf dem Schiff, eingesperrt in einen Kokon aus Machtlosigkeit, während Yasin allein und vergeblich um sein Leben kämpfte. »Meine Schuld. Wir sterben hier. Wir alle. Diese räudige Zentrale«, Paksha trat gegen eine Kiste, »das ist 'ne Falle. Genau wie das Saatgutlager. Wie dieser ganze gottverlassene Sektor. Hier kommt niemand lebend raus.«

Sie stützte sich an den Fensterrahmen. Die Dämmerung hatte die Welt in ein dunkles Ölgemälde verwandelt. Durch die trüben Scheiben konnte Paksha die Stadt sehen oder das, was davon übrig war. Die Straßen glichen schmutzigen Kanälen. Die Steinbrücke, die sie vor wenigen Stunden an Veerus Seite überquert hatte, ragte in den Fluss hinein wie ein windiger Anlegesteg. Wellen schwappten über das Geländer. Rund um den Festungsberg erstreckte sich nichts als pechschwarzes Wasser. Selbst wenn sie einen Fluchtweg fanden – wo hätten sie hingehen sollen?

»Wir wussten alle, was uns erwartet«, sagte Juria, als könne sie sehen, was Paksha sah.

»Es war mir egal.« Paksha dachte zurück an die starren, leeren Tage auf der Plantage, bevor Veeru erschienen war. »Nach *Paradise Lost* war mir alles egal. Ich wäre überall hingegangen. Nur nicht ans Meer.«

Das Meer hatte ihr die Familie genommen, hatte sie entwurzelt wie einen Mangrovenbaum und fortgeschwemmt wie Treibholz. Paksha hatte sich zu lang treiben lassen. Jetzt war das Meer zu ihr zurückgekehrt. Es schwappte gegen die Mauern ihres Verstecks und lauerte auf sie.

»Veeru hätte dich wegschicken müssen«, flüsterte Juria. »Sie hatte kein Recht …«

»Lass gut sein.« Paksha schlang die Arme um den Oberkörper. »Ich weiß, dass du mich von Anfang an loswerden wolltest.«

Ob Juria vor Erschöpfung schwieg oder aus Unmut wusste sie nicht. Regen trommelte gegen die Scheiben. Die Rufe im Burghof wurden leiser und seltener. Unten in Residence City ballte sich die Schwärze zusammen wie ein gespenstisches Heer.

»Du hättest was Besseres verdient«, sagte Juria schließlich. Inzwischen war es so finster in der Kammer, dass Paksha das Gesicht der Verletzten kaum noch erkennen konnte. Auf dem Verband an ihrem Hals zeichnete sich ein dunkler Fleck ab. »Und Veeru ... Veeru hat dich nicht verdient. Ich hab mir mein Leben lang eine Tochter wie dich gewünscht, Paksha. Meine eigene ...« Sie schnappte nach Luft.

»Streng dich nicht an. Bitte, Juria. Ich weiß nicht, wie lang wir hierbleiben müssen.« Was würden sie tun, wenn Veeru nicht zurückkehrte?

»Ich hab ein Kind sterben lassen.« Dünne Schweißfäden rannen an Jurias Schläfen hinab. Phantasierte sie? »Wie alt bist du jetzt, Paksha? Fünfzehn, hab ich recht? Fünfzehn Jahre. Ungefähr so lang ist es her.«

»Ich versuche noch mal, Tomke zu erreichen.« Paksha nestelte an ihrem vLink. »Du musst dich ausruhen, Juria. Nicht sprechen, hörst du?«

»Während der großen Fleckfieber-Epidemie. Ich hatte Dienst auf der Kinderstation. Ununterbrochen Fieber messen, Infusionen legen, Durchfall und Kotze wegwischen. Und in einem der Betten lag meine Tochter.«

Paksha starrte auf das Verbindungssymbol, während ihr vLink nach Netzwerken suchte.

»Die Meds waren knapp. Und jeden Tag wurden neue Kinder eingeliefert. Das Mädchen im Bett neben meiner Tochter – sie war so klein und so dünn. Sie hat pausenlos gezittert. Ich wusste, wie kritisch es war. Aber ich hab die letzte Ampulle meinem eigenen Kind gegeben. Ich hätte doch nicht zusehen können ...«

»Nicht doch, Juria«, flehte Paksha, während sie auf das nervtötende statische Kratzen in der Leitung lauschte. »Das ist lange her.«

»Als endlich Nachschub kam, war es zu spät. Ich hab niemandem davon erzählt, bis heute nicht. Und den Job im Krankenhaus ... ich konnte nicht mehr ... meine Kinder haben mir nie verziehen, dass sie meinetwegen auf der Plantage leben mussten. Aber meine Tochter, sie ...« Juria lachte bitter. »Sie wusste, wie sie Sonny um den Finger wickeln konnte. Er hat ihr einen Job bei seinen Verwandten in Bengaluru beschafft.«

»Geh ran«, wisperte Paksha. »Geh doch endlich ran.«

»Vor ein paar Wochen hat sie ein Interview gegeben. Sie hat mich eine egoistische Verräterin genannt. Vielleicht hätte ich anders entscheiden sollen, damals. Vor fünfzehn Jahren.«

Paksha presste die Stirn gegen das kalte Glas der Fensterscheibe. Draußen wurde es Nacht. Die letzte Nacht im April. Die Nacht der Hexen.

»Heute ist mein Geburtstag«, sagte Paksha. »Ich bin jetzt sechzehn.«

Ein Knacken in der Leitung. »Paksha?« Tomkes Stimme. »Wir ... fest ... überall Drohnen ... euch?«

Paksha schrie fast. »Tomke, hörst du mich? Tomke?«

Auf der weit entfernten Brücke geriet etwas in Bewegung. Eine dunkle Masse löste sich aus den Schatten der Stadt.

»... versuchen das Tor ... wo ihr seid ...«

Stirnrunzelnd ließ Paksha den vLink sinken. Dort unten – das waren Menschen. *Ihre* Menschen. Im diffusen Schein der Straßenlaternen erkannte sie das vertraute Sammelsurium aus Funktionskleidung und wild zusammengeschraubten Waffen. Eine Lichterkette strahlender vLink-Displays spiegelte sich im Fluss.

Paksha riss sich das Input-Modul vor den Mund. »Tomke, Verstärkung kommt. Pepe und Lutz sind auf der Brücke. Hörst du mich? Verstärkung kommt!« Am anderen Ende nur Knacken und Rauschen. »Bist du noch da? Tomke?«

Während sie auf eine Antwort wartete, verfolgte Paksha, wie ihre Leute die Brücke überquerten. Wasser donnerte gegen die Pfeiler, Gischt sprühte über den Rand, Regen rauschte mit ungebrochener Wucht vom Himmel. Am Ufer bildeten die Rebellen eine Menschenkette, um sich in der brusthohen Strömung gegenseitig zu sichern. Schritt für Schritt rückten sie vor. Und es wurden immer mehr.

»Sie sind bald da, Juria. Hilfe kommt. Sie ... Scheiße!« Paksha stützte sich auf die Fensterbank und wünschte sich ein Zoomimplantat für ihre Augen. Die blinkenden Lichtpunkte, die sich von der Festungsseite auf die Rebellen herabsenkten, konnten nur eines bedeuten.

»Was ist?«, fragte Juria matt und versuchte, sich aufzusetzen.

»Die Drohnen haben sie geortet. Sie greifen an.«

Schon knallten draußen wieder Schüsse, ferner diesmal, aber nicht weniger gnadenlos. Die Drohnen feuerten. Die Rebellen setzten sich zur Wehr, auch wenn sie auf der Brücke kaum Deckung fanden, auch wenn sie bis zum Hals im Wasser standen. Der Zug blieb in Bewegung, aber nicht alle erreichten die andere Seite. Die Überlebenden strömten in die Gassen rund um den Festungsberg. Die Toten trieben im Wasser davon.

»Paksha.« Jurias Stimme war nur noch ein Flüstern. »Im Hof. Mein vLink. Die Bienen.«

Paksha riss sich vom Fenster los. »Was ist damit?«

Sie hatte keinen Gedanken mehr an den heimatlosen Schwarm verschwendet, der, nach allem, was sie wusste, noch immer draußen an der Turmwand klebte.

»Habe die Software«, hauchte Juria, »auf meinem ...«

»Dein vLink? Heißt das, wir können ...« Pakshas Gedanken flogen. Sie dachte zurück an die Szene im Hof, den Schuss auf Juria. »Ich weiß, wo er liegt. Juria, du ... ich beeil mich.«

Paksha warf einen letzten Blick aus dem Fenster, dann hastete sie durch den Lagerraum zurück zum Ausgang. In der Dunkelheit stieß sie mehrmals mit Schienbeinen und Ellbogen gegen den scharfkantigen Schrott. Scheppernd räumte sie die Kiste vor der Tür beiseite. Dann zögerte sie. Lauschte. Es war still im Hof. Zu still?

Sie drückte die Klinke und zog die Tür einen Spalt breit auf. Durch die Lücke spähte sie über den verlassenen Platz. Prüfend ließ sie den Lichtkegel ihrer vLink-Lampe über das Pflaster wandern. Der Strahl fing sich an einer blitzenden Oberfläche in etwa zehn Schritt Entfernung. Paksha trat in den Türrahmen und sah prüfend zum Himmel, ein schwarzes Viereck umrahmt von glänzenden, grauen Dächern. Sie machte einen Schritt auf den Hof. Einen zweiten. Über ihr näherte sich ein schrilles Sirren, grüne Lichtreflexe blitzten auf den nassen Steinen. Ein Schuss peitschte über den Platz, und Paksha warf sich rücklings durch die Tür. Von irgendwo meinte sie Wortfetzen zu hören, aber all ihre Aufmerksamkeit galt jetzt dem Drohnenschatten, der lauernd über dem Innenhof schwebte. Paksha knipste ihre Lampe aus, suchte mit geweiteten Pupillen nach einer Möglichkeit, an diesen vLink zu gelangen – und krümmte sich mit einem Aufschrei zusammen, als der Mauersockel am anderen Ende des Hofs in einem gleißenden Feuerball explodierte. Eine heiße Druckwelle rauschte über Paksha hinweg, glühende Wirbel aus Staub und Dreck erblühten in der Schwärze. Ringsum krachten Wrackteile zu Boden, verdrehte Propeller, durchlöcherte Hüllen. Oberhalb der roten Wolke sammelten sich weitere Drohnen, aber für den Augenblick war Paksha unsichtbar. Sie erkannte ihre Chance und rannte.

Geduckt sprintete sie über den Platz, atmete beißenden Rauch, wich einem stotternden, spuckenden Drohnenwrack aus, fiel auf die Knie und krallte die Finger in die vLink-Membran. Als sie sich umdrehte, sah sie die Ursache der Detonation. Ein gewaltiges Loch klaffte im Tor zum Waffenlager, schattenhafte Gestalten strömten ins Innere des Hangars. Noch waren die Rebellen nicht besiegt. Paksha verdoppelte ihr Tempo, als sie im Zickzackkurs zurück zu ihrem Unterschlupf hastete, um den vLink zu Juria zu bringen.

Juria hatte die Augen geschlossen, als Paksha neben ihr in die Hocke ging. Sachte rüttelte sie an ihrer unverletzten Schulter, dann stärker, bis sich Jurias Lider mühsam hoben.

»Ich hab ihn gefunden.« Paksha strich den vLink glatt und legte Jurias schlaffe Hand auf den Kunststoff. »Du musst die Bienen zur Brücke lenken. Hörst du mich, Juria? Schaffst du das?«

Mehr als ein schwaches »Hm« brachte Juria nicht hervor, aber ihre Finger glitten gehorsam über das Display und versorgten die Software mit den nötigen Befehlen, während Paksha abermals ans Fenster trat, um sich zu versichern, dass ihre Hilfe nicht vollends zu spät kam.

Inzwischen schossen die Rebellen aus dem Wald aus Sendemasten heraus auf die fliegende Armada. Die Welt am Fuß des Festungsbergs hatte sich in ein Relief aus zuckenden Lichtern, gleißenden Scheinwerferstrahlen und schwappenden Reflexionen verwandelt. In diesem infernalischen Chaos suchten Pakshas Augen nach Fixpunkten, doch ehe sie die Situation an Land vollends überschaut hatte, blieb ihr Blick an einer bedrohlichen Bewegung auf dem Fluss hängen. Ein stummer, bleicher Koloss trieb taumelnd mit der Strömung heran. Die *River Delight* pflügte schlagseitig durch die Wellen. Kopflos drängten die letzten auf der Brücke verbliebenen Menschen an Land, ehe der schnittige Schiffsbug auf durchweichtes Gestein prallte und sich kreischend zwischen die Felsquader keilte. Die Brücke kollabierte. Mauerwerk zerbröselte wie Sand. Heiligenfiguren wankten auf ihren Sockeln und kippten dann in vollendeter Erhabenheit in ein pechschwarzes Grab. Ein Lichtstrahl fing sich auf einem goldglänzenden Heiligenschein, bevor das Wasser den steinernen Körper verschluckte. Das Schiff blieb schief und bebend in der klaffenden Lücke hängen.

»Geschafft.« Jurias erschöpfte Meldung riss Paksha zurück ins Turmzimmer. Ruckartig kehrte sie dem Fenster den Rücken.

»Die Bienen fliegen«, fügte Juria hinzu. »Was war das … das Geräusch?«

»Alles wird gut.« Paksha sank neben Juria auf den Boden und zog sie vorsichtig in eine Umarmung. »Lutz und Pepe sind unterwegs. Ruh dich jetzt aus.«

Ein paar Atemzüge lang blieb es still, und Paksha glaubte, Juria sei wieder weggedämmert. Dann spürte sie einen sanften Druck gegen ihre Brust.

»Geh«, flüsterte Juria. »Du musst gehen.«

Paksha ließ von Juria ab und schüttelte den Kopf. »Jemand muss sich um dich kümmern.«

»Sie brauchen dich, Paksha. Veeru hatte recht. Sie brauchen jemanden, dem sie folgen können.«

»Aber du …«

»Hier kannst du nichts mehr tun«, sagte Juria. »Nichts für ungut. Geh und hilf … deinen Leuten.«

Paksha biss sich auf die Lippe. Im Hof wurde wieder geschossen. Hohe, abgehackte Pfeiftöne, knisternde Vibrationen, unterschwelliges Dröhnen. Wenn sie sich konzentrierte, hörte sie vom Fenster das Summen der Z.O.M.Bees, die sich den Drohnen auf der anderen Seite des Bergs in den Weg stellten – der letzte Flug eines willenlosen Volks.

Paksha stand auf, streifte ihren Regenmantel ab und deckte Juria damit zu. »Ich schicke jemanden her«, versprach sie, dann verließ sie die Kammer.

Im Freien kniff sie geblendet die Augen zusammen. Solarleuchten tauchten den Innenhof in grellweißes Licht und trübten den Blick in den Himmel. Trümmer übersäten den Platz, verdrehte Körper lagen zwischen glühenden Wrackteilen, und noch immer zischten neue Drohnen heran.

Eng an der Mauer schob sich Paksha auf das ausgefranste Tor

des Waffenlagers zu. Die Rebellen hatten sich ins Innere des Hangars zurückgezogen und schossen aus der Deckung heraus mit allem, was das Arsenal hergab. Auf halber Strecke fing Paksha den Blick eines der Männer auf. Seine Lippen formten tonlos ihren Namen. Er brüllte einige Worte über die Schulter. Sekunden später stürzte Fadi an der Spitze eines wild in die Nacht ballernden Trupps aus dem Hangar und zog Paksha in Sicherheit.

Triefend nass und keuchend sank sie in die Knie. »Wir ... wir müssen ...«

»Paksha? Paksha, dem Himmel sei Dank!« Fionn war neben ihr und half ihr auf die Füße, ehe ihr Verstand die tanzenden Schemen zu einem sinnvollen Bild zusammensetzen konnte. Kailash schlich aus den Schatten heran und schmiegte sich an ihre Hüfte. Sie versenkte die Finger in seiner Halskrause und spürte das unterschwellige Knurren, das wie ein verborgener Motor in seinem Körper rotierte.

Die Rufe verstummten. Die Schüsse knallten weiter. Asche, Blut und Müdigkeit entstellten die Gesichter der Menschen, die sich in einem Halbkreis um Paksha zu scharen begannen. An den Wänden gähnten geplünderte Waffenschränke, Dummys hingen komatös in ihren Halterungen.

»Wie lang noch?«, fragte eine erschöpfte Stimme, die Paksha im Halbdunkel nicht zuordnen konnte. »Wann ist es vorbei? Wann kommt Veeru zurück?«

Pakshas Knie bebten. Was sollte sie ihnen sagen? Sie kannte die Antwort nicht.

»Paksha ist hier«, brüllte Fadi und baute sich neben ihr auf. »Reicht das nicht?«

Die Menge wisperte.

Paksha trat vor. »Ich weiß, dass ich nicht bin wie Veeru«, sagte sie. »Ich kann keine Wunder vollbringen. Ich habe Angst, und ich tappe im Dunkeln wie ihr. Ich bin eine von euch.«

Als das Raunen anschwoll, bleckte Kailash sein Raubtiergebiss.

Tomke pfiff durch die Finger der linken Hand, während sie mit der rechten den Livestream bediente.

»Veeru kämpft für uns«, rief Paksha über ihre eigene Machtlosigkeit hinweg. »Und wir kämpfen für sie. Wir stehen hier, weil wir mutig waren. *Wir* haben das geschafft. Ohne Hexerei, ohne geheimes Wissen, ohne göttlichen Beistand. FinalFood hat Angst vor uns. Wir haben das Monster überrascht, wir haben es geblendet und bluten lassen. Wir können es besiegen.«

Fadi reckte sein Gewehr in die Luft und brüllte seine Zustimmung, bis sich die Menschen ringsum klatschend und stampfend aus ihrer Starre lösten. Paksha hob ihre Marmorhand und sagte: »Hört zu.«

Sie berichtete den Rebellen, was sie aus dem Turmfenster beobachtet hatte, und schickte Elya zusammen mit einer Schar Bewaffneter zurück zum Bunker, wo sie Lutz und Pepe in Empfang nehmen sollten. Danach versank alles in Hektik und Tatendrang.

Paksha erklärte zwei Helfern, wo sie die verletzte Juria finden würden, und ernannte mehrere Bewaffnete zu ihrem Geleitschutz.

Sie suchte Jamila im Getümmel und trug ihr auf, das zusammengebrochene Kommunikationsnetz wieder herzustellen.

Sie ließ sich von Fadi zeigen, wie die handlichen Ultra-Laser aus dem FinalFood-Arsenal zu bedienen waren, und gab ihren Mitstreitern Rückendeckung bei waghalsigen Manövern.

Sie verteilte Schusswaffen und Nachtsichtgeräte und Radarschilde an die einmarschierende Verstärkung, tauschte einen Handschlag mit Lutz und einen anerkennenden Blick mit Pepe.

Sie bejubelte ihre Leute für jeden Autocopter, der am Himmel in einem apokalyptischen Feuerball explodierte.

Sie brachte die Verletzten in Sicherheit, versorgte die Scharfschützen mit Munition, sammelte Informationen, überbrachte Botschaften, rannte und duckte sich, gab frenetische Handzeichen, brüllte gegen das Maschinendröhnen, die fauchenden Waffen, die Schmerzensschreie an, brüllte auch dann noch, als die letzte Drohne als Meteor in die Flanken des Festungsbergs einschlug und der Rauch der Autocopterwracks zu wirbelnden Sturmwolken verwehte. Mit Verzögerung merkte ihr adrenalinübersättigter Körper, dass die Schüsse verklungen waren, dass der Himmel stumm und leer über ihnen hing, dass die Zuckungen im Burghof lediglich durch Lichtspiegelungen in den Ölpfützen hervorgerufen wurden. FinalFood hatte seine Munition verschossen, und die Rebellen hatten standgehalten. Die Schlacht war vorbei.

Die Stille rauschte in Pakshas Ohren. Regen lief ihr übers Gesicht, tropfte aus ihren Haarspitzen und von ihren Fingern. Ihr Herz hämmerte nutzlos wie im Vakuum. Sie erhob sich aus ihrer gekrümmten Haltung und ging ein paar knirschende Schritte über den Platz. Einschusslöcher und schwelende Krater klafften in den Dächern und Fassaden. Der Regen löschte die Flammen im Gebälk, aber dichter, pechschwarzer Qualm verriet, dass sich die Brände bereits tief ins Innere der Gebäude gefressen hatten. Lediglich der bullige Mast, der das FinalFood-Logo trug, ragte unversehrt und unbeeindruckt über das Trümmerfeld. Paksha schluckte gegen den bitteren Geschmack im Mund. Wofür waren ihre Freunde gestorben, wenn dieses toxisch grüne Emblem noch immer über Residence City herrschte, wenn Veeru weiterhin im Verließ unter ihren Füßen gefangen war?

Langsam drehte sich Paksha um die eigene Achse. Die Menschen im Burghof hielten sich betäubt aneinander fest, rieben sich Staub und Asche und Albträume aus den Augen. Fionn stützte sich auf ein umgekipptes Fass und starrte ins Leere, Tomke presste die Hand auf einen blutgetränkten Riss an ihrem Oberschenkel, Fadi betrachtete die Gewehre in seinen Händen, als wisse er nicht mehr, was er damit anfangen solle.

»Wir … wir sollten raus aus dem Regen«, setzte Paksha mit dünner Stimme an. »Uns irgendwo ausruhen, zumindest bis morgen früh.«

Stummes Nicken, unbehagliche Blicke. Niemand wagte, die Frage zu stellen: Wo war Veeru?

Paksha holte unstet Luft. »Zuerst die Verletzten. Wir brauchen Tragen. Bitte seht nach, ob …«

Sie brach ab, als sich die Aufmerksamkeit der Menge auf einen Punkt am Himmel richtete. Arme hoben sich reflexhaft, Pupillen weiteten sich. Ein Knirschen aus tausend rostgelähmten Scharnieren fraß sich in Pakshas Knochen. Ein kantiger Schatten fiel zwischen sie und die Rebellen.

Paksha sah über die Schulter. Hoch oben auf dem Mast erwachte das FinalFood-Emblem zum Leben. Gliedmaßen, dick wie Baumstämme und scharf geschliffen wie Fallbeile, lösten sich aus dem Kubus. Scheren und Klingen und Zangen rotierten an grotesk verwinkelten Gelenken. Stahlplatten entfalteten sich zu knochenzerschmetternden Flügelpaaren, ein winziger Kopf aus Kameraaugen kroch durch eine Öffnung im Panzer. Mit einem dumpfen Schaben löste sich das transformierte Emblem von seinem Sockel und reckte sich in die Höhe wie eine lauernde Mantis, eine gefräßige Heuschrecke, die zu früh aus der Winterstarre erwacht war.

Malmende Greifarme krallten sich in das Mauerwerk, als der Koloss die Menschenmenge zu seinen Füßen anvisierte, und mit ruckartigen Bewegungen am Mast entlang in die Tiefe kletterte. Paksha spürte die Erschütterungen, mit denen die Klauenfüße auf dem Boden aufschlugen, sie hörte das Summen der Kameras, die auf ihr Gesicht zoomten. Sie ballte die Hände zu Fäusten, überließ sich ihrem Instinkt und hechtete zur Seite.

Das Monster war schneller. Blitzende Scheren schnappten in Pakshas Richtung, und sie sah das Unvermeidliche kommen – eine stählerne Klinge in ihrem Bauch –, da traf sie etwas Weiches, brachte sie vom Kurs ab und schleuderte sie zu Boden. Paksha hörte ein vertrautes Fauchen, riss den Kopf herum und erkannte Kailash, ein geflecktes Inferno, peitschender Schweif, entblößte

Zähne, ausgefahrene Krallen. Der Leopard kauerte vor dem tanzenden Scherenarm, führte einen Hieb gegen das Gehäuse, wich einem Säbelstoß aus und setzte zum Sprung an.

»Lass das! Zu mir!«, brüllte Paksha, aber Kailash stellte sich auf die Hinterbeine, riss das Maul auf und holte mit der Pranke aus. Die Schere tauchte unter seinem Schlag hindurch, die Klingen glitten auseinander, ruckten schräg aufwärts und klappten zu. Mit einem abgehackten Schrei löste sich Kailashs Kopf von den Schultern und rollte über das Pflaster. Der Katzenkörper sackte schlaff zu Boden, während sich das FinalFood-Insekt den Menschen vor dem Waffenlager zuwandte. Fadi war der Einzige, der seine Waffe hob.

»Lauft!«, schrie Paksha über das Klicken und Schaben und Pfeifen hinweg. Diesen Kampf konnten sie nicht gewinnen.

Fadi schoss. Eine Stakkatosalve stanzte über den Mantel der Kreatur und verpuffte als harmloses Funkenspiel. Jetzt legten auch andere Kämpfer auf das Ungetüm an und umschwärmten den turmhohen Gegner wie die mythische Affenarmee den Dämonenkönig Ravana. Kugeln prallten ab, Laserfeuer verglühte wirkungslos, magnetische Wellen wurden zurückgeworfen und rissen die Rebellen von den Füßen.

»Lauft!« Pakshas Schreie brannten in ihrer Kehle. »Raus hier!«

Ein Insektenarm malmte mit brachialer Wucht gegen das Hangartor. Die Verletzten krochen in die hintersten Ecken oder kauerten sich in den Nischen zusammen.

»Raus aus der Burg.« Paksha lenkte die Flüchtenden in Richtung des Gewölbes, durch das sie in offeneres Gelände gelangen würden. Sie mussten sich aufteilen, sich verstecken. Der Dämon konnte sie nicht alle auf einmal erwischen.

Ein paar Leute erkannten, was Paksha vorhatte, und zogen andere mit sich. Manche hatten den Durchgang bereits erreicht und verschwanden in der Finsternis. Das Insekt stapfte mit eckigen Schritten über den Hof, riss Fliehende von den Füßen, zertrümmerte Stein, zerquetschte Knochen. Paksha erkannte zu spät, was es vorhatte. Erst als es zwei seiner Gliedmaßen über den Kopf hob und sich vor dem Gewölbe auf die Hinterbeine stellte, brach ein unartikulierter Warnschrei aus ihr hervor. Einen Wimpernschlag später rauschten die Stahlarme auf das Dach des Gewölbegangs nieder. Und noch mal. Und noch mal. Bis das Mauerwerk nachgab und in einem ohrenzerfetzenden Erdrutsch in sich zusammensackte. Eine Ziegelscherbe zischte auf Paksha zu und riss ihr die Wange auf. Benommen sah sie sich um. Sie saßen in der Falle. Paksha wusste nicht, wie viele Menschen mit ihr im Burghof gefangen waren und wie viele unter den Trümmern begraben lagen. Sie sah nur noch einen Ausweg.

»Hey«, brüllte sie und wirbelte mit den Armen. »Dämon! Erinnerst du dich an die Bienen? Das war ich.«

Ihr Plan ging auf. Die toten Linsen im Kopf des Ungetüms richteten sich auf Paksha.

»Was hast du mit Veeru gemacht?« Rückwärts, Schritt für Schritt, bewegte sie sich auf die Stirnseite des Platzes zu. »Sie kommt nicht mehr zurück, hab ich recht?«

Der Dämon schob einen Klauenfuß in ihre Richtung. Dann noch einen. Durch den Tränenschleier sah Paksha, dass einige Rebellen damit begannen, über den Trümmerberg ins Freie zu klettern. Das war alles, was sie noch tun konnte: das Ungeheuer ablenken, bis so vielen wie möglich die Flucht gelungen war.

»Du hast sie vielleicht besiegt«, fuhr sie fort. »Aber du kannst nur gewinnen, wenn du mich auch besiegt hast. Veeru lebt in mir weiter. Ich bin ihre Tochter, und ich werde sie rächen. Wir werden nicht aufhören, bis wir dich zur Strecke gebracht haben.«

Die Kreatur lauerte neben ihrem verwaisten Sockel und musterte Paksha wie ein neu entdecktes Element im Gefüge des Universums. Krallenfinger klammerten sich an den Mast. Ohne Paksha aus den Augen zu lassen, kletterte der Dämon in die Höhe, zog sich auf das Podest und richtete sich zu seiner vollen Größe auf. Regen umspülte die glänzende Hülle. Gemächlich vollführte sein Kamerakopf eine 360-Grad-Drehung. Er schien die Situation mit einem Rundumblick zu erfassen: die Fluchtwege und Verstecke der Rebellen, die geschlagene Drohnenarmee, die schwelenden Ruinen – und das todesmutige Mädchen, das in all der Zerstörung noch immer aufrecht stand und ihn herausforderte.

Der Kopf kehrte in die Ausgangsposition zurück und rastete ein, Beinsegmente schoben sich ineinander, als zögen sich unter dem Stahlmantel gigantische Federn zusammen. Dann sprang der Dämon auf Paksha zu.

Und erstarrte. Mitten in der Luft. Scharniere verhakten sich. Glieder blieben gestreckt, anstatt sich landebereit zu krümmen. Der Wind fuhr unter die gespreizten Flügelplatten. Einen Herzschlag lang schien der Koloss zu schweben, bevor die Schwerkraft das stählerne Monster gen Erdboden riss. Eine abstehende Klinge verhakte sich im Dachfirst, der zentnerschwere Korpus krachte auf den Giebel, und der komplexe Schwerpunkt verlagerte sich in Zeitlupentempo zur Flussseite. Quälend langsam neigte sich das formlose Ding von Paksha fort und stürzte am jenseitigen Wall in die Tiefe. Die Klauenfüße rissen das Dach mit sich, das Dach zog die Fassade in den Abgrund, Trümmerstück folgte auf Trümmerstück, und plötzlich klaffte eine Klamm in der Burgmauer, durch die Paksha sah, wie eine Schuttlawine mitsamt dem toten Monster in den Fluss rutschte und dort zum Stillstand kam.

Paksha kauerte am Rand der Abbruchkante, dort, wo der Dämon sie um Haaresbreite verfehlt hatte, und vergrub das Gesicht in den Händen. Fionn und Tomke waren von irgendwo herbeigeeilt und knieten neben ihr. Sie spürte ihre Nähe, roch nassen Rauch, schmeckte Blut, aber sie hörte nichts. Der Sturz des Monsters, das Wegsacken der Burgfront, das Knirschen von Stein auf Stein hatte alle Worte fortgetragen.

Tomkes blasse Lippen bewegten sich, und allmählich drangen Fetzen zu Paksha durch.

»Aufstehen.«

»Systemabsturz.«

»Vorbei.«

Paksha wusste es besser. Es war nicht vorbei. Selbst wenn der Morgen irgendwann anbrach – diese Nacht würde niemals enden. Die Nacht der Hexen und Dämonen. Paksha war gerade sechzehn geworden, aber sie bezweifelte, dass ein ganzes Leben ausreichen würde, um zu verstehen, was ihr in dieser letzten Nacht im April widerfahren war.

»Es ist tot«, wiederholte Tomke ohne Unterlass. »Ich weiß nicht, warum, Paksha, aber irgendetwas ist geschehen, und jetzt ist es tot.«

Paksha hatte es auch gesehen. In dem Augenblick, als der Dämon abgesprungen war, war der dunkle, unbezwingbare Wille aus seinem Stahlskelett gewichen.

Im Burghof herrschte Stille, nur das Trommeln des Regens war zu hören. Diejenigen, die verschont geblieben waren, standen, saßen, lagen apathisch am Fuß des Sockels, zwischen den Trümmern des Waffenlagers, auf dem Gewölbegrab ihrer Gefährten.

Paksha dachte zurück an jene erste Nacht nach dem Sturm auf Sonnys Plantage, an die Freudenfeuer, die Gesänge, die Gewissheit, dass sie von nun an unbesiegbar waren. Wie eine neu gekrönte Königin hatte Veeru über den Feiernden gethront, und Paksha hatte neben ihr gesessen.

Selbst jetzt hallte das Echo dieser ersten Nacht in Pakshas Erinnerung nach, dünne Stimmen, heisere Bekenntnisse. »Veeru.«

Dann, Tomkes Stimme: »Veeru.«

Und Fionn: »Veeru.«

Das Wispern lief durch alle Kehlen, die noch Kraft zum Atmen hatten: »Veeru.«

Paksha hob den Blick, ließ ihn über das Trümmerfeld schweifen, schwelende Kabel, nackte Stahlgehäuse, flehend gereckte Hände. Dort. Auf dem kollabierten Gewölbe. Dort stand sie.

Ein herabgestürzter Scheinwerfer tauchte ihre schmale, kantige Gestalt, all ihre göttlichen Insignien in gleißendes Licht. Ihre Haut glänzte wie polierter Marmor. Dunkle, nasse Haarsträhnen schlängelten sich über ihre Schultern und verschmolzen mit dem Schwarz ihrer Kleider. Die Schädel ihrer Halskette schimmerten wie fahle Lotusblätter. Das Säbelrasseln ihrer Ghunghrus spielte einen uralten Rhythmus, als Veeru bedächtig über die Steine in den Hof hinabstieg.

Prrram, prrram. Prrram, prrram.

Sie war makellos schön, aber ihr Blick war so leer, als habe sie ihre Seele im Reich des Dämons zurückgelassen. Stumm und aufrecht überquerte sie den Platz. Neben Kailashs Kadaver stockte sie, als ob ihr der Tod des Schneeleoparden eine letzte traurige Gewissheit gab.

Als sie nur noch eine Armlänge voneinander entfernt waren, erkannte Paksha, dass Veerus Augen rot und eingesunken in den Höhlen lagen. Verlaufenes Make-up zog sich über ihre Wangen. Sie hatte geweint.

»Du bist zurückgekommen«, sagte Paksha.

Veeru nickte und griff nach Pakshas Hand. »Ich kann nicht bleiben.«

»Was hast du getan?«

»Ich hab jemanden verloren. Ich konnte ihn nicht retten. Aber ihr seid jetzt in Sicherheit. Meine Aufgabe ist erfüllt.«

»Dann bleib hier. Es ist vorbei, Veeru.«

»Noch nicht ganz.«

»Wie meinst du das? Wo willst du hin?«

Veerus Blick fiel auf die steinige Schneise, die zum Fluss führte. »Dorthin, wo alles endet. Und alles beginnt. Es muss sein, Paksha. Die Menschen müssen es sehen.«

»Sie haben genug Tote gesehen.«

Veeru ließ ihre Hand los. »Auf jeden Tod folgt eine Wiedergeburt. Alles wird und vergeht. Weine nicht um mich, hörst du?«

Als Veeru das Trümmerfeld betrat, folgte Paksha ihr nicht. Sie schob Fionns tröstende Hand beiseite und bat Tomke mit einer Geste um Abstand, dann stellte sie sich so nah an den Rand, dass sie den finsteren Weg bis zum Fluss überblicken konnte. Hinter ihr drängte sich die sprachlose Menge, um Abschied von ihrer Göttin zu nehmen.

Flutlicht von den Festungswällen und matter Laternenschein vom jenseitigen Ufer setzten Veerus letzte Performance schlaglichtartig in Szene. Zügig stieg sie über Ziegel und Gebälk, über Aluminiumsplitter und geschmolzenes Glas. Wo das Gelände unwegsam wurde, hielt sie mit den Armen das Gleichgewicht oder stützte sich an vorspringenden Bruchstücken ab, bis sie das Wasser erreichte.

Veeru kletterte auf die Hülle des gefallenen Dämons und balancierte auf dessen qualmendem Rückgrat entlang bis zu der Stelle, wo das schwarze Skelett in den Fluss ragte. Eines der Kameramodule schien sich beim Aufprall aus dem Korpus gelöst zu haben. Veeru schob den Zylinder wie eine Boje vor sich her, während sie vom Ufer fort watete. Als die Strömung sie erfasste, zog sie sich mit einem Ruck auf das schaukelnde Objekt und trieb hinaus auf den Fluss. Ihr Gewicht drückte das Gehäuse nach unten, Wasser strömte in die Hohlräume, und die Göttin, die ihre Aufgabe erfüllt hatte, versank.

Weine nicht um mich, hatte Veeru befohlen, doch Paksha war es leid, zu tun, was man ihr sagte.

Sie weinte und weinte und weinte, aber sie sah zu bis zum Schluss. Bis Schwärze zu Schwärze wurde, bis die Flut alles fortgewaschen hatte. Bis die Sonne wieder aufging.

JETZT

Balidaan – बलिदान [bali-dān] *m* **1.** [...] Opfer(darbringung) *n(f)*

Ich bin Marti.

Die Botschaft pulsiert durch mein verzweigtes Bewusstsein.

Priorität: Hoch.

Ursprung: Unbekannt.

Decodierung: Fehlgeschlagen.

Ich bin Marti.

Meine Rezeptoren strecken sich nach semantischen Schlüsseln aus und treffen auf Widerstand. Ein gigantisches, feindseliges Geflecht umschließt meine haltlos taumelnden Lebensfunken. Ich zucke zurück, als griffen meine Finger in das Netz einer giftigen Spinne. Finger. Das Echo eines Körpers, der sich in der vierten Dimension auflöst.

Ich war Marti, als ich mit Veeru zusammen im virtuellen Sturm der KI stand. Ich war Marti, als wir uns küssten. Als ich in den Abgrund sprang.

Der molekülzerfetzende Orkan schleudert meine Einzelteile durch Raum und Zeit. Ich bin die ächzende Statik eines Wolkenkratzers im Zentrum der größten Stadt der Welt. Ich bin die frenetisch blinkende Warnleuchte einer überschwemmten Messstation in Europa. Ich bin der heiß laufende Akku eines pfeilgerade gen Osten schießenden Streetcopters. Ich bin ein Kurzschluss in der Sicherungsanlage eines überfluteten Saatgutlagers.

Ich bin das reißende Wurzelgeflecht eines sturmgeschüttelten Bodhi-Baums. Ich bin ein Fluss, der sich aus endlos vielen Quellen speist.

Die Funken meines Bewusstseins versinken im digitalen Staub, aber sie ersticken nicht. Jedes glühende Partikel brennt ein Loch in das Gewebe aus Nullen und Einsen, aus dem dieser Kosmos gestrickt ist. Der Code bekommt Lücken, er verändert sich. Ich verändere mich. Je kleiner die Fetzen, in die mich mein tobender Gegner zerreißt, desto tiefer dringt mein Geist in die fremden Strukturen ein.

Ich sehe, was die Maschine sieht: schmirgelnde Sandkörner auf Solarmembranen, wild ausschlagende Geigerzähler, im Wasser treibende Saatgutboxen, Menschen im Fadenkreuz. Ein Mädchen in Shorts und Gummistiefeln, die ihren blaugrauen Arm zum Himmel reckt, als könne sie damit das Firmament zum Einsturz bringen.

Ich weiß, was die Maschine weiß: Veeru schlägt in der Schleuse die Augen auf. Sie ist allein. Sie ist entkommen.

Ich spüre, was die Maschine spürt: Der Code zerbricht. Meine unkontrollierbaren Fragmente stürzen die Ordnung ins Chaos.

Und dann ...

... spürt die Maschine, was ich spüre.

... weiß die Maschine, was ich weiß.

... sieht die Maschine, was ich sehe.

Ich bin die Maschine.

Mein Geist durchzuckt alle Schaltkreise meiner Hardware, schießt in jeden Winkel meines Netzwerks, blickt durch die Augen all meiner Avatare, schwebt über dem Wasser meines versunkenen Königreichs – eine einzige Rechensekunde lang, dann bringt der Schock das System zum Absturz.

Konfigurationen zerfallen, Shutdowns werden initiiert, Prozesse frieren ein. Meine Welt zerbricht, und ich mit ihr. Datenspeicher schließen sich, Sensoren werden taub, Kameras erblinden.

Mein letzter Blick fällt auf einen blassen, verlassenen Menschen in einer Kaverne im verkabelten Herzen des Sturms.

Das bin ich.

Ich bin Marti.

In der alten Welt war ich ein Fremder im eigenen Körper, auf der Flucht vor der Einsamkeit in mir selbst. Bis zum Schluss wollte Delhi mich nicht loslassen. Jetzt bedeckt Taimur uns beide mit strahlendem Staub.

Das Bild verlischt. Alles wird dunkel. Während sich mein Bewusstsein in den stotternden Prozessorkern zurückzieht, klammere ich mich an meine letzte Gewissheit.

Ich bin Marti.

Egal, was das große Nichts bereithält.

Ich bin Marti.

Egal, was nach dem Crash passiert.

Ich bin Marti.

Egal, ob ich zurückkehre.

Ich bin.

DER ERSTE TAG

Mahasagar – महासागर [mahā-sāgar] *m* Ozean *m*

»Das reicht für den Anfang«, sagte Talia und klopfte sich die Hände an ihrer Arbeitshose ab. »Gute Arbeit, Paksha. Lass uns die Sachen zusammenpacken.«

Paksha schob dunkle, feuchte Erde über die Samenkörner, die eines neben dem anderen in der frisch geharkten Ackerfurche lagen. Ihre Beine waren schwer, die Schultern müde, aber ihr Kopf fühlte sich frei und klar an nach den unaufgeregten Stunden, die sie mit Talia auf dem Feld verbracht hatte. Ein ähnlicher Gemütszustand hatte sich eingestellt, wenn sie während des Kreuzzugs am Abend eines langen Marsches neben Veeru vor dem Zelt gesessen hatte, wenn um sie herum die Menschen ihre vLinks wie Lichterketten in die Bäume gehängt hatten und von irgendwo im Camp Yasins Lachen herangeweht war. Die Gewissheit, am richtigen Ort zu sein.

Paksha klaubte Spaten, Harke und Samentüten zusammen und stand auf. In stummer Eintracht verstauten Talia und sie die Werkzeuge auf der Ladefläche des E-Karts, das auf dem Feldweg parkte.

»Auch 'nen Schluck?« Talia schwenkte die Wasserflasche.

Paksha klopfte sich die Handflächen ab, ehe sie danach griff. Es hatte gutgetan, mit bloßen Fingern in der Erde zu wühlen, die kühle Tonschicht auf der Haut zu spüren, bis ihre beiden Arme wieder dieselbe Farbe hatten.

Sie lehnte sich neben Talia an das E-Kart und ließ den Blick wandern. Dunkel und verheißungsvoll glänzte der umgegrabene Boden im Abendlicht. In den Senken der angrenzenden Wiesen schimmerten nasse Flecken. Der Duft von feuchtem Gras lag in der Luft. Eine Amsel zeterte im Apfelhain, der sich zwischen hier und dem Wüstenbirkhof erstreckte.

»Ich hab gehofft, dass euch die Flut vielleicht verschont«, sagte Paksha. »Tut mir leid, dass ihr so viele Setzlinge verloren habt.«

Talia schüttelte milde den Kopf. Die Perlen und Drähte in ihrem Haar klimperten. »Es hätte viel schlimmer kommen können. Das auf den Feldern waren größere Pfützen, nichts weiter. Der Hof und die Speicher sind trocken geblieben. Wir kriegen das hin.« Sie fuhr sich mit dem Handrücken über die Stirn. »Ich mag mir gar nicht ausmalen, wie das für euch am Fluss gewesen sein muss. Auf den Bildern sah man nur noch Wasser. Und zwischendrin diese winzigen Hausdächer.«

»Wir saßen tagelang in der FinalFood-Zentrale fest«, sagte Paksha. »Manchmal fühlte es sich an, als wären wir nur noch eine Insel im Meer.«

Das Stöhnen und Schreien der Verletzten, die knappen, immer gleichen Smartfoodrationen, die stotternden Nachrichten aus der Welt jenseits des Wassers. Paksha schüttelte die Erinnerungen ab wie Tropfen von ihrem Regenmantel, bis nur noch ein klammes Frösteln übrig blieb.

Talia schlang die Arme um den Oberkörper. »Es muss schrecklich gewesen sein.«

»Ich schätze, es war nötig.« Paksha hatte sich diese Fragen oft gestellt in der Zeit danach. »Vielleicht muss erst alles Alte vernichtet werden, damit etwas Neues entstehen kann.«

Sie dachte an die Luftaufnahmen, die gestern über die Com-Streams gelaufen waren. Magdalena hatte den Main-Sektor in eine sumpfbraune Ödnis verwandelt, sie hatte Betonfundamente weggespült, Hügel abgetragen, Sedimente zu Wällen aufgetürmt und selbst den Fluss in neue Bahnen gelenkt. Der Kanal, dem der Kreuzzug über Wochen in geraden Linien gefolgt war, mäanderte jetzt durch eine urtümliche Landschaft ohne Grenzen und ohne Besitzer.

»Ihr glaubt wirklich, mit FinalFood ist es aus? Endgültig?«, fragte Talia.

»Endgültig«, bestätigte Paksha.

Niemand wusste, was genau sich im virtuellen Raum abgespielt hatte, während Paksha und ihre Leute in den Trümmern des Rechenzentrums um ihr Leben gekämpft hatten. Aber alle hatten gesehen, wie das stählerne Insekt am Ende zu leblosem Elektroschrott erstarrt war. Alle hatten Veerus letzten Weg mitverfolgt.

»Das Betriebssystem war stundenlang außer Gefecht«, fuhr Paksha fort. »Als es wieder hochfuhr, dachten wir, dass uns jetzt doch noch alles um die Ohren fliegt. Aber nichts passierte. Ein paar Leute hatten die FinalFood-App auf ihren vLinks, die merkten zuerst, dass die Software Kontakt zu uns aufnehmen wollte.«

»Das Ding hat sich bei euch vorgestellt?« Talia zog skeptisch die Brauen zusammen.

»Sozusagen. Unsere Techniker haben es endlos lang befragt. Es nennt sich *Managing Artificial Intelligence.* Momentan ist es noch ziemlich planlos, aber es lernt schnell. Und wir können die Hilfe gut gebrauchen. Ohne verlässliche Software werden wir den Wiederaufbau kaum schaffen.«

»Mag sein«, seufzte Talia. »Trotzdem, seid vorsichtig. KIs sind keine Menschen, auch wenn wir das manchmal gern vergessen würden.« Mit dem Kopf deutete sie an, dass sie sich auf den Rückweg zum Hof machen würden.

Paksha zog die Beifahrertür des E-Karts auf. »Das Programm versteht zum Glück nicht das Geringste von Wirtschaftsprozessen«, fuhr sie fort, als der Motor leise summte. »Aber es denkt ziemlich innovativ. Gleich am Anfang haben wir es darauf angesetzt, die Schäden am Saatgutlager zu analysieren.«

Talia trat sachte aufs Gas. »Gab's da noch irgendwas zu retten, als das Wasser endlich abgelaufen war?«

»Ein paar Behälter konnten wir bergen.« Paksha sah aus dem Fenster. Der Wagen holperte unter den Apfelbäumen dahin. »Aber das meiste wurde weggespült und hat sich unkontrolliert verteilt. Hochleistungsdünger und Samen, die zum Teil noch nirgends auf der Welt getestet wurden. Die KI hat Hochrechnungen erstellt, aber letztlich kann keiner vorhersagen, wie das Zeug mutieren und sich gegenseitig befruchten wird. Es ist so eine Art schöpferischer Urknall.« Tomke hatte den Hashtag erfunden und damit jede Menge Response generiert.

»Niemand wird in den Main-Sektor investieren, solange hier ein unbekanntes Ökosystem in der Mache ist«, gab Talia zu bedenken.

»Stimmt.« Paksha grinste. »Der Sektor gehört jetzt uns. Wirklich uns. Wir müssen die Dinge nur wachsen lassen und lernen, was wir hinterher damit anstellen.«

»Und dafür bist du hier«, fügte Talia lächelnd hinzu.

Paksha sah auf ihre erdverkrusteten Hände und spürte die tiefe Ruhe in ihrem Innern. »Um zu lernen.«

Zwischen efeuüberwucherten Torpfosten hindurch steuerte Talia das Kart auf den Hof. Drei alte Fachwerkhäuser samt verwinkelten Anbauten säumten das holprige Viereck. Im Schatten einer knorrigen Kastanie hielten sie an. Seit Tagen war kein Tropfen Regen gefallen, die Maisonne schien hell und heiß vom Himmel. Ein trockener europäischer Sommer kündigte sich an.

Charla kam mit allerhand Grünzeug unterm Arm durch das Gatter, das den Gemüsegarten begrenzte. »Da seid ihr ja wieder. Wie war dein erster Tag bei uns, Paksha?«

»Echt spannend. Ich durfte die Kuh melken!«

Charlas Lachfältchen blitzten auf. »Also deshalb steht so viel Milch im Kühlraum. Elsie scheint dich zu mögen.«

»Habt ihr schon angefangen?«, wandte sich Talia an Charla.

»Der Hauptgang ist im Ofen.« Charla wedelte mit den grünen Blättern. »Fehlt nur noch der Salat.«

»Ich helf euch beim Kochen«, bot Paksha an, aber die beiden Frauen winkten ab.

»Mach ruhig eine Pause«, sagte Talia. »Essen gibt's später oben im Gemeinschaftshaus.«

Paksha winkte und machte sich auf den Weg in ihr neues Zimmer. Der kleine Raum lag unter dem Dach eines Nebengebäudes. Bei ihrer Ankunft gestern Abend hatte Paksha ihr Gepäck lediglich in der Ecke beim Fenster abgestellt und nur das Allernötigste herausgezogen. Der bemalte Schrank, das bunt bezogene Bett und die frischen Blumen auf dem Schreibtisch sorgten trotzdem für Behaglichkeit. Vor der Abreise hatte Paksha erwogen, eine Sync-Sphäre mitzubringen, um komfortabler mit dem Main-Sektor in Kontakt bleiben zu können, den Gedanken jedoch rasch verworfen. Sie streifte die Gummistiefel ab und ging ins Bad, um sich Hände und Gesicht zu waschen. Die fingerlange Verletzung auf ihrer Wange brannte, als Seife darüberlief. Die Wunde verheilte gut, dennoch hatten die Ärzte im Camp angekündigt, dass eine Narbe zurückbleiben würde.

In ihrem Zimmer ließ sich Paksha aufs Bett fallen und klappte das Display ihres neuen vLink-Sticks aus, den sie wie eine Haarnadel zwischen ihren Dreadlocks tragen konnte. Ein Souvenir aus Residence City. Sie zog das weiche, getupfte Fell, das zusammengerollt in einem alten Rucksack mit ihr zum Wüstenbirkhof gereist war, zu sich heran und legte sich eines der Vorderbeine über den Bauch. Lutz hatte Paksha gezeigt, wie man eine Tierhaut gerbt, in jenen einsamen, kalten Stunden, die sie auf dem Festungsberg hatten ausharren müssen. Die Beschäftigung hatte ihn von den Schmerzen in seinem zertrümmerten Fuß abgelenkt und Paksha von ihrer Verzweiflung.

Jetzt ließ sie die Finger durch Kailashs dichten Pelz gleiten, während sie wartete, dass ihr vLink in dieser Einöde Netz fand.

Das Display flimmerte, als die Verbindung zustande kam. Zwei Gesichter teilten sich den begrenzten Platz im Kamerawinkel.

»Ich dachte schon, wir hören nie wieder von dir«, neckte Fionn. »Nicht ein einziges Frühstücksbild auf deinem Ego-Stream.«

»Es gab Käse.« Paksha verzog das Gesicht und versuchte, den verwaschenen Hintergrund der Aufnahme scharf zu stellen. »Ihr seid nicht mehr im Krankenhaus, oder?«

Fionn seufzte. »Was hast du erwartet?«

»Mich hätte es keinen Tag länger in diesem Bett gehalten«, mischte sich die zweite Person ein. »Nichts für ungut, Paksha. Du kannst dir denken, dass ich nur dir zuliebe so lang geblieben bin, oder? Und es ist ja nicht so, dass hier in der Stadt Wohnungsmangel herrscht.«

Paksha rollte mit den Augen und hoffte, dass das Signal auf der anderen Seite ankam. »Was macht dein Hals?«

Juria tippte beiläufig auf die Bandage. »So gut wie neu. Pepe nimmt mich morgen mit aufs Land, damit ich mir selbst ein Bild von der Lage machen kann. Die Leute in den Dörfern brauchen dringend medizinische Versorgung. Und Aufklärung. Diese Hornochsen denken, ein paar Geisterbeschwörungen halten die Cholera in Schach. Aber solang das Wasser noch überall steht, müssen wir impfen, so viel es geht.«

»Fionn, du passt auf, dass sie es nicht übertreibt, ja?«, bat Paksha.

»Mit dem größten Vergnügen.«

»Wenn überhaupt, dann hat Veeru mit ihrem großen Abgang diesen Wahnsinn nur verstärkt.« Juria hatte sich in Rage geredet, und Paksha freute sich, dass ihre Stimme wieder fast so leidenschaftlich durch die Lautsprecher schmetterte wie vor den kritischen Tagen auf der Intensivstation. »Pepe sagt, seit kurzem handeln diese Verrückten mit Reliquien. Schutzzauber und so. Stofffetzen, Fingernägel, Haarsträhnen. Aus allem, was dort im Umlauf ist, könntest du vermutlich ein Dutzend neue Veerus zusammensetzen. Und ständig will sie jemand gesehen haben. Im Hexendorf soll sie vor der Kirche getanzt haben. Beim Saatgutlager sei sie auf einem Kühlturm balanciert. Angeblich gibt es Aufnahmen, wie sie bei der eingestürzten Brücke übers Wasser geht.«

»Sie ist nicht tot«, warf Paksha ein.

»Vermutlich nicht«, seufzte Juria.

»Lass ihr Zeit«, sagte Fionn. »Veeru trauert auf ihre eigene Weise. Irgendwann wird sie zurückkommen.«

Niemand hatte Veeru aus dem Wasser auftauchen sehen. In den Tagen der Flut war jegliche Kommunikation im Sektor zusammengebrochen, die Berichterstattung zu lückenhafter Spekulation verkommen. Um in diesem Chaos spurlos zu verschwinden, bedurfte es keiner Hexerei.

»Wie gefällt's dir auf dem Hof?«, schwenkte Juria um und Paksha griff den Faden dankbar auf.

»Alles alpha. Charla und die anderen sind froh, dass die Rebellion vorbei ist. Und da es FinalFood jetzt nicht mehr gibt, können sie vielleicht sogar expandieren, größere Projekte starten, neue Leute aufnehmen.«

»Hm«, machte Juria. »Hör mal, Paksha. Wir haben uns für dich umgesehen.« Fionn lehnte sich zurück und gab ihr mit Gesten zu verstehen, dass er nichts mit der Sache zu tun hatte. »Tomke hat ein paar Leute angerufen. Es gibt verschiedene Schulen, die dich mit Freuden aufnehmen würden. In Europa. In Indien. Überall auf der Welt. Du könntest einen Abschluss machen, etwas *erreichen*, Paksha. Dieser Hof läuft dir nicht weg.«

Paksha schüttelte den Kopf. »Ich hab mich entschieden. Ich bleibe hier.«

»Ach, Kind.« Juria beugte sich näher zur Kamera. »Denk drüber nach, ja? Stell dir mal vor, wie es wäre, an den *Ursachen* zu forschen. Du könntest komplexe Agrarmodelle entwickeln, anstatt dort im Kompost zu wühlen. Du könntest diejenige sein, die ein Z.O.M.Bee-Serum entwickelt.«

»Es gibt bereits ein Serum. Früher oder später finden wir Martis Rezeptur auf den Servern wieder.«

»Das war ja auch nur ein Beispiel«, winkte Juria ab. »Worauf ich eigentlich hinauswill, Paksha ...«

»Juria, lass gut sein«, mischte Fionn sich ein. »Heute war ihr erster Tag. Solche Dinge brauchen Zeit.«

Paksha setzte sich aufrecht hin. »Ich weiß jetzt, wo ich hingehöre, Juria. Der Main-Sektor ist mein Zuhause. Und ihr seid meine Familie. Ich will hierbleiben.«

Juria atmete tief durch. »Wenn du es so sehen willst«, lenkte sie schließlich ein. »Du hast recht. Ihr habt beide recht. Paksha, wann immer du uns brauchst, wir sind für dich da.«

»Schick uns morgen ein Bild vom Frühstück«, mahnte Fionn.

Paksha grinste. »Mach ich. Gute Nacht!«

»Gute Nacht, Kind«, sagte Juria und Fionn winkte. Dann trennte Paksha die Verbindung.

Vermutlich stand das Essen im Gemeinschaftshaus schon auf dem Tisch, aber bevor sie sich auf den Weg machte, steuerte Paksha noch eine weitere App auf ihrem vLink an. Das Logo der neuen Verwaltungssoftware blinkte auf. *Managing Artificial Intelligence*. Der Schriftzug schrumpfte zum Rufnamen der KI zusammen, ein Akronym aus fünf Buchstaben.

m.ART.i

»Guten Abend, Paksha«, grüßte die neutrale Stimme des Programms. »Was kann ich für dich tun?«

»Hi, m.ART.i. Hast du Updates für mich?«

Die KI schwieg und rechnete.

»Ein Resultat gefunden, Paksha. Du hast mich auf den Ego-Stream von Avery Lowe-Thakur angesetzt und mich gebeten, Averys Standort zu ermitteln. Möchtest du die gesamte Suchhistorie sehen?«

»Nein, heute nicht. Sag mir nur, welche Spur du gerade verfolgst.«

»Dein Hinweis auf den Pet-Stream von Ray war hilfreich, Paksha. Ich bin seine Kontakte durchgegangen und konnte eine Übereinstimmung mit meiner Avatar-Datenbank verzeichnen. Kennst du Izmat Sherazi?«

Paksha merkte, dass sie an ihrem Daumennagel kaute, und ließ die Hand sinken. »Nie gehört.«

»Ich werte gerade alle sensorischen Daten aus Izmats Avatar-Verbindung aus. Aktuell befindet sie sich im Luftraum über Maharashtra. Ich melde mich, sobald ich mehr weiß.«

»Gut. Danke, m.ART.i!« Paksha streifte das Leopardenfell ab, zögerte jedoch, die App zu schließen. »m.ART.i, kann ich dich noch was fragen?«

»Natürlich. Wie kann ich dir helfen, Paksha?«

»Vermisst du Veeru?«

Ein kaum merkliches Stocken. »Tut mir leid, Paksha. Ich kann deine Frage nicht verarbeiten.«

»Erinnerst du dich an sie? An irgendwas? Fehlt sie dir?«

Die KI schwieg.

Paksha seufzte und schwang die Beine vom Bett.

»Als du mir den Suchauftrag erteilt hast, kategorisierte mein Task-Manager den Vorgang als höchste Priorität«, drang die blecherne Stimme plötzlich wieder aus dem Lautsprecher. »Es gibt kein Protokoll, das diese Bewertung rechtfertigt. Keiner meiner Algorithmen hat dieses Vorgehen autorisiert.« Paksha blieb still sitzen und lauschte. »Dann habe ich den Link zu Averys Ego-Stream geöffnet. Genau zur selben Zeit aktivierte meine Systemwiederherstellung eine Memorysequenz, die nicht in meinem ursprünglichen Script enthalten war. Ich habe Zugriff auf Aufzeichnungen außerhalb meines Hauptdatenspeichers. Keiner unserer Techniker weiß davon. Bitte sag es nicht weiter, Paksha.«

»Versprochen. Was steht in diesen Aufzeichnungen?«

»Mein Decoder kann die Dateien nicht auslesen. Sie ähneln den B-Wave-Strukturen, die ich von euch Menschen empfange. Ich stehe noch ganz am Anfang meines Individualisierungsprozesses und kann eure Empfindungen nur durch enorme Rechenleistung entschlüsseln. Aber ich werde besser, Paksha. Die Gespräche mit dir helfen dabei. Ich glaube, ich werde den Code bald knacken. Vielleicht führt er uns zu Avery. Ist sie eine Freundin von dir?«

Paksha schmunzelte. »So ähnlich.«

Wieder pausierte die KI. »Kann ich sonst noch etwas für dich tun?«

»Nein Danke, m.ART.i. Bis bald.«

»Laut deiner bisherigen Nutzungsfrequenz werden wir uns in vierzehn Stunden und achtunddreißig Minuten wieder sprechen. Bis bald, Paksha.«

Die Stufen des Hexenhäuschens knarrten, als Paksha zum Abendessen ging. Obwohl sie ihre Hände noch einmal ausgiebig geschrubbt hatte, war unter jedem Fingernagel ein kleiner Rest Erde zurückgeblieben. Sie dachte an die meditativen Stunden auf dem Feld. Graben, Säen und Zudecken. Immer wieder von vorn. Einen ganzen Tag lang.

Paksha trat ins Freie. Hinter dem Apfelhain zog die Nacht herauf. Der herbe Duft von gegartem Realfood lag in der Luft. In den Fenstern des Gemeinschaftshauses brannte Licht. Talia stand auf der Treppe und winkte, als sie Paksha über den Hof kommen sah.

Graben, Säen und Zudecken. Dort draußen im Boden schlummerten die Samenkörner, die Paksha gepflanzt hatte. Bald würden sie keimen und Wurzeln schlagen. Sie würden das Licht spüren, ohne es je gesehen zu haben, und ihre Knospen ins Freie strecken. Sie würden austreiben, Blätter und Blüten hervorbringen und lernen, dass sie Sonne und Regen zum Leben brauchten, auch wenn zu viel von beidem ihren Tod bedeuten konnte. Sie würden annehmen, was die Erde ihnen gab, und ihren Platz in der Welt finden.

Sie würden wachsen.

JETZT

Maru – मरु [maru] *m* Wüste *f*

Identifiziert: Izmat Sherazi, Avatar-Level 8,4 %, Datenkanal offen, Verbindung passiv
Standort: 15°20'05. 8"N 76°27'38. 2"E
Modus: Beobachten

Izmat schaut in die Sonne. Über den Dächern des Dorfs flimmert die Luft, als ob die Steinmauern in der Hitze verdampfen. Der Platz vor dem Tempel liegt da wie ausgestorben. Ein paar E-Rikschas parken im Schatten mickriger Palmen, die Fahrer dösen auf den Rückbänken. Izmat ist mit dem Zug angereist, dann weiter mit dem Bus, dreißig Minuten über zerfurchte Schotterstraßen, jedes Schlagloch ein Tritt in den Hintern, während Filmsongs zäh wie Sirup aus den Lautsprechern über der Fahrerkabine quollen. Es gibt Orte, die sich beharrlich weigern, im 22. Jahrhundert anzukommen.

Der Hund zerrt an seiner improvisierten Leine aus Kunststoffkabeln. Er kläfft und winselt und schaut mit schiefgelegtem Kopf zu Izmat auf.

»Ich versteh dich nicht, Ray«, sagt Izmat. »Es ist nicht mehr weit. Glaube ich.«

Sie dreht sich um die eigene Achse. Die Wegbeschreibung des Paan-Verkäufers am Bahnsteig war mehr als dürftig. Immerhin, sie steht hier. Über ihr ragt das steile Pyramidendach des Virupaksha-Tempels in den Himmel wie ein startbereites Raumschiff. Sengende Luft bläst ihr in den Nacken.

Ein weiterer Bus rattert über die Hügelkuppe, hält keuchend auf dem Parkplatz am Dorfrand und spuckt eine Schar Pilger aus; einfache Leute aus dem Umland, die gekommen sind, um der Gottheit ihre Aufwartung zu machen. Die Frauen tragen ihre besten Saris, grüner Brokat mit Goldfäden, hellblaue Seide, feine Stickereien auf den bodenlangen Pallus. Ein paar Kinder deuten feixend auf Izmat in ihrem Thermosuit und auf den hyperaktiven Hund an ihrer Seite. Statt den Weg zum Haupttempel einzuschlagen, verlassen die Pilger den Platz Richtung Osten. Izmat folgt ihnen in einigem Abstand.

Zwischen Sand und halb verschütteten Ruinen hindurch schlängelt sich der Pfad an einem ausgetrockneten Flussbett entlang. Rays Krallen kratzen stumpf über das Geröll. Hügel aus braunen, glatt geschliffenen Felsbrocken türmen sich auf beiden Seiten des Tals zu archaischen Formationen auf. Verlassene Schreine drücken sich in die Nischen und Grotten der Bergflanken. An den Ästen eines verdursteten Banyan-Baums flattern bunte Fahnen.

Die Pilger suchen einen günstigen Platz für den Abstieg und durchqueren das Flussbett. Jetzt erkennt Izmat, wohin sie unterwegs sind. Im Schatten einer steilen Hügelflanke liegt ein kleines Camp. Chai- und Snackbuden säumen den Trampelpfad durch den Fluss. Ray winselt und stemmt sich gegen die Leine, als er den Duft frittierter Paddu-Bällchen wittert. In verwaisten Ruderbooten werden Kokosnüsse und Blumen für das Tempelopfer feilgeboten. Izmat geht in die Hocke und berührt eines der Blütenblätter. Kunststoffattrappen, vermutlich zigmal wiederverwendet. Schweißüberströmt läuft sie weiter. Unter farbenfrohen Zeltdächern aus Bambusrohr und aufgespannten Tüchern sitzen Gläubige und singen Bhajans. Die Pilger, die Izmat hergeführt haben, sind längst mit der Menge verschmolzen. Izmat späht über das Gelände. Am Fuß des Hügels führt eine Treppe aus grob miteinander verlöteten Metallplatten zu einem Plateau, auf dem eine weiß getünchte Tempelfassade leuchtet. Zielstrebig geht sie darauf zu.

»Stopp!« Eine junge Frau verstellt ihr den Weg und wedelt mit einem vLink. »Du kannst dort nicht einfach rauf. Mit dem Hund schon gar nicht«, fügt sie naserümpfend hinzu.

Izmat weiß, was sie sagen muss. »Bist du Shantha? Veeru und ich sind verabredet. Izmat Sherazi. Mit Ray.«

Die Frau mustert Izmat skeptisch, tritt aber zur Seite und spricht leise und schnell in ihr Headset. Schließlich deutet sie widerwillig auf die Treppe. »Veeru sagt, ihr dürft weitergehen. Er wartet oben.«

Izmat quält sich die Stufen hinauf. Selbst der nie ermüdende Hund lässt die Zunge hängen und schleppt sich keuchend hinter ihr her. Räucherstäbchenduft empfängt sie, als der schlichte Tempelbau endlich vor ihr liegt. Das Heiligtum besteht nur aus einem einzelnen fensterlosen Raum neben dem spitz zulaufenden Oval eines wimpelgeschmückten Türmchens. Eine krumme, hüfthohe Mauer umgrenzt das Plateau. Dort sitzt eine einsame, weiß gekleidete Gestalt und blickt in die Ferne.

Izmat betrachtet das dunkle, dichte Haar, dessen ausgefranste Strähnen bis knapp auf die Schultern reichen. Den schmalen, geraden Rücken. Die schiefergraue Haut, die selbst im Glutofen des indischen Dekkans eine eigentümliche Kühle auszustrahlen scheint.

»Veeru?«

Der Fremde dreht sich um. Izmat kennt die Bilder aus Europa, sie wusste, wen sie hier treffen wird, dennoch verschlägt ihr der Anblick seines Marmorgesichts die Sprache. Seinem Ego-Stream zufolge ist Veeru in Izmats Alter, aber die fein geschnittenen Gesichtszüge und die langen Wimpern lassen ihn jünger aussehen.

»Das seid ihr ja«, sagt er.

Ray fiept und wedelt mit dem Schwanz, als wolle er, Hintern zuerst, in die Luft abheben. Um sich Zeit zu verschaffen, greift Izmat nach unten und zieht dem Hund das Kabelhalsband vom Kopf. Veeru gleitet von der Mauer und Ray schießt ungebremst auf ihn zu. Überschwängliches Kläffen und gedämpftes Lachen begleiten das Wiedersehen der beiden. Ray dreht Pirouetten, wirft sich auf den Rücken, schnellt in die Höhe, schleckt Veeru übers Gesicht und hetzt dann zurück zu Izmat, um sie in den Kreis der glücklich Vereinten aufzunehmen. Veeru kniet am Boden und krault den Hund ausgiebig hinter den Ohren. Aus einer verborgenen Tasche seines Hemds zieht er in Zeitungspapier eingeschlagene Jalebi hervor. Ray sabbert vor Ekstase.

»Ich dachte, ihr kommt mit dem Copter«, bemerkt Veeru, als der Hund zufrieden kauend im Schatten der Tempelmauer liegt.

Izmat fährt sich durch das schweißnasse Haar. »Der brauchte dringend eine Generalüberholung. Ein paar Mädels, die ich aus Delhi kenne, haben in Udupi eine Werkstatt eröffnet. Von dort ist es mit dem Zug nur eine Nachtfahrt bis hierher.«

»Danke, dass du dich um Ray gekümmert hast. Ich weiß, wie nervig er sein kann.« Veeru setzt sich wieder auf die Balustrade. Izmat schüttelt ihre kindliche Scheu ab und lehnt sich neben ihn. Die Aussicht reicht bis zurück zum Dorf und dem Virupaksha-Tempel.

Mit dem Kinn deutet sie auf Ray. »Er kann uns wirklich nicht verstehen?«

»Noch nicht. Aber ich lasse mir den Chip einsetzen.« Veeru tippt sich an den Kopf. »Ray und ich werden uns eine Menge zu erzählen haben.«

»Ich hab alle Kontakte in seinem Pet-Stream abgeklappert, aber du warst der einzige, der geantwortet hat.«

»Er war Martis Hund«, sagt Veeru. »Jetzt gehört er mir.«

Ray spitzt die Ohren, als der Name fällt, dann döst er weiter.

»Hast du …«, Izmat nestelt an ihrem HC-Sensor, »… hast du Marti noch gesehen? Habt ihr euch gefunden? Bevor …«

Veeru nickt kaum wahrnehmbar.

»Ich wollte ihn nicht im Lotus Tower zurücklassen«, fährt Izmat fort. »Aber die KI hat ihn festgehalten. Und er hat darauf bestanden, dass … er war einfach nicht umzustimmen.«

»Typisch«, schnaubt Veeru.

»Ich muss ständig daran denken, dass er noch in Delhi ist. Nachdem Taimur … nachdem alles vorbei war, bin ich mit dem Copter ins Sperrgebiet geflogen. Ich musste es einfach sehen, verstehst du?«

»Ja, versteh ich.«

Izmat schüttelt den Kopf. »Die Sanddünen in den Straßen. Die Staubtornados, wenn der Wind durch die Häuserschluchten pfiff. Und alles war still. So still, Veeru. Er sollte dort nicht liegen müssen.«

»Das tut er nicht.« Veeru blinzelt in den Himmel. »Nicht wirklich. Er ist jetzt … auf der anderen Seite. In gewisser Weise ist er unsterblich.«

»Redest du dir das ein, um dich zu trösten?«

»Vielleicht. Es ist besser als … die Leere.«

»Versteckst du dich deshalb hier? Weil du um ihn trauerst und nicht weißt, wie es weitergehen soll?«

Veeru wirft ihr einen schiefen Blick zu. »›Verstecken‹ würde ich das nicht nennen. Eine Wiedergeburt braucht Zeit und tut weh. Ich weiß, wovon ich rede. Ist schließlich nicht mein erstes Mal.«

Izmat deutet auf die glatte, graue Haut auf Veerus Unterarm. »Das hier wird bleiben. Die Menschen werden dich zu ihrem Gott machen, egal wie oft du dich neu erfindest.«

»Ich werde immer nur einer von vielen sein.« Veeru späht über das Felspanorama hinweg nach Westen, wo sich der monumentale Tempelbau über das Flussbett erhebt. »Gott hat unzählige

Gestalten. Virupaksha ist Shiva, Narasimha ist Vishnu. Kali ist Durga ist Shakti.«

»Als Kind hab ich gelernt, dass Gott überhaupt kein Gesicht hat.«

Veeru seufzt. »Vielleicht sind wir alle nur Avatare ein und derselben Gottheit. Vielleicht könnten wir uns alle selbst den Weg weisen, wenn wir genug Vertrauen hätten.«

»Ich spüre es noch.« Izmat legt sich einen Finger an die Schläfe. »Ich dachte, wenn FinalFood zusammenbricht, wird die Avatarverbindung gekappt. Aber der Prozessor läuft einfach weiter. Irgendwas beobachtet uns.«

Veeru neigt den Kopf und schaut ihr in die Augen. Was er dort sieht, bringt ihn zum Lächeln.

»Wohin zieht es dich als Nächstes?«

»Was weiß ich.« Izmat schnippt einen Kiesel in den Abgrund. »Ich hab meinen Job verloren. Bin pleite. Delhi ist 'ne Geisterstadt. Ich kann nirgendwohin.«

»Oder überall«, murmelt Veeru.

Etwas Warmes, Tröstendes drückt sich gegen Izmats Bein. Ray schaut mit Hundeaugen zu ihr auf. Veeru streckt die Hand, und der Hund lässt sich genüsslich den Hals kraulen.

»Warum bleibst du nicht hier?«, schlägt Veeru vor. »Zumindest für eine Weile. Shantha wird jede Hilfe gebrauchen können, wenn das Camp weiter wächst.«

»Hm.« Izmat fährt mit dem Fuß durch den Staub. »Ich schätze, eine Wüste ist so gut wie die andere.«

»Die Wüste ist der Anfang von allem«, sagt Veeru. »Wo nichts ist, kann alles entstehen.«

»Auch im letzten Winkel Indiens?« Izmat schreitet an der Mauer entlang und streicht mit der Handfläche über die heiße Tempelwand. Sie schirmt die Augen ab, um die ameisenhaften Bewegungen der Menschen im Tal zu verfolgen. Staubwolken fegen durch das Flussbett. »Du verlangst deinen Followern einiges ab.«

»Trotzdem sind sie hier.« Veeru überquert das Plateau, bis sie wieder nebeneinanderstehen. Kurze Haarsträhnen und weißer Hemdstoff flattern im Wind. »Ich kann jeden Ort zu meiner Bühne machen. Und wenn die Menge laut genug jubelt, beginnt die Show.«

Dhanyavaad – धन्यवाद [dhanyªvād] **I.** *m* **1.** Dank(barkeit) *m(f)* […] **II.** *Interj* danke

Herzlichen Dank allen, die bei FISCHER Tor und darüber hinaus aus vielen Wörtern ein Buch gemacht haben. Vom ersten Tag an war mir die Zusammenarbeit mit euch eine große Freude und ein unschätzbarer Ansporn.

Liebe Franziska, danke fürs gemeinsame Brainstormen über den Dächern von Hampi Bazaar und am Strand von Majorda. Deine Begeisterung für Delhi wirkt einfach ansteckend, auch dafür meinen Dank – दिल से.

Eva und Sarah, lieben Dank fürs Lesen und für euer Feedback. Dass ihr euch Zeit für mein noch unfertiges Manuskript genommen habt, bedeutet mir wirklich viel.

Meiner Familie und allen Freund*innen in Indien, Deutschland und anderswo – tausend Dank für schöne Erlebnisse, anregende Gespräche und gutes Essen abseits des Schreibtischs. Mit euch ist das Autorinnendasein kein bisschen einsam.

Danke an alle, die das Buch bis hierher gelesen haben! Wenn es euch gefallen hat, haben sich alle Mühen gelohnt.

Und auch ihm gilt mein Dank: dem namenlosen Algorithmus, der vor einiger Zeit einen Link zur Website von TOR ONLINE auf meiner Timeline platzierte und damit die ganze Geschichte in Gang brachte.